U0907446

中国閱讀周刊

“30年最具影响力的书”500种提名书目揭晓

文学类(131种)国内部分

《东方》	魏巍 著 / 人民文学出版社 1978年版	2.30元
《苦菜花》	冯德英 著 / 解放军文艺出版社 1978年版	1.15元
《创业史》	柳青 著 / 中国青年出版社 1979年版	0.43元
《艾青诗选》	艾青 著 / 人民文学出版社 1979年版	0.97元
《正红旗下》	老舍 著 / 人民文学出版社 1980年版	0.51元
《将军吟》	莫应丰 著 / 人民文学出版社 1980年版	1.60元
《徐志摩诗集》	徐志摩 著 / 四川人民出版社 1981年版	0.91元
《曹禺剧作论》	田本相 著 / 中国戏剧出版社 1981年版	1.20元
《青瓷》	浮石 著 / 湖南文艺出版社 2004年版	32元
《郁达夫文集》	郁达夫 著 / 花城出版社 1982年版	1.50元(册)
《双桅船》	舒婷 著 / 上海文艺出版社 1982年版	0.37元
《边城》	沈从文 著 / 四川人民出版社 1983年版	1.75元
《迷人的海》	邓刚 著 / 春风文艺出版社 1984年版	0.96元
《内当家》	王润滋 著 / 中国电影出版社 1984年版	0.38元
《陈建功小说选》	陈建功 著 / 北京出版社 1985年版	1.75元
《金瓶梅》	兰陵笑笑生 著 / 人民文学出版社 1985年版	12元
《钟鼓楼》	刘心武 著 / 人民文学出版社 1985年版	2.35元
《北岛诗选》	北岛 著 / 新世纪出版社 1986年版	1.35元
《黑眼睛》	顾城 著 / 人民文学出版社 1986年版	1.55元
《冯骥才文集》	冯骥才 著 / 海峡文艺出版社 1986年版	2.60元
《邓友梅集》	邓友梅 著 / 海峡文艺出版社 1986年版	2.55元
《走通大渡河》	陈村 著 / 上海文艺出版社 1986年版	2.05元
《文学主体性论争集》	红旗杂志编辑部文艺组 编 / 红旗出版社 1986年版	1.70元
《少年天子》	凌力 著 / 北京十月文艺出版社 1987年版	18元
《冈底斯的诱惑》	马原 著 / 作家出版社 1987年版	1.75元
《血色黄昏》	老鬼 著 / 中国工人出版社 1987年版	4.95元
《吾国与吾民》	林语堂 著 / 宝文堂书店 1988年版	3.15元
《多情剑客无情剑》	古龙 著 / 海天出版社 1988年版	11.80元
《雪城》	梁晓声 著 / 北京十月文艺出版社 1988年版	19.10元(上册)

中国图书商报

CHINA BOOK BUSINESS REPORT

大书城销售排行

商报民营榜

排序	书名	版别	定价(元)	销量
01	达·芬奇密码	上海人民	28.00	3605
02	品人录	上海文艺	22.00	1589
03	莲花	作家	25.00	1142
04	青瓷	湖南文艺	32.00	732
05	左耳(终结)	当代世界	22.00	693
06	闲话中国人	上海文艺	24.00	522
07	做最好的自己	人民	28.00	429
08	214度恶龙王子(I)	北岳文艺	22.00	401
09	职业精神	北京大学	16.50	401
10	狼图腾	长江文艺	32.00	395
11	中国的男人和女人	上海文艺	22.00	389
12	读城记	上海文艺	26.00	344
13	兄弟(下)	上海文艺	27.00	307
14	左耳	当代世界	22.00	305
15	新华字典(第10版)	商务	12.50	280
16	摇滚诗的诞生与重生	新星	32.00	274
17	超可爱掌中宝系列--小樱桃	天津美术	3.60	257
18	追风筝的人	上海人民	25.00	247
19	洛丽塔	上海译文	27.00	244
20	40岁登上健康快车	漓江	24.80	230

湖南图书城

排序	书名	版别	定价(元)	销量
01	品三国(上)	上海文艺	25.00	267
02	青瓷	湖南文艺	32.00	214
03	品人录	上海文艺	22.00	208
04	闲话中国人	上海文艺	24.00	158
05	中国的男人和女人	上海文艺	22.00	128
06	读城记	上海文艺	26.00	101
07	女人是一种态度	中信	39.80	87
08	繁星·春水	人民文学	9.00	82
09	骆驼祥子	人民文学	11.00	75
10	朝花夕拾	人民文学	6.00	71
11	繁星·春水	燕山	7.80	60
12	达·芬奇密码	上海人民	28.00	49
13	伊索寓言精选	人民文学	9.00	38
14	童年(初中部分修订版)	人民文学	11.00	37
15	忏悔无门	长江文艺	26.00	32
16	爱的教育	译林	18.00	32
17	朱自清散文选	北京燕山	8.00	31
18	爱的教育(插图本)	北京燕山	10.00	30
19	红岩	中国对外翻译	12.00	28
20	童年	人民文学	10.80	28

湖南弘道文化书店

排序	书名	版别	定价(元)	销量
01	品三国(上)	上海文艺	25.00	987
02	青瓷	湖南文艺	32.00	528
03	沧浪之水	人民文学	26.00	391
04	品人录	上海文艺	22.00	265
05	无毒一身轻	国际文化	29.80	237
06	帝国的惆怅	文汇	26.00	196
07	达·芬奇密码	上海人民	28.00	189
08	易中天品读汉代风云人物	东方	28.00	171
09	读城记	上海文艺	26.00	158
10	泡沫之夏(II)	新世界	22.00	114
11	追风筝的人	上海人民	25.00	103
12	岛(7)	春风文艺	20.00	93
13	熬至滴水成珠	作家	29.00	78
14	官运	湖南文艺	29.00	75
15	娜是一阵疯	湖南文艺	23.80	75
16	做最好的自己	人民	28.00	73
17	读大学究竟读什么	南方日报	25.00	69
18	朝三暮四	北京	19.90	67
19	左耳(终结)	当代世界	22.00	65
20	最后的圣殿骑士	上海译文	28.00	61

广州购书中心

排序	书名	版别	定价(元)	销量
01	达·芬奇密码	上海人民	28.00	1183
02	兄弟(下)	上海文艺	27.00	347
03	以诈止诈	接力	12.00	183
04	天使街23号(III)	二十一世纪	25.00	139
05	青瓷	湖南文艺	32.00	135
06	熬至滴水成珠	作家	29.00	126
07	天崩地裂	文汇	23.00	87
08	王蒙自传(第1部)	花城	39.80	91
09	数字城堡	人民文学	25.00	98
10	追风筝的人	上海人民	25.00	96

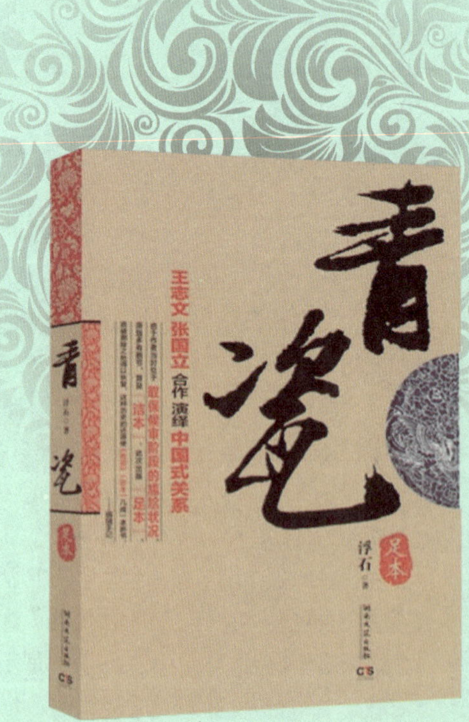

《青瓷》电视剧海报

《青瓷》越南语版

《青瓷》韩文版

《青瓷》话剧海报

青瓷

完整版

浮石 著

CNS
湖南文艺出版社

图书在版编目（CIP）数据

青瓷：完整版 / 浮石著. -- 长沙：湖南文艺出版社，2012.5（2025.5重印）
ISBN 978-7-5404-5565-1

Ⅰ. ①青… Ⅱ. ①浮… Ⅲ. ①长篇小说—中国—当代 Ⅳ. ①I247.5

中国版本图书馆CIP数据核字（2012）第078494号

青瓷（完整版）

QING CI（WANZHENG BAN）

作　　者：浮　石
出 版 人：陈新文
责任编辑：汤亚竹
特约编辑：曾赛丰　袁甲平
装帧设计：湖南青瓷红袖文化产业有限公司　周雷
内文排版：刘晓霞
出版发行：湖南文艺出版社
（长沙市雨花区东二环一段508号　邮编：410014）
印　　刷：长沙超峰印刷有限公司
开　　本：710 mm × 1000 mm　1/16
印　　张：25
字　　数：421千字
版　　次：2012年5月第1版
印　　次：2025年5月第15次印刷
书　　号：ISBN 978-7-5404-5565-1
定　　价：58.00元

目录

第一章 -- 001

公家跟公家的生意不好做，私人跟私人的生意也不好做，私人跟公家的生意，就好做多了。有句话，叫商道即人道。按照张仲平的理解，就是做生意先做人，人做好了，生意也就好做了……

第二章 -- 016

侯昌平说："我不是这个意思，我是说你送礼动了脑筋，可以美其名曰帮你那位朋友做市场调查。这样，纪委的同志、检察院的同志就抓不到我们的小辫辫了。"……

第三章 -- 026

中国人皇权思想严重，发展到现在，就是从政的想当一把手，经商的想自己当老板……

第四章 -- 036

张仲平不会觉得健哥的话无头无尾，更不会傻乎乎地去追问是怎么一回事，与健哥认识又不是一天两天了，关系早已默契到此时无声胜有声的地步。张仲平心里头很兴奋，知道大买卖可能又要来了……

第五章 -- 044

在有些人眼里，银行的钱就是国家的钱，国家大得很，亏得起。国家吃亏，帮国家管钱的人却不会吃亏……

第六章 -- 060

张仲平说："你一直在学校待着，跟社会上的人打交道不是很多。你是不知道，送礼的事学问可大了。"……

第七章 -- 069

两个人一边用餐一边扯着一些闲话：某某厅下面的一座宾馆早几天发生了一次火灾，烧死了十几个在三楼唱卡拉OK的，一查，那娱乐城原来是厅长的小舅子开的；省委一个副秘书长家里被盗了，小保姆多事，报了案，结果牵出一桩受贿案……

第八章 -- 076

侯昌平与彭主任是一个单位的同事，如果张仲平把与彭主任具体交往的情况告诉侯昌平，侯昌平也就会怀疑，张仲平是不是一转身就会把与他的交往情况也告诉彭主任或者别的人……

第九章 -- 090

张仲平不想让太多的人知道这件事，因为关心这件事情的人越多，变数也就越大，对张仲平争取这一笔业务的障碍也就越大……

第十章 -- 100

香水河投资两个亿的法人股拍卖，似乎正在健哥的掌握之中。也许不会等太久，就要真的进入拍卖程序了。张仲平很容易算出来，这笔业务做下来公司能够进账多少，那当然是个令人振奋的数字……

第十一章 -------------------------------------- 110

你拿着支票或者拎着现金去送人只会把别人吓着。这不是一个送还是不送、拿还是不拿的问题，这是一个怎么送和怎么拿以及由谁送由谁拿的问题……

第十二章 -------------------------------------- 119

丛林最近挺忙的。东区法院院长先是被"双规"，后来被逮捕了，位置空了出来。都说那位置不吉利，已经有两任院长出了事了。但是，位置毕竟是位置，怎么说也是有吸引力的……

第十三章 -- 138

张仲平一边听，一边点头，这是再明白不过的道理。他光顾了做侯昌平的工作，怎么就没有想到也该到鲁冰那里去疏通呢？鲁冰是局长，他如果跟侯昌平意见一致，事情差不多就 OK 了……

第十四章 -- 149

做生意做什么？从大的分类上来讲，无非两种类型，一是做市场，二是权钱交易，官商勾结。前者同行竞争激烈而残酷，后者只要找对了关系，赚钱就容易……

第十五章 -- 165

张仲平很婉转地打听了一下胡海洋发家致富的情况，确认他没有什么官场背景，完全是靠自己在财经学院那帮同学的关系在股市里打拼出来的……

第十六章 -- 175

徐艺为什么最终选择了做佣金收入少十个百分点的主拍单位？他在一开始是不是就有通过旁门左道赚钱的想法？……

第十七章 -- 187

张仲平的原则从来就是只赚自己该赚的钱。赚的钱一定要“合理合法”，不能出一点差错，也不能留后遗症……

第十八章 -- 207

张仲平的感情生活从来就不是一张白纸。下海经商之后，更是如鱼得水，一年四季命交桃花……

第十九章 -- 222

窃喜的是周运年下面的副局长们，人死了，位置就会空出来，大家就有可能跟着进一步。这也算是天赐良机吧。当然也有高兴不起来的，就是周运年的心腹干将，这些人本来仕途顺利，提拔有望，这下好了，需要另投明主了……

第二十章 -- 242

所谓官场上的权力也就像市场上的财富，总是处在一种不确定的流动状态，财富不是永恒的，权力也不是永恒的，谁能保证你所依附的那个人可以永恒地拥有那个对你有利的位置呢？……

第二十一章 -- 260

张仲平知道自己的那个主意有点打赌的意思，可是，当一个人被逼上了绝路或者说没有了更好的主意的时候，除了赌一把之外还能怎么样呢？……

第二十二章 -- 278

为什么说人在江湖身不由己？因为不到最后被吃掉的时候，谁也不知道自己究竟是处于食物链的哪一节——生意场上是这样，官场上是这样，情场上也是这样哟……

第二十三章 -- 291

张仲平说："皮顾问是谁？是不是世外高人？"胡海洋说："不是高人，也不是怪人，是很普通的一个人，曾经是共产党的厅级干部。"……

第二十四章 -- 311

张仲平说："问题是你不跑别人在跑，你就可能被落下。不做公务员还无所谓，既然做了，就要做好，什么叫做好？官升一级就叫做好。"……

第二十五章 -- 329

张仲平一边嘴里说是吧，一边想，院审判委员会的意见不就是健哥的意见吗？看来健哥没有说大话，他在省高院还是有一定的话语权的……

第二十六章 -- 348

丛林说："不过话说回来，当院长的希望落空了，还得有新的希望来填空、来补充。"……

第二十七章 -- 358

还有，就是永健的事，张总不知道听到传闻没有？说实在的，凭他的水平、资历，早该提一提了，可如今这社会干什么都要钱，张总你明白我的意思吧？……

第二十八章 -- 373

张仲平知道彭主任说的董领导就是省高院司法技术处的董处长，这虽然给他向彭主任送红包的工作增加了一些难度，但能顺便见见董处长却又是一件好事，可以打听一下省高院的情况……

《青瓷》越历史越有价（代后记） -------------------- 387

第一章

与颜若水的饭局早在两天以前就定好了。下午三点多钟的时候，张仲平还是给他去了个电话。手机通了好久才接，颜若水压低了嗓子，说正在开会。张仲平赶紧说：“我是 3D 拍卖的张仲平，晚上没问题吧?”颜若水嗯了一声就把电话挂了。

没想到过了一个多小时，颜若水给他发来了一条短信息，说临时出差，再约。饭局就这样取消了。颜若水是东方资产管理公司的常务副总经理，总是很忙。他曾经跟张仲平抱怨，说自己是天生忙碌命，没有办法。张仲平心里明白，除非是领导召见，否则，你很难指望一个忙忙碌碌的人履约。张仲平约颜若水吃饭约了好几次，好不容易才定下今天的日子，没想到临时又变了卦。

张仲平接到那条信息之后，尽管有些失落，心想还是应该去个电话。又拿不准颜若水那边的会散了没有，方不方便接电话。正犹豫间，颜若水主动把电话打了过来，说：“兄弟，对不起，真的不好意思呀，兄弟。”

张仲平见他口口声声兄弟长兄弟短的，就不好再说什么了，只好表示遗憾，问他出差要几天，回来后给个信，大家一起聚一聚。颜若水说：“行行行。到时候我来安排吧，顺便把刘局也叫上，大家好好聚一聚。”

颜若水主动提到刘局让张仲平很满意。刘局叫刘永健，是省高级人民法院执行局的局长。开始张仲平叫刘永健也是叫刘局，后来两个人熟了，才改口叫健哥。张仲平与颜若水认识，就是通过健哥介绍的。

健哥有次向张仲平借车，张仲平把自己开的奥迪 A6 借给了他，顺便问他认识不认识颜若水。张仲平是明知故问，东方资产管理公司每年要处理几十个亿的不良资产，大部分要通过各级法院进行拍卖，健哥管执行，是颜若水他们公司经常要找的人，怎么可能不认识呢？他这么问，是想看看健哥同不同意打他的牌子。健哥很爽快地答应了。

有天上午九点多钟，健哥打电话要他去一趟。张仲平不敢怠慢，准时赶到了。不久，颜若水也来了。他一来，健哥就吩咐张仲平泡茶。颜若水先是连忙说不用，后来又赶紧说他自己来，张仲平不同意颜若水自己来，颜若水就望着张仲平笑一笑，随了他，以为他是刘永健的同事和下属。健哥叫张仲平为仲平，叫颜若水为颜总，里面的意思有些微妙，难怪颜若水会产生误会。健哥为了不让他产生这样的误会，便及时地帮他们作了介绍，说："张总人不错，公司业务做得好，有机会还要请颜总多多关照。当然是在不违反原则的前提之下。"健哥好像替张仲平把该说的话都说了，又好像什么都没有说。两个新认识的人赶紧换名片，就这样认识了。

因为健哥的关系，张仲平并不担心颜若水会对他虚与委蛇。但是，介绍人的作用也就是把你领进门，怎样建立关系还得靠自己。张仲平吃的就是这碗饭，知道后来的戏该怎么唱。说穿了，颜若水也是做生意的，不过是帮公家做生意。公家跟公家的生意不好做，私人跟私人的生意也不好做，私人跟公家的生意，就好做多了。有句话，叫商道即人道。按照张仲平的理解，就是做生意先做人，人做好了，生意也就好做了。

第一次跟颜若水通话之后，张仲平便打电话回家跟唐雯请了假。张仲平一家三口，女儿张小雨读寄宿中学，平时不在家。老婆唐雯是大学教师，今年准备考博士，正恶补外语，总觉得时间不够用。对于张仲平不回家吃饭的事，唐雯早已习以为常。张仲平不想让唐雯知道他的计划临时有了改变，否则，她可能还得去菜市场买菜，挺麻烦的。而且唐雯对于做菜不怎么用心，做的菜味道一般。这对于在外面吃刁了嘴的张仲平来说，实在也没有什么吸引力。

已经五点多钟了，再另外约法院或其他资产管理公司的人，有点不妥。一是显得没有诚意，二是多半约不上。张仲平是 3D 拍卖公司的董事长兼总经理，他的工作基本上就是跟法院、资产管理公司（包括银行）的人，一起泡。省里市里像他们这样的拍卖公司有四五十家。请客吃饭可不是一件容易的事。因为请客的人比被请的人要多得多，供求关系不平衡。再说了，这年头谁还稀罕吃什么饭呢，答应跟你一起吃饭是看得起你，给你面子。而且，从公安系统率先颁布“禁酒令”之后，政法系统的其他单位和党政机关，也都纷纷效仿，公务员接受请吃请喝算违纪违规。听说就有不少厅局的纪检干部扛着摄像机到一些高档酒楼和娱乐场所转，等着抓典型。这样，客就更难请了。当然啦，饭还是要吃的。不吃饭怎么做生意？简直不可想象。中国的事情是一阵一阵的，叫搞行动。抓得紧的时候避一避，风头一过照吃不误。注意一点嘛。对于请客的人，尽量不要碰到同行。对于被请的人，尽量避免遇到同事，也就可以了。酒楼包厢的生意一般都比较好，大概就是这个原因。

张仲平为了请颜若水吃饭，推掉了跟江小璐的约会，这时便又想约她。

江小璐是张仲平的女朋友，在去机场口的收费站上班。张仲平有次送省高院一个朋友去机场，回来的时候江小璐搭他的便车进城，就这样认识了。认识不到两个小时，两个人就上了床。这件事说起来好像有点不可思议，其实不然。至少可以找出以下几个理由：第一，张仲平是一个长得很帅气的中年男人，显得很潇洒很成熟；第二，这个男人开一辆崭新的奥迪 A6，也算是个成功人士；第三，就是缘分天注定了。你想想，每天有多少辆车从机场回城？早几秒或晚几秒，江小璐上的就会是别人的车。偏偏江小璐上车不久，就下起了倾盆大雨。张仲平这才有机会直接把她送到她住的那个小区。停车的地方离她的家还有五十来米。张仲平车上正好有一把雨伞，为了不让她淋湿，打伞送她是唯一的选择。张仲平把江小璐送到她住的那个单元的门口之后，江小璐也不可能一句客气话都不讲。江小璐说：“谢谢你。”抬头望了望天之后，又说：“雨好大的，你光顾了我，大半边身子都淋湿了，真的不好意思。”张仲平说：“为了光顾你，湿身是值得的，也是荣幸的。”张仲平的话，已经有了一点暧昧，江小璐望着别处说：“要不，请你上去喝一杯热茶？”张仲平在门口换了拖鞋，是女式的，红色。他的脚只能伸进去三分之二。江小璐说：“不好意思哟。”张仲平说：“没关系，我喜欢穿小鞋。”接着张仲平朝几间房子瞄了一眼，说：“不错，挺精致的。”江小璐笑了一下，说：“一个人住还行。”江小璐的这句话让张仲平看了她一眼，觉得两个人的关系完全具备一步到位的可能性。

江小璐烧了开水，泡了茶，然后两个人就坐在客厅里看电视。看电视的时候出现了冷场。本来刚才在车上时你一句我一句还挺谈得来，这会儿却都不说话了，有一点点紧张的气氛在两个人的周围弥漫，使得他们的身体和姿势，显得有那么一点僵硬，而且两个人都没有去换频道。这可是一个很重要的信号。因为电视里播完一个歌舞节目之后，接下来播放的是一个农业知识讲座。一男一女都那么装模作样地盯着电视屏幕，好像很投入，恰恰证明了两个人心猿意马。最初的身体接触是从脚指头开始的，而且隔了袜子。张仲平用两只手抱着后脑勺靠在沙发靠背上，又把两条腿幅度很大地摊开，好像累了需要四仰八叉地躺着休息一会儿。就这样一下子似乎无意地碰到了江小璐的脚。江小璐也早已换了拖鞋，她坐在单人沙发上，其实只是把脚斜着搁在了拖鞋上面，并没有穿进去。张仲平很容易在自己眼睛余光的指挥下，让自己的脚指头抵达了江小璐的脚板心。最初的接触让张仲平的心跳了一下，但江小璐并没有把脚缩回去，好像对他的小动作一无所知。这是不可能的。张仲平经常在外面洗脚，知道脚板心的神经其实最为敏感。张仲平偷觑了她一眼，而她仍然全神贯注地两眼直视电视屏幕，好像电视里正在讲授的苹果树病虫害防治知识深深地吸引了她，与她的生活有着十分密切的关系。张仲平用脚指头轻轻地蹭了她一下，她仍然没有动。又蹭了一下，还是没有动。张仲平就知道他可以有所作为了。正是这样。张仲平伸手将她的胳膊一拉，就把她拉到了自己怀里。江小璐没有忸怩，也没有太主动地迎合，一切都显得自然贴切、水到渠成。

江小璐的轻易就范既没有让张仲平感到得意，也没有让他感到遗憾。他认为这很正常，把它看成是两个人的一种默契。两个人有没有缘分，在互相之间看上第一眼时就应该知道了。男的女的如果碰巧想法一致，过程完全可以简化。否则，反而会被认为是一种矫情。当然，张仲平后来一直看重江小璐，最主要的原因还是因为她长得漂亮。

张仲平每次跟江小璐见面、做爱，总是没来由地很兴奋。这使他的临场表现有时候很好，有时候又有点勉强，成绩不太稳定。张仲平对她的事情知之不多，也就在车上时自我介绍的那一点儿，后来就没有再问过。男女交往互相之间刨根问底，很大程度上都是为能否上床做准备，既然已经上过了床，其他的求知欲就不是很强了。张仲平后来才知道江小璐不仅很早就结了婚，又很快离了婚，还有个两岁的儿子，目前跟她父母亲住在另外一个城市。

江小璐很懂味知趣，从来没有给张仲平惹过什么麻烦。例如，她一向只在他上班的时间才跟他联系。张仲平认为这样最好。一个女人并不因为和你上过了床，就以为有了将某种责任强加于你的权利，这差不多就是一个好女人了。张仲平当然也不会傻乎乎地把那种责任揽在身上。所以他们的关系是单纯的，彼此轻松愉快的。不过，江小璐的电话通了又不接的情况，也还是有的。这种时候，张仲平心里也会一紧一紧的。有时候，他半真半假地吃醋，问江小璐怎么回事。江小璐说："没怎么回事，手机不在身边罢了。"张仲平说："不会是在谈恋爱，不方便吧？"江小璐说："你是不是希望我谈恋爱，早点嫁出去？"张仲平不好说希望她一辈子都嫁不出去，只好嗫嚅半天，顾左右而言他。

江小璐的手机占线。张仲平上了一回卫生间，回来想再拨一次，座机却响了，是丛林，他的大学同学，市中级人民法院民二庭的庭长。丛林知道他没有饭局以后，就要他开车来接，说要带他去赴宴。张仲平问他是不是鸿门宴，丛林叫他不要啰唆，反正不要他买单。张仲平问丛林带个人可不可以，丛林想了想，说算了吧。

张仲平刚出电梯，江小璐的电话追来了，问他是不是给她打过电话。

张仲平说："是的。第一个饭局取消了，本来想跟你一起吃饭的，谁知刚才又接了个电话，这会儿又有事了。"

江小璐说："这么巧。"

张仲平说："应该说这么不巧，你不知道，吃饭最累了。"

江小璐说："要看跟什么人一起吃吧？"

张仲平说："对对对，跟你一起吃饭就不累，还可以减肥，因为你秀色可餐。"

江小璐轻轻笑了一声说："你别贫了，快去忙吧。"

张仲平说："好，要有时间我来看你。"江小璐说："行呀。"

快到市中院大门口的时候，丛林的电话又来了，问张仲平到了哪里。张仲平告诉了他。丛林要他继续往前开。张仲平知道，丛林不想在单位门口上车。正是下班的时候，要注意影响。开过市中院门口一百多米，张仲平看到了丛林，胳膊底下夹着公文包，正一边朝前走一边打手机。张仲平轻轻地按了一下喇叭，将车子滑行了几米，正好停在他身边。丛林噌的一下打开车门就上了车。上了车还不由自主地往车后看了一下，样子像个地下工作者。

"去黔川情。"

丛林跟张仲平交代了一句，仍然没有停下手里的电话。对方是个女的，丛林的声音温柔得很。

丛林两年前跟老婆离了婚，成了钻石王老五，最近却又在想结婚的问题了。可是对象又一直定不下来，只好频繁地换女朋友，惹得张仲平经常张冠李戴。丛林每次都由着张仲平一通乱叫，很骄傲的样子。

丛林对于自己要不要结婚还真的有点拿不定主意，老问张仲平他该怎么办。

张仲平说："结婚不幸福，不结婚也不幸福，这是现代人的通病。但是，你如果要的只是快乐，事情就好办多了。"

丛林说："你说得轻巧，真是饱汉不知饿汉饥。"

张仲平说："又说瞎话了吧，你什么时候让自己忍饥挨饿过？"

丛林说："要么旱死，要么涝死，都是自然灾害。这种日子你是没过过。"

张仲平说："找个相对固定的女朋友不就行了？"

丛林说："我愿意，可是别人不愿意。开始在一起倒是轻松愉快的，你花钱陪着她玩，能不愉快吗？时间长了就不行了，总要缠着你结婚成家。"

张仲平说："不会吧，这件事还能难倒我们的大法官？你难道不知道中场换人？我要像你就好了，只谈恋爱不结婚，活到老谈到老，不知道多幸福。"

丛林说："国家公务员呢，要注意形象。你以为是像你一样的民营企业家，除了老婆，再没有人管。"

张仲平本来想说，国家公务员才好哩。工资基本不用，老婆基本不动。考虑到丛林是离了婚的，又把话咽了回去。

丛林的问题其实有两个。第一，该不该再结婚；第二，跟谁结婚。对于第一个问题，谁都说不好，结婚有结婚的好处，吃饭睡觉有固定的地方，平时有人嘘寒问暖，生活基本上有规律。但单身也有单身的好处，可以天马行空、独来独往，一人吃饱全家不饿。张仲平说："难的是两者不可兼得，所以比较起来没有什么实际的意义。"丛林说："我还是倾向于结婚的。有句话叫逢年过节情人死绝。有一次我得了重感冒，只好住宾馆，因为宾馆里打个电话就能送餐，不会被饿死。有个家就不一样了，起码有个伴儿。我也谈过几个女朋友了，感觉都差不多，找谁不找谁，就像赌博一样，真不知道怎么办。"

丛林的那些女朋友，张仲平也都见过，连丛林都不知道谁适合做老婆，张仲平就更不会替他乱点鸳鸯谱了，所以只能泛泛而谈。

张仲平说："女人嘛，环肥燕瘦，各有千秋，怎么好比？就像休闲服和西装，既然不能同时穿在身上，就只能看场合和自己的喜好了。"张仲平自己都觉得这种比喻不是很贴切，果然马上就被丛林抓住了把柄，说："你倒是好，老婆是西装、情人是休闲服。小心得艾滋病。"张仲平说："我得艾滋病？说你自己吧。"

就这样，严肃的问题变成了扯淡。

张仲平说："丛林，你是当法官当久了，什么都要分个是非黑白来。其实，这种事情取决于一个人的期望值。幸福难找，快乐却不难找。幸福是一种全身心的体验，快乐就简单多了，那只是一种感觉，只要跟着感觉走就行了。"

丛林说："跟着感觉走，请抓住梦的手。可是，梦的手是什么样子？像我们这个年纪，还有几个人做梦的？"

张仲平认为丛林是一个具有双重性格的人。丛林对自己的工作很看重、很尽责。但在八小时以外，却是潇潇洒洒的、风流倜傥的。张仲平觉得他谈起恋爱来简直像个情圣。可是当初离婚的起因，却是他老婆认为他只顾工作不顾家，光在外面图表现，家里厨房里的酱油瓶倒了都不扶，十天半个月还难得说上几句体己话，家庭生活干巴巴的没有情趣。她没跟丛林吵也没跟丛林闹，却跟他弄出来了一个第三者，还是从网络里捞出来的一个小混混。丛林气得差点胃出血，为了把被丢尽的面子捡回来，除了离婚别无选择。在女人眼里，男人要不会挣钱，不会来事，整天窝在家里，叫没出息。男人要把精力放在外面，叫不再爱她。在男人眼里，女人就是麻烦。有个段子说女人是男人的天敌，总是把男人往死里整：美丽的女人让男人迷死，放荡的女人让男人爽死，温柔的女人让男人爱死，有钱的女人把男人玩死，当官的女人把男人弄死，贫穷的女人把男人愁死。但不管怎么个死法，男人要没有女人只会干死渴死憋死。

丛林元气一恢复就开始谈恋爱。也许是老婆红杏出墙的事对他的刺激太大了，想认真却怎么也认真不起来。丛林很有才气，上大学时跟张仲平就玩得好。张仲平不止一次怂恿丛林，要他下海算了，开个律师事务所什么的，要不就一起搞拍卖。丛林有时候也有一点动心，主要是经常和张仲平一起玩感觉压力挺大的。丛林说："仲平，你他妈的资产阶级，槌子一响，黄金万两。随便一笔业务做下来，就比我一辈子的工资还多。"张仲平说："你要是立志为人民服务，就不要考虑人民币的问题，要不就干脆下海算了。"但丛林仍然下不了决心，说："都四十好几的人了，谁知道还能折腾多久？不如好好捧着这饭碗算了，管它是金的还是银的，反正不会是泥巴做的。"

已经到了黔川情楼下，丛林的电话粥还没有煲完。黔川情是当地最大的餐饮企业之一，这时开张不久，生意火爆得不得了，包厢听说要提前两三天预订。

丛林终于打完了电话，张仲平拿他开玩笑，问这一回是吃原告还是吃被告，丛林说："说话别这么难听好不好？你以为我喜欢吃这种饭？就是因为难受才叫上你。"张仲平说："除了那些缠着你结婚的小妹妹，还有谁能让我们的大法官这么难受？"丛林说："等下你就知道了。我跟他说，请我可以，随便找一个路边店就是了，他不，还非得上这儿，你说你有什么办法？"张仲平笑笑没吱声。丛林说："你还别不信，我还真是没有办法。他请我不下十次了，我都没有答应。早两天案子判下来，他赢了。非得要在这里请我，没得商量。否则，就是看不起他，要跟我急。"张仲平说："他能怎么急？"丛林说："怎么急？说要上我办公室坐着，直到我答应为止。今天他真的在我办公室坐了一上午。你说，一顿饭，至于吗？"

迎宾小姐把张仲平和丛林让进三楼 K18 包厢的时候，做东的人早就到了。他本来坐在沙发上看电视，见丛林他们一进来，马上就跳了起来。先是很热情地跟丛林握手，嘴里说："你好你好。"然后过来跟张仲平握手，嘴里也说："你好你好。"张仲平觉得他握手时用的力气也太大了一点，只好赶紧往回抽。

这是一个矮矮胖胖的中年男人，理板寸，穿西装，新的，袖口上的标签都还没有铰掉。他给张仲平的第一印象，就像是个日本佬。他系了一条鲜红的领带，很扎眼，这又使他看起来像一个乡镇企业家。

他是一个建筑公司的老板，也就是包工头。他笑起来嘴巴扯得很宽，脑袋还配合着做小鸡啄米的动作，边给张仲平递名片边自我介绍："龚大鹏，龙共龚，大鹏展翅的鹏，叫我小龚就可以了。"丛林朝他挥一挥手，说："龚老板不用客气，随便一点。这是我朋友，你大我三岁，怎么说也该叫你老龚了。"龚大鹏连忙说："叫老龚好，就叫老龚吧。林哥，你看吃点什么？是鲍鱼还是龙虾？"丛林说："点茶没有？先上茶吧。"龚大鹏扭头对服务小姐直嚷，说："怎么还不上茶？快上茶。"服务小姐暗中一笑，说："请问几位先生喝什么茶？"张仲平说："一杯参须麦冬。"这是给丛林点的，他只喝这个。然后给自己要了一杯白水，又问龚老板喝什么，龚大鹏也要了一杯白水。服务小姐问是白开水还是矿泉水。张仲平说："白开水，温热的。也就是开水里面加点冰块。"

龚大鹏说："林哥、张总，两位看吃点什么，龙虾怎么样？"丛林说："随便点两个家常菜就可以了。"龚大鹏说："那怎么行？不行的。"这时服务小姐躬身插话："我们酒楼的招牌菜叫黔驴技穷，客人反映不错，要不要来一份？"丛林说："这是一道什么菜？"服务小姐说："就是红辣椒爆炒驴肝肺和牛鞭。"张仲平说："这菜名有点黑色幽默。天上龙肉地下驴肉。驴肝肺那是什么？弄得不好，就是好心呀。还怕不够劲道，还要牛鞭来帮一把，有点意思。我估计老板有点墨水，菜名起得怪，有想头。"丛林问服务小姐："你知道牛鞭是什么吗？"服务小姐浅笑一下，摇了摇头，说："我不知道。是不是牛尾巴？"丛林说："你好天真哟！那我问你，一头牛有几条尾巴？"服务小姐脸就红了，不跟丛林讨论这个问题，只问要不要来一份。丛林说："不要。"

张仲平看出丛林不想宰龚老板，就想把点菜的任务抢过来，把调子定了。他对龚大鹏说："丛法官喜欢清淡，这里的海带湖藕汤做得不错，来个海带湖藕汤怎么样？"龚大鹏说海带湖藕汤好。张仲平又问服务小姐："今天的海带怎么样？是不是海带头？"服务小姐说是。丛林说："我们这位老板可挑剔了，喜欢肉厚水多的那一种。"张仲平不想跟酒楼的服务小姐开玩笑，就没有接丛林的话，只问湖藕是不是野生的，服务小姐说是。丛林说："你骗人吧，现在的湖藕还有野生的？"服务小姐说："真的。不骗你。"丛林说："估计也欺不了我们。我们这里有专家，家的野的分得很清楚。"就定了海带湖藕汤。张仲平继续向丛林和龚大鹏推荐这里的特色菜，说："这里的蕨菜炒腊肉不错，蕨菜是从贵州运过来的，腊肉是湖南湘西的土匪腊肉。龚老板你看呢？"龚大鹏说："怎么样，林哥？"丛林正拿遥控器换电视频道，说随便吧，就定下了蕨菜炒腊肉。龚大鹏说："还是来个龙虾吧，女蟹男虾，壮阳。"丛林说："我不吃虾的，过敏。"龚大鹏就说："那就上鲍鱼？"丛林说："这里的鲍鱼做得很一般。老龚，我看算了。"张仲平说："听领导的吧。要不，一人来一份鲍汁鹅掌？不然，服务小姐会有意见。小姐，你会不会有意见？"服务小姐说："顾客就是上帝，点菜随客人的便。"张仲平说："你是新来的吧？蛮可爱的。没有怂恿客人点这个点那个，不错。"服务小姐轻轻一笑，又问要哪一种。张仲平看到菜牌上鲍汁鹅掌有三种规格，一种纯粹是鲍汁鹅掌，一种是加了花菇的，还有一种是在花菇里面又加了辽参的，价格分别是六十八元、八十八元和一百二十八元，他不好替龚大鹏表态，便拿眼睛望着他。龚大鹏大手一挥，说："当然是一百二十八元的，一人一份。"张仲平说："我看八十八元一份的就可以了。"龚大鹏说："不行。"见服务小姐没动，就说："你还愣着干什么，快点上嘛。一百二十八元的。"又点了一份榄菜肉松。丛林说："够了够了。"龚大鹏说："还没有青菜，点份韭菜吧。韭菜是壮阳草。"丛林说："老龚，你怎么开口闭口就那两个字？好像全国人民都肾虚似的。"龚大鹏倒也老实，说："我也是听别人说的。"丛林说："现在的韭菜都是大棚里出来的，像牛草。不如点一份清炒白菜薹。"龚大鹏立即示意小姐点上，又要点酒，问是上五粮液还是茅台。丛林和张仲平都说酒就免了，来点酸奶吧。

这一顿饭吃得比较快。席间，龚大鹏想扯案子的事，被丛林岔开了。张仲平知道丛林是一个说话办事都非常谨慎的人，不想三人六面地扯这些事，正好换台时出现了股评，就跟他谈股票。股票跌得一塌糊涂，股民丛林烦得很，边换台边说了一句粗话，意思居然是要跟股市的母亲发生不正当的男女关系。其实女人才是饭前茶后最好的话题。但龚大鹏是丛林的当事人，这话题就不合适，只好退而求其次，说段子。不知道从什么时候开始，荤话和痞话几乎成了宴席上的调味品和下酒菜，成为举国上下一种普遍的文化现象。张仲平接着刚才的话题，说了一个牛鞭的段子，说有个女大学毕业生在法院里实习，有一次陪庭长去吃饭，别人点了一份炖牛鞭，就问牛鞭是什么。庭长不知道该怎么教她，就说，吃得问不得。别人开他们俩的玩笑，给她提示，说庭长有你没有。等喝了几杯酒，庭长纠正说，我一年四季都有，你呢？有时候也有。女大学生被弄得一头雾水，整餐饭就想着这件事。后来夹了一坨牛鞭举在眼前研究，略有所悟，暗中一笑，筷子一松，那坨牛鞭不偏不倚地掉在了她的裙子上，大家就笑，说厉害吧，炖熟了还能找到地方。张仲平话音刚落，龚大鹏就哈哈大笑，很响亮地说："好呀！"丛林一脸严肃，说："好什么？"又问服务小姐："他们笑什么？"服务小姐不开口，抿着嘴使劲摇头。

等龚大鹏买了单，丛林用服务小姐递上来的热毛巾擦了擦手，起身上了一趟卫生间。回来之后拍了拍龚大鹏的肩膀，说张总是法律系的高才生，现在又搞拍卖，你的案子虽然胜诉了，但怎么执行才是关键。找个时间跟张总说一说，看能不能想出办法来。龚大鹏赶紧起身，又要来和张仲平握手。张仲平忙两手抱拳上下摇一摇，再拿牙签去水果拼盘里挑了一小块哈密瓜，以此躲过了。龚大鹏一点也不讲客气，顺势移椅子过来，搂着张仲平的脖子，也很用力，好像是为了防止张仲平溜掉。龚大鹏说："张总一定要帮忙，救救老弟。"刚才在车上丛林光顾了打电话谈情说爱，龚大鹏的事一个字也没有提。张仲平不知究竟，见龚大鹏这样热情洋溢，只好说："龚老板别客气，大家互相关照吧。"

龚大鹏要安排活动，丛林和张仲平都说算了吧，龚老板已经很破费了。龚大鹏说不行，一定要找个地方去唱歌。张仲平说："唱歌就免了吧，歌厅里空气不好。"丛林说："唱歌是最花冤枉钱的，一点意思都没有。"龚大鹏说："那去洗桑拿怎么样？黄金大酒店的桑拿不错，小姐漂亮，又安全。"丛林笑了笑，说："龚老板硬是要把我们当腐败分子。"龚大鹏说："没有没有，我只想略表寸心略表寸心。那就去黄金大酒店？"丛林说："不去。"就再不说话了。张仲平出面打圆场，说："龚老板，咱们是不是就不要拖人家下水了？下水也不要过膝盖，我看找个地方洗个脚就行了，膝盖以下的活动还是安全的，可以搞一搞。"

就决定去洗脚。

龚大鹏没有车，一起上了张仲平的车。丛林说："去巴山夜浴吧，那地方不错。""巴山夜浴"是"巴山夜雨"的谐音，好像是唐诗里面的句子，用来做洗脚城的招牌，倒也还贴切。不像有的店名，把成语、日用语一顿乱改，改得你莫名其妙，还自以为很有水平。那地方张仲平也去过，员工都是四川、重庆一带的，确实不错。

巴山夜浴外面的马路上停满了车。保安跑过来指挥，要安排他们到隔壁一家单位的停车场去停车。丛林把车窗摁下来问："有位置没有？"丛林问的不是车位，是洗脚的位置。保安说："不要等多久。"丛林再把车窗摁上来，说："算了，换个地方吧。"龚大鹏说："想不到洗个脚还要排队。"丛林又说算了吧，龚大鹏说："那怎么行？张总你熟，拜托你找个地方吧。"张仲平见丛林打了几个电话没约上人，就说："去东方神韵大酒店吧。"龚大鹏说："对对对，那里我以前也去过，小姐长得漂亮。"张仲平说："主要是指法不错。"

东方神韵大酒店洗脚的地方就不叫洗脚城了，叫休闲中心。哪知道这里的人也不少，刚刚吃完晚饭不久，到处都是找地方搞活动的人。这里张仲平来得比较多，几个迎宾都面熟，她们跟客人打招呼的方式很独特，不说"欢迎光临"，说"来啦"，非常口语化，给你一种回家的感觉。

经理说："洗脚要稍等，按摩不用等。要不然先按摩再洗脚？"张仲平看看丛林，丛林说："我做个泰式吧。"经理说："行！我给你安排一个好一点的技师。"丛林问："哪儿好？"经理莞尔一笑，说："我也不知道，老板试一试就知道了。"丛林说："怎么试呀？"经理又一笑，说："老板想怎么试就怎么试。"丛林说："真的呀？"经理又是一笑。

张仲平对龚大鹏说："我俩等一等，还是洗个脚算了。顺便把你的事情扯一扯，怎么样？"龚大鹏说："这样最好，正好听领导的指示。"张仲平说："龚老板别见外，把我当朋友好啦。"龚大鹏说："我肯定把张总当朋友，就怕高攀了。"张仲平说："哪里的话。"

龚大鹏的案子其实很简单。三年前，他的建筑公司垫资五百万进场修建胜利大厦，开始好好的，框架建起来以后，开发商鸿发房地产开发公司的法人代表左达却不见了。不仅承诺的后续资金没有跟进来，连找中国银行贷的一千多万也是一个子儿没有往项目里面投。原来他玩的是"空手道"，他的自有资金并不多，而且差不多全部花在了征地拆迁的公关上头，连征地款都是找做股票的朋友拆借的。左达在还清了私人的欠款之后，就带着剩下的几百万人间蒸发了。有人说他跑到美国去了，还有人说是尼加拉瓜。左达涉嫌诈骗，已经在公安部门立了案。龚大鹏居然是最后一个知道这些信息的人。但龚大鹏怎么也不愿意相信这件事是真的，因为再投一点钱，完成开发投资总额的百分之二十五，就可以开始卖楼花了，完全可以借鸡生蛋。左达的手机打不通，龚大鹏手下的民工则天天嚷着要么开工，要么开工资，搞得龚大鹏头都大了。他七拐八弯地找到在公安局工作的一个老乡，这才证实了关于左达的传闻。原来左达天生好赌，欠了澳门洗码仔的高利贷，是死是活还不知道。澳门葡京酒店每个月都有几个跳楼的，听说大部分是内地过去的赌博佬。龚大鹏这才彻底醒悟过来，一纸诉状告到法院，丛林成了此案的主审法官。龚大鹏的官司倒是赢了，但是，左达在中国银行贷款时已经将土地和项目作了抵押，中国银行早就通过法院把胜利大厦给查封了。项目停工了一年多，龚大鹏从乡下带出来的亲戚朋友、乡里乡亲的，开始还住在里面，见开不了工，就陆陆续续地都走了。胜利大厦成了名副其实的烂尾楼和收容所。拍卖的钱够不够偿还中国银行的本息都还不知道，龚大鹏指望拿到钱，看起来比较悬。

听了龚大鹏的介绍，张仲平说："这事可能有点麻烦，龚老板准备怎么搞？"龚大鹏说："我就是不知道该怎么搞，才求你求林哥。张总你是不知道，干我们这一行的，真的无异于刀口舔血。建筑公司那么多，你要是不垫资，根本就揽不到工程。我悔就悔在不该跟私人老板合作。跟公家做就好多了，安全。不过，话又说回来，安全是安全，工程做完了，要想拿到钱，也不容易。那些搞验收的，搞结算的，胃口也不小，像拧不干的抹布。真的是条条蛇都咬人。帮了你一次忙，就像是你的祖宗，就得供着。俗话说，小鬼难缠，一点都没错。算了，不说这个了。”张仲平说：“现在干哪一行都难。”龚大鹏说：“那些钱都是找亲戚朋友借的，都是血汗钱，如果要不回来，我怎么办？我有时候连他妈的杀人的想法都有了，还得想办法骗那些把钱借给我的亲戚朋友，要不然，他们也会把我撕了。”张仲平拿不出什么好话来安慰龚大鹏，只得伸手在他胳膊上轻轻拍了拍。

张仲平起身上了一趟卫生间，顺便把单给买了。龚大鹏洗完了脚掏钱买单的时候才知道，立即大嚷起来：“张总你怎么能这样？看不起我这个朋友是不是？”张仲平笑笑，说：“没那么严重，我有这里的金卡，可以打六五折。”龚大鹏执意要把掏出来的钱往张仲平怀里塞，被张仲平挡开了。丛林这时候已经做完了按摩，红光满面的，见两个人拉拉扯扯不像话，就说：“龚老板算了吧，吃饭你买单，洗脚张总买单，算是AA制，这样最好。”龚大鹏说：“你看这事你看这事。”他又要来拉张仲平的手，张仲平只好笑一笑，将手掌一竖，说：“龚老板行了行了。”

张仲平说：“龚老板要不要送一下？”龚大鹏说：“不用不用。张总谢谢你，咱们的话题才开了个头，换个时间我再来找你。”张仲平说：“行呀，随时欢迎你来。”龚大鹏把他们两个送到车子边，抢先一步为丛林打开了车门。丛林躬身进去之后将车窗摁下来，朝他挥了挥手。车子掉头上了马路，张仲平朝后视镜上瞥了一眼，见龚大鹏还站在那儿朝他们直挥手。

张仲平要丛林再说说龚大鹏的事。丛林说：“左达的公司早就是个空壳，可供执行的也就那幢楼了。中国银行的案子已经结案，马上就要进入执行程序，龚大鹏要是不抓紧，可能难得挤进去。”

张仲平说：“那个烂尾楼我知道，早几天都上报纸了，市政府急着要整治。那地方位置好，应该也值几个钱。”

丛林一笑，说：“再经你们这些拍卖公司一打折呢，法院诉讼费、执行费一交，再把你们的拍卖佣金一扣，还剩多少？还轮得到龚大鹏吗？”

张仲平说：“龚大鹏申请执行立案没有？要是没有，卖多少钱都跟他没关系。”

丛林说：“把音响开了，放点音乐吧。”丛林捋了捋头发，接着说：“我就是想让你看看，看能不能帮他操作一下。你们俩谈得怎么样？”

“关键是要赶紧申请执行立案，然后，就是争取胜利大厦卖出一个好价钱，等中国银行受偿以后，看能不能多少给他剩一点。”张仲平说。

“中国银行已经把这个案子剥离给了东方资产管理公司，归它申请执行，那里有熟人没有？”丛林说。

“巧了，这几天我正在想办法跟颜若水接触。”

“是吗？这事，依你看还有别的办法没有？”

“好好琢磨一下，应该有吧。不过，同一件事不同的人去做，会有不同的效果。一起做事的人最重要了，不知道这个龚大鹏怎么样？”

丛林扬了扬手，说：“这个人我并不熟，打过几次交道，给我的感觉有点怪，也有点难缠。你觉得呢？”

“我的感觉跟你差不多。不过，这小子也太惨了点。”

“这种事情多了。现在什么时代？知识经济时代，再也不能凭什么胆大心黑脸皮厚赚钱了。跟人合作之前，随便找个律师问问，何至于如此！一点法律意识都没有。”

“也不能全怪龚大鹏。现在做生意，就这环境。再说了，要是社会上的每个人都成了法律专家，你们法院还有什么生意？”

“张仲平同学你搞清楚了，法院可不是做生意的。”

张仲平哈哈一笑，说：“那还用说吗？”

丛林说：“说正经的，龚大鹏的事不要陷得太深了。我的感觉不太好，要不然，先看看再说吧。”

张仲平说：“我想也是。你知道执行局接这个案子的是谁吗？”

丛林说：“侯昌平，一个快退休的老头，你认不认识？”

“认识。我想是不是这样：第一步，争取先把胜利大厦的拍卖委托合同拿到手，至于龚大鹏那儿，能帮就帮，不能帮，也没办法。”

丛林说：“你说得对，关键是要拿到拍卖委托，这是第一步，有了第一步，才有第二步、第三步。噢，侯昌平有个外号，叫侯头，跟他打交道要动动脑筋。”

“这个不怕，有你当高参嘛。”

丛林摇摇头说：“这事你别指望我，执行局的事，我是不好直接出面的。”

张仲平把丛林送到了鹏程大酒店，有个朋友约他在这里喝茶。张仲平看不到十点，就往江小璐家里打了个电话。电话响了三下，接了。张仲平说：“休息没有？”江小璐说：“还没有呢，刚洗完澡。”张仲平说：“我来看你吧。”江小璐说：“行呀。”

张仲平把车停在了江小璐宿舍楼的下面，用手机打了一下江小璐家里的电话，等嘟嘟嘟地响了三下便又挂了，通知她他已经到了。然后，张仲平把手机放在了车上的小杂物箱里。这样，如果唐雯打电话来，也就不会漏掉。与江小璐做爱是一件美妙的事，张仲平宁愿事后对没有接手机的事向唐雯作解释，也不想在跟江小璐做爱的时候被打扰，何况唐雯还不一定会打电话。

第二章

侯昌平没有在杨树岭新建的法官公寓买房，还住在老院子里。那里住的多半是一些离退休的老职工，张仲平大都不认识，否则，张仲平到侯昌平家里来登门拜访还会有点犹豫，因为担心遇到熟人。

张仲平跟侯昌平在中院执行局办公室见过几次，扯起来还是一个地区的老乡。那是一个不怎么修边幅的精瘦小老头。平头，稀稀拉拉的山羊胡子，三分之二的时间眼睛是半闭半睁的，就连跟人说话的时候也是一副睡眼蒙眬的样子。他不喜欢笑，但偶尔笑起来却很爽朗，有一点发自肺腑的意思。他几乎一年四季都穿法官制服。张仲平第一次跟他见面之后心里直嘀咕：要是侯昌平不穿制服，十有八九你会把他当成一个到法院上访的老农民。

张仲平平时很少待在公司里，大部分时间泡在法院，这里走走，那里看看。他不抽烟，不喝酒，但总是在汽车尾箱里放着两三条本地最贵的精品烟。上法院的时候，再往口袋里揣上几包。逮着办公室只剩下某一个他要找的法官，会很迅速很自然地往人家办公桌上扔一包。张仲平觉得递一根烟和甩一包烟给人留下的印象完全不一样。他这是在培养自己的人缘。就像刚刚入道的演艺人员争取频频上镜头、上花边新闻一样，为的是混个脸熟。他的名片和其他拍卖公司老板的名片，躺在执行局很多法官办公桌的玻璃板下，张仲平希望在关键时刻能够有人想到他，顺手给他打个电话。只要有一个开始，剩下的工作就好做了。

侯昌平却没有抽过张仲平一根烟。这倒不是因为张仲平看走了眼，以为侯昌平在执行局不吃香，又快要退休了，拿不到好案子，因而没有把他列入工作重点。张仲平是不会吝啬几包烟的，他也曾经给侯昌平扔过烟，但侯昌平不要，还硬要张仲平把烟收回去。这跟别的不抽烟的法官不一样，谁也不会把一包烟当回事。自己不抽，可以转手送给同事。硬生生地要撒烟的人收回去，多少是件尴尬的事。当然，侯昌平那次也没有让张仲平太难堪。否则，那不是太假正经了吗？你以为你是谁，就那样不食人间烟火？侯昌平对张仲平打了个哈哈，说："我不抽烟，只喝一点小酒。哪天小老乡方便，请我在哪个路边小店喝两盅就行了。"张仲平反应很快，马上就邀请他，侯昌平说："张总你也别那么心急，咱们来日方长，我也就看是你张总，换了别人我是不会向他讨酒喝的。"

不管侯昌平说的是不是真话，他传递给张仲平的信息，是已经对他另眼相看，这就不错了。

张仲平今天就是给侯昌平送酒来的，整整一箱。

张仲平人近中年，小肚子已经有了一点突出表现。偏偏侯昌平住在七楼顶层。张仲平吭哧吭哧地直喘气，每上一层楼都得停下来歇上一会儿。好在这时楼道上静悄悄的，没有其他人，否则别人真不知道张仲平是干什么的。因为作为一个送礼的，张仲平显得有点傻，都什么年代了，哪个送礼的还会大包小包地往人家家里扛东西呢？

开门的就是侯昌平，看到张仲平像跑了几千米长跑似的扶着门框按门铃，一下子愣住了，说："怎么是你？快进来快进来。"

张仲平进门之后也有一点发愣。

让张仲平吃惊的是侯昌平的家境状况。那是一套二室二厅的房子，六七十平方米。房子没有装修，地面涂着枣红色的地漆，中间一块磨得露出了水泥的原色。客厅里有个三人沙发，是用黑色人造革做的，右边扶手上可能有个洞，用伤湿止痛膏贴着。那张膏药原来不是黑的，用墨汁染过。沙发的茶几是临时配的，与靠墙放的老式高低柜颜色相近，但并不相同，看得出不是一起做的。高低柜上放了一部二十一英寸的彩电，居然是手动的，而且颜色已经有了一点失真，这会儿正播放赵忠祥解说的《动物世界》，音量被调得很小，刚刚够听得见。

侯昌平一家三口，他，老婆和孩子。来之前张仲平打了电话，侯昌平不在，是他老婆接的。张仲平自我介绍说是侯法官的老乡，想到家里来看看，问侯法官待会儿在不在家。她说昌平在院子里散步，等下就会上来。张仲平这会儿见过了侯昌平的老婆，点头，笑笑，除了觉得她收拾得干干净净以外，就没有别的印象了。

侯昌平的儿子才十几岁，正在念初三。侯昌平是从部队转业来法院的，干了差不多大半辈子。他三十多岁才结婚，老婆一直怀不上孩子，直到侯昌平四十五六了，才怀上。他老婆那时已是高龄产妇，一怀上，侯昌平就没让她上班了。两口子中年得子，宝贝得不得了。代价也大，他老婆从此就丢了工作。

侯昌平安排张仲平在沙发上坐下，说："儿子准备高中升学考试，就不让他出来跟你见面了。"他说话声音很小，接近于耳语，生怕影响了另外一扇门后面刻苦用功的中学生。

张仲平连忙说打扰打扰。他觉得很不好意思。侯昌平表现出来的热情，让他感到自己被当成了春节时到下岗工人或农村贫困户家里送温暖的领导。

其实张仲平误会了，侯昌平不过是喜欢跟人家谈自己的儿子罢了，这个话题仅仅是个开头。张仲平刚在沙发上坐下，侯昌平就猴急猴急地指点着用透明胶粘在墙上的几幅条幅，说："小家伙写的，还行吗？"

3D公司早几年做过艺术品拍卖，张仲平对书法作品多少有些鉴赏能力。他起身很认真地看了看，点点头，说："好好好。"侯昌平哈哈一笑，说："好什么好，不行。"不经儿子同意就替他谦虚。张仲平说："真的不错，很大气。"侯昌平说："这幅颜体倒有几分形似，有那么一点风骨。"张仲平急忙接话说道："侯哥对颜体的特点概括得很准确。颜真卿当过十七郡的盟主，官位做到了太子师，素有立朝正直之称。他的书法化篆入楷，端庄雄伟，气势磅礴，自成一家。贵公子这字，还真有那么一点意思。"侯昌平哈哈一笑，说："想不到张总是行家，有学问。"张仲平说："哪里哪里，班门弄斧班门弄斧。"侯昌平说："有学问是好事，有学问的人做事有后劲。世界是你们的呀。"张仲平一笑，也跟侯昌平开玩笑，说："世界是你们的，也是我们的，但归根结底是咱们的。"侯昌平又是仰着脖子哈哈一笑，说："有意思。"之后，便开始吆喝老婆。他老婆在厨房里忙着刷碗，可能没听见。侯昌平便起身到里屋去了一趟，回来的时候，手里多了一个法院的案卷袋，抖抖，要张仲平看看。张仲平看了，全是他儿子的获奖证书，全国各地各种名目的少儿书法大赛，金奖、银奖、铜奖的，不少。

张仲平说："不错。好好培养一下，说不定就成了大书法家。"侯昌平说："穷人家的孩子，学不起钢琴之类的洋玩意，好在小家伙对练字还上心。现在城里的孩子都这样，除了学好功课，还总得学点什么。练字成本低，也算是一种国粹。现在的孩子整天上网玩游戏，真正能把汉字写好的没有几个，看他自己的造化吧。"张仲平说："是呀，师傅领进门，修行在自身。侯哥家里很有书卷气，书香门第呀。"侯昌平笑笑说："什么书香门第？你小子是骂我吧！"

张仲平刚要辩解，手机响了，是丛林打来的。

丛林说："在哪里呀？三缺一，有没有时间过来？"

张仲平说："在外面办点事，等下给你回电话吧。"

丛林与侯昌平是同事，张仲平不想让侯昌平知道电话是丛林打来的，也不会当着侯昌平的面，告诉丛林他在拜访侯昌平。张仲平经常跟法院的人打交道，很快就揣摩出了一套游戏规则，比如说你在请人吃饭搞活动的时候，忽然来了电话，问你在干吗，你是绝对应该含糊其词的。因为被你请的人，需要你保持这种私密性，这就像不成文法一样不可违抗。张仲平也是这样一次一次教导他自己公司的那些部门经理的。张仲平跟他们说，不要有事无事地把跟谁谁的关系挂在嘴上，你知道别人会怎么想？你以为你跟某某好，某某就跟你好吗？某某跟另外的人也许更好呢，别把事情人为地搞复杂了。

张仲平并没有准备跟侯昌平一接触上就谈胜利大厦的事，本来想待个三五分钟就走人，丛林的电话正好让他有了告辞的借口。见张仲平准备起身，侯昌平也把身子挪了挪，又用嘴努了努放在门后边的那箱酒："张总，这是什么意思？"张仲平说："一箱酒。我有个朋友办了个酒厂，送给我的。我滴酒不沾，只好借花献佛，让老乡尝尝。"

"是咱们家乡的那种米酒吗？"

"不是，是一种保健酒，擎天柱牌。"

"擎天柱？这不是咱们省里那个新开发的旅游风景区吗？那里产酒？多少钱一瓶？"

"还没有上市，我也不知道价格。我朋友去年参加糖烟酒会，在我们公司的拍卖会上，光买'擎天柱'三个字的注册商标和配方，就花了几百万。听说挺管用。"

"是吗？"

"我那朋友早几年是股市的机构大户，赚了不少钱，想回过头来办点实业。他吹得挺邪乎的，到底怎么样我也不知道，要不要开一瓶来尝一尝？"

侯昌平沉吟了一会，接着哈哈一笑。又好像怕声音太大了，赶忙用手去掩嘴巴，还瞥了一眼关着的房门。他拍了拍张仲平的肩膀，悄悄地说："亏你小子想得出来，给我送一箱没有上市、没有标价的酒。"

张仲平赶紧说："品质没有问题，办了卫生许可证。听说再过两个月他们公司还要到人民大会堂开新品上市的新闻发布会，到时候你就可以看到铺天盖地的广告。"

侯昌平说："我不是这个意思，我是说你送礼动了脑筋，可以美其名曰帮你那位朋友做市场调查。这样，纪委的同志、检察院的同志就抓不到我们的小辫辫了。"

张仲平说："侯哥你开玩笑，哪有这么复杂？"

侯昌平说："复杂不复杂都是人为的。不过，也难得你一片心意呀，好久没干过这种体力活了吧？我要是执意不收，非得让你扛到楼下去，你心里还不骂死我？"

张仲平一笑说："那确实。"

结果，侯昌平真的打开包装箱拿出来一瓶，眼睛不禁一亮：酒瓶是用仿古青花瓷做的，很精致，很漂亮，给人一种古色古香，宫廷秘制似的神秘感。侯昌平打开瓶盖，简陋的客厅里，马上就飘荡着清醇的酒香了。

张仲平上午到公司的时间本来就比较晚，刚把几份报纸翻完，就接到了唐雯的电话，说小雨出事了。张仲平吓了一跳，忙问怎么回事。唐雯说："刚才她们学校的校长来了电话，说她跟几位同学跑到市教委告状去了。"

张仲平说："去市教委告状？告什么状？"

唐雯说："听说小雨的班主任赵老师，打了一个学生两记耳光。"

张仲平舒了一口气，刚才他还以为小雨出了什么意外呢！唐雯说："校长要家长出面把她们给领回来。"

张仲平说："你打个的去行不行？我昨天跟中院的一个朋友约好了，正准备去办一点事。"

唐雯说："你抽不出时间呀？不知道你多大的老板，这么忙。"

张仲平说："对不起呀。你先去，要有什么情况，给我打电话，下午我争取早点回家，好不好?"

"这小子。"挂了唐雯的电话，张仲平独自笑了一下，他对女儿张小雨一直宠爱有加，这可能养成了她无拘无束的男孩子性格。小雨上高一了，个子已经长得跟唐雯差不多高，早已经进入青春期。像其他父母一样，张仲平两口子心里总是有点战战兢兢，好像他们一不小心，小孩就会误入歧途。张仲平觉得应该找女儿好好谈谈了。小雨住校以后，父女俩见面的机会越来越少了。

张仲平说的那个朋友就是侯昌平，他俩要办的那件事也很简单，是张仲平自己揽下来的。早两年公司搞艺术品拍卖的时候，张仲平认识了省里、市里不少书法界、美术界的名流，帮他们中的不少人拍卖过书画作品，其中跟省书法家协会前一届主席梁崎还有点私交。梁崎是有名的金石书法家，当地许多名店的招牌用的就是他的墨宝。张仲平给梁崎打了个红包，一定要请他收侯昌平的儿子侯小平做弟子。梁崎要张仲平带去看一下，看有没有慧根。写字呀、画画呀，不是什么人都能学的，得有悟性。有些人写了一辈子，也就一个工匠。张仲平说："那小子的字写得还可以。万一没入您老的慧眼，就算我请您帮忙了，算多一个人给您二老解解闷。"张仲平待会儿得先去接侯昌平，再去学校接侯小平，然后一起到梁崎那里去拜师。

给侯昌平送过那箱酒之后，两个人又在法院里见过几次，大家彼此点头而已，好像什么事情都没有发生过一样。关于胜利大厦拍卖的事，张仲平还是准备一个字都不提，因为还不到时候。

张仲平原来都是从执行局法官手里直接拿业务，跟承办法官把关系搞好就行了。最近市中院搞改革，拍卖委托的事归司法技术室管。这事在院里引起了一些议论，据说执行局局长鲁冰意见最大。张仲平的公司习惯了原来的套路，管事的人换了，就会有个重新建立关系的过程。如果执行局和司法技术室再闹别扭，拍卖公司夹在中间，左右又都得罪不起，业务只怕会更加难做。

张仲平知道拍卖委托书最后不管由哪个部门下，承办法官的作用都很重要，而他现在与侯昌平的关系还不到火候。这个时候提出来，万一被侯昌平推掉了，下次再努力，必须从负数开始，他可不敢轻易冒这个险。

而且从程序上来讲，还有一个评估的环节。因为被执行人鸿发房地产开发公司已经名存实亡，连法人代表左达也早已不知去向，评估报告出来以后只能公告送达，法定六十天时间。这样，拍卖委托的事提到议事日程，起码是三个月以后的事。张仲平必须利用这段时间，把侯昌平服侍得熨熨帖帖，让两人成为哥们儿。如果他俩成了哥们儿，拍卖委托的事就好办了。侯昌平会像做自己的事情一样，把一切关系替他摆平。届时只需要张仲平到有关部门抛抛头露露面就可以了，否则就不叫真正的哥们儿。

什么是哥们儿？一起扛过枪，一起下过乡，一起同过窗，一起嫖过娼，一起分过赃。社会上流行的段子对哥们儿的定义，就是这样下的。张仲平不得不承认，这种民间文学具有惊人的概括性和准确性，也正因为这样，他才一点也不敢掉以轻心。侯昌平有别的哥们儿没有？他会有多少复杂的社会关系？那些搞拍卖的同行，又有多少复杂的社会关系？这些都是不确定因素，如果跟侯昌平没有一点感情基础，怎么好轻举妄动？

真是鸡有鸡道，狗有狗道。做法院的拍卖业务，最需要的就是钻山打洞的本事，必须想方设法搞好跟法官的关系。哪家拍卖公司不是从案源上抓起的？有了一点线索，就得牢牢盯上，又不能蛮干，否则，只会欲速则不达。侯昌平既然那么看重儿子，为他儿子安排拜师学艺，应该是一个比较好的创意，没准会事半功倍。张仲平对侯昌平一提，侯昌平果然来了精神。

自己的孩子没工夫管，却得替别人的孩子操心，这种事说出来唐雯还不一定能理解，张仲平自己倒是看得很透彻。再说了，这也不是什么让自己委屈的事，别人还不一定能够想到这个主意呢！

梁崎老两口住着三房两厅。他的工作室是两间客房改的，很大，弄了各种各样的兰花，差不多十来盆，墙上悬挂着自己的书法作品，装裱精美，房间里飘荡着翰墨的香味。

侯昌平的儿子比他高出了半个头，是个眉清目秀的小帅哥。一进门就爷爷奶奶地叫得很甜。梁崎的夫人慈眉善目，见小男生这么乖巧，先就有了七分喜欢，说他长得像自己的小孙子。他们的儿子早年到英国留学，一直就没有回来，目前在曼彻斯特，为他们生了一个孙子和两个孙女，难得回国一次。

不知道是张仲平的红包起了作用，还是梁崎真的把他当成了忘年交，三个人一进屋，老两口都很热情，梁崎还亲自为侯小平铺开了宣纸，叫他写几个字看看。侯小平也不怯场，想了一会儿，提笔写了“精气神”三个字。

梁崎不住点头，说：“不错不错。”

侯昌平听梁崎这么一说，忍不住摸了一下儿子的头。

梁崎说："知道什么是精气神吗?"没等侯小平回答，梁崎又说："精气神本是古代哲学中的概念，从渊源上看，属于道教内丹学。人们常说，天有三宝日月星，地有三宝水火风，人有三宝神气精。中医认为精气神是人体生命活动的根本，人要健康长寿，一是说要注意精气神的物质补充，二是强调不可滥耗'三宝'。我这样讲是不是太扯远了？好吧，我们不谈那么深，就说说它的字面意思。精，就是精神、精气、灵魂。你学过成语，知道养精蓄锐吧，还有精力充沛、精神倍增，好多啦。人要有精神，人没有精神怎么样？没精打采，病恹恹的，像得了乙型肝炎。字也要有精神，这样才会显得健康、有力、顶天立地，对不对?"

侯小平连连点头。

梁崎说："什么是气？气就是气韵，就是元气。俗话怎么说的？树活一张皮，人活一口气。人没有气就死掉了。字没有气，就会呆板、死气。跟要死的人差不多，有什么美感？一个五大三粗的人，要是没有一点灵气，那叫四肢发达、头脑简单。可爱不可爱？不可爱。可亲不可亲？也不可亲。学写字，先要学做人，做一个心胸开阔的人，有气派。做一个底气很足的人，不惹事，也不怕事，叫大气；堂堂正正的，叫正气。气要养，架子要练。如果没有气，架子是虚的。怎么说的？花架子，空架子，虚张声势，都不行。要有气势。你看，气势气势，气在势前面，气比势重要，对不对?"

侯小平说对，旁边的侯昌平和张仲平也一个劲地点头。

梁崎说："再说神，这个神就有点玄乎了，精神，神奇，神来之笔，读书破万卷，下笔如有神，神是一种境界。什么境界？痴迷的境界。超越自我的境界，随心所欲的境界。古时候的文人写文章，老师是不打分的，不像现在，六十分、八十分、九十分、一百分，没这种搞法。而是分档次，几个档次？下品、中品、上品、逸品、神品。神品是最高境界，可遇不可求，可意会不可言传。不是一般的人能够达到的。偶尔达到过的人，也不能吹牛皮，说自己想什么时候来神就什么时候来神，那不成神经了?"说得大家都笑了。

梁崎说："'宁静致远'这四个字有多少人写过？不计其数。你们看这一幅，我自己很满意，就有一点神品的意思。"

梁崎到底未能脱俗，拐个弯把最好的赞美还是留给了自己。张仲平觉得老头子蛮可爱的，文章字画，像孩子不像老婆，当然还是自己的好。

张仲平要请梁崎老两口一起吃饭，梁崎说："免了免了，我最怕到外面吃饭了，山珍海味的，一点都不符合饮食科学。"

从梁崎家出来，张仲平要拉爷儿俩进酒楼，也被侯昌平谢绝了，说就近找个路边店吃就行了，还嚷着要请张仲平的客。吃饭的时候，侯小平仍然很兴奋，缠着侯昌平像个女孩子似的叽叽喳喳。他觉得梁老师讲得好，把字比作人，通俗易懂，又生动。

张仲平觉得这步棋走对了，看得出来，侯昌平对他的安排非常满意。他嘴里没说什么，但当张仲平开车送他回中院的时候，还是在下车之前在张仲平的肩膀上使劲地拍了拍。

张小雨小时候也练过字学过画，进高中以后学习任务重作业多，把这业余爱好都丢了。她的事不知道唐雯处理得怎么样了。

没想到张仲平三点多钟回家的时候，小雨正在家里没事似的玩电脑，唐雯也在，闷着头在书房里看书。

张仲平问到底怎么回事，唐雯要他问小雨，小雨头也不抬，两只手在键盘上忙乎，说没事呀。

唐雯说："还没事，学校都闹翻天了。"

小雨说："什么叫闹翻天？天是什么？天怎么闹得翻？太夸张了吧？"

张仲平说："怎么说话像吃了火药似的？有话好好说不行吗？妈妈一句话就引出你那么多反问句，你是搞反问句批发的吗？"

张仲平很快就把事情搞清楚了，小雨班的同学上英语课时递条子，被老师逮着了，老师要他把条子交出来，他不仅不交，还把老师气跑了，班主任赵老师过来整风，那小子居然趁他一转身就大做鬼脸，弄得班上同学哄堂大笑，赵老师一时冲动打了他两耳光。小雨和几个同学就跑到市教委，把赵老师给告了。

张仲平暗中叫苦不迭。就事论事，对小雨他们几个同学也没有什么可指责的，但这件事可能产生的连锁反应，想想却让人担心。赵老师会高兴吗？他和小雨他们几位同学的关系今后怎么处？学校里又会是什么态度？

学校还真把电话打到了家里，又是校长亲自打的，他告诉唐雯一个消息：张小雨他们几个到市教委告状的时候，被电视台的一个记者碰到了。这个记者就教师打人事件进行了采访，节目可能最迟将于后天播出。学校不想让这种事情上电视，很着急，希望那几个告状的学生的家长，能够通过私人关系把节目撤下来。

校长最后说："学校也会努力的，但主要是靠几个肇事学生的家长。"

张仲平有点不舒服，不知道张小雨他们几个同学怎么就成了校长心目中的肇事者。可是，他得忍着，还得想办法把事情给摆平了。他打了七个电话，终于找到了那个名叫曾真的女记者。

乍一见曾真，张仲平竟有些发呆。

"请你把节目撤下来。"

张仲平向曾真提出这个请求时，明显地感觉到自己有点心跳加速。

"节目撤下来可以，给个理由先。"曾真说。

张仲平怔怔地看着眼前这个长发飘飘的女人，稳定了一下自己的情绪，一字一顿地说："你恐怕不得不这样做。这不是请求，是命令。因为我无法预测这个了无新意的电视报道，将对我女儿今后的生活产生怎样不利的影响。必须无条件地制止。"

曾真说："嗬，这么霸道。据我所知，你可是通过了 N 层关系才找到本记者的。"

张仲平说："这是一个父亲为了心爱的女儿向你求情，你忍心拒绝吗？作为补偿我可以给你提供更劲爆的新闻线索，比如说一只金刚鹦鹉吃掉了一只猫，猫的肚子里还有一枚戴比尔斯钻戒。或者，我们谈谈条件，你这一辈子的冰激凌都由我包了，怎么样？"

曾真说："冰激凌是垃圾食品，吃了让人发胖的。想靠它来收买我，没那么容易吧？"

张仲平说："那怎么才能收买你？请你吃饭行吗？"

曾真说："我很忙的，请我要提前预约。"

张仲平说："那就改日？"

后来，两个人多次谈起第一次见面时的情景，曾真说他一开始就居心不良，地道一个臭流氓。张仲平则说自己一语中的："你是当午，我是锄禾，咱俩心有灵犀。"

第三章

3D 拍卖公司对员工实行松散式管理，除了办公室和财务人员，业务经理、副经理都不需要坐班，他们必须像辛勤的蜜蜂一样到外面飞来飞去地觅食，刺探拍卖信息，进行项目跟踪，并随时向张仲平报告进展情况。

业务三部的徐艺，已经一个多星期没在公司露面了。张仲平让办公室的小叶给他打手机也一直不通。

张仲平用小叶不是很顺手，她是省建行一位处长推荐的，说是他的姨妹子。姐夫跟姨妹子的关系是很亲的，经常成为开玩笑的素材，张仲平没办法炒人家，只得把她当半个闲人似的养着。

张仲平问小叶听到什么议论没有，小叶嘟着嘴，望着他直摇头。见问不出什么来，张仲平只好交代她多跟徐艺联系，电话如果通了，就说公司在找他。

又过了几天，还是没有徐艺的消息。

徐艺负责南区、北区两个法院，挺能干，业务做得不错，部里就他一个人。张仲平几次提出来要给他配一个副经理，都被他谢绝了。徐艺是个喜欢独来独往的人，跟他联系不上，张仲平的第一个感觉就是这小子可能想出来自己干。

这几年，拍卖越来越多地介入司法执行领域和经济活动，社会上的人开始觉得做拍卖是个好路，赚钱容易，还风光。一个行业被越来越多的人关注，很快就会发展起来，也很快就会乱起来，老的拍卖公司很快就会成为新的拍卖公司老板的培训基地。

除了新批公司稍微困难一点，公司运作倒也简单。有的干脆就是夫妻店，男的在外面揽业务，女的管内勤、管财务，接到单子打个广告，再到宾馆租间会议室，就可以敲槌了。这几年经济纠纷多，又遇到银行清理不良资产、国有企业改制，多数情况下都要求通过拍卖来处理。拍卖佣金最高可以收到买卖双方各百分之五。想一想，看一看，除了拍卖，还有哪门正当生意，不要什么本钱，却能够让你一下子赚几万、几十万、几百万甚至几千万的？

张仲平身在其中，当然知道要办好一个拍卖公司并不那么简单。但是，因为正常的运作成本比较低，产出又可观，对人的诱惑也还是很大的。徐艺大学读的是经济管理，当过校学生会主席，人聪明，又肯学，经过几年锤炼，早已羽翼渐丰。刚出大学校门时的那种书生意气早已荡然无存，不再是一只想要飞呀飞不高的小小鸟。他要是有什么想法一点也不奇怪，也完全可以理解。

像张仲平这种老板，怎样用人是个比较棘手的问题，招的人不能干，不仅干不了事，还可能误事，因为如果有机会没抓住，就会被别人抢走。但招的人太能干了，你也得担心，他如果认为自己的待遇跟付出不对等，就会有想法，就会想跳槽或自立门户。中国人皇权思想严重，发展到现在，就是从政的想当一把手，经商的想自己当老板。张仲平也是这样干出来的，对这种事还是有心理准备。再说了，现在是市场经济，员工对单位的忠诚度和依附性越来越弱，择业和用人都是双向选择，张仲平要炒一个人的鱿鱼很容易，员工要炒他的鱿鱼也不难。

徐艺要是向张仲平提出来自己干，他不会不同意，也不能不同意。但是，一件事能不能做是一回事，怎么做是另外一回事。他认为徐艺如果真想单干，应该光明正大地提出来，而不要跟他玩失踪的游戏。有什么不可以谈的呢？地球离开了谁还不是一样转？

张仲平怕徐艺的事影响军心，马上跟业务二部的许达山谈了一次话，任命他做三部的副经理，接手徐艺的工作。他不能因为一个部门负责人的擅自离岗使工作出现脱节，从而丧失掉已经占领了的阵地。

谜底很快就揭开了。

有天上午，张仲平在市中院执行局局长鲁冰的办公室扯淡，互相交换了一下手机里面的新段子，又趁机扔了两包熊猫烟给鲁冰，眼看快到中午，便问他有没有时间一起吃个便饭。鲁冰说已经有了安排，只能改日。他俩刚交换的段子，就有一个“改日”的荤段子，鲁冰现买现卖，说得两个人都笑了。张仲平正准备趁气氛融洽的时候告辞，鲁冰的电话响了，鲁冰已经把电话抓在手里，捂着话筒要张仲平等一下，这才开始接电话。电话里面的人也是请鲁冰吃饭的。张仲平听出来对方好像是个女律师，鲁冰就又“改日”了一次。

鲁冰打完了电话，说：“徐艺是你那儿的吧？干得怎么样？”张仲平说：“不错呀。”鲁冰说：“张总，怎么说呢？能不能把他给放了？小伙子想出来自己干，怕你不同意，硬要我当说客呢。我还批评了他，要他先向你好好学学。”张仲平说：“哪里，他很能干，是公司的一员大将。”鲁冰说：“是吗？”张仲平赶紧笑一笑，说：“从公司的角度来讲，我还真舍不得放。可是，他都求到您局长头上了，我怎么办？我还能不同意吗？”鲁冰说：“那我替他先谢你了。”张仲平说：“您跟他说，也就是看鲁局您的面子。”

当天晚上徐艺的电话就通了，是他主动打过来的。他谢了张仲平，然后问能不能请张总到廊桥驿站去喝茶。

张仲平说：“喝茶就算了，明天上午你要是方便就回公司一趟吧。”

第二天一上班，徐艺早早地就在公司等着他了，并抢在小叶前面为张仲平泡了一杯茶。谈完辞职的事，徐艺没怎么犹豫，又向张仲平提出了另外一个要求，就是务必借一个拍卖师。张仲平不禁噢了一声。

徐艺赶紧更正说：“不是借人，是借证，工商注册的事一搞完，马上就还回来，我想过了，这对咱们公司没什么影响，而且，我可以按照市场价格付钱。另外……嗯……鲁局……”

张仲平赶紧摆摆手，他不想徐艺再把鲁冰给扯进来。他还不知道徐艺跟鲁冰的关系到底到了什么程度。鲁冰是从南区法院院长的位置上提到中院执行局的，是市中院的实权人物，他昨天替徐艺说的那些话，有点让张仲平心里一沉的分量。张仲平知道这可不全是他的敏感，南区法院的业务一直是徐艺在做，他跟鲁冰关系铁完全有理由。徐艺要离开公司，张仲平就得想办法修复跟南区法院和鲁冰的关系，因为关系是跟人走的，从这个意义来说，这个徐艺，还真有点捣蛋。

3D 公司的业务做开以后，张仲平不可能事必躬亲。再说了，你用人，就得信人，否则，又怎么能把事业做大做强呢？问题是，你信别人，别人值不值得你信？

张仲平望着徐艺没有吭声，徐艺望了他一眼，马上把眼光错开了，说：“张总听说了吗，市拍卖行的那个谁，跟单位搞得挺僵的？”

徐艺说的那人那事，圈子里的人都知道，想出来单干，单位不放，自己执意走了，单位在报上登了个启事，直接把他除名了。有来无往非礼也，被除了名的那个人则把在单位知道的一些内幕，全都抖了出来。

徐艺说这事是什么意思？难道他要暗示张仲平什么？张仲平把从内心里翻涌上来的一小股恶气压回去，克制着自己不能跟徐艺计较，他很快在心里掂量了一下，既然昨天已经答应了鲁冰，不如索性把好事做到底，免得徐艺说蠢话。

张仲平直望着徐艺说：“借三个月时间够不够？行，那就三个月吧。”

徐艺说：“那钱的事？”

张仲平说：“既然外面有行情，你恐怕就得付钱，否则，别的部门经理会有误解，还以为咱3D公司鼓励自立门户。”

徐艺赶紧说：“钱我是准备交的。张总，怎么说呢？对不起了。”

张仲平说：“没有什么对不起的，天要下雨，娘要嫁人，你要发财，我要是硬挡着，你还不恨死我？”

徐艺想插嘴说什么，被张仲平挥手制止了，他说：“你别说了，知道对不起就行，算你欠我一份人情，我到时会找你还的。”

徐艺连忙说：“没问题没问题，任何时候，只要张总吩咐。”

张仲平说：“我现在希望你做的，就是别挖公司的墙脚。徐经理，噢，徐总，等你自己做了老板就知道了，咱们这种生意，人一走，损失的不仅是人才，还有关系，关系是什么？就是地盘，就是业务，就是经济效益，对不对？”

徐艺急了，说：“张总您放心，我决不会做什么对不起咱们公司的事，我从内心里是钦佩张总的，真的。这几年，我跟张总真的学了不少东西，这使我终身受益。”

“客气话就不用说了。”张仲平说，“你再客气，我可真得对你提高警惕防一手了。”

徐艺说：“那我就不说了。真的真的非常感谢您了张总。”

张仲平主动地跟徐艺拉了拉手说：“好了好了，从今天开始咱们就是同行了。你开业的时候一定要告诉我，我去给你捧场送花篮。”

徐艺说：“到时候我亲自给您送请帖。”

唐雯一直在犹豫，要不要去上海拜访她准备报考的博士生导师，她怕张仲平照顾不好自己。张仲平说："拜访一下是很有必要的，如果别的考生都去了而你没去，等于输在了起跑线上。你就不用担心我了，几天时间，一下子就过了。"

在外人看来，张仲平家庭和睦。唐雯不是那种刁蛮的人，她主内，张仲平主外，两个人也没有什么事需要争个是非高低。张仲平心里很清楚，自己的情感在那场疟疾一样的初恋中，激情燃烧过了也死翘翘了。后来他虽然有过一些女朋友，基本上是有性无爱，逐步地学会了怎样把感情和做爱分得比较清楚。用张仲平自己的话说，是进得去，出得来。偶尔碰到一两个特别对心思的，难免有点日久生情。但张仲平只要发现苗头不对，心里就打了退堂鼓。他怕自己操练不到家，或者运气不好，成为三种不幸男人之中的一种，采取的策略是见势不妙，拔腿就跑。按照社会上流传的段子，男人幸事有三，不幸之事也有三。三大幸事是升官发财老婆出差。三大不幸是炒楼成房东，炒股成股东，泡妞成老公。张仲平是学法律的，知道不可能同时给两个以上的女人当老公，就只有小心火烛注意安全了。所以，他跟唐雯的婚姻从来没有面临过什么真正的威胁。唐雯是大学副教授，一点也不小肚鸡肠，她认为张仲平是个心高气傲的人，一般的人看不上眼，对他也非常放心。

在送唐雯去机场的路上，丛林的电话就打了过来，说："平时你要陪老婆，不好叫你，这几天好好放松放松。"唐雯抢过电话说："丛林，你可别把我们家仲平带坏了。"丛林与唐雯很熟，平时开惯了玩笑，说："教授怎么说话啦？谁带坏谁？"唐雯说："我们家仲平是模范丈夫，你说谁带坏谁？"丛林说："仲平是模范丈夫，难道我就是坏人了？我不就离过一次婚吗？如果教授认为我是坏人，就得好好巴结我，否则真把你家仲平带坏了，看你怎么办。"唐雯说："我对仲平很有信心，带不坏的。"丛林说："嘿，刚才还怕我带坏，转身就改口说带不坏，自相矛盾嘛。说到底还是没有自信心。"唐雯笑吟吟地说："仲平他真要变坏早就变坏了，我严防死守也没有用。"丛林说："教授到底不一样，思想境界蛮高的。"唐雯说："你以为教授是白当的？"丛林说："你那里有像你这种思想境界的学生没有？给我介绍一个。"唐雯说："你还用我介绍？"

两个律师在鹏程酒店开了房，约丛林打麻将。丛林跟张仲平说："要没事就来吧。”张仲平说：“算了吧，打业务牌太难受了。”丛林说：“我什么时候打过牌？我什么时候叫你打业务牌？不要冤枉好人。”

丛林这次带的女朋友叫曹小米，是个幼师，刚学会打麻将，瘾特别大，围着丛林叽叽喳喳地指点江山。丛林也捺着性子，随她闹。两个律师左边一个，右边一个，看得出跟丛林很熟。右边那个姓鲍的律师，三十多岁，早早地谢了顶，光亮光亮的，像一只60W的电灯泡，手指头不停地在桌子边缘上弹拨，说：“邪门了，都说情场得意赌场失意，丛哥你是两手抓，两手都很硬，有什么诀窍没有？”丛林说：“都怪你名字取得好呀。”鲍律师给张仲平递过名片，叫鲍树棘。鲍树棘见丛林这么说，便很谦虚地笑了，又在没有了头发的脑袋瓜上挠了几下。正好左边的李律师刚给丛林放了一炮，说：“我呢？我的名字还不好？也输。”丛林说：“你的名字在帮人打官司的时候好，打牌的时候不好。”原来李律师的名字叫李赢。

鲍律师和李律师是合伙人，他们成立的律师事务所，各取了自己姓名中的一个字，叫鲍赢律师事务所，名字尽管很俗很直白，但业务做得也还不错。

张仲平采取的策略是游泳，宁愿不和，也尽量不放炮，除非是鲍律师或李律师放的炮。自摸是要和的，丛林放的小炮，偶尔也和他一两把。鲍律师和李律师一个劲地给丛林放炮，对张仲平却盯得很紧。张仲平尽管打得很缜密，无奈那天手气不好，不多一会儿就输了三四千。丛林安慰他说：“你老婆这次出差可以放心，估计不会有外遇。”张仲平说：“她要是有外遇就好了。”小曹说：“干吗这么说？”丛林说：“刚才鲍律师不是说了吗？情场得意赌场失意，反过来说，张总输一点小钱，就可以证明他老婆对他很忠诚，所以你看他，笑眯眯的。”小曹说：“你乱讲。”丛林说：“你不知道吧，我们有个姓朱的同学在省教育厅工作，打牌不能赢，一赢就紧张，骂他老婆肯定在外面偷人，搞得我们都喜欢和他打牌。”小曹说：“你们那同学真的是头猪。”

张仲平的钱包里一般也就四五千块钱的现金，怕再点个大炮没钱付账，面子上过不去，干脆掏出一千块钱搁在小抽屉里，然后对小曹说：“你来替我挑土，输了算我的、赢了算你的。”小曹说：“你干吗？”张仲平说：“我下去买点水果上来。”小曹说：“我去吧。”张仲平说：“算了，还是我去吧，你去丛林不放心，肯定会面不改色心乱跳，那还不输钱？赢了钱他会更紧张，还以为你在搞第二职业。”小曹撇了撇嘴，没有说什么，只是望着丛林。张仲平说：“怎么，还要丛林批准呀?”丛林笑了一下，拿胳膊肘碰了一下小曹:“张总让你上你就不要客气了，都是自家兄弟。”张仲平说:“就是就是，你就不要客气了，这个时候跟我客气就是跟人民币客气，因为我估计你会赢，不信咱们俩打赌。”

鹏程酒店大堂里有取款机，张仲平取了五千块钱，但并没有急着上房间。他在大堂的咖啡厅里要了一瓶矿泉水，一个人静静地坐着。喝茶、喝咖啡的人不少，不断有人进进出出。大家七嘴八舌的，声音混在一块，就像是个养蜂场。钢琴时不时地响起，在嗡嗡的噪音里，像河流里漂浮的一片干干净净的树叶，沉沉浮浮，波光闪闪。

张仲平拨通了江小璐的电话，问她在家里还是在上班。江小璐说在上班。张仲平说:“几点下班?”江小璐说:“七点。”张仲平说:“我来接你吧。”江小璐说:“算了算了，我坐班车，挺方便的。”张仲平说:“你是不想让别人知道我是你男朋友吧?”江小璐说:“你说呢?”张仲平说:“我只是想早点见到你。”江小璐说:“这么早你怎么会有时间?要不，我们在那间台湾豆浆店碰面吧。”

张仲平挨了差不多一个小时，等他拎了一些苹果、提子和布丁上房间的时候，小曹桌子前面的人民币已经堆起了一大摞，她没有动张仲平给她留在抽屉里的本钱。

鲍律师和李律师一个劲地说厉害，说小曹旺丛林，又说这人的运气要是来了门板都挡不住。小曹笑得一脸灿烂，随他们说，丛林则替她谦虚说，里手怕新手，为什么呢?因为新手一心只想和牌，没有心思做大番子。两个律师赶紧说对对对。

这个时候丛林的电话响了。

丛林说:“怎么?没有在家?手机也打不通?不会被人绑架了吧?”

张仲平已经听出了唐雯的声音，伸手去拿丛林的手机，被丛林挡住了。丛林说:“教授你紧张了吧?这么快就查岗了?”唐雯说:“我查什么岗?给他报个平安罢了。”

丛林说:“紧张就紧张嘛，别不承认。好在仲平是跟我在一起，否则，不定会有多着急吧?”

唐雯说:“我着什么急?你不是说你不是坏东西吗?”

丛林说:“我不是坏东西，可外面的坏东西还少吗?”

张仲平说:“算了算了，把手机给我吧。”张仲平接过电话，说:“到了?”

唐雯说："到了，你早点休息吧，都快十二点了。"

张仲平说："你也早点休息吧，好好照顾自己。"

唐雯说："我住在学校的宾馆里面，很方便。"

张仲平说："行呀，回来给你报销。"

丛林示意小曹还是让张仲平上。张仲平则要小曹继续玩，小曹说："算了，再玩，赢的钱说不定会吐出来。"丛林看了小曹一眼，看得小曹直吐舌头，知道自己说错了话。

张仲平重新上场之后，牌风变了。丛林还是赢，张仲平也和了两把。鲍律师和李律师各给他点了一个炮。这样，张仲平原先输的钱差不多又回来了。

鲍律师最先被"打断腿"。他对旁边的李律师说："贷点款吧。"李律师拿过公文包，抽出一叠，数也没数，就给了他。但鲍树棘真的是鲍书记。杠上开花，自己没开到，居然开到了丛林家里。原来丛林早已听牌，要的就是鲍律师开出来的二饼。鲍律师说："怎么搞的，我喜欢的东西跑到你那里去了？"张仲平说："对不起，这东西我也喜欢。"原来张仲平将将胡也已经听牌。鲍律师一炮两响，都是大番子，刚才的贷款悉数外流还不够，又找李律师要了六百。李律师说："我也要赤字了。"鲍律师放了个大炮，却比自己和了还高兴，说："这是天意呀，不能说是打业务牌吧。"他起身到卫生间洗了两个布丁，一个递给小曹，一个自己吃，边吃边说："等一下，我去取款机里取点钱。怎么搞的，今天又是我发工资？"

丛林说："算了吧，时间不早了。明天还得上班。"

张仲平说："我看也算了，今天晚上丛哥还有任务。你们俩老放炮，他心理不平衡。"

小曹嘴一翘，胳膊一伸，手指朝张仲平一戳，说："你乱说话。"

张仲平说："你听懂了？真聪明。"

丛林说："别理他，张总痞得很。"端起茶杯喝了一口水，又说："老规矩，开房的钱赢家付，把押金条给我吧。"

鲍律师从空空的钱夹里把那张押金条掏出来，递给了丛林。丛林则拿一千块钱递给他。鲍律师也不客气，接了，说声再约吧，就与李律师先走了。

丛林让张仲平再开间房，张仲平说："算了，我到公司沙发上去躺一会儿。"丛林也不坚持，趁小曹上洗手间，就问上次那事怎么样了，是不是开始在跟侯头接触。张仲平回答了他，说现在竞争好激烈的，不抓紧，怕别的拍卖公司插进来，逼得太紧了，又怕时机不成熟，白做了工作。丛林让他自己把握好。

早晨八点钟左右，张仲平和江小璐一起在外面吃了早餐，江小璐问他怎么安排，张仲平说："到你那里去休息一下吧，昨天晚上打了一通宵的牌。"

两人躺在了床上，张仲平想有所作为，江小璐说："别闹了别闹了，你好好休息吧。我帮你把手机关了?"张仲平说："我自己来吧。"

迷迷糊糊中，张仲平感到江小璐蹑手蹑脚地进进出出，像一只忙碌的小老鼠。张仲平不知道江小璐什么时候起来的，他扭头看了一下床头柜上的小闹钟，已经快下午一点了。

江小璐长得好，笑起来两个酒窝，深深的，圆圆的，小巧的鼻子下面还会有一条短短的弧线若隐若现。他们两个人在一起已经很久了，但总是像初次见面一样，客客气气。很快就跟张仲平上了床的江小璐，其实是个很内敛的女人，一点也不放肆，在张仲平这一边，却是一种在别的女人身上从未体验过的腼腆。他偶尔想起她的时候，总是有一种想很粗鲁地强暴她的欲望。可是一见面，他的这种夹杂了暴力倾向的欲望，又会像到了年龄的领导干部一样，立即退居二线，只剩下对她的一种欣赏。江小璐应该是个好女人，只是不知道为什么会跟老公离婚，张仲平在刚认识江小璐那会儿，曾经问过她这个问题。当时江小璐一下子把目光错开了，说："干吗问这个？我不想谈。"张仲平记住了，从此再也没有犯过傻。

江小璐在厨房里忙碌。张仲平从卧室里悄悄爬起来走到她身后，从后面抱住了她的腰，江小璐一颤，说："吓了我一跳。"张仲平把嘴凑到她的耳朵根那儿，并不说话，撩起她的头发轻轻地吻着她的脖子。江小璐回头朝张仲平笑一笑，说："别闹别闹。"她轻轻地抓着张仲平的两只手，让它们物归原处。

江小璐在准备中餐，一盘水果沙拉，几片面包，一小碟白灼生菜，还有两份单面煎蛋。很简单，也很清爽，跟张仲平在外面请客吃饭点的那些菜比，完全是另外一种类型，与居家过日子的饭菜也有点区别。

吃过中餐，张仲平胃部感到很舒服。他问江小璐有毛巾没有，说想洗个澡。江小璐很快就把桌子上的碗筷收拾了，说："你先洗着吧，我到超市里去买。"张仲平说："算了，用你的就行了。"江小璐说："那哪行!"张仲平说："那好吧，我去买，正好活动活动。”

张仲平在超市买了毛巾，还买了几斤苹果、两盒沐林早餐圈、两盒萨其马、两包香辣鱼和一包美国杏仁，这都是江小璐喜欢吃的。然后他又给自己买了一把牙刷和两包绿箭口香糖。他本来已经买了单，回头看见超市门口新增了一个花架，花团锦簇的，又折回去买了一把马蹄莲。

回来的时候，江小璐已经在浴室里洗澡了。

张仲平很快把自己的衣服脱了，但他在浴室门口还是敲了敲门。江小璐说：“我很快就洗完了，让你。”张仲平说：“你别那么急，我跟你一起洗，帮你擦擦背。”江小璐说：“不要不要，我最怕痒了。”张仲平说：“我会听你的指挥，你说上我就上，你说下我就下，你说右我就右，你说左我就左，你说轻我就轻，你说重我就重。”江小璐给他一个湿漉漉的笑，说：“你烦不烦?”

张仲平说：“不烦，我一点都不烦。”张仲平一抱着江小璐，就把帮她擦背的话给忘了。两只手里有了鲜活的东西，刚才的诺言就很难兑现了。浴室里弥漫着洗发精和沐浴香波的芳香。张仲平还说要听江小璐指挥，他这会儿自己都指挥不了自己了。张仲平说：“我拿你怎么办?”这是他自己的嘀咕，声音含混不清。江小璐以为他有什么话要跟她说，嗯的一声，企图朝他转过头来，被张仲平硬生生地压了回去，江小璐上身朝下弯的时候，后面的张仲平吱溜一下就进去了。

江小璐已经开始呻吟了，她说：“不不不，不要在这里。”张仲平本来不想听她的，但内心里到底潜藏了一份对她的讨好，只好出来。两个人拖泥带水地还是把战场转移到了床上。

第四章

扶桑海岸是3D公司一年以前在省高院做的一笔业务，将近三千万，大部分拍卖成交款当时就转给了省高院，只留了几十万的尾数在公司的账上挂着。这也是省高院执行局的意思，主要是担心在项目移交、过户时出什么状况，需要动用资金解决。

这是最后一次与高院结账，所以张仲平把公司财务部的熊部长带来了。

张仲平将熊部长留在财务处，自己上了执行局。执行局的法官很少待在办公室，大部分时间都在外面办案，但刘永健还是比较好找。作为执行局的头儿，一般很少亲自出马，除非是大案要案，需要他挂个名，牵个头。

刘永健果然在办公室，正在接待下面哪个地区的执行局局长和他们的一个副院长。

张仲平很少到省高院执行局来，这次到健哥办公室，也就是打个招呼，把结账的事给他说一声。

张仲平讲了几句话就走，没想到健哥却跟了出来。他很快地朝走廊两头看了看，说："做过法人股的拍卖没有？"

张仲平说："做过。"

健哥点点头，说："那好。"就回了自己的办公室。

张仲平不会觉得健哥的话无头无尾，更不会傻乎乎地去追问是怎么一回事，与健哥认识又不是一天两天了，关系早已默契到此时无声胜有声的地步。张仲平心里头很兴奋，知道大买卖可能又要来了。

张仲平是通过丛林认识刘永健的。认识了一两年，关系也就平平常常。张仲平和丛林还有另一个同学，姓蒙，上大学时是班上的班长，毕业后留在了北京。他官运亨通，已经做到了相当的级别。张仲平一开始并不是没有想到要利用他来加深与刘永健的关系，但又觉得天高皇帝远，不方便麻烦人家，丛林直笑他幼稚。

上大学时，张仲平与老班长的关系很好，睡上下铺。两个人不仅结伴打球，晚自习替对方占位子，互相之间帮着打饭，张仲平还帮他写过情书。一次舞会上，老班长看上了外语系的系花。那个张仲平后来称为嫂子的人，亭亭玉立，长得很漂亮。不过也可能是外文小说看多了，满脑子的罗曼蒂克。老班长一连写了三封情书，对方一点反应都没有。老班长睡上铺，整夜辗转反侧，弄得张仲平叫苦连天。张仲平比老班长小五六岁，中外文学名著看过不少。那会儿虽然还没有正式谈过恋爱，理论知识倒是一套一套的，俨然是个恋爱专家。老班长不耻下问，要张仲平帮助分析问题出在哪儿。张仲平一看老班长情书的底稿，就找出了症结所在。老班长居然把情书写得像案例分析。真是一语点醒梦中人。老班长连声说："对呀。"张仲平说："你要让别人感动先得感动自己，要让别人发热先得自己发烧。"老班长接受了他的意见，却总是找不到什么方法能够让自己烧起来。张仲平说："简单地说，把自己弄得不要脸就行了。"老班长说："不行吧？"张仲平说："换一句话说，不要脸就是勇敢和执着，这可是男人的优良品质呀。有一句恋爱真经，叫作胆大心细脸皮厚。"老班长听得一愣一愣的，说："对，有道理。"老班长埋头苦干了两个晚上，写出来的情书，让人看了以为是个欲火焚身的色狼。张仲平看得直摇头，说："哥哥呀，谁让你这么赤膊上阵了？关键部位也还是要披点羊皮的。"老班长嘿嘿直笑，埋头改了一个晚上，张仲平看了，觉得进步不大。老班长烦躁了，说："鸡巴鸟情书，不如干脆提把刀子去问她，行就行，不行就自行了断算了。"张仲平说："你要真这样做，我估计她会很激动。"老班长说："是吗？然后呢？"张仲平说："然后她可能会晕倒在你怀里，也可能会报警。"张仲平起了好为人师的念头，便自告奋勇地捉刀，一写竟洋洋上万言。那时张仲平正暗恋一个名叫夏雨的女孩子，他替老班长写的情书完全是有感而发，不仅情真意切，而且文采飞扬。不知道是老班长的勇敢执着起了作用，还是张仲平的情书起了作用，他俩的事总算成了。

丛林提醒张仲平去找老班长很不容易，等于默认了自己人微言轻、能力有限。报纸上别的拍卖公司的广告隔三岔五地出来，搞得张仲平真的有点儿像热锅上的蚂蚁。丛林问他："是要面子还是要票子，你既然下海了，就没有回头路可走，大家都在拉大旗，作虎皮，你不这么干，等于浪费资源。"

张仲平决定上北京去看老班长，却又为准备什么礼物而发愁。他找来丛林商量，丛林直摇头，说："你书生气太重了，得改。但也不要矫枉过正，搞得浑身都是铜臭气。所以，红包就没意思了，商场里能够买到的东西也俗。"

张仲平说："老班长不是喜欢书法吗？我想弄幅字送给他，行不行？"

丛林说："谁的？"

张仲平说："林则徐的。"

丛林说："真的假的？"

张仲平说："当然是真的。你忘了我是搞艺术品拍卖的？那个卖家要八万，砍砍价，三四万能拿到手。"

丛林说："这个你就不要跟我讨论了，你又不是去送礼，主要是去看同学，意思到了就行了。噢，你别忘了嫂子和他儿子。"

张仲平上北京后不久，就有了老班长他们单位组织的一个短训班。张仲平打听到刘永健参加了，就又上了一趟北京。

张仲平一直记得刘永健走进傣家风情园包厢时的表情。那时他和老班长已经先到，两个人谈起大学时的趣闻逸事，快活得一次又一次哈哈大笑。就在这个时候，服务小姐在外面轻轻敲门，接着，侧身将面带微笑的刘永健让了进来。

气氛很好。那天晚上，三个人还一起去了天上人间。

从北京回来以后不到几个月，张仲平便拿到了扶桑海岸第三、四层商铺的拍卖委托书。

再后来，张仲平叫刘永健就不叫刘局了，开始叫健哥，刘永健叫张仲平也不叫张总了，叫仲平。

为此，张仲平心里对丛林也就存了一份感激。

张仲平的大办公室里有一排博古架。每一层的顶部都安装了小小的射灯，里面零零散散地放着几件瓶呀罐的，透过七个厚的玻璃门，自有一种古朴、典雅、庄重的肃穆之气，这与那些公司里摆放着财神爷、金钱蟾蜍、招财猫之类的老板一比，就显出了主人的品位和档次。

不少朋友都知道，张仲平喜欢收藏古董。拍卖行之间的竞争很激烈，但张仲平似乎很超脱。听说哪里有艺术品和古玩杂件的拍卖会，都会前去看看。张仲平说，现在没有好的投资渠道，银行存款利息低，还要交利息所得税。股票吧，一赚二平七亏损，弄不好就血本无归。投资铺面地产倒是不错，但咱这种底子哪里打得水浑？收藏古玩就不同了，东西越搁越值钱，如果急着要用钱，变现也快。张仲平的这番议论，等于是另外一种广告，别的拍卖公司老板怎么会不觉得他够朋友呢？间或有一两个朋友问他怕不怕买到假货，张仲平回答：“怎么不怕？但能够上拍卖公司的东西，经过了层层把关，虽然不保真，基本上也值得信赖。当然，最主要的还是看买家自己的眼光。而且，正因为有假货和赝品，古玩市场才魅力无穷。如果所有的东西都是真的，就不存在鉴定家、收藏家一说了。因为那样一来，只要比谁的钱多就可以了。现在多好，固然可能花大钱买药吃，但同样也有可能捡漏，花小钱淘到真货和精品。”

当地有个很大的文物市场，叫香水湾文物市场，时不时地，张仲平都要去逛一逛。

香水湾这个地名很香艳，据说几百年前这里曾是除了苏州、扬州以外名气最大的烟柳巷。一边是妓院赌场快活林，一边是茶肆酒楼当铺古玩店，正应了“繁荣娼盛”的说法。现在的香水湾文物市场在省博物馆的西北面，一千多米长的一条街，两边是一幢一幢连成一体的仿明清建筑，一间挨着一间开着文物商店、古玩店、字画店。一般的人以为香水湾文物市场指的就是这里，这当然也不错。但除此之外它还有个特指，就是星期六、星期天的古玩集市。

张仲平只逛星期六、星期天的古玩集市。张仲平知道，那些卖家来自五湖四海，大部分以贩卖行货为营生。运气好的时候，也能碰上一两件好东西。知道文物这个词的人不少，懂文物的人不多。有的东西本来来路就不正，能换几个钱，又能安全迅速地脱手，卖家也求之不得。这种卖家是在古玩集市里淘金的买家所喜欢的，只是不多见，要碰。

那一天，张仲平已经在二楼三楼转了两圈，没有发现什么入眼的东西，他准备离开了。

有个河南口音的老头儿蹭了上来，超出张仲平小半步，半退着跟着他朝前走，说：“看老板像个行家，我那里有几件好东西，不知道肯不肯赏光去看一下？”

张仲平理都懒得理，径自走自己的路。但那老头儿却顽固得很，一直跟着他从三楼下二楼，又从二楼来到了大街上。

河南老头儿说：“怎么样，老板？东西就在对面招待所。我看老板像个会家子，卖给别人，我心疼。”

张仲平挥挥手打断他，这种给人戴高帽子的话他听得多了。他的车子正好停在那个招待所的院子里，顺便去看一看也并不费事，就做了个让他带路的手势。

河南老头儿的房间在招待所的一楼。三人间，一张铺空着，另外一张铺的被子没有叠，还有一张铺上躺着一个人，老头说：“我儿子，留在房里看东西，怕不安全。”

张仲平并不搭腔。河南老头一巴掌把他儿子拍了起来。后者则一边揉眼睛一边撅着屁股趴在床底下窸窸窣窣地翻东西。

张仲平看着他们小心翼翼地拖出了一个纸箱，箱子的空隙处塞满了废报纸和马粪纸。他们要给张仲平看的东西用一块薄薄的毛毯裹着。河南老头儿慢慢地把它打开，小心地拎着，往张仲平怀里塞。

张仲平赶紧躲，以表示他可不是什么生手。不懂行规的人才会毛里毛糙地伸手去接，你一伸手，递东西的人再故意把手一松，东西很有可能就会在交接之间啪的一下摔碎在地上。谁的责任？那时候就难缠了。

张仲平努努嘴，让河南老头儿把东西搁在茶几上。眼看着确实搁稳了，再凑过去，慢慢地看。

摆在茶几上的是一尊青瓷莲花尊。

张仲平心里咯噔了一下，脸上却没有什么表情。这会儿，两位河南老乡，一老一少四只眼睛正一眨不眨地看着他呢。

那天从健哥那儿出来，张仲平去了一趟省文物商店，买了一本香港拍卖会的图录。他刚才心里一动，是发现眼前的什物跟图录里一对标价五百万港币的莲花尊十分相似，但见它造型典雅、式样优美，用来装饰的莲瓣纹，与器形巧妙结合，融为一体，釉色葱翠，釉层均匀，浑厚滋润，如冰似玉。

河南老头儿凑到张仲平脑袋旁边，问：“怎么样？真正的越窑青瓷，祖上传下来的旧东西。”

张仲平把刚才不由自主躬下去的身子直起来，鼻子里哼了一声，对那莲花尊再也没有望上一眼：“没有别的东西了？”

儿子看了他父亲一眼，河南老头儿赶紧把他拨到一边。“没有了，”河南老头儿说，“我们又不是专门做这一行的。”

张仲平望了他一眼，接下来又朝门口望了望。张仲平是搞拍卖的，经常玩声东击西欲擒故纵的把戏。河南老头儿大概看出了张仲平有准备撤退的意思，赶紧说：“是还有件东西，只是……”

张仲平说：“只是怕品相不好，拿不出手是不是？”

河南老头儿一笑，说：“老板哪里话？您真是会家子，那就是咱们的缘分了。”

那是一副对联，用薄薄的塑料纸裹着。河南老头儿把它摊在床上慢慢地展开。装裱的绫子是旧的，漏痕也不像是做出来的。纸张是自然陈旧的那种灰白，不像茶叶水染的，也不像烟熏的，好像还是原裱。那是一副六言对联，上联是“岂能尽如人意”，下联是“但求无愧我心”。没有上款，落款是石庵。张仲平一声不吭，看完了，两只手轻轻地一松，那副对联便自己卷了起来，仍然躺在那张空着的床铺上。

河南老头和他的儿子一人手里拿着一联，把它们慢慢地卷起来，像放一对枕头似的把它们在床铺上搁好，又紧紧盯着张仲平，说：“百分之百的旧东西。作者是我们河南的一个得道高僧，听说跟少林寺还有点渊源。”

张仲平好像没有听到他的话，抬起右手的食指，不经意地指了指那一尊莲花尊，说：“开个价吧。”

河南父子对视了一眼，然后，做爹的向张仲平伸出了一只手掌：“五万。”他说，两眼直勾勾地望着张仲平。

张仲平往门口走了半步，侧回头来，慢悠悠地说：“还真正的越窑青瓷哩，你也真敢开价。”河南老头嘿嘿一笑。张仲平说：“一尊莲花尊，加上那副对联，我出三千。”

“三千？”河南小伙子嘴里发出了哧的一声，好像单车一下子漏了气，“三千？不可能啰。”他说，这是他第一次开口说话。河南老头儿也是一个劲地摇头。

张仲平说：“怎么样？”

河南老头说："六千？"

张仲平摇了摇头。

河南老头说："四千？"

"三千二百元。"张仲平说，"一口价了。"

"三千二百元？亏血本了。"河南小伙子又嚷起来。

"怎么样？"张仲平一直看着河南老头儿，望都不望河南小伙子一眼，"行，就打包。不行，你刚才说的缘分也就只能到这儿了。"

父子俩再次对望一眼，好像下了天大的决心似的，说："打包。跳楼价了。"

张仲平指点着他们将东西包好，然后掏出钱包，将百元大钞一张一张点给他们。河南老头儿接过钱，大拇指放到嘴边呸地吐一口，又把钱点了一遍。张仲平说："没错吧？"河南老头说："没错。"张仲平说："是不是假钱呀？"河南老头儿说："老板开玩笑。"张仲平说："开什么玩笑？你还是看清楚了，等我一出这个门，咱们双方可就谁也不认识谁了。"河南老头儿就真的把钱拿出来，对着光一张一张地照了一遍，嘿嘿一笑，说："不错不错。"

张仲平要河南小伙子送一下。出了门，张仲平掏出汽车遥控钥匙，手一扬，奥迪 A6 的尾箱自动开了。张仲平指挥着河南小伙子将那个纸箱稳稳地放好，然后一摁，就把尾箱关上了。

张仲平又回到了房间里，对着床底下望了一眼，说："里面纸箱里，同样的莲花尊应该还有一件吧？怎么样，我出一千？"

河南老头儿摸了摸鼓鼓的口袋，不解地望着张仲平。张仲平说："你别担心，已经成交了的，两清了。我说过，一出门，咱们双方就都不认了，你还怕我反悔不成？"

两个河南人不说一句话，对望一眼，弯腰从床底下拖出了另外一个箱子，打开，果然还有一件。

张仲平再次点了一千块钱给他们。他没有让他们再打包。他捧在手里把玩着，觉得瓷胎细腻致密，釉层匀净光滑，真的是件好东西。张仲平摇了摇头，捧着它朝卫生间走去，然后，双手一松，砰的一声。那尊莲花尊就那样摔破了。张仲平弯下腰，捡起一块瓷片，那裂口白森森地刺眼。张仲平将瓷片拿给河南老头儿看看，说："这也是祖上传下来的旧东西？"

两个河南人嘿嘿直笑。

张仲平把手上的瓷片扔回到那一堆碎片中间："笑什么笑？不知道这玩意儿是怎么摔破的呀？"

两个河南人茫然地看着他。

张仲平说："请服务员打扫一下吧。有一句话我只说一遍，你这种祖上传下来的旧东西，我希望从现在开始再也不会在咱们这里出现了，明白了吗？"

两个河南人小鸡啄米似的直点头。

张仲平缓一缓语气，说："至于那个石庵，不是什么得道高僧，也不是什么武林高手。他叫刘墉。宰相刘罗锅，电视里跟和珅斗来斗去的那个，知道了吧？不过，你们也没有吃亏。谁知道你们是花了几十块钱从哪里找来的？做生意从来只有买亏的，没有卖亏的。再说了，那副对联是不是清代的东西很难说，是不是刘墉的真迹，也很难说。不过，那两句话我倒是比较喜欢。"

河南老头儿说："老板发财。不知道老板能不能赏一张名片？"

张仲平摇了摇头，说："我不会跟你做回头生意了，如果可以的话，你最好把这笔买卖也彻底忘掉。明白我的意思吗？"

两个河南人只好互相望着笑笑，连声说是是是。

张仲平最后说："你最好不要知道我是谁。"

第五章

“喂，你知道我是谁吗?”

张仲平将手机放到耳边之前，在彩屏上早已看到她的名字像她长长的睫毛一样，在那儿忽闪忽闪。这是第一次从手机里听到她的声音，很明亮，有一种山涧溪水淙淙作响、晶晶闪亮的效果。

他没有想到她竟然会主动给他打电话。

“喂，怎么不说话?”

“你所拨打的用户正在洗耳恭听。”

“那你快说呀，我是谁?”

张仲平感觉到自己的胸腔中，一个尘封了差不多二十年的角落，有一颗鞭炮一样的东西爆炸了。好像一个浪头在心里打过，让他短暂地晕了一下。

其实这种感觉，从张仲平第一眼看见她的时候，就已经产生了。这是他那次本来有求于人家，却仍然敢用发号施令的霸道语气跟她说话的原因之一。

是的，曾真长得有点像夏雨。那次一转身，他就把她的手机号码储存起来了。

张仲平觉得嗓子有点儿发干。他费劲地做了一个吞咽的动作，控制住了自己。他轻轻地笑出声来：“干吗要我猜？有什么奖励没有?”

“你这人还蛮啰唆，女生请你猜谜，本身不就是一种奖励吗?”她反问他。

“当然不算。”

“好郁闷哟，你不会告诉我你经常接到这种电话吧？”

“那倒不是。”

“那是为什么？”

“因为，如果我猜到了，证明我在惦记着你，那不是太没面子了吗？要是没有猜到，又证明了你没有魅力，你又太没面子了，这种两头不讨好的事儿，像我这样聪明的人，一般是不干的。”

“没味，我已经有点后悔给你打电话了。”

“行行行。你挂电话吧。不过，在挂电话之前还是听听我的感受，好吗？接到你的电话，我可是心情激动极了，心潮起伏极了，心潮澎湃极了。一句话，我觉得真真有味极了。”

“这还差不多，知道我是谁。”

“告诉我，是不是想我了？”

“想你的冰激凌了。”

“早说呀，快说你在哪儿，我来接你。”

“你还当真了？我在上班，没有时间。刚才挺烦的，就想随便找个人打打电话。正好从包里翻出了你的名片，你撞到枪口上啦。”

“你经常这样干吗？”

“是呀，烦的时候，跟一个要熟不熟的人打打电话，看能不能在一分钟以内让自己爽起来。”

“你这次爽起来没有？”

“更加不爽了。”

“你别打击我好不好？我好脆弱的。”

“有多脆弱？”

“脆弱得就像是玻璃做的，风一吹，叮当叮当作响。”

“不会吧？说起来像个玩具似的。”

“你真聪明，我还就是一个玩具，而且，挺好玩的。”

“是吗？”

“是的，如假包换。”

老班长要来的消息是健哥告诉张仲平的。张仲平马上给丛林打了个电话，丛林说他已经知道了。

见面以后，老班长跟张仲平解释了没有事先打电话通知他的原因，他是陪领导来的，根本不知道会在这里待几天，也不知道会不会有时间见面。如果只是老班长来，健哥和他的领导都要陪。老班长陪他的领导来，规格上升了，由省委、省政府负责接待。但老班长作为随行人员，行动也就不自由了。

老班长的领导临时先行返京了，剩下的事情由老班长来做。对这个改变最高兴的就是张仲平和丛林，因为这样他们才有机会以尽地主之谊。老班长也很高兴，他在皇城脚下做事，职业使得他不得不有时候拿架子，有时候还得装孙子，都是累人的活。跟同学在一起，就轻松多了，不需要像在官场上那样脸上像涂了糨糊。三个人去海内鱼翅海鲜酒楼吃饭，一进包厢，老班长就把外衣脱了，在桌子边上做扩胸运动。丛林说："憋坏了吧？减负减负，由张仲平同学负责安排泄火药。"张仲平说："没问题。"

张仲平其实早在吃饭之前就已经把一切都安排好了。吃饭以后，到扶桑海岸三楼娱乐城唱歌。

唱歌的地方是老班长选的。老班长说，扶桑海岸名声很大，都传到北京了。

扶桑海岸与张仲平的3D拍卖公司还真有些渊源。

扶桑海岸在劳动广场西北面，是一座欧罗巴风格的十八层综合楼。按照原来的规划，应该建到二十八层，没想到桩打下去，发现了一条暗河。这是原来地质勘探时没有发现的问题，据说为此还处分了几个人。

这下开发商惨了，必须追加投资。怎么办？只好贷款。建设银行贷了款，工商银行贷了款，连农业银行的款也贷了。房子建好以后却卖不出去，因为增加的投资成本，势必要分摊在销售价格上，这样就比周边的房价高出了很多。加上扶桑海岸的建筑地基问题外面有很多传说，开发商又不好出面辟谣，一开盘，就砸了。

扶桑海岸建好以后卖不掉还有另外一种说法：对面的白银世界，二十六层，那堵斜面的玻璃幕墙就像一把大刀。扶桑海岸有日资背景，大刀向鬼子们的头上砍去，不天昏地暗才怪。

上面的说法就跟风水有关了，得高人化解。扶桑海岸的老板请的是香港的一个风水大师。据说此人是李嘉诚家里的座上客，与澳门赌王何鸿燊的关系也很密切。澳门许多赌场三五年就要改换一次门庭，大门的朝向修修改改，里面的设施与摆放也要挪动挪动，目的无非是顺应风水轮流转的道理。葡京酒店内的赌场装修设计据说不少就是此人的手笔。香港的风水大师来了又走了，他怎么为扶桑海岸的老板指点迷津没有人知道。但是不久，人们看到了扶桑海岸的变化。它原来也有一面玻璃幕墙，将一棵二百多年的樟树圈在里面。政府规划部门、文物部门、城建部门还有林业部门都有要求，城市里超过多少年的树木，建筑施工时必须加以保护。樟树不能移，但玻璃幕墙必须拆掉。玻璃幕墙是房子的一部分，围成一圈，圈里有木，那是困。紧接着，罗马柱的两侧，耸立起了两座四五米高的青铜雕塑，那是两头紧紧夹着尾巴双眼怒睁朝外冲抵的健壮野牛。朝向白银世界那一面的窗户也改了，用石膏做成张着大嘴的虎头，内侧用立邦漆刷成鲜红的颜色。据说房顶上也添置了一些机关，但一般的人上不去，也就弄不清其中的玄妙。欧洲中世纪的建筑风格，加上体现中国奇门遁甲之术的外装修，使扶桑海岸具有了一种怪异诡秘的味道。

在进行了以上那些令街头巷尾谈论不已的改造工程之后，扶桑海岸在当地最有影响的报纸电视上，以“请你做老板，请你来拿钱”的广告词进行“一平米产权”大招商：扶桑海岸拿出第一层和第二层商业铺面，将产权证面积划分到一平方米进行销售。也就是说，你只要买上一平方米的扶桑海岸商业铺面（多购不限），你就成了扶桑海岸的老板（实际上是若干个老板中的一个）。一平方米的商业铺面当然从事不了任何商业经营活动。不要紧，扶桑海岸已诚邀日本著名的量贩商之一“六佰六”加盟，就在一、二楼开设当地最大规模的仓储式超市。扶桑海岸的产权人无须自己经营，只要把已经划归到自己名下的商业铺面返租给“六佰六”就可以了。换句话说，你是老板，“六佰六”是替你打工的。扶桑海岸开发有限公司在印刷得十分精美的招商宣传册上向你承诺：年租金按购买价百分之十六点八计算。一六八，那是“一路发”的意思，如果是百分之十四点八，就不吉利，一四八，那是“要死吧”的谐音。

销售异常火爆。据说在还没有正式发售之前，扶桑海岸公司高层以及开发商的亲戚朋友关系户，就已经“内部认购”了商铺总面积的百分之六十七点九。内部认购价一层每平方米一万八千元，二层每平方米一万二千元。到正式发售的时候，因为登记购买的人实在太多了，公司不得不请求当地派出所和保安公司共同维持秩序。消息不断传出，说错过了机会没有领到认购证的人，每平方米愿意出价三万二千元。因为返租租金是与成交价成比例的，扶桑海岸开发有限公司根据市场供求关系，及时调整了销售价格，到最后一平方米不剩地销售完毕，一、二楼商业铺面的均价到了每平方米二万三千八百八十元。

抢购扶桑海岸的人们，像许多相信天上掉馅饼的人一样，忽略了一个最简单的问题：返租租金从何而来。说是由扶桑海岸开发有限公司支付，与“六佰六”的盈亏无关。但扶桑海岸开发有限公司并没有与一、二层的产权人直接签订租赁合同，租赁合同由产权人与“六佰六”签订，这样，高额租金的支付保障还是有赖于“六佰六”的经营情况。可是，“六佰六”的经营利润能够有多少？它本身要赚钱，还要支付远远超过市场正常价格的租金，它做得到吗？当时好像没有人算过这笔账，或者算过了，觉得没有风险，因为产权时间长达五十年，就当成是钱存银行得了。急于当老板的人，成了逐利的羊群。他们冲钱而去，最后落入了别人早就挖好了的陷阱。

“六佰六”开张营业了不到一年，最后铩羽而归。等到人们醒悟过来的时候，扶桑海岸开发公司的法人代表早已几易其人。当年收到的购房款，也早已化整为零不知去向。

最初的租金还是按时支付的，“六佰六”一撤出，就不能兑现了。原来返租金的承诺，不是无条件的，是以“六佰六”的持续经营为前提的。这个重要的前提条件，隐藏在中日两种文字的合同文本艰难晦涩的表述之中。窗户纸一捅破，大家一下子就明白了：被誉为营销奇迹的扶桑海岸商铺销售，说穿了不过是一场高息揽储的非法集资罢了。一时间，诉讼纷起。

其实，最紧张的应该算是贷款银行。本来，各银行也是一层一层地拿到了抵押物的，但评估是在一、二层销售最火爆的时候做的，评估价格明显偏高。如果“六佰六”能够持续经营，生意做得起来，问题还不大。一停业，房价就跌了，贷出去的钱便不能如约收回。

银行只好打官司。一般人都想不通，贷款银行为什么不牢牢地将一、二层商铺销售的资金控制起来，它的市场反应为什么总是要慢半拍，一些明明可以绕开的暗礁险滩，总是要被它遇上、碰上、撞上。张仲平却是见怪不怪，在有些人眼里，银行的钱就是国家的钱，国家大得很，亏得起。国家吃亏，帮国家管钱的人却不会吃亏，除非是你运气不好，东窗事发，被抓了进去。张仲平没有工夫忧国忧民为银行惋惜，得到信息赶紧跑上跑下地抓紧活动，因为银行一打官司，拍卖公司就有了做业务的机会。

张仲平正是通过做扶桑海岸第三、四层的拍卖业务，跟健哥铁起来的。而其中最重要的一个因素便是有老班长的引见。老班长一来，却又指定要来这里。世界上的事情，就这么巧。

健哥没有来陪老班长用餐。健哥说：“你们三个同学先聚一聚吧。吃完了饭，仲平再通知我上哪儿找你们。”老班长说：“刘局有事就先忙吧，你已经陪了两天了。”健哥说：“没事没事。前两天因公，今天晚上因私，算是朋友聚会。”老班长说：“那就最好不过了，我的两位同学，一个政治上要求进步，一个生意上谋求发展，都跟你有关，还得请刘局多多费心。”健哥说：“领导指示，坚决照办。丛林不错，仲平也不错，大家互相关照吧。”

张仲平对扶桑海岸还是有感情的，因为这笔业务对于3D拍卖公司来说是一个转折。扶桑海岸第三、四层的买受人财大气粗，两层楼一装修，哗的一下成了当地最豪华的KTV城，每到夜幕降临，全城不知道有多少高档小汽车往那儿开，整整三层的地下车库根本就停不下。他们又租下了马路两边的汽车咪表车位，一百米宽的马路有时候被挤得只剩下一来一往两条公用车道，生意火爆得一下子就让人瞠目结舌。

不过，张仲平却很少光顾这里。老板多次请他，给他派金卡，说可以免他的包厢费，他也总是婉言谢绝。关于这一点，他与健哥倒是英雄所见略同。健哥说：“各赚各的钱，一笔生意做完，就不再拉拉扯扯，大家互不亏欠，清清爽爽的，没必要黏糊。”

张仲平很少来这里还有另外一个原因，当初拍卖的时候，也正是一、二楼商业铺面的官司打得热火朝天的时候。三、四楼拍卖评估均价每平方米六千二百元，降了三次价，直到每平方米三千一百元才卖掉。想买的人有，却又怕像一、二楼那样，接了个烫手的山芋。最主要的是拍卖必须一次付款，这对于一些买家来说压力就大了，毕竟是三千来万的东西，不是随便哪个想啃就啃得动的。那个买家开始也很犹豫。张仲平一边跟别的买家谈，一边要公司招商部做了一个项目分析报告拿给他看。报告中设计了两个项目，一个是餐饮，一个就是KTV城。买家有点动心，却仍然不放心，说：“张总你能不能在里面占点股份，百分之五、百分之三都行，这样我心里就踏实了。”张仲平当然不会干这种授人以柄的事，只得反复游说他：“法院委托拍卖的东西不会有什么纠纷，退一步讲，就是有麻烦你也不用怕。官司要到法院去打吧，法院会自己跟自己过不去吗?”

现在，生意做得火起来了，老板自然高兴。老板是本地人，公安、文化、城管、税收，上上下下的关系处理得不错。这个小业主的儿子，白手起家能够做到这一步，自有他狡黠和过人的一面。他在电梯口塑的那个巨大的聚宝盆，就有些道道。很多人认为俗，说什么玩意儿，整个一个农村土财主的搞法，简直有碍观瞻。他却大大咧咧地一笑，从来都不作解释，心里却骂那些人真是懂个屁。他把张仲平当朋友，不惜向他泄露天机。他说那个香港风水大师也有局限。那些剑拔弩张的机关，辟辟邪可以。但是，光辟邪是不够的。对面那幢楼叫什么？叫白银世界。在驱祛邪气煞气的时候，你不能跟真金白银过不去。就像倒洗澡水不能同时把澡盆里的婴儿一起倒掉一样。还有，你看下面不正好有棵樟树吗？“樟”同“张”，一招一摇，财源就滚滚而来了。张仲平记得自己当时笑了笑，未置可否。生意不顺，怨天尤人，生意一火爆，就什么都是道理了。但是，不管怎么样，从自己公司卖出去的东西，买家赚了钱，总是件好事。但世界上的事情也就这么怪。生意一好，外面却有了闲话，还涉及了张仲平，说3D拍卖公司当初与买家之间有内幕交易。张仲平知道这纯粹是他妈的瞎扯，却也不敢掉以轻心。槌子一响，黄金万两。你轻轻松松地赚了钱，总有人不那么高兴，心里莫名其妙地直痒痒，恨不得逮着你咬上几口。张仲平很低调，尽量少来这里就是了。

这次却是老班长要来的，他只能从命。张仲平心里没有鬼，说到哪里去也没有什么可怕的。

张仲平原来想订个大一点的包房就可以了。老板不同意，非得要把总统包房留给他。老板原来向他吹嘘过，说总统包房每晚的收费是八千八百八十八元，不打折，老板说：“张总你就不用管了，你是我的贵人，今晚我请客，包厢费全免。”

总统包房有二百多平方米，铺着厚厚的土耳其地毯。进门的右手边是一个小吧台，左手边是一溜长长的真皮沙发，对面墙上是大屏幕的等离子背投彩电，两台，一台放碟唱歌，一台与四楼的演艺厅相连，现场直播那儿的演出实况。房间里有两个大的卫生间。一律TOTO牌高级洁具。靠窗户的一面，隔出一层阁楼，通过镀金的旋转楼梯直到那里。也是两间房，左边的一间是棋牌室，中式装修，内设一张自动麻将桌，配了四张红木太师椅。右边的一间像个小会客室，摆着一张真皮双人沙发，配着钢化玻璃的高档茶几。另外也还有一台彩电，可以唱歌，也可以切换到转播台看演艺厅的实况。楼上的房间与下面的大厅既相连接，又自成单元。临大厅的一面分别装了两扇推拉玻璃窗，需要侍应生的时候，可以推开窗户朝他打打榧子或者挥一挥手。不需要的时候，可以把窗户关上，再拉上厚厚的天鹅绒窗帘，几乎可以隔住下面唱歌的声音。临街的这边也分别装有两扇窗户，玻璃是里面可以看见外面、外面看不见里面的那种。客人要是心情好，可以凭窗眺望外面的街景，看那些光怪陆离、流光溢彩的街灯、车灯、霓虹灯，还可以看劳动广场上的音乐喷泉和那些观赏树。那些树是从园林里或深山老林中移植来的，每一棵都价格不菲。听说早几年有些包工头都不做跟沙子、砖瓦、钢筋水泥打交道的活计了，改行跑到家乡的大山里去找树、运树，赚的钱还多得多。客人可能最想看或者最不想看的，其实是那些在广场的草地上闲坐或者散步的人。劳动广场属于劳动人民，那些或坐或散步的人，可能一辈子都没有机会进入这样的总统包房。当然，来这里唱歌的人，也很少会发这种感叹，因为没有时间和那种闲工夫。他们中间的大部分，估计什么都不想看，就让墨绿色的天鹅绒窗帘一动不动地悬挂着，让它隔开里面和外面两个完全不同的世界。

动身之前张仲平给健哥打了电话，当他们一行被迎宾小姐引领着走进总统包房时，健哥已经先一步到了。正在二楼小房间里看中央电视台的《新闻联播》，听到动静赶紧下来迎接。老班长这个房间那个房间地看了一下，说："不错。"又说："是不是太奢侈了？"张仲平说："哪里哪里。"健哥说："外省不比京都，就这水平了。"

不一会儿，KTV 城的老板来了。他长得很有点像姜文，西装革履的。张仲平并不介绍老班长他们三个人的职业、职务，只说是他朋友。老板也不问，一个一个地派名片。他叫来的三个妈咪，也跟着一个一个地派名片。老板对她们说："这是我最好的朋友、最尊贵的客人，把你们手下最漂亮的小姐都叫来，让客人挑，要大学生。"

老板拍了拍张仲平的肩膀，又冲其他几位点点头，说几位好好玩儿，就走了。只过了两分多钟，便有十来个小姐鱼贯而入，在客人面前站成一排。小姐的装束各有千秋，以穿吊带背心的居多。也有穿得比较严实像个淑女的。她们让客人挑的时候，是不能开口说话的，只能用眼睛说话。开口说话怎么行？总不能说："老板你要了我吧。"那像什么话？她们脸上的表情大同小异，一般都是似笑非笑的样子，像是望着客人，又像是望着客人脑袋后面的墙壁。关于小姐的眼光，就没有统一的行业标准了，有跟客人对视的，也有左顾右盼的，但幅度和分寸控制得比较好，刚刚够把媚眼丢来抛去两三个来回也就行了。

大家你先来你先来地客气了一番，结果还是老班长先来。他挑了一个穿白牛仔裤露脐黑色小背心的。小姑娘条子好，眼睛忽闪忽闪地很会放电。丛林则挑了一个波霸，比较兴奋，说："半斤还是八两?"小姑娘说："你等下掂量掂量。"张仲平见健哥把遥控器抓到手里开始点歌，就挥了挥手，让再换一批。

第二批跟第一批差不多，但有一个却让人眼睛一亮，因为她有一头闪闪发亮、长到腰际的秀发。人长得也很好，白白净净、文文静静的样子。张仲平见健哥的眼睛落在她身上，就用指头一钩一摆，让她去陪健哥。她腰肢一扭，一屁股坐在了健哥身边，一条胳膊就自然而然地搭在了健哥脖子上。

张仲平挥挥手，把剩下的给打发了。他用手指头把妈咪勾过来，说："让刚才的长发美女替我去叫个她的姐妹吧。"妈咪马上过去传达了张仲平的指示，长发美女望着张仲平一笑，接着从沙发上轻轻地一跳，起身出去叫人。张仲平对陪他唱歌的小姐从来不挑三拣四，基本上过得去就可以了。他知道她们这一行竞争也蛮激烈，有时候在休息室里待一个晚上，来来回回地被客人挑上十来趟也轮不到一次上岗的机会，所以就乐得做一个长发美女的人情。很快她就带了一个进来，张仲平抬头一看是个染了头发的，满脑袋的金光闪闪。张仲平说："原来是金毛狮王。"她说："正宗的。"张仲平说："你是说你是正宗的杂交品种吗?""金毛狮王"边笑边一巴掌打了过来。

侍应生单腿跪着，上了两个水果拼盘，说："我们老板送的，请慢用。"张仲平说："谢谢你们老板。"侍应生问："几位老板喝什么茶?"老班长要了人参乌龙。张仲平对健哥和丛林很了解，分别给他们要了相思藤叶茶和参须麦冬。给自己要了一瓶矿泉水。四个小姐一个要了雪碧，一个要了可乐，长发美女和张仲平要的都是花水女人茶，另外要了一包西梅和开心果。丛林的女伴问："可不可以来一包烟?"丛林说："不可以，抽什么烟？抽风吧你。"她夸张地吐吐舌头，用肩膀撞一下丛林，说："你好凶呀，我好怕怕。那来一碟鱿鱼丝，好不好?"丛林说："好。"又点了两盒面巾纸。

于是开始唱歌。

老班长剪彩，唱了一首《懂你》，陪他的小姐唱了一首张信哲的《爱如潮水》，老班长接着又唱了一首《天堂》，然后与小姐一起对唱《心雨》。其他的人也一个一个地上阵，就唱开了。

别人唱歌的时候，剩下的人也不会闲着。歌厅里男人的手是职业旅行家，没有清闲，总要到处游山玩水，什么地方好就往什么地方云游。年轻美丽的女人，旅游资源特别丰富，那就哪里都去一下。哪里都光顾了，考察过了，就知道什么地方值得一趟一趟地去，或者就在那儿流连忘返，做实地考察和搞研究。嘴也不闲着，问女的姓甚名谁，何方人士，芳龄多少。得到的回答就像股票市场上的信息一样当不得真。张仲平听到健哥的长发美女说她叫林青霞，就问“金毛狮王”是不是叫张曼玉。她说：“老板你好聪明。”张仲平说：“怎么，我猜对了？”她说：“你猜对了上面三分之一，我不叫张曼玉，叫张柏芝。”张仲平先在她身上测量了一下上面三分之一与下面三分之二交界的地方，然后说：“张柏芝人长得还可以，算是标准美女，唱歌却不敢恭维，因为她是鸭公嗓子。”张仲平影视演员中最喜欢宁静，每次唱歌都希望陪他的小姐叫宁静。“金毛狮王”说：“宁静丰乳肥臀，我可比不上人家。”张仲平说：“好呀，你说宁静大屁股大咪咪，不怕她找你打官司？”她说：“我可没有那么说，这话是你说的，我说的是莫言的一部小说。”张仲平说：“你还蛮有文化啰，你真是大学生？”她说：“是呀，师大中文系，三年级。”张仲平说：“你们毕业了是不是当老师教书育人？”她说：“唉，谁知道。”张仲平说：“你真是师大的学生吗？我可认识你们校长，要不要打个电话让他来把你领回去？”她朝张仲平挪过来，用肩膀和腰蹭着他，嗲声嗲气地说：“不嘛不嘛，我不要跟老公分开嘛。”张仲平说：“好，饶了你。”

一个一个问完了。女的开始反攻倒算，也问男的叫什么名字，在哪里发财。张仲平听到老班长说自己姓焦，哪个焦？不是性交的交，是姓焦的焦。小姐点点头，说：“我知道了。”老班长说：“你知道什么？”小姐说：“你的姓就是取长补短，水煮佳人。”张仲平忍不住插话道：“你的水有多吧？不过不准确，应该稍微改一改，叫油煎佳人，水煮焦不了，油煎才能焦。”老班长乐了，说：“姓焦好姓焦好呀。”

问到丛林，丛林自称姓公，说：“叫我老公就可以了。”他的“半斤八两”马上老公老公地叫开了，边叫边扭着身子往丛林身上蹭。健哥还是姓牛，不是文刀刘，是牛B大了的牛。说到牛B大了，小姐们马上兴奋起来，连张仲平姓什么都懒得问了，开始争先恐后地说段子。第一个段子是健哥的长发美女说的，她说："本来公牛和母牛是一对，后来一头公象第三者插足，把公牛赶走了。但是不久，母牛还是想回到公牛身边，公牛却不要，问它为什么，公牛说，第一，好牛不吃回头草，第二，牛B大了。"健哥说："你们这些年轻人啦。允许牛犯错误，也要允许牛改正错误嘛，浪子回头还金不换哩。"长发美女说："你说话像我爸爸。"健哥说："你爸爸是干什么的?"长发美女说："我爸爸是领导，我十六岁的时候，家里来了一个叔叔，在外面摁门铃，是我去开的，他想讨好我爸爸，就表扬我，说我不错，这么小就会接客了。"

大家都笑了，气氛越来越好。张仲平唱了一首郑钧的《灰姑娘》，回头问大家要不要上点酒，健哥看了看老班长，说："要不来点扎啤?"老班长手里拿着话筒，正准备唱《两只蝴蝶》，清清嗓子说："来点红酒吧。"健哥马上说："红酒好，适当地喝一点，软化血管。"

九点半一过，演艺厅的演出开始了。先是五对男女的劲舞，然后是二十来个姑娘的时装秀。季节变换很快，这里没有冬天。春风一吹，裙袂飘扬，像绿的柳叶儿，婀娜多姿。像粉红的桃花，花枝乱颤。人的心思也就活了，就躁动了，就心旌摇荡了。春天也就过去了，就一步跨入欲望燃烧的夏天了。袒胸露背的夏天，灿烂的阳光开始在充满生机的胴体上跳跃。演艺厅里欢呼的声音，也就一浪高过一浪了。

张仲平一般是不喝酒的。在这种场合，喝不喝酒完全随意，不需要他来陪。况且，老班长、健哥和丛林都有专人陪。也不是陪，是赌，摇骰子，谁输了谁喝，愿赌服输，这种场合下喝酒，男女就平等了。

转播演艺厅节目的电视里不断传来欢呼声。老班长不时地抬起头看着，大家也就陪着看。健哥的长发美女很乖巧，正准备唱《爱上一个不回家的人》，这个时候把音消了，把小脑袋搁在健哥肩膀上，陪着他一起看转播的节目。张仲平也顺着他们的眼睛看。那里，有个姑娘正在跳印度舞，还比较专业，不是脖子扭扭屁股扭扭那么简单的问题。男人头女人腰，那腰扭得像发情的水蛇一样。在她腾挪跌宕之际，那光芒四射的秋波，也就满场地抛洒了。酒饮微醉，花看半开，醉眼里的舞者是何等的风情万种。这时丛林的"半斤八两"突然哇地叫了一声。丛林说："叫什么叫?""半斤八两"说："老公，你温柔一点好不好嘛？”丛林说没有问题，拿起话筒准备开唱《女人是老虎》。

张仲平把手机装在裤兜里，退身出去了。

半个小时以后，张仲平回到总统包房，印度姑娘已经先他一步到了，不客气地将一条腿斜跨在老班长的腿上。她卸了妆，眉心的朱砂痣还留着。她长得真漂亮，要什么有什么。刚才那四位本来也是百里挑一的，跟她一比，居然有些黯然失色，真是不怕不识货，就怕货比货。看得出来老班长兴致很高，他虽然也还照顾着白牛仔裤，那只揽着她的腰的手并没有放下来，但在精力的分配上还是看出了他的倾向性，明显地在印度姑娘身上。

老班长摸了摸印度姑娘眼角下贴着的两颗亮晶晶的东西，说：“这是什么？”回答说：“鳄鱼的眼泪。”“这个呢？”老班长的手一下子跳到了她肚脐眼上，那儿镶着闪闪发光的钻石一样的东西，从小到大一颗挨着一颗地围了半个圈儿，印度姑娘说：“你猜？”老班长做沉思状，说：“半边月亮。”回答说：“错了，是小鸟天堂。”老班长说：“距离不对呀，这儿，最多只能叫蝴蝶泉边，小鸟天堂应该在下面。”印度姑娘毫不犹豫地在老班长脸上刮了一巴掌，说：“哇，你好流氓。”老班长开心地大笑了，他拍了拍白牛仔裤的大腿，说：“去点首歌，《把根留住》。”

扶桑海岸五至十八层是酒店客房。张仲平刚才出去办了两件事，一是找妈咪要了跳印度舞的姑娘来坐台，一是在酒店总台开了三间房。一间豪华套房，两间双标。他凑到老班长耳边说了几句，老班长说：“不好吧？”张仲平说：“房卡你先拿着，等下唱累了，打个盹也可以呀。放心吧，这里百分之一百地安全。”老班长迟疑了一下，还是把房卡接了，接着上句，唱“为了生活人们四处奔波”。张仲平又拍拍印度姑娘的肩膀，示意她跟着他走。到了二楼的小厅，张仲平掏出钱包，抽出几张百元大钞，给她，说：“这是你们这里的价格，把客人陪好，回来再给你发奖金。”印度姑娘说谢谢，抱着张仲平往他脸上啄了一下。张仲平一把将她推开，说：“听客人的安排，乖点。”

张仲平把白牛仔裤也叫上来，也是先给她小费，也叫她听老板的话。她说：“双飞呀？”脸上做着惊讶的表情。张仲平说：“什么双飞？显得你有文化是吧？你知道什么叫双妃？告诉你，不是飞翔的飞，是妃子的妃，也就是说要让客人有一种做皇帝的感觉。懂了吗？”她说：“懂了。”张仲平说：“不错，你很乖。”张仲平与白牛仔裤从二楼下来的时候，印度姑娘正好从水果拼盘里挑了一小块哈密瓜，往老班长嘴里送。白牛仔裤仍然坐在老班长的旁边，拿过话筒，和刚把嘴里的东西吃下去的老班长一起唱《糊涂的爱》。接着，健哥唱了一首《少年壮志不言愁》。等字幕打下来，发现了一个错别字，本来应该是“峥嵘岁月何惧风流”的，打成了“峥嵘岁月何处风流”。健哥发现了，说他妈的。老班长也发现了，说：“看看，都是一些什么人在搞文化产业。”说完把张仲平叫到二楼棋牌室，打通了北京家里的电话。说了两句把电话递给了张仲平。张仲平说：“嫂子你好，有没有时间过来玩两天？呀。哦。噢。是。正陪老班长打点小麻将呢。老班长在我这儿你就放心吧。”边说边摁了一下摇骰子的按钮，让它发出一片脆响。

老班长接过张仲平递过来的电话，顺手在张仲平肩上按了按，笑笑，点点头，转身下楼去了。

张仲平坐在太师椅上，摁了一下摇骰子的按钮，码得整整齐齐的麻将牌浮出桌面。张仲平摁了另一个按钮，轻轻地把牌摊倒，拨到了桌面上露出的洞里，再摁一个钮，另外一副麻将牌又出来了，刚才那副在桌子里面哗啦哗啦地洗着。张仲平伸手在面前的牌堆里随便抓了一张，翻出来一看，是一张二饼。这让张仲平想起了不久前认识的鲍律师，那次打牌他杠上开花，开出的二饼一炮两响，他和丛林都是大番子。鲍律师是东方资产管理公司的法律顾问，听说早几天喝酒住院了，在打吊针。张仲平不想一个人在楼上待得太久，便也下去了。

丛林要了房卡，他要张仲平把“半斤八两”的小费付了，让她走。又找张仲平要了车钥匙，准备去接小曹。张仲平说：“你行不行?”张仲平指的是他喝了酒，开车有没有问题。张仲平没喝酒，“金毛狮王”代表他分别与老班长、健哥和丛林喝过交杯酒。他们七个人一共喝了五瓶人头马。丛林说：“这点酒算什么？没事。”他躬身凑在老班长耳边，一只手挡在自己嘴边上，跟老班长耳语了几句，老班长半欠着身子，手扬了扬。丛林转身对健哥也是如此这般交代了一番，然后，示意张仲平跟他走。两人来到电梯口，丛林说：“侯头那边有新情况没有？”张仲平说：“正在一般性地接触。”丛林说：“要抓紧。”张仲平说：“嗯。”

健哥不要房卡，要张仲平去把房子退了。他唱了一首《我悄悄地蒙上你的眼睛》，又与长发美女一起唱《知心爱人》：“让我的爱伴着你直到永远。”“金毛狮王”唱了一首《青藏高原》，高音上得去，音质也很好，健哥和张仲平不禁为她鼓掌。张仲平说："厉害。"长发美女说："不止哩。柏芝多才多艺，吹拉弹唱，都会。"张仲平说："真的呀。""金毛狮王"凑到他耳边，说："跟她学的，她是林青霞嘛，出道得早，武功了得。"张仲平说："是不是呀？"

健哥也要走了，他先跟老班长请假，笑笑，说没有办法，老婆今天出差刚回来，要交家庭作业。老班长已经起身，要送他，他死活不肯。老班长只好依他，指示张仲平代劳。健哥也不同意，仍然让张仲平陪老班长。张仲平说："送到门口吧。"到了门口，健哥说："上次跟你说的事，还记得吗？"张仲平知道他指的是法人股拍卖的事，便点了点头，问："怎么样了？"健哥说："有点眉目了，到时候再跟你说吧。"张仲平再次点点头，也就不追问了。健哥说："我先走了，等下替我送送领导。"张仲平笑了笑，说："你放心吧，我会让领导尽兴的，时间也不早了，你早点回家休息。"

又唱了一会，老班长起身对张仲平说："我请会假，让两位大美女陪我到劳动广场上走走。"张仲平马上说行行行，起身送他们出门。

只剩下三个人了，张仲平唱了一首《爱江山更爱美人》，又唱了一首《回到拉萨》。长发美女与"金毛狮王"左边一个右边一个拥着张仲平，三个人唱了《山不转水转》之后，她们俩一起唱《泰坦尼克号》的主题歌，用的是英语。张仲平说："不错。"她们说："一般般啦。"又点了《夫妻双双把家还》，要张仲平一起唱。张仲平说："算了，你们唱吧。"见张仲平没有了兴致，她们也不唱了。张仲平掏出钱包，付了她们的小费，把她们打发走了。她们还不想走，张仲平说："快点去吧，还能赶晚晚场。"

偌大的总统包房里只剩下张仲平一个人了。侍应生进来问："老板是不是要买单？"张仲平说："好，你先把单打出来吧，我还要在这里坐一坐，你顺便把电视换成录像节目吧。"侍应生说是，仍然半跪着，拿着茶几上的遥控器，把节目调换了过来。演艺厅里的节目已经完了，电视里正播放成龙与章子怡合演的一部功夫片。侍应生悄无声息地退了回去。张仲平觉得声音太大了，拿过遥控器摁了一下静音。里面打打杀杀的却再也听不到一点声音，给人的感觉就是不知道他们在瞎折腾些什么。

总统包房的门窗都没有打开，空气不对流，装修房子残留的气味与女人的香水味长期混杂在一块儿，那种味道怪怪的。人多唱歌的时候不觉得，人一走，房子一空下来，人其他方面的感觉一退位，嗅觉就发挥作用了，那股味道也就冒了出来。张仲平有鼻窦炎，不可抑制地打了几个响亮的喷嚏。

张仲平在沙发上斜躺着，将两条腿撂在茶几上，他觉得有点头昏脑涨，昨天他也是大半夜才回家，陪西区法院执行局的局长唱歌。上床之前，唐雯跟他说看了一个电视节目，小孩上网视频聊天，龌龊得很，不知小雨会不会受影响。张仲平要唐雯多关心一点，唐雯说她会关心，要他也抽空多陪陪女儿。张仲平说行，又叹了一口气，说："你看我忙的，真是太辛苦你了。小孩子那边真的得注意，学校周围到处都是网吧。你不知道，歌厅里唱歌的，也尽是一些十八九岁的小姑娘。"唐雯说："小姐到歌厅里唱歌到底是怎么一回事？"张仲平支吾了半天，不知道该怎么回答，又不能不回答，就说："哪天带你去见识见识，不瞒你说，一点意思都没有。"

张仲平摆弄着手机，想给江小璐打个电话，又担心太晚了，影响她上班，或吵了她的睡眠。他跟江小璐在一起挺有意思，是情人，却像一对老夫妻。

张仲平这时又想到了另外一个人。她给他的感觉完全是另外一回事。他跟她已经见过一面了，时不时地还通通电话。他老想放肆地逗她，撩她，跟她拌嘴，惹她生气。他当然不会真的让她生气，那又会让他很心疼，很怜惜。

张仲平上大学那会儿，是一个诗歌觉醒、复苏然后迅速泛滥成灾的年代。有一种说法，说是年轻人扎堆的地方，随便扔一粒小石子，就能砸到一颗诗人的脑袋。那时的年轻人对诗歌的迷恋，就像现在的年轻人之于因特网。遥想仲平当年，也是一个神神道道的文学青年。专业课可以逃课，考试可以只打六七十分，却不可以一日不作诗吟诗。那时多么年轻、多么意气风发。老班长唱童安格的歌："多少岁月，凝聚成这一刻，期待着旧梦重圆。"可是，旧梦真的能够重圆吗？

都是你的错，你为什么要长得像夏雨呢？你为什么要让早已化成灰烬的诗歌的精灵死灰复燃呢？

张仲平独自笑了。他知道诗可以怨，那就放纵一下吧。于是，第一个字出现在手机彩屏上以后，后面的字便像流行感冒病毒一样迅速地繁殖了，让他头脑有点发热，嗓子有点发痒。

老班长是去劳动广场散步看夜景去了，还是上房间了？丛林和健哥都是聪明人，他们知道什么时候该奉陪到底，什么时候该提前溜走。现在的男人似乎也就这点乐子了。刚才跟老班长的夫人通电话，她的声音响响的，似乎很快乐很单纯。真这样，才好哩。童安格要把根留住，老班长也要把根留住。“一年过了一年啊，一生只为这一天，让血脉再相连，擦干心中的血和泪痕……”可是，还有泪痕吗？与他一见如故的鲍律师有天给他发了条短信，后来一下子就在圈子里传开了，那条短信息说，男人吃喝嫖赌都是为了家。

可是，每个人的精神家园呢？你，张仲平，曾经也还是个诗人哩。可是，谁他妈的现在还惦记着这个？

张仲平在犹豫，不知道该不该把刚才写的文字发给她。她的手机号码早就储存在他的手机里了。把它调出来，再轻轻地一摁键，他的那首小诗，就会像看不见的洁白的鸽子，展开晶莹透明的翅膀，飞向一个他还不知道的什么地方。

发还是不发？

张仲平搞不清楚了，到底刚才的写诗冲动是一种矫情还是明明写好了又不发出去是一种矫情。自己是在期待着什么呢，还是在害怕什么？

我喜欢雨，
来自上天的润泽。
一种单纯的颜色，
一种自由的挥洒。
我喜欢念你的名字，
什么也不思什么也不想。
直到心底的钟声，
真正地敲响。
叮叮当当……

第六章

江小璐打电话要张仲平到她家里去一趟，她儿子毛头病了。

张仲平见过她妈妈一次，她帮张仲平开了门，朝他笑一笑，说："你是小赵吧。"江小璐赶紧说："不是不是，是张总。"张仲平不知道是江小璐的妈妈把他的姓记错了，还是把他当成了另外一个人。他觉得两种可能性都有，都很正常，也就笑了笑，说："阿姨你好。"张仲平叫阿姨之前犹豫了一下。他比江小璐大十几岁，江小璐的妈妈也只比他大十几岁。阿姨有点叫不出口，可是，不叫阿姨叫什么？也许应该叫岳姐？这种叫法有典故，张仲平有个做生意的朋友，续弦的老婆比他小了二十多岁，第一次去见老丈人，看同自己的年龄差不多，岳父岳父的实在叫不出口，灵机一动，脱口叫了一句岳兄。后来，自己当作笑话到处乱讲，自认为很经典。

江小璐表情凄然，眼睛红红的，刚刚流过泪的样子。难怪刚才接她电话的时候，还以为她感冒了。

毛头是个可怜的孩子，一生下来心脏就有问题。他长得不是很像江小璐，虎头虎脑的。这时很安静地坐在沙发上，大大的眼睛一眨不眨地望着张仲平。张仲平跟他打招呼，他很快把眼光挪开了，然后又回过来偷偷地看他。那张脸圆乎乎的，眼睛鼻子没有长开，张仲平没法从中猜出他父亲是什么样子。

江小璐说："你这会儿有事吗？可能要用一下你的车。"张仲平说："没问题。"江小璐到卧室里去拿包，张仲平跟着，江小璐很快地抱了一下他的腰。她的头仅仅在他的胸脯上蹭了一下，就把他轻轻推开了。她转过脸，抽了一下鼻子。张仲平说：“没事，我会陪着你。”

去医院的路上，江小璐抱着毛头坐在副驾驶的位子上，指着街上的车子和房子要毛头看。毛头安安静静地坐在她怀里，对江小璐要他看的车子房子不感兴趣。他老是偷偷地望着张仲平。张仲平做着鬼脸逗他，他开始还很害羞，后来终于憋不住，咯咯咯地笑了。江小璐说：“他跟你倒是不认生。”张仲平说：“是呀。”江小璐不说话了，她的手轻轻地压在张仲平搁在杂物箱上的右手上。毛头看见了，也去抓张仲平的手，小家伙的手肉嘟嘟的。张仲平说：“你儿子吃醋，不让你挨我哩。”江小璐的手没有因此移开，反而稍微使了使劲。张仲平略一扭头，看到她轻轻地笑了一下。

张仲平帮毛头挂了专家门诊。江小璐报的名字就是江毛头。张仲平说：“还没起名字吗?”江小璐说：“不用以前的名字了，等他上学的时候再正式换一个。到时候，你给取一个，行不行?”张仲平看了江小璐一眼，不敢乱说话，只说到时候可以帮你参谋参谋。江小璐回看了他一眼，说：“是呀，到时候再说吧。”

专家拿听诊器在毛头的胸前听了听，小家伙居然没有哭。专家一边瞟着江小璐，一边说好乖，然后就开了一系列单子，都是一些检查项目：心电图、B超、CT、核磁共振、多普勒、同位素扫描等等。张仲平想问有没有重复的，见江小璐没吭声，也就忍住了。近些年，医务工作者的形象在老百姓心目中一落千丈，以前叫白衣天使，现在差不多可以叫白衣屠夫，宰你真是没得商量。

光是排队就花了不少时间。张仲平抱着毛头上楼下楼的时候，走在旁边的江小璐紧挨着他，有时候还会有意无意地托着他的胳膊，好像这样可以帮助他减轻一点负担。江小璐说：“谢谢你。”张仲平朝她笑笑，说：“你不要客气，你一客气，别人就看出我们不是一家人了。”江小璐嘴唇一抿一抿的，脸就微微红了。

所有的费用都是张仲平抢着排队交的。回到家里，江小璐将那些交费存根整理了出来，差不多四千多块，江小璐望着手里那些单据，有点发呆。

江小璐把张仲平叫到卧室里，轻轻地把门关上，说：“可能还得找你借点钱。”张仲平说：“没有关系，你看一看，还需要多少?”江小璐说：“我也不知道。要不然，再借我四千块吧。到时候一起还你，只是，时间可能会长一点。”

张仲平说：“钱的事情你别太操心。什么还不还的，给毛头看病要紧。等下我再取六千给你吧，先用着，不够再跟我说，好不好？”

江小璐抿着嘴，朝张仲平点点头，轻轻说：“真的谢谢你。”张仲平说：“你看你又客气了。”他伸手在她后颈窝里挠挠。江小璐的头微微一仰，把他的手轻轻夹住了。江小璐就那样歪着头，望着他，张仲平顺势搂着她的腰想低下头吻她，她把头一歪躲开了，但她回抱张仲平的两条胳膊却在加力，江小璐轻轻地连叫了张仲平三声，使劲地把头埋在他胸前，不让他看见自己的脸。

从江小璐家里出来，张仲平到侯昌平家里去了一趟。这是上班时间，侯昌平应该不会在家。张仲平特意挑这个时间去的。他觉得侯昌平不在家比在家效果可能还要好一点。张仲平为侯小平买了两刀安徽泾县生产的红星牌宣纸，很贵。从经济学的角度来考虑，似乎完全没有必要。但张仲平不这么想，好纸与差纸是完全不一样的，这一点侯小平肯定分辨得出来。侯小平要是当着侯昌平念一念，那宣纸就物超所值了。张仲平与侯昌平的老婆已经很熟了。她知道张仲平就是为他们儿子请书法老师的那个老乡。张仲平还为他儿子侯小平送去了各种各样的书法字帖，一大堆。她不知道说什么好，老说这钱这钱的。张仲平说：“嫂子，你就甭管了。我不是每次来都要拿几张小平的作品吗？将来小平出息了，那就是钱。我这是投资原始股哩。”侯昌平老婆说：“是吗？”张仲平说：“可不是吗？”

张仲平回到公司，问小叶有什么事没有。小叶说：“有人来找过您。”张仲平问：“谁呀？留下名片或者电话没有？”小叶摇摇头，张仲平又问：“说了什么事吗？”小叶又摇了摇头。张仲平再问：“那人长得什么样子？据你看像是干什么的？”小叶歪着头想了想，说：“那人个子不高，比我只高一点点，比较胖，像个老板吧，具体干什么的，我看不出来。不过，他说他认识您，还会来。”张仲平说：“你没让他打我电话？”小叶说：“我跟他说了，但他不肯打，说要跟您见面。我看他好像也没有什么大事的样子。”张仲平觉得这事有点怪。想了想，到底没有想起会是谁。张仲平说：“下次碰到这种情况，你要想办法把上面的问题弄清楚。俗话说，无事不登三宝殿，别人找上门来，肯定有事。”小叶说：“要像那人那样，怎么办？”张仲平知道对小叶生气发脾气都没有用，看了她一眼，进了自己办公室。

张仲平查了一下自己办公室的座机电话，发现徐艺曾找过他。张仲平拿起话筒，摁了一下回拨键。电话通了，徐艺抢在张仲平之前开口说话，说：“就想汇报一下，咱们公司注册的事做完了。”

张仲平心里说，这话听着怎么这么别扭？汇报什么？你现在已经是正儿八经的老板了，有什么事还用得着向我汇报？又说什么咱们公司的，弄得你的公司像3D拍卖公司的分支机构或者我张某人占了你的股份似的。张仲平知道徐艺这么说是有意向他显示自己的谦卑和套近乎。不知道为什么，张仲平并不喜欢他这样。

张仲平说：“徐总办事效率蛮高嘛，公司叫什么？”

徐艺说：“时代阳光。”

张仲平说：“时代阳光？不错，名字挺响亮的。”

徐艺说：“哪里哪里，政府不是提倡阳光工程吗？拍卖就是阳光交易，咱们这是赶时髦。”

张仲平说：“这不叫赶时髦，叫紧跟时代步伐。开业的日子定下来没有？我还等着给你送花篮哩。”

徐艺说：“公司不准备单独搞什么开业庆典。要搞的话，可能会跟第一场拍卖会一起搞。”

张仲平说：“是不是呀，这么快就揽到业务了？”

徐艺说：“没有没有，我们也是向3D公司学习，准备先做几场艺术品拍卖。拍品好征集，拍拍字画呀古玩呀什么的，来的人多，图个热闹吧。不然，新的公司一没名气，二没业绩，拿业务很困难。”

张仲平说：“时代阳光能够从事文物拍卖？徐总你们公司搞了一千万的注册资金？”

徐艺说：“朋友帮忙，朋友帮忙，张总您知道这种事情的。”

张仲平说：“那也不错呀，起点蛮高的。第一场拍卖会准备安排在什么时候？”徐艺说：“看准备的情况吧。先做一场小拍。快的话，也就个把月。到时候还想请张总压压场。”

张仲平说：“到时候再说吧。”

徐艺说：“别到时候再说了，我上午给您打电话，就是想跟您说这事儿，怎么样，就这么定了？”

张仲平说：“行呀，只要徐总看得起。”

徐艺说：“那张总的出场费？”

张仲平说："免了吧，我要你记着你欠了我两份人情。"

徐艺哈哈一笑，说："行行行。"

跟徐艺通完电话，张仲平把小叶叫了进来。

张仲平说："今天下班你先走吧，到丹青斋去一趟，把这两幅字给装裱了。对，丹青斋在香水湾文物一条街上。叫他们抓紧时间，看一个星期能不能赶出来。"

小叶说："如果赶不出来呢？"

张仲平说："那就换一家。那条街上，字画装裱店满街都是。要他们注意装裱质量。"

小叶临出门之前，张仲平又把她叫住了。他想了想，觉得这事还是找个圈子外面的人去办比较妥当。

张仲平把那两幅字从小叶手上拿了回来。那两幅字卷在旧报纸里，小叶打都没有打开。

唐雯把张仲平叫到卧室里说："你发现没有，这个周末小雨回来以后，好像一直闷闷不乐的？"

张仲平说："我也有这种感觉。会不会是上次告状的事在学校里受了委屈？"

唐雯说："是呀。万一赵老师对小雨有什么成见，不理不睬的，或者横挑鼻子竖挑眼的，小雨就难了。心理负担会很重。"

张仲平说："得找个机会跟赵老师沟通一下。"

唐雯说："要不然请赵老师吃餐饭？"

张仲平说："可是可以，就怕赵老师太忙，请不到。他也不一定会答应吃饭。你想一想，请他吃饭只能就近，人来人往的，难免不碰上别的老师和小雨的同学。这样对小雨更不好。开车到远一点的地方吧，又好像太郑重其事了。还有，去一个什么档次的店？一般的店不像话。好一点的店，一餐饭几千元，好像也没有那个必要。"

唐雯说："你说得对。但是，就这样去找他，可能也不行。他要真的有什么想法，还不三言两语就把咱们给打发了？"

张仲平说："当然，找人怎么能空着手去呢？"

唐雯说："那你看送点什么东西好？"

两个人便讨论给赵老师送什么东西。唐雯说："不知道赵老师抽不抽烟，要不然送两条好烟?"张仲平说："烟呀酒呀就算了，有点俗。送的东西还是要有点意义，比如说皮带、领带或者钱包什么的。"但张仲平很快又自我否定了，因为这些东西太私人化了，好像是情人之间送的东西。唐雯说："有人给你送过这些东西没有?"张仲平说："没有。我哪有情人? 好啦，算我用词不当，情人改成爱人，可以了吧? 外人不宜送这些东西，因为你不知道对方的品位。"唐雯说："要不别费那个脑筋了，反正礼多人不怪，只要送的东西够几百上千的，就行了。"张仲平说："那可不行。给别人送礼，特别要考虑的就是别人的喜欢和需要。要是不喜欢，钱等于白花了。如果你送的东西，正好是他想买又舍不得自己花钱买的就最好了。收礼的人那份心情真正是花钱买不到的，你再求他办事就容易了。所以送礼就是送心情。否则，你到商场随便抱一大堆东西往人家家里去，钱花了，别人不一定领你的情。"唐雯说："可惜我们对赵老师也不怎么了解。要不然，干脆给他打个红包? 他喜欢什么需要什么，让他自己去买。"张仲平连忙摇头，说："不妥不妥，又不是逢年过节，学生家长平白无故地给老师打什么红包? 赵老师是知识分子，知识分子最敏感了，这样做会让他觉得受了侮辱。人家毕竟是教书育人的先生。再说了，我们现在还不知道赵老师的真实想法，他万一为了图表现，将红包往校长那儿一交，我们和小雨岂不是要被他搞得无地自容? 那会一点退路也没有，你说呢?"唐雯说："送个礼不会这么复杂吧?"张仲平说："你一直在学校待着，跟社会上的人打交道不是很多。你是不知道，送礼的事学问可大了。其实像你搞经济学的，可以跟社会学交叉，说不定真能出成果。除了前面讲的，还可以举些例子，比如说，花同样多的钱，送的礼不一样，效果完全不一样。在一个不太昂贵的礼物类别里挑选顶尖价格的礼物，和在比较昂贵的礼物类别里挑选比较便宜的，对于接受礼物的人来说，心理感受是不一样的，这里面是不是有学问? 学问大了。"唐雯说："你做生意整天就琢磨这个? 真是难为你了。"

最后商量的结果，是给赵老师送一个 MP3。赵老师年轻，应该会喜欢时尚的电子产品。MP3 是现在的年轻人中间除了手机以外最时尚的玩意儿，还不像数码相机那样正规。张仲平亲自跑到电脑城挑了一款韩国产品。年轻人哈日、哈韩的挺多，有些人就对电子产品迷恋上瘾。那款 MP3 很小巧，在款式上偏向中性。张仲平是这样想的，如果赵老师喜欢，可以自用。如果不喜欢也没有关系，可以转送给别人。小雨不是说他正在追求被他们气走的那个外语老师吗？正好送给她。上次开家长会张仲平见过她，很洋气，应该是一个很活泼很开朗的女孩子，在穿着打扮上属于吊起挂起、叮叮当当的嘻哈族。如果赵老师将MP3送给她，她应该会喜欢。

第二天晚上就送去了。赵老师怎么也不肯收。张仲平说："这是我们公司集团购物时商场派送的奖品，没有花钱的。"张仲平送礼轻车熟路，知道其中的奥妙就是给受礼的人一个接受的理由。张仲平这次找的理由尽管有点牵强，但重要的是传递了一个信息——没有花钱。这样，授受之间便有了一种玩笑与随意的意思。东西不管值多少钱，既然送的人没有花钱，收的人也就没有必要那么认真，当作玩儿似的就行了。

赵老师终于很勉强地把东西收下了，张仲平和唐雯这才开始问小雨的情况。

赵老师说："张小雨同学人很聪明，就是太有个性了，很犟。有个性不能说不好，但是，太有个性，就要注意了。举例来说，她本来是班上的学习委员，早几天却嚷着要辞职，还给我写了一份辞职报告。我没有理她，本来想搁几天找个机会跟她谈一谈的。可是，她倒好，先撂担子了。年级开会的时候不去，班上课代表的工作也不抓，搞得我的工作很被动。没有办法，只好将她的学习委员给下了。"

张仲平心中暗自叫苦不迭。他知道小雨很任性，她一定是感觉到了赵老师对她冷淡，又拿不准，想用这种方式试一试赵老师的态度，没想到赵老师会顺水推舟，给她来个下马威。如果一开始就没有当什么学习委员，也不要紧。明明当得好好的，一下子没有了，落差就大了，现在一些工作了几十年的领导干部，都是可上不可下的，退休离休也会搞得人病恹恹的，何况小孩子？哪里会有这种承受能力？小雨这几天闷闷不乐的，八成就是这个原因。

唐雯说："怎么会这样呢？赵老师，你看这件事还能不能挽回？"

赵老师说："恐怕有点难。新的学习委员已经定下来了，是班上同学选举产生的。"

张仲平不好再说什么，他觉得这件事情是他跟唐雯没有做好。上次出了那事，就应该跟赵老师及时沟通一下，防患于未然。这跟做生意是一样的，有了隐患，就一定要消除在萌芽状态，你要是疏忽大意，等到弄出一些枝枝节节来，就麻烦了。

3D 公司最近的主要任务是盯住侯昌平，得想办法早点把委托拿下来，不能等到别的公司开始做工作了再去努力，到那时，侯昌平就是有心帮你情况也会复杂得多。

张仲平被唐雯碰了一下，才发现自己走神了，马上抱歉似的笑了一下，又冲着赵老师笑笑，说："赵老师，小孩有时候不懂事，跟家长花的精力很有关系。咱们两口子太忙了，平时关心不够，完全靠学校靠老师了。有些事情如果做得不妥当，家长应该负主要责任，还要请赵老师多多包涵。"

赵老师说："包涵谈不上，大家能够互相理解就好了。"

张仲平说："对对对，小孩子不知道，我们做家长的还不知道吗？当老师辛苦不说，有时候确实挺委屈的。"

赵老师说："一般来讲不会有什么大问题，毕竟我们也是这样过来的。"

张仲平说："对对对，我看赵老师就不错，很有责任心。"

赵老师说："应该的。张小雨那儿，我会主动找个机会跟她谈一谈的。学习委员的事，这个学期肯定不行了，下个学期再看看吧。"

唐雯说："赵老师真的谢谢你了。"

赵老师说："没有什么。噢，还有，上次那件事，我也有做得不对的地方。这次年级评先进肯定没有份了。这倒没什么，我最怕的是班上的荣誉受影响。别的家长也找过我，我也跟他们说过，能不能也请你们到年级组长或者校长那里去走动走动，表表态，谈谈你们家长的想法？"

张仲平马上说应该的应该的。唐雯见他那样，也跟着一个劲地点头，说："没问题没问题，我们尽快去。"

"这个赵老师不简单呀。"跟老师分手以后，张仲平对唐雯说，"他是想让我们去领导那儿为他做说客，消除影响呢。"

唐雯说："他年纪也不大，这些套路也不知道是从哪里学的。"张仲平说："还要到哪里去学？打开电视现成的。新的领导上台了，新的政策出台了，都要层层表态，统一思想。"唐雯说："我们像他这个年纪的时候，哪里知道这些？"张仲平说："逼的。这就叫适者生存。不过，校领导那里还真得去一趟，送点东西，让他们叫小雨在年级里当个干部吧。"唐雯说："行不行呀？"张仲平说："有什么不行的？事在人为嘛。我倒是考虑，这样对小雨到底好不好。"唐雯说："要消除她的挫折感，只有正面鼓励了，当个干部是最好的鼓励。"张仲平说：

“不错，你进步很快。”唐雯说：“不过，千万千万，这事不能让小雨知道是我们在折腾。”张仲平说：“那当然。你知道这在社会上叫什么？叫买官。”唐雯说：“小雨难道不是很优秀吗？”张仲平说：“那倒是，咱们俩的女儿嘛。”

礼送出去了，两口子心里多少踏实了一点。开车回家的时候，张仲平想到了唐雯到上海去拜访博士生导师的事，就问怎么样了。唐雯有点嗔怪：“都什么时候的事了，亏你还记得问一问。”张仲平忙说：“都是我不好，我太忙了。不过，你要是真考上，我会很紧张。”唐雯说：“你紧张什么？”张仲平说：“你没有听说吗？现在教授招研究生一般要招四类人。一类最好是当官的领导，可以解决社会上各种关系问题；一类最好是有钱的商人、企业家，可以解决买单的问题；还有一类最好是年轻漂亮的，可以近水楼台先得月，解决情人问题；最后一类则必须是真正做学问的，负责传承他的衣钵。”唐雯说：“照你这么说，我不是没有希望了？”张仲平说：“你属于第三种人，年轻漂亮。”唐雯很快乐地笑了笑，说：“你这是损我还是夸我？”张仲平说：“既不是夸你，也不是损你，实事求是。我这人别的不会，就是喜欢讲真话。都几十年了，你还不知道我？”唐雯说：“看来你对老婆评价还蛮高的。”张仲平说：“那当然，就一个老婆嘛。”唐雯说：“谁知道你。”张仲平说：“你不知道我呀？”

唐雯说：“不读个博士不行，学校里竞争很激烈的。”张仲平说：“是呀，中国人就是累。”唐雯说：“有什么办法呢？大家都这样。”张仲平说：“那倒是。”唐雯说：“考博士主要看外语成绩，导师那儿，问题应该不会很大，我给他孙子买了礼品，花了五千多块哩。”张仲平想说：“你要是花了五万块，事情可能还有点谱，如果只花了五千来块钱，真的就只能是液化气站工人的生活来源——靠运气了。你以为现在的学校还是一方净土呀。”但他忍了忍，终于没有把那句话说出来。

第七章

法人股拍卖的事，健哥已经轻描淡写地谈到过两次了。有关具体内容，张仲平却一点都不知道。他也不好去打听，只能心里惦记着，希望健哥早点打电话约他。

有天快下晚班的时候，健哥的电话终于打过来了。

健哥说：“见个面吧。”张仲平说：“行呀。”健哥说：“还是老地方吧。”张仲平说：“好。”

他们通电话的时候总是这样语言精练，没有一句多余的话，两个人都觉得这样挺好。

老地方在雪松路上，是一个洗浴广场，叫碧海蓝天。

张仲平比健哥先到十来分钟，开了个贵宾房，然后发了个短信给健哥。

健哥一会儿就到了，说：“先吃点东西吧。”张仲平说：“行呀。”让服务生送了两份套餐。两个人一边用餐一边扯着一些闲话：某某厅下面的一座宾馆早几天发生了一次火灾，烧死了十几个在三楼唱卡拉 OK 的，一查，那娱乐城原来是厅长的小舅子开的；省委一个副秘书长家里被盗了，小保姆多事，报了案，结果牵出一桩受贿案；一个大学生捅死了同寝室的三名同学，跑到海南被人举报，提供线索的人获得了二十多万元的奖金；一对中了福利彩票头等奖的夫妇，给家里的兄弟姐妹每人分了十来万，却引起了叔叔舅舅和其他亲戚的不满，纷纷找他们借钱，弄得两口子有家难回，据说男的还挨了打。

健哥说："报纸上电视里十条新闻有七八条跟钱有关，你看看这社会。"张仲平说："有点乱套了。"健哥说："一个社会如果每个人都想尽办法捞钱不是好事呀，这才是社会最大的不安定因素。"张仲平说："问题是这个社会不能没有钱。"健哥说："没有钱不幸福，有钱就幸福吗？"

用餐以后，健哥说："先洗个脚吧。"张仲平说："行呀。"马上将服务生叫来，要他去安排两个好一点的技师。健哥说："找个力气大一点的。"服务生说："男技师可以吗？"健哥说："随便。"张仲平说："还是找女的吧，不是有个欧阳师傅吗？请她来吧。"

欧阳师傅五十来岁，两只手可以左右开弓。她的力气很大，健哥疼得叫了起来，嘴里却说舒服。欧阳师傅边洗边跟健哥聊天："老板肠胃不太好。"健哥说："是呀。"欧阳师傅说："不过肾功能很好。"健哥说："是吗？这我倒是不觉得。"张仲平问自己的技师，说："我哪里不好？"她回答说："老板哪里都好。"张仲平说："你倒是很有眼光。"那个女技师笑笑，并不接茬。张仲平觉得没味，就闭上眼睛，随她怎么掐怎么搓。

两个洗脚的技师做完以后走了，张仲平暂时没有安排新的服务项目，他想趁着这个机会跟健哥谈点事。

两个人脱得赤条条地进了湿蒸房。健哥说："香水河投资，听说过没有？"张仲平说："知道。是省里最早的上市公司之一。"健哥说："法人股。六千三百万股。"张仲平说："哦。"

健哥说："委托书下达以后，多长时间可以操作完？"张仲平说："如果有买家，也就十来天吧。"健哥说："最近最高法院出台了一个规定，就是关于法人股拍卖的，你找到后好好看看。"张仲平说："行。"健哥说："香水河投资是上市公司，法人股好卖。现在有两个问题：第一，省里的意思是最好不要进入拍卖程序，而是动员省内的企业协议收购；第二个问题比较棘手，如果拍卖，交给哪家拍卖公司？现在八字还没有一撇，打招呼的人就已经不少了。"

张仲平很快将健哥的话琢磨了一下，在健哥那里，第一个问题肯定只是技术方面的，如果根本就没有解决的可能性，就不会选择这个时机来跟他谈。至于第二个问题，才是他俩共同关心的。不过，张仲平对这件事看得很清楚，听健哥的安排就行了。在他这一边，只是一个操作问题。但是，这又不纯粹是他跟健哥之间的事，还有别的拍卖公司需要对付。

健哥起身到外面的小冰柜里去换了一条洁白的湿毛巾，顺便也给张仲平带进来一条。健哥把湿毛巾贴在面孔上，继续说："如果能够把买家控制在省内企业的范围以内，第一个问题是可以做工作的。省里不过是怕上市公司的壳资源外流。现在批一家上市公司太难了。"张仲平说："这个没问题，可以搞定向拍卖。只是，如果对竞买人的条件进行限制，成交价格可能会有些影响。"健哥说："只要没有法律障碍就行。"张仲平说："可以先找买家。"健哥说："在找买家的过程中，如果消息不小心透露了出去，只怕会有更强劲的对手出来跟你争。"张仲平说："所以只能秘密进行，只要买家一落实，马上刊登拍卖公告。等别的拍卖公司反应过来，我们已经落袋为安了，你看呢？"健哥沉吟了一会儿，说："先这样做吧。另外，评估的事，我已经跟北京的一家评估事务所打过招呼了，会放在那边。不容易呀。按照我刚才提到的那个规定，资产评估机构由申请执行人和被执行人协商选定。今后挑选拍卖公司，也会这么办。"张仲平说："这都是形式。不管怎么样，这边的拍卖公司越不知道消息，越晚知道消息，越好。"健哥没有吭声，两个人的面孔都被湿毛巾遮着，互相之间的表情看不见，张仲平不知道健哥点头没有，但他知道健哥没有发表不同意见。张仲平知道，健哥准备跟他谈的，暂时只有这些了。

张仲平说："最近挺忙吧？"健哥说："干我们这行哪天不忙？"张仲平说："嫂子呢？这几天有没有时间？"健哥说："她的工作倒是清闲。"张仲平说："我最近收了一件青瓷，想请嫂子帮着看看，估估价。"健哥说："这种事情，你直接跟她联系就可以了，不要跟我说。"张仲平说："好。"

张仲平说的嫂子叫葛云，在省博物馆工作。她们家算是文物世家。葛云大学念的是考古专业，她爸爸葛家轩曾经是省博物馆的副馆长，兼任过省文物商店的总经理。两年前因心肌梗死去世了，生前既是文物方面的专家，也是省内古玩方面有名的玩家。

分手的时候，健哥找张仲平借了白鹤丹枫高尔夫球场的会员证，说准备陪他们老板去打打球。健哥说的老板就是他们院长。老班长来的那一次，张仲平陪着一起吃过一餐饭。张仲平说："要不要给你们老板也办个证？"健哥说："有这个必要吗？会不会节外生枝？"健哥用的是反问句，其实是不同意。张仲平却不觉得这么问上一句是多此一举，问上一句，表明张仲平已经想到了那一层，某些方面的心意也就到了。至于该不该做什么事，则由健哥看着办。

张仲平在报纸上看到了时代阳光拍卖公司的公告，刚准备给徐艺打电话，徐艺却敲门进来了，他是专程给张仲平送请柬和艺术品拍卖目录来的，侯小平的两幅书法作品都入选了，排在第37号和第38号。这件事张仲平一个字也没有向徐艺提过，3D公司的人也不知道，拍卖委托手续是江小璐去办的。

问题出在作者简介栏里。当时张仲平是将侯小平的简介给了江小璐的。那份简介是张仲平在外边的商务中心打印的，凭记忆写了几项侯小平的获奖情况。张仲平没想到时代阳光拍卖公司没有采纳简介中的一个字，只说侯小平是中国书法家协会会员。中国书法家协会不是随便什么人都能入的，有的人写字写了一辈子，也就混一个省书法家协会会员干干。徐艺的公司却一抬手就给侯小平封了一个。张仲平觉得这有点不太严肃，却也不知道应该怎样去改正这个错误，只好心里笑一笑，想，徐艺的这场拍卖会可能有点够呛。

没想到还不错。以前3D公司做艺术品拍卖，都是租用三星级、四星级宾馆的会议室搞预展。徐艺却把预展放在了白银世界一楼的大堂里。白银世界刚刚评上五星级，大堂也算富丽堂皇。大堂是宾馆的脸面，能够说服宾馆同意在那里搞这种商业性质的展览，真的很不容易。白银世界地理位置不错，进进出出的男男女女，要么气宇轩昂，要么雍容华贵，可以说“往来无白丁”。而拍卖会预展的那几天，所有进进出出的客人，首先就会眼睛一亮，在轻柔的背景音乐中，为那些悬挂得整整齐齐的山水、花鸟画所吸引。书画艺术是高雅艺术，是精神文明，有文化的人喜欢，有钱人为了显示自己的档次和品位，也需要。所以，预展放在大堂里，效果比宾馆会议室好多了。

在拍品的选择上也费了心机。一般来说，历代名家的精品是少不了的。这关系到拍卖会的档次。不管真的假的，也不管卖得掉卖不掉，如果没有徐悲鸿的马、齐白石的虾、李苦禅的鹰、吴作人的骆驼或者金鱼，买家来看什么？当地名流的大作也得有。这意味着本场拍卖会得到了行内的认可。圈子里的头头脑脑，从来就不愁自己作品的销路。他们送作品来参拍，是捧你的场，但他们的参加也有弊端，一是他们的作品往往标价很高，而且互相较劲儿。某某的作品一平尺都那个价，我的不可能比他的还低吧？一是千万不能让他们来看预展，一看预展就糟了。他们的观感惊人地一致：拍品除了自己的以外，其他的真是水平有限。名家作品要么形迹可疑，要么就是应酬之作。他们的这种观感是一定要在看预展时当场发表的。区别只在于是直截了当还是拐弯抹角。这都不算什么，徐艺与众不同的地方，是征集到了省里、市里几个已经退居二线的领导干部的墨宝。不过，最能吸引眼球的还是徐艺将卫视当红节目主持人波波和她的两位闺中密友的手笔也弄到了拍卖会上。她们三个人举办的那档《午夜悄悄话》节目，收视率一直居高不下，话题从女性的穿衣打扮，到花心男人识别术，到男女交往谁买单，到女人的青春美丽是否能够货币化，到婚外情、一夜情，所有女性的隐秘世界，几乎无所不包。本来，悄悄话说到了唯恐世人不知的地步，是个矛盾，但是三个人分正方、反方和裁判兼和事佬，叽叽喳喳的，也很是热闹，正应了“三个女人一台戏”的俗话。还好，徐艺也还懂得分寸，没将她们的作品重点推出。只将她们的拍品配了玉照挂在大堂进门左手边的一隅。

没想到还是引起了参观者的注意。有个客人提出要按照拍卖目录中的参考价当场购买。他看中的是波波的两幅作品，一幅写意中国画，一幅书法。那幅写意中国画只能算是小品，兼工带写，画的是红梅。书法作品是隶书，一看就知道临过刘炳森的帖，写着“剑胆琴心”四个字。波波是当地红得发紫的人物，她原来不过是电视台一个相貌平平的采编人员，后来通过海选成了一个美容机构的形象代言人，不知道做了多少次手术，变成了一个连她父母亲都差点认不出来的标准美女，重返传媒界，一下子就成了街头巷尾无人不知的名腿。电视节目主持人被称为“名腿”而不是“名嘴”，就有点意味深长。波波还嫌自己名气不够大似的，借着拍卖会的机会展示一下才艺，可以向她的“粉丝”证明自己不是随便玩的。

这件事情发生的时候，徐艺正陪张仲平在大堂里参观。徐艺手下一个漂亮的小姐走过来，问卖不卖。徐艺说：“你说呢？”漂亮小姐说：“我不知道，要不然请那位客人过来跟徐总谈一下？”徐艺说：“谈什么？当然不卖。这是拍卖会的预展，又不是摆地摊。”漂亮小姐吐吐舌头。徐艺说：“不过，你们要好好跟客人解释，争取客人现在就办竞买登记手续，把他们拉到拍卖会上来。”漂亮小姐说：“哦。”徐艺说：“再说了，提前办理竞买登记手续的客人，不是可以获得公司准备的特殊礼物吗？你们要争取多将礼物送出去哟。对于派送礼物的公司员工，公司的奖励措施是一定会兑现的。”

张仲平随口问道：“徐总准备了什么礼品，怎么没见给我也送一份？”徐艺笑了笑，说：“张总要是现在办理竞买登记手续，礼品马上奉送。”张仲平说：

“噢，是这样。”徐艺再次笑了笑：“跟张总开个玩笑。”接着扬手将刚刚离开的那个漂亮小姐招了过来，给张仲平作了介绍，对她说：“先把你的礼物派送一份给张总吧。”漂亮小姐名叫于玲，对张仲平眨巴了几下眼睛，又故意装模作样地对徐艺行了个从电视剧里学来的屈膝礼，诺一声遵命，便款款移步到了张仲平跟前，伸出两条胳膊往张仲平脖子上一吊，没等他避让得及，脸颊上就已经被印了一个吻。于玲很快地与张仲平分开了，退回两三步，天真无邪地望着他，好像在征询他对刚才所获礼物的看法。

张仲平很快地朝大堂四周一望，在脸颊上被弄得稍湿的那一小块地方抹了一把，问徐艺：“这就是贵公司为竞买人准备的特殊礼品？”

“不是所有的竞买人，是提前办理竞买登记手续的竞买人。”徐艺装作很严肃的样子回答他的前老板，“挺俗套的创意。不过，也还说得过去。做艺术品拍卖嘛，总是要雅俗共赏的，对不对张总？”

于玲也歪着头问张仲平满意不满意，张仲平不想跟徐艺的下属开玩笑，也不想扫徐艺的兴，只好笑笑。于玲很快活地拍起手掌来，说：“徐总记得给我发奖金。”

于玲走了以后，张仲平用手指点点徐艺，笑着摇了摇头。他在想，如果我真的是徐艺的客户，是时代阳光拍卖公司需要攻关的人，刚才于玲问我满意不满意的时候，我可能会顺着竿子爬，说不满意，除非再来一份，所谓好事成双。或者说，你等一下，有来无往非礼也，我也要回赠一份同样的礼物给你，要不然，不是非礼你了吗？我如果真这样做，事情会怎么样呢？或者我即使什么也不说，但在一阵清香扑面而来，敏感的面部肌肤承受了来自于两片鲜活潮湿的嘴唇的攻击之后，我是否仍能心如止水？这种礼物不是社会公认礼节，跟西方社会的贴面礼完全是两个不同的概念，有一种玩笑和随意的性质，却大有深意，体现了策划者和实施者的邪乎劲儿。它实际上无异于一种表态，一种暗示，一种鼓舞：这种在大庭广众之中发生的礼尚往来，具有暧昧的想象空间，为男女之间的进一步交往开了一扇方便之门，也为男女之间的小故事由台前发展到幕后埋下了充分的伏笔。要知道，公司白领毕竟不是娱乐场所的三陪小姐，这样半真半假地投怀送抱，真是很难不让人想入非非。

对于徐艺的搞法，张仲平不会说什么。他对这种搞法并不欣赏，更不会去学习或者模仿，却也并不藐视。各人有各人的活法，每个公司都有每个公司的套路，有什么可说的呢？只是，徐艺的这种搞法对 3D 公司有可能构成威胁。大家在一个道上混饭吃，锅里不碰到碗里碰到的，你跟他比品牌实力，他跟你比别的野路子，胜负就难说了。

第八章

时代阳光拍卖公司在广告造势方面也别出心裁。当地每天出版发行的报纸有十来种，徐艺选择了发行量最大的《白鹿都市报》，这是省报的副刊，却丝毫没有正儿八百的严肃面孔。倒像养在暗处的外室，古灵精怪，活泼可爱。有老百姓关心的热点难点问题，也有市井的奇闻逸事，还有娱乐圈里的动态和花边新闻。报纸全彩印，版式设计新颖大方，重点突出。时代阳光拍卖公司隔天一次，一共做了三次四分之一通栏。中间穿插了几封读者来信，就赠送给竞买人的特殊礼物展开了讨论。先是道学家的抨击，后是市场营销人士的赞誉，然后是和事佬的中庸之道，或虚则实之，或实则虚之，或点到为止，或欲盖弥彰，拿捏得非常到位。读者的兴致和好奇被充分调动起来以后又戛然而止，似乎另有玄机。他们在电视上也做了广告，选的是图文电视《股市沧海》栏目。另外就是交通广播电台，在“半点路况播报”中插播，一天也要播放几十次。平安路、解放路同时在扩建，城市交通拥挤，所有的司机几乎没有不听这个节目的，覆盖面之广可想而知。徐艺还向一个电信信息台交了钱，以免费信息方式，向它的手机信息用户，发出了全城第一则商业信息广告。这则信息跟你平时莫名其妙地收到的中奖通知和香港六合彩投资秘籍不同。拍卖公司的名称、地址、联系电话都是实实在在的。手机信息还告诉你，公司备有精美礼品，免费赠送给前一百名前往领奖的人，公司负责报销往返的士费，并同时参加信息台每周一次的抽奖。因为在此之前有关送香吻的讨论已经有点沸沸扬扬，所以，那些接到信息的男士无不趋之若鹜。但徐艺早已变招，这次是每人五注当期机选的福利彩票。可能有人觉得这是哗众取宠，但也没有人觉得失望，因为时代阳光拍卖公司赠送给你的只是一个发财致富的祝愿与梦想，你忍心拒绝吗？说不定就中了五百万呢？

张仲平冷眼旁观徐艺的这些动作。看到他把一场普通的商业拍卖会搞得这样风生水起，不得不暗自感慨，他以前在3D拍卖公司工作真是被埋没了。这小子如果今后再要出一点什么花招来，张仲平是不会觉得奇怪的。当然，他们俩作为各自公司的老板，风格完全不一样。徐艺喜欢热闹喜欢作秀，他则喜欢水深流急，宁愿如履薄冰如临深渊地小心谨慎。换一种说法，徐艺喜欢敲锣打鼓唱大戏，张仲平喜欢低声哼唱。

徐艺将公司开业庆典与首场拍卖会的地点，设在白银世界宾馆大堂里，就在进门右手边原来经营茶座的地方。

到了拍卖会的那一天，所有走进会场的人都眼睛一亮，就连张仲平都以为徐艺请了礼仪小姐。徐艺摇摇头，说："全是公司的员工。"张仲平看着身着统一服装、胸前斜挎着绶带的时代阳光拍卖公司的女职员，说："不错不错。"徐艺倒是很谦虚，说："马马虎虎啦。"

徐艺脸上很平静，但那种不动声色是经过了掩饰的。作为老板的徐艺并没有上蹿下跳，主要是身佩绶带的员工在忙。除非来了重要的客人，徐艺会前去打打招呼外，其他的时间，都陪着张仲平，算得上指挥若定。

徐艺说："已经办了五十多块竞买牌了。张总你看，还不断有人来。"张仲平说："不错。"张仲平说的是真心话，早几年3D公司举办艺术品拍卖会，办理竞买登记手续的能够有二十来人，就相当不错了。

张仲平瞟了一眼大堂里的挂钟，离拍卖会开始只有二十来分钟了，江小璐还没有来。波波倒是到了。一来就有人围着她，要她签名。所谓的开业庆典，就是由她在拍卖会开始之前，宣布两位前省部级领导的简短贺词并代表时代阳光拍卖公司作一个不超过三分钟的致辞。

江小璐今天下午本来要上班的，为参加拍卖会，特意与同事调了班。张仲平交给她的任务很简单，花两千块钱再把侯小平的字买回来。江小璐说："委托手续是我去办的，我再把它买回来，这不是要我当托儿吗？"张仲平说："什么托儿？当然不是，你把自己看成一个真正的买家就可以了，别的就不要管了。"

江小璐用那双美丽的大眼睛望着张仲平，嘟了嘟嘴，终于没有说话。张仲平又说：“拍卖会我会主持一段时间，记住，我们并不认识。”

望着旋转门的张仲平眼睛忽然一亮，那儿，一个女人正被两个男士一左一右地簇拥着进来。

不是江小璐。

是曾真。

在别处的徐艺也看见了。张仲平看见他很快地朝她们走了过去。看得出来，曾真一行三人是他们公司请来的记者。

曾真伸出手让徐艺拉了一下，又扬手朝不远处的波波打了个招呼。张仲平的眼光围着曾真转。他看到她不知道因为什么事很快活地笑了，笑得腰肢一扭一扭的。等到她一只手掩着嘴，眼光一顾盼，就看到了一直盯着她看的张仲平。她跟徐艺和波波说了句什么，留下两个男同事去采访，自己径直朝张仲平走了过来。

她身材高挑，长发披肩，身体曲线舒展流畅、凹凸有致。她的嘴唇好像总在若隐若现地翕动，这使她的脸很自然地生动起来。

她在张仲平跟前站住了。他说：“嘿。”她也说：“嘿。”他望着她，她也望着他。他说：“你让我回到了二十年前。”曾真说：“什么意思？你不会是说，我让你想到了初恋什么什么吧？”张仲平说：“不幸被你言中了。”曾真说：“你真的胆子大，这种老掉牙的谎话也敢说。”张仲平说：“是不是已经有一百个人对你这样说过了？”曾真说：“那又怎么样？”张仲平说：“不怎么样。其实说这种话的人很蠢，那等于说眼前的这个人是替代品。”曾真说：“知道你还说？”张仲平说：“我这个人就是这样的，明明知道会伤别人的心，却不敢撒谎。而且，我的损失很惨重呀，我都忘了跟你拉手了。”她说：“你现在还来得及。”张仲平说：“真的吗？”见曾真把手慢慢地抬了起来，往他面前一伸，便一把把它抓住，坏坏地一笑，说：“真是一只好凤爪。”她不干了，把手抽出来，在他手背上重重地打了一下，说：“讨厌。”张仲平说：“说我还是说你的……爪子？因为讨厌就是讨人喜欢百看不厌的意思。”曾真说：“你这话是跟你们家的中学生学的吧？她有没有告诉你，可爱就是可怜没人爱的意思？”

张仲平笑着摇了摇头，还是望着她。她也还是望着他。两个人好像在比赛，看谁先把眼光挪开，好像谁先挪开谁就输了。

她有点熬不住了。她将叉开了五根玉葱似的手指头的手掌伸在他眼前，又从小到大地把它们一根一根快速地收拢，像收一把精致的檀香扇，画出一道优美的弧线。

曾真说："够了吧？"张仲平说："不。"他做出上流社会很绅士的样子向她倾斜过来，像要请她跳舞似的，压低嗓子说："看得见，摸不着，靠不着边，够不着底。"曾真说："我踢死你。"张仲平说："你听懂了？"曾真说："什么？"张仲平说："那你干吗要踢我？"曾真说："你痞得要死。"张仲平说："是不是呀？"曾真说："你给我的第一印象挺好的，以为你有文化有品位，没想到，你这么俗。"张仲平说："你喜欢生的呀？"

这种气氛是张仲平所希望的。刚才见她的那一会儿，他还以为自己会胆怯。两个人见面之后的对话，跟电话里的打情骂俏不一样。打电话也好，发手机信息也好，因为互相之间看不到对方的面部表情，脸皮就可以厚一点。面对面的调情，就不一样，稍微一过，就会不自然，一闪一闪的灵光，就会像水里受惊的小鱼儿一样地游走。

曾真说："我不想理你。"张仲平说："我也不想理你。不过，我们都做不到，是不是？"曾真说："是你个大猪头。"停了一会儿，曾真问："没想到这个社会还有染上香菱之癖的人。怎么样，最近几天没有新作吗？"

张仲平知道曾真的话是什么意思。从老班长来的那次开始，张仲平便隔三岔五地给她发信息，全是他自己写的诗，尽管她一次也没有回复过。

张仲平说："运气不好。我大概碰到了一个年龄有了老奶奶那么大的编辑，这个编辑欣赏水平有限，不理我这个文学中年，连一封铅印的退稿信都没有给我回过，弄得我好有挫折感的。"

曾真嘻嘻笑了，说："你肯定是个一稿多投的主，连老奶奶都不放过。"

张仲平说："天地良心。不过，我对那些年轻美丽的女编辑倒是很能理解。你想呀，你总不能指望她们马上就给你回信，说欢迎来稿。"

曾真说："呸！"

张仲平说："公共场合，请勿随地大小那个。你难道没发现吗？我这个人还是不错的，用过的都说好。"

曾真嘟着嘴，皱起眉头瞪了张仲平一眼。张仲平摇摇头，说："不好看，你的眼睛本来是椭圆形，现在正逐步向三角形方向发展，简称三角眼。"曾真说：

“懒得理你。”

并没有真的不理他，曾真说：“有几首差不多快到发表的水平了。比如说那首《遇见》，还有《幸福的子弹》，还有《某月某日的花园》。”张仲平说：“知音啦。干吗还不给作者回信？”曾真说：“编辑的心思比较大，可能准备帮你出一本诗集，让你继续努力哩。”张仲平说：“激动人心的好消息呀，继续努力就是欢迎继续来稿的另一种说法，是不是？”

曾真不答话了。她的眼波在盯了他一下之后，跳开了。张仲平不让它跳开，紧紧地追踪着，像手里攥了一根绳子似的，让它在外面遛了一圈，然后又把它牵了回来。

张仲平说：“你不觉得我们很有缘分吗？”曾真说：“你省省吧。”张仲平说：“真的。你瞧。”张仲平伸出两根手指头，在他和曾真之间优雅地画了一个来回。曾真朝张仲平和自己看看，首先笑了。

是的，他俩都是一身唐装。而且，都是绿的。

张仲平的唐装是亚麻的，沉着的墨绿色。中国书画是一种国粹，拍卖师穿唐装比穿西装得体。唐装风行过一阵子，现在除了饮食娱乐行业的少爷，已经很少有人穿了。张仲平的这一身，还是以前主持艺术品拍卖会时穿的。好在张仲平身材保养得还可以，几年前的衣服穿在身上，还算合身。曾真的唐装是丝绸的，明快的淡绿色。那上面有三朵工笔绘制的牡丹花，红的。多情玫瑰，富贵牡丹。牡丹其实是一种很俗艳的花。红配绿，看不够。这种旧社会农村大嫂的审美趣味，在现代美学观念中却是一种色彩搭配上的低级错误。可是，正好应验了大俗大雅那句话，这样一身衣服穿在曾真身上，却是要多得体有多得体，简直玲珑剔透，美轮美奂。

“你再看。”张仲平又用自己的那两根手指在拍卖会场上画了大半个圈，眼睛仍然紧紧盯着曾真说，“这里有将近一百号人，除了你和我，还有另外一个穿唐装的吗？没有。面对此情此景，我不禁要从心灵深处大声呼喊，哇，真他妈的绝配呀。”

曾真把小拳头扬起来，却没有落到张仲平身上。她把它松开，然后垂下了：“你这个人，很讨厌，很容易引起别人的暴力倾向。”张仲平说：“你干脆说想亲我不就得了？”曾真说：“喊。”张仲平说：“不是吗？都说打是亲骂是爱。你想打我，约等于想亲我。”曾真说：“我晕！”张仲平说：“别，还没怎么着哩。”

徐艺的到来打断了他们的谈话，拍卖会马上就要开始了。

张仲平朝曾真挤了一下眼睛，然后朝主席台走去。他看到了江小璐，这会儿正在登记处办手续。场子里不少人朝她那边看。江小璐一身洁白。她也是很会穿衣打扮的。要想俏，一身孝，她又在脖子上系了一条淡红色的丝巾，这使她上了淡妆的俏脸上好像平添了一抹似有似无的鲜活的红云。其实，那一抹丝巾如果是淡蓝色的，可能更养眼，但那会显得有点冷，会缺乏现在这种虽不张扬却尽显活泼的动感与张力。

波波在致辞，她训练有素的嗓音很好听。底下的人都目不转睛地望着在电视里已经很熟悉的那张脸。又好像在研究她的眼睛鼻子嘴唇哪一部分是原装的，哪一部分是人工的。致辞完了，会场上响起了很有礼貌的掌声。

轮到张仲平上场了。他的眼光在原来他们待过的地方找到了曾真。曾真没有动，越过人头，正远远地望着他。张仲平迈上拍卖台的脚步，因此有了不为人察觉的一弹一跳的意思。

“我是一颗幸福的子弹

向你瞄准已经一万零一年……”

张仲平临场发挥得不错。优秀的拍卖师讲究与竞买人的交流与沟通。你要在很短的时间里，分辨出哪些人是某一件拍品真正有诚意的买家，然后你要能够挑起他潜伏于内心深处的那种争强好胜的占有欲望，因为拍卖成交价是在竞买人之间的竞争中产生的，所以，所谓的拍卖技巧，就是不露痕迹地挑起群众斗群众，那是一场由拍卖师占主导地位的智力互动游戏。当然，这一切的基础是人气，是竞买人的多少。那些第一次参加拍卖会的竞买人，众目睽睽之下，多少有点发蒙，很容易变成一只好斗的公鸡，谁也不愿意轻易认输俯首称臣。

前面的作品拍得很顺利。买家很多，举起牌来此起彼伏的，很少流标。成交价格有高有低，有成千上万的，也有四五百、八九百的。拍波波的作品时出现了一个小小的高潮，那幅红梅拍了四千八。

很快，轮到侯小平的作品了，张仲平不由得朝江小璐看了一眼。

张仲平对近现当代书画艺术家的情况非常熟悉，会场冷场的时候，还能穿插一些艺术家的奇闻逸事和对其艺术风格的评价。拍到侯小平的作品时就有些为难了，一个十几岁的孩子有什么可说的？学字学画的少年儿童一抓一大把，他们就像没成材的树木，也许有一天会长成参天大树，可毕竟只是一种可能性，所以，他现在的作品应该是没有多少商业价值的，因为投资艺术品看中的主要是它的保值增值功能。小孩子学字学画还都有一个习惯，就是落款时喜欢标明作品产生时的年龄。这大概是跟齐白石学的，齐白石活到老画到老，每幅作品的题款都注明了年龄。侯小平的字只能算是习作，落款处某年某月多少岁标注得清清楚楚。偏偏徐艺又给他编排了一个中国书法家协会会员的头衔。否则，张仲平还能说一点，比如说，可以谈小书法家的发展前途，大器早成，后生可畏，买他的字真的就像投资原始股，但这虽然勉强算得上是一个理由，价格却不可能走得太高，因为这种原始股是还没有上市的，而且谁也不知道会不会上市。当然也可以拿孩子的爱心说事，说拍卖成交款将捐给革命老区同龄的失学儿童。刚才拍波波的作品时就是这样做的，波波亲自上台宣布自己习作的成交款将捐给警察杨建国的遗孀和他们不满两岁的儿子。杨建国是当地那会儿的英雄人物，为了追捕一个盗窃犯被捅了十三刀，报纸电视已经炒过一阵子了。不知是徐艺还是波波的主意，波波的作秀是拍卖会、商业演出活动和爱心奉献的嫁接，具有一定的观赏性，但不管怎么样，对于拍卖公司和拍卖师来说，只要不涉及拍品质量方面的担保，为了调节气氛的临场发挥是没有人较真的，可是，该怎么说侯小平呢？

张仲平只能就字说字。侯小平的第一幅作品写的是“大展宏图”几个字。张仲平说大展宏图好。做生意的朋友大展宏图，是事业越做越大，左右逢源，日进斗金。政界的朋友大展宏图，意味着组织的信任，年年有进步，有了更好地为人民服务的机会。做老公的大展宏图就更好了，说明身体经得起考验，不用吃药，就能在广阔的天空自由地翱翔，真是收放自如。后面的话题点到为止就可以了，否则也太不严肃了。张仲平在叫价之前继续鼓吹，说侯小平的字已得颜体精髓。颜体，颜真卿，书法界的泰斗、大腕儿，与王羲之齐名的，受过杨国忠的迫害。杨国忠是谁？杨国忠是杨玉环的兄弟。杨玉环是谁总该知道吧？回眸一笑百媚生，六宫粉黛无颜色。迷倒了唐朝两代君王，还是个胖姑娘。因为唐朝以丰腴为美，那个年代的女同志幸福着呢，不用吃减肥药来折磨自己。张仲平故意偷换了一个概念，他拍卖侯小平的作品，谈的却是颜真卿和杨玉环，真的不知道哪儿跟哪儿。叫价一开始，买家不知道是没有反应过来还是上了张仲平自由发挥的当，竟刷刷刷地就举起了手中的号牌。

张仲平的嘴很利索，二百、三百、四百的报价，价位一下子就到了六百元。

张仲平说："18 号小姐出价六百元……刚才那位先生怎么样？好，26 号出价七百元。"

经过几轮竞价，竞买人只剩下持 18 号牌的江小璐和一个剃光头、穿休闲服的中年男子，26 号。他长得很胖，脖子上有一条粗粗的链子金光闪闪。

"八百。"张仲平报出价位。是江小璐举的，张仲平对着她说了声谢谢，然后马上将视线投向了 26 号，好像在说，看你的了。26 号抬头看了张仲平一眼，但是，他没有动。张仲平说："看来 26 号有点犹豫了。我们应该允许先生有点犹豫。这是一个节奏掌握的技巧问题。有的先生喜欢快，有的先生喜欢慢。当然也不能太慢了，太慢了，女同志不高兴。"场下嘻嘻直乐。26 号显然经不起这种煽动，一边摇头一边笑，刷地将号牌举过了头顶。张仲平说："很好。26 号出价九百元，他经过短暂的犹豫，觉得应该再咬紧牙关举那么一下。"

张仲平的视线又转移到了江小璐身上。场上很多没有举牌的人，也顺着张仲平的眼光一齐望着她。她的脸有些微微地红了。她真漂亮。江小璐脸红可能是因为紧张和兴奋，她已经进入角色。至少，她看起来已经很像一个真正的买家了。张仲平看着她，轻轻地笑了。她也望着他，好像也轻轻地笑了一下。她那好看的胳膊再次轻轻地扬了起来。

张仲平说："好，一千元。18 号小姐出价一千元。"这时场上响起了掌声，并不激烈。张仲平顺着掌声望去，发现带头鼓掌的是徐艺。他站在场外，微笑着望着江小璐，很像那么回事似的拍着巴掌。

张仲平给江小璐的价位已经到了。张仲平说："有出价一千二百的吗？加二百元，相当于打麻将点了一个小炮。场上有喜欢放炮的先生吗？"

"我喜欢自摸。"说话的是 26 号。他嬉皮笑脸地回应张仲平，边说边举起了手里的号牌，然后扭头看了江小璐一眼。

张仲平说："26 号出价一千二百元。非常感谢，大家给炮手一点掌声好吗？"

掌声响起来。江小璐右手在额头上摸了一下。张仲平注意到了，说："好，一千四，18 号小姐出价一千四百元。"但江小璐连忙向他摆手。张仲平看着她着急的样子，又笑了笑，说："什么，你刚才不是举牌？噢，对不起，18 号小姐不是举牌，她只是提醒我们，她有一头多么美丽的秀发。"场上有很轻的笑声附和着张仲平。气氛愉快。张仲平说："为了公平起见，我要提醒大家注意，我们的26号也是重量级的实力派。瞧，好男一身膘。”大家又笑了。张仲平赶紧向26号点头致意，说：“对不起，开个玩笑。”他换了一副严肃的面孔，说：“好，现在的价位是一千二百元，属于26号先生。还有加价的吗？一千二百元第一次，一千二百元第二次……噢，21号，18号小姐旁边的21号，出价一千四百元，噢，不，二千元，21号喜欢广播体操中的跳跃运动，出价两千元，非常感谢。还有加价的吗？18号？26号？好，两千元第一次，两千元第二次，两千元第三次，成交！”张仲平抬着掌心向上的左手指向21号，右手敲响了手里的拍卖槌。

张仲平没有想到，侯小平的另外一幅作品也卖了两千元。买受人也是21号。他们是两个人。一个年轻，二十来岁。一个年老，五十多岁。两个人都是西装革履的。年纪大一点的那一位，正襟危坐，头发发亮，好像打了啫喱水。这是一个很容易辨认的人，因为他长得像王志文。很瘦、很精神，鼻子尖上还有一粒黄豆大的黑痣。对于侯小平的第二幅作品，张仲平刚刚报出拍品的编号和名称，“王志文”略一点头，持21号牌的年轻人就举起了手里的号牌，同时报出了两千元的出价，把江小璐举牌的过程一下子给省略了。

张仲平只拍了五十幅作品，剩下的一百多幅，让拍卖师许达山拍。名义上，许达山才是时代阳光拍卖有限公司的拍卖师。在张仲平下场之前，江小璐弓着身子，也悄悄地退场了，她要在七点钟以前赶到收费站去上班。

曾真的两个同事也走了，这种采访也就走走过场，拍卖波波作品的场景已经拍摄了，已经够做一个一两分钟的报道了。他们两个要赶到台里去制作节目，争取今天晚上在电视里播出来。

张仲平下场以后跟曾真待在一块儿。张仲平说：“怎么样？”曾真说：“什么怎么样？”张仲平说：“本人的风采呀？”曾真说：“还行吧。”

与曾真的这两句对话有点干巴巴的。这引起了张仲平的注意，拍卖会前两个人的话语环境没有得到延续，张仲平觉得曾真像换了一个人似的。她为什么没有跟她的同事一起走？张仲平觉得要搞清楚她为什么留下来，其实很简单，就是看她是否还有别的事。张仲平说：“让我开始还债好不好？”曾真说：“你除了欠揍还欠什么？”张仲平说：“我还欠你一辈子的冰激凌。”曾真说：“不是跟你说冰激凌是垃圾食品吗？我看你干脆把它换算成人民币得了。”张仲平哈哈一笑，说：“你们女孩子就是这样的，喜欢什么偏偏说讨厌什么，比方说，一边胡吃海吃零食，一边嚷着减肥。”曾真说：“你蛮了解女孩子的嘛。”张仲平说：“怎么样？你喜欢哪一种？奶油、巧克力还是葡萄？”曾真说：“我喜欢草莓的不行吗？”

在接下来的几次见面里，江小璐却一直在跟张仲平谈那次拍卖会，显得很兴奋。江小璐对他说：“没想到拍卖还挺有意思。”张仲平说：“是呀，会场的男人要是早出生几千年更有意思，那时新娘都能拍到。”江小璐说：“是吗？有拍老公的没有？”张仲平说：“有拍卖皇冠的，没有拍老公的。”江小璐说：“我估计也没有。”她要将上次张仲平给她的两千块钱还给他，被他拦住了。张仲平要她留着用，说：“你在拍卖会上的表现很出色，这是奖金。”江小璐知道张仲平是在巧立名目找借口帮她，也就不再推辞。她说：“那两幅字，还有波波的那幅画，真的值那么多钱吗？相当于我两三个月的工资哩。”张仲平说：“艺术品的价格是很难说的。有人喜欢，愿意花钱，就值钱。没有人喜欢，就不值钱。像其他商品一样，价格取决于供求关系。”

那个时候，后来发生的另外一件与那场拍卖会有关的事情，让张仲平和江小璐都没有想到：江小璐到时代阳光拍卖公司去结账的时候，侯小平的那两幅书法作品又回到了她手上。徐艺对江小璐说：“我受一位朋友之托，将这件礼物转交给你。”江小璐说：“怎么回事？”徐艺说：“君子成人之美。我那位朋友见你喜欢，就替你买了下来。”江小璐想到了那个人是谁。江小璐说：“礼物太贵重了，我恐怕接受不了。”徐艺说：“不。至少我不这样看。我那位朋友也不这么看。”

张仲平已经是侯昌平家的常客了。

张仲平将三千六百元拍卖成交款交到侯昌平手里的时候，侯昌平有点生气，说：“你开什么玩笑？”张仲平说：“不是开玩笑，这是小平作品目前的市场价格。”侯昌平说：“你老实告诉我，是不是你运作的？”张仲平笑笑说：“拍卖会又不是 3D 公司做的，我怎么运作？”侯昌平还要说什么，张仲平笑着打断了他。张仲平拿出了拍卖成交确认书的底单和财务结算单。本来张仲平还带了一本时代阳光拍卖公司的拍卖目录，但没有拿出来，担心侯昌平看到了自己儿子的简介后又会提出什么问题，他懒得再解释。

张仲平说：“我不会害侯哥的。我连百分之十的拍卖佣金都替小平扣了。这完全是侯小平同学的合法所得，经得起查。”

侯昌平再说什么就见外了。等张仲平把那个信封放到电视机柜里面，跟他并排坐在沙发上之后，侯昌平拍了拍张仲平的手，就再也不提这件事了。

两个人干坐着看了一会儿电视。张仲平准备起身走了，侯昌平伸手在他膝盖上压了压，说：“张总你要没有什么急事，就再坐一会儿。”

后来，侯昌平就跟张仲平谈起了胜利大厦拍卖的事。

侯昌平说：“公告送达的日期快满了。”张仲平说：“是吗？”张仲平既不想表明知道这件事，也不想表明不知道这件事。如果知道这件事，他为侯小平所做的一切，好像就具有了明显的功利目的，就会显得很俗气，但要是表明一点也不知道，侯昌平心里也会看轻他，认为他太虚假，所以，张仲平暗自觉得还是说是吗之类的搪塞话比较好。

侯昌平却把这个问题绕开了，这已经有点心照不宣的意思了。侯昌平说：“可能下个月就要确定拍卖公司了吧，你跟院里司法技术室的关系怎么样？”

这也是不怎么好回答的问题。说不好，侯昌平的压力会比较大，他如果要想帮你，还要考虑怎样处理与司法技术室的关系；说好，侯昌平又可能会有顾虑，怕你只把他当一个摆设，显不出他在这件事情上的重要与分量。张仲平虽然并没有打算这一次就谈胜利大厦拍卖的事，但对于怎样跟侯昌平谈，也还是打过几次腹稿的，基本的原则是不能把话说死，先看侯昌平怎么说，再想办法应对。

张仲平说：“拍卖委托的事归司法技术室管，拍卖公司是做生意的，不可能不跟他们接触。彭主任是从办公室新调来的，倒是见过几次面，就是不知道他跟别的拍卖公司关系怎么样。”张仲平讲的也是真话，没有故意耍滑的意思。只是更多的细节没有说，这段时间他跟彭主任的接触很频繁，唱过几次歌，吃过几餐饭，互相之间感觉还不错。侯昌平与彭主任是一个单位的同事，如果张仲平把与彭主任具体交往的情况告诉侯昌平，侯昌平也就会怀疑，张仲平是不是一转身就会把与他的交往情况也告诉彭主任或者别的人。那样的话，谁还跟你打交道？再说，他跟彭主任的那些交往对于拍卖公司来说很稀松平常，尚停留在自我感觉阶段，这也是算不得数的。

侯昌平点了点头，对张仲平的回答可能还满意，说：“彭主任我还是熟的。他早几年从区法院调上来的时候，我还在政治部工作，是我去考察的。”

张仲平说："是吗？这样就好了。老同志的话，他还是要听的。"

侯昌平笑笑，摇了摇手说："那也不见得，此一时，彼一时呀。"

张仲平知道侯昌平这是不想把什么事都揽到自己身上。毕竟这种事情太敏感了。侯昌平如果太明显地帮着张仲平，彭主任就会怀疑他们两个人到底是怎么一回事，效果反而不好。

司法技术室已经从全市几十家拍卖公司中挑选了十来家，规定中院今后的拍卖工作就由这十来家做，并组织入围的拍卖公司开过了一次会，讲了今后拍卖委托的操作原则。主要是听取双方当事人的意见，由他们选择拍卖公司。能够协商一致的，就定下来；出现分歧，就抽签解决。表面上看起来，案件当事人都有话语权，其实不见得。里面有很大的操作空间，执行局的法官仍然可以起很大的作用。

侯昌平说："院里发了一些文件，鲁局让大家传阅了一下。具体怎么搞，还没有布置，不过，张总我也跟你讲句老实话，别的执行法官会怎么做我不清楚，在我这里，可能也不会替哪家拍卖公司做工作。你明白我的意思吧？我把你当朋友，才跟你交这个底。"

张仲平说："那是那是。"侯昌平的话好像是在回绝他，但他不这么看，否则，侯昌平也就用不着主动跟他扯这件事。他认为，侯昌平的话也可以从另外两方面去听。一方面，到目前为止，他对拍卖公司仍是一视同仁，没有或者不会亲哪一家疏一家，不会对案件当事人去施加什么影响。这是他的态度，这个态度与院里相关文件是一致的，作为承办法官他只能这样做。第二，生意是你在做，既然案件当事人有权利选择拍卖公司，你就应该知道怎么做，点醒你一下，就是在帮你了。

果然，侯昌平接下来问了张仲平另外一个问题："张总知道胜利大厦的申请执行人是谁吗？"张仲平说："是东方资产管理公司吧？"侯昌平说："你是怎么知道的？"张仲平说："外面听说的。"侯昌平说："不是我跟你说的吧？"张仲平说："不是。"侯昌平笑了笑，又伸手在张仲平的膝盖上拍了拍。

张仲平说："东方资产管理公司的颜若水，不知道侯哥熟不熟？"侯昌平说："你认识他？"张仲平说："嗯。"侯昌平说："他跟一个姓鲍的律师请过我。你知道，我是不喜欢到外面吃饭的。我也不太喜欢跟律师打交道。我没有跟你说过吧，东方资产管理公司具体经办这个案子的人姓马，叫马亮。他倒不像那个鲍律师那么滑头。”张仲平说：“哪天去钓鱼吧？你，我，颜总，就咱们三个人，最多把马亮也叫上。不要什么名目，也不谈什么具体的事，只是在乡下呼吸呼吸新鲜空气，放松放松，侯哥你看呢？”侯昌平想了想，说：“张总你又没有跟我商量过这事，由你安排就行了。”见张仲平笑着点了点头，侯昌平又说：“我看到时候能不能再把鲁局叫上。”张仲平说：“听侯哥你的。”侯昌平说：“看看，你弄错了吧，我可什么也没有说。”张仲平挠着头说：“对对对。”

侯昌平说：“有个叫龚大鹏的人，张总你也知道吧？”

张仲平知道这个人，那是一个建筑包工头，曾经请丛林和他吃过一餐饭。张仲平本来想老老实实地回答说知道，可他不知道侯昌平对这个人的态度，也怕侯昌平追问，反而把丛林牵了出来；回答说不认识也不好，侯昌平问到他，肯定知道或者认识他，说不定龚大鹏还跟侯昌平说过与张仲平、丛林交往的情况。如果真是这样，那他张仲平就等于向侯昌平说了假话。张仲平想到这一层，只好装着不经意地反问侯昌平：“怎么啦？”

侯昌平没有让张仲平为难：“他是胜利大厦的建筑商。最近到处找人，闹得比较厉害。”张仲平说：“闹什么呢？”侯昌平说：“他有个官司就是告胜利大厦的开发商的，官司打赢了，却执行不了。因为那幢楼是在中国银行作了抵押的，而且早就被查封了。东方资产管理公司是唯一合法的申请执行人。”张仲平说：“按照《合同法》，建筑工程款可以优先受偿，这对龚大鹏还是有利的。”侯昌平说：“话虽然是这么说，但是进入到具体的执行程序，情况会复杂很多，不过，这件事并不影响拍卖，最多也就是拍卖成交款的分配问题，跟拍卖公司没有什么直接关系。现在，你们公司还没有拿到拍卖委托，如果到时候拿到了，心里知道有这件事就可以了。”张仲平说：“谢谢侯哥。”侯昌平说：“谢什么？还是那句话，我可什么也没有说。”张仲平赶紧笑一笑，说：“对对对，今天晚上我也没来侯哥家，看张艺谋的电影去了，《十面埋伏》。”

侯昌平没有跟张仲平讨论怎样在司法技术室那边做工作的事。不用交代，张仲平自己会抓紧。张仲平有个基本的想法，如果将司法技术室的工作做到了位，就可以把政策用足。被执行人不是已经找不到了吗？通知照发，该履行的程序照样履行。如果被执行人不来，就算他自动弃权。这样一来，东方资产管理公司的意见就很重要了。他们又听谁的呢？可以通过丛林找找鲍律师，让鲍律师去影响他们。当然还有侯昌平。只要侯昌平肯帮你，敲敲边鼓，颜若水那么精明的人，还会不知道该怎么做?

事情谈得差不多了，张仲平问侯昌平："小平最近的字写得怎么样了?"侯昌平说："一直练着。自从跟了梁主席之后，进步很快。他妈妈说过好几次，要好好感谢你。"张仲平摆摆手，表示感谢不感谢的问题根本不用提，说："现在的小孩子学字学画的不少，大部分就是坚持不下来，再就是找不到一个好老师，多走了不少弯路。"侯昌平说："是呀，梁主席水平高呀。听说他给人题牌匾一幅就是几万?"张仲平说："对，一个字一万。"侯昌平说："请他花了不少钱吧，我代表小平谢谢你呀。"张仲平说："侯哥这样说就见外了，我跟梁主席很熟，他也是看小平有出息，是棵好苗子。"

侯昌平指了指电视机柜里的信封："小老弟，信封你还是拿回去吧，否则，我反而不好帮你。"张仲平说："侯哥千万别这样说，这事说到哪里去都过得了硬，帮小平卖了两幅字而已。"侯昌平望着张仲平，摇了摇头，想了一会儿，说："好，这种事情下不为例。传出去不好，对小平的健康成长，也不好。"张仲平说："行，我听侯哥的。"侯昌平说："你不要这么说，你的心意，我领了。"张仲平说："不管怎么说，小平的事，我会负责到底的。"侯昌平又笑笑，摇了摇头。

张仲平出门坐在自己车上以后，把跟侯昌平谈过的话回味了一遍，觉得这次没有白来。侯昌平第一次叫了他仲平，再一次地叫了他小老弟。张仲平还认为临出门之前自己的那个表态也还不错，你可以把它当成一种承诺，一种许愿，也可以说什么都不算。什么叫负责到底?将老师一直请下去，叫负责到底；将小平读中学的费用上大学的费用，都包下来，也叫负责到底。其中的伸缩性很大，可以说太笼统了，但也正因为如此，彼此才能够没有任何心理负担地接受。因为事情的变数还很大，谁也不知道这中间会出现什么别的状况，话就不能说得太满、太死，否则，你对侯昌平拍胸脯，侯昌平有可能会认为你俗，好像就是冲着你的许诺才办事似的，反而会弄得大家很尴尬和没有余地。

第九章

张仲平决定去擎天柱拜访一下山水酒业有限公司的董事长胡海洋，上次就是他花巨资买下了擎天柱牌保健酒的注册商标和配方。

胡海洋的办公场地是租来的，半山坡一幢老式别墅。他的办公室是主卧改的，就一张大班台，一面墙上挂着一幅八卦图，另外一面墙上贴着从电脑里下载的一张彩色图片，竟是两条蜥蜴。胡海洋曾经是股市叱咤风云的人物，张仲平对于他到擎天柱风景区兴办实业多少有些不理解，问他是不是打算在这里过什么隐士生活。胡海洋笑一笑："不是隐士生活，是换一种环境。擎天柱是新开发的旅游区，别的不说，这里的思想观念、经营理念，比开放城市，比省会城市就滞后了好几年，利用这一点，就不知道有多少商业机会，你说呢？"张仲平说："有道理。"其实这不是张仲平关心的问题，他只想知道胡海洋对于香水河法人股感不感兴趣，以及是否具有一次性付款的能力。他表面上是来拜访胡海洋，其实是对他的实力进行一次性实地考察。

张仲平却又不敢轻易提及香水河法人股的事，他担心胡海洋泄露消息。除非这件事与他有了利益上的关系，保密才会成为他的一种自觉行为。张仲平不想让太多的人知道这件事，因为关心这件事情的人越多，变数也就越大，对张仲平争取这一笔业务的障碍也就越大。

胡海洋是个爽快人，问张仲平是不是手上有了什么好项目。张仲平说："这次来，确实是带了任务的。只是，这会儿不方便说，如果胡总不介意，能不能向我证明一下贵公司的投资能力？”胡海洋说：“投资能力这个概念比较狭隘了一点，好像在查公司账上的银行存款似的。现在都讲资本运作能力。”张仲平说：“这个词也不好，让人想起空手道。”胡海洋说：“那是因为有些害群之马把这个词儿给玷污了。其实，现代企业都讲究资本运作，那是一种高水平的运作，需要整合各种资源，项目策划是基本要素，组织资金是根本要素。所有的商业行为、经济活动，最原始的和最基本的功能，就是赢利。所以，只要有好的项目，资金自然会来。靠钱赚钱是第二步，那不过是一个具体的操作问题。”张仲平说：“可能我们做拍卖的关心的还是你能不能组织到资金，没有真金白银，你就不能成为拍卖会上的买受人。”胡海洋说：“这个与我刚才的话并不矛盾。可以这么说，只要有好的项目，我们在很短的时间内组织到几千万、几个亿的资金都是没有问题的。我的意思不知道向张总说清楚没有？我有多少自有资金，你可以不管。但是，如果你有好的项目，我完全可以在你要求的时间之内，将你要求的数额，一分不少地支付给你。”张仲平说：“是不是呀？”胡海洋说：“是。一切取决于项目本身。”张仲平说：“比如说？”胡海洋说：“让我猜猜看，张总手上是不是有了哪家上市公司的法人股？”张仲平说：“这是你说的。可是，你怎么会这么猜呢？”胡海洋说：“利用排除法。张总应该知道，省会城市的房地产我不会感兴趣。车子或其他实物，我也不会感兴趣。剩下来的，就是我打了十来年交道的证券市场了。现在法人股拍卖闹腾得很凶，我知道咱们省有几家上市公司的法人股已经被冻结了，这不是什么秘密，打开电脑就查得到，张总你说我猜得有道理没有？”张仲平说：“我喜欢跟胡总打交道。”

胡海洋带领张仲平去参观正在动工的酿酒工厂。那是一个几千亩的林场，胡海洋把它租下来了。公司要用的是其中很小的部分，一个叫鬼谷湾的地方。

读过老书的人都知道鬼谷子。书上说，鬼谷子，楚人也，周世隐于鬼谷。又说他是晋平公时人，一日来到鬼谷山上，便潜住其中，人称他为鬼谷先生。不想那鬼谷子才学渊深，通天彻地，兼及几家学问，人不能较量。你道他哪几家学问？一曰数学，二曰兵学，三曰游学，四曰出世学。又说他为人占卜、所言吉凶休咎，应验如神。还说他弟子不知多少。先生来者不拒，去者不追。最有名的四大弟子乃孙膑、庞涓、苏秦、张仪。鬼谷湾跟鬼谷子有关。传说鬼谷子曾经在此修行了几十年。半山腰的鬼谷洞里还遗留着鬼谷子的一部天书，那是一块像两扇门板一样大的青石板，上面奇形怪状的文字自然是谁也看不懂，否则的话，那还了得，不仅能掐会算，还能要风得风，要雨得雨。擎天柱的鬼谷湾、鬼谷洞到底是春秋战国时期的那个著名纵横家修行的地方，还是当地为了开发旅游资源的牵强附会？没有人去深究，但这里山深树密，幽不可测。鬼谷湾终年清泉不断，从深山处逶迤而来，弯曲成一个巨大的太极图。两边的山上古木参天，宛如鸟语花香的世外桃源。张仲平有点被迷住了。

胡海洋向张仲平介绍说："其实酿酒厂只占其中很小的一部分，而且在全部建造完毕投入生产之后，也看不出这是一座现代化的保健酒生产基地。你看到的将是一座复古的酿酒作坊。剩下的地盘用来干什么？我们公司已经与韩国一家企业签订了正式合同，将在这里建成世界上规模最大的产权式生态别墅酒店——鬼谷湾生态家园。我们已经聘请国际著名的 CHM 公司担纲设计。CHM 公司之所以中标，是因为它们的设计理念就是天然去雕饰，讲究和谐统一、浑然天成、返璞归真。但别墅内的设施又将是多功能的、时尚的和引领潮流的。届时，这里既有小桥流水人家，又有风车吊桥庄园古堡。我们要的不是微缩景观，不是大杂烩式的别墅模型展览，可是，怎么样才能做到中西合璧古今贯通？酒。酒是没有国籍的，它是一种世界通用的特殊形态的文化语言。想一想不久的将来这里终日飘荡着绵长清醇的酒香的那种诗情画意吧，我要让每一个到这里来的人都忘掉世俗的纷争与倾轧，真正做到宠辱皆忘快乐似神仙。"张仲平说："哇塞。"

张仲平的哇塞引起了胡海洋的注意，他笑一笑，说："张总是不是以为我在吹牛皮？"张仲平说："哪里哪里。"胡海洋说："就是嘛，你以为我真的跑到擎天柱喂鸟来了？项目不算大，也还没有到张扬的时候。"

回到办公室，胡海洋给张仲平看了一件东西，一张中国银行的外汇进账单。胡海洋说："鬼谷湾生态家园首期投资三千万美金，也就是两个多亿人民币吧。韩资中的一千八百万美元已于昨天到位，也就是这张单据。"胡海洋将进账单据搁在他那张简陋的大班台上，用两根手指头往张仲平面前轻轻一推："张总不期而至，总不至于怀疑我是为了应付张总对敝公司资信情况的考察而做的假吧？那我岂不成了能掐会算的鬼谷子了？"

张仲平说："我当然不会这么想。没有金刚钻哪敢揽瓷器活？其实拍卖公司从不为竞买人的资金实力操心。进场的时候要交保证金，举牌成交以后后续资金不能如约到位，拍卖保证金要被吃掉的。拍卖公司有什么可担心的？胡总参加过拍卖会，是知道这一点的。”

胡海洋说：“那当然。我想张总的担心是在别的方面。”张仲平说：“不错。是关于保密方面的问题。一切尚在运作之中，我们公司不想节外生枝。”胡海洋说：“我明白。如果是房地产呀什么的，张总你可以不用说，如果是上市公司的法人股，我可以跟你表个态，敝公司肯定感兴趣。比如说，香水河投资。”张仲平说：“胡总关注过这只股票？”胡海洋说：“我们已经注意它很久了。香水河投资已经连续两年亏损，早已 ST，就快要 PT 了。我们看中的是它的壳资源。你想一想，如果我们能够成为它的控股人，再将擎天柱鬼谷湾生态家园旅游开发项目，擎天柱牌保健酒生产营销项目注入进去，会是一种什么状况？”胡海洋将桌面上的那张美元进账单收回去，轻轻地抖了抖：“我们无须动用这上面的资金，不需要。但是，如果香水河投资法人股真的进入拍卖程序，我们会去搏一搏的。”张仲平说：“胡总的决心有多大？”胡海洋说：“你可能会放弃一只下金蛋的母鸡，但你不会放弃一只会下金蛋的恐龙，尽管这只恐龙看起来已经摇摇欲坠病入膏肓。”张仲平说：“好呀，看来我这次没有白来。”

张仲平在侯昌平那里活动的同时，也在加紧跟颜若水联系，作为申请执行人，东方资产管理公司的选择至关重要。颜若水却一直约不上，有一次也是中途变卦。但每次颜若水嘴上都客气得很，搞得张仲平一点脾气也没有。颜若水说张总要有什么事，就在电话里说吧，大家这么好的兄弟，就不要讲那个繁文缛节了。张仲平心里更不踏实了，这种事哪里是能在电话里说的？张仲平只能干着急，生怕别的公司捷足先登。他也曾想过找找健哥，看他有没有办法在颜若水那里备个案，又怕事情搞复杂了反而不好。

张仲平忙就忙在中午和晚上的应酬上，要约不上人，又闲得很无聊。有天正好有个空当，就给曾真打了个电话。电话通了，没有人接。又给丛林打电话，丛林说他刚到北京呢。张仲平想，再打个电话吧，再约不上人，中午只好在办公室吃盒饭了。结果打了江小璐的电话，没想到也是通了没有人接。

张仲平的董事长办公室共两间，外面一间放大班台和博古架，里面一间是个带卫生间的小房间，放一张双人沙发和一对单人沙发，另外配了钢化玻璃的茶几和一台二十四英寸的长虹彩电。员工有什么事找他，在外面就谈了。有时候法院的朋友也会来公司看看，有什么重要的事，就在里面那间谈。有时候他们来监拍，拍卖会之前或者之后，张仲平也会把来人单独叫到里面，塞给他或者她一个红包。其实那不能叫红包，叫误餐费，也就几百块钱，大家都不当真。平时张仲平中午没有应酬，就在这里看看电视休息休息。

张仲平边吃盒饭边看完了中央电视台的《新闻30分》，很多人都觉得《新闻30分》没什么看的，张仲平却不以为然，在中国做生意，不懂政治怎么行？他又随便翻了几下报纸，起身在屋子里走了几圈，便睡了。刚睡着没一会儿，门铃响了。公司中午没有其他人，因为隔了两三重门，门铃响了好一会儿张仲平才听到。一开始他还以为是上门推销或者派发广告的，但门铃一直响着，好像知道里面有人似的。张仲平穿着拖鞋和睡衣去开门，从猫眼里一看，竟是曾真。一只手将门铃死死地摁住，根本就没有停下来的意思。门开了，门铃还响了好几声。

张仲平说："真的是你呀？"

曾真说："怎么，不认识了？"

张仲平说："你以前头发可没有这么漂亮。"

曾真说："因为我用了新的人参飘柔。"

两个人说说就笑了。

曾真说："你烦不烦人。这是我最讨厌的一则广告了。"张仲平说："我也是。但里面有句话，看来还是不错的。"曾真说："哪一句？"张仲平说："我的她，终于回来了。"曾真说："嘁。"

张仲平说："我还以为你不理我了呢。"曾真说："怎么啦？"张仲平说："给你打电话也不接。"曾真说："什么时候？"张仲平说："吃午饭之前，本来想请你吃饭的。"曾真说："不可能吧？"曾真的手机小小的，就吊在胸前，她拿起来看未接电话，翻到了，问张仲平是不是这个。张仲平凑过去一看，说："是呀。"曾真说："谁叫你用座机打，号码我又不熟。"张仲平说："我的手机你熟吗？"曾真说："更不熟。"

曾真说："真的气死我了。"张仲平说："怎么啦？"曾真说："刚才跟几个同事在水榭红楼吃饭喝酒。本来还开开心心的，小李子来了个朋友——我又没请他，跑来蹭饭吃不说，居然还说出那种话来。"张仲平说："说什么啦？"曾真说："平时说说其实也没什么，可是，今天是什么日子知道吗？是我的生日呢。你一个不速之客，说那种话是不是太龌龊了？"张仲平说："小李子的朋友这会儿在哪里？”曾真说：“你干吗？”张仲平说：“我拼了这把老骨头，也要把他给卸了。”曾真嘻嘻一笑，说：“你老人家太矫情了吧？”张仲平说：“我是认真的。”曾真说：“得了得了，凭你这身子骨，不一定是人家的对手。”张仲平说：“那就更好了，打赢了，是英雄救美。打不赢，也是英雄一怒为红颜，明知不可为而为之，除了赚得芳心还可以赚得红酥手为我包扎伤口。”曾真说：“你贫不贫？还听不听我说啦？”张仲平说：“当然听。你快点说，那家伙都说什么啦？”

曾真说：“半年前我跟周洲——就是我们台另外一个女记者，在鸟语林一人买了一套房子，那家伙居然敢打赌说肯定是别人帮我们买的。”张仲平说：“可能是你们地方没有选好，鸟语林是有名的二奶村。”曾真说：“鸟语林是小户型的单身公寓，就是为白领开发的，买房的当然是年轻人多。再说了，谁规定不能在鸟语林买房？我还有车哩，也是别人帮我买的？”张仲平说：“你是碰上嫉贤妒能的人了。社会上就有这样的人，你比他有钱，他就不高兴。你要是个年轻漂亮的女人，他会认为你所有的一切都是来路不正。把比自己混得好的女人想得坏一点，可以掩盖自己的低能。”曾真说：“我看那家伙就是这样。气得我差点把酒泼到他脸上，真是气死我了。”张仲平说：“干吗生气？生气是拿别人的错误惩罚自己。他胡说八道，你就当他是放屁。”曾真说：“问题是小李子也跟着起哄，他是知道我跟周洲的实力的。”张仲平说：“小李子在哪儿，我连他一块儿卸。”曾真说：“你行不行呀？”张仲平说：“这个我也不知道，不过，看见你这生气的样子，我真的实在是受不了，哇哇哇哇。”曾真看了张仲平一眼，说：“你这个老同志还不错。”张仲平说：“你不生气了吧？”曾真说：“是呀，也当小李子是在放屁得了，噗噗噗，好臭的。”

张仲平觉得曾真真的有点像自己的女儿小雨，说不生气就真的喜笑颜开了。她把两只手插在牛仔裤屁股兜里，嚷着要张仲平带她参观他的公司。张仲平说：“我是公司的法人代表，要参观就参观我得了。”曾真说：“你有什么好看的，老胳膊老腿的。”张仲平说：“你这话不对。你没听电视里天天嚷吗？人老，还挺有劲儿。说的就是咱们这一号。再说了，要是我本人没什么参观的，公司就更没什么可看的，就几间房子。要不你先给自己倒杯水，我先换一下衣服，待会儿，公司的人要来上班了。”

公司确实没有什么可看的。张仲平换好衣服从休息室出来的时候，曾真正趴在博古架的玻璃门上研究里面的古董，曾真说：“滥竽充数了吧张总？我看见里面好像有两瓶酒。”

张仲平早几天去擎天柱是开车去的，胡海洋非要他又带几箱酒回来不可。胡海洋说：“放在汽车尾箱里，不费事，你应酬多，也替我宣传宣传。现在广告词没出来，可用一个段子来代替：喝了咱的酒，赶紧往家走，若是走得慢，裤子会撑烂。”胡海洋这人不错，明明是送酒给你，却搞得像是求你帮忙。他的酒在擎天柱销得不错，很受日本、韩国游客的欢迎，而且价格不菲。张仲平自己不喝酒，请客的时候也不好自带酒水，一是不方便，二是怕被请的客人以为他是为了省钱。张仲平知道有些被请的客人老爱明里暗里打听你买单花了多少钱，好像以此来判断你对他的重视程度。但吃完饭以后，再从汽车尾箱里顺手拿几瓶送人，别人也会很高兴地接受，特别是这种保健酒。胡海洋的酒是作为旅游产品开发的，瓶形设计花了大价钱，看起来实在是很漂亮，连张仲平都忍不住拿了两瓶摆在空空的博古架里。

张仲平说：“你是不是嘴馋了？要不要帮你去买点零食来下酒？”曾真说：“你这么一说，我还真的觉得自己生日没有过完似的。不过，零食小吃就算了，我们俩就这么干。”张仲平说：“就这么干？你还来真的呀？”曾真说：“怎么，你舍不得？”张仲平说：“你有没有搞错？这是保健酒，喝了会有反应的。”曾真说：“有什么反应？”张仲平说：“就是不行变成行，行变成很行，很行的变成擎天柱。”曾真说：“真的吗？”张仲平说：“是呀，这酒，最能乱性了，我怕自己变成色狼。”曾真说：“谁喝过谁还不知道呢，你要是被我灌得趴下了，烂醉如泥，你想变成色狼也不行呀。”张仲平没想到曾真这么敢说，笑笑，没吭气。曾真说：“干不干？”张仲平说：“不干。”曾真说：“真的呀？”张仲平说：“真的。”曾真说：“你也太不行了吧。”张仲平说：“小姑娘别乱说话。我这个人意志脆弱，经不起逗的。”

张仲平当然是能够喝酒的。写诗的人，怎么能不会喝酒呢？上大学的时候，啤酒能喝一打，白酒能够喝七八两到一斤的样子。酒喝得差不多了的时候，话就多，天马行空，恣肆纵横，妙语连珠。还唱，流行歌曲、样板戏、帕瓦罗蒂。上大学时的张仲平喝起酒来真是意气风发，豪情万丈。张仲平能喝却不贪杯。下海自己办了拍卖公司以后，说不喝酒就真的滴酒不沾了。他担心醉酒误事。他应酬又多，知道你能喝，你哪餐不得喝？你跟这个喝了跟那个不喝？你这回喝了下回能不喝？关键是你喝酒一次失误都不能有。圈子里的事传得很快，谁敢跟一个酒鬼打交道？吓都会把别人吓住。张仲平坚持不喝酒，开始大家也不习惯。说不可能吧，做老板的怎么能不喝酒？不喝酒怎么培养感情怎么做生意？上次外省一家法院来当地异地执行，那个执行局的局长跟健哥是北京短训班时的同学，健哥叫张仲平去认识认识。一起吃饭的时候，那局长听说张仲平不喝酒，非常吃惊，他说："我们那儿拍卖公司的老板都是海量。"健哥替他解围："张总是儒商，不会喝酒但业务做得不错。"是的，张仲平不喝酒等于放弃了在餐桌上把关系搞得很融洽的机会，但权衡利弊，张仲平认为也算不上什么损失，反而可以显出自己的个性，有几个法院的朋友就对他说过，他踏实稳重，事情交给他让人放心。

曾真自己打开玻璃门，拿出了那瓶酒，一下子就将瓶盖打开了。曾真说："我们划拳，谁输了谁就喝一口，不准耍赖。"张仲平说："你来真的呀？"曾真说："当然来真的。怎么，你是不想干还是不能干？"张仲平不想破例，就说："你真的想干，我们就干点别的，好不好？"曾真说："你别啰唆。"张仲平说："我可以请你去蹦极，坐过山车，继续为你过生日，行不行？"曾真说："这会儿我就是想喝酒，要喝酒。"张仲平说："是不是我的思想政治工作没有做到位，你还在生小李子那个朋友的气？"曾真说："没有啦。我只是刚才喝酒没尽兴，老觉得心里不自在，有点堵。"

张仲平说："你这个感觉可能是真的。我有个女朋友就跟我说过类似的话，算了，不讲给你听了，你听了会打人的。"曾真说："什么话？你这个人蛮讨厌的，说一半留一半。"张仲平说："是你要听的哟，可别说我那个什么。"曾真说："不想说就别说，吞吞吐吐的，吊别人胃口。"张仲平说："小姑娘别乱说话，吞吞吐吐是动词还是形容词？"曾真说："我踢你。"张仲平说："别踢我，好了，我说我说我全说。我那位女朋友说，人生有许多许多痛苦，但最最痛苦的莫过于光说不练。"曾真说："唉！我还以为什么名人名言。就这话，有什么不能说的？"张仲平说："你真不知道呀？我这是洁本，原创作品是这样的：曾经有一份美轮美奂的人体盛宴摆在我的面前，我没有珍惜，因为那个时候我真傻。真的，我光知道恋爱不知道做爱。"曾真说："Stop！停！嗓子难受，让我呕吐先！"张仲平说："别别，你别误会，我说的女朋友不是那种女朋友，只是女性朋友，比我大五六岁哩。"曾真说："是你哪种女朋友关我什么事？"张仲平说："对对对，不关你的事，也不关我的事。我们继续说喝酒的事吧。你一个人喝，我陪你一直到你尽兴，怎么样？”

曾真说：“你都不喝酒，怎么陪？”张仲平说：“你喝酒，我喝白开水。”曾真说：“你想得美吧。”张仲平说：“你喝一口酒，我喝一大杯白开水。”曾真说：“你就是喝一桶白开水那也叫没味。”张仲平说：“要不这样，我们也划拳，也赌。你输了，喝一口酒。我输了，赌什么都可以，请吃饭请玩都行。”曾真说：“吃什么都可以玩什么都可以吗？”张仲平说：“随你点。”

公司陆续有人来上班了。张仲平起身把门关上，两个人对坐在休息室的沙发上，开始划拳。

一上场，张仲平就输了。曾真点了一餐麦当劳。接着，又输了，曾真又点了鹏程大酒店的小吃。再来，张仲平还是输了，曾真这次点的是香水河的水煮活鱼。张仲平说：“不行不行，这样不公平。”曾真说：“怎么不公平了？”张仲平说：“你的手指头太美了，我老盯着看，反应就迟印了。”曾真说：“你的手那么丑，还不是一样让我分神？”张仲平说：“我们玩石头剪子布。”曾真说：“玩就玩，谁还怕你。”

换一种玩法，张仲平仍然是孔夫子搬家——尽是书（输）。不一会儿，就输了海内酒楼的鱼翅、鹏程大酒店的鲍鱼燕窝。玩的方面也是风卷残云，各种热舞吧、酒吧、高尔夫球、网球、保龄球、乒乓球、羽毛球、健身会所、室内攀岩、游泳，很快就被张仲平输了一个遍。曾真歪着脑袋，问旅游算不算？张仲平说：“算。”曾真又问：“出省可不可以？”张仲平说：“出国都可以，只有一件不行，就是坐神舟五号遨游太空，因为还没有开设这样的项目，再说，那也太贵了。”曾真说：“那我就给你一点面子吧，不坐太空船了。”于是张仲平又输了一趟三亚，一趟九寨沟，一趟大连，一趟哈尔滨，一趟拉萨。国外部分曾真手下留情，只选了南非和越南。

曾真马上发现了问题：“老张，你输得太多了，虱子多了不痒，你不打算兑现吧？”张仲平说：“我像光说不练的人吗？”曾真说：“你怎么兑现呀？这一个月你什么都不能干了，必须天天请我吃饭呢。”张仲平说：“你有问题吗？”曾真说：“还得天天请我玩呢。”张仲平说：“你有问题吗？”曾真说：“你还要继续赌吗？”张仲平说：“可以继续，直到你尽兴为止。”曾真说：“你要是再输，这一辈子我可就吃定你了。”张仲平愣了一下，刚要开口，曾真也抢着开口了，他们于是同时说出了五个相同的字——

“你有问题吗？”

曾真嘻嘻一笑，主动地喝了一口酒。曾真嘴一抿，轻轻叹了一口气，说：“老张谢谢你，你让我赢了这么多。不管真的假的，我都挺开心的。赢的感觉真爽。”张仲平说：“我也要谢谢你。因为跟你在一起我也挺开心的。不过，男的跟女的，输赢是说不清楚的，赢就是输，输就是赢。我们俩，谁赢谁输还真的不知道哩。”其实，最后一句话张仲平没有说出来，是他心里想的。他喜欢曾真。从第一次看到她开始，就喜欢了。那时他就有一个感觉，觉得他跟她之间，迟早会发生点什么。对此，他既有所期待，又有一点莫名其妙的不安。他对自己期待的是什么，很清楚。对引起他不安的东西，就稍微复杂一点，好像清楚又好像不清楚。似乎与他的初恋情人夏雨有关。他跟夏雨的关系早就没有什么了，又好像还有很多说不清道不明的事情纠缠在那儿。如果一个男人跟一个女人的交往是一场小小的战争，这场战争可不可以没有胜者和败者，也不要两个人都输呢？那就只有一种结果，就是双赢。生意场上大家都把双赢挂在嘴上，实际上是一种互利互惠，也许做生意真能做到这一点，但在男女交往的问题上也能有这样的结局吗？

曾真说：“老张你有点儿走神了。怎么搞的，喝酒的是我又不是你？”张仲平说：“酒不醉人人自醉呀。”曾真说：“是不是呀？”张仲平说：“你学我说话，学得还挺像。”

张仲平这会儿还想到了江小璐。他跟她的关系倒是挺简单的。他与曾真的关系，会不会也能那样简单？

曾真说：“老张你下午还有什么事要办吗？”张仲平说：“我要到省高院去一趟，昨天跟一个朋友约好的。怎么啦？”曾真说：“没有。我可能要借你的休息室用一下，酒喝杂了，我这会儿有点头晕了。”张仲平说：“你在这儿休息吧，要不要帮你买点醒酒药来？”曾真说：“没有那么严重，只是有一点头晕而已，躺一会儿就好了。”张仲平说：“那我给你泡杯浓茶。”曾真说：“你不用管我，先去忙吧。”张仲平说：“那好，你走的时候，替我把门关上就行了。”曾真说：“好。”张仲平说：“还有，就是不要偷东西。”曾真说：“哇？偷东西？偷什么东西？”张仲平说：“我不告诉你。告诉了你，你就知道这里面什么东西最值钱了，你如果要偷，就会一偷一个准。”曾真说：“姓张的，我踢死你。”

第十章

张仲平到省高院要见的人是健哥，他把车子停在了省高院对面的鸳鸯楼，然后给健哥打了个电话，说他到了。

进省高院挺麻烦的，有武警站岗。进去要登记身份证，再由值班员打电话问被访的人在不在，接待不接待。

其实张仲平进省高院是没有这么烦琐的。他本人和他的车子都有临时出入证，是托一个在法警队工作的朋友办的，可以免除登记手续。但跟健哥熟得什么话都能说了以后，健哥就要他尽量少上他的办公室。彼此关系好，大家心知肚明就行了，没有必要搞得生怕别人不知道。再说，省高院与市、区法院不同，有事无事地窜来窜去，总是不太好。对此，张仲平完全能够理解。他跟健哥关系越密切，越要避嫌。所以非得上班的时间见面，都是健哥到鸳鸯楼来。

健哥没来之前，张仲平也没有下车，坐在车上看别人在湖边钓鱼。这里钓鱼跟别的地方钓鱼不一样。别的渔场钓鱼钓的其实都是放养的鱼，每斤的价格比菜市场贵一倍，渔场老板赚的就是这个差价。鸳鸯湖里的鱼主要是鲫鱼和鳊鱼。垂钓的也大多是一些本单位的老干部。三五个一起，一边钓鱼一边扯淡，很悠闲。

一会儿健哥就到了。他上车以后，嗒的一声把汽车里面的音响打开了。将音量调得不高不低，好像到车上来就是为了欣赏音乐。

张仲平的车子贴了太阳膜，不仅车窗贴了，前面的挡风玻璃也贴了，外面很难看清楚里面。

健哥递给张仲平一个上面印了省高院名称的案卷袋："评估报告出来了。就我一个人有。你自己去复印一份，原件过两天还给我。"

张仲平接过来，并没有打开看，想了想，塞在了司机座位底下。

健哥说："不要到公司里复印，随便找个路边小店，离高院远一点。"张仲平说："好，我亲自去弄。"

健哥说："买家的情况怎么样？"张仲平说："差不多了。他很感兴趣。"健哥说："关键是实力，主要看他有没有支付能力。"张仲平说："应该没有问题。当然，真的定下来以后，也还是要一段时间准备，谁都不会把那么多钱搁在银行账上。"健哥说："这个是自然的。我这边也还有一些工作要做。差不多了的时候我会告诉你。"张仲平说："你要不要跟买家见个面？"健哥摆摆手："那倒没有必要。"停了一会儿又说："是省内的企业吧？"张仲平说："对，省里一家做酒的公司。"健哥猜了几家省内大的白酒生产企业，张仲平都说不是。健哥说："这样最好，大的公司跟省里的来往密切，会有千丝万缕的联系，挺麻烦的。"张仲平说："这家公司好像没有什么背景，是靠自己在股市里打拼出来的。"健哥说："你也不要掉以轻心，现在这个社会，哪个人是靠单打独斗发财的？你好好查一查，看跟省里那些公子哥儿有没有关系。那帮家伙很难缠，一闻到腥气就老盯着不放。"张仲平说："好。"

健哥说："跟买家的接触也要郑重，不要被别人抓了辫子告你恶意串通。"张仲平说："这个我知道。健哥你放心吧，我们靠拍卖吃饭，最基本的要求就是守法经营。"健哥说："你要替我把好关。这件案子错综复杂、万人瞩目，不能出半点差错。"张仲平说："我会小心的。"

健哥说："其他的事情就照以前的规矩办吧。"张仲平说："行。哪天嫂子有空，叫她给我打个电话。"健哥说："这事还不急。不过，先准备到那儿也可以。你跟她商量吧，我就不管了。"

健哥下车之前，又特意叮嘱了一下张仲平："有什么事我跟你联系。"张仲平点了点头，表示明白了健哥的意思：就是我不跟你联系你不要跟我联系。健哥是对的。这段时间，他们还是少联系、少见面的好。免得碰到了院里的人和圈子里的人，别人会往那方面想。

健哥刚下车，唐雯给张仲平打来了手机，问他在哪儿。张仲平马上说："我刚出电梯，正准备去省高院，怎么啦?”唐雯说：“没怎么啦，看你晚上回不回家吃饭。”张仲平说：“才几点哟?”唐雯说：“怎么?老婆给你打电话还要规定时间呀?”张仲平说：“没有没有。我是说这会儿我还不知道呢。不知道到省高院办事顺利不顺利，也不知道晚上会不会有饭局。”唐雯说：“行了，你不用解释了。”张仲平说：“你是不是想我了?”唐雯说：“想得很。”

张仲平把手机往副驾驶的位子上一扔，还是觉得有点奇怪。唐雯一般不在这个时候给他打电话的，今天是怎么回事?张仲平想起曾真在他办公室里休息，这会儿不知道走了没有。也不知道唐雯给他打手机之前，是否先往公司打过电话。她如果打了电话，曾真又没有走，曾真听到电话没有呢?如果听到了，她该不会去接吧?照道理是不会接的，但她喝了酒，迷迷糊糊的，就很难说了。

张仲平拿起手机，想给自己办公室打个电话，想一想又算了。如果唐雯真的已经往办公室打过了电话，而曾真正好又懵里懵懂地接了，那也早就木已成舟了。不过，听唐雯的口气，不像是有问题的样子。但是，女人的心思你是摸不透的。如果是既成事实，还真得好好想一想该怎么圆场。

这时手机先响了起来，却是江小璐：“你找我呀?”张仲平说：“是呀，本来要请你吃中饭的，没想到你不理我。”江小璐说：“手机调到震动，没听见。”张仲平说：“你在干吗?”江小璐说：“刚下班，你呢?有没有时间?”张仲平说：“今天不巧，这会儿要去办点事。”江小璐说：“噢，没事，那你先忙吧。”张仲平说：“好呀。”

前后几分钟的时间，张仲平便跟两个女人撒了谎，一个是唐雯，一个是江小璐。张仲平也知道撒谎不好，但一个男人如果有了私心杂念，不撒谎还真不行。他不知道曾真离开办公室没有。他还没有跟她怎么着，就已经把她放在了可以为她撒谎的地位。撇开这个不谈，张仲平的心情还是十分舒畅的。香水河投资两个亿的法人股拍卖，似乎正在健哥的掌握之中。也许不会等太久，就要真的进入拍卖程序了。张仲平很容易算出来，这笔业务做下来公司能够进账多少，那当然是个令人振奋的数字。一定要拿到手，一定要做好。时代阳光拍卖公司的那场艺术品小拍非常成功。徐艺早几天给他打电话，问他有没有兴趣一起做一场大拍。张仲平当即就很委婉地回绝了他，但他希望徐艺做。徐艺当初成立公司时，张仲平就已经有了一些想法，否则，他怎么会那样帮他?吃错药了?徐艺只要继续做艺术品拍卖，就可以让他的拍卖会成为处理自己所做业务后续工作的一个环节。所以，他不仅鼓励徐艺做艺术品大拍，还建议他可以找北京或者上海的同行一起做，做得越大越好。不知道徐艺考虑他的建议没有。还有健哥的老婆葛云，他希望她能早点约他。就像健哥说的，有些事情，还是早点准备的好。

一路上塞车很厉害。张仲平回到公司的时候，小叶正准备下班，张仲平让她等一下。

张仲平进了自己的办公室，翻了一下座机通话记录，没有唐雯的电话，算是舒了一口气。推开休息室的门，却见曾真还在，正裹着他的毛巾毯睡觉，睡得很香，连他推门进来都没有醒，张仲平悄悄儿地退了出来。

张仲平对小叶说："你到下面的花店给我买点花上来吧。"小叶说："干什么?"张仲平看了小叶一眼，笑了一下。他知道小叶这么问不是别的意思，是问他做什么用以便确定买花的品种。张仲平说："你把下面的花通通买上来吧。"轮到小叶看张仲平了。张仲平说："你当然要挑选一下，蔫的不要。"花店就在楼下，不是专门的花店，和商务中心在一个门面里。剩下的花儿已经不是很多了。刚才张仲平路过的时候就准备把花带上来，但他又怕曾真已经走了。

等小叶出门之后，张仲平来到离他办公室几间房的拍卖大厅，将临马路的窗户打开，让外面车水马龙的声音成为一种背景，然后拨通了家里的电话。张仲平告诉唐雯，今晚又不能回家吃饭了，要跟省高院的朋友谈点事。唐雯说，好嘞。唐雯好像忘了一两个小时以前给他打电话的事。她说好嘞的时候带了一点拖腔。张仲平觉得那里面有无奈的成分，也有理解的成分，可能还有一点撒娇的成分。不过，张仲平又想，其实唐雯的回答跟以往并无二致，是自己心怀鬼胎，才觉得她的回答内容丰富、大有深意罢了。

小叶捧着一大把鲜花进来了，果然各种各样的花都有。小叶说："张总要不要养起来?"张仲平说："不用，你放下吧。"小叶说："那我走了?"张仲平说："好。"

张仲平捧着花进了休息室。他先把花搁在曾真脑袋旁边，但地方太窄了。她一翻身，就会把它们给压坏。又拿开放到她的脚边，觉得也不妥，就把它放在了茶几上。那一捧花用玻璃纸包着，但还是太大了，几乎把茶几占满。这样的话，他就没有地方坐了，而他是准备坐在茶几上的。他想一想，又把花挪到了电视机上面。

张仲平坐在茶几上看着仍在沙发上睡觉的曾真。她的披肩长发染成咖啡色，垂下来，将她的半边脸颊若隐若现地遮住。她一定是梦见了什么有趣的事情，嘴唇一抿一抿的，似有一种隐隐的笑意。张仲平第一次见到她的时候，真的差点把她当成夏雨。都是鹅蛋形的脸蛋儿，都是圆圆的、翘翘的下巴。不肥不瘦、高高挑挑的身材。特别是举手投足的那种味道，活泼开朗、阳光灿烂，又有一点儿妖媚。

夏雨，他们分开已经多久了？曾经有过的缠绵悱恻，已经被浩瀚无际的太平洋隔断了。是的，夏雨远在美国。跟她有关的一切，也好像早已随风而逝，像一面蒙上了厚厚灰尘的镜子。

曾真的出现纯属偶然。如果小雨不惹那个小小的麻烦，如果小雨他们校长不逼着家长想办法把那个已经录制好的节目撤下来，如果张仲平那天要找的那一连串的人，中间有一个没找到。或者，曾真那天没有碰到小雨她们几个同学，不知道那条根本就不算新闻的线索，那么，他们也就不会认识，还在各自的圈子里不搭界地忙忙碌碌。现在呢？她已经躺在他的沙发上了，拥着留有他身体味道的毛巾毯屈膝而眠，像一座小小的不设防的江南小镇。杏花春雨，一帘幽梦。一个优雅卧睡的女人，就像被主人娴静地搁置在沙发或床头的一本书。

用书比喻女人已经是很俗套了，而且往往仅仅停留在打开、合上这两种简单状态的比拟上。其实，书是多么复杂的事物呀。你可以从书的类别、品种，联想到女人的林林总总、纷繁复杂。书店里各种书浩如烟海，可是，你要想找一本什么样的书，也还是相对简单的。书店会先把它归类，比如，社科书在一楼，自科书在二楼，文学类在一楼 A 区，经济类在一楼 B 区等等。你要分辨一个女人的种类，就没有这种指南了。女人本身就是一个谜，你不在乎她，她就是一个异性动物，你要在乎她，她就能让你陷入迷宫。曾真是一本什么样的书?

天色慢慢地暗了下来。张仲平的公司高居二十一楼。街道上的车声听起来比较微弱，有点飘。外面的霓虹灯亮了，它们的反光偶尔会在曾真的身体上掠过。张仲平不知道是应该把她叫醒，还是应该等她自己醒来。这会有点不同。相同的是，不管她以怎样的方式醒来，都会第一眼就看到他，因为他在她醒来之前，会一直坐在那里看她。

今天是个好日子。几个小时以前健哥透露给他的信息让他心情愉快，尽管紧接着唐雯给他打来了电话。但这算不了什么。一个四十来岁的女人整天捧着那几本书，也是很枯燥的，偶尔给老公打打电话，不过是一种调剂。不管怎么样，在唐雯眼里他还是称职的，他赚的钱基本上都拿回家了。至于他的那些花花事，她是一点也不知道的。因为他对她瞒得滴水不漏。对于唐雯来说，不知道的事就是不存在的事。他工作很忙，把一家公司打理得风生水起，容易吗？整天忙于应酬、围着别人转，不停地揣摩别人，不停地赔笑脸拍别人的马屁，容易吗？那是要以牺牲家庭生活的部分内容为代价的，也是没有办法的。在社会上混的人，不都是这样吗？但周末他基本上是待在家里的，陪老婆和孩子。他们夫妻之间每周有两次以上的性生活，质量很稳定，中等偏上。

对于曾真来说，今天是不是也是个好日子呢？今天是她的生日。她多大了？二十二岁？二十五岁？对了，她属羊，今年应该是二十四岁。本命年，大生日了。他是跟她第二次见面时知道她属羊的。在时代阳光拍卖公司的拍卖会上，他们两个提前溜号，他请她去吃冰激凌，开的就是她的车。厉害呀，年纪轻轻的就是有车一族。她的车上挂满了公仔，全是羊，各种各样的，像在驾驶室里开了一个饰品店。当时他跟她开玩笑，说："你得小心一点。你属羊我属虎，羊入虎口，你还有救吗？迟早要把你吃掉。"

张仲平望着睡眠中的曾真，已经拿定了主意，要把两个人的好日子变成一个特殊的日子。他跟她见面三次了，已经很久了。何况他还给她写过那么多的诗。除了夏雨，他的那些女朋友没有一个人知道他是会写诗的。她们是他的同谋，那种虚情假意的抵抗，不过是监守自盗的一种掩饰。多亏了她们才使他的走私活动能够顺利得手，哪里还需要他发思古之幽情？再说了，现在谁要是以诗人自居，没准别人会把你当成怪物，现在流行荤话痞话，追女孩子讲究的是三分钟搞定、一夜情和天亮以后说分手。而当年夏雨是欣赏你的才气的。夏雨。怎么老是夏雨？难道就不能彻彻底底地忘了这个女人吗？书上说，你最在意的人才会构成对你的伤害。可是，都已经二十年了，你的心不是早已经不知道疼了吗？二十年。从给夏雨写诗到给曾真写诗，这就是中间相隔的距离。不错，二十年前他们相爱了然后分手了。可那算什么相爱？对，他亲吻过她鲜嫩的嘴唇，抚摸过她小小的圆润得像新鲜的水蜜桃一样的乳房，他还给她写过不下于三百首既狂热奔放又轻吟浅唱的爱情诗。她说他坏。但他还就是没有真正坏过一次。他非常高尚、非常负责任地没有把她变成女人。他是有机会的，特别是在夏雨大学毕业分配在一所中学教书之后，和她同住的另外一个女教师几乎整夜不归家。他们两个和衣躺在床上，隔着薄薄厚厚的化纤制品、纯棉制品相互拥抱。那个时候电视机还不多，隔壁邻居家里电视机的声音开得很大。山口百惠的《血疑》，还有就是《聪明的一休》。“一休哥。”“来啦。”日本动画片，充满了后来十分流行的脑筋急转弯式的智慧，大人小孩都爱看。他们海阔天空地说了多少废话呀。有时候也会突然停下来，听着电视。更多的时候夏雨会突然说：“你爱我吗?”他说：“爱。”夏雨说：“你真的爱我吗?”他说：“爱死你了。”夏雨说：“我不信。”他于是想了好多好多的办法，证明给她看。有一首诗就是他用手指头上的血写的，他拿着一把小刀，将手指头划破了，把汩汩的血当作墨汁使用。他拿诗给她看，他说：“你信了吧?”夏雨说：“我信了我信了，你这傻瓜你这傻瓜呀。”她疯狂地抱着他的头，第一次主动地把舌头伸到他的口腔里，企图在里面翻江倒海，她的泪水把那张美丽圣洁的脸打湿了，又把那些眼泪涂在他的脸上、脖子上。那个时候，他是多么畅快，多么幸福。他的爱得到证实。她信了。他也以为她信了。可是，他们的爱情遭遇了面包。事情发生得没有一点征兆，毕业留校的张仲平去外省参加一个短训班，回来的那一天，正是夏雨跟一个从美国来的资本家的公子喜结连理的日子。可以想象，张仲平是怎样的悲愤欲绝。他对夏雨的爱在一秒钟之内土崩瓦解了，一下子变成了恨。他从此懂得了两个道理：你必须有钱，有钱你就是赢家；你不能认真，认真你除了是输家，还是傻瓜。

“水。”

声音是从曾真的嘴里发出来的，她翻了一下身，然后舔了舔嘴唇。她的眼睫毛真长真亮呀，在她的眼眶下，投下了像月亮中的阴影似的半弧形的一抹，还会颤动，像一丝丝云彩掠过。然后，曾真的眼睛就睁开了。

她看着他，他觉得她的眼睛慢慢睁开以后，突然睁大了。她的像新春的柳叶儿一样秀美的眉毛，微微地皱起来了。她看着他，有点嗔有点羞的样子。

曾几何时，夏雨也是用这样的眼神看他的。

张仲平早就不是傻瓜了。他让她看着，然后，头朝身后的电视机轻轻地摆了摆，引导她去看上面的花。张仲平说：“祝你生日快乐。”曾真的视线越过他的肩头，看到了那些花。鲜艳的花，芬芳扑鼻的花。那么多，把整个电视机的顶部全部遮蔽了。曾真的目光停留在那些花上，好像有点发呆。

后来，她回过眼神来看他了，又很快地把视线挪开，再次去看那一束花。

她的嘴慢慢地嘟起来，又瞥了张仲平一眼。

“曾真。”张仲平叫了一声，一下子扑到了她身上。他抱住她的那一瞬间，感觉她打寒战似的抖了一下。

他紧紧地拥抱着她，想吻她的嘴唇，她把头一偏，躲开了，他再次感觉到她哆嗦起来。

“你知道你在干什么吗?”她问他，并没有转过身来，她的声音有点发抖。

“我爱你。”他说，“是的，我爱你。我觉得我爱你已经很久了，好像有了一辈子那么长。”

“你爱我?”她短促地笑一声，转过身来奇怪地望着他。

他一下子猛地醒悟过来，不知道刚才为什么说那些话。可是，他知道自己的目光这时候不能躲闪。是的，这个女人是曾真，不是夏雨，可是，他抱着她，却感觉到她的身体是那么熟悉、亲切，他的内心里一下子被从来没有过的喜欢和舒畅填满了。这是怎么回事?

“我不知道我做的对不对，可是，我没法控制。”

他再次紧紧地拥抱她。他想他不能说得太多，便用嘴唇寻找她的嘴唇。她让他碰一下，又很快执拗地躲开了。“你是认真的?”她问他。

“我爱你，我真的爱你。”

她的那一声喊叫是撕心裂肺的，正好发生在他进入的那一瞬间。这是他与她肌肤相亲以来，她第一次扯开嗓子喊叫。在这之前，他已经非常成功地把她变成了一个没有任何招架之力的软体动物。她的喊叫不是销魂蚀骨的那一种，因为她的两只手同时使出了吃奶的力气，顶着他的髋骨，企图一下子把他掀开。她没有能够做到，但把他给吓着了。就像一头准备撒蹄狂奔的雄狮被另外的偶然事件分了一下神。他在她上面，半撑着，有一点发愣。几乎是同时，他和她一起说话了。他说：“怎么啦?”她说：“好痛。”

“痛？怎么会痛?”他乖乖地、及时地退了出来。像做错了事，又不知道错在哪里的孩子。他凑在她耳边，轻轻地问她。

她没有看他。她什么都没有看。因为她紧紧地皱着眉头，正在呻吟：“我是第一次。”

他感到眩晕。他没有想到自己会眩晕。他没有想到这会是她的第一次。不会吧？不是都已经二十四岁了吗？怎么会？不是说现在的处女要到幼儿园去找吗？其实他的眩晕不是因为怀疑，是因为惊喜，意外的惊喜。她给他的。他当然早就想过跟她睡觉的事了。有个作家不是说过吗？男人跟女人第一次见面就在心里掂量，两个人存不存在做爱的可能性，何况她还像夏雨。一个他怨的人，一个他恨不得找她报仇雪恨的人。没有想到，她的完整，像薄胎瓷器一样圆润天成的完整，会在她自己生日的这一天，为他而碎。

他对她充满感激。那是一种什么感觉？用一句俗套的话来说，真的是不胜荣幸之至。还有骄傲，还有荣耀。可是，曾真呢？要不要对她说声对不起？说，还是不说？她和他，是不是你情我愿呢？他还真没有碰到过这样的情况，除了跟唐雯。他跟唐雯的第一次是手忙脚乱、不得章法的，两个人都似懂非懂的。来自于农村的唐雯甚至在他们的初夜，郑重其事地在自己屁股下面垫了一方白绫。他半真半假地跟她开玩笑，说："你这个小封建，是不是还要挂到大街上去展览？"唐雯羞涩地一笑："我只要让你记着就行了。"那一次见红是他们合法的夫妻生活的开始。他当然不会想到跟唐雯道歉，她也不需要他道歉。那个已经被极端简化了的仪式，只是一个象征，表明她将自己的命运从此交给了他，两个人从此将相濡以沫。张仲平接着想到了他的那些情人。她们没有一个给过他这种作为男人至上的惊喜与虚荣的得意。除了曾真。曾真，我亲爱的宝贝儿。你只是一个被我诱奸的人，还是你早已拿定主意，要在你生日的这一天，把自己交给我，交给你甚至都不太熟悉的这么一个人？张仲平那会儿没有想到，那天晚上的性行为是他另一场命运的开始。也许他想过，却无力抵抗？

张仲平回到家里的时候，唐雯还在书房里，抬头望着他，说："怎么回事，你怎么电话都不接？"张仲平说："是吗？"他拿出手机，真的有几个家里打来的未接电话。唐雯说："没干什么坏事吧？"张仲平说："哪里啰，跟省高院的朋友在一块儿洗澡哩，手机没有在身边。有一个大单，这一两个月就要做了。是一家上市公司的法人股。"一个外面有情况的丈夫，说起假话来根本不需要打腹稿。张仲平说假话的水平比较高，因为他的话总是真假参半。唐雯是相信他的，或者说，她是愿意相信他的。唐雯说："你不要太累了。"张仲平说："没有办法呀。只要一闭上眼睛，就能看见一沓一沓的钞票向你纷至沓来，好像只要你伸手就能抓到怀里，你说，谁能停得下来？"唐雯说："那也不要把身体累垮了。否则，钱再多，又有什么用？总不能像别人说的，先拼命挣钱，再拿钱去治病养身体吧？"

张仲平望了唐雯一眼，对于这个问题，他觉得倒是可以不用回答，便一笑，闪进了卫生间。

张仲平在卫生间刷牙的时候，对着那一面大镜子做了一个鬼脸，他知道，唐雯那儿就这样糊弄过去了。他把牙刷洗干净，把漱口杯和牙刷放回原处。然后，他用头轻轻地抵着卫生间的门，把眼睛闭上了。他在想一个问题，人到底有没有灵魂？如果有，那自己的灵魂这会儿是在外面游荡呢还是已经回家？

第十一章

徐艺的公司在紫金大厦二十六楼，占了半层。从健哥手里拿到那份评估报告后，张仲平便决定到徐艺公司看看。

公司招牌做得很大，差不多占了半面墙，一出电梯就能看到。也很有特色，用的是一块厚厚的花梨木板，就那么刷成原色，公司名称用很有金石味的篆体雕刻出来，再涂上墨绿色，射灯一照，森森地发光。

进门接待处坐了一个漂亮的小姐，正是上次给张仲平送香吻的于玲。于玲肯定也认识张仲平，早已笑得面若桃花。公司是大开间的，只用齐胸的挡板一格一格地隔开。坐班的人不多，往来的人也不多，这使得公司看起来有点空荡荡的。徐艺的办公室很大，地面先是嵌了大理石，茶几和沙发的下面又铺了厚厚的羊绒地毯。张仲平点点头，说不错。心里却在想，租的房子，贴大理石干吗。徐艺办公桌上光电脑就有两台，一台台式的，一台便携式的。对面靠墙有个巨大的鱼缸，光电控制，里面养了一些热带鱼。三种颜色，一种红色的，一种黑色的，还有一种是银色的。张仲平忍不住拿鱼跟徐艺开玩笑："徐总这鱼养得有讲究。"徐艺笑一笑，说："请指教。"张仲平说："黑道白道。"徐艺再次笑了笑："不是还有红颜色的吗？怎么讲？"张仲平就等着徐艺问这句话，说："黑白两道加上粉红女郎。"徐艺哈哈一笑，说："张总真会开玩笑。"

张仲平又看到了墙上挂着的一幅画。五尺整张的横幅，装在玻璃框里，竟是范曾的《观沧海》。曹操东临碣石，骑着高头大马，红色大斗篷猎猎飞扬。徐艺赶紧说:“范曾款。是不是足以以假乱真?”张仲平见多了书画赝品,知道从哪里着眼。一看线条水墨,一看风韵神采,一看气象格局,一看题跋印章,还有纸墨印泥等用料。这画虽有七分形似,但仔细一看,还是能看出破绽。张仲平很早就认为范曾是能成大气候的画家。对于他的画风做过仔细研究,他的画,线条生机盎然、返璞归真,雄浑之中蕴神秀,娴熟之至反生涩,勾画之际如云之出岫、泉之注地,自然流畅、闲适高洁,一般的仿品,只能得其皮毛。张仲平见徐艺盯着自己,便朝他笑了笑,说:“这幅画太有名了,不做艺术品拍卖倒是无所谓。要是真准备在艺术品拍卖方面下功夫,我建议最好换掉。”徐艺一拍额头,连声说有道理,叹了一口气,又说:“我们也是没有办法呀,司法拍卖有张总这样的公司在前面挡着,很难分上一杯羹呀。”张仲平说:“话可不能这么说。”徐艺说:“那也是。上次张总给我的建议很好,我跟北京、上海的同行联系了一下,有几家还蛮有兴趣。”张仲平说:“是不是呀?”徐艺说:“可能会定上海的一家,已经签了意向书。不过,我还是希望咱们3D公司也能加盟,一起把声势做大一点,也不影响张总在法院的业务嘛。”张仲平还是摇了摇头:“徐总你有这方面的兴趣,我又何必跟你抢这碗饭吃?”徐艺说:“那也行。到时候张总可要多多指教。”张仲平说:“徐总客气了。你们公司上次的艺术品拍卖不是做得挺好吗?再说了,北京、上海那边多的是高人。”

徐艺说:“咱们3D公司做艺术品拍卖时,不是有一份委托人和竞买人的名单吗?不知道能不能借用一下?”张仲平看了徐艺一眼,没有马上回答。徐艺要的这份名单,是公司的一种资源,属于商业机密。不过,既然3D公司已经决定不再做艺术品拍卖,那份名单便不再具有使用价值。何况,徐艺如果早有单干的打算,恐怕早就暗中备份了。徐艺这时候问他是什么意思呢?是不是试探他关于不做艺术品拍卖的表态的真假?要真这样,这个徐艺的疑心也太重了。不管怎么样,张仲平都必须在这里停顿一下,让徐艺觉得能够拿到这份名单不容易。张仲平倒不是想让徐艺对他心存感激什么的,主要是这样犹豫一下,彼此会自然一点。见张仲平点头应允,徐艺也就赶紧表示感谢。

徐艺一定要请张仲平吃饭,张仲平说:“算了吧。”徐艺说:“那不行,张总对我的支持太大了。”张仲平说:“大什么大,也就抵一餐饭。”徐艺说:“张总这样说,我更要请了。”张仲平说:“跟你开玩笑。你又不是不知道,我们都是专门请别人吃饭的,一听这两个字,就烦。”徐艺说:“不是一回事。”张仲平说："真的算了，我还有个约会，今天真的没有时间。"这时候徐艺的手机响了，他一边示意张仲平先等等，一边侧身接电话，并将音量调小了，但那声音还是传到了张仲平的耳朵里，这让他心里一咯噔。声音那么熟，难道真是她？张仲平不好竖起耳朵听，有点拿不准。他想应该不太可能吧？但是，她是你什么人？你敢打这种赌吗？

张仲平没有留下来跟徐艺一起吃饭。他是从曾真那里过来的，已经定好了到她那儿吃饭。两个人的关系迅速升温，表现之一就是曾真一下子迷上了厨艺，发誓要为他煲世界上最好喝的汤。

回到车上以后，张仲平还是忍不住给江小璐打了个电话，问她在干吗，江小璐说在上班。张仲平说："刚才你的电话占线。"江小璐说："不可能吧？我们上班不准打电话哩。"张仲平说："是吧？"江小璐说："对。你找我呀？"张仲平说："也没什么事，就想听听你的声音。"江小璐轻轻地笑了一下，说："那好吧，没事我挂电话了啊？"张仲平说："好吧。"

张仲平到底没有搞清楚，刚才给徐艺打电话的是不是江小璐。江小璐来徐艺公司办过侯小平书法作品的拍卖委托，参加过那场艺术品拍卖会，后来又来结过账。她跟徐艺当然是有机会认识的。两个相互认识的人通通电话本来是很正常的。徐艺电话里的声音又确实像她。徐艺接电话时，本来是想避开他的，只是出于礼貌才没有那样做。可是，她又说没打过电话，真的假的？如果真的是她，她会有什么事主动给徐艺打电话呢？她说她在上班，不能接电话。可他打电话给她，她又明明接了。江小璐从来没有上过 3D 公司，他们两个也很少在公开场合一起露面，徐艺应该不知道她跟张仲平之间的关系。刚才徐艺接电话时背对着他，不过也没有说上几句，只说回头再联系。联想到徐艺在通话时将音量拧小了的小动作，张仲平知道徐艺要跟电话里的人谈的事，是要避开别人的。如果那人不是江小璐，张仲平不会操这份闲心，但如果是她呢？他们俩要谈的又会是什么呢？

张仲平在曾真楼下泊好车，想了想，还是把刚才给江小璐打电话时留在手机上的号码给删了。

张仲平开车到省博物馆接了葛云，准备一起吃晚饭之后再到公司里去看东西。张仲平说："嫂子你看去哪里？"葛云说："随便找个清净点的地方就行了。"

张仲平说了几个地方，葛云都说行呀行呀，张仲平反而不好办了。最后还是葛云定的地方：“要不，还是去廊桥驿站吧？”张仲平说：“好呀，那里的糖醋鱼做得不错。”葛云笑了笑，说：“你跟永健一个样，说哪里好，总说那里的什么什么菜好吃。”张仲平说：“让嫂子见笑了。”葛云说：“你太太做的菜肯定好吃。”张仲平说：“别的方面倒是还可以，就是做菜一般般。”葛云说：“张总不错，知道背后夸老婆，现在这种男人可不多了。”张仲平说：“这些好作风都是跟健哥学的，他就经常夸嫂子。”葛云明显地高兴起来，说：“是吗？”

廊桥驿站是一座茶坊。早几年有一部美国小说叫《廊桥遗梦》，后来还拍了电影，讲婚外情的。廊桥驿站多少有点洋为中用、中西合璧的意思，用得很贴切。倒不是说它能够让人产生婚外情的联想，而是其他方面。首先，它本身就是建在两幢大楼之间的一座临时建筑，就像一座廊桥；其次，后面的驿站二字，让人想起陆游那首词——《卜算子·咏梅》。现在的茶坊跟以前的茶坊不太一样了，大家不是专门来这里扯淡打牌消磨时间的，往往是有生意上的事情要谈，虽然可以边饮边谈或边吃边谈，但总有一点匆匆过客的意思，可不就像一个驿站吗？葛云说：“廊桥驿站不错，有点品位。”

廊桥驿站总共三层，一楼是大厅，接待散客，二楼三楼是大大小小的包厢。包厢名称就有些特色，用的全是词牌名，什么西江月、浣溪沙、望海潮、踏莎行、一剪梅、虞美人等等。装修也很古朴典雅，大厅和包房都挂着画，是传统的中国画，还摆着古董。古董是小件的，其实大多是仿古工艺品，都标了价，也不贵，客人要是喜欢，可以买单拿走。客人要开票也行，可以开到茶钱里去。一杯茶多少钱？很有水分，所以可以明目张胆地虚开发票。大件的、值钱的古董也有，一般在大包厢里，也是经常换的，有时候是两把太师椅，有时是明代紫檀木牌匾，还有一次是一张龙床。有人说是曾国藩老家的东西，马上有人反驳，说那不可能，曾涤生一生小心谨慎，生怕功高盖主惹老佛爷不高兴，哪有胆子惹那个是非？况且年代也没有那么远。那其实是民国时期的东西，齐白石早年做的木匠活。当然，说曾国藩的东西不是真的，说是齐白石的手艺也有可能不是真的。客人爱怎么说怎么说。茶坊老板听说是个女的，本人就是画画儿的。做这些真古董假古董的生意时，并不刻意，超超脱脱的，完全听其自然。标个价在那儿，真假却不作承诺，随你看，随你找什么人来做鉴定。看中了拿走，看不中，让它仍然撂那儿，总会有看得中它的人，生意做的就是一个缘字。

廊桥驿站跟别的茶坊确实有点不一样，这可能就是葛云说的品位吧。

来廊桥驿站吃饭喝茶就是停车不太方便。他们到的时候果然车位紧张。张仲平请葛云先下车找包厢，他则在保安的引导下去找车位泊车。

廊桥驿站的服务小姐也很特别，一律文文静静清清秀秀的样子，穿着茶坊自行设计的旗袍，朴素淡雅，有一种出水芙蓉的清纯味道。

张仲平泊好车从原木楼梯口上来的时候，迎宾小姐笑脸盈盈："请问是张总吗？"张仲平点点头，迎宾小姐说："你是跟葛云姐一起来的吧？"张仲平又点点头。小姐说："张总请随我来，葛云姐在桂枝香。"张仲平就想，小姐不说葛云小姐而说葛云姐，看来葛云是这里的常客，说不定跟这里的老板熟。一进门，果然有另外一个女人在场。葛云将她跟张仲平作了介绍，正是廊桥驿站的老板。姓祁，单名一个雨字。年龄跟葛云差不多，风姿绰约的样子。老板很知趣，给张仲平派了张名片就笑笑走了。

张仲平与葛云的事情很简单，他曾经跟健哥提过，说收了一件青瓷，想请葛云看看，帮着估估价。

健哥肯定已经跟葛云作了交代，所以她和张仲平之间的事情办得很顺利。伴着大厅里古筝的袅袅绕绕的曲调，葛云用铅笔在廊桥驿站点菜单上写了几个阿拉伯数字，用两根手指头夹着，递给张仲平。张仲平接过来看了一下，说行。就把它捏成一团，扔在了小圆桌的烟灰缸里。那个烟灰缸是廊桥驿站定做的陶制品，造型朴拙，很可爱。葛云笑一笑，尖着手指把那团纸从烟灰缸里拎了出来，又慢慢地展开，拿起桌上的火柴，一划，嗞的一下就着了。廊桥驿站的火柴也是定做的，火柴梗很长，有两三寸，每盒十根，客人可以带走。听说很适合老太太拜佛时上香。现在拿在葛云手里，把她的手指映得红红的。她另外一只手的手指兰花着，拿着那张菜单，凑近火苗，让它燃烧。张仲平看到那张小小的纸片升腾起一小团火，慢慢地卷起来，由橙黄到淡红到灰到黑。葛云把剩下的那一部分扔回到烟灰缸里，看着它继续燃烧。燃完了，那根长长的火柴梗上的火苗还没有熄。葛云把它举在眼前，欣赏着，直到火苗差不多靠近她的手指尖，这才轻轻地一口气把它吹灭，也放回到那只烟灰缸里。好像还不放心，又端起茶几上的茶杯，把杯里的茶水倒一点在烟灰缸里，这才望着张仲平，轻轻地笑了。一直欣赏着葛云的动作的张仲平赶紧回了她一个笑。他并不认为葛云这是小题大做，有些事情还是缜密一点为好。

菜上来之前，葛云的估价工作就已经做完了。两个人以前也做过这种事，所以很默契。等会儿吃完了饭，他们还要一起上张仲平的公司看东西。张仲平小时候学过画，自己能画两笔，也能看一点，后来搞艺术品拍卖，看过不少书，也有一点实践经验，但对瓷器的鉴别鉴赏就差远了，上拍卖会的东西要公开展览，品相太差了是不行的。行还是不行，葛云一看就知道了。这是很关键的问题，如果葛云觉得拿不出手，或者够不上她刚才在纸上写的那个价，张仲平还得另外想办法找东西。

张仲平的公司是两套四室二厅的商住两用房改的，加在一块儿有将近四百平方米。张仲平的办公室旁边，原来有一间保姆房，改做了储藏室，只有张仲平一个人有钥匙。那里面的东西都是张仲平在各地的文物市场上淘来的。它们先得以另外一个人为委托方，上其他公司的拍卖会，再由张仲平在拍卖会上把它买回来。这样兜了一个圈之后，便可以堂而皇之地摆放在张仲平的博古架里了。这其实就是张仲平不会跟徐艺联合主办艺术品拍卖会的真正原因。因为如果3D公司也是拍卖人，就会变成在自己举行的拍卖会上买东西，而这是《拍卖法》明文禁止的。在别的拍卖公司买东西就不同了，只要你肯出价，想买多少就买多少。

当然，这些东西上别的公司的拍卖会，是要支付佣金的，但这是没有办法的事。公司业务做得越大，进进出出的钱就越多。反过来，进进出出的钱越多，公司的业务又会越做越大。拍卖公司就是这样滚动发展的。这样一想，佣金成本就不算什么了。相反，如果不拐这么一个弯，公司财务根本没有办法把账做平。从另外一方面来讲更是这样，生意不是一个人做的，生意要大家一起做，拍卖业务哪家拍卖公司不能做？人家凭什么要给你？世界上没有无缘无故的爱，也没有无缘无故的恨，更没有无缘无故的获得，获得与付出总是成正比的。可是，有些东西又是不能见光的。你拿着支票或者拎着现金去送人只会把别人吓着。这不是一个送还是不送、拿还是不拿的问题，这是一个怎么送和怎么拿以及由谁送由谁拿的问题。当然，也不排除直接拿现金的，对于这样的人，张仲平先就怕了几分。认为这种搞法太初级阶段了。这种人不出事情才怪，所以总是敬而远之。你跟人交往不仅不能出事，跟你交往的人，也得选择好，在别的地方也不能出事，否则就会把3D公司牵进去。张仲平对健哥就说过，对别人的保护太重要了，因为你在保护别人的同时，也在保护自己。反过来说也是一样，你保护了自己，同时也就保护了朋友。张仲平这话只对健哥说过一次。那还是好几年前，张仲平找健哥争取扶桑海岸的业务那会儿。那也是他俩第一次在碧海蓝天洗桑拿，当时，两个人脸上都盖着一小块洁白的湿湿的冰毛巾，从始至终，健哥什么话也没有说。

在廊桥驿站慢悠悠地吃了饭，张仲平又陪着葛云到了公司。

张仲平把那尊莲花尊搬到办公桌上，让葛云看。葛云先瞟了一眼，说："噢，青瓷。仿的是南北朝时期的器物，那时崇尚佛教，莲花缸和莲花尊最多。"她把它捧到手上顺着倒着看了看，又用手摸了摸，说："还不错。算得上高仿。单说这浮光就褪得很专业。"又用手指轻轻地弹了弹："你听这声音。"张仲平将东西接过来，也弹了一下，却没有听出什么名堂。他之所以在河南老头儿那里充行家，是早就认定了那东西不是真的，卖家心虚。他明白，自己连皮毛都不懂。他朝葛云笑笑："早就想找个机会向葛云姐请教，我觉得古瓷器的鉴定学问真的很深。"葛云说："那当然。鉴定的方法很多，有分类法、比较法、甄别法。就说甄别法吧，要看造型、看胎釉、看工艺，还要看纹饰、看彩料、看款式等等，门道还真是不少。"张仲平说："有什么快速入门的诀窍没有？"葛云说："捷径是没有的。不过，刚刚入门的人，可以从望闻问切入手，这跟中医看病有类似之处。"张仲平说："请葛云姐快点教教我。"葛云说："这望，是指会识光。先看品相，东西是给别人看的，所以要有美感。正因为人们喜欢它，就会经常抚摸，经常把玩，年深日久，器物表面自然生出一层包浆，发出一种内敛的宝光，令人一见生爱。新做的器物也发光，但这种光是浮在表面上的，行话称之为贼光、浮光，贼亮亮地刺眼，像暴发户穿了新衣服，生怕别人看不到。年代久远的老器物的光彩却是从骨子里面散发出来的，像那种有文化涵养和底气十足的成功人士，给人的感觉决不会张牙舞爪地嚣张，而是十分柔和、温馨和自然。"张仲平一边点头一边很及时地拍马屁："就像健哥那样的。"

葛云轻轻地笑了一下，继续侃侃而谈："什么是闻？这就跟作假者使用的方法有关了。为了除掉刚才说到的那种贼光，常用的方法是用酸浸，或者用茶水加少量碱煮，总之是靠化学物质侵蚀出来的，器物表面看起来斑驳陆离，古色古香，但仔细用鼻子嗅一嗅，就能闻到酸碱之气。这类东西肯定面世不久，当然不能把它当古物来对待。还有就是问，就是询问器物的来龙去脉，从物主的回答中寻找蛛丝马迹，用甄选法来进行分析，从中求得接近真实状况的判断。"

张仲平忍不住插话："要把假的说成真的，就离不开语言，要掩饰一个错误可能又会露出另外的破绽，这就是言多必失的道理。"葛云点头表示赞同："所以人们才说沉默是金，那种夸夸其谈的人，把什么都挂到嘴上的人，是不能合作的，是成不了大事的。"张仲平说："葛云姐说得太对了，鉴别古瓷器跟做人识人还真有相似之处。"

葛云说："最后是切，就是用手直接把握器物，通过手掌的摩擦、手指的敲击、手掌的按压等一系列手段，正确判断器物。还是拿去浮光来说，有的作假者用兽皮打磨，就像漆匠师傅给新打的家具上油漆之前做的那样，来回摩擦，这样，光也许可以褪去一点，但只要用放大镜一看，釉面上总能看出无数平行的细条纹。这大概就叫顾此失彼吧。张总有时间可以找找相关的专业书看看，你们搞拍卖的，接触实物的机会也多，张总这种有心人，经常看一看，琢磨琢磨，要入门是不难的。"张仲平说："入门不难，要想成为葛云姐这样的专家就难了。好在我其实也就是为了做生意，事情反而简单了。在生意人眼里，什么真的假的，其实是一个相对的概念，就拿这件东西来说，我查过资料，仿的确实是南北朝的器物。放在地摊上，叫价三五千的，作为现代工艺品，那是真的，硬要说成是文物，就假了。可是，即便是假的，要真上了拍卖会，叫价二三百万的，谁又敢轻易地说它是假的？唬都先把人给唬住了。"葛云说："张总这话有道理。一切以时间、地点、条件为转移。不过，真的假的也还是有客观标准的。所谓假的真不了，真的假不了。像馆藏文物鉴定、考古发掘，当然要讲真伪、断代。否则，就太不严肃了。但进入市场之后就不同了。市场有市场的特点。讲究公平交易，愿打愿挨。真假反而成了第二位的东西。"张仲平点头称是。

葛云说："那家拍卖公司怎么样？"张仲平说："应该还可以吧。他们老板在我这里做过部门经理。"葛云说："他认识永健吗？"张仲平说："健哥他是知道的。干我们这一行的，要不认识健哥，等于还没有入门。不过，在我这里工作时应该没有打过交道，他负责的是区一级的法院。"葛云嘴里"噢"着点了点头。

张仲平说："东西要不要先拿过去？"葛云说："还是先拿过去吧，免得下次又要到你这里来。放我那儿，等到他们正式开始征集拍品时，我直接往那儿送。"张仲平说："行。"

原来的箱子呀、毯子呀什么的，就不要了。张仲平找了几张报纸把它裹了一下，又用透明胶布缠住。张仲平是不便把葛云直接送到她家里去的，只能把车开到省高院家属大院。张仲平在省高院的熟人太多了，要是拎了东西与葛云一起走，碰到熟人就说不清楚了。对于这些细节，张仲平还是很注意的。他早就想到了这一层，所以没有开自己的那辆奥迪 A6。他的车子经常借给省高院的朋友用，认识那辆车子的人不少。他开的是曾真的那辆粉绿色的 POLO。好在葛云没有带袋子也没有带包，那尊莲花尊不是很重，捧着拎着都不太费劲儿。健哥家他以前去过，在三楼，家里的博古架上也是摆满了古董。

第十二章

张仲平跟唐雯说最近比较忙，每天都早早地开了车出去。其实他上午没什么事，只是想早早地跟曾真见面。

那天，他刚到曾真那儿不久，小叶就打来了电话，说有个人找他。张仲平问什么人。小叶说："就是上次来公司找过你的那一位，矮矮的、胖胖的，张总你不记得了？"张仲平心想，世界上矮矮胖胖的人那么多，我怎么知道他是谁？就说："你把电话给他，让他跟我说。"那边的电话换手了。是一个男人的声音，很大、很急，让张仲平感到他好像凑近了他的耳朵在嚷嚷："张总是我。"张仲平根本没有听出他的声音来，说："请问你是哪位？"他说："我是小龚呀。"张仲平说："小龚？老龚吧？"他说："对对对，老龚老龚，龚大鹏，请你跟丛林法官吃过饭的，张总你把我给忘了？"

张仲平其实早就应该想到是他，只怪这段时间跟曾真在一块儿，太不想事了。张仲平说："龚老板好久不见了，找我有什么事吗？"龚大鹏说："张总你好难找呀，我到你公司都来了两回了。"张仲平说："没有办法呀，哪个待在办公室里发了财的？龚老板有什么吩咐，打个电话不就行了吗？"龚大鹏说："电话里一时半会儿说不清楚，要不我早就给你打电话了。"张仲平说："是不是呀？"张仲平说这话的时候，扭头望着曾真。她朝张仲平侧身躺着，一只手撑着自己的脑袋，另一只手在张仲平的胸膛上轻轻地划来划去，有时候还游弋到下面，顺便搓两把。龚大鹏说："张总要是这会儿在搞事，我就在公司等吧。一直等到你搞完事回来，要得啵?”张仲平联想起丛林介绍龚大鹏时向他诉苦的样子，心想总算领教了。龚大鹏找张仲平可能跟胜利大厦的拍卖有关，但张仲平想不出他能够帮他什么忙。见张仲平征询似的望着自己，曾真从床上一跃而起，把他一把扯起来，说：“快去吧，总不能让你玩物丧志吧。”

张仲平跟丛林打了个电话，想找他问一问，看龚大鹏那边是不是有了什么新情况，这样，去见龚大鹏心里也好有个底。丛林接了电话，说正在开庭，没等张仲平开口就把电话给挂了。

陪龚大鹏一起来的还有一个高高瘦瘦的年轻人。龚大鹏手指一戳，对张仲平说：“这是我兄弟。”张仲平朝小伙子点了点头。他觉得他们两个人长得一点都不像。当然，龚大鹏所说的兄弟可能不是指有血缘关系的那种，而是朋友的另外一种叫法。

张仲平没有把自己的办公室打开，就在外面的接待室里跟龚大鹏谈。小叶早就帮他们把电视机打开了，里面正在播放李咏主持的那档吵吵嚷嚷热热闹闹的节目。与龚大鹏同来的那位兄弟看得咧着嘴直乐。

张仲平要小叶帮他们续了水，问：“龚老板最近忙什么?”龚大鹏说：“还不是那鸟事。”张仲平说：“上次丛林法官好像建议你去找执行局和立案庭，争取早点执行立案，怎么样了?”龚大鹏说：“就是想跟你汇报这事。我去找了鲁冰，还找了刘培炎，对，就是刘院长，他们已经答应了。”张仲平说：“那好呀。”龚大鹏说：“好什么呀，只是参与分配。”张仲平说：“参与分配也不错呀。”龚大鹏说：“张总你还拐不过弯来吗？我要的是优先受偿而不是参与分配，什么叫参与分配？分一块钱叫参与分配，分一百万、两百万，也叫参与分配，太被动了。”龚大鹏说的倒是实话，就那么一点东西，如果先支付东方资产管理公司的本息，可能就剩不了几个子了。张仲平说：“龚老板还想怎么样呢?”龚大鹏说：“我没有别的想法，能够拿回来五百万就行了。”张仲平笑了一下没有说话，心里却在想，你说得倒轻巧。龚大鹏说：“我投进去的五百万，一块砖一根钢筋一斤水泥算得出来的，还有工人的工资呢，还有资金的利息呢，还有打官司花的钱呢，这些就算了。”张仲平说：“我不是法院里的法官，说了不算。不过，我跟龚老板说句实话，你要有心理准备，照目前的情况来看，龚老板要想实现你刚才说的那个目标，恐怕有点难。”龚大鹏说：“噢，上次我给你看过判决书没有？我都能倒背如流了，判处被告人鸿发房地产开发有限公司偿还原告人民币五百万元或等值财产。如果赢了官司却拿不到钱，我费劲打那官司干吗?”

看来龚大鹏还是不太懂。司法程序中审执是分离的。也就是说，审判是一回事，执行又是另外一回事。官司打赢了，却完全执行不了，或者只能执行一部分，这种情况现在是太普遍了。要不法院里为什么老是喊执行难呢？不过，这就不是归张仲平向龚大鹏解释的问题了。

张仲平说：“龚老板找我，不知道我能帮什么忙?”龚大鹏说：“我希望张总能将那笔拍卖业务接下来。”张仲平笑着说：“原来龚老板是想照顾我的生意，谢谢你。”龚大鹏说：“这事不是我说了算的，我给个消息，希望张总去争取。据我所知，已经有几家拍卖公司在那里活动了，争得很厉害。”张仲平说：“龚老板消息还挺灵通的。”龚大鹏也不谦虚，说：“整天为这件事跑，多少知道一点消息。不过，张总是丛法官的朋友，也就是我的朋友，我当然希望张总来做。如果真的归张总来做，我们兄弟之间好说话。别人来做我不放心。”张仲平说：“龚老板看得起我，好呀，再次谢谢你。”丛林一直没有回电话，估计开庭还没有完。张仲平不好过多地说什么，只好附和着龚大鹏。龚大鹏虽然声明这事不由他说了算，但他说话大包大揽的，又好像这件事就他一句话似的。对此，张仲平当然不会太在意。龚大鹏有多大的能耐，难道他张仲平还要指望他去冲锋陷阵？当然，也没有必要对龚大鹏太冷淡，不当一回事。张仲平生意做久了，自然知道败事容易成事难的道理。做成一件事，讲究天时地利人和，各种各样的因素很多，而要将一件事搅黄，那就太容易了。

龚大鹏这么三番五次地要跟张仲平直接见面，肯定不会仅仅为了向他提供拍卖信息那么简单，他又不蠢，知道这信息对于张仲平来说根本就不算什么，那么他来找张仲平就有需要或者说利用他的地方。

张仲平说：“龚老板有什么想法直接跟我说吧，看我能够做什么。”龚大鹏说：“到时候肯定有用得着张总的地方。只是，能不能等到张总把这笔拍卖业务接下来以后再说?”龚大鹏望着张仲平笑了笑，有点狡黠的样子。张仲平说：“原来龚老板对我没有信心。”龚大鹏连忙说：“不是不是，张总你别误会，我是把你当兄弟的，就是因为看好你才找你的。你这个人可以交。上次我请你和丛法官吃饭——你看我老提这件事——你帮着点菜，老往便宜的菜点。后来洗脚，你又不声不响地抢着买了单，就冲这一点，我就敢认你做兄弟。”张仲平说：“没想到龚老板还这么细致。不过这没什么，换了别人也会这样做的。”龚大鹏说："那可不一定，外面的人我见多了。不说这个，我确实有事要找张总你谈。这件事对我很重要。不过，因为跟另外一个朋友的事还没有完全谈妥，所以这会儿又还真不好跟张总说。张总你能够理解吗？"张仲平说："这有什么不能理解的？你对合作伙伴负责，也就是对你自己负责，做人做事就应该这样。"龚大鹏说："那就好。我跟张总见面，等于是先挂个号，打个招呼，到时候再具体谈。"张仲平说："行呀。"龚大鹏说："张总你别嫌我啰唆，你在中院要努力。"张仲平说："谢谢你。"龚大鹏说："真的要努力。"张仲平笑了，说："那就再一次谢谢你。"

张仲平把龚大鹏两人送到电梯口，开了自己办公室的门。座机正好响了，是江小璐。

江小璐说："你不在公司呀。"张仲平笑了，说："我不在公司怎么接你的电话？"江小璐也笑了，说："我已经来过一次电话了。"张仲平说："噢，我也刚进门。"江小璐说："你最近挺忙的？"张仲平说："是呀，有点忙。"江小璐说："我们好久没有见过面了。"张仲平这些天跟曾真泡在一块儿，跟江小璐就有些疏远，他看了看座机上显示的时间和电话号码，说："你在家呀？"江小璐说："是呀。"张仲平说："那好，我来看你吧。"江小璐说："行啊。"

江小璐上了淡妆，身上洒了香水。张仲平说："嗬，你好漂亮。"江小璐笑了一下，说："跟平时一样呀。"张仲平说："对对对，你总是这么漂亮。"他轻轻搂着她，咬她的耳朵。江小璐闭上眼睛，轻轻笑着。两个人从门口开始，互相搂着亲着往卧室的床上移。张仲平把她慢慢地放倒在床上，好像她是一件易碎品，必须小心轻放。张仲平亲她的嘴唇，先把上面的含到嘴里，然后是下面的。她的嘴唇湿湿的、凉凉的、软软的，像汁多肉肥的花瓣。江小璐被亲得开始娇喘起来，张仲平这才开始为她宽衣解带。张仲平没有想到江小璐会一把抓住他的手："你有那个吗？"张仲平说："什么？"江小璐咬着嘴唇，说："套子。"什么套子？张仲平一下子没有反应过来。江小璐说："我去买吧。"

江小璐说的是安全套。张仲平跟她在一起差不多两三年了，第一次没用，以后就再也没有用过。他们以前做爱也是从来不挑日子的。江小璐也从来没有怀过孕。江小璐是结过婚又离过婚的女人，还生过孩子，怎么样避孕是不用张仲平操心的。怎么今天突然喊着要他戴套子？

张仲平自然不会让江小璐去。一个年轻漂亮的单身女人，要是万一在买套子的时候碰上了什么熟人，那算怎么一回事嘛。

药店不远，下楼几百米就到了。张仲平身上没有零钱，药店老板收了他一张百元大钞，问他要不要别的。不等他回答，就给他推荐了两种药，一种是什么王，一种是什么哥。张仲平很烦躁，说不要，情绪一下子就坏了。

张仲平跟曾真倒是准备了一大堆劳什子。什么口服避孕药，什么女性避孕药膜、药栓，当然也有安全套。但曾真任何一种都不肯用。张仲平说："傻瓜，你不怕怀孕呀。"曾真说："怀孕就怀孕嘛，正好跟你生个儿子。"见张仲平愣怔在那儿，曾真嘻嘻一笑，说："老张瞧把你吓的，脸都绿了。你紧张什么嘛？你要是不想要，我去流掉就是了。"张仲平说："流掉？说得轻松。流掉是那么好玩的事吗？伤身体，弄得不好还要死人哩。"曾真说："你吓唬未成年少女吧。我不少朋友做过哩。周洲就做过。无痛可视人流，几分钟搞定，像来一次月经。"张仲平说："你放屁，简直胡说八道。"曾真说："好了好了，你别那么粗鲁，我用就是了，行不行？"曾真说是说，在用过几次之后，就再也不肯用了。直到张仲平找到了一种试剂。插到早晨的尿液里，几分钟就可以准确地测试出女性的排卵状况，把那几天危险期避开就行了。

江小璐是怎么一回事？

安全套原来叫避孕套，后来有专家说，避孕套的叫法并不确切，因为它忽略了另外一个重要的功能，那就是安全。江小璐跟张仲平在一起，既然从来没有怀过孕，那么，关于怀孕方面的问题就等于并不存在。比如说，江小璐做了节育手术，或者说上了节育环，或者吃了长效避孕药。她突然提出要使用安全套，说明出了新的情况。这个新的情况，极有可能是江小璐有了新的性伙伴。

张仲平心里头有点不爽。但理智告诉他，这不是一件值得大惊小怪的事情。他和江小璐算什么呢？说穿了也不过是一种性伙伴关系而已。这种关系既不受法律保护，也无须相互制约。至于相互忠诚，那倒是另外一个层次的问题。可是，在这个层次上，他张仲平从来就是不及格的。比如说，几个小时之前，他在曾真的床上，再上溯几个小时，他又是和唐雯躺在一起的。张仲平是一个喜新不厌旧的人，从来就不觉得从这张床到那张床地南征北战是对自己和别人的一种辱没。那么，按照一种对等原则，他可以找曾真，江小璐自然也就可以找别的男人。他跟曾真在一块不会想到要告诉江小璐，江小璐要真有了别的男人，也自然不会告诉他。这可以说再正常不过了。

但是，张仲平还是感到了郁闷。张仲平打开车门，上了车。能不能够理解是一回事，心里舒不舒服是另外一回事。江小璐你怎么能这样？心里一个声音说。张仲平，她江小璐为什么就不能这样？心里另外一个声音说。两个声音轮番在他心里大喊大叫。除了郁闷，还真他妈的找不到好词儿来形容。

她是要防止从我这儿染上病呢，还是担心把病传给我呢？如果是前面一种情况，那么，从他们两个人第一次做爱的时候起，就应该如此，因为两个无须履行忠诚义务而又具有性关系的人，其实是时刻准备着屈服于来自于其他方面的诱惑的。做爱时使用安全套，便成了一种必要的保护和自我保护。比如说，政府提倡娱乐场所的小姐使用安全套，就是这个道理。因为你不是她的唯一。今天跟这个明天跟那个，属于高危人群，真要染上病还不知道是从哪儿染上的。

但是，如果是第二种情况呢？那就意味着江小璐已经意识到了另外一种可能性，她可能已经从别的男人身上染上了病，只是并不想把它传染给张仲平而已。这样说来，她对我倒是很负责任了。但这他妈的算怎么一回事嘛？要真对我负责，就不要跟别人乱搞嘛。但是且慢，如果站在江小璐的角度换位思考呢？你他妈的张仲平不是也在跟别人乱搞吗？

张仲平脑子里弯来绕去的，怎么也过不了那个坎，反而弄得自己一点兴趣都没有了。他跟自己说，你不能怪江小璐，因为江小璐不是你什么人，她和你关系平等。怪她就等于怪你自己。好吧，我不怪她，我也不怪自己，我什么人都不怪。该干什么还干什么。可是，怎么干呀？还能干吗？张仲平吐了一口长气，他知道自己不会上去了。

张仲平想了想，还是掏出手机往江小璐家里打了个电话：“噢，实在对不起，刚才接了个电话。有点急事需要去处理一下。”江小璐说：“是吗？”张仲平说：“对。”江小璐有一小会儿没有吭声，然后说：“行，你先去吧，我为你准备中餐？”张仲平说：“不不不，不用了，你别等我了。”江小璐仍然没有放下电话，她犹豫着说：“仲平，你是不是生我的气了？”张仲平说：“生气？没有。我生什么气呀？”江小璐说：“你真的不是生气？”张仲平说：“真的，我是真的有事，刚才公司来了电话。对不起哟。”江小璐说：“仲平，我本来还想跟你说件事的。”张仲平说：“是不是呀？电话里能不能说得清楚？”江小璐说：“你真的不能上来一下吗？”张仲平说：“实在对不起，这事有点急。”江小璐说：“那好，那就换个时间吧。”张仲平说：“行行行，再联系好吗？”

张仲平开着车子，在小区里兜了两个圈。他是从正门进来的，特意选择从侧门出去。这里他还会不会来，他不知道。但他在兜第二个圈时，将车窗摁了下来。他让车子慢慢滑着，用一种很专业的投篮动作，将那盒新买的安全套，投进了小区设计得很漂亮很卡通的垃圾桶里。

张仲平回到了曾真那里。

曾真说："你身上一股什么味儿？"张仲平说："没有吧。"曾真在他脖子上嗅嗅，又在他头发上嗅嗅，说："就有。"张仲平说："公司刚打了空气清新剂，是不是那种味儿？"曾真说："不对，是香水味儿。法国毒药香水，老牌子，我以前用过，还挺贵的。"张仲平说："怎么会呢？"曾真说："该我问你呢。身上怎么会有法国毒药香水的味儿？干什么去了？"张仲平说："不是去公司了吗？"曾真说："离开咱家去公司之前或离开公司来咱家之前呢？开小差没有？"张仲平说："天地良心。"曾真说："什么天地良心？谁知道你的良心是不是大大地坏了？"张仲平说："好吧，不讲良心。可这么一点时间，脱裤子都来不及嘛，你又不是不知道，咱老张最能打持久战了。"曾真扑哧一笑，说："说的也是，不过，那你也得发誓。"张仲平到底有些心虚，举头三尺有神灵，誓是随便发的吗？就说："发什么誓嘛？怎么发？"曾真说："你不发誓也可以，不过俺老张家的要检查。"张仲平笑一笑，说："你要怎么检查？"曾真三下两下就把张仲平的衣服扒干净了，说："上来吧，你这臭人。"张仲平乖乖地上去了。但他没有料到曾真会一下子泪流满面。曾真就是这样，像个孩子，经常不用多云转阴天直接就能来点小阵雨。曾真搂着他的脖子，望着他，期期艾艾地说："仲平你可不准欺负我。"

从林下午一点多钟才回电话，问张仲平上午找他干吗，张仲平把龚大鹏的事说了，丛林说，龚大鹏最近在院里活动得很厉害，跟他打交道得注意一点。张仲平说，行，晚上要没别的事，就一起吃饭吧。

张仲平工作的那个圈子其实很小，说话办事处处得小心谨慎。跟曾真在一块儿，却能够彻底放开。张仲平老有一种感觉，觉得自己在别的地方失掉的自尊，在曾真身上重新找了回来。纯粹从性关系的角度来说，曾真简直是个天才，在那么短的时间里，一下子就从一个不谙床笫之事的处女变成了一个艺术大师。张仲平感到她武功精进，真的是如获至宝。她还让他看到了自己的潜力：只要两个人往床上一躺，就好像有使不完的劲儿。张仲平说："你怎么这么厉害？"曾真说："你才厉害哩。"张仲平说："你还别说，我还真不知道自己这么能干，被你开发出来了。真想给你授予三八红旗手的光荣称号。"曾真说："男人春风得意的时候，激素分泌最旺盛，比如说成功的政治家、军事家和商人，性能力跟他的事业运气成正比。"张仲平说："你是要我表扬你吧，意思是说，你是我爱情事业双丰收的功臣。"曾真说："你说呢？"张仲平说："那还用说？"曾真说："那你要奖我一百块钱。"张仲平说："一百块钱太少了，一百零一块钱吧。"曾真说："哼，一点都不幽默。"

曾真问刚才打电话的是谁，张仲平说："是我同学，市中院的，怎么啦？"曾真说："离婚没有？"张仲平说："小蹄子怎么说话的？"曾真说："没有呀，要是离了婚，就给他介绍对象嘛。"张仲平说："女人是不是天生喜欢做媒呀？"曾真说："不是，幸福的女人才对做媒感兴趣，因为她恨不得所有的好朋友都能分享自己的幸福。"

晚上跟丛林一起吃饭，曾真建议去人民公社大食堂。张仲平说："那里太吵了，丛林不喜欢。"曾真说："那就到船舫上去吃鱼。"船舫在河西香水河边上，张仲平不想去，因为他家就住在河西白鹿山下，又不好直接说，便说打电话问问丛林，看他的意见吧。丛林回电话说："吃餐饭跑那么远干吗？随便找个地方吧。"张仲平知道他嘴里说随便，其实对吃饭的地方最讲究，就说："要不然去廊桥驿站得了，那儿挺安静的。"丛林说行呀，又问："你那边还有谁？"张仲平说："我老婆。"丛林说："大的小的，不是教授吧？"张仲平说："你别装傻了。"丛林说："我怎么搞得清楚你的？那行，我把小曹也带上吧。"张仲平说："要不要开车来接你？"丛林说："不用了，早几天我借了一辆捷达。"

小曹是丛林女朋友中相处时间最久的，张仲平已经见过好几回了。曾真跟丛林、小曹是第一次见面，但她是记者出身，一见面就很快跟人熟了，她先是赞美了一番小曹的耳环，后来念了几条手机里的段子，气氛一下子就融洽了。更多的时候，曾真则紧紧地靠着张仲平，吊着他的胳膊，仰着脸笑盈盈地看着他。张仲平很受用，对丛林挤了挤眼睛，说："只要心中有了爱，麻子也能放光彩。"曾真笑得花枝乱颤，忍不住搂着他的脖子亲了一口。小曹见曾真跟张仲平亲亲热热的，也想闹，她说："我说个段子吧。有个老师上地理课，说非洲有个地方气温高，好热好热的，如果想吃烧饼最简单了，和好面做好以后往墙壁上那么一贴，一会儿就熟了。有个学生有问题了，他说老师老师，天气要是那么热的话，人怎么受得了，还不热死呀？你们猜那个老师是怎么回答的？”丛林说：“这还不好办？买台空调吧。”小曹说：“不对，你怎么一点幽默细胞都没有？”张仲平倒是想了几个答案，又怕小曹也说他没有幽默细胞，就忍不住想要巧，说：“这个问题很简单，你也只能难倒丛林，因为该同志已经被你迷得脑袋不好使了。我是不好意思回答的，我派曾真小朋友回答得了。”曾真把手指头伸到嘴里咬了咬，做了一会儿思考状，然后说：“老师说，小朋友，那儿的人不怕热。为什么呢？因为那儿都是熟人呀。”

小曹高兴得拍起手来，说：“真真好聪明哟。”曾真说：“谢谢你的夸奖，我讲一个吧，正好也发生在幼儿园里。话说幼儿园有个小男生，对阿姨说，老师老师你好漂亮，我好喜欢你的，我们交个朋友好不好啰。那个阿姨说，不行的。小男生说，为什么呢？阿姨说，因为老师不喜欢小孩子呀。那小男生急了，说老师老师你不用担心，我会很小心的。”

张仲平和丛林都笑了，小曹笑得最响。曾真问小曹：“这个段子我也是听幼儿园的一个朋友讲的，是不是来源于生活呀？”小曹说：“好有味的。”张仲平说：“丛林你小心一点哟，你的竞争对手连幼儿园都有了。”丛林摇摇头，说：“真的是无孔不入呀。”曾真说：“你好黄。”丛林说：“无孔不入就是黄呀？”曾真说：“仲平你说他黄不黄？”张仲平说：“这还用说吗？你说黄那就是黄，因为你永远是对的。如果万一你也有不对的时候，那也好办，修改标准答案。”

丛林说：“你看你看，男人要是拍起女人的马屁来，这世界准乱套。这样吧，我问你们一个问题，人的什么器官一兴奋就可以放大六倍？”曾真嘻嘻一笑：“你这个问题我知道，我估计小曹也知道。小曹你知道，是不是？”丛林不依不饶地说：“知道就说嘛。”曾真说：“是男人有的？”丛林说：“健康男人都有。”小曹说：“是不是女人也有？”丛林说：“健康女人也有，而且是两个。”曾真说：“是不是大象鼻子？”小曹在自己胸前比画了一下，说：“是不是这个？”丛林说：“我就知道你们猜不出来。”曾真和小曹一起叫起来，说：“不对呀？”丛林说：“当然不对。”曾真说：“老公，你知道吗？”张仲平说：“像我这样的人，阅尽人间春色，肯定是知道的。”曾真说：“什么阅尽人间春色，真是讨厌，知道就说，不然不理你。”张仲平说：“我说阅尽人间春色是在提示你，因为丛林说的是人的瞳孔。”

轮到张仲平了，说："我要说的是一副对联，看你们谁先猜出来。上联是，天下英雄豪杰，到此无不低头屈膝；下联是，世间贞女节妇，进来纷纷解带宽裙；横批是，天地正气。"张仲平话音刚落，曾真便抢着伸出了一只手掌，在张仲平面前得意地一翻一翻，说："对不对？"张仲平说："对，你很聪明。"小曹说："我也猜到了，是五号，我现在就要去那儿，真真，你去不去？"曾真说："我陪你吧。"

等她俩出了门，张仲平说了龚大鹏找他的事，丛林说："那个姓龚的整个一个农民，他的口号是我是原告我怕谁。你知道他执行立案是怎么立上的？"张仲平说："怎么弄的？"丛林说："他不知道是怎么找到刘院长家里的，刘院长一下班，他就找他磨，简直不让人休息。每次去手还不空着，有时是几斤鳝鱼，有时是几只乌龟，还有一次是螃蟹，故意让它们从篓子里跑了出来，爬得满屋子都是。刘院长烦都被他烦死了。算了，我也不想跟你说得太多。关键是这家伙老逼你替他做事，做了什么事，又老喜欢到处说。有些事也不是不能做，可是你老把这些东西挂在嘴上，听到的人会怎么看？当初可能不该让你跟他认识。"张仲平说："那倒没有什么，我这边自有分寸。"丛林说："反正你要把握好，别跟他搅到一起去了。"张仲平说："好。"

张仲平说："你的事怎么样了？"丛林说："正在弄哩，竞争很激烈，开销也挺大的。到时候你可能要帮我报点发票。我不想找那些律师。"张仲平说："没有问题。要不要替你准备一点现金？"丛林说："暂时不需要。"

丛林最近挺忙的。东区法院院长先是被"双规"，后来被逮捕了，位置空了出来。都说那位置不吉利，已经有两任院长出了事了。但是，位置毕竟是位置，怎么说也是有吸引力的，而且，想去坐的还不少。丛林年富力强，但在中院已经是老庭长了，按照院里院领导的年龄、学历结构，一时半会儿可能难得上去，院党委就想把他先放下去。丛林自己也想去。丛林的竞争对手主要有两个，一个是东区的常务副院长，一个是市政法委的一个什么处长，大家都在活动。张仲平用手指往上面指了指，说："跟老班长说了没有？"丛林说："前段时间我不是去了一趟北京吗？说了，老班长当即就给这边打了电话，就怕远水解不了近渴。"张仲平说："那倒是，各有各的门路。"丛林说："这种事情，尽力就行了，结果是次要的。"张仲平说："能够有这种心态最好。"丛林说："四十多岁的人了，人和事看了不少，也就那么回事吧。"张仲平说："心态还是可以再积极一点。”丛林笑了笑，说：“怎么积极？去争去抢？”张仲平说：“你去又没有升，只是平级调动，应该是很有希望的。”丛林说：“看吧，你别替我操心了，抓紧办你自己的事，我已经跟鲍律师说过了，侯头那儿要你自己抓紧，你们这种生意，立竿见影的，争的人抢的人倒是不少。”张仲平点头称是。

这时正好曾真和小曹推门进来，丛林就闭口不说这些七七八八的事了。

吃完了饭，张仲平说：“搞搞活动吧。”曾真说：“去游泳吧。”丛林说：“怎么不提前说？没准备衣服。”小曹说：“要不去做健身，丛林你是要多锻炼锻炼了。”张仲平说：“怎么样小曹，丛林是不是吃不消了？”丛林说：“我吃不消，有没有搞错？”丛林虽然不服气，健身却不去，说：“健身运动太激烈了，明天肯定会腰酸背疼的，一个星期都难得恢复。”曾真说：“那去蹦迪怎么样？”小曹说：“好呀，我好久没去过了。”丛林说：“不去不去，太吵了。”张仲平说：“看看，有代沟了是不是？你俩也是，要学会照顾老年人嘛。”最后统一了思想，去打保龄球，就去了鹏程大酒店。

回家的车上，曾真说：“吃饭之前你们谈什么，鬼鬼祟祟的？”张仲平说：“怎么啦？”曾真说：“他没有说我什么吧？”张仲平说：“没有，你怕人说吗？”曾真说：“我怕什么？”张仲平说：“就是。”

张仲平不想让曾真搅到自己公司的业务里面去，想了想，还是对她说了丛林的事，问她丛林像不像当院长的样子。曾真说：“这个你还不知道？中国的官儿是什么人都能当的。他要是当上了院长，就会有院长的样子。”张仲平说：“不见得吧？”曾真说：“怎么不见得？这种事我见得多了。”张仲平说：“你怎么会见得多了？”曾真说：“因为我外公呀，我外公就是管这些事的。”张仲平说：“你外公是谁呀？”曾真说：“我外公是谁？你是商人，可能不知道我外公是谁，你要是在官场混过，就知道我外公是谁了。”张仲平说：“快说，你外公到底是什么的干活？”曾真说：“我外公是省委组织部的头儿。只不过，已经退休好几年了。”张仲平说：“你怎么不早说？”曾真说：“你又没有问过我，怎么啦？”张仲平说：“丛林的事，现在正处在关键时刻。”曾真说：“你是说我外公能够帮得上忙？”张仲平说：“那还用说，让老人家发挥点余热嘛。”

曾真说：“要不要打电话告诉丛林？”张仲平说：“倒不用那么着急，也不是这一两天的事。还有呀，你外公肯不肯出面哟？”曾真说：“那就要看你的了。我可告诉你，我外公最疼他老人家的宝贝外孙女了。”张仲平说：“原来我们还有共同的语言。”曾真说：“你要是敢欺负我，你得小心一点。”张仲平说：“那我就跟你外公比赛看谁更疼你。”

曾真说：“我外公挺古板的。”张仲平说：“他老人家有什么个人爱好没有？”曾真说：“怎么，你想刺探军情，好到我们家去搞腐败呀？”张仲平说：“哪里哪里。”曾真说：“好多人都怕我外公，不过，我倒觉得他挺好玩的。”张仲平说：“怎么好玩？说出来听听，看俺能不能学习学习。”曾真说：“我跟你说件事肯定要笑死你。他退休以后，也就种个花儿呀养个鱼呀什么的，也帮我外婆干点家务活。有年夏天帮着收拾晒好了的衣服，其中有我的一个胸罩。我那时的胸罩是里面有水的那种。”张仲平说：“为什么有水？噢，知道了，为了看上去显得大，对不对？”曾真说他讨厌，顺手打了他一巴掌。张仲平继续过嘴瘾地说：“那不是成注水肉了？你不怕工商局的查呀？”曾真说：“你这人怎么这样？打什么岔？再乱打岔我不跟你说了。”张仲平说：“好好好，你继续说。”曾真说：“我外公哪知道这个，他拎着左看看右看看，研究了半天，还直纳闷，给我外婆说，你说现在的太阳是不是不如从前了，要不晒了一整天怎么还没晒干呢？把我外婆笑得要死，你说好笑不好笑？”张仲平说：“好笑。”曾真说：“你讨厌。”张仲平说：“没有呀，是真的好笑嘛。”

张仲平跟曾真在一起真的很放松很开心，想到什么就能说什么。他有时候甚至想，要是没那些乱七八糟的生意上的事，就这么两人整天整天地泡在一起，不知道会怎么样。想到这儿他说：“你好久没有上班了吧？”曾真说：“个把月吧，怎么啦？你希望我上班呀？”张仲平一笑，没有说什么。曾真说：“原来不觉得，现在想来，整天到外面疯疯癫癫的，一点意思都没有。仲平，我好爱你。你不希望我在家里等你陪你呀？”曾真一边说，一边朝张仲平这边直挤，很快就用两条胳膊吊着了他的右臂。张仲平说：“喂喂喂，开车哩。”曾真说：“怎么搞的？我怎么会这么爱你这么一个老男人？真的，我每天脑子里都是你。我不去上班，一是厌烦了；另外一个重要的原因，就是不想跟你错开，你说我是不是疯了？”张仲平说：“没疯。”曾真说：“怎么说？”张仲平说：“因为我满脑子里也都是你呀，要不然，我也疯了？”曾真说：“真的吗？”张仲平说：“真的。我好喜欢你的。”曾真说：“只是喜欢呀？”张仲平说：“是爱，爱死你了。”曾真说：“你就是这张嘴。”曾真叹了一口气，接着说：“我不想上班。现在，除了跟你在一起，别的我一点兴趣都没有了。仲平，你说我是不是被你给毁了？”张仲平说："你别吓我。"曾真说："问题是，你就是真的毁了我，我也愿意。"张仲平说："这还差不多。"

车停好了。

张仲平望着曾真，曾真回望他，说："怎么啦，你不上去了？"张仲平说："你看，太晚了。"曾真说："上去嘛，上去亲我一下嘛。"张仲平将车子熄了火，伸出胳膊把曾真搂到怀里，长长地吻她。曾真说："你偷工减料。"张仲平说："真真宝贝儿你乖你最乖了又乖又听话。"曾真说："我不要听。你这种时候说这种话最假了，就是想早点打发我，好回到那边去。"张仲平笑一笑，不知道该怎么说才好，只好又低下头深深地吻她。每一道工序都用足了劲。曾真又自己挣脱出来，叹一口气说："算了算了，你还是走吧。"她把车门打开，屁股一扭，先让脚伸出车门，再回过头来吻他一下，说："别那么急，车开慢一点。"张仲平说："好。"曾真在完全下车之前，还是在他胳膊上使劲地拧了一把，说："我真的好讨厌你。"

张仲平把车灯打亮，照着曾真。她走起路来摇摇曳曳、晃晃荡荡的。走两步就回一下头，张仲平真担心她不看路会摔跤。好不容易到了楼梯口那儿了，她回过身来朝他挥了挥手。张仲平早已经把车窗摁下来，也朝她挥了挥手。已经看不见她了，张仲平仍然没有动，他听着她的脚步声慢慢地越来越弱。后来，房间里的灯亮了。他伸出头偏着望上去，看见她在窗帘后边看他。他伸出手扬一扬，又一次一次地变着远近灯，心里头叹一口气，慢慢地开车走了。

徐艺公司的拍卖公告占了《白鹿都市报》C版的半版，跟省国土资源局土地储备中心联合拍卖城南开发区几宗商业用地。张仲平粗略地估算了一下，拍卖标的总值应该在两亿元左右。没想到徐艺表面上忙着搞艺术品拍卖，底下却有这么大的动作。

张仲平打通了徐艺办公室的电话，徐艺急急地说："对不起张总，我稍后给你来电话好吗？我这里正好有个朋友谈点事。"张仲平说："你忙你忙。我没有什么事，刚才看了你的公告，来电话祝贺一声。"

半小时以后，徐艺把电话打了过来："对不起张总，忙得晕头转向的。"张仲平说："忙好呀，像我，闲得都发慌了。"徐艺说："张总谦虚，小钱辛苦大钱命。张总是有底气的人，省高院、市中院每年做两三笔业务不就行了？不像我们这些小公司，瞎忙。”张仲平说：“这次拍卖有两三个亿吧，还是瞎忙呀?”徐艺说：“有些事情你是不知道，咱们这是赔本赚吆喝，不收佣金的。”张仲平说：“不收佣金？不可能吧?”徐艺说：“真的。”张仲平说：“两边的佣金都不收吗?”徐艺说：“张总又不是外人，我说假话干吗？拍卖委托合同规定好了，买方、卖方均无须支付拍卖公司任何佣金，只由省国土局支付拍卖公司十万元的包干费。包干费包括公告费、资料宣传费、招商费、场租费等等。张总你帮我算算，看我有钱赚没有。”张仲平说：“你干吗这么干?”徐艺说：“就这样还费了好大的神呢。张总你知道，又不是只有咱一家拍卖公司。”张仲平说：“可是，这样会不会把市场给搞乱了？要是别的委托方也学着干，拍卖行不就惨了?”徐艺说：“张总你不会不知道吧，有好几家资产管理公司已经在这样做了，他们采取让拍卖公司竞标的方式确定拍卖人，也就是说谁收的佣金低就选择谁，让拍卖公司自己杀价。瞧瞧，人家在拿咱拍卖公司的看家本领来对付咱们哩。”

这事张仲平当然知道，也就不好再说什么了。

徐艺说：“新公司业务难做呀。司法拍卖业务当然是最好做的，买卖双方百分之五的佣金可以满收。售后服务方面，法院还可以出面帮助理顺关系。可是，拍卖资源不可再生，省里市里已经有了那么多的拍卖公司，都往那儿挤，大家还不明里暗里打架?”张仲平说：“市场经济，竞争是免不了的。”徐艺说：“那倒是。这次主要是想把事情做好。赚不赚钱，以后再说吧。我们另辟蹊径，就是不想跟大家在一只锅里抢饭吃。不过话又说回来，如果真的有法院的业务，或者国土局的业务，不幸让我们两家碰上了，张总你说怎么办呢?”张仲平笑一笑，说：“徐总会不会讲客气?”徐艺说：“可能不会。”张仲平说：“我也不会，大家公平竞争吧，法院和国土局又不是哪一家开的，对不对?”

挂了徐艺的电话，张仲平的目光很自然地落在了空空荡荡的博古架上。徐艺说得不错，拍卖资源是不可再生的资源，拍一单少一单的。有了线索一定得抓紧。你不抓紧别人会抓紧，只要有一点机会，就会见缝插针。香水河法人股的事倒是不用操心，健哥自会当成自己的事情去办。胜利大厦的事就很难说了。侯昌平那儿虽然已经下过不少工夫，但以前彼此没有合作过，两个人的关系不可能铁到像健哥那样的程度，还有东方资产管理公司的颜若水，这家伙也不知道是真的那么忙还是怎么回事，约他吃餐饭都老约不上。对了，好久没有跟他联系了，给他打个电话吧。

电话通了以后，颜若水说：“兄弟费心了，谢谢你的安排哟，兄弟。”张仲平倒有点发愣，只好嘴里噢噢个不停。颜若水那边好像有了点察觉，赶紧说：“星期六去钓鱼的事，我们公司的小马已经跟我说了。”张仲平马上接口说：“是吗？刚才打电话就想亲自跟你说这事。”颜若水说：“我这里有车，地方我也知道，你就不用管我了，我跟小马直接去。中院侯法官那里是你接还是我们接？”张仲平赶紧说：“我接我接。谢谢你呀，颜总。”颜若水说：“应该谢你，我都不好意思了，再推，兄弟背后都要骂我摆臭架子了。”张仲平说：“岂敢岂敢。”

张仲平这才知道，原来侯昌平已经替他安排了请颜若水钓鱼的事。这样看来，侯昌平还是不错的。

张仲平觉得该给侯昌平去个电话，对他表示一下感谢。电话打过去，接电话的却不是侯昌平。张仲平赶紧说请问侯法官在不在，对方说声不在，就挂了。跟侯昌平一个办公室的执行法官是个四十多岁的女同志，姓卜，新来的。张仲平本想再打一个电话，问一问侯昌平去了哪里，想一想又算了。四十多岁的女人是不怎么好打交道的，对人的态度说好就好，说坏就坏，好坏的转换没有一个准。这可能跟她们这个年龄的内分泌状况有关。张仲平想如果遇到她脾气不怎么样的时候就没趣了。今后他跟她肯定还要见面的，说不定还会有业务要做。她虽然不知道打电话的是谁，但张仲平多少会觉得有些别扭。他本来也是可以给侯昌平打手机的，但十有八九没有开，一试，果然关机。侯昌平老不开机可能是为了省电话费。有一次张仲平有点事找他，给他打手机，提示说对不起用户因欠费已停机，张仲平跑到电信局帮他预存了一千块钱的话费，存完之后，张仲平对于要不要把这件事告诉侯昌平有点犹豫。张仲平不是不想当无名英雄，主要是怕侯昌平知道自己的户头上平白无故地多出了一千块钱，又不知道是谁干的，会有心理负担，便在第二次见面时跟他提了一下，并当着他的面将那张预存话费单撕成了指甲般大小的碎纸片。侯昌平连一句谢谢的话都没有说，反而表情很严肃，他说：“你这个张总，下不为例哟。”侯昌平本来已经开始叫他“仲平”或“小老弟”了，“张总”一叫，好像又生分了。张仲平不敢露声色，也就笑笑，说：“好好好，下不为例。”张仲平想，还是晚上打电话到他家里去吧，记得别忘了这件事就行了，反正今天才星期三，还早。

张仲平打通了曾真的电话，说：“怎么，还在睡呀？”曾真说：“是呀，美人是睡出来的嘛。”张仲平说：“小心美人没睡成睡成了一头小胖猪。”曾真说：

“你才猪哩，死猪头。我讨厌死你了。”张仲平说：“好了好了，你不是吵着要游泳减肥吗？我们游泳去吧。”

他们去了东方神韵大酒店。

曾真兴致很高，早在家里就换好了游泳衣，把外衣在浴室的柜子里一存就可以下水。张仲平换泳衣也很方便，没想到肚子突然咕咕直响，就让曾真先下水，他得上洗手间。曾真说：“怎么啦，仲平？是不是在外面吃了什么不干净的东西？”张仲平来不及回答，急急地冲向了洗手间。几分钟以后，他从卫生间出来时，发现游泳池里没几个人，曾真已经在游泳池里闹开了。跟她闹的是一个十来岁的小男孩，两个人在浅水区互相撩水。张仲平拉完肚子很爽快，夸张地对曾真说：“你也太狠了，连少年儿童都不放过。”曾真说声“你这个老坏蛋”，便转过来向他攻击。张仲平也不客气。曾真向他撩水的次数很多，水花却很少，张仲平却一次是一次的，曾真很快就落了下风，她的尖叫声和哈哈大笑的声音交替使用，整个游泳池一下子就热闹了起来。那小男孩被晾在一边，呆呆地看着他俩闹。过了一会儿，到底忍不住，便加入了战斗。但他帮强不扶弱，和张仲平一起在另外一个方向向曾真发起进攻。曾真两面受敌，叫得更厉害了。她用一只手挡着小男孩撩过来的水花，慢慢地朝张仲平靠近。张仲平手早就软了，曾真一下子扑过来，紧紧地趴在了他背上，躲在他身后了。张仲平伸出一根手指头朝小男孩摇一摇，小男孩也就停了下来，不闹了。

曾真说：“你这个小帅哥，太不像话了，居然帮别人一起欺负女生。”小男孩胖嘟嘟的，脖子不是脖子，腰不是腰的，其实一点都不帅，但整个看起来圆滚滚的一堆，也还可爱。他一点也不怯场，指着张仲平对曾真说：“那他也是男生，他也欺负你。”曾真说：“我们是一家人嘛。”小男孩装模作样地点点头：“噢，我知道了，你们两个长得好像的。”曾真说：“小帅哥你有没有搞错？我们两个长得还像呀，我这么漂亮，他那么丑，你什么眼神嘛？”小男孩说：“我说你们两个像当然有道理。因为你们两个都长了疙瘩。不过呢，他的长在背上，你的长在脸上。”曾真假装气得哇的一声哭起来，从张仲平身上滑下来，又撩水花去打小男孩。张仲平笑了笑，心想这小子年纪轻轻的就这么油腔滑调，要不了几年就会成为高手。张仲平让曾真去跟小男孩闹，自己以蛙泳动作朝游泳池的另一边游了过去。

忘了做活动，只几个来回，就有点累了。这时曾真也早就游过来陪他了。

张仲平仍然不放过她：“怎么样，小弟弟不好玩吧？”曾真说：“你这个人怎么这么没正经？”张仲平说：“没有呀，说你魅力四射哩，通吃。”曾真说：“再说再说，看我回去怎么收拾你。”

张仲平就不说了，并不是他一下子找不到词了，而是抬头的时候，在游泳池的入口处看到了一个人。这个人的出现让他一下子愣住了。

江小璐。

怎么会是她？

她怎么会来这儿？

她身披着白浴巾，脚下的拖鞋也是酒店专用的。游泳池里人不多，江小璐显然也看到了吊在张仲平脖子上的曾真。因为张仲平看到她仿佛迟疑了一下。不过，她并没有转身离去，仍然一步一款地朝前走，一直走到游泳池边缘的小台阶上，随手将浴巾往躺椅上一扔，慢慢地脱掉拖鞋，又慢慢地坐在了露出水面的台阶上。她将两只赤脚伸到游泳池里，一下一下地打着水花。她的眼睛什么也不看，就那么垂着头，看着自己的脚丫子，还有被脚丫子打击出来的水花。那个小男孩试探性地围着她转，她却不理他。

曾真把这一切都看在眼里。

曾真说：“喂喂喂，老张同志，反应太过激了吧，是不是老相好呀？”张仲平噢的一声醒悟过来：“说说说什么啦？”曾真说：“瞧你，舌头都打卷卷卷儿了。”张仲平说：“没有吧？”曾真说：“那边那位，你老人家认识？”张仲平说：“哪一位呀？”曾真说：“你装什么蒜？”张仲平被曾真紧紧地盯着，当然不能说认识，也不好说不认识，就说：“那一位呀，好像是见过噢，是我跟你在一起的时候见过的吧，你想起来是在哪里没有？”曾真说：“我想不起来，我哪里有你这样的心思，对不知道哪里见过的女人也这样念念不忘。”张仲平说：“不会吧，你这就吃醋了？”曾真说：“我吃什么醋？也犯得着我吃醋吗？做作得要死。你没有看见她刚才坐下来的那副样子？人家不是一屁股坐下来的，是先将一边屁股往台阶上那么一放，然后把那小蛮腰那么一扭，哟，摆 Pose 哩。张仲平老男人，人家是做给你看的哩，你还不快追？”张仲平做了一个坏笑，说：“你要我追呀？”曾真说：“你心里不是早就痒痒了吗？你去追你去追呀。”张仲平说：“好，得令，我追我追我就追。”就展开双臂，做了一个鹰击长空鱼翔浅底的动作，假装真的要往前冲。曾真说：“哪里逃？”就一下子朝他扑过来了。

两个人在水里搅成一团。曾真一边夸张地大声尖叫，一边双手钩着张仲平的脖子，两条腿死死地缠着他的腰。这个动作是她常做的。张仲平一开门进来，她就会这样纠缠他。曾真说：“弄一弄嘛。”张仲平说：“大胆！这是哪儿呀？公共场所，少儿不宜哩。”曾真说：“什么少儿不宜，你是不想让那边那个女的看到吧?”张仲平说：“女的？哪里有女的?”边说边故意四下里张望。

台阶上空荡荡的。

不知道什么时候，江小璐已经无影无踪了。

曾真说：“有问题，真的有问题。”张仲平说：“什么问题?”曾真说：“她为什么又不下水了？哪儿去了?”

张仲平说：“好了好了，别管别人了，我们比赛吧。”曾真说：“行呀。从这边到那边，三个来回，看谁快。”张仲平说：“一个来回吧。”曾真说：“是不是人家走了，你连游泳的兴趣都没有了?”张仲平说：“哪里哪里，喏，小帅哥还在嘛。”

比赛进行到一半就停了下来，是曾真先停下来的。她游泳的姿势很好看，像一条美人鱼，游得也比张仲平快。她超过张仲平之后就双脚着地站住了，等张仲平呼哧呼哧地游过来，一把就攥住了他。

曾真说：“我想起来了。刚才那个女的，在拍卖会上买过画。”张仲平说：“哦对。我说了是我们一起在哪儿碰见过的嘛。”曾真说：“你真的不认识她?”张仲平一把将曾真抱在怀里，很用劲地抱，让她差不多都要咳嗽了。他衔弄着她的耳垂，轻轻地在她耳边说：“除了你，我谁都不认识。”

张仲平没有想到接下来会碰到鲁冰，而且就在东方神韵大酒店游泳池旁边的健身房里。

游完泳，张仲平三下五除二就冲完了澡换好了衣服，他在更衣室门口等曾真出来。张仲平等曾真总是很有耐心，浴室里没有别人，曾真一边洗澡一边哼唱刘若英的歌，歌声断断续续地飘出来，很好听。但一个大男人老那样站在女更衣室门口，多少显得有点儿傻。前边十几步远的地方，就是一个被玻璃隔断的健身房，灯火通明的。张仲平踱着方步过去，于是就在那儿看到了鲁冰。

鲁冰个子很高大很威猛，曾经在省水球队打过球，这会儿正仰躺在器械上练杠铃。

其实张仲平是先看到江小璐的。她仍然穿着游泳衣，只是那条浴巾已经没有披在身上了，那会儿正一条胳膊斜倚着跑步机，帮旁边不远的鲁冰十九二十地数数。江小璐眼一瞟也看到了张仲平，淡定地看，似乎还抽空朝他笑了一下，若有若无地冲着他点了一下头。张仲平认出了鲁冰，而鲁冰正在那里心无旁骛地使劲，一脸苦大仇深的表情。从他的角度是不太可能看到张仲平的。张仲平当然不会上前打招呼，他还没有那么傻。

张仲平紧走几步回到更衣室门口，和着曾真唱了几句。又过了一会儿，曾真披着半干的头发出来了。曾真不时地抬头望他。张仲平说：“看什么？为你站岗放哨哩。”曾真摇摇头说：“今天我们家老男人整个一个不对劲儿，怪怪的。怎么啦，没有掉什么东西吧？”张仲平说：“掉什么东西？”曾真说：“小魂儿呀。”张仲平说：“胡说八道，你才是我的魂儿哩。”

第十三章

张仲平接到侯昌平电话的时候，都快中午十二点了。曾真已经将煲好的天麻炖乳鸽从罐子里盛出来摆放在了小饭桌上，屋子里飘荡着令人口舌生津的香味。她在床上一丝不挂，在家里窜来窜去也是赤身裸体的。张仲平为此挺紧张的，有时还不得不跟着她到处检查窗户窗帘是否关严。曾真看他紧张兮兮的样子，忍不住直乐，动不动还故意扯着窗帘的一角一掀一掀地逗他。张仲平说：“你这个家伙，小心着凉哩。”曾真说：“主要是怕春光外泄吧，小气鬼。”张仲平说：“谁叫你身材这么好？是不是有你这种魔鬼身材的人都有暴露癖，生怕别人看不到？”曾真说：“还不是跟你学的。”张仲平喜欢裸睡，开始曾真还笑他。张仲平说：“没有办法呀，谁叫你老公是农民哩。”曾真说：“你是农民，那我是什么？农妇呀？我可不愿意当农妇，再说了，裸睡跟农民应该没有什么关系吧？”张仲平说：“不懂了吧。一般来说，农民有两个爱好，一是深挖洞广积粮，有事没事就喜欢弄他自己的那一亩三分地；另外一个就是喜欢光着身子睡觉，因为心疼衣服，担心衣服被磨破了。”曾真说：“你瞎扯吧。还是诗人呢，其实你可以换一个浪漫的说法，说咱们这是赤诚相见。”

跟曾真在一起，张仲平感到自己肉体的欲望变成了每天的功课，而且是一门让他乐此不疲的功课。他真的愿意每天做这样的功课，而不愿意到外面低三下四地求人。

侯昌平说：“忙什么张总？”张仲平说：“没有忙什么，侯哥有什么吩咐？”

侯昌平说："你要是没事，中午我请你喝酒吧。"张仲平连忙说："你还在院里呀，我来接你吧。"

张仲平赶紧穿衣起来，侯昌平的电话让他有点心里发虚。一个是打电话的时间，都中午十二点了，早过了约请吃饭的最佳时间。另一个就是侯昌平说话办事的风格，有事没事绝对不会为了喝几盅小酒而正话反说。侯昌平是用办公室座机给他打的电话，说完很快就把电话给挂了，张仲平估计侯昌平有话想当面跟他说。

正是侯昌平郑重其事的态度让张仲平感觉到可能出了什么状况。上个星期六的钓鱼活动进行得不错。侯昌平，颜若水，还有他们公司的小马，再是张仲平，四个人一共钓了三百多斤鱼，加上在钓鱼中心吃的那顿中餐，也就花了两千多块钱。张仲平就要了两条鱼，一条先送到曾真那里，另外一条拿回了家，其他的就让他们三个人分了。侯昌平得了大头，估计他们家就是餐餐吃鱼也够吃上十天半个月的了。那个渔场是颜若水挑的，离城区很远，青山绿水的，大家兴致都还不错。张仲平对那次活动的感觉比较好，心里暗自评估了一下，觉得事情大概有了七成希望。因为在饭桌上，颜若水其实已经主动表了态。他对小马说："建国路胜利大厦的事，就交给你了，你可要配合法院，配合侯法官把工作做好，不要出什么差错哟。"马亮说："颜总放心，侯哥对我们公司很关照的，我一定会配合侯哥把工作做好。"侯昌平当时没有接茬，他抿了一口张仲平带来的擎天柱酒，嘴里吱地韵了一下味，说："不错。"颜若水也接口说："是呀是呀，这酒不错，张总也不错，我们是老朋友了。"

这就叫心照不宣了。到目前为止话也只能说到这个份儿上。张仲平曾经跟侯昌平讨论过，按照司法技术室下达的文件，如果被执行人不出席，那就等于说可以由申请执行人——东方资产管理公司一家说了算，只要市中院司法技术室不从中作梗就行了。司法技术室彭主任那儿，张仲平早就开始做工作了。彭主任的小孩今年考大学，一次一起吃饭时谈起这事，张仲平已经向他打了包票，说一定把高考政策用活用透，把他小孩录到一个好学校的好专业，张仲平怕彭主任以为是他在吹牛皮，主动把另外一个大学同学端了出来。那个大学同学姓朱，是教育考试院的一个处长。小孩子上大学可是大事，彭主任对于张仲平的主动请缨，还是很高兴的。再说，司法技术室与执行局还在扯皮，彭主任犯不着为了公家的事跟执行局闹得那么僵，只要政策允许，能做个顺水人情又何乐而不为？

张仲平接到侯昌平的电话感觉不好，便假设事情真的起了变故，这样等于事先将可能要来的打击在心里面预演了一下。既然已经设想了最坏的结果，两个人见面的时候，至少可以表现得从容一点。

可是，如果真的出了问题，那会出在哪儿呢？

张仲平有点担心鲁冰。

侯昌平曾经说过，钓鱼要将鲁冰一起叫上的。当然他并没有把话说死，只说要看鲁局有没有时间。这里面就有侯昌平不能替领导做主，还需要他去争取的意思。但侯昌平既然把心里的打算说出了口，就意味着这件事已经在他心里掂量过，争取鲁冰参加还是很有希望的。问题是那天鲁冰并没有参加。鲁冰喜欢钓鱼张仲平是知道的，他以前就请他钓过鱼。他那一套进口行头就相当不错，也不知道是谁孝敬的。鲁冰为什么没有来呢？这有两种可能性，一是真没有时间，一是不买侯昌平的账。当时侯昌平没有提这件事，张仲平也就不好主动问。

张仲平的预感不好还有一个重要的原因，上个星期与曾真一起在东方神韵大酒店游泳的时候，碰到了江小璐。江小璐在游泳池里闪了一下就不见了。她是跟鲁冰一起来的，而且显然在东方神韵大酒店开了房。

江小璐要跟谁上床睡觉，张仲平是不能管的，想管也管不了。既然连婚姻这种排他性的契约都越来越被人明里暗里违背，他跟她的那种关系，又有多大的约束力呢？女人是一种资源，越年轻越美丽，这种资源也就越具有稀缺性，想要独享或分享这种资源的男人也就越多。但一个女人要奉献自己，还要自己去酒店主动开房，却绝不是一件小事。对于江小璐来说，几乎没有可能性。东方神韵酒店是五星级酒店，打了折的价格每晚要四五百块钱。江小璐就是想主动开房，也没有这种经济能力，更没有这种必要，因为她自己就有一套二室一厅的房子，那个小区还不错，她的房间里也总是收拾得干干净净的。鲁冰呢？鲁冰更没有必要去开房了。市中院执行局属于正科级，高配半级，也不过是副处，一个月的工资一千多块钱，不吃不喝也开不了几次房，所以鲁冰也不会在那里开房，开了房只会是别人买单。何况以自己的名义去登记开房，会留下电脑记录，鲁冰是搞法律的，不可能这么弱智。

那么，替他们两个开房或者买单的，一定另有其人。这个人是谁呢？

张仲平第一个想到的就是徐艺。

江小璐认识徐艺。

徐艺认识鲁冰，而且关系显然还不错，当初徐艺要从公司出来自立门户，鲁冰还替他做过说客。

如果建国路胜利大厦拍卖委托的事出了变化，半路杀出来的程咬金，最大的可能就是徐艺，是他插了一杠子。

曾真把碗筷准备好了，见张仲平在那儿发愣，就说："怎么啦？老公，你好严肃的。"张仲平说："没什么，可能得出去一趟，公司的事。"曾真说："这汤你不喝了吗？"张仲平说："喝小半碗吧。你这汤是怎么煲的？真的好喝，阿二靓汤。"曾真说："什么阿二靓汤，难听死了，不准说。"张仲平跟曾真说过，旧社会香港、广东那边称小老婆为阿二，学习煲汤是她们的功课。正应了现在那句话，要想留住男人的心，先要养好他的胃。张仲平瞅了曾真一眼，觉得她嘟着嘴的样子真的很好看，就伸手在她脸上轻轻地捏了一把，说："好，再也不说了。"曾真说："仲平我很疼你的。"张仲平说："我也疼你。"曾真说："我真的好疼你的，我不想看着你这么辛苦。"张仲平说："没有办法，辛苦命嘛。"曾真说："我真的好疼你好疼你的。"张仲平说："嗨嗨嗨，又不是送郎上前线，搞得这么悲壮干什么？"他抱着她吻她，两只手一只在她的腰上，一只在她的屁股上，都非常用劲地把她往自己这边箍了一下。

不出张仲平所料，果然是胜利大厦拍卖委托的事出了问题。而且，问题果然出在鲁冰身上。

张仲平在市中院前边二十来米的三岔路口接了侯昌平，把他拉到了廊桥驿站。张仲平来过几次了，觉得这里闹中取静，一边吃饭一边谈点事，还真的不错。

侯昌平刚一坐下来就骂人："他妈的鲁冰，什么玩意儿。"张仲平说："侯哥先喝茶，消消气儿。"侯昌平说："那件案子鲁冰想放到南区法院去执行，他妈的。"

鲁冰是从南区法院调上来的，在那里干了十多年，干过执行庭长，干过院长，根基很深。张仲平心想难怪，徐艺没有离开公司时南区法院的业务就是他负责的。他那个时候就已经跟鲁冰很熟了，早就利用3D公司提供的便利，建立了自己的私人关系。

侯昌平说："他鲁冰算个鸡巴毛，我到市中院执行局的时候，他刚从省体校下来，不知道走了什么关系，加上他个子大，才进了南区法院，也不过是个书记员。这几年走狗屎运，就以为自己是个角色了。”

张仲平在各个法院执行局都认识不少人，最怕他们同事之间背地里找他发牢骚、骂娘。他们每个人手上都有可能掌握着拍卖业务，张仲平犯不着亲谁疏谁，跟每个人都保持着一种纯粹的业务关系是最好的，张仲平暗地里把它称为等距离外交。

因为他要在里面讨生活的圈子，是一个是非圈子，深入其中就难免牵扯出许多的利害，关系也就复杂了起来。走得近了，就成了帮派；走得远了，又生嫌隙。一个好汉三个帮，没有人帮怎么行呢？这已经不是单打独斗跑单帮的时代了，你再聪明，再有能力，就是一条龙也会让你变成一条虫。反过来讲，人帮人却能够使人成为龙。但真正去做，却又难免不出纠纷。要是人不投缘，或者看错了人，拉帮结伙就无异于蝼蚁之聚，忙忙碌碌，来来往往，耗时费力，到头来也还是一场空。别的不说，如果在一个错误的时间和地点，跟一个错误的人，哪怕只讲了一句错误的话，说不定就把另外一个什么人给得罪了。你得罪了人还不知道，人家又不会当着你的面来解释，来找你求证，只会默默地记在心里。可是，在有机会拿到业务的时候，你就等着瞧吧。你只会眼睁睁地看着别人拿走。你以为蛮有把握的事情，永远差那么一点点火候。这里搞好了，那里又会出问题，你像上了跷跷板一样，被支使得上蹿下跳的，累死累活大半天，却仍然不知道玩你的是谁。

张仲平也永远不想倾听法官们的个人秘密。这是他们自己的事。他们可能因为心血来潮或者因为喝了一点酒而忍不住向你一吐为快。这是完全可能的，谁都不是圣人，谁都有感情脆弱需要宣泄的时候。可是，等到他们清醒过来以后，又说不定会因为自己嘴巴不牢而后悔和迁怒于人。因为人一旦把自己的秘密告诉了别人，就等于暴露了自己的短处。他可能会这样看问题，既然你已经知道了他的私人恩怨、隐情，那么值得防备的也就包括你了。因为你在法院认识的人也太多了，谁知道你会不会把他的那些鸡零狗碎的事情给抖出来？

张仲平怕侯昌平骂鲁冰的娘，就是怕陷入人际关系的是非圈子。还好，菜很快就上来了，是女老板亲自带了个服务小姐上的。张仲平上次跟葛云来过一次以后，跟她算是认识了，后来又来了很多次。他有她的名片，每次来就怕没有包厢，所以总要先打个电话给她。她也是个很懂味的女人，知道什么时候可以坐下来陪你聊几句，什么时候你是有事要谈，她在这儿不方便，因此决不会多待半分钟。

女老板抿嘴一笑，走了。张仲平跟侯昌平又是斟酒又是劝菜的，很殷勤。侯昌平肯定是在鲁冰那里受了什么委屈，将手一挥一挥的：“我反正是就要退休的人了，我怕他个屁。”张仲平当然知道侯昌平不用怕鲁冰，但在这件事上他一开始找的就是侯昌平，在鲁冰那里几乎就没有做什么工作，他们两个人要真的为这件事闹起情绪来，受影响的就是3D公司。

张仲平决定先让侯昌平发发牢骚，让他先图个嘴巴痛快。只有等他平静了，大家才好有个商量。不能陪着侯昌平激动，否则，无异于火上浇油。

过了一会儿，张仲平尽可能心平气和地问侯昌平：“如果鲁冰真的委托南区法院去执行会怎么样呢？”

侯昌平说：“事情明摆着，他鲁冰这是吃里扒外。委托南区法院执行，执行费就归南区法院收，咱们院里就收不到。可是鲁冰那小子会拍人马屁，他跟刘培炎的关系好，刘院长被他哄得团团转。案子放下去了，委托拍卖的事也就不归咱们院里管了。早几天我跟司法技术室的彭主任碰到了，无意中扯到你，他对你的印象还不错。如果放到咱们院里做，我努努力，讲句不吹牛皮的话，委托书下给你张总，是分分钟钟的事。他鲁冰要往南区法院放，不明摆着要撇开我？那样，委托拍卖的事就会由南区法院说了算，南区法院说了算，还不是由他鲁冰说了算？像话吗？我的案子哩，我还没有退休呢。他鲁冰这样做也他妈的欺人太甚了，搞什么名堂？”

张仲平一边听，一边点头，这是再明白不过的道理。他光顾了做侯昌平的工作，怎么就没有想到也该到鲁冰那里去疏通呢？鲁冰是局长，他如果跟侯昌平意见一致，事情差不多就OK了，如果两个人意见不统一，鲁冰腾挪伸缩的余地就比侯昌平大。怎么会犯这种低级错误？太不应该了，但张仲平这会儿没有工夫自责，他本来是与侯昌平面对面坐着，这时将椅子往旁边一移，一步一步地靠近了侯昌平。

临阵调马换将乃兵家大忌，弃侯昌平投鲁冰只会把事情搞得复杂化，甚至可能会一塌糊涂，事到如今，他只能与侯昌平并肩作战了。张仲平想了想，还是伸出手搂住了侯昌平的脖子，说：“侯哥，你这样子替小老弟操心，我很感激，也有点过意不去，要不是为了小老弟的事，你会这样跟鲁冰一般见识吗？

早随他去了。”侯昌平说：“我看你小老弟不错。什么你的事我的事？这话再不要说了，你的事就是我的事。”张仲平说：“侯哥这话我喜欢听，谁叫咱们是兄弟呢？咱们这会儿发牢骚骂娘没用。得赶紧想办法，可不能让这件事给黄了。”侯昌平说：“我约你出来，就是这个意思。”

张仲平说：“这种情况叫委托执行，你们执行局以前这样干过没有？”侯昌平说：“一般都是哪里审哪里执行。咱们院从区里调案子上来执行倒是不少，像这种反向操作的情况，不多。”张仲平说：“那这一次呢？鲁冰找了个什么理由？”侯昌平说：“表面上的理由还是有的，说胜利大厦在南区的地盘上。可是，又不涉及管辖权异议的问题，哪个规定了非放到南区法院去执行不可？”

张仲平说：“那好。既然鲁冰有了这个意思，咱们就预测一下可能出现的结果。如果你把案子硬是扣着，会怎么样呢？那就会僵在那儿。凭你侯哥的性格，凭鲁冰手上的权力，一定会弄得矛盾公开化。其实鲁冰还有一个不能拿到桌面上来的理由，他把案子往下面区里放，可以绕开市中院司法技术室。而这一点对于你们局里的同事来说，是会获得支持的。我知道一点情况，你们局里的那些同事，好像都不怎么买司法技术室的账。既然鲁冰跟刘院长关系不错，我想他可能也先打过了招呼，刘肯定是默认了，最多睁一只眼闭一只眼。在这种情况下，咱们跟鲁冰针尖对麦芒闹起来，只怕会吃亏。因为他把案子往区里调还有点理由，你压着案子不放就会显得意气用事。退一步来讲，咱们即使不至于落败，这件事也会弄得目标很大。到时候，市中院司法技术室插手是肯定的。事情不闹开，彭主任那儿还好办，事情一闹开，委托哪家拍卖公司来做，会变得众目睽睽。在这一回合，鲁冰要是处于劣势，对我们更不利，他会认为是咱们坏了他的好事。他要是搅事，还用得着他亲自出马吗？他一个局长当着，总会有几个鞍前马后的人。咱们就有点孤军奋战了，到时候，侯哥再怎么想帮小老弟的忙，可能也不好直接出面，你说我的分析有没有道理？”侯昌平说：“张总的意思，那就由着他鲁冰了？”

张仲平笑了笑，手上稍稍使劲，在侯昌平肩膀上压了压，又象征性地朝他靠拢了一点，说：“那么就看另外一种情况，如果放到南区法院去做，会怎么样呢？如果我猜得不错，鲁冰没有别的意思，就是因为他心目中早就有了别的拍卖公司，他走的是‘曲线救国’的路。”

侯昌平看着张仲平，想说话又没有说话。他抿了一口酒，将酒盅往桌子上一撂，没有喝完的酒就往外面溅了出来。张仲平抽出几张餐巾纸，把桌子上的酒吸干净了。他想，看来侯头也算性情中人，难得呀。但要把事情做成，总要沉得住气才行。

张仲平的手再也没有往侯昌平的脖子上去了。他本人又没有喝酒，两个男人老是靠得那么近，勾肩搭背的，毕竟有点不自然。这个时候要的是不失风度。能够让侯昌平感觉到张仲平把他当大哥，领了他侯昌平的那份情也就可以了。

张仲平说："我把自己的想法说出来，侯哥你看这么安排行不行?"不等侯昌平回答，张仲平又说："侯哥你先拖一拖，案子无论如何先不能交，就是要让鲁冰感觉到你有情绪。哦，咱们就是那么好欺负的，可以像一个软柿子一样地随便捏?"侯昌平说："对，我估计鲁冰也不至于明火执仗地来抢，总得要征求我的意见，我要横起来，让他也搞不成，他又能把我怎么样？只是不想跟他翻脸罢了。好了，张总，你继续说，然后呢?"张仲平说："利用这个时间差，我去找鲁冰挑中的那家公司去说一说。既然是做生意，那就好办，各自后退一步，两家公司一起做这笔业务算了。"侯昌平说："你知道鲁冰跟哪家拍卖公司关系好?"张仲平说："也是猜吧，我估计八九不离十。"侯昌平说："找到了那家公司，还要说服他，也不是一件容易的事。"张仲平说："是呀，他既然有鲁冰替他撑腰，可能会有点不知天高地厚。但是，生意是谈成的，你刚才说得好，事情搞僵了，对谁都没有好处。商场上的事，没有必要把弦绷得那么紧。咱们这是给他留余地哩。当然同时也是给自己争取机会。你说呢，侯哥?"侯昌平说："张总好气量呀。"张仲平说："侯哥你过奖了。如果能够稳赚一百块钱，谁不赚？可是，谁又敢说这一百块钱就已经赚定了？与其去冒一分钱都赚不到的风险，不如稳稳当当地赚五十块算了。不战而胜为上，看起来好像是让利了，其实是双赢。"

张仲平说到这里停顿了一下，又为侯昌平斟了一杯酒，望着侯昌平说："不过侯哥咱们可把话说死了，这件事我可自始至终只认你侯哥一个人。你可不能中途撂担子，撇下我不管。"

张仲平当然不敢有半点马虎，让侯昌平产生误会，以为他会背着他去攻鲁冰的关。张仲平看似画蛇添足地又加了一句："我张仲平原来跟侯哥说过的话，仍然一成不变。"侯昌平望着张仲平，一仰脖子把杯里的酒一口干了，他拍拍张仲平的肩膀说："咱哥儿俩要是早几年认识就好了，那阵子，机会多了。哪有这些七弯八拐的事儿。”张仲平也就笑笑，说：“是呀是呀。”边说边给侯昌平又斟了一杯酒。

侯昌平酒喝高了，这样去上班是不行的，好在执行局不实行坐班制，说一声办案去了，也没有人管你是真办案去了还是在干自己的什么事，除非院里有统一安排。张仲平买了单说：“侯哥不用去院里了吧？找个地方休息一下？”

张仲平本来想让侯昌平去鹏程大酒店洗桑拿的，但往深里一想，又算了。安不安排洗桑拿，张仲平从来不主动提议，完全由朋友自己掌握分寸。什么分寸？一是业务量的大小，二是关系的深浅。双赌单嫖。五星级宾馆开设有桑拿房不是秘密。大街上还开桑拿房呢。但桑拿跟桑拿是不一样的。去五星级宾馆洗过桑拿的人都知道是怎么一回事，对于公务员来说，当然是一件相当私密性的活动，不像打一场高尔夫球或保龄球。张仲平所以冒出来请侯昌平洗桑拿的想法，自然是觉得这笔业务即使是跟别的公司一起做，大家分而食之，也算可以了。而且廊桥驿站这顿饭吃下来，侯昌平对他掏心掏肺的，两个人的关系好像又进了一层。侯昌平骂鲁冰、编派他就是一个标志。张仲平所以很快又打消了自己的想法，也有两个原因，一是侯昌平没有主动提。既然没有那种意思表达，按照张仲平一贯的原则，那就多一事不如少一事。一是拍卖委托的事已经提到议事日程，目前正处于关键时刻，能争取到一个什么结果还很难说，在这种敏感时期最要防范的就是节外生枝，万一碰到扫黄打非之类的统一行动，害了侯昌平不说，3D公司的声誉也会跟着玩儿完。

张仲平还是把侯昌平送到碧海蓝天来了，为他订了一间贵宾房，要他自己活动，说好五点半以前再来接他。侯昌平说：“你别管我了，搞完了我自己回去。”张仲平说：“那怎么行？万一我来晚了，侯哥你尽管自由活动，多做几个项目，但一定要等我回来，我还有事跟你商量呢。”

张仲平接下来给徐艺打了个电话，张仲平一开口就说：“徐总你不错嘛。”

说完这句话之后，张仲平停顿了下来，而且让那种停顿有意超过两句话之间应该有的时间间隔，好像在等待徐艺的反应。徐艺的反应也够快的：“张总呀，我正准备给你打电话哩。”张仲平说：“那就巧了，那你看什么时候能够接见我一次呀。”徐艺说：“张总你安排吧，我随时听你的指示。”张仲平说：“还是你定吧。”徐艺说：“请问张总你在哪里？”张仲平不想随便捏个什么地方糊弄他，就说在车上。徐艺说：“张总能不能请你来咱们公司？要不，我去咱们公司也行呀。”徐艺的说法挺别扭，张仲平明白他是把时代阳光拍卖公司和3D拍卖公司都当成是他的公司了。他笑一笑，说：“要是徐总方便的话，就请徐总来3D公司一趟，可以吗？”

张仲平本来是想上徐艺公司的，但临时改变了主意。他既然猜测是徐艺在中间插了一杠子，这样找上门去，多少有点打上门去兴师问罪的意思，没有必要把关系搞僵。所谓投鼠忌器，如果没有鲁冰，他徐艺又算得了什么呢？张仲平太清楚不过了，拍卖企业之间的竞争，其实是后面关系的竞争。他犯不着为了徐艺，或者说为了一笔业务去得罪鲁冰。徐艺跟鲁冰的关系是建立起来的，而且是3D公司最先提供了徐艺与鲁冰建立关系的条件与方便。其实这种关系完全可以由他张仲平去建立，以前是这样，现在仍然是这样，就看你怎样计算投入和产出之间的账。

当然，除了建立关系，还有一个维护关系的问题，这就需要更多的时间和精力。你把什么事都揽到自己身上，那等于想把天下所有的麻雀都捉尽，结果不仅捉不尽，可能还会把人给累死，但是，一些关系你不去建立，你不去维护，别人就会乘虚而入，你可能就得被迫放弃一些地盘。什么是无奈？知道该怎么做却不能那样去做就是无奈。你没有办法支配别人控制事态的进行，你就得想办法说服自己去适应。徐艺为什么口口声声说咱们公司咱们公司的？大概是说尽管已经出去自立门户了，心里还惦记着哩。至于他惦记着公司的什么，就只有他自己知道了。但不管怎么样，张仲平觉得都没有必要逞口舌之快，因为这样一来反倒显得小家子气了，好像不再把他徐艺当自己人似的。徐艺称张仲平为您的语气早就改了，称3D公司为咱们公司的说法还没有变。他既然还争着当自己人，问题就好解决。说来说去，不就一个钱字吗？能够和平谈判达成协议，成本无疑是最低的。当然也要看各自的想法和期望值。在这一点上，张仲平无所谓底线不底线，见机行事而已。一个成熟的商人就是一个善于变通的人，要能够根据瞬息的变化改变自己的思路和策略。不过，如果能做到让徐艺主动开口，就最好了。

张仲平想在见徐艺之前跟江小璐通个电话。种种迹象表明，江小璐已经搅到这件事情里来了。能够通过江小璐掌握一点对方的情况也是好的。自从发生买安全套的事情之后，张仲平就再没有到她那里去过。江小璐开始还隔三岔五地来过几次电话，欲言又止的样子，都被他找理由岔开了。那时，他心里还有点没有拐过弯来。张仲平现在有点醒悟过来了，江小璐那几次找他，可能不光是为了重修旧好，是准备谈这件事也说不定。

张仲平先往江小璐家里打了个电话。电话通了，嘟嘟嘟地响了十来声，没有人接。只好打她的手机。也通了，响了十来声，也没有人接，直到她的手机自动断掉。张仲平在快到公司的那个十字路口按了一下重拨键，这次电话却是占线。等红灯换成绿灯，过了十字路口，再拨，又通了，却仍然无人接听。张仲平心里明白了，原来江小璐只是不想接他的电话。

想证实江小璐是不是真的不想接他的电话很简单，他只要在路边停下来，找一部公用电话打过去就行了。可是，如果江小璐确实不想接他的电话，电话通了又怎么样呢？徒生尴尬而已。

出现这种情况是张仲平始料未及的。正是自己安排江小璐去徐艺的公司送侯昌平儿子的书法作品的。这是一件多么偶然的事情，可是在江小璐那边，却派生出了多少他不知道的情节。徐艺的公司美女如云，他是知道男人的爱好和心理弱点的，跟他差不多一起注册的新公司，有几家连槌都还没有敲过，而他的时代阳光公司已经在圈里小有名气了，靠的是什么？有的人爱财，有的人好色，所以，美女经济才有市场。张仲平莫名其妙地想起了与江小璐接吻的情形。通常情况之下，江小璐是被动接受的，羞涩的，往往浅尝辄止，但有时也非常执着大胆，她会把她小小的舌头直接伸到他的口腔里，与他的舌头紧紧地缠绕在一起。那时候她眼睛闭起来，有一股不管不顾的疯狂劲儿。张仲平不禁想，她与别人接吻做爱会是什么样子呢？是不是也跟他俩在一起时差不多？她为徐艺公司工作时知不知道，她其实是在跟将她无意中带入这个圈子的老情人抢生意？

张仲平笑了笑，觉得这世界还真有点意思，绕来绕去的，也就那么几个人，也就那么一点事儿。

第十四章

徐艺比张仲平先到了3D公司，他带来了一个漂亮的女秘书，不是于玲，是新面孔。可能是徐艺说了个什么新段子，大家一起笑了，办公室小叶笑得最响。

看到张仲平进来，大家停止了说笑，各自归位。

张仲平朝徐艺点点头，开了自己办公室的门。徐艺对张仲平的办公室很熟悉，在3D公司工作时，经常进来汇报的。张仲平在大班台的对面，也准备了两张真皮小圆椅，来了客人可以面对面交谈，徐艺让他的秘书留在外面，自己进来了，选择靠里面的那张坐下来，好像又回到了当部门经理的那会儿，两只手很规矩地放在大腿上。

张仲平平时一般是不喝茶的。只要沾一点茶，中午和晚上就睡不着觉。但他办公室里准备了上好的铁观音，有时候工作太辛苦了，也喝一点提提神。他那个花了差不多一千块钱的紫砂壶很少用。张仲平将徐艺晾在那儿，自己到卫生间冲洗紫砂壶，自己顾自己地泡茶喝，也不看徐艺一眼，也不问他是不是换换茶叶。想到可能正是从自己公司出来的徐艺在跟他抢食，张仲平不可能一点情绪都没有，他就是想让徐艺看看他的情绪，不能让他太嚣张了。

一切从从容容地做完了，张仲平这才在他的大班椅上落座。他将两只手并拢在一块儿，除了大拇指和食指以外，其他的手指相扣着握成半个拳头。他当然还不至于拿像手枪枪筒一样的食指去指着徐艺，那样也太过分了，显得比较做作，而且没有风范。但他把它放在自己鼻子的一侧，两个大拇指一动一动的，好像是在活动手枪的保险盖，随时准备朝人开枪。

张仲平不开口，徐艺也不说话。他起身将屁股下面的小圆椅朝后边挪了挪，坐下来时已经不再是刚才正襟危坐的姿势了，有了一点侧身，好像是为了避开张仲平的锋芒。他没有跷二郎腿，但两只脚不再并放，而是一只叠放在另一只上面。他的手转动着一次性的塑料杯，眼睛也望着它，好像对它起了研究的兴趣。

两个人都不说话，就已经有了一点剑拔弩张的意思。但张仲平是主人，不好将这种沉默保持得太久。他开口之前先笑了笑，说："徐总你说吧。"徐艺说："张总你先请。"张仲平说："还是你先说吧。"

徐艺说："我曾经说过，张总教我的东西让我终身受益。"张仲平说："你就别给我戴高帽子了，说事吧。"徐艺说："不不不，这不是拍你的马屁，是真心话。是你教给了我们一个思考问题和解决问题的方式——像商人一样思考。"张仲平说："我有这样说过吗？听起来好像我是一个很势利的人似的。"徐艺说："我这样说没有别的意思，如果我们用商人的眼光去看人和事，往往会很透彻，处理问题也就会有很大的灵活性。"张仲平说："这倒是真的，我们身处的就是一个经济时代，商品社会嘛。"徐艺说："是呀，只有先使复杂的问题简单化，相关的问题才能迎刃而解。"张仲平说："是不是呀？有多复杂呀？"

徐艺说："道理就不去说它了。我们的很多看法都是一致的。比如说，你还跟我们说过，做事不能意气用事，得有理由，就是任何事情，只要你能够给出一个你自己认为站得住脚的理由，就能做。当然，对于同一件事，每个人给出的理由可能会有所不同，甚至难免会互相矛盾互相对立，怎么办？不要去争论对与错，因为人的立场不一样，看问题的角度不一样，对同一件事完全可能给出不同的是非判断，所谓横看成岭侧成峰。但是，你自己要让你的理由站得住脚，也就是说，你必须对自己做的事情负责，不管这种责任是法律法规方面的，还是道德良心方面的。"

张仲平望着徐艺，又笑了笑。他不打算插话，他知道，这个前大学学生会的主席很有口才，那就让他说个够吧。

徐艺说："当然，光自己有做事的理由还不够，因为别人做事也有他的理由，怎么办？张总你是知道怎么办的。"张仲平说："是不是呀？"徐艺说："是的，因为你给我们说过二十字箴言。”张仲平说：“噢？”徐艺说：“你忘了？你说做生意很简单，也就四句话，就是先算自己的账，给别人留余地，求同存异，实现双赢。张总我记得没错吧？”

张仲平喝了一口氤氲着浓郁香气的铁观音，抬起头来望着徐艺：“徐总你的开场白很长，很严肃，好像有什么重要的事情似的，你是不是已经做了、或者正准备去做一件事，这件事呢，在你的潜意识中觉得多少有点对不起3D公司，可是按照你自己给的理由，又是非做不可的，是不是？”徐艺回望了张仲平一眼，说：“张总你说得没错，是有这么一点意思。”张仲平说：“那好吧，咱们就把它摊到桌面上来谈。我估计你已经像商人一样思考过了，那咱们就像商业对手，或者商业伙伴一样地谈一谈，行吗？”

张仲平早就打定了主意，希望徐艺首先开口。尽管他几乎已经可以肯定徐艺找他要谈的就是胜利大厦拍卖的事，但先由徐艺嘴里说出来，可以使自己在心理上占有那么一点优势。

张仲平见徐艺似乎在沉吟，又是轻轻一笑，说：“徐总你还应该知道我跟别人谈事，也从来都是先亮自己的底牌的。与其枉兜圈子，不如一针见血，反正大家谁都不蠢。”

徐艺说：“张总痛快。其实我想张总也猜到了，我们之间要谈的，就是关于建国路胜利大厦拍卖委托的事。”张仲平说：“没有，我没有想到。”徐艺笑一笑，也不辩解：“鲁冰那里我们公司下了不少功夫。不瞒张总，他已经答应给时代阳光了。我们跟踪这笔业务已经很久了，可以说从准备成立公司的那会儿就盯上了。噢，对不起。”张仲平知道徐艺失言了，他摆摆手，说：“没关系。”张仲平暗自笑了，心想你准备成立公司那会儿不还是3D公司的人吗？身在曹营心在汉，难怪要说对不起。

徐艺说：“我也是早几天才知道，咱们公司——我是说3D公司也在做工作，承办法官侯昌平还觉得非3D公司莫属。”

张仲平及时打断了徐艺：“不要说别人，你关于侯昌平法官的说法可能纯粹是猜测。”张仲平心想，多亏了侯昌平，否则，说不定你徐艺还不会来找我谈哩。但另外一方面，他也不想让外面的人胡乱议论，以为侯昌平早已一屁股坐在了自己这一边，这样对侯哥对3D公司都不利。人家心里要是问一句凭什么嘛，事情就会复杂化。就像如果张仲平问徐艺，鲁冰凭什么答应你嘛，事情就会复杂化一样。徐艺新当老总，有些地方还需要磨炼。这种事，从来就是可以做不可以到处乱说的。

徐艺看张仲平挺严肃的，赶紧说对不起。他又停了一下，还叹了一口气，说："不管怎么样，张总咱们这回是在独木桥上遇着了，你说怎么办？"张仲平说："是呀，你说怎么办？"

徐艺说："理论上说，拍卖委托下给谁，存在着上中下三种可能性：3D公司单独做或时代阳光单独做；3D公司与时代阳光联合起来做；3D公司与时代阳光明争暗斗的时候，别的公司乘虚而入，结果3D公司与时代阳光都做不成。"

张仲平说："对于那最坏的结果，可能徐总是最不愿意看到的吧？"徐艺说："那当然。难道张总不是也一样吗？"张仲平说："还是有点不一样吧，3D公司毕竟做了好几年了，一两笔业务做不成，不至于伤筋动骨，还是能够承受的。时代阳光就有点不一样了，市场竞争这么激烈，当然希望尽快把业务做到法院里去。"徐艺说："张总大概不会是说，为了跟时代阳光竞争，不惜鱼死网破弄得两家公司都做不成吧？"张仲平说："你有这种想法没有？"徐艺说："当然没有。我对咱们3D公司还是有感情的。"张仲平说："你认为我该不该有那种想法呢？"徐艺一笑，说："张总更不会了。因为如果有那种想法，必须有一个前提，就是张总认为这笔业务已经非3D公司莫属，别的公司碰都不能碰。我想事情明摆着应该还没到这一步吧，对不对？因此，时代阳光想分一杯羹实属正常。不仅我们公司在想，恐怕还有别的公司也在想，张总如果闹情绪，不是太孩子气，也太霸道了吧！而且张总自己也多次说过，成熟的生意人是不受个人情绪控制的，更何况，这没有什么可以来情绪的，不是吗？"张仲平再一次笑了笑，说："你的意思是其实咱们都别无选择，是不是？"徐艺说："换一种说法也可以，咱们两家合作，才是最好的选择。不赚不如少赚。既然谁都不能吃独食，不如两个知根知底的公司携起手来。否则，极有可能是鹬蚌相争渔翁得利。张总咱们还用得着重温一下龟兔赛跑的寓言故事吗？"张仲平哈哈一笑："算了吧。"

龟兔赛跑的故事是唐雯跟张仲平讲的，唐雯有时看到了什么好书也跟张仲平谈一谈。用她自己的话说，她可以不管公司的具体业务，但可以宏观调控，在原则问题、经营策略上给他提个醒儿。龟兔赛跑的故事新解就是从一本经济学的通俗读物上看来的。张仲平觉得有意思，在一次开工作例会的时候，就跟自己的下属扯淡似的讲了。兔子输了赛跑以后很不服气，第二场比赛的时候再也不敢大意，自然很轻松地就赢了。但是没想到第三场比赛兔子又输了。为什么呢？因为比赛的线路变了，中间有一条河，乌龟可以游过去，兔子却只能绕着河边跑，这样就不知道走了多少弯路。第四场比赛之前，兔子就与乌龟商量，兔子说，书上说，太阳升起的时候，非洲草原上的动物就开始奔跑了。狮子知道如果它赶不上最慢的羚羊就会饿死。对羚羊来说它们也知道，自己跑不过最快的狮子就会被全部吃掉。可是，咱们不是狮子和羚羊，而是兔子和乌龟，咱们俩干吗要做对头？比赛的线路就像纷繁复杂的市场环境，谁也控制不了，不如联合起来。在陆地上我驮着你，遇到过河的时候，你驮着我，这样只要大家充分发挥各自的优势，咱们不管在什么情况之下，总是能够得到并列冠军，实现双赢。

张仲平跟侯昌平在廊桥驿站吃饭的时候，想到的其实就是这种结果，现在不过由徐艺主动说了出来。张仲平望着徐艺，徐艺也望着他，这样过了十几秒钟，张仲平从大班椅上站起来，说："就这么着吧。"徐艺说："这样就没有悬念了。另外一家公司要把侯法官和鲁局同时摆平，应该是很难的吧？"张仲平说："拜托你别把话说得这么露骨好不好？"徐艺说："咱们这不是一家人了吗？一家人不说两家话，这话也就到这里打住了。"

前后没有几分钟，调子就这样定下来了。

张仲平说："时间紧迫，咱们可能得先把具体的合作方式定下来。"徐艺说："是呀，免得夜长梦多。"张仲平说："你有什么想法？"徐艺说："很简单，费用共担，全部佣金二一添作五。"张仲平说："没那么简单吧，既然是大家一齐做，就只能做好。其实大家心里都清楚，一家做，简单，两家做，复杂。比如说，到底是联合拍卖，还是分主拍单位、协拍单位？联合拍卖当然是大家一齐负责，可是，一齐负责可能导致大家都不负责。如果分主、协拍单位，怎么分？这里面有一个以谁为主操作的问题。涉及前期运作费用由谁垫付，运作过程中出现的问题由谁负责沟通、解决，拍卖以后款项的收取、转移，产权关系过户手续由谁负责办理等等，恐怕都要事先约定清楚。"徐艺说："张总说的是具体的合作条款问题。"张仲平说："这既是具体的合作条款，也是合作方式的性质问题。为什么？我觉得简单的联合拍卖肯定不行，司法拍卖最怕的就是拍卖标的物中的隐性瑕疵，很难保证不出现什么意外状况。到时候怎么办？所以，如果宾主关系不明确，难免两家公司一言有失必生嫌隙，或者互相推诿。这样就不好了，不仅影响两家公司的关系，对委托法院更是没法交代。”徐艺说：“张总说得有道理。”张仲平说：“我看可以由一家先制定合作的条款、规则，而由另外一家先行选择。条款尽可能具体一点，免得在合作的过程中再扯皮。我倾向于采取主拍单位和协拍单位的方式。”徐艺说：“我同意。”张仲平说：“那么谁做主拍单位，谁做协拍单位呢？都不好争，可内心里又都不想让。怎么办？刚才我说了，谁负责制定合作协议，另外一家就先行选择，等于在作协议时就进行了换位思考。这也符合公平原则，徐总你看呢？”徐艺说：“当然没有问题，就像足球比赛一样，哪个队选边，另外一个队就先开球。张总，咱们3D公司经验丰富，就由你先定合作的条款，好不好？”张仲平说：“行呀。”

张仲平沉吟了一会儿，说：“我看这个合作协议就这么定，首先第一条，双方共同争取这笔拍卖业务，以结果论，如果出现两家中任一家单独承揽了这笔拍卖的情况，就属违约。”徐艺说：“行。这也就是一个君子约定，大家以两家的名义共同做工作，谁也不撇下谁。”

张仲平说：“第二条，原则性地定一下，主拍单位从事拍卖活动全部环节的相关工作，协拍单位予以协助，一旦出了差错和问题，责任由主拍单位完全承担。”徐艺说：“是完全承担还是首先承担或承担主要责任？”张仲平说：“还是完全承担好。这一条款的主要意思就是为了杜绝出现差错，强调主拍单位的责任心。不出差错，什么完全承担责任、首先承担责任、承担主要责任其实都没有意义，但是，万一出了什么漏洞，再来进行责任量化，就会很棘手。”徐艺说：“行。”

张仲平说：“第三条是利益分配问题。我的想法是主拍单位占全部佣金的百分之四十五，协拍单位占全部佣金的百分之五十五，费用从总佣金中先行扣除，税收各自承担。”徐艺说：“张总你说错了吧？应该是主拍单位占百分之五十五，协拍单位占百分之四十五。”张仲平说：“我没有说错。”徐艺说：“那不等于说主拍单位最后获得的佣金收入反而比协拍单位还要少？”张仲平说：“对。我的想法是这样，世界上没有名利双收的事，有得必有失，有失必有得。你想一想，如果主拍单位的佣金比协拍单位的佣金高，或者哪怕是一样，那咱们两家还得去争，是不是？”徐艺说：“那倒是。”张仲平说：“所以，你可以选择做协拍单位呀，这样我只需要你挂个名，什么事都不需要你干，到时候就能拿走全部佣金的百分之五十五。”徐艺说：“问题是这样一来，岂不是贵公司的投入与产出、责任与利益不对等了?”张仲平说：“纠正你一个说法，不是敝公司，也可能是贵公司，由你先行选择，主动权在你。”徐艺说：“张总我还是有点不太明白。有什么学问没有?”张仲平一笑，说：“没有，刚才不是说了吗？谁都不能名利双收，把便宜都占尽了。而且，我觉得这一条款可以彻底摈弃我们合作过程中的扯皮情况。我这里替3D公司表个态，不管你徐艺选择做主拍单位还是协拍单位，我都会乐意接受。”徐艺说：“是吗？如果由你来先选择呢?”张仲平说：“问题是，这是一种假设，你不会真的把选择权让给我。所以，我也就不好回答你了。不过，徐总如果单是这一条定不下来，晚一点答复也没有关系。”徐艺说：“是呀，张总的想法有点深奥，我可能得琢磨一下。”张仲平笑一笑，说：“完全可以。”

张仲平对徐艺很了解，他在3D公司担任部门经理时，主要是负责外联攻关，对通盘运作并不是很熟，所以，他可能知难而退，选择做协拍单位，这样的话，3D公司的损失也就五个百分点，算下来也就几万块钱的事。当然，从另外一方面来说，正因为徐艺对通盘运作并不熟，可能更加希望尽快熟悉起来，加上公司是新成立的，能够让3D公司成为它的协拍单位，可以满足某种程度的虚荣心。这样的话，3D公司就可以做甩手掌柜，集中精力做香水河法人股的拍卖，而佣金收入还可以比时代阳光高出十个百分点。

此外，张仲平还想到了龚大鹏。丛林多次提醒他，这个人是个不按常理出牌的主，万一惹出什么麻烦来，作为主拍单位，徐艺就必须先在前面主动担着。都说拍卖好做，好像只要弯腰就有钱捡。其实哪里有这样的好事。捡钱也还要起早床哩。中国外国因为拍卖公司运作失误惹官司，弄得声名狼藉甚至倾家荡产的情况多了。别人不知道，徐艺应该知道，因为网上、媒体上一有这样的报道，张仲平就要拿到工作例会上去说，提醒大家守法经营。为什么人们在劝说别人的时候，可以理直气壮地说千万不要相信天上掉馅饼的事，轮到自己就没有了那一份清醒，就有了盲点，天真地相信自己是上天的宠儿，运气就是好，天上不仅会掉馅饼，甚至还会掉金元宝呢?

徐艺显然一时拿不定主意：“张总我可能得跟我的项目经理商量一下。”张仲平说：“可以呀，你需要用座机吗?”徐艺说：“不用，借用你的休息室打个电话吧。”张仲平说：“你请。”他起身亲自将门打开，将徐艺让了进去，然后又轻轻地替他把门带上了。

徐艺要找的那个人是鲁冰还是江小璐？徐艺既然说是他的部门经理，大概就是江小璐吧。她从这笔业务中能够提成多少呢？徐艺在里面屋里小声地说话。显然，江小璐的电话他一拨就通了，可见她是看到了张仲平给她去的电话的，只是不愿意接听而已。为什么不接呢？她是不是也早就知道了这笔业务是从 3D 公司手里抢过去的？

张仲平以前的女人，没有一个是跟他公司的业务有瓜葛的。他跟她们在一起的时候，总是有意无意地要让双方都知道游戏规则，所以，到大家都没有了新鲜感的时候，说分开也就分开了，彼此轻松愉快，甚至还能做朋友。因为让他们分开的不是别的，而是新鲜感的丧失。张仲平跟她们在一起的时候，也从来不说我爱你，只说我真的爱死你了。张仲平认为这是有区别的。一个爱字是神圣的、庄严的。一辈子只能用一次，如果在它前后加几个字，便像纯酿中加了水，稀释得没有了杀伤力。张仲平在男女关系上做得很潇洒，既没有感情的投入，也没有扯不清的经济上的麻烦。江小璐的情况有点不一样。男人女人之间一扯上钱，就说不清楚了。他和她还会见面吗？他们还会上床吗？或者从此陌路，甚至因为在一个圈子里混而互相提防？张仲平找不到答案。他喝了一口茶，撮了一颗尚未完全化开的茶粒含在嘴里，用上面的牙齿慢慢地把它在舌头上摊开。他发现那味道有点甜、有点苦，也有一点涩。

徐艺出来了，他对张仲平说：“对不起张总，可能要到晚上才能给你答复。”张仲平说：“没有问题。看来徐总是准备选择做主拍单位了，因为协拍单位比主拍单位的佣金收入还高十个百分点哩，用不着这么犹豫，对不对？”徐艺笑笑，没说话。张仲平说：“合作协议拟好打印出来，将主、协单位空在那儿，等你决定了，再填上去签字盖章，可以吗？”徐艺说：“可以。”张仲平说：“顺便问一句，你的那位项目经理是不是一个女的，姓江？”徐艺说：“你怎么知道的？”张仲平嘿嘿一笑，说：“看来江湖传言是真的。”徐艺说：“什么江湖传言？”张仲平说：“说时代阳光经理部还有一个名字，叫阳光靓女组合。拥有十二大名媛，个个花容月貌长袖善舞，名声大过女子十二乐坊，也是身怀独门暗器，吹拉弹唱无所不精，一出手无不所向披靡。”徐艺哈哈一笑，说：“纯属诬陷。公司员工漂亮一点不违法吧？”张仲平说：“违什么法？美女养眼嘛。钱，吾所欲也，美人，吾所欲也，美人不是鱼，钱不是熊掌，两者若能兼得，不亦快哉?”徐艺说：“张总过奖了。”张仲平不再说什么，他五点多钟还要去碧海蓝天接侯昌平，便起身与徐艺握手告别，说：“咱们大家好自为之吧。”

不管张仲平回得多晚，唐雯很少先上床睡觉，她总是一边看书一边等他。

张仲平也知道分寸，不管是在外面应酬还是跟曾真厮混，时间一般不会超过十二点。

张仲平从曾真那里回来之前一般都是冲过澡的，回到家里洗脸洗脚属于重复劳动，却也不能省。张仲平看过一本杂志，上面说女人的嗅觉比男人的灵敏得多，对男性身上类似香水的气味非常敏感，尤其是在排卵期，所以，张仲平在曾真那里洗澡从来就不用什么洗发香波和沐浴液。有一次张仲平直接上床被唐雯逮着了，说：“是不是在外面洗过了?”亏得张仲平反应快，说：“是是是，今天接待任务比较重，洗了三次脚。”唐雯说：“你最近脸色不太好，有点发青。”张仲平说：“是吗?可能太累了。”唐雯说：“悠着点嘛。”张仲平说：“你还说我，我看你也挺辛苦的。”唐雯说：“没有办法，快要考试了。”张仲平说：“是吧，复习得怎么样?”唐雯说：“还行吧，谁知道考试的时候会怎么样。”张仲平说：“你也要悠着点。”唐雯说：“跟我们竞争的都是一些刚出校门的小青年，有些还是硕士直接考博士，我要是悠着点，前面的辛苦等于白费了。”张仲平说：“不要太勉强自己，只要尽力就行了。”唐雯说：“有时候看书太累了，就希望你早点回来。有时候精神好一点儿，又想你就是再晚回来十几二十分钟也挺好的，这样我可以多看几页书。”

张仲平已经成功地把唐雯对他的盘问转移开了，也就打个哈欠，说：“是不是呀?”两个人躺在床上，有时候各自看一会儿书，有时仍然扯淡。主要是唐雯向张仲平说她们学校的事。学校是给唐雯分了房子的，房改的时候买了下来，现在出租。唐雯说现在的学生可不得了，本来是租给女生的，有次去收房租，每张床上都躺着一个男生。有时还会在垃圾篓里发现用过了的安全套。张仲平说：“你还操这份心，现在大学生都允许结婚了，同居算什么?听说你们学校就有女生在男生寝室里睡觉的，也有男生在女生寝室睡觉，一到半夜，床铺还吱吱乱响。”唐雯又说一个同事得肝癌死了，发病前也看不出来，在医院里住了不到半个月，却不行了。张仲平笑她说话有逻辑错误，好像医院把人给治死了似的。唐雯说："多可惜呀，才三十五六岁。"张仲平说："三十六岁是个坎，不好过，黛安娜死的时候就是三十六岁。"唐雯说："你倒是关心国际风云。"张仲平说："人的生命是很脆弱的，所以要善待自己。"

唐雯说："其实考上博士又怎么样，我们院里的刘博士你都想不到住的是什么地方，防空洞！"张仲平就说："困难是暂时的。"唐雯说："谁知道，听说学校征地拆迁遇到了麻烦，拆迁办强行拆屋时误伤了一个老太太，不知道要拖多久。"张仲平说："总是有希望的吧，我们的国家毕竟正在一天天地强大起来。"唐雯说："你说话有点像党和国家领导人嘛，你自己什么时候强大起来呀。"唐雯一边说一边往张仲平的关键部位一探。张仲平本能地一躲，躲开了唐雯伸过来的一只手。想一想，觉得不妥，又赶紧抓住她的手，允许它放在自己的肚皮上。张仲平说："希望在明天。明天早晨好不好?"唐雯说："你躲什么躲，又不是第三只手。"张仲平说："真的是第三只手我就不躲了。大不如小，小不如偷，偷得着不如偷不着。"唐雯说："你胡说些什么。"张仲平说："没有没有，我只是说我不是躲，其实我心里也想，又怕心有余而力不足。"唐雯一笑，说："行了行了，只要不到外面乱搞慈善活动就可以了。"张仲平脑子里老是曾真的样子一晃一晃的，一下子没听懂，就说："搞什么慈善活动，我又不想当政协委员。"唐雯说："张仲平你是故意装糊涂吧，你老婆大人是怕你胡乱捐款哩。这里捐银子，那里捐金子的。"唐雯是利用了金子与精子的谐音。对她来说，这已经是很大胆的调侃了，所以一说完自己先就感到了一点不好意思，就把脑袋往张仲平的腋窝边蹭了蹭。唐雯都四十来岁了，还害羞。这点让张仲平很受用。他觉得正派的女人才会害羞，而老婆怎么着也还是要正派一点好。曾真却是另外一种风格，她会发嗲，会一遍一遍地叫他老公，会一味地要他爱她疼她宠她。作为男人，张仲平觉得曾真带给他的完全是另外一种令他内心痒痒的、酥酥的感觉。

唐雯一般不问张仲平公司具体业务的事。以前也问过，那是公司的业务刚刚有起色不久。一次张仲平用银行的礼品袋直接往家里提了十万块钱。那钱是应一位朋友的要求准备的，本来约好了那天晚上要当面交给他，但张仲平临时害怕了，担心这样直接送钱，会出事，想等一等，看怎么样送才能艺术一点。唐雯刚开始以为是张仲平拿回家给她的，准备第二天存到银行的卡上去。张仲平说不用了，在床底下搁几天吧，有位朋友出差了，回来就得给人家。唐雯知道张仲平开口闭口的朋友都是些什么人，不过还是有点担心，说："你这样大进大出的，不会有问题吧？”张仲平说：“怎么会没有问题？我不正在为这事发愁吗？法院里的人，有些人在岸上，有些人自己就站在水里。碰到后面这种人，你要不走水路，就难得拿到业务，别人凭什么让我做？因为我长得帅吗？赚了钱，不兑现，那我就是赖账，就是不讲游戏规则，我就做人不起，也别想再拿业务。真的把钱送了出去，又怕拿钱的人，关键时刻挺不住，到时候把我卖了，等于埋下了祸根。再说了，财务上的账也不好做。我是以备用金的名义取的钱，完了要用发票冲账。你教过会计学，知道账要做平，要么隐瞒收入，要么增加支出，都不好办，总会留下蛛丝马迹，追究起来，不是逃税就是做假账。处罚起来，都很严重。”

唐雯说：“那怎么办？”张仲平说：“行内有一种说法：你想上天堂吗？去做拍卖吧。你想下地狱吗？去做拍卖吧。拍卖确实能够让人一夜暴富，可是，你知道吗？最近全国各地的拍卖行出事的也不少，听说哪个省有个拍卖公司的老板还自杀了，不是因为没有赚到钱，而是因为一下子赚了太多的钱。”唐雯说：“我们不要上天堂，也不要下地狱，只要求过一种简单平凡的生活。”

张仲平说：“上天堂和下地狱只是一种极端的说法，现实没那么夸张。再说了，也没什么可怕的，为什么？因为差不多所有公司都是这么干的。真要为这事查到你头上，只能说活该你倒霉。”唐雯说：“如果是只交一点罚款就行了倒没什么，就怕其他的事。”张仲平叹了一口气，说：“我自己是学法律的，尽量注意，应该不会有什么事。我跟他们都是单线联系，你知我知的，除非他自己说出来。”唐雯说：“就是怕这个，那些人社会交际广，你这里不出事，难保别的地方不出事。”张仲平说：“是呀，你以为这些人真的是为人民服务的主？他们可不是什么优秀的共产党员，拿钱的时候胆子大得很，一有风吹草动，又吐得比谁都快。你说这些人多傻呀？很多贪官污吏，收了别人的钱，根本就不敢花，藏在家里，存在银行里，心里还老有事，看到检察院的车子，腿忍不住就打哆嗦，真抓了，赃款吐出来不说，还得搭上几年乃至后半生的自由，甚至身家性命。可是，他们有权，是社会财富的分配者，你要做生意，就得求他们。他们也是人，也有七情六欲，看到别人从自己管的事上赚了钱，要他一点不动心，也太难了。”唐雯说：“你对他们倒是很理解。”张仲平说：“是呀。我们有什么办法？你不做，别人会做。我做，起码知道分寸，知道运用技巧。可是，有时候我也是真的怕呀。”唐雯说：“真是难为你了。要不然，咱们真的别做这门生意了？”张仲平说：“你说得轻巧，不做这门生意，你要我干什么？”唐雯说：“回家当家庭妇男嘛。有句话叫小富即安。我们家的经济状况不是比许多下岗工人强多了吗？”

张仲平说：“跟你说正经事，你倒开起玩笑来了。什么叫小富即安，农民意识嘛。不过，仔细想一想，确实也没什么怕的，有一句话叫法不责众。这句话严格推敲起来是站不住脚的，却也是一种普遍的社会现象，或者说是一种普遍的社会心理倾向，举个例子来说，翻开《刑法》，里面有一章，叫妨碍对公司、企业的管理秩序罪，国家制定这条法律是维护公司、企业的管理秩序，当然没错。可是，要是严格地较起真来，光是虚报注册资本、虚假出资，以及抽逃注册资金，就不知道有多少企业已经触犯法律了。再说偷税漏税，现在做得好的企业，有几家不偷税漏税的？或者说有几家没有偷税漏税过？做生意做什么？从大的分类上来讲，无非两种类型，一是做市场，二是权钱交易，官商勾结。前者同行竞争激烈而残酷，后者只要找对了关系，赚钱就容易，风险却也很大，等于在自己腰上别了一颗手榴弹，不知道什么时候就会爆炸。有人谈资本原始积累的原罪问题，就是看到了这一点。为什么上财富榜的，有的出了事？因为按照正常的生意途径，很难积累到那么巨大的财富。总要搞点名堂，打打擦边球。其实不管原罪不原罪，中国民营企业没有不缺钙的，而这种先天缺陷又不是一种单一的原因造成的，复杂得很。不管，不行。社会就不能逐步进入有序社会。都管，也不行，不仅管不过来，恐怕整个社会经济都会乱套。打一个不恰当的比喻，我们这些所谓的老板，一个个就像一只一条腿上被缠了一条细绳的青蛙，允许你活蹦乱跳，但是，如果有谁要逮你，肯定一逮一个准。青蛙不会因为可能被逮住而不活蹦乱跳，因为尽管被拴上了细绳，被逮的青蛙毕竟是极少数。为什么是极少数？因为你总不能把所有的青蛙都逮尽了。青蛙的繁殖能力多强呀。你不可能因为存在着一种真实的、可怕的、然而概率极小的危险而放弃生存。怎么办？当然是一边蹦跶一边祈求上天保佑自己运气好。”

唐雯说：“难怪很多做生意的人都信佛，有庙必进，见神必拜。”

张仲平说：“信佛的人也不仅是做生意的，当官的也有好多人信。”

唐雯说：“是呀，有很多东西确实是自己做不了主的。”

张仲平说：“我为什么跟你谈这些呢？不是危言耸听吓唬你，只是想告诉你，我已是人在江湖。说得严重一点，已经走上了一条不归路。好在我不是一个在财富上欲望很大的人，不会去冒违法乱纪的风险，但社会上的事很难说，我想我一个人去面对就可以了，一个人辛苦，一个人努力，让你和小雨有一个好的生活条件，所以，我在外面做生意的事，以后你不要问，问了我也不会说，不是有意瞒你，是没有必要增加你的心理负担。国家可以搞一国两制，我看咱们也搞一家两制。”

唐雯说：“那你的权力不就失去监督了吗？都说绝对的权力导致绝对的腐败，搞一家两制倒没什么，你会不会搞什么狡兔三窟？大的要，小的要，还要偷。”

张仲平说：“瞧你说的，对自己怎么那么没有信心呀？”

唐雯说：“谁知道你。”

张仲平说：“你放心吧，我自己会把握分寸的。你还不了解我吗？我又不是一个乱来的人，哪些人能合作，哪些人不能合作，哪些钱能赚，哪些钱不能赚，我还是能够判断的。”张仲平有意偷换了一下概念，又拐到做拍卖生意的风险上去了。唐雯看了他一眼，却也没有去纠正他。

唐雯说：“你既然不想让我插手，就只有靠你自律了。此外，你得千万千万向我保证，不该赚的钱，千万不要去赚，咱们不惹那个腥。”

张仲平心里一笑，心想，谁要是真能分得清楚哪些钱是该赚的哪些钱是不该赚的，那就好了。但这话说起来就长了，因为并不是所有该赚的钱都能让你轻松赚到手的，现在竞争那么激烈，要想做成一笔生意哪回不得过五关斩六将、不死都得脱层皮？他不想跟唐雯说那么多，就说：“你就相信我吧。”

唐雯说：“我还不相信你呀，你的朋友中间，有哪个的老婆像我这么放权的？”

张仲平说：“主要是我自己表现不错。”

唐雯说：“可是有时候我也怕呀。”

张仲平说：“怕什么？”

唐雯说：“怕被你当成傻瓜。”

张仲平说：“我哪里敢？你是教授哩。”

他们那天谈得还是比较多的。张仲平说：“你放心吧，我会把安全生产放在第一位。我知道我们做的是敏感生意，靠各种错综复杂的关系赚钱。早些年不是有一首著名的一字诗吗？题目是生活，内容就一个字：网。那时候说它是朦胧诗，现在看来却直白得很。其实，生活也好，生意也好，就是网，就像河流冲积而成的网状淤地，雨露滋润、土地肥沃，上面长了草、开了花，还有各种各样的农作物、经济作物、观赏植物，看上去很美。哪里是安全的哪里是不安全的，哪些人是安全的哪些人是不安全的，还真不好说。有的人，也许一辈子都是安全的，因为脚下的那块土地，经营良久，日积月累早已根深蒂固。有的人，表面看来到处莺歌燕舞、左右逢源，其实恰恰危机四伏、险象环生，因为常在河边走，难免不湿鞋。那些花呀草呀的下面，是一些沼泽、淤泥，承受不了日益膨胀的欲望的重量。总而言之，陷阱处处，也总是机缘四伏，就看你是不是善于在边缘行走或者轻舞飞扬。”

唐雯说：“你说得这么形象，我听得出了一身冷汗。要不然，咱们真的别做这种生意算了？干吗要去冒这种风险呢？”

张仲平说：“你幼稚。这不叫冒险，这叫生活。你仔细想一想，咱们这社会，有哪门生意、哪个领域不是这样的？你往哪里躲？出家当和尚吗？就是和尚也还有三六九等哩，也要与这个社会发生这样那样的关系哩。”

唐雯说：“我们小区就住了两个和尚，开的是雷克萨斯车。就是不知道吃不吃肉，是不是花和尚。”

张仲平说：“难讲，财富本身没有错，咱们这个社会更是把能不能挣钱当成了评价一个人成功不成功的标准，而且不管过程，只问结果。不过，不管怎么样，拍卖是正当生意，还是受法律保护的。法院查封的东西，反正要拍卖，只是给张三拍还是给李四拍的问题。我会牢牢地把握一条，就是决不跟别人一起贪赃枉法。怕就怕拍卖公司无限制地发展起来。哪行一赚钱，搞的人就多，人一多，就乱。无序竞争，最可怕了。但这也是没有办法的事，不是有一句话吗？地上本没有路，走的人多了，就有了路。大路朝天，你走得我也走得，但走的人多了，路也会烂，说不定还会变成坑，所以，前面的那句话也可以反过来说，地上本来有路，走的人多了，就没有了路。可那又怎么样？不管有路没路，都得往前走，小心一点就行了。”

唐雯说：“是呀，金银无足走万家，资本的属性就是流动。不过，对于像我们这种一家两制的家庭来说，钱多钱少不是很重要。有些钱，得之不一定是福，去之不一定是祸，超脱一点吧。”

张仲平说：“你的口气好大，好像是比尔·盖茨的亲戚。有人说，对于拥有的东西人们不会珍惜，说到钱上就不对了，有钱的人不在乎钱吗？在乎。比没有钱的人更在乎。可你要是真的没有钱，钱就会像氧气一样重要。因为你要在社会中生活，一切都离不开钱，反过来说，钱可以让你拥有一切、改变一切。所谓人为财死，鸟为食亡，这是人的本性。”

唐雯说：“其实什么钱不钱的，就看你跟谁比，以什么人为坐标和参照物，能够满足基本的生活需要，再有一点家庭风险准备金就可以了。”

张仲平说：“能做到这一点就不容易了。”

唐雯上午第一、二节有课，七点钟左右就起床了。她一边洗漱，一边在厨房里蒸馒头熬稀饭。张仲平也醒了，因为前一天晚上承诺的事情没能兑现，心里多少有点歉意。张仲平说：“我开车送你去学校吧。”唐雯说：“不用了，你多睡一会儿吧。”张仲平说：“我还是送你吧。”唐雯说：“真的不用了，你怕同事不知道我老公多么有钱是不是?”张仲平说：“怕什么，又不是偷的抢的。再说了，你又不是二奶，还怕人家笑呀?”唐雯笑了，说：“随你吧。”

张仲平送完唐雯之后就没有再回家，直接到了曾真那里。曾真说：“今天这么早。”张仲平说：“想死你了。”张仲平这句话倒是真的，只要一离开她，就有点想。他又想起不久前对唐雯说的二奶之类的话，却又莫名其妙地生出一些对曾真的歉意。

曾真搂着他说：“我要每天早晨醒来第一眼就能看到你。”张仲平说：“那我就争取每天早晨早点过来吧。”曾真说：“那不一样的，你知道我每天多晚才睡觉吗？早晨三四点。你走后我睡不着，只好上网、看碟。熬得实在受不了才睡一会儿，你说怎么办?”张仲平不知道该说什么了，只好使劲地搂搂她。

曾真从来不向张仲平要求什么，这让张仲平觉得没有什么太大的压力，相反倒是很有些轻松，但他又总是有一点隐隐的不安，生怕曾真迟早有一天会以她自己的方式向他开口。如果仅仅是没有办法给她，倒也罢了，他最担心的是，自己会找不到办法拒绝她。

张仲平问曾真去过擎天柱没有，曾真说：“去过两三次了，不过，每次都匆匆忙忙的，赶着上节目，去了等于没去。”张仲平说：“那好，过几天我带你去吧，专门去玩。”曾真说：“真的呀，你不骗我?”张仲平说：“我什么时候骗过你？我们还没有一起到外面去玩过哩，你想不想?”曾真说：“我想呀，我当然想了。仲平，我真是高兴死了。”曾真笑了，又拿她的脸往张仲平的胸脯上蹭，一下子就弄得那上面湿漉漉的。张仲平爱怜地捧着她的脸，替她把眼泪鼻涕擦掉，说："怎么啦，傻丫头？"曾真说："你这傻瓜，人家这是幸福的热泪哩。这样，你就不会半夜三更爬起来从我身边溜掉了。"

曾真说："仲平你知道吗，有时候我好害怕的。"张仲平说："怕什么？"曾真说："怕我哪天醒来，再也看不到你了。"张仲平说："你别担心，我身体挺健康的。"曾真说："呸呸呸，呸你个乌鸦嘴，童言无忌，你乱说话。"张仲平说："那你怕什么？你是不是不想要我了？"曾真说："不是我不要你，是怕你不要我，或者，我们俩互相失去了。"张仲平说："怎么会呢？"曾真说："谁知道。那你告诉我，要是你哪天开门进来，发现我不在家，你打我的电话可是电话关机，你找我的朋友，可是她们也不知道我去了哪里，你等了一整天，没有我的消息，又等了一整天，还是没有我的消息，你等呀等呀，就是没有我的消息，好像我从这个世界上消失了，你会怎么样？"张仲平说："那还用说吗？我会着急。"曾真说："只是着急呀？你会不会满世界去找我？"张仲平说："不会。"曾真说："哇，为什么？"张仲平说："我知道你跟我闹着玩儿哩。"

第十五章

拍卖委托书是由南区人民法院下的，一式两份，时代阳光拍卖公司排在前面，因为徐艺最终还是选择了做主拍单位。

侯昌平的气儿也慢慢地消了。

侯昌平说："张总我把你当朋友，既然你觉得这样的格局能够接受，我也就没有什么好说的，让鲁冰那小子去折腾吧。这件案子一结，我就光荣退休了。"

张仲平给龚大鹏打了个电话，跟他说已经拿到了拍卖委托书的事。龚大鹏说："谢谢你张总，我已经知道了，好像是你们与另外一家公司一起做吧？"张仲平说："龚老板的消息蛮灵通嘛。"龚大鹏说："我有五百万在里面呢，不盯死了怎么行呀？"张仲平说："祝你好运啦。"龚大鹏说："谢谢你张总，原来我是信命的，现在只信自己。这个世界，一个靠自己，一个就是靠朋友。你们的拍卖会准备什么时候搞？"张仲平说："可能这几天就会刊登拍卖公告吧。到时候我让小叶通知你。"龚大鹏说："张总你来电话之前，我正准备上你公司去，我们见个面好不好？"张仲平说："你什么时候能来？"龚大鹏说："马上马上。"

龚大鹏一来就说："张总，拍卖时间必须往后推几天。"张仲平没想到龚大鹏一开口就会这样颐指气使，忍了忍，说："怎么啦？"龚大鹏说："因为我的事情还没有谈好。"张仲平说："你的事情还没有谈好？你的什么事情还没有谈好？"龚大鹏说："当然是购买胜利大厦的事。"张仲平说："怎么，你准备把胜利大厦买下来？"龚大鹏说："我现在是个穷光蛋，哪里有钱买胜利大厦？但我有五百万在里面，这你是知道的。”张仲平说：“是呀，那又怎么样呢？”龚大鹏说：“我把张总当朋友，跟你说没有关系，我现在正在跟一个老板谈，他说如果他能够买下这个项目，我那五百万的账他认，而且后面的工程仍然让我继续做。”张仲平说：“这是好事呀，让他来参加拍卖会嘛。”

龚大鹏说：“张总你没看我这么着急吗？为什么要你帮我往后推几天，就是有问题嘛。”

张仲平说：“什么问题？”

龚大鹏说：“我找的是个台湾老板，早两天到印尼去了，他在印尼有项目。此外，在韩国、越南和科威特都有生意，这一阵子我跟他联系不上。”

张仲平说：“你这个台湾同胞是做什么生意的？怎么满世界地跑？不会是另外一个左达吧？龚老板你别介意哟，作为朋友我这是给你提个醒。”

龚大鹏说：“谢谢你张总，他做什么生意我也不知道，但不管是谁，只要他能够满足我的这两个条件，我就跟他干。”

张仲平说：“行呀，龚老板要是信得过我，哪天这个台湾老板回来了，让我跟他见见面，看看他到底有没有这个诚意。”

龚大鹏说：“问题是还有一个情况，他说他不想在拍卖会上举牌，跟人竞价。”张仲平盯着龚大鹏看了一会儿，然后一笑：“那就是说，你这事八字还没有一撇啰？”

龚大鹏急了，说：“怎么能说八字还没一撇呢？我跟他基本上已经谈好了，这就是八字的一撇。现在就差一捺了。这一捺，张总你必须帮我。”

张仲平摇了摇头：“龚老板你看得起我，把我当朋友，这我很感谢。可是，龚老板显然对拍卖、对拍卖公司不是很了解。是朋友我就不跟你绕弯子了，跟你说句老实话，这个忙我肯定帮不上。”

龚大鹏说：“不会吧，张总？是肯定帮不上还是不愿意帮？”

张仲平说：“肯定帮不上。”

龚大鹏说：“为什么肯定帮不上？”

张仲平说：“龚老板你不要着急，听我慢慢地跟你说。这不是我愿不愿意帮忙的问题，是我确实没有这个能力。首先，司法拍卖的程序已经正式启动，没法终止，变卖和私下交易的可能性已经不存在，你那个台湾老板不想去拍卖会就买到东西根本就不可能，拍卖公司也没有权力把东西私下卖给谁。”

张仲平接着说："第二，拍卖市场有它的游戏规则，符合条件的竞买人，法律地位一律平等。谁能成为最终的买家？这不由拍卖公司说了算，也不由委托法院说了算，由竞买人的实力说了算，你那个台湾老板，如果不参加拍卖会，他的诚意就值得怀疑。即使他参加了拍卖会，他能不能买得到手，还很难说哩。这取决于两个因素，其一，他自己最高能够出到什么价；其二，别的竞买人跟不跟他争。我说八字还没有一撇，不是打击你，说的就是这个道理。"

张仲平又说："我们再看看你跟他谈的事有没有操作性。恕我直言，也没有。龚老板你别着急，先听我说。好，现在我们假设他最终把胜利大厦买到手了，恕我直言，他找你继续做建筑商的可能性会很小，为什么？因为以你目前的经济能力，再垫资的可能性不大，你不能垫资，他的资金压力就会加大，他为什么不去找一个有垫资能力的建筑商？还有，即使成交价格便宜，他也不一定找你，因为成交价格的高低跟你没有关系，他看不出你在其中起的作用。"

龚大鹏想插话，被张仲平打个手势制止住了。

张仲平说："龚老板你听我把话说完，你那五百万能算垫资吗？当然不能算。那个台湾老板是在什么情况下对你表的态，我不清楚。我估计可能是因为他没有把情况搞清楚。你那五百万是判决书上的五百万，不是真正的五百万。他怎么认你的账？你原来的五百万元，早就变成了胜利大厦上面的钢筋水泥，拆不得，分不开，不是你说拿回去就能拿回去的。现在法院委托给我们，我们只有一个任务，就是将它拍卖变现，把所得的拍卖成交款交给法院，再由法院决定分配给东方资产管理公司多少，分配给你龚老板多少，知道了吧？换句话说，你原来的那五百万已经不是你的，它到底还值多少钱目前也还不知道，可能抵五百万，也可能只抵两百万，甚至四五十万，都有可能，那就要看拍卖的情况，以及法院分给你多少。明白了吧？我不知道你跟那个台湾老板到底是怎么谈的，你们俩是不是觉得这笔钱先由他认下来，算你的垫资款，这样他也就不必往拍卖公司付这笔钱，等到整个项目完工以后再一起结算，对不对？那他肯定是被你误导了。"

龚大鹏两眼直瞪瞪地望着张仲平，半天没有吭声。张仲平从他手里拿过杯子，亲自给他续了一次水。半晌，龚大鹏说："张总你讲的话我听进去了，我也明白这个道理。但是，我打官司赢了，法院给我的这个判决书，必须得到执行。"

张仲平说："那是法院的事。法院如果答应你，说你的诉讼标的能够予以全额执行，你龚老板还用得着弯来绕去地找什么台湾老板、香港老板吗？所以龚老板，最终能够帮你的是法院，而不是拍卖公司，明白了吧？"

龚大鹏说："法院当然必须帮我，我的官司打赢了，是赢家呢。"

张仲平说："东方资产管理公司的官司也打赢了，也是赢家，法院也必须维护它的合法权益。说穿了，就是你们两个赢家分多分少的矛盾怎么解决的问题。龚老板我的话也许你不爱听，可却是实话，你对那个项目熟，我劝你先帮拍卖公司多找几个买家，让胜利大厦尽可能卖个好价钱，大家一起把蛋糕做大了，才能大河有水小河满，分到你手里的钱也才有可能会多一些。"

张仲平尽可能实话实说，他觉得不能让龚大鹏对他、对拍卖公司抱有不切实际的幻想。凭他对龚大鹏的了解，他也不想跟他扯七扯八，他只求能够干净利索地把它做完，做完就拉倒，特别是这还是跟时代阳光合作的项目，更应该尽可能地避免节外生枝。

龚大鹏悻悻地走了。

龚大鹏一走，张仲平就跟徐艺通了一个电话，将龚大鹏其人其事全部跟他说了。徐艺很耐心地听着，还哦哦嗯嗯个不停。张仲平以为他全部听进去了，谁知道根本不是那么一回事儿。由于徐艺没有把张仲平的提醒当一回事，甚至背着张仲平搞了一些小动作，后来这件事闹大了，还死了一个人，差一点把两家公司都给牵扯进去。

这是后话。

徐艺公司艺术品大拍的事，也在紧锣密鼓地进行筹备。徐艺等张仲平说完了龚大鹏的事，就说这次艺术品大拍征集了不少好东西，问张仲平有没有兴趣过去看一看。张仲平关心那件青瓷莲花尊的情况，本想去看一下，又怕太热衷了引起徐艺的怀疑，就说："我这会儿还有点别的事，找机会一定先来看一看。"张仲平其实打定的主意是预展之前最好不去，拍卖委托的事还是由葛云去落实比较好。报上说过这两三天省博物馆有一个廖静雯的个人收藏展，全部是徐悲鸿的作品，小雨如果有时间，可以带她去看看，顺便问问葛云委托的事就行了。

张仲平回到曾真那儿。曾真不理他，还一直嘟着嘴，张仲平问怎么啦？曾真说没事。张仲平非要她说，曾真就过来抱着他，望着他的眼睛说："我只是老在想，我要是突然一下子不见了，你真的不着急吗？"

原来曾真一直对上次的对话耿耿于怀。张仲平说："谁说的，我怎么会不着急呢？"曾真说："你就只是干着急不去找我？"张仲平说："到哪里去找你呀，发通缉令呀？外面那么多美眉，一找还不把我的眼睛看花了？再说了，孔老二不是说过了吗，命里有时终归有，命里无时莫强求？"曾真说："张仲平你没心没肺，还把孔老二搬出来，孔老二说过这话吗？"张仲平看她眼眶里泪花直闪，连忙说："逗你玩儿的，小朋友。"曾真说："那你赶快说你会怎么做？"张仲平说："你真的想知道？那你先告诉我咱们这座城市最高的建筑是哪一栋？"曾真说："是指海拔高度还是相对高度？"张仲平说："你还蛮清醒嘛，没有被急糊涂。相对高度吧。"曾真说："香水河大厦吧，怎么，不会吧？你要为我跳楼殉情？太老套了吧？"张仲平说："谁说要跳楼了？从那上面跳下来还有命吗？"曾真说："那你想干吗？"张仲平说："我要把那栋楼整个儿包起来，用最鲜艳最鲜艳的红布，每一面都用橘黄色的油漆写上五个大字，每个大字占用面积 10.520 平方米，让方圆几十里的人一眼就能看见。"曾真说："五个什么字？"张仲平说："你猜？"曾真说："我猜到了。嗯，这个创意还马马虎虎。"张仲平说："你真的猜到了，不会吧？"曾真说："你不是说 10.520 平方米一个字吗？'是的我爱你'，不就是五个字吗？"张仲平说："不对，你跑题了。"曾真说："哇，不对呀？"张仲平说："当然不对，那五个字应该是'给老子回家'。"

张仲平当然也就说说而已，他不会相信曾真真的会无缘无故地突然跑掉，跟他玩人间蒸发的游戏，但张仲平没有想到，自己的调侃还是把自己弄得有点儿紧张起来。因为曾真给他打了一百二十分。曾真说："你把这里当家真是太好了，一级棒。仲平，这算不算你给我的一个承诺？"张仲平无法直面这个问题，非常及时地抱吻了她，说："宝贝儿，我爱你，我真的爱死你了。"曾真说："我也是。"

张仲平觉得爱一个人是一回事，承诺给对方一个家则完全是另外一回事。对于他来说，这种承诺简直令人恐惧，因为他自己早已是婚姻中人，已经不具备作这种承诺的主体资格。他以前拥有过的那些女人，好像也从来没有这样要求过他，他和她们既能两情相悦，又能相安无事，诀窍就在这里。那是一场筹码不大不小的博弈，感情上的零和游戏。双方不问输赢结果，因为最好的结果不是划算不划算，而是能够一起享受那种最生动最具体的刺激过程。相比于父辈那个禁欲的时代，张仲平觉得自己真的是万分幸运，生逢其时。财富香车美女，一切似乎都唾手可得，只要你融入这个社会并在其中左右逢源。这是一种堕落的思想吗？可是除了这个，你还要他相信什么呢？难怪丛林骂他是他妈的资产阶级。张仲平知道，自己之所以能够游刃有余，是因为他给自己的奉献和付出画了一条底线，这不是一个可以随便动感情的时代，因为没有几个人愿意输，也没有几个人真的输得起。

现在，张仲平之所以感到有点忐忑不安，也就是因为他越来越觉得，曾真跟他原来的那些女人相比，有点儿不一样。丛林见过曾真第三次之后就对他发出了警告：小心玩出火来。张仲平一耸肩，一笑了之。丛林说："你别不当一回事，我看那小妮子挺认真的，不像跟你闹着玩儿。"张仲平说："是不是呀？""是不是呀"是张仲平的口头用语，用在这里表示无话可说。这是真的，他时不时地因为和曾真的关系而有点得意，也时不时地因此有那么一点儿担忧。不过，淡淡的阴影总是很快在曾真灿烂的笑靥下一扫而光。他只有在每天晚上恋恋不舍地从曾真身边离开，默默地开车回家的时候才会抽空想一想：还能像过去那样谨慎地寻求支出与收入之间的平衡、在警戒线以内悠游自在吗？那种跷跷板的游戏能够永远地玩下去吗？会不会自动地停下来？怎么样软着陆？既不伤到自己，也不伤到曾真。曾真是不能被伤害的。自己也是不能被伤害的。当然还有唐雯和小雨，特别是小雨。张仲平想都不敢想，一旦小雨知道了他和曾真的事以后，她将遭受到怎样的心理打击。张仲平第一次发现，恰恰是这一次，自己好像还从来没有想过什么退路。

擎天柱是早几年才开始开发的一个旅游区。张仲平把时间排了一下，决定跟曾真去玩一趟，顺便去见见胡海洋。

按照健哥的意思，张仲平应该继续保持与香水河法人股竞买人的接触。其实这件事胡海洋盯得也比较紧，上个月还到3D公司来过一趟。张仲平很婉转地打听了一下胡海洋发家致富的情况，确认他没有什么官场背景，完全是靠自己在财经学院那帮同学的关系在股市里打拼出来的。他那帮七七级毕业的大学同学个个了得，不仅有银行的行长副行长，还有证券公司的老总副老总，最差的也已经做到了大学教授，可以带博士。当时张仲平还跟胡海洋开过玩笑，说怎么没有早点认识他，否则可以找他帮忙，把唐雯考博士的事解决了。胡海洋马上掏出手机给他在大学的同学打电话，他同学说可以让唐雯去谈一谈，这事张仲平还没有跟唐雯说。唐雯是一个很要强的人，想凭自己的能力先拼一拼。

张仲平与胡海洋就香水河法人股拍卖的事已经谈得很深入了，开始涉及一些具体的操作细节问题。健哥那边还没有新的进展，他与胡海洋其实也就只能谈到这种程度，但主动来一趟，让两个人走近一些，总是好事。胜利大厦拍卖的拍卖公告已经登出来了，招商的事情主要由徐艺公司做，但张仲平出来之前也还是告诉了他，要他多费心，只是特意没说去哪里。张仲平是在家里当着唐雯的面给徐艺打电话的，唐雯果然就问怎么不跟徐艺说是去擎天柱。张仲平装作不情愿的样子说："徐艺精得很，这事可不能让他再闻到什么腥味。再说了，提前跟胡海洋见面只能秘密进行，不能大张旗鼓。"说得唐雯直点头。

晚上九点钟的时候他们才在宾馆里安顿下来。张仲平用宾馆的座机给胡海洋打了电话，说自己已经到了，想早点休息，明天再见面。胡海洋是那种君子不拘小节的人，依了张仲平。等曾真在浴室里洗澡的时候，张仲平轻轻地溜到走廊上，给家里打了个电话，告诉唐雯他到了。唐雯说："路上开车辛苦了，早点休息吧。"张仲平说："好吧，你也不要搞得太晚了。"唐雯说："行呀。"

人跟人就是不一样。接电话的如果是曾真，她肯定会随口问一句，你干吗不用宾馆的座机打，是不是在擎天柱哟？这种女人的小心眼唐雯就没有。

打完电话，张仲平还是把家里的电话号码给删除了。他怕曾真看到了不太好，尽管曾真从来不查他的手机，即使偶尔看到了，估计也不会说什么，但张仲平一想到告诉她准备来擎天柱时她浑身上下的那股兴奋劲儿，就有点不忍心。当时曾真抱着他又亲又吻的，说："真的真的真的？"张仲平说："怎么啦，像吃错了药似的？"曾真说："我真的太高兴了。"张仲平说："我们哪天不是在一块儿？只不过是换个地方而已。"曾真说："当然不一样，这几天你完完全全地属于我了，多好。"

张仲平曾经不止一次地问自己，曾真是真的爱他吗？她为什么会爱他呢？张仲平找不到一个令自己满意的答案。也许，这本来就不是一个该问的问题？因为据说爱是不需要理由的，不能像商人一样思考。如果真的能够找到一个答案，那就不是爱。张仲平也觉得做这种思考其实挺好笑，好像自己是个初出茅庐的小青年。现在的人亲呀爱的挂在嘴里，其实是不动心的，都知道谁动心谁最容易被伤害的道理，满嘴亲呀爱的，仅仅是为了增加云雨游戏时的至幻效果。

曾真是一个另类，还是终归也将成为张仲平前女友之中的一个？曾真老是问他爱不爱她，有多爱？也时常反思，问她爱他到底对不对。这是张仲平最为难的时候，因为他真的找不到一个令人满意的答案。为什么要苦苦追问自寻烦恼呢？电影《泰坦尼克号》有句台词后来风行全国，也许还是全世界，说是享受每一天。这种思想在西方倒是很普遍，其实是及时行乐的另外一种说法，Jack 拿这话诱惑 Rose，真是一点就通。这句话深入人心还有另外一层意思：未来难以把握，谁知道会不会突然冰海沉船？明天会怎样？谁知道明天会怎样？相互之间能够产生那种轻松愉快、亲密无间的感觉，是一件多么好的事情，彼此珍惜就行了。问这问那的，多累呀。

第二天，张仲平是被曾真弄醒的。她趴在他身边看他，拿着自己的一小撮头发在他脸上呵痒。张仲平伸手在她脸蛋儿上轻轻一捏，说："睡得怎么样？"曾真说："那还用说。"

床头柜上的电子钟显示已经上午十一点了。张仲平打开手机，自动秘书台给他传来了几条信息，有三个人在找他。一是胡海洋，二是龚大鹏，三是丛林。龚大鹏暂时不用去管，他跟张仲平联系不上，自然会去找徐艺，让他去跟徐艺扯吧。胡海洋的电话也可以稍后再打，估计他不过是为了尽地主之谊，安排吃饭的事。丛林看来比较急，不仅打了三次电话，还给他发来了文字信息，要他开机以后马上跟他通电话。

电话通了，丛林说了小曹的事。她在唐雯学校里念文凭，昨天跟寝室里的室友闹矛盾，还打了起来。张仲平说："怎么会这样？小曹不是很温柔吗？是不是要官太太的作风？"丛林说："别开玩笑了，听说是别人欺负她。我现在在外面出差，你抽个时间跟你老婆去看一看到底是怎么回事。"张仲平告诉丛林自己也在外面出差。丛林说："那你把教授的手机号码告诉我，我跟她打电话说吧。"张仲平说："她没有手机，你晚一点往我家里打电话吧。"

曾真说："丛林不错嘛，对小曹这么关心，呵护备至嘛。"张仲平说："那当然。还是老男人好吧，心疼人。"曾真说："小曹就差一点儿，什么事情不能自己解决，还把男朋友的同学的关系搬出来？仗势欺人吗？"张仲平说："看来是被丛林惯坏了。"曾真说："喂，凶不凶嘛？"张仲平说："谁呀？"曾真说："装什么傻？你说我问谁？"曾真从来不称唐雯为你老婆，宁愿叫教授，大概觉得用老婆的称呼叫唐雯很别扭。

曾真说："要是哪天我跟她打起来了，你帮谁的忙？"张仲平说："胡说八道什么，你是你，她是她，好好儿的打什么打?”曾真说：“我是说假如嘛。假如哪一天碰上了，真的打起来了呢?”张仲平说：“我懒得跟你讨论这种问题。”曾真说：“说嘛说嘛，不是说冤家路窄吗?”张仲平说：“啰里啰唆的。快点快点，胡总已经在大堂等着了。”曾真说：“假如真有那么一天，我会让她打，打得我动不了我都不还手。”张仲平说：“你这傻孩子。”曾真说：“那样子，你会不会心疼我?”张仲平说：“你还没个完了?”曾真说：“问你呢，谁叫你躲躲闪闪的?”

胡海洋开的是一辆猎豹越野车，一行三人到了一个叫猛牛寨的土家菜馆。曾真对包房里的装饰物赞不绝口。胡海洋说：“不错吧，这种土得掉渣的东西你们省城里看不到吧?”胡海洋是北京人，说起擎天柱来却油然有一种自豪感：“你们要是再过一年来，咱们自己的酒楼就开业了。”张仲平说：“是不是在鬼谷湾生态家园里面?”胡海洋说：“是呀，吊脚楼已经建到了第七层，能够同时容纳一千人就餐，里面最有特色的地方，就是只卖咱们生产的擎天柱牌一种酒。”张仲平和曾真一边点头一边都说不错。张仲平和胡海洋已经很熟了，但在一起吃饭还是第一次。胡海洋卖什么吆喝什么，到哪里都带着他的酒。张仲平这次来没有生意上的事要谈，胡海洋盛情难却，也就破例喝了好几杯。曾真见张仲平喝起酒来像喝白开水一样，就说：“你还说你不喝酒，挺能干的嘛。”胡海洋说：“这酒喝下去更能干，擎天柱，不是浪得虚名的。”曾真一笑，脸竟有些红了。她站起来回敬胡海洋：“胡总我没什么可说的，谢谢你的酒了。”张仲平知道曾真说这话是什么意思，等她坐下来，就把她的手捉住了，使劲儿地握了好几下，也不避胡海洋的嫌。

说到酒，胡海洋的话就多了：“咱们这里制定了一个小康标准，政府还发了红头文件，叫作白天二两酒，晚上两杯奶。”胡海洋说得一本正经的，张仲平和曾真都没有想到他其实是在说黄段子，因为胡海洋接着说：“这是男人的标准，为了体现对广大妇女的尊重，也为她们制定了一个标准，叫作白天二两肉，晚上两个蛋。”曾真扑哧一下把嘴里的一口茶水喷了出来，张仲平笑笑，帮她捶捶背，说：“这个标准定得比较有水平，物质文明精神文明一起抓。”

之前，张仲平没有跟胡海洋提起曾真会一起来的事。胡海洋见他俩亲亲热热的，早就明白了是怎么一回事。胡海洋本来已经准备好了要全程陪护的，一看架势，觉得不需要了，问这几天怎么安排。张仲平说：“你就不用管我们了。”

胡海洋说："那好，免得给你们当电灯泡。走之前，再请你们看毕兹卡歌舞表演吧。"曾真说："毕兹卡歌舞是什么？"胡海洋说："就是土家族歌舞，原汁原味，很不错。擎天柱为什么有名？因为它是男性生殖器的象征，也是这里土家族的图腾崇拜。毕兹卡舞很粗犷，像草裙舞、摆手舞，许多动作都是性交动作的夸张变形，很有阳刚之气，也很美，不会给人以猥亵的感觉。"胡海洋说着离席比画了几个，曾真伏在张仲平耳边撩他："仲平，跟你的动作不是很像哟。"张仲平说："我还需要好好学习，派我到那里去深造一下好不好？"曾真说："你敢。"

每个风景点都有很多脖子上挂着宝丽来立拍得相机的摄影师。曾真带了相机，两个人交换着你给我拍，我给你拍。在同心岩前面，曾真说："照张合影吧。"扬手就叫来了一个摄影师。见张仲平没有动，曾真说："老张你呆若木鸡的，怕留下作案的物证呀？"张仲平说："我怕什么？"曾真说："就是嘛，你怕什么？难道我会拿它去敲诈你？"张仲平说："我才不怕你敲诈呢。要钱，咱给。要人，咱也给。"曾真说："这是你说的吗？"张仲平说："那是谁说的？"曾真一边往他身边凑，在摄影师的调摆下做小鸟依人状，一边对张仲平说："那好，你给我记住了。"

第十六章

侯昌平给张仲平打电话，问他拍卖会的情况，要他不要当甩手掌柜，说那个什么时代阳光拍卖公司是新成立的，他有点不放心。张仲平很敏感，马上问他是不是发现了什么问题。侯昌平说：“案子交出来了，本来我可以不管不问的，但我老觉得放心不下，便以买家的名义打了个咨询电话，没想到他们爱答不理的，那个接电话的小姐好像很不熟悉业务，怎么会这样呢，嗯?”

张仲平接到侯昌平电话的时候，正好在外面吃完了晚餐回宾馆。曾真一出电梯就跳到张仲平背上，要他背。他与侯昌平的对话曾真听得清清楚楚。她从张仲平背上滑了下来，问张仲平“怎么啦，事情是不是很严重?”张仲平说：“难说。”张仲平有个原则，就是从来不跟她谈自己公司的事。那些事情都不是三言两语能够说得清楚的，涉及复杂的人际关系，外人也出不了什么主意，帮不了什么忙。出了江小璐的情况之后，更加是这样。曾真明白他的心思，也从来不打听。曾真说：“要不然我们先回去吧，别影响了你的工作。”张仲平说：“那怎么行? 大峡谷还没去哩，还有白马湖，听说那里又在闹水怪，全国各地的记者来了不少。”曾真说：“我对水怪不感兴趣，只对你感兴趣。”张仲平说：“胡总还要请我们看草裙舞、摆手舞呢，怎么，不想我学技术了?”曾真说：“你早就是武林高手了。”

张仲平在宾馆总台结账的时候，才给胡海洋打电话，告诉他公司有点事，得提前走。胡海洋说：“不是那件事吧?”张仲平说：“不是，是另外一件。”胡海洋说："那好，我来送你吧。"张仲平听到里面有搓麻将的声音，就说："算了吧，我们之间别讲那个客气了，你继续玩吧。"胡海洋也不坚持，祝他们一路顺风，便收了线。

张仲平问总台小姐，发票可不可以空着不填日期。总台小姐说可以。张仲平就叫她别填了。他答应了曾真，这两天住在她那儿。唐雯要是问起来，他就说还在擎天柱出差哩。

曾真要张仲平先休息一下，她来开车，却叽叽喳喳地说个不停。曾真觉得这里比湖南的张家界还美，趁着还没有完全开发，可以买块小地，到山里过男耕女织的生活。张仲平说："你不是不愿意当农妇吗？怎么又想我当农民了？"曾真说："这几天我很快乐，我想，如果能这样，哪怕是在这样的穷乡僻壤，我也愿意，仲平，你愿意吗？"张仲平说："你这个傻瓜。"

刚出城不久，胡海洋打电话过来，问曾真有没有驾照。张仲平说有，这会儿就是她在开车。胡海洋说："那好，你就一直让她开吧，要她开慢一点。"张仲平说："怎么说？"胡海洋说："没什么，女同志开车心细一点。好，就这样，我挂电话了。"

张仲平觉得有点莫名其妙，不明白胡海洋的意思，因为他平时可不是一个婆婆妈妈的人。曾真说："你别七想八想了，他看咱们俩那么亲热，知道你晚上肯定没闲着，体力消耗大，精神不容易集中，怕出事。"张仲平说："你还不是一样辛苦？"曾真说："只有犁坏的犁，没有犁坏的田。再说了，我年轻，经搞。"张仲平说："嫌我老了？"曾真说："是呀，你这讨厌的家伙。"

中途张仲平要替换曾真，曾真不肯："我又不是没有开过长途，不累。再说了，这不是你朋友的交代吗？"但在上高速公路以后，张仲平还是坚持着开了个把小时。夜里在高速公路上开车最容易疲劳了，他怕曾真受不了。

第二天，小叶上班迟到了。她没想到张仲平会提前回来，张仲平没有说她，趁着她帮他搞室内卫生时，随便地问了一下这几天的情况。小叶说挺好的，没有什么事。张仲平说："建国路胜利大厦的拍卖公告登出来了，没有一点反应吗？"小叶说："有反应呀，我接到过几个电话，按照你的意思都转到徐总他们公司去了。"张仲平说："留下竞买人的电话号码没有？"小叶说："留了。"张仲平"嗯"了一声，想了想，装作很随意的样子，说："如果有人来找我，别说我回了，也别说我没回，让他打我的手机。"小叶望了张仲平好几眼，点了点头。

张仲平这样吩咐小叶，是怕唐雯打电话到公司找他，但愿这是多此一举。唐雯不是小肚鸡肠的人，他说什么她一般都相信，不会七拐八拐地去核实他讲话的真假，但这种事情谁又敢百分之百地打包票呢？

张仲平没有给徐艺打电话，直接去了时代阳光拍卖公司。

徐艺很悠闲地在公司里看报纸，张仲平问他情况怎么样了。徐艺说："打电话咨询的不少，打保证金的还没有。"张仲平说："还有三天时间，估计会不会有人来办手续？"徐艺说："难说。"张仲平说："这么大的项目，别人还要做可行性论证，照道理应该跟拍卖公司直接接触了。有这样的买家没有？"徐艺说："还没有。"

徐艺争取做主拍单位是经过了慎重考虑的，可以说付出了一定的代价，占一个主拍单位的虚名毕竟显得意气用事。对他们公司来说，这是接受法院委托的第一笔业务，只能做好，不能做砸，否则，就是别人再怎么想帮你，也会不放心。因为法院直接面对申请执行人和被执行人，众目睽睽的，活干不好或者拖泥带水的，不等于是给法院添麻烦吗？其他的还有什么可谈的？徐艺又不傻，对其中的利害关系应该很清楚，应该不大可能轻易去冒这种风险。

当然，拍卖公告刊登出来以后没有一点反应的情况也是有的。拍卖是一种市场行为，你总不能把人强行拉到拍卖会上来。即使有人办理了竞买登记手续，在拍卖会上却不举牌的情况，也很普遍。拍卖会并不像某些影视作品里出现的镜头那样，好像只要一上拍卖会，就应者如潮争先恐后。举牌是那么潇洒的事吗？要钱呢。到目前为止，张仲平感到奇怪的仅仅是徐艺的态度。他想起了龚大鹏。张仲平在擎天柱的时候曾经接到过龚大鹏的一个电话，那时候他的手机关机，后来开机从信息箱里才知道。张仲平给龚大鹏回过一次电话，没想到电话通了没人接。张仲平也就没有去管他了，他觉得跟龚大鹏该说的话都说清楚了。龚大鹏不是一个轻言放弃的人，很倔，张仲平这里说不上话，肯定会去找徐艺。徐艺的这种态度跟龚大鹏会不会有什么关系呢？张仲平问："上次跟你提到过的那个包工头，找过你没有？"徐艺眼光一闪："你是说那个姓龚的？我看他脑子好像不好使。"徐艺挥了挥手，一副不屑一谈的样子。张仲平并不觉得龚大鹏神志方面有什么问题，他只是钻到了自己想法的死胡同里轻易出不来而已。这对于一个农民出身的建筑商来说，完全可以理解。徐艺这样轻描淡写地说到龚大鹏，反而让张仲平的不安又增加了一分。

张仲平说："龚大鹏这个人还是要注意，他跟胜利大厦关系密切，也有些能量。"徐艺点点头："行，我会注意的。"

张仲平起身告辞，徐艺也没有特意挽留，甚至上次提到的请他看艺术品大拍拍品的事也没有提。徐艺嘴上当然也还客气，说一定按张总的指示办。张仲平也就一笑，随他去。

张仲平从徐艺那里没有了解多少情况，就想跟龚大鹏见上一面。

张仲平给龚大鹏打电话说："怎么啦，龚大老板？我的电话都不接了？是不是对我有什么意见？"龚大鹏说："哪里话？是你不接我的电话吧？张总是我的兄弟，我怎么敢不接兄弟你的电话？"张仲平说："那好呀，你看什么时候方便，咱们见个面？"龚大鹏说："可以可以，张总要接见我，随时都可以。"

龚大鹏说随时都可以，真的约他却找各种各样的借口搪塞。张仲平多少有点生气，这小子，当初为了见自己，可以大半天地在公司里候着，这时候倒像个人物了。

张仲平想不出龚大鹏在他面前摆架子的理由。

拍卖会前一天晚上，龚大鹏才给张仲平来电话，问他有没有时间。拍卖公告中规定的报名时间已过，没有一个竞买人报名登记，也就是说，胜利大厦第一次拍卖会流标已成定局。龚大鹏曾经向张仲平要求推迟拍卖会的举行，这在客观上也已经做到了。这个时候两个人见面已经没有了什么实际意义。

张仲平就跟龚大鹏在东方神韵大酒店一楼咖啡厅见了一面，那个瘦高个子的青年跟着他，也学龚大鹏的样，动不动就要跟人家握手。

张仲平说："龚老板找的那个台湾老板回来没有呀？"龚大鹏说："回来了回来了，我跟他说了你想见他的意思，可他说不忙，说这两天正好有点别的安排。"张仲平笑了笑，没有去纠正龚大鹏。张仲平当初的意思是，如果龚大鹏方便，可以安排他与那个台湾老板见个面，看看他购买胜利大厦的诚意到底有多大。龚大鹏说："没有想到这次的价格会有这么高。"张仲平说："你怎么会觉得价格高呢？里面土建成本就有你的五百万，再加上土地成本和报建费七七八八的，这个价格不算高吧？"龚大鹏连忙说："我还不希望价格高点？可是，我听说大家购物有一种心理，叫买涨不买跌，胜利大厦停了几年工，大家还等着跌价。听说这一次如果拍不掉，就必须降价。"张仲平说："不是必须降价，是有可能降价。主要看法院怎么定。"龚大鹏说："最低能降到多少？"张仲平说：

“第一次拍卖会的程序还没有走完，讨论这个问题还为时过早。你是我的朋友，可以一般性地讨论一下。我估计就是法院同意降价，下次拍卖，也得千把万吧。”龚大鹏望着张仲平笑笑，没吭声。张仲平见他那个样子，心里一咯噔，却故意慢悠悠地说了一句：“时代阳光拍卖公司的徐总对你印象很深呀，他怎么说？”这时龚大鹏旁边的那个瘦高个子青年突然插话，说：“徐总跟我们说下次能降到七八百万。”

张仲平和龚大鹏都没有料到他会多嘴，不约而同地扭过头去看他。龚大鹏使劲地横了他一眼：“你这个活宝，你不说话会死呀。”张仲平笑了一声，没吭气。

胜利大厦在建工程的评估价是一千六百多万，拍卖运作过程中，还有一个拍卖保留价的问题，也就是通常说的底价。一般说来，拍卖保留价比评估价低。为什么呢？因为值多少钱的东西并不一定马上就能够卖到多少钱。因此，为了实现快速变现的目的，就必须在评估价的基础上打折。打折的幅度是不一定的，《拍卖法》并没有明确的规定，最后决定权还是在法院。

操作法院委托的拍卖项目，中间随时可能出状况，所以拍卖公司一般都会想方设法尽快拍卖成交。在确保成交的前提下，再尽可能地让成交价格走高，但是不管怎么样，拍卖保留价应该一直保密，否则，让一个竞买人事先知道拍卖保留价，却对另外的竞买人保密，就是一种信息不对称，就会有失公平。

第一次拍卖的保留价是一千三百来万，算是在评估价的基础上打了八折，应该不算贵了。不过，现在的人都很精明，知道法院委托拍卖的东西，如果第一次拍不掉，第二次多多少少会降价，所以干脆就等到第二次拍卖的时候再来。当然，对于竞买人来说，拍卖保留价的大幅度下降也是一把双刃剑。谁也不能保证能够按照降下来的拍卖保留价拿到自己想要的东西。因为账其实大家都会算，对于你有吸引力的价格，对于别人可能同样有吸引力，这样的话，你就会多遇到一个竞争对手，竞争也就越激烈。你要想低价位买到拍卖标的，除非你能够阻止别的竞买人跟你竞争。

说第二次拍卖会的拍卖保留价应该有千把万，张仲平是在一千三百万的基础上再打一次八折测算出来的，这差不多也是一种惯例。被龚大鹏称为活宝的瘦高个子说七八百万，已经是评估价的百分之五十了，必须在一千三百万的基础上再打六折才能达到。活宝随口溜出来的那句话，如果是真的，徐艺就有点不像话了。等于让张仲平处在了一种十分尴尬的境地，龚大鹏会认为张仲平是在假心假意地应付他；如果龚大鹏认为他连这个价格都不知道，又会在心里看轻他。龚大鹏可能会这么想，你还是协拍单位的老板哩，原来是聋子的耳朵——配相的，人家主拍单位压根儿就没有把你放在眼里，跟你谈什么事儿都没有用。

按照张仲平上次帮龚大鹏做的分析，成交价格越低，对龚大鹏越不利，除非龚大鹏真能通过徐艺让那个什么台湾老板以极低的价格买到手，同时获得别的好处。设想一下，如果那个台湾老板真的能够以七八百万买下来，与张仲平预计的千把万，就有二三百万的差价。也就是说，龚大鹏既没有舍弃那个与东方资产管理公司争来争去的蛋糕，暗中又为自己另外留了一块自留地。连 3D 公司也成了被他们撇开的对象。算盘打得不错，可是，他龚大鹏玩得转吗？

徐艺从中得到的又会是什么呢？拍卖佣金是按拍卖成交价计算的，拍卖成交价越低，拍卖佣金也就会相应减少。拍卖公司当然不会这么干，除非能够得到远远高于正常佣金收入的其他补偿。徐艺为什么最终选择了做佣金收入少五个百分点的主拍单位？他在一开始是不是就有通过旁门左道赚钱的想法？因为如果龚大鹏要玩鬼，是离不开徐艺的。

难怪侯昌平会有那种印象。

问题是，别的竞买人如果也对胜利大厦有兴趣，又怎么能够阻止他们来参加拍卖会呢？

张仲平知道，千把万的项目太好出手了，钱不是太多，又可以做得有模有样。所以，在拍卖市场上是广受欢迎的。3D 公司拍过一两单，每次都竞争激烈。徐艺是知道这种情况的，他会去玩这种拍卖人与某一个竞买人恶意串通的火吗？万一落下把柄，不仅可以宣布拍卖无效，处罚还相当严重。

张仲平感到与龚大鹏谈话有点不投机。他想原来龚大鹏约他见面，不过是为了虚晃一枪，或者说是为了更进一步地麻痹他。

再坐下去就有点无聊了，张仲平起身跟龚大鹏告别。龚大鹏跟着起身，说他还要坐一会儿，等另外一个朋友。龚大鹏说："我请张总，单我来买。"张仲平笑笑，随了他。龚大鹏望着张仲平，欲言又止的样子，但还是什么也没有说，只是伸手抓住了张仲平的手。龚大鹏使劲地攥着它们，差不多是在跟张仲平较劲儿了。龚大鹏说："张总我永远把你当兄弟，请多关照了。"

曾真经常怔怔地发呆，有时候还会幽幽地叹上一口气。有一次，曾真伏在张仲平身上问他还有多久。张仲平莫名其妙：“什么还有多久？”曾真说：“我们的爱呀，还能持续多久？”张仲平说：“西方有七年之痒之说，其实真正说起来，即使是没有任何杂质的两情相悦，保鲜期也就七个月吧。”曾真说：“七个月？”张仲平说：“是呀，七个月，杂志上就是这样说的，说男女之间的爱情保质期是二百一十天。三七二十一，不就是七个月吗？”曾真说：“什么狗屁杂志？我怎么没有看到过？”张仲平说：“既然是狗屁杂志，咱们就不去管他了。”曾真说：“你以前跟那些女朋友，是不是就是这样的？”张仲平半天没吭声。曾真说：“老实交代，是不是这样嘛？”张仲平说：“别急别急，我正在一个一个地算呢。”曾真说：“你别算了，我跟她们不一样的。”张仲平说：“哪儿不一样？”曾真说：“哪儿都不一样，我比她们加在一块儿还要好，好得多，好一百倍，好一千倍、一万倍。张仲平，你除非是世界上最大最大的傻瓜，才会动心思想甩了我。”

那天，曾真吃过饭将碗筷一收拾就开车出去了。她刚走没半个小时，徐艺打来了电话，请张仲平到他们公司去一趟，说第二次拍卖的公告已经刊登出来了，有些事情需要通通气。

第一次拍卖公告刊登在《白鹿都市报》上，这是当地发行量最大的一份报纸，覆盖面很广，徐艺那次做艺术品拍卖和国土局储备土地的拍卖，选择的报纸媒体就是它。3D公司发布拍卖公告，一般也都把它作为首选，但是，张仲平到了时代阳光拍卖公司才知道，第二次拍卖的公告却选择了省日报，这是一份主要面向党政机关和各基层党组织的报纸，一般的企业是不订的，而且外面的报刊亭一般也不零售。

张仲平说：“怎么换成省日报了？”徐艺说：“有什么问题吗？《白鹿都市报》没有省日报级别高，广告可以打五折，节约成本嘛。”张仲平认为徐艺的理由不能成立，现在不是节约成本的问题。拍卖公告讲究的是受众面，与报刊本身的级别没有关系。张仲平不想一进门就和徐艺争，忍了忍，说：“像这种事情，徐总是不是应该先跟我商量一下？”徐艺连忙说：“对不起对不起，这确实是我疏忽了，我向张总赔不是。其实还有一个原因，法院那边催得急，那天本来也是先联系《白鹿都市报》的，可是最近不是来了一个温州的购房团搞一个什么房地产交易会吗？它们的版面三天以前就预订完了。”张仲平说：“那就更应该仍然选择《白鹿都市报》了。做生意就是要扎堆，这是一个最简单的道理。”徐艺说：“张总是不相信我的话吧？法院催得急是真的，《白鹿都市报》也确实没有广告版面了。”张仲平本来想跟徐艺说，你刚才电话里还说要跟我商量事，其实不过是把你做的事告诉我一声而已，但张仲平又想，徐艺都已经做了，再说又有何益？毕竟徐艺的搞法也不算违约。

张仲平很快又发现了新的问题：第一次拍卖公告中要求的拍卖保证金是一百万元，这一次增加到了五百万元。张仲平用手指点着这一条，问徐艺是怎么回事。徐艺又笑了笑，说这也是委托法院的意思。张仲平说：“委托法院管得倒是很具体。”张仲平知道，拍卖保证金收多少，《拍卖法》也没有明确的规定，按照惯例，也就是拍卖标的现价值的百分之五到百分之十。太低了，担心买受人成交后毁约。太高了，等于抬高了竞买人的门槛，而且资金在账上打来打去的，也挺麻烦，因为最终的买家只有一个，其他竞买人的保证金要求迅速退回。徐艺又像是反问又像是辩解似的问了一句：“这不会又有什么问题吧？”张仲平心想，你把什么问题都往法院那儿推，我要说你的做法有问题，你转背到法院里去说，说不定就成了我对法院编排不是，这种傻事我才不会做哩。便笑着摇了摇头：“话是这么说。徐总，公告已出来了，再讨论这些事已经没什么意义。不过，据我所知，这好像是贵公司在法院接的第一笔业务，又是在建工程，情况比较复杂，咱们可得一心一意把活干好呀。”徐艺说：“张总真是语重心长呀，你放心吧，违法乱纪的事，谁敢干？我们做拍卖，这是最起码的要求吧。”张仲平说：“那就好。”

徐艺要拉张仲平一起去南区法院拿第二次拍卖的保留价确认书。这让张仲平警惕起来。他又想起了那个活宝的话，觉得徐艺越来越形迹可疑了，还拉他来打掩护，心里不爽，就让他一个人去。徐艺说：“还是一起去吧，免得张总又误会。”这话让张仲平心里直窝火，明明是你做得不地道，倒好像成了我斤斤计较似的。但张仲平还是忍住了，两家公司合作，磕磕绊绊的事总是免不了的，徐艺只要不是太出格也就算了。

到了南区法院，执行局的沈建伟交给了他们俩一个密封好的信封，他先递给徐总，徐艺示意他给张仲平，张仲平推辞了一下，接过来，转手又给了徐艺。信封封着，要到开拍卖会的时候当场拆封，因此，张仲平并不知道拍卖保留价是多少，沈建伟当然是知道的。徐艺也应该是知道的，否则，活宝那句话从何说起？刚才徐艺为什么要推那个信封？不就是掩耳盗铃？不过，张仲平打定了主意，能装傻就装傻。他徐艺玩不玩名堂，是他的事。反正张仲平该说的话也都说了。张仲平为这件事画了一条底线，拍卖活动绝对不能违背《拍卖法》，至少在程序上要经得起各方面的严格检查。3D公司绝对不能够被牵扯到违反拍卖程序的套子里去；在这两个前提下，徐艺要打什么擦边球，他可以装傻，即使这种装傻要付出少收一部分佣金的代价。还有，就是要在适当的时候提醒徐艺一下，他张仲平只是在装傻，而不是一个可以被人家当猴耍的傻瓜蛋。

曾真打手机问他在哪里，张仲平离开沈建伟办公室，来到走廊上，说了。曾真又问他晚上有什么应酬没有，张仲平说暂时没有。曾真说："那你能保证一定回家吃晚饭吗？"张仲平想了想，说："我尽量吧。"曾真说："要没什么重要事，你今天一定得回来。"

过了不到半个小时，曾真又来了电话，说："老公，你回家的时候，没有我的命令不准开门。"张仲平说："为什么？你今天神经兮兮的，搞什么鬼？"曾真说："你乖乖地听话就行了。"

张仲平的心被曾真弄得吊起来了，反而想早点回到她那儿去。这时徐艺也从沈建伟办公室出来了，硬要拉他回公司去看艺术品大拍的东西。张仲平说："还是不用看了吧，看了好东西我又会忍不住。"徐艺说："要的就是你这句话，你张总还真得给我捧捧场。"张仲平装作很不情愿的样子，随徐艺回了他的公司。东西还不少，字画、杂件、玉器、瓷器，也有上眼的。他自己送给葛云的东西，却没有看到。难道还没有送来？张仲平说："征集工作还有多久？"徐艺说："快了，到这个月的月底，还有十几天吧。有中意的没有？"张仲平说："等出了拍卖图录以后再说吧。"徐艺说："张总你只管负责买，佣金我可以打折。"张仲平说："为什么打折？是不是觉得欠我的人情实在太多了？"徐艺仰着脖子哈哈一笑。

张仲平心想葛云真是一个沉得住气的女人。不过这也许是健哥的意思，健哥可能要等香水河法人股拍卖的事最后敲定以后，才会让葛云往这儿送东西。那件事应该快了，健哥已经给他透了信，说顺利的话也就这一两个星期吧，正好跟徐艺征集拍品的时间对上。

差不多到了下班的时候了，徐艺说："一起吃晚饭吧。我把江经理也叫上。"张仲平说："哪个江经理？"徐艺说："就是胜利大厦拍卖的业务经理，大美女。

嗯，上次你不是还问起过她吗？我还以为你们认识哩。”张仲平开始还有点担心，怕江小璐有意无意地在徐艺面前暴露他俩的关系。听徐艺的口气，不像是知道底细的样子，这让张仲平放心了，心里却不免唏嘘一回。张仲平惦记着曾真的事，更不会在这种时候与江小璐和徐艺在同一张桌子上吃饭，就说：“下次吧，说句实在话，徐总你是得好好请请我。”

曾真又来了电话：“老公你在哪儿呀？”张仲平说：“我刚从徐总那儿出来。”曾真说：“还要多久？”张仲平说：“怎么啦，你今天神神秘秘的，搞什么阴谋诡计？”曾真说：“少啰唆，你快点快点回家吧。”

曾真早就躲在门后面了，听到张仲平的钥匙在锁孔里转动的声音，便从里面把门打开了，却只打开了一条缝，曾真说：“你把眼睛闭起来，没有我的命令不准睁开。”张仲平就乖乖地把眼睛闭了起来。曾真拉着他的一只手，把他拖进房间，门砰的一声关上了，又引导他慢慢地往房子中间走。她要他向左，他就向左，她要他向右，他就向右，她要他抬脚，他就抬脚。曾真说：“好啦，麻烦你老人家把眼睛睁开吧。”

张仲平把眼睛睁开了。

他看到他扭着头在亲她的脖子，她怕痒似的那样笑，脖子有点缩，身体要躲不躲，眼睛要睁不睁的，又甜美又迷人，背景是擎天柱的飞云瀑——那是一幅巨大的照片，占了客厅整整一面墙。他们两个大活人这会儿正站在客厅的中央，周围是一圈排列成心形的小小的红烛，已经点燃了，正摇摇曳曳地燃烧着，红烛的外围是恣意盛开的鲜红的玫瑰。

张仲平怔住了，他看到曾真的脸上有飘忽的光的影子在跳跃。外面正是暮色四合的时候，曾真却没有开灯。他想，同样的光的影子也在自己的脸上闪闪烁烁吧。

张仲平笑一笑：“怎么，这么隆重？”曾真说：“祝你生日快乐。”张仲平说：“我生日？”曾真说：“是呀，我看了你的身份证，你把自己的生日都给忘了？”

张仲平的生日其实还要晚几天。身份证上的是阳历，他其实一直是过阴历生日的。张仲平不便说破，一把将曾真拥进怀里，在她的耳朵根底下轻轻地说：“谢谢你宝贝儿。”停了一下，把她的脸扳过来，看着她眼睛说：“墙上的照片是怎么回事？”曾真说：“好不好看？”张仲平说：“好看。里面的男人真像是个采花大盗。”曾真说：“就是。打你这个偷花贼。”张仲平说：“可是，我怎么不知道照过这样一张照片？”曾真说：“你不知道的事情还多呢。”又把他往卧室里拉。

卧室里的墙上也挂了七八张照片，有他们俩手拉着手一起朝前小跑的；有她趴在他背上，他一边咧着嘴傻笑一边背着她朝前走的；也有他搂着她的腰的；还有一张是他在给她送飞吻，很夸张，他的嘴撮起来，两片嘴唇大得像猪八戒。卧室里面的照片大小各异，大的有挂历那么大，小的也有二三十寸，有意东倒西歪地挂在墙上。一律郁郁葱葱的背景下，是她和他阳光灿烂的脸。

张仲平说：“什么时候拍的？我怎么一点都不知道？”曾真说：“你忘了我是干什么的？那里有我的同行朋友呢。”曾真一提醒，张仲平好像想起来了，他们在擎天柱游玩时，老是有那么两个人围着他们转来转去的，当时心里就觉得有点儿奇怪，却也没有当一回事。

晚餐也早就准备好了。一份清炒百合，一份银耳去芯莲子羹，还有用一个小小的砂锅熬的小米红豆粥，当然还有生日蛋糕和一瓶法国红葡萄酒，很有中西合璧的意思。曾真早把电脑打开，页面是他俩在同心岩前的合影，轻柔抒情的萨克斯在房间里飘荡起来。

曾真说：“仲平，你开心吗？”张仲平说：“开心，谢谢你小女生。”曾真说：“以后每年我都要给你过生日，每年都不一样，都要让你开开心心的。噢，不，当然不只是生日这一天，我要让我们的每一天都开开心心的。”张仲平不敢看曾真的眼睛，急急地说：“我们跳舞吧。”曾真说：“要不要先吹蜡烛，许个愿？”张仲平说：“等等，这会儿我不想吃东西。”

张仲平其实不会跳舞，他说的跳舞，是搂着曾真在心形的蜡烛圈子里慢慢地转圈，慢慢地摇晃。他开始还眼睛对着眼睛地看着她，后来干脆把眼睛闭上了。再后来，那些蜡烛一只一只慢慢地熄了，房间里弥漫着一股淡淡的刺鼻的气味。张仲平轻轻地放开曾真，将房间里所有的窗户都打开了，让夜的气息和新鲜的空气一起涌进来。

等到他们躺在床上的时候仍然没有开灯。他们相拥着说话，有时候两个人抢着说，有时候两个人又同时都不说话，一同望着墙上的照片出神发呆。因为一直没有开灯，他们其实看不清楚照片里的影像。但他们好像又回到了擎天柱风景区郁郁葱葱的环抱中，又听到了玉带溪淙淙流淌的响声。在那个还没有完全开发的风景区，他俩自由快活，就像水里的两条鱼。

张仲平突然想到了唐雯。

唐雯当然从来不会忘记他的生日，她会早早地起床，为他炖上一只老母鸡，多少年了，这是她的保留节目。

张仲平的思绪被曾真打断了。曾真说："这样，我每天早晨一睁开眼睛，就真的能够看见你了。猪八戒背媳妇，瞧你，多傻呀。"张仲平说："对不起，宝贝儿。"曾真说："仲平你别这么说。"

第十七章

一般情况下，张仲平的手机是不关的，二十四小时处于待机状态，很少有特殊的情况，除非是跟哪个女朋友刚认识不久，又处于头几次上床的敏感时期。张仲平主要是怕在这种情况下，唐雯突然来电话会对他精心设计的情节发展起不好的影响。心理作用是一个很重要的方面，你正在花言巧语地做别的女人的思想政治工作，言传身教地说服她为你宽衣解带或者两个人正如火如荼地准备将做爱进行到底，老婆的电话却不合时宜地响了起来，想一想那会有多扫兴。其实张仲平的这种担心往往是多余的。社会上，老婆被称为纪检书记，负有对老公进行常备不懈的监督的使命，生怕他去犯作风错误。可是，就像那个什么定义说的，越怕发生的事越是容易发生。随便到大街上抓个男人问问，看一辈子只跟老婆一个人睡觉的男人有几个？恐怕真的比恐龙还难找。没有办法，这个社会对于男人来说，机会真的太多了。张仲平非常庆幸唐雯是在学校里工作，相对来说，那儿多少要清静一些、单纯一些，可以让她不知道自己老公身陷于怎样凶险的江湖。确实，唐雯对张仲平非常信任、非常放心。有时候张仲平自己都搞不懂，不知道唐雯到底是大智若愚呢，还是对他太在乎或者太不在乎。太不在乎可以让她对他不管不问，这很好理解。太在乎了呢？是怕管怕问，怕一旦真的发现什么蛛丝马迹，心理承受不起，所以才小心翼翼地回避着或大大咧咧地装傻。

从林说聪明的女人才会装傻，一个男人如果连男女关系方面的错误都不会犯，那还叫男人吗？又说张仲平会哄老婆。会哄老婆的人才能做到家里红旗不倒，外面彩旗飘飘。张仲平抿嘴一笑，不想显得太得意扬扬。他觉得自己比丛林说的那种男人段位还要高一点，运气还要好一点。因为唐雯根本就不需要他哄，他对她只要稍稍地说说假话就可以了。说假话算什么呢？这个社会谁不说假话？不说假话能办成什么事？

在对待女人的问题上，张仲平自认为是个拿得起放得下的人。他要跟谁有了那层关系，会对她很好，一旦分手拜拜，也不会太往心里去，因为总是能够及时找到新的来填空。认识曾真以后，张仲平其他的花花事儿几乎就没有了。一是他的精力顾不过来，另外一个原因，是他感觉到曾真这个傻姑娘太会黏他，太会发嗲，也太会耍小性子，张仲平还就吃这一套，要再到外面去招惹，就有点过分了。

手机响起来的时候，张仲平一愣，一看号码，心更是一沉，他没想到曾真会在这会儿给他打手机。这是星期天，上午九点多钟，张仲平在家里还没有起床。他跟唐雯刚刚做完，觉得有点累，还想睡个回笼觉。唐雯也在床上，正在打扫“战场”。

曾真打通了张仲平的电话，却没有说话。幸好没有说话。张仲平故意抽抽鼻子，从鼻腔里弄出来一些响声。那声音可以解释为他那患有鼻窦炎的鼻子正在发痒，也可以说是对电话那一头的曾真的一种警示，因为从紧贴在耳朵边的手机里，他听见了曾真隐隐的哭声。唐雯要是听到了那还了得？为了不让唐雯听见，只好拿自己的声音去掩盖，还得摸索着把音量调小。张仲平还算反应快，说：“哦哦哦胡总呀，你好你好，你到了吗？在哪里？是吧，好呀好呀，我争取半个小时左右赶到吧。”张仲平把上面的一席话一说完，赶紧把折叠的盒盖一合，装作很随便的样子把手机往床上一扔，幸好曾真那边一个字也没有说。

张仲平对唐雯说：“擎天柱的胡老板来了，你上午有事没有，去不去见见面？”唐雯在他脸上抹了一把：“你是怕我太累了是不是？小雨在家里，我陪她吧，否则，她一上网又是大半天。”张仲平说：“我得出去一趟，没办法，对不起了。”唐雯说：“没有呀，不是刚交完了家庭作业吗？”张仲平笑一笑，在唐雯腰上拍了拍。唐雯扭身去卫生间了，张仲平这才偷偷地舒了一口气。

张仲平一到车上就想给曾真打电话，他心里急，知道她那里肯定出了什么事，又怕电话里面说不清楚，反而误了开车。

曾真房间的门大开着，里面已经有了五六个人，其中还有两位警察。曾真一见到张仲平就扑了过来，也不管有那么多人在场，哇的一声一下子就哭了起来。张仲平问怎么回事，曾真止不住哭。一个矮矮胖胖的警察回答："入室盗窃。"他对张仲平挤挤眼睛，又说："到外面打牌去了吧？手气怎么样？"张仲平看了他一眼，觉得这时候问这种话真是愚蠢，脸上却不能不笑，算是回答。他认出了另外的几个人，是小区物业管理公司的。

张仲平说："怎么会有小偷？你们物业管理公司不是承诺二十四小时保安巡逻和电视监控吗？怎么会出这种事？"那几个人笑笑，觉得这个问题不好回答，也不需要回答。警察勘查现场的任务早就做完了。拍了照，取了脚印、指纹。张仲平自己不抽烟，身上也就没带。要帮两个警察续水，也被他们拦住了。他们说："就这样吧。"张仲平说："什么时候有消息？"他们说："等着吧。有消息我们会马上通知的。你太太给我们留了电话。"说完就走了。物业管理公司的人安慰了几句也走了。

那些人一走，本来忍着不再哭了的曾真又哭了起来，比刚才哭得还厉害。她把他箍得紧紧的，生怕他会突然跑掉。张仲平把门关上，使劲地搂着曾真，让她畅畅快快地哭一场。

小偷是沿着下水管道从窗户爬到屋里来的，卸掉了厨房的排风扇。案发时间大概在凌晨四点多钟的样子。昨天晚上张仲平走了之后，曾真一直在看韩剧，那会儿刚迷迷糊糊地睡着不久。她听到声音就惊醒了，看到那个男人头上戴着一只丝袜，嘴里横咬着一把匕首。曾真很清楚自己不是在做梦，她知道家里进了贼。她真的是吓蒙了，她没有叫。幸亏没有叫，否则还不知道会出什么事。那个小偷可能也只想偷东西，没有想到劫色，否则曾真也惨了，因为曾真学张仲平的样儿也习惯了裸睡，一丝不挂的。那个小偷将卧室的门轻轻地推开，在门口盯着曾真的脸看了好几秒钟。曾真并没有与他的目光进行对视，她是感觉他在看她的。她裹着毛巾毯一动不动，觉得那几秒钟真的有一个世纪那么长。还好，小偷看到了梳妆台上曾真的手机和小手袋，拿了东西就走了。他是从门口出去的，很从容地将防盗门的锁拧开，然后身子那么一闪，还很负责任地把门给带上了。听到那扇厚重的防盗门撞上时发出的咔嚓声之后好一会儿，曾真才哇的一声尖叫出来，接着发现自己尿了床。

损失倒不是很大，也就一台手机和八百多块钱。其他的东西，包括掏空了的钱包，身份证，化妆包里的口红、眉笔、小指甲锉和那个小手袋，则扔得满楼道都是。

曾真向张仲平说起这些时，身子仍然不由自主地瑟瑟发抖，就像一片寒风中的树叶："他离我那么近那么近，他要是动粗我怎么办？我真的好害怕，怕再也见不到你了。"曾真接过张仲平递过来的面巾纸，擦了擦眼泪，又说，"对不起对不起，真的对不起。你不怪我吧？我忍着不给你打电话，我忍呀忍呀，可是我没有忍住。"张仲平不知道该怎么劝慰她，只好把她紧紧地抱在怀里。一会儿用手指帮她梳梳头发，一会儿跟她深深地接吻。

张仲平说："我派人去把防盗网装起来。"曾真说："别走，你别走。物业管理公司不会让装的。"张仲平说："都出这样的事了，怎么不让装？"曾真说："这是小区的规定，你看哪一家装了？"张仲平说："可是他们并没有尽到对业主的安全保卫责任。物业公司算什么？服务不好业主可以炒他们的鱿鱼。"曾真说："算了算了，事情闹那么大，猴年马月才有结果。你别走，我不要你离开我，我要你就这样陪着我。"

他们还是一起出了门，到电信局去买了一台手机，红色的三星，跟被偷的款式一模一样，又办理了新手机的开机手续。很快就到了中午，张仲平说："想吃点什么？"曾真说："我什么都不想吃，没有胃口。"

这时唐雯来了电话，问张仲平回不回家吃饭。张仲平接电话之前看了曾真一眼，然后背过身去，说可能回不来。唐雯说："你女儿逼我给你打电话哩，说你周末也不陪她。"张仲平说："我在家她还不是上网？"唐雯说："是呀，这个网络真是害死人了。她下午要去学校，你能送她吗？"张仲平说："等下看情况吧。"

张仲平也没有吃早餐，肚子早就饿了。张仲平转过身来，见曾真呆呆地在那儿发愣，伸手在她腰上碰了碰，说："我陪你去吃麻辣蟹吧，多放点辣椒，让你出一身汗，然后陪你到游乐场去玩过山车和蹦极，回家好好洗个热水澡，再陪你好好睡一觉，好不好？"曾真望着他，没有说话。

一回到车上，曾真就靠在了张仲平肩膀上，又用两只手吊着他右边的胳膊。张仲平开车的时候，曾真老喜欢这样。只是这会儿她用的力气要大一点。她很疲倦地闭着眼睛，好像病了一样，蔫蔫的。对于张仲平的安排，她没有说好，也没有说不好。不久，她的眼泪就默默地流下来了。

张仲平逗她，说：“你是不是少先队员？坚强一点嘛。”

他们没有去吃麻辣蟹，也没有去游乐场。曾真说：“我们回家吧，顺便买个盒饭。你吃，我不吃。我不想吃，吃不进去。”

曾真说：“一闭上眼睛，就好像看到那个人站在我面前，那么近那么近。”张仲平让曾真伏在自己胸前，一只手轻轻地拍着她的背。过了一会儿，张仲平把曾真安排在床上先躺下，然后在抽屉里找了一只丝袜套在自己头上，又在厨房里拿了一把水果刀横衔在嘴里。张仲平说：“是不是这样？”曾真使劲地闭上眼睛，又很快地把眼睛睁开，陷在枕头里的头使劲地点了点。张仲平说：“没事没事，再来一次试试。”曾真说：“不要不要，我说了不要。你干什么嘛！”

张仲平把那把刀扔掉，又把那只袜子扯下来，过来拥着曾真，他让她看着他的眼睛，说：“过去了。一切都过去了，你就把它当成一场游戏一场梦。”

曾真笑了一下，笑得有点牵强，说：“可我知道那不是游戏，也不是梦。那是真的。他当时就离我这么一点点远。我差点被人强奸，差点被人捅上几刀。”

张仲平说：“必须忘掉这件事。”

曾真说：“我知道。”

曾真一点东西都不吃。张仲平逗着喂她，说：“小宝宝乖。”她笑了一下，把头扭开了。张仲平吃了几口盒饭，也没了胃口，他在想，今天晚上应该怎么办呢。

张仲平觉得自己不像原来那么潇洒了。毫无疑问，他跟以前那些女朋友从来没有走得这么近过。大家不约而同地把关系限定在两情相悦的层次，互相之间都很默契，既不谈自己的吃喝拉撒，也从来不进入对方纯属个人的烦恼、麻烦的领域，大家在一起只为了开心，也只有开心的时候才在一起。

跟曾真在一起不一样了，她是率真的、坦荡的，对他从来都不藏着掖着。她甚至说不上班就不上班了。她说：“仲平我要围着你转，就在家里等你来，给你做饭吃。”好像几十公斤就那样不管不顾地交给了他。张仲平能把她怎么样呢？张仲平太明白曾真的意思了。她那样说等于是做他的专职太太少奶奶，可是，他能给她这样的身份地位吗？曾真好像也并不需要张仲平回答这个问题。因为她总是快乐的、开朗的，总是歪着头仰着脸看他，好像永远也没有一个够，她的笑靥总是像阳光一样明亮灿烂。

可是，总有三月里的小雨。曾真喜欢掉眼泪，那些好像随时储备在眼眶里的咸咸的液体，真的就像三月里的小雨，不知道什么时候就会淅淅沥沥地下个不停。引发曾真流眼泪的原因无伤大雅，往往仅仅是由于她的一种敏感，可总是能够非常不经意地渗入到他的内心，使他内心深处本来就最软弱的部分，生出一阵一阵奇异的感受，不知道是切切实实的甜蜜还是可怜兮兮的酸楚。张仲平最受不了的就是这个。因为每当这个时候，她都会让他觉得自己非常坚强、孔武有力，一种爱怜她、呵护她，做她的好男人的愿望，就会不可抑制地向他排山倒海地挤压过来，使自己恨不得把她时时刻刻地抱在怀里、含在嘴里。张仲平自己也不知道怎么会这样，他说现在的流行歌曲真是厉害，把恋爱时每一个阶段的喜怒哀乐都揭示无遗了，弄得你总是有一种重复别人的感情经历似的滑稽感觉。曾真说："你有这种感觉吗？"张仲平说："你有没有？"曾真说："我哪里会有？不像你经验丰富。你告诉我，现在最与你的感受相似的流行歌曲是哪一首？"张仲平说："好男人决不让心爱的女人受一点点伤。"曾真说："你是好男人还是坏男人？"张仲平说："我有时候好，有时候坏。我要是不坏，你不会爱我。我要是不好，你不会继续爱我。你不知道，这个社会，做个好男人太难了，有时候，好男人还是没有用的男人的同义词，因为他根本没有条件做坏事。不过，我想做个好男人，做你的好男人。"

张仲平这样说的时候，没有一点点夸张和矫情的意思。相反，他甚至有点无可奈何。是的，他是没有办法。他隐隐约约地觉得，自己以前一直努力避免的那种麻烦，可能开始无可救药地缠上他了。

张仲平小心翼翼地劝曾真："要不然回家去住几天？到爸爸妈妈那边也可以，到外公外婆那边也可以。"曾真不说话，摇了摇头。张仲平又说："要不叫周洲或者小曹来陪你睡两个晚上？"曾真还是不说话，仍然摇了摇头。曾真眼睛一眨不眨地望着张仲平。张仲平知道她希望的是怎样的一种安排。可是，张仲平分身无术，那种安排他想都不敢想。

下午三点多钟的时候，张仲平的手机响了，是小雨："老爸你怎么还不回家，我要上学去了。"张仲平说："小雨你能不能自己去学校？爸爸这会儿在外面有事。"小雨说："老爸你不会吧，你知道我有多少东西要带吗？要我一个人上学也太法西斯了吧？"张仲平说："你要妈妈打个的送你不行吗？"小雨说："不行。"

张仲平接电话的时候，曾真安安静静地望着他。等他接完了电话，曾真说：

“你先去吧。”张仲平说：“这孩子，娇坏了。”曾真说：“你去吧，我没事的。谁让我比她大哩?”张仲平说：“可是……”曾真笑了一下，说：“你去吧，我真的没事。”张仲平说：“那……”曾真说：“你送了人，还能来吗?”张仲平说：“好。”

小雨花钱很厉害，每次回学校都是大包小包的。只要一说她，她就说同学都这样，弄得张仲平两口子没有一点辙。张仲平故伎重演，又毛起胆子邀唐雯一起去送小雨，唐雯说：“你一个人去就行了，你还嫌宠她宠得不够呀?”小雨说：“喊。”张仲平说：“晚上我可能又不能在家里吃饭了。”唐雯说：“怎么啦，还是陪那个胡老板?”张仲平说：“可能还有健哥吧，等会儿才知道，你去不去呀?”唐雯说：“算了算了，我不如在家里看书。再说了，你不是不要我管你公司的事吗?你带着老婆，别人不会觉得不方便吗?”张仲平说：“那也是。”

等到了车上，小雨说：“老爸你是不是有什么心事?”张仲平说：“怎么啦?”小雨说：“我看你闷闷不乐的。”张仲平说：“我闷闷不乐的?那你讲个段子吧，看能不能把爸爸逗得开心起来。”小雨说：“段子没有了，我有一个问题要问你。”张仲平说：“什么问题?”小雨说：“你说黑牛跟乌鸦有什么区别?”张仲平说：“黑牛有两只角，乌鸦没有。”小雨说：“还有呢?”张仲平说：“乌鸦能在天上飞，黑牛不能。”小雨说：“不会吧，老爸，你回答问题就这个水平呀?”张仲平说：“怎么，不对呀?”小雨说：“对是对，可这是幼儿园的小朋友都知道的呀，你得说它们之间最大的区别在哪里。”张仲平想了想，说：“这还不知道?乌鸦没有牛鼻子，黑牛没有乌鸦嘴。”小雨说：“不行不行。这种脑筋急转弯的问题就得怎么怪怎么猜。”张仲平说：“那你说它们最大的区别是什么?”小雨说：“它们最大的区别是，乌鸦可以骑在黑牛身上，黑牛却不能骑在乌鸦身上。老爸你懂得我这段子的深刻含义吗?”张仲平不禁回头看了自己女儿一眼，目光毫不错开地摇了摇头。小雨突然说：“小心。”原来右车道上一辆车抢道，差点擦上张仲平的车，张仲平本能地一扭方向盘，错开了，却差点撞到迎面开来的一辆的士。

沉默了一会儿，张仲平说：“你的问题问过了，轮到我问你问题了，告诉爸爸，最近学习情况怎么样?”小雨说：“这个你就不用操心了。”张仲平说：“那操心什么?”小雨说：“是呀，我好像没有什么需要你操心的。你要多关心关心妈妈。”张仲平说：“妈妈怎么啦?”小雨说：“没怎么。我只是觉得咱们家好像冷冷清清的。”张仲平说：“是不是呀？别人家什么样子的？是不是天天吵架、热热闹闹的？”小雨说：“这个我也不知道。”

送完小雨，张仲平给家里打了个电话。唐雯问：“怎么啦？”张仲平说：“小雨送到了，给你汇报一下。”唐雯说：“噢。”张仲平说：“你女儿要我多关心关心你哩。”唐雯一笑，说：“是吧？那你得多听听女儿的话。”

打完了唐雯的电话，张仲平开始想曾真的事。按照他的想法，如果能够再给曾真另外一些强烈的刺激，可能会将小偷入室行窃带来的惊恐冲淡。他顺便在木樨街停了一下，为曾真买了两只烤鱿鱼还有两份豆腐脑，这些都是曾真爱吃的。这些东西都放在包装盒里，外面裹了两三层塑料袋，所以到家之后还是热的。曾真大概也有点饿了，开始吃东西。吃完东西，精神就慢慢地恢复了。

曾真说：“仲平，你放心吧，我没事了。我想清楚了，不能去爸爸妈妈那里，也不去外公外婆那里，我就待在咱家。我要是今天晚上逃跑了，我心里会有阴影，会有一个结。”

张仲平本来想好好地表扬她一下，又怕自己这个时候油腔滑调不太好，便只是望着她笑了笑，伸出两条胳膊环抱着她，把她往自己身边搂了搂。

曾真说她好久没泡过吧了，她要去泡吧。

便去了“风口浪尖”。

“风口浪尖”是一个热舞吧的名字。这里以音响的震耳欲聋和韦小宝的劲舞闻名于市。在酒吧里你想说话只有两种方式：一是扯开嗓子喊叫。另外一种是凑近对方的耳朵，外加手势的比画。灯光一般来说是昏暗的，因为用来照明的主要不是灯光而是蜡烛，很小的红蜡，浮在盛了水的小碟子里。即使围坐在一张桌子上，互相之间的面目也看不真切。有时候也有极强光的短暂的闪现与切割，又让人的动作呈现一种虚假的动感，就像是牵线木偶。

进酒吧是不需要买票的，商家的利润体现在其所供应的啤酒和各种小吃里面。啤酒每一瓶的价格比外面超市货架上的高出十倍，一袋爆米花的价格够五个人在外面吃一顿快餐。小舞台上表演的艺人名不见经传，但说起来都获过国内或国际上的什么大奖，你搞不清楚那到底是真话还是调侃。主持人倒是很会插科打诨，荤段子黄段子张口就来。唱歌的一律有或高或尖的嗓子，伴舞的小姐则一律“波涛汹涌”。这与走猫步的服装模特有本质的不同，她们的身材偏高偏瘦，可以与圆规相媲美。据说这是骨感美，也称为魔鬼身材，让人产生误解，以为魔鬼原来是一些营养不良的素食动物。张仲平在里面待了不到半个小时，就觉得气闷，好像每一次心跳都可以通过喉咙直达太阳穴。他偷觑着曾真，却见她沉醉其中，随着音乐的节奏，不由自主地摇头晃脑。

一片尖叫声中韦小宝终于上场了。这是一个长得很帅气的男人，西装革履，口含着一枝娇艳欲滴的玫瑰花。他的舞步从容不迫，潇洒倜傥。跟他一起上场的舞伴身着洁白的曳地长裙，俨然西方上流社会的大家闺秀。这是酒吧里唯一轻歌曼舞的时刻，因为他俩跳的是华尔兹舞，伴奏的音乐是舒伯特的《小夜曲》：我的歌声穿过森林轻轻向你飞去。但好景不长，这种老套的旧电影里的浪漫只持续了一两分钟，刚刚够韦小宝带着他的舞伴在台上旋转两圈半。舞台上的灯光突然熄灭，音乐戛然而止，等到灯光再一次刺眼地亮起来的时候，台子的中央只剩下了韦小宝一个人。

刺耳的噪音再次响起，响得人心烦意乱，他以夸张变形的现代舞动作在场上游弋，好像在找寻无迹而逝的爱人，当然一无所获。韦小宝变得狂躁不安。他的悲痛欲绝是通过撕扯自己身上的衣服来表现的，灯光慢慢变弱，随着他时而柔软时而僵硬的动作，身上的衣服一件一件地被剥离，最后只剩下裤裆里三角旗似的一溜。他双臂抱在胸前，蜷曲着身子，好像在和自己的羞怯与尊严做最后的抗争。激越的鼓点响起来了，在七彩霓虹的照耀下，天空中飘洒下来一些屑片，像雪、像花，象征形形色色的欲望和诱惑。韦小宝以柔姿舞和霹雳舞的交叉动作，充分地表达了自己的惶惑、惊讶与兴奋。他直立起来，向半空中伸直双臂，在舞台的中央越来越快地旋转，像是在承接和追逐着什么。飘洒的东西越来越多了，好像要把他淹没起来，尖叫声此起彼伏，但这还不是韦小宝舞蹈的高潮，对着东西南北四个方位，他会分别掀起裤裆里最后的遮羞布，做出扇风的动作。春光乍泄换来更刺耳的怪叫，但这仍然还没有达到高潮，因为韦小宝还没有交出他嘴里的玫瑰。

最后，在舞台的深处，女主角出现在雪白的追光灯下，已经看不出她是不是就是刚才的那位窈窕淑女，不过，也像韦小宝一样，几乎半裸。硕大的双乳上，只用一溜布筋勒过来，刚刚遮住了两个乳头，下半身的装备也跟韦小宝的一样异曲同工。韦小宝口里含着的那枝鲜红鲜红的玫瑰花终于不见了，他没有献给女主角，而是抛给了背对着自己的随便哪一个观众。也可以说谁也没有得到它，因为它可能随便撞了一下谁的头，或者肩，或者腰，然后就落到地面上了。它于是将被更加不知道是张三还是李四的脚，踩成烂泥。这是很有可能的，没有人呵护一朵酒吧里的玫瑰，除非凭着它能够领到什么大奖。酒吧里也有寻找幸运顾客的活动，但那是另外一个节目。在现在这个舞蹈节目里，玫瑰就是玫瑰，是韦小宝舞蹈的道具，甚至算不上廉价的爱情的道具。好了，追光灯打在男女舞者的身上了，他们纠缠在一起，但又没有身体的实际接触，两个人始终保持着一只拳头的距离。音箱里传出来的声音，类似于牛的厚重的喘息和男欢女爱时的喊叫，终于，观众疯狂的尖叫和拍打桌子的声音把一切都淹没了。

High 乐响起来了，曾真把张仲平拖进了舞池，随着音乐节奏，疯狂地摇摆起来。

他们回来的时候，已经晚上十二点多了。他在卫生间里撒尿的时候，偷偷地看了一下手机，上面有一个家里的未接电话。张仲平轻轻地叹了一口气。出来以后，张仲平很仔细地检查了一遍门窗，看是否闩紧关牢，又把客厅里的灯打开了。曾真躺在床上，用目光追随着他。

做完了这一切，张仲平回到了床边，他用手指帮曾真捋了捋覆盖在额头上的头发，说："我走了？"曾真望着他，不说话。张仲平伏下身来，轻轻地吻了一下她的耳根，说："我得走了。"曾真望着他，仍然不说话。张仲平笑一笑，轻轻地扯了扯她的耳垂。张仲平慢慢地直起身，望着曾真，一步一步地后退着朝门口移去。他用手在背后摸到了防盗门的把手，把它拧开了。他朝曾真努努嘴。曾真一下子从床上跳起来，光着脚丫子冲到他面前，紧紧地抱住了他。张仲平拿下巴蹭着曾真的头，说："行了行了，傻孩子。"他用两只手臂紧紧地箍了她一下，又慢慢地把腰上的两条柔软的胳膊掰开了，他有点不敢看曾真的眼睛，怕看到那里面雾蒙蒙雨蒙蒙的湖泊或者干脆一颗颗晶莹闪亮的小水珠子。张仲平退身出门，说："把门关好吧。"

一上班，小叶就跟张仲平说，接到了好几个凶巴巴的电话，都是关于胜利大厦拍卖的，说胜利大厦最好不要拍卖，否则会有麻烦，会吃不了兜着走。张仲平问她是怎么回答的。小叶说："我说这笔拍卖业务是法院委托的，能不能拍卖由法院说了算，有什么问题也可以去找法院。"张仲平笑了笑，第一次对小叶的表现表示满意："很好，下次再接到这样的电话，你还这样回答。"

张仲平把这个情况打电话跟徐艺说了。徐艺说他们公司也接到了这样的电话。张仲平说：“徐总你看这是怎么一回事？”徐艺说：“谁知道呢？打电话的人不知道是谁，我们查过了，都是通过公用电话打的，分布还很广，好像城区四面八方的公用电话都用过了。”张仲平说：“这个情况跟南区法院汇报了没有？”徐艺说：“还没来得及。”张仲平说：“那你准备什么时候说？”徐艺说：“立即、马上，可以吗？我说一下，张总你是不是也说一下？”张仲平说：“你说一声就行了。别在法院那边弄得太复杂了。”徐艺说：“那好吧。”

那几个电话搅得张仲平有点烦。他安排小叶按照电话记录回拨过去，发现打电话的人用的也是公用电话。城东城西到处跑，就为了打几个匿名电话，可见人家是费了心的，目的是将自己的身份隐蔽起来。他们在暗处，拍卖公司在明处。这种事情又不能兴师动众地报警，想管还真不知道怎么管，心里添堵却是免不了的。

谁会干扰拍卖会的正常进行呢？

当然是跟它有利益关系的人。

龚大鹏？

张仲平首先想到的人就是他。

张仲平是用排除法得出这个结论的。

首先，东方资产管理公司不会做这种下三烂的事。他们是申请执行人，拍卖变现了，也就结案了。再说，他们如果有什么想法，完全可以通过正常的渠道反映。而且，颜若水和马亮，还有鲍律师，都跟张仲平很熟，真有什么事，直接打个电话就是了。

第二，就是被执行人了。开发商鸿发房地产开发公司早已名存实亡了，法人代表左达是公安局通缉的犯人，是死是活都不知道，如果他还活着，也不可能轻举妄动，因为这样做无异于自投罗网。这个险他不会去冒，也不值得他去冒。想一想，他要闹事，在第一次拍卖的时候就开始闹了。而且，这种闹事的方法太拙劣了，根本阻止不了拍卖会的进程。最主要的原因，是拍卖会开不开对左达来讲已经没有什么实际意义，因为胜利大厦本来就是他做的一个壳，是用来套中国银行的钱的，脱了壳的金蝉再抱住壳不放，未免太傻了，根本说不过去。

第三，就是想买胜利大厦的人了。按照分工，竞买人的报名登记由时代阳光拍卖公司负责。第一次发布拍卖公告以后，没有一个人报名。现在，第二次拍卖会的公告已经发布了两三天，据说报名登记的人也还没有出现。张仲平现在还不知道第二次拍卖的保留价，按照惯例测算，应该是千把万，这个价格对竞买人来说应该是有吸引力的。竞买人这会儿在干什么呢？他们可能正处在项目论证阶段，或者在外围更深入地了解胜利大厦的基本情况，他们为了不暴露自己的购买意向，在报名截止之前不来报名是可以理解的，但通过匿名电话的方式企图阻止别的竞买人报名就不大可能了，因为拍卖会是一个公开的、透明的市场，符合条件的竞买人都可以进来，他哪里知道将要跟他竞价的对手是谁呢。

剩下来的就只有龚大鹏了。

最关心胜利大厦的人就是龚大鹏。

与胜利大厦拍卖利益关系最密切的人，也是龚大鹏。

龚大鹏早就开始跳来跳去了，为了拿回他的五百万急得有点像无头苍蝇。张仲平曾经建议他去帮助多找几个买家，价格竞上去了，参与分配的基数也就大了，但他似乎没有把张仲平的话听进去，他已经知道这笔业务是以徐艺的公司为主在做，也早就知道了张仲平的态度，所以，他在张仲平这儿泡的时间少了，甚至有点有意回避他的意思，但他显然没闲着，他在张仲平这里没戏，就会跑去缠徐艺。偏偏徐艺在张仲平面前表现得对龚大鹏很不屑，这只能让张仲平相信他俩已经一拍即合。

还有一个事实支持张仲平的上述想法——这会儿徐艺在深圳。

张仲平是在刚才跟徐艺通电话的时候才知道他跑到深圳去了。徐艺说，他昨天刚到，后天才能回来。张仲平问他这个时候跑到深圳去干吗，徐艺说：“是为了联系印刷艺术品大拍图录的事。省里的几家彩印厂都去看过，质量不行，价格还老高。”张仲平觉得这个道理很牵强，胜利大厦拍卖在即，徐艺这个时候怎么说也应该在公司里坐镇指挥。联系印刷图录的事可以安排别的人去，或者把时间错开。噢，对了，徐艺不是说是跟上海的一家拍卖公司一起做吗？在上海印刷图录质量完全可以保证，而且两家沟通也更加方便，徐艺这个时候跑到深圳有点不正常，好像有意在躲什么似的。

这样串起来一想，张仲平心里对这件事就能勾画出一个轮廓来了，事情应该是这样的：龚大鹏并不是真的想阻挠拍卖会的进行，他只是先放风，故意制造一种紧张气氛，让别的竞买人知难而退，从而让他自己已经谈好了条件的那个台湾老板（或者别的什么老板），以拍卖保留价成交。这个工作当然只能由龚大鹏来做，徐艺怎么做？做生意的人，哪有把客户往外面轰的道理？所以徐艺才对招商工作不上心，让龚大鹏去折腾。龚大鹏想吃这碗饭，先往饭里使劲吐痰，让别人不跟他争，饭就是他的。反正他怎么折腾都与徐艺无关，别人也难得抓住龚大鹏的什么把柄。

张仲平的原则从来就是只赚自己该赚的钱。赚的钱一定要“合理合法”，不能出一点差错，也不能留后遗症。业务越是开展得不错，越不允许出纰漏。因为任何一个程序上的差错，都有可能导致拍卖无效。法院系统的事情传得又比较快，牵一发而动全身，在一家法院的一笔业务上出了问题，不仅在那一家法院会失去信任，可能在整个法院系统都会被打入黑名单，3D 公司犯不着为了区区几十万铤而走险，破坏业已建立起来的业务网络。

徐艺却不见得不会这样做。

张仲平有什么事都跟徐艺通气，徐艺就不是这样。徐艺也许不一定是为了防他，也可能是怕他知道了事情做不成，所以不得不向他隐瞒。张仲平原来也想睁一只眼闭一只眼算了，现在却越来越不安了。他想起了徐艺在 3D 公司时曾经跟同事聊天时说过的一句话：做不了领头羊，就做害群之马。这么邪乎的一个人，面对市场竞争的压力，完全有可能铤而走险。再加上一个龚大鹏，谁知道会闹出什么乱子来？就算努力把一切障碍都清除了，拍卖会也平平安安地开了，如果他们之间真的有什么猫腻，谁又能保证这种事情以后不被捅出去呢？即使结了案的案子，如果反应强烈，当事人到处一告状，各级人大有可能通过个案追究的制度，一个环节一个环节地查。拍卖行的利润已经不错了，打擦边球想一槌子赚个盆盈钵满，其实等于埋下了地雷，说不定什么时候就会被引爆。龚大鹏反客为主，台前幕后地活动，风险更大，他可是请人吃了一餐饭也要到处去说的人，徐艺真要跟龚大鹏搞什么小动作，还不知道会不会把南区法院或者鲁冰牵扯进去，如果是这样，情况会更糟糕。3D 公司就等着做冤大头，等着给时代阳光拍卖公司垫背吧。因为如果真出了什么事，3D 公司就是想跟徐艺划清界限，也根本不可能。

张仲平想，看来自己当初设计的合作方式也不是尽善尽美的，主拍单位比协拍单位少收了十个百分点，于情于理真的说得过去吗？这是不是在客观上有一种将徐艺往想歪点子的路上引导的意思呢？换句话说，如果两家公司的主次关系变了，自己会不会也耍别的花招呢？张仲平其实经常这样拷问自己，庆幸的是，他能够保持清醒的头脑，运用所掌握的法律知识仔细地权衡所冒风险与所得利益之间的平衡关系。谁都不是圣人，当一种实实在在的诱惑摆在面前的时候，说不动心那是假的。美国总统卡特知道吗？当有记者问他面对漂亮的女人作何感想时，他的回答是想入非非，有时甚至会产生强暴她们的念头。卡特说的是真话，是人都想发财，是健康的男人都想跟漂亮的女人睡觉。但是，想不想是一回事，做不做是一回事，做不做得到更是另外一回事。卡特为什么没有成为强奸犯？也没有成为后来的克林顿？因为他知道什么事情可以做，什么事情不能做。张仲平为什么能够在法院系统有还算良好的口碑？也就因为他做业务从来不勉强，既不勉强自己也不勉强别人，总是主动给别人找理由找台阶。徐艺跟了他那么长时间，是很清楚他的这一特点的。

看来，懂不懂道理是一回事，做不做得到是另一回事。也难怪，这个社会是一个充满欲望的社会，具有让每一个人心态浮躁起来的能力。一个心态浮躁的人，是不大可能清清楚楚地看到事情的反面的。龚大鹏就是这样的人，他的思维活动是线性的，他就曾经企图拉着张仲平一起往他设计的死胡同里钻。现在他跟徐艺搅在一块儿了，徐艺是否能够保持冷静的头脑呢？徐艺可是新手。就像曾真有一次说的，学开车的新手，最重要的技能是要学会踩刹车，知道危险并且能够及时避开。

徐艺知道什么时候该踩刹车吗？

当然，以上一切都还只是张仲平的猜测，是他按有罪假定的思维方式，站在徐艺、龚大鹏的角度换位思考得出来的结论。也许还不能排除另外的什么可能性，所以他想应该尽快与徐艺见面，把事情弄个水落石出，必要的话就逼着他捅破了那层窗户纸来谈。

张仲平再次打通了徐艺的手机，问他能不能今天赶回来。徐艺说：“怎么啦？张总有什么急事吗？”张仲平说：“当然是胜利大厦拍卖的事，你认为还不急吗？”徐艺说：“胜利大厦拍卖的事怎么啦？是不是出了什么新的情况？”张仲平不想在电话里跟他说得太多，就说：“你那边的事要是抽得开身，最好赶紧回来。”徐艺支支吾吾地说：“我尽量吧。”

张仲平跟侯昌平见了一面，把匿名电话的事说了一下，自己猜测的那些事忍着没说。他觉得现在还没有到慌神的时候，人为地把气氛搞得很紧张也没有必要。侯昌平说："可能是在部队里养成的习惯，我做事总是太认真。我不怕别人讨嫌，案子交出去了，该管的我还是要管。现在的情况很明显，有人在捣鬼，想把水搅浑再浑水摸鱼。这种事你要继续留心，我跟鲁冰说说，跟南区法院执行局的沈建伟我也会说一说。拍卖的那天多派几个法警去，我也去，万一有什么情况，大家临时也好有个商量。"

张仲平跟侯昌平分手以后又去了一趟时代阳光拍卖公司。办公室的秘书又换了，照例很漂亮，问到胜利大厦的招商情况，秘书说："有两个买家表示会来看一看，但还没有打保证金。"张仲平说："听说接到了一些电话，扬言要在拍卖会上闹事？"徐艺秘书说："是的，打电话的人好凶的。"张仲平说："怎么凶呀？"徐艺秘书说："声音好大，说看哪个不怕死。"张仲平说："这个情况你们徐总知道吗？"徐艺秘书说："知道，徐总说不用管他。"张仲平左右看看，见徐艺公司里再也没有什么人，就说："你怕不怕？"徐艺秘书说："怕什么？"张仲平说："打电话的人跑到公司里来闹事呀？"秘书说："哇，不会吧？"张仲平笑一笑，说："我想也不会。这样的电话接到了就接到了，及时跟徐总汇报一下也就行了。我建议没必要扩散，也不要在公司员工中议论，你看呢？"秘书笑了笑，说："想议论也议论不了，你看，大家都在外面忙，就我一个人看家。"

张仲平想了一下，到徐艺公司来这一趟的事还是应该跟徐艺说一下的。自己不说徐艺的秘书等他一走可能就会通报，徐艺要是因此产生别的什么想法，反而不好了。张仲平借徐艺公司的座机给他打了个电话，说自己到附近办事，顺便到公司来看一看。徐艺说："张总谢谢你呀，你是扶上马再送一程。"这本是一句官场上开玩笑的话，用到这儿并不是很贴切，似乎多少有些情绪，好像在嫌他啰唆。张仲平一下子也来了情绪，不由得起了高腔，说："接了那么多匿名电话，有人想搅事已经很明显了，你不着急我着急，要不，你表个态，出了事你全兜着，我就不管。"徐艺那边马上就软了，嘻嘻一笑，说："怎么啦，张总？我哪里不让你管了？你不管，难道让我一个人在黑暗中摸索？"

回到去曾真那里的路上，张仲平在路边的一家药店门口停了一下，买了一大把受孕检测测试条。昨天曾真搂着他的脖子，笑眯眯地望着他，望得他心里发虚，以为自己在睡觉的时候脸上被她画了个大花脸，曾真嬉皮笑脸地，说："仲平你惨了，我超过一个星期没有来了。"张仲平说："什么没有来了？"曾真说："你装什么傻？"

刚到门口，张仲平的手机又响了。他只好一边掏钥匙开门，一边用半边脸和脖子夹着手机回电话。电话是龚大鹏打过来的，问他现在有没有时间见个面。张仲平已经习惯了龚大鹏不给人留余地，就问他急不急。龚大鹏说："急倒是不急，怎么，你这会儿没有时间呀？"张仲平说："下午三点行不行？"龚大鹏说："行呀，你看在哪里？"张仲平说："你到我公司里来行吗？"龚大鹏说："行呀。"张仲平说："那我们就这样说定了？"龚大鹏说："行行行，下午我直接去贵公司。"

张仲平想，是不是激了徐艺一下有了反应？到时候看龚大鹏怎么说吧。

刚刚跟曾真在床上躺下，手机又响了。曾真把手机从梳妆台上拿过来，号码都没有看，就把盖壳翻开，伸到了张仲平耳朵旁边。曾真笑盈盈地望着他。

刚才他帮她测了一下尿液。那两条表示已经怀孕的红线，隐隐可见，却并不是很明显。曾真却明显地神采奕奕起来。对于张仲平庄重的神情，曾真视而不见，她高兴得直乐，嘿嘿地笑出声来。曾真说："明天早晨再测一次，可能就一清二楚了。"她望着张仲平，一副殷勤的样子，好像他是一个立下了赫赫战功的大英雄。张仲平表面上不露声色，心里却一丝一毫的荣誉感、成就感都没有，相反，还有点烦。

"喂，你好。"

手机里传来江小璐的声音。

怎么会是江小璐？

她这个时候打电话过来干吗？

"你好你好。"

张仲平回答。

"你好，你这会儿忙吗？"

"嗯，有点儿忙，换个时间再联系好吗？"

"那……好吧。"

曾真说："谁呀？"张仲平想说你管那么多干什么，又怕话太重了。只好定神，轻描淡写地说："一个朋友，一个客户。"曾真说："一个朋友，一个客户？到底是朋友，还是客户？"张仲平说："客户。"曾真说："客户？真是客户？"张仲平一笑："怎么啦？"曾真说："你平时接电话不是这样的。刚才那女的真的是客户吗？客户有什么话不能说的？她根本没有介绍她是谁，你也根本没有问她是谁，怎么会是客户？”张仲平说：“就是客户嘛。”曾真说：“你干吗撒谎，你跟她很熟，很熟很熟，一开口就知道是谁，都不需要自我介绍了。”张仲平说：“是比较熟。那又怎么啦？你给我一点私人空间好不好？”曾真说：“打住。如果是客户，为什么不能大大方方地接电话？为什么要换个时间再联系？”张仲平说：“这不跟你在一块儿吗？我不想咱们被打扰嘛。”曾真说：“你说得不对，我们在一起，你接过不止一百个电话了。为什么偏偏这一次怕被打扰？”张仲平说：“真真你怎么啦？”曾真说：“不是我怎么啦，是你怎么啦？老实交代，她是谁？”张仲平说：“好吧好吧，已经过去了。”

曾真的眼泪一下子稀里哗啦地流了出来，她本来一直是用一只胳膊肘撑着身体，朝张仲平侧身躺着的，这时候把头往枕头上一摔，仰面望着天花板，她用牙齿咬着自己的嘴唇。“你到底承认了。”曾真幽幽地说。

“我承认什么了？”看着曾真的样子，张仲平又想装傻了。

“你跟她有事。”

“我跟谁？有什么事了？”

“刚才给你打电话的那个女的。你说已经过去了。如果从来没有过事，怎么叫过去了？”

“我说已经过去了，是要你对于打电话这件事，不要再想了，已经过去了。”

张仲平不知道刚才怎么会脱口而出那句话的，连他自己都觉得这会儿对那句话的辩解显得软弱无力。当着曾真的面接江小璐的电话，这是第一次。张仲平没料到自己的掩饰功夫那么差劲。都是怀孕惹的事，他心里烦着哩。张仲平告诫自己，一定得控制住情绪。

“还真生气了？”张仲平说。他开始想办法挽回局面。他朝曾真侧身躺着，拿自己的脸去蹭她脸上的眼泪：“好了好了，宝贝儿。”

“为什么要这样对我？”曾真问他，却并不看他。

“怎么啦？你太敏感了吧？”

“是我太敏感了还是你自己有问题？你为什么还要跟她再联系？你说，你说呀。”

曾真对着他咆哮。她腾的一下坐起来，用拳头打他、擂他。她咄咄逼人的眼睛里，泪水涟涟。

张仲平让她打，让她擂。他在想，应该怎么跟她说呢？

他和江小璐已经很久没有联系过了，这会儿，她怎么会突然给他打电话过来呢？该不会是跟胜利大厦的拍卖有关吧？

曾真说：“我一心一意地待你，爱你，疼你。不管白天黑夜，满脑子里都是你。可是你，还这样。为什么？为什么嘛？”

曾真说得对，也问得对。是呀，为什么？怎么一回事嘛？他跟江小璐的事，不是已经过去了吗？自己刚才干吗不好好儿地接她的电话呢？没准她真的是要跟他谈胜利大厦拍卖的事情哩。龚大鹏不是已经来电话约他了吗？江小璐可能也接到了徐艺的什么指示吧？

这当然是为自己辩解的一个理由。客户。张仲平说江小璐是他的客户，这样说来，江小璐还真的跟他有了业务上的关系。过去的情人，现在的客户。客户高于一切。江小璐本来就不是一个善于在电话里抒情的人，她的客户身份会多么自然地掩盖她跟张仲平过去的关系。一个多么好的理由就这样被张仲平失掉了。失掉了，就再也捡不回来了，因为张仲平已经说出口的话，再也收不回去了。

张仲平说：“一切并不像你想的那样。”

曾真说：“那是怎么样的？你说，你说呀？”

问题是张仲平该怎么说呢？会不会越描越黑？他跟曾真是你情我愿，两情缱绻的。他对与曾真的这种关系渐渐地有了一点上瘾。他想把两个人的关系就这么单单纯纯地保持着，不想有别的人别的事来干扰。

张仲平说：“好吧，我跟她以前确实有一腿。我是一个四十多岁的男人，没有几个相好的，那不是有病吗？可是，我跟她确实已经玩完了，那时候还没有你呢，真的。”

曾真说：“可是你们还在联系。我有没有管过你以前的那些花花事儿？”

张仲平说：“宝贝儿你真的很好。”

曾真说：“已经过去了，为什么还要联系？你们是有过那种关系的人，你一边跟我卿卿我我，一边跟过去的情人拉拉扯扯，我还能够相信你的真诚吗？仲平，我不要我们之间有什么嫌隙和猜忌。求求你，好不好？”

“我向你发誓，我跟她真的已经没有那种关系了。”

“那为什么还要联系？刚才你接电话的时候如果不是在家里，如果我不在你旁边，你不就跑去跟她见面了吗？”

“怎么会?”

“怎么不会？你自己刚才说什么你忘了？要不要我提醒你？你说换个时间再联系。”

“那种关系没有了，不一定要成为仇人。”

“我没有要你们成为仇人，我只要你不要理她。你们是有过那种关系的人，要是一见面，谁能保证不会搞到一块儿?”

“我保证。”

“你保证？你哄我吧。既然已经过去了，还有什么必要再联系？仲平你知道吗？每次你半夜从我身边爬起来，把我一个人孤零零地扔在这房子里，我心里是什么滋味？我缺胳膊少腿吗？你说，我跟你提过一丝半点要求没有？我也是一个女人呢。我比你小那么多，你干吗不好好儿地照顾我，疼我？我可以做你的情人，做你的二奶，做你的地下老婆，不跟你明媒正娶的那个人去争去抢，可你干吗还要跟我弄出别的女人来？噢，你说呀?”

曾真整天笑嘻嘻的，原来内心还这么苦。她的一席话说得张仲平一阵心痛，忍不住紧紧地抱住她。面对她的诘问，他一句话也说不出来。是呀，曾真是这么年轻、健康、美丽，完全应该有一种阳光灿烂的情感生活，是他把她拖到这种做贼似的境地里来的。他用的是爱的名义。可这到底是一种爱，还是一种自私自利的借口？不是说爱是一种奉献和给予吗？对曾真，你实实在在地奉献了什么又给予了什么呢?

曾真说：“你怎么不说话?”

张仲平说：“对不起，宝贝儿。”

“对不起就行了吗？你要是真的觉得对我不起，就给她打个电话。”

“打电话？打什么电话？说什么呀?”

“说你们俩完了。”

“是完了嘛，干吗还要说？我自己又不是不能把握，何必多此一举呢?”

“这叫多此一举吗？你怕伤她的心是不是?”

“没有必要嘛。”

“怎么没必要?”

“万一她找我真的有什么事呢?”

“她找你还有什么事？你惦记着她找你还有什么事，是吧？她要有事，你还得帮她，是吧？她要是纠缠你，你也求之不得，是吧？”

“不是。”

“不是你就打电话。”

“真的没必要。”

“怎么没必要？我认为有必要。很有必要。你要是在乎我，你就打。”

“这是两码事嘛。”

“这怎么是两码事？”

“就是嘛。”

“我不跟你说别的。我请你为了我为了我们给她打个电话。”

“……”

“你怎么不说话？你说话呀，你要是不打，我打。我打行不行？”

“你打？你说什么嘛？”

“你别管。要么你自己打，要么我来打。”

“我是不会打的。”

“那好，我来打。听好了，是你同意的。”

曾真抓起了张仲平的手机，她在将手机放到耳朵边之前甩了一下头发，她的样子就像一个准备冲锋陷阵的女战士，张仲平本来想把手机抢过来的，看着曾真大义凛然的样子，竟有一点发怵。

“喂，你好。”

手机里再次出现江小璐的声音。

曾真说：“请问刚才是你给我们家仲平打电话吗？”江小璐那边没有吭声，她以为是张仲平在给她回电话，没料到说话的是个女的，所以一定是愣住了。曾真说：“我用他的手机按的重拨键，所以是不会错的。要不要我告诉你我是谁？我是他老婆，有什么事能跟我说吗？……行，你不说话，我来说吧，请你从此以后再也不要骚扰我老公了，可以吗？拜托了。”

第十八章

张仲平两点四十分就到了公司，一直等到下午四点多钟龚大鹏还没有露面。张仲平三点多钟的时候给他打手机，居然关了机。以后再打，就一直关着。张仲平知道龚大鹏改变了主意，他也许在拍卖会之前再也见不到龚大鹏了。

龚大鹏要变卦张仲平也没有办法。但是，你龚大鹏如果不想见面或者有事一时半会儿来不了，完全可以打个电话来，用不着连手机也关了。他口口声声称张仲平为兄弟，这种做法却不怎么样。还是丛林说得对，幸亏没有跟他弄得太黏糊，这小子到底不像干大事的样子。

张仲平还有一件事拿不定主意，就是不知道该不该给江小璐打个电话。曾真给江小璐打电话，用的是温言细语，但言简意赅，非常具有杀伤力，充分显示了电视台记者的语言功力。张仲平开始还有点担心曾真会以市井语言把江小璐骂一通，没想到曾真会说出那番话来。曾真打完电话望着张仲平好半天没有吭声，张仲平也没有作声，也拿眼睛望着曾真，张仲平当时思想开了小差，觉得曾真讲的那番话其实最符合唐雯的身份，由唐雯说出来才叫名正言顺、无懈可击。张仲平的沉默被曾真理解错了。曾真说："怎么啦，心疼了？"张仲平说："心疼什么？"曾真说："就是嘛，看在你的面子上，我对人家可没有说半句重话。这种电话是最后一次吧？你不会让我再去给另外的什么人打这种电话了吧？"

江小璐接了曾真的电话会怎么想呢？人跟人就是不一样，张仲平跟曾真在一起是什么话都说的，两个人都非常放得开。江小璐却不一样，她很内敛很矜持，好像从来就没有恩呀爱地放肆过。曾真给自己的定位是张仲平的老婆，按照江小璐的性格，当然不会去跟人家的老婆争风吃醋。张仲平觉得曾真厉害，几句话就把他跟江小璐再度联系的路给堵了。因为站在张仲平的角度来看，怎么还好意思去招惹江小璐呢？每一种游戏都有自己的潜规则，一个连自己的老婆都摆不平搞不定的男人，还到外面混什么混？你脸皮再厚别人还怕哩。

张仲平也不是非要跟江小璐联系不可，或者说，那已经不是出于他私人的什么动机。因为他自己心里很清楚，两个人即使再在一起，恐怕那种味道也已经变了。安全套的事和目睹她与鲁冰在一块儿的样子，使他有了心理障碍。他跟鲁冰本来很熟，因为中间有了一个徐艺，两个人的关系才有点微妙起来，如果再加上江小璐，会更加说不清。这种事情最容易把关系搞得乱七八糟了，心里有了芥蒂，又都不会摆到桌面上去说，只会在心里捂着。鲁冰要是万一把张仲平当情敌或者知道江小璐跟过他，心里绝对不会畅快。为这种事去得罪鲁冰，那也太不值得了，怎么办？最好的办法就是躲，躲江小璐。

但问题是张仲平这会儿还真是想知道，中午江小璐为什么会给他打电话，是不是真的与胜利大厦的拍卖有关。

仔细想来，这种可能性应该不是很大。涉及徐艺与龚大鹏的关系，徐艺让她知道内幕的可能性不大，否则，徐艺也太不成熟了，但世界上的事情是很难说的，江小璐跟徐艺有什么私人性质的暧昧关系没有？徐艺有没有可能安排江小璐反过来做张仲平的什么工作？或者，江小璐本人也许不想让张仲平对她产生过多的误会，从而想找机会跟他解释一点什么？

张仲平不会怨江小璐。没有她，徐艺也会以别的方式硬插进来。江小璐不过是徐艺手里的一粒棋子。当然，她是一颗具有主观能动性的棋子，除了听任徐艺摆布，她也还会有自己的想法。这没什么可说的。她在刚开始帮徐艺工作时，不见得会知道对张仲平的利益将构成一种损害，退一步说，她就是知道又怎么样呢？拍卖资源是一种公开资源，就像鱼塘里的鱼，只要愿意交钱谁都可以下钓竿。江小璐工资不高，儿子又有病，对于一个离过婚的女人，也确实有点不容易，能够有一个挣钱捞外快的机会为什么不去做？那段时间张仲平正跟曾真打得火热，江小璐要跟别人去发生什么故事那是分分钟钟的事。男怕入错行，女怕嫁错郎。江小璐长得漂亮，又离了婚，她要是去跟谁谈婚论嫁谁管得了？她跟张仲平在一起的时候，却没有这样做。张仲平甚至想，如果不是因为他，她有可能就不会卷到拍卖行业这个是非圈子里来。卷进了这个圈子，对江小璐来说是好是坏，很难说。里面的水真的是很深呀。世界上的很多事情都很难说，就看你从哪个角度看问题。不过，这就不是张仲平所能管得了的事了。但是，他们两个人在一起长达两三年，相处毕竟也还是融洽的，愉快的。不管她今后变成一个怎样的女人，他至少可以肯定，他喜欢她的那会儿，是把她当成一个心仪的女人、一个好女人的。

不给江小璐打电话的理由还有一个，就是张仲平有点儿怕曾真。这跟张仲平的经验完全相悖。按照张仲平的想法，一个大老爷儿们是不能把女人太当一回事的，你要把她太当一回事，她就把你不当一回事。张仲平老家有句老话，叫“一天不打上房揭瓦”，讲的是孔夫子说的“唯女子与小人难养”的道理。从另外一个方面告诫男人对自己的老婆或者女朋友应该抱一种什么样的基本态度。就是不能太宠她。你要是太宠她了，就没有距离了，她会把你的宠爱发挥到极致，对你们的关系想入非非。你没心没肺的，反而让她们对你很依恋，但依恋不等于依赖，她们知道你始终靠不住，就不会把身家性命往你身上押，感到自己可能会陷进去就先抽了身。这叫不求天长地久，但求曾经拥有。也叫动什么都可以，就是别动感情。张仲平一直以来就是这样操作的。

所以，一开始就要端正态度。张仲平跟曾真的关系有点儿不一样。曾真太像夏雨了。很自然地，张仲平把曾真的出现当成一个为他来圆初恋之梦的人，是上天对他的一种恩赐，也是一种宿命。恰恰她对他好像也没有一点功利的目的，好像死心塌地爱的就是他这么一个人。一个人为了你什么都不管不顾了，你还会在感情上与她斤斤计较、算来算去吗？

张仲平没想到曾真的醋劲原来那么大，这让他的虚荣心得到了极大的满足，又让他有了一点恐慌。道理却很简单，女人愿意为你吃醋，当然是在乎你。你在她心里没轻没重的，她哪里会管那么多？还不随了你？但是，吃醋心理根源是对你的霸占和独占。对于吃醋的人来说，当然是一种很痛苦的事，许多女人做傻事都是因为嫉妒得受不了，在一种不计后果的状况下做出来的。因为她觉得受到了伤害，这种伤害是不能一个人躲在阴暗的角落里自己舔舔伤口就能治愈得了的，必须把受到的伤害用另外一种方式让它返回到它的源头。这样一来，对于被吃醋的人来说，就要引起高度重视和警惕。

张仲平不想让曾真受到伤害。更确切地说，他不想让曾真因为江小璐的事受到伤害。将心比心，曾真能够死心塌地跟你这个有妇之夫厮混，就已经够意思了。当然啰，他和曾真的婚外情，直接受到伤害的还是唐雯。唐雯作为妻子，称得上尽心尽职，可是，要张仲平从一而终，简直不可能，也没有必要。在张仲平看来，这种事情相对来说比较简单，只要把对唐雯的欺瞒哄骗工作做到位，让她不知道一点风声就可以了。不知道的事，就是不存在的事，但站在曾真的立场，她何尝不是一个受到伤害的人？在一个错误的时间爱上一个错误的人，这个人至今为止还从来没有给过她半点希望与承诺，这种伤害还小吗？受了伤害还得忍着，还不能找什么人去诉说，否则，别人还会说你活该，说你自找的。

但是，给江小璐打电话的念头一冒出来，却怎么也按捺不下去。张仲平一遍又一遍地问自己，在心目中你到底跟她划清界限没有？两个人之间的情分真的就那么轻而易举地一笔勾销了？你从来就不是一个忠实的丈夫，现在却想做一个忠诚的情人了？

张仲平最终还是战胜了自己的犹豫。他觉得自己对江小璐确实已经没有了什么非分之想，否则，他是完全能够找到机会的。而为了业务方面的事情，他也完全可以做到落落大方一点。

如果要给江小璐打电话，张仲平不会用自己的手机，这就是出于对曾真的顾忌了。要向曾真说清楚他跟江小璐的关系，很难，因为涉及的人太多了，起码得从他派江小璐去办侯小平书法作品的委托手续说起，还有那次游泳时的邂逅。这就没有必要了，因为那将不仅要涉及侯昌平和鲁冰，还无异于一种自我否定。张仲平以前的那些行为会被理解为一种有意的欺骗，不说，则仅仅是一种善意的隐瞒罢了，两者之间还是有一些细微的区别的。要骗唐雯那是没有办法，对于曾真最好不要开这个头，那会让两个人的关系在性质上起变化。

剩下来的便是一个技术方面的问题了，那就是张仲平要不要为“老婆”对江小璐的打扰向她表示一下歉意。这样做是应该的，因为作为当事人，张仲平不应该把别人扯进来，什么事情都是在你俩之间发生的，把别人扯进来算怎么一回事呢？说白了，曾真还不是跟江小璐一样的身份地位？有什么资格咄咄逼人地说江小璐？幸亏江小璐不知道这一点，也忍着没有说什么，要是两个人像泼妇一样地骂起街来，岂不是一个笑话？亏的还是江小璐。当然，你可以说正是你们两个人不正常的男女关系先给做妻子的造成了伤害，所以她怎么反应都不过分，但是，这是一个巴掌拍不响的事情，如果真要追究起来，做妻子的就没有一点责任？还有，就是如果张仲平要向江小璐道歉，是应该以自己的名义还是应该以老婆的名义？道歉的目的又何在呢？江小璐又会怎么想？两个人的关系会不会因此反而又纠缠不清起来呢？

真是世上本无事，庸人自扰之。一桩简单的事情干吗搞得那么复杂化？张仲平决定，电话还是要打的。如果江小璐不主动提中午的事，他就装傻，装作什么都不知道算了。曾真在手机里声称是张仲平的老婆，江小璐又没有见过唐雯，辨认不出唐雯的声音，心里哪能不发虚？所以，江小璐主动提这件事的可能性不大。而且，江小璐没准还会认为张仲平根本就不知道这件事，他“老婆”是背着他给她打的电话。

没想到江小璐的手机关着。

张仲平以为自己把江小璐的电话号码记错了，将手机拿出来，对着号码再拨了一次，号码没有错，江小璐的手机也还是没有通。

张仲平舒了一口气，好像给江小璐打电话是一件需要硬着头皮去办的事似的，现在这件事因为对方的原因躲过去了，心里面竟有些轻松。但是，另外一个问题很快冒了出来：龚大鹏的手机关了，江小璐的手机也关了，这件事有什么内在的联系没有？难道仅仅是一种巧合？

张仲平不得不把账算到徐艺头上去。这小子到底要搞什么鬼？要不要再给他打个电话？他的手机不至于也关了吧？

张仲平最终还是没有给徐艺打电话。徐艺能搞出什么名堂来呢？既然已经有了心理准备，还画了行为处事的底线，那就静观其变吧。

曾真确实怀孕了。

曾真跟张仲平说这件事的时候，目光紧紧地盯着他，看他的反应。张仲平心里一沉，脸上的表情却尽量控制着。早几天曾真就在念叨，说老朋友还没有来，弄得张仲平好紧张。昨天测了一下，曾真说并不明显，后来江小璐来了电话，把大家的精力都分散了。张仲平早晨一进门曾真就告诉他这个消息，一定是早晨又测过了一次。

曾真总是不愿意采取避孕措施，说戴安全套是“穿袜子洗脚”，使用药膜或口服避孕药会影响自己的内分泌，导致发胖。张仲平知道这件事情不能闹着玩，给她买了几十根排卵期的测试条，希望借助科技的力量小心翼翼地避开那几天危险期。张仲平刚开始几天还经常督促，每次曾真都说没事没事，还老怪张仲平，说："我们家老男人变成老太婆了，烦不烦呀。"张仲平说："我年纪比你大，知道问题的严重性。你要对自己的身体高度负责任，流产可不是一件好玩的事。"

张仲平的话等于向曾真表明了自己的态度，他不会再想要一个孩子，如果不小心怀孕了，只有上医院去流掉。

听了曾真的话，张仲平还是有点不相信。也不是不相信，是心存侥幸，以为曾真搞错了。测试条有两种，一种是检测排卵期的，一种是检测是否受孕的，在外观上并没有很大的区别，有时候张仲平上药店去买，售货员都会经常搞错。

曾真说："错不了，你看你看。"果然她早晨一起来就做了尿检，那根受孕测试条本来搁在梳妆台的纸巾上，这会儿正被她拿在手里，对着使用说明书上的图例，指点给他看。

太明显不过了，除非你是瞎子，才会看不到那两条要命的红线。

张仲平说："赶紧把衣服穿上。"曾真说："干吗？"张仲平说："先上医院吧。由医院正规检验一次，看是不是真的，现在假药多，测试条是不是伪劣商品，也很难说。"曾真说："用得着吗？"张仲平说："你这个人呀，不知道怎么说你。"曾真嘻嘻一笑，说："我自己把自己打中了，可以吧？我又没说你是神枪手。"

有一个傻丫头的段子，妈妈给女儿相中了一户人家的少爷，怕两个年轻人婚前发生性行为，就跟女儿交代说跟少爷单独在一起不能干什么。妈妈说："他要是动你这儿，你就说不要。他要是动你这儿，你就说停。"可是不久，女儿还是怀孕了，把妈妈气得要死，就把女儿关起来审问，让她把跟少爷在一起的情形学给她听。女儿说："他动我这儿，我说不要，他又动我这儿，我说停。他先动我这儿，再动我这儿，我就说不要——停，不要——停，他越动越快，我也越说越快，结果就这样了。"

这个段子还是曾真给张仲平说的。一边说一边拿自己的身体做示范，把他搞得兴致勃勃的。后来曾真动不动就把那个段子的关键词拣出来，一遍又一遍地在他们工作的时候老说，鼓励他冲锋陷阵。这下好啦，真的轮到自己成傻丫头了。

张仲平的情绪很快就被曾真感受到了，曾真说：“怎么啦老公，你不高兴呀？”张仲平正想着自己的心事，有好一阵子没有说话，曾真这样问他让他清醒过来了，张仲平只好对着曾真笑一笑，说：“没有啦。”

曾真说：“你别骗我。我们说好了，什么事都不要一个人闷在心里，都要说出来的。”张仲平还没有想好怎么说，只好先稳住曾真，就说真的没有什么。正好这时手机响了，是徐艺。他到底还是从深圳赶回来了，说刚下飞机，问在哪儿见面。张仲平有点犹豫，但还是问徐艺，改在下午行不行。徐艺倒是很爽快，连忙说行。

等张仲平打完了电话，曾真说：“那医院还去不去？”张仲平说：“当然去啦。你早晨还没有吃东西吧，先别吃了，也不知道要不要抽血。”

挂了号开了单子，检测的项目也是尿液，不用抽血。当然结果也是一样的：阳性。曾真确切无疑地怀孕了。

在车上，曾真依偎着张仲平，说：“别板着脸嘛，老公。”张仲平望着曾真，努力地笑一笑。曾真说：“你平时是这样看人的吗？”张仲平说：“怎么啦？”曾真说：“你看我只用了三分之一的眼光。”张仲平笑了，说：“没有人这么划分吧？”曾真说：“我就这么划分，不行呀？你不懂吧，我说的是聚光度，三分之一的眼光表示不耐烦，三分之二的眼光表示脉脉含情，三分之三的眼光，表示你眼大无神，是个傻大个儿。”张仲平没有办法，只好朝曾真挤眉弄眼的，希望能够达到三分之二的标准。曾真说：“老公你笑一笑嘛。”张仲平就笑了一下，曾真说：“得了得了，比哭好看不了多少。”

曾真要张仲平笑一下，可是张仲平怎么能够笑得起来呢？他心里一个劲儿地埋怨自己，怎么会这么不小心。又想，曾真想干什么嘛？该不是想生米煮成熟饭，拿他们的孩子来胁迫他吧？

曾真说：“怎么啦老公，你不想要我给你生个儿子呀？”张仲平说：“怎么可能嘛？”曾真说：“怎么不可能？喏，我都想好了，我不是早就把工作辞了吗？就待在这儿，年把时间，孩子就生下来了。”

一回到家里，曾真就把衣服扒了，一边扒一边望着张仲平，她的动作有一点夸张，张仲平看得出来，这是对他惯用动作的模仿，他脱衣服不讲常规，总是提拎着领子一次性解决。每次曾真都笑眯眯地看着他，好像他越心急火燎越证明他爱她。曾真敏感得很，见张仲平看都不看她，很委屈地嘟着嘴，说：“怎么啦?”张仲平这才把眼光转过来说:“没有什么呀。”曾真说:“你怎么不脱?”张仲平又想了想,说:“我要跟你谈点事。”曾真说:“知道你要跟我谈事,所以才要你把衣服脱了,我们要坦诚相见,是不是老公?”张仲平说:“是呀。”

曾真朝张仲平侧身躺着,一只手支撑着自己的脑袋看他,另外一只手抓了张仲平的手在自己身上搞活动。她的手很灵活,张仲平的手却显得有点僵硬。曾真说:“你这老手今天好像变了,生硬得很哩。”张仲平听了之后不服气,为了表明自己还是老手,很快变被动为主动,在她身上的关键部位狠抓了一两把。曾真哇哇直叫,不知道是真的被抓疼了还是很舒畅。之后又平静下来,张仲平两只眼睛盯着天花板,一眨不眨,嘴唇却抿得很紧,好像那是一个水龙头,不关紧就会有水从那里漏出来。

曾真始终看着他,他不说话,她也就不说话,他的手松开了她,随便地搭在那儿。她也不去抓,拿自己的一根手指头在他胸脯上划来划去,有时候也撮起嘴,在他的胸肌上吻一口,又回到原来的姿势,看他。张仲平偶尔掉转头来看她,她就眼睛一瞪,对着他看。她的嘴唇一动一动的,却不是为了开口说话,纯粹是动给他看,神情很轻松也很愉快。

两个人就这样相持了好一会。张仲平感到很奇怪,今天怎么会没有电话来?曾真比他还干脆,她的手机只有在他离开以后才开,两个人一在一起,她的手机就关了。曾真的这个小动作曾经让张仲平暗地里有一点儿小感动,好像从中可以断定她从内心里真的把他当作了自己生活的全部。要是不怀孕多好。偏偏怀孕了。怀孕了就涉及一个怎么处理的问题。这是怎么也回避不了的。张仲平当然知道应该怎么处理,问题是他得说服曾真,偏偏这会儿曾真还兴奋得很。他怎么向她开口呢?

还是曾真憋不过他,她嘻嘻一笑,说:“你不是要跟我谈事吗?你准备跟我谈什么呢?是不是还没有想好?怎么开个口像生孩子一样难?”曾真偏偏提生孩子的事,张仲平心里有点烦,又不好发火,只能拿眼睛来看她,清了清嗓子说:“你就别提生孩子的事了,那是同一个地方干的活吗?”曾真说:“怎么啦怎么啦?谁叫你不说,你不说还不让我提,我就要提就要提就要提,怎么样?”张仲平说:“不怎么样。”曾真又是嘻嘻一笑,说:“郁闷吧?”张仲平说:“你得意什么?”曾真说:“没有没有,我只是看着你这样郁闷,觉得好好玩。老公,你可从来没有这么严肃过,玩深沉吧?”张仲平说:“你这讨厌的家伙。”曾真说:

“我怎么讨你厌了？你说呀。你看，我们都这样了，还有什么不能说的？说嘛，把心里的想法说出来嘛。”张仲平还是不知道怎么开口。曾真又说：“你看你啰，给机会你不说，我可我行我素了，到时候你可别后悔。”张仲平说：“你别做傻事。”

曾真说：“我好不好？”张仲平说：“你自己说呢？”曾真说：“我很好的，仲平，老公，我真的很好的，真的比你以前那些女朋友加在一起还要好。我知道你想我去把孩子流掉，可是你又开不了口，你担心你一开口，就会变得不高尚，怕我看轻你，你可能还担心我跟你闹，是不是？你老实说，你动了这样的念头没有？”张仲平回过身来看了曾真一眼，又伸手抱了抱她。曾真说：“我说对了吧，瞧，认账了认账了。”张仲平说：“认什么账？”曾真说：“你抱我就是鼓励我，等于承认我的话说对了，是不是？”张仲平冲着她挤了一下眼睛。

曾真说：“傻瓜。你郁闷对我又有什么好处？跟你在一起，我是要让你幸福的。那天给你过生日我就许了这个愿。你这个坏家伙，不知道为什么会有这么好的福气，你说呀。”张仲平再一次抱抱她，用的力气也大了一点：“你真的很好，是个乖孩子。”曾真叹了一口气，说：“还要我逼你才肯说。”张仲平说：“宝宝宝宝，你真的很好，你怎么就这么好呢？”曾真说：“行了行了，虚伪得要死。”

曾真说：“我知道你的心思，所以，孩子我会去流掉。不过，仲平，我们说着玩儿好不好？你真的不想要我给你生个儿子吗？”张仲平一下子又警惕起来，并很快地看了曾真一眼。曾真是何等聪明的人，他刚才身体突然一缩，她就感觉到了。她好像怕他说出什么话来似的赶紧说：“不不不，你不要误会，我不是拿话试探你，看还有没有希望。我知道我们现在这种处境，我们俩的这种关系，生一个非婚的孩子，那是不可能的。从我这方面来看，我倒是不在乎，可是，既然你的思想还没通，我就不会任性。我不会让你陷入一种进退维谷的两难境地，让你在手板心上的肉和手背上的肉之间做选择，那不是太残酷了吗？我不想让你痛苦。何况，我胜算的可能性有多大？你知道吗？仲平，我真的好爱你，爱死你了，我不能冒失去你的风险。真的，我不敢。所以，我刚才对你讲的要去流掉的话，是真的，半点虚假都没有。可是，我又想知道，你想过没有呢，我们生个孩子，一个儿子，又帅又聪明，从幼儿园开始就知道追女生，不，是女生追他，后来慢慢地长大，越来越聪明越来越帅，举手投足像死了你，这个时候排着队等着追他的女生已经数都数不过来了，想一想，多好。你想过没有呢？”

想过或者没有想过，张仲平只要点点头或者摇摇头就可以了。曾真说了她只是说着玩儿，所以想过或者没有想过，应该都是不重要的。可是，张仲平却觉得点头或者摇头都很难。他相信曾真做的决定是真实的，她应该不会任性。因为这时候任性还条件不成熟。她已经坦白了，她在做这种决定的时候，已经替他和自己衡量过了面临的障碍，已经预见到了他和她的得失和输赢结果。她使用的表述方式是她不愿意他痛苦，宁愿自己去挨那一刀，但是，人的想法是随时可以改变的，如果他说他也想生个儿子，生一个他们俩的儿子，那就等于两个人有了一个共同的愿望。两个人想法一致，怎么去做便只是一个技术性的问题了。尽管产生想法和实施这个想法之间尚有很远的距离，但女人往往看重的是你的态度。曾真会不会因为他的态度而改变自己的想法呢？既然是技术性的问题，就总能解决，一个人不好解决，两个人共同去面对，就不算什么了。所以，这头是轻易能点的吗？一点头，那不等于回到原来的老地方去了？可是，如果不点头情况会怎么样呢？

曾真做出流产的决定，为他着想的成分、自我牺牲的成分毕竟多一点。当女人爱上男人，那是什么蠢事都敢做的，但是，做蠢事的女人就是蠢女人，她心中即使有满得要往外流往外冒的爱情，如果做了蠢事也还是一个蠢女人，有这种爱情的女人只会让人觉得可怕。因为爱情的目的不是为了痛苦或者毁灭，而恰恰相反，是为了快乐和新生。所以曾真的决定是理智的决定，她毫不犹豫地准备用自己的痛苦消除他的隐患，使他心里一下子轻松起来。他想到了自己刚才伸手抱她的那个动作，她说对了，他的那个肢体语言，是对她的感激与嘉许，可能还有一点歉意，使他觉得对她的爱又增加了一分。如果说男人爱女人的证明方式就是娶她，那么，女人爱男人的证明，就是想给他生个孩子。这是女人所能想到的最顶格的爱情表达方式。女人为了不给这个男人添麻烦，决定拿掉孩子，她对这个男人的爱就已经到了差不多不惜牺牲自我、失去自我的程度了。现在，这个无私的女人，可能希望得到的只是那么一点点精神上的慰藉，而你甚至都准备摇头拒绝？你忍心吗？

曾真说：“怎么啦？开个口那么难，要你点个头或者摇个头，也那么难？”张仲平觉得点头不是摇头也不是，是因为这个话题本来就很沉重，不可以草率和随意。可是，曾真如果执意要他表态怎么办？唯一的办法就是想办法尽快进入一种玩世不恭的话语环境，靠着嬉皮笑脸从尴尬的处境中脱身。但是，这样做是不是有点过分？作为一个四十多岁的男人，张仲平知道人流刮宫的厉害，通俗一点说，那是一种血肉分离，在身体最里面最敏感的部位实施血肉分离。一想到这个笑眯眯的傻丫头将要为他去遭受那种纯粹肉体的痛苦，心里实在是很难受，他怎么还能够没心没肺地对她敷衍塞责？张仲平伸出两只手把曾真的小脑袋捧住，认真地看，突然把它抱住使劲往自己胸脯上按。曾真嘻嘻直乐，说："要我咬你是不是？好，我咬我咬我真的要咬你了哟，哎哟你都要把我闷死了。"曾真从张仲平怀里挣脱出来以后，脸上的笑容凝固了，她伸手在张仲平脸上抹了一把，轻轻地问："怎么啦老公？"张仲平说："对不起宝贝儿，真的对不起。"曾真嘴唇往上一翘，把僵在那儿的笑容化了，说："还说人家是傻丫头哩，我看你才是傻大个儿，矫情，是不是想我授予你模范丈夫的光荣称号？"张仲平紧紧地抱着她："对不起，你这个傻丫头让我的心尖儿一阵一阵地酸痛。"曾真说："你的心尖儿在哪里？让我摸一摸。"张仲平说："在这儿。"曾真说："这是什么呀，老肉皮。仲平，你爱我是不是，你真的爱我，是不是？"张仲平说："我真的爱你。我真的好爱你好爱你，我怎么会这么爱你呢？"

他们开始温柔地做爱，轻歌曼舞，但到最后阶段还是不可控制地疯狂起来。曾真不仅一如既往地喊叫得惊天动地，还第一次在张仲平的后背上抓出了一道一道的红印子。张仲平本来不觉得，看到曾真望着他的后背发呆，爬起来一照镜子才发现。曾真像做了错事的孩子，连声说怎么办怎么办。张仲平说："什么怎么办？"曾真说："你呀，你到那边怎么交代？"张仲平说："她要是发现了，只好说是猫抓的。你今天怎么啦，这么生猛？"

不知不觉，他们又扯到怀孩子生孩子的事情上去了，讨论得还很充分。曾真不依不饶的，非要这样做。曾真说："这也值得你有心理障碍吗？我都说了我没事。"张仲平说："可是……"

曾真说："真的没什么，喏，咱们把咱们的身份和处境都忘了，就像是说别人的事儿一样，行不行？就像是学术交流，好不好嘛？"张仲平说："为什么要这样呢？"曾真说："长点见识呀，拉近我和你之间的距离呀。"张仲平说："我不想说。"曾真说："那我说，以你的口气说，就像是你在劝我一样，好不好？"张仲平说："有必要吗？"曾真说："有呀，当然有必要。"

曾真模仿着张仲平的语气说："怀孩子生孩子，说得轻巧，你以为是养个猫呀狗呀的宠物呀？十月怀胎，一朝分娩，光孕妇定期上医院做B超做体检就够受的。还有生理反应，你都不知道孕妇呕吐起来有多么难受。还有情绪的波动，你心里焦虑呀，不知道生出来的孩子是不是缺胳膊少腿，或者有没有别的毛病，心里那个悬呀。听说孕妇晚期两腿还会发肿，想一想这都是为什么呀。"张仲平紧紧盯着曾真，生怕漏掉她的每一个字，他可不能随随便便地被曾真带着进入角色，他得时刻保留着一份清醒。

曾真接着说："这还是孩子生下来之前。咱们说说孩子怎么生吧。孩子在肚子里一天一天地长大，慢慢地有了小手小脚，那小手小脚像什么？像小树的枝条。到临产的时候，它有多大？一个健康的孕妇，就像我这样的个子和盆腔……"张仲平说："别拿你打比方好不好？"曾真说："好好好，我是说胎儿的体重，六七斤是正常的，说不定还会有七八斤，再加上羊水什么的，那会有多大一堆呀？却要从细窄的产道里出来，这种比例好悬殊，简直接近一头大象和一条蛇的比例，真是不可思议，一想到这个头都晕了，头都大了，好恐怖呀。当然，现在有了剖腹产，咔嚓一声，在肚皮上划一条长长的口子，把胎儿拿出来，生孩子的痛可以免了，可是手术的痛呢？还有，那条疤痕会不会慢慢消失？像我这种疤痕体质的人，好好好，不说我，我是说如果那条长长的刀口总也不消失，以后过性生活老公的情绪会不会受到影响呀？"张仲平说："多少有点影响吧？自然分娩更惨，阴道如果恢复不好，以后过性生活算什么你知道吗？像三十八的脚穿四十五码的鞋，也像小鳗鱼游大海。"

曾真打了张仲平一巴掌，继续说："孩子生下来之后呢？吃、喝、拉、撒，半夜生病上医院，打各种各样的疫苗，有多少事呀。还有，衣服穿多了怕焐着，衣服少了怕凉着，那个难啊。孩子满月，过周岁，一天一天地长大，会在地上爬了，会叫妈妈了，会摇摇晃晃地走第一步了，大人再苦再累也是乐在其中的。不过，这是指夫妻两个人一起带孩子的情况，如果说，像咱们这种关系，做妈妈的，可就惨了。"张仲平这一次没有打断曾真，他的心硬一硬，就想听她怎么说。

曾真说："一个二奶的老公——所谓的老公——怎么能够承担得起做这个二奶的孩子的父亲的责任？如果他还是另外一个女人的丈夫和另外一个孩子的父亲，他怎么可能同时成为这个二奶的合格丈夫和她的孩子的称职父亲呢？所以，不管这个二奶多么爱这个男人，要想在男人没答应之前生下这个孩子，答案只有一个字：蠢；两个字：好蠢；三个字：蠢死了。”

曾真轻言轻语地说着这番话，总算看问题比较透彻。张仲平不允许曾真拿自己打比方，可他自己却不可能不联想到自己，就像曾真在他的要求下只能说别人，其实仍然说的是自己一样。

按照丛林的说法，张仲平的家庭结构是典型的一家两制。现在可不是“教授教授越教越瘦”的年代了，唐雯每一年的收入比政府部门处级公务员的合法收入要高出两三倍。这对于一个下海经商的丈夫来说，是一个多么稳定的后方根据地，使他可以没有任何后顾之忧地到市场上去冲去闯。不错，不管是结婚之前还是结婚之后，张仲平的感情生活从来就不是一张白纸。下海经商之后，更是如鱼得水，一年四季命交桃花。可是，那又有什么关系呢？问题不在于你是什么样的人，而在于你在他人眼里是个什么样的人。既然能够把跟每个女人的关系都对唐雯瞒得严严实实，那么他在心理上也就心安理得，不搞白不搞。他对唐雯是负责任的，因为他非常成功地在唐雯心目中维护了自己好丈夫的形象，还有什么比这个更能带给女人一种成就感和荣誉感的呢？从这个角度来讲，他对家庭也是负责任的。他是绝对不会去做一个破坏家庭、喜新厌旧的陈世美的，那不太傻了吗？当然，还有他对小雨的爱，那就真的是没有一点私心杂念了。在小雨心目中，他又是一个怎样充满慈爱，能够给她安全感和满足她各种各样合理和不合理的愿望的父亲？如果突然有一天这个印象被改变了，小雨会怎么样？关于离异家庭对小孩子心灵的影响与摧残的事，媒体报道得还少吗？小女孩离家出走、染上网瘾毒品、被人拐卖、遭强暴做三陪小姐的故事，想起来都太可怕了。张仲平觉得连百分之零点一的可能性都不能出现在小雨头上。决不。

张仲平的想法有一个明显的漏洞，他在做这种形而上学的思考时，撇开了曾真。曾真是怎么一回事？曾真是能够撇得开的吗？

曾真说：“老公你怎么不说话？在想什么嘛？你是不是在心里说，这个女人真麻烦？”张仲平说：“没有呀。”曾真说：“你装什么装？再装，我不喜欢你啦。”张仲平说：“你可以不喜欢我，但是，你却不能让我不喜欢你。”曾真说：“你这个丑八怪，就是这张嘴漂亮。”

曾真说：“咱们谈这些事，好像你也不怎么烦嘛。”张仲平说：“烦什么，这些不都是学术问题吗？喂，怎么知道得这么多，像个教授似的？”曾真说：“什么狗屁教授，没见过杀猪，还没吃过肉呀，现在网上、杂志上什么没有？”张仲平悔不该提什么教授两个字，笑一笑，说：“你好粗鲁。”曾真说：“怎么，你嫌我粗鲁了？你才粗鲁哩。你这个杀人犯。”张仲平赶紧小心翼翼地说：“你记住了，说流产手术是把孩子做掉，这种说法是很不科学的，你千万不能这么想，做掉的不是孩子，是受精卵，或者说胚胎。这个区分很重要，否则会造成心理上的疾病，而且，听起来真的有点像杀人犯。”

曾真说：“这次我放过你。不过，张仲平你给我听好了，这辈子我会给你生个儿子的，我比她小了二十来岁，我有的是机会，我怕什么？”张仲平说：“你要干什么？”曾真说：“怎么，吓着你了？你别怕，我可不希望你吓得阳那个什么了。你要是真阳那个什么，我怎么办？我说给你生儿子，其实是在两种情况之下。”张仲平说：“哪两种情况？”曾真说：“第一，我发现你可能再也不会爱我了，除了让你‘传经送宝’，这事跟你没一点关系。我一个人生一个人养，也算给咱们的关系留下一个纪念。第二，就是等到有那么一天，你想通了，你自己想要了。你不是只有一个女儿吗？你能保证你不想生个儿子？”张仲平听了这话不敢作声，甚至连大气都不敢出，这种问题当然是不能讨论的，否则还有个完？

曾真说：“张仲平我知道你在想什么，你在想这傻丫头这会儿在说疯话。你说过七年之痒的话，还说爱情保鲜期只有七个月，你也许在想，这小傻瓜的激情总有一天会过去的，那个时候，所有的问题都迎刃而解了，我说得对不对？你这样想也没有关系。咱们走着瞧吧。”张仲平说：“瞧什么？”曾真说：“姓张的，我吃定你的。你就看我怎么死心塌地地爱你吧。”张仲平说：“那咱们俩来个比赛好了。”曾真说：“你这个人就是这样的，说话一点都不真诚。你知道我已经做了决定，所以又来说便宜话。真的不想理你了。”张仲平说：“还是那句话，你可以不理我，但我就是要理你，看你怎么办。”曾真说：“我能怎么办？没见过你这样无赖的人。”张仲平说：“我坚决不同意你这样说我，因为耍无赖和献殷勤，都是心虚的表现。”曾真说：“心不心虚你自己清楚，起码我知道，你其实没有认真想过这件事，不像我。我实话告诉你吧，这个孩子，噢，不，按照你的说法，这个受精卵或者胚胎——姑奶奶说着怎么这么别扭？我不敢要的理由只有一个，你知道吗？”张仲平说：“怎么说？”曾真说：“我估计孩子是在擎天柱怀上的。我没有带排卵测试条，那几天，我太快活了，把什么都忘记了。你瞧，照片里那个傻丫头，不知道有多幸福。”张仲平说：“照片里那个臭男人，也不知道有多幸福。”曾真说：“我们在擎天柱喝了酒，你忘了？你喝了，我也喝了。所以你真的运气好，可以放一百个心，这个孩子我会去流掉。我总不至于替你生个傻瓜儿子吧，俺虽然是做小的又不是什么教授，这点优生优育的知识也还是有的。”

第十九章

张仲平下午一觉醒来，第一件事就是给徐艺打电话。徐艺说：“对不起张总，今天下午肯定不行了。”张仲平说：“怎么啦？明天就要拍卖了呢。”徐艺说：“我知道我知道。可是出了点意外，周运年死了。”张仲平说：“周运年是谁？”徐艺说：“我的一个朋友。这样好不好，我晚上再给你打电话？”不等张仲平回话，竟把电话搁了。

徐艺是怎么一回事？不会借故避免与他见面吧？这个周运年是个什么人物？他跟徐艺的关系应该非同一般。否则，徐艺也不会把他抬出来作为借口。张仲平的疑问徐艺本来是可以解释的，谁知话没说完就收了线，语气还很急。张仲平如果追个电话过去，反而显得太急切。说到底，时代阳光拍卖公司是主拍单位，3D 公司是协拍单位，太急切了，就有一点皇上不急太监急的意思。可是，这个周运年到底是谁呢？他跟徐艺又是什么关系？应该找个人问一问。问谁？还是问丛林吧。

张仲平打通了丛林办公室的电话，说：“知道周运年是谁吗？”丛林说：“周运年？哪个法院的？”张仲平说：“我也不知道，听说刚死了。”丛林说：“你说的是省国土局的那个新局长吧？他上任还没半个月呢？怎么，他死了？怎么死的？你跟他有什么关系吗？”张仲平说：“没有没有。我认都不认识，就向你打听一下怎么回事。”丛林说：“我哪儿知道？喂，你们家不是有个搞新闻的吗？问她呀。”

曾真这时早已醒了，见张仲平望过来，赶紧直摇头，又突然一跃而起，打开了桌子上的手提电脑。

她在电脑搜索引擎上输入省国土局、周运年两个关键词，马上弹跳出以下条目：

猎者被猎局长魂断野猪林

也就几十个字的消息，说今天上午在野猪林野生动物园，新上任的省国土资源局局长周运年死于非命……

野猪林原来是一个畜牧农场，离城二三十公里，被一个新加坡商人租了下来，开始养奶牛。后来听说要办跑马场，政府不批，又办野生动物园，里面养了一些狮子、老虎、大象、长颈鹿、鳄鱼等等的飞禽走兽，包括野猪。养野猪是为了让它名副其实，附带办了一个野战排训练营，让厌倦了城里生活的人来这里打猎。城里的人口味刁，不管多么新奇的东西，玩几下就腻了，先是斯诺克，后是保龄球，然后是高尔夫、钓鱼，洗脚、按摩就不用说了，太不上档次。最近禁赌，有意思的娱乐活动就更少了。据说，人本性是嗜血杀戮的，只是文明的进化让他的野性沉淀了下来。不经常玩玩心跳加速的游戏，反而会退化。打野猪还有钓鳄鱼，就是这种游戏。

看起来像是一个偶然事件。像这种狩猎活动，安全是最重要的。据说野猪的拐弯性能很差，等冲到你面前，你突然转身，它还会笔直地往前冲，有点类似于西班牙斗牛。但野猪野性难驯，非常有爆发力，而且两颗獠牙非常锋利，专挑人的眼睛。新闻的题目有点悬念，关于事件本身却语焉不详，只说他避闪不及，被野猪撞出去六七米，破了脾脏，因为失血太多，急救车没到就死了。

更多的是野猪林野生动物园旖旎的自然风光。曾真也被吸引过来了，说：“好了，这下媒体要热闹一阵子了。”张仲平早几天也说过要带曾真去打野猪，没想到会出这样血腥的事。曾真说：“我到野生动物园做过片子，生意本来就清淡，这下只怕更惨了。”张仲平摇摇头，说：“我看不见得，即便赔点钱也无所谓，他们可以堤内损失堤外补。”曾真说：“怎么补?”张仲平说：“我怀疑他们招商部门会利用这个机会炒作，搭这趟顺风车。不信我可以跟你打赌，网上很快就会出现这样的文章，题目可以叫回归自然玩一回心跳加速的游戏。甚至可以在周运年罹难的地方竖一块纪念碑，供人参观留影。”曾真说：“深刻呀深刻，可怕呀可怕。”张仲平说：“你什么意思？”曾真说：“你这个创意真的不错，我看要不了多久，野生动物园的知名度会大幅度飙升。”张仲平说：“怎么又说可怕呢？”曾真说：“还不可怕呀，死者的家人不定多么伤心欲绝，只有你们这种商人，想着的就是发财。”张仲平说：“冤枉呀娘子，这种事情发生了，肯定是几家欢喜几家愁，要不要我跟你举例说明？”曾真说：“你说呀。”

张仲平说：“野生动物园的老板遇到的麻烦首先是赔钱，毕竟死了一个人，而且这个人还有点身份地位。如果在保险公司投了保，还好一点，否则，还真得出点血。窃喜的是周运年下面的副局长们，人死了，位置就会空出来，大家就有可能跟着进一步。这也算是天赐良机吧。当然也有高兴不起来的，就是周运年的心腹干将，这些人本来仕途顺利，提拔有望，这下好了，需要另投明主了。搞行政就是这样，不能站错队。你重新投靠别人，别人还不一定接受，惨吧？再说了，周运年如果是个清官，那些想打擦边球的人，因为他的在任眼看没戏了的项目，现在岂不又有了希望？周运年要是本身屁股不干净，事情就更复杂了，那些企图通过他分一杯羹的人，能不遗憾吗？前面花费的精力全都打了水漂，怎么高兴得起来？如果是既得利益者，则可能悲喜交加，先是暗中庆幸，因为人死了，以前的那些经不起查的事，也就断线了，成了无头案，死无对证。忧的是，毕竟这层关系断了，需要另起炉灶。怎么样，情况复杂吧？这还是从周运年拥有的职务身份所做的简单分析。人是复杂的，他还有其他的身份、其他的社会角色，一一分析起来，与他有关的人，真的是喜怒哀怨的都有。这样一想，商人的那一点小聪明，又算得了什么呢？”曾真说：“这么说来是我错怪你了？”张仲平说：“是有一点儿，反正我感觉到这两天我要小心一点儿，你好像总要拿什么东西扎我一下才舒服似的。”曾真说：“你倒是个明白人。”

张仲平的感慨却没有发完，他说：“西方学者确实具有全球性的眼光，我们刚才的这些分析，最多也就叫牵一发而动全身，在他们那儿成了什么你知道吗？叫蝴蝶效应。有一本叫《混沌学》的书，说一只蝴蝶在巴西扇动翅膀，有可能在美国得克萨斯州引起一场龙卷风，讲的是表面上不相关联的事件可能存在的内在关系，那才叫深刻呀深刻，诗意啊诗意。”曾真说：“你知道我为什么爱你吗？因为你把马嘴装在牛头上，看起来还那么顺溜。”张仲平说：“学问啦。不过，你也不要对我太崇拜了，弄得风马牛不相及这个成语都要改似的。”曾真说：“谁崇拜你了？臭美。”

跟曾真的谈话，帮助张仲平解决了他心里的另外一个问题，那就是徐艺为什么不能跟他见面了。徐艺的时代阳光拍卖公司不是在成立不久就做过国土局的一笔业务吗？那也正是周运年在国土局上任不多久的事。

张仲平马上又有了新的收获，这个收获却让他心里有点酸溜溜的，却不能在曾真面前露半点声色。原来网上的文章和图片不断刷新，终于出现了周运年的免冠标准照，张仲平一眼就认出了他：头发光洁打了啫喱水，精瘦干练，就像电视里的王志文，鼻头上还有一颗黄豆大小的黑痣。在徐艺的首场艺术品拍卖会上，周运年买过东西，而且恰恰买的是侯小平的那两幅书法作品，他当时跟一个二十多岁的年轻人一起就坐在江小璐的旁边。

江小璐？

一个知道蝴蝶效应理论的人，当然不会放过种种联想。为徐艺工作的江小璐后来是不是也认识了周运年？完全有可能。否则，周运年花那个价钱买那两幅字干吗？发神经啦？

几年以后，江小璐亲口证实了张仲平的猜测。那时，江小璐已经混出头了，她找了一个新西兰华侨，准备移民去那个千岛之国。她在临行之前约见张仲平，希望在远赴异国他乡之际与他最后见上一面。

那是一个阳光明媚的下午，还是在她寓所的小客厅里。家里的陈设没有什么大的改变，江小璐说她的父母亲将会暂时住在这儿，直到她替他们也办好移民手续。江小璐对于自己新老公的情况也不想详谈，只说他很有能力，或者说很有钱，好像没有什么办不到的事。那一次江小璐主动地谈到了她对钱财的态度：“谁要是经历过没有钱的滋味，就不会假模假样地装清高，视金钱如粪土。爱不爱财不是区分君子和小人的标准。这个社会就是这样，男人的所谓气质、气势、气派，至少有百分之八十是靠金钱财富支撑和装点的。”这话从江小璐嘴里说出来，张仲平一点也不觉得奇怪，他觉得她像是在为自己的婚姻做辩解。张仲平说：“告诉我，你爱他吗？”江小璐莞尔一笑，说：“他对我很好，这就够了。男人挣钱，总是要花到女人身上的，他能看上我，是我的运气。至于爱，好像这个字已经被你们男人用滥了，女人的爱只有一次，对于女人来说，有比爱更重要的东西。”江小璐的客厅里添置了一架珠江牌钢琴，这使得那个小客厅显得更加拥挤了。张仲平觉得跟几年以前的老情人讨论这些问题多少有些滑稽，所以马上接了一句："对。不结婚的人才谈情说爱，打算结婚的人只会谈婚论嫁，更多地考虑合适不合适。"江小璐轻轻地一摇头，又很快抿嘴一笑。

张仲平望着她，回想起了第一次到她家里来的情景，他在门口换上了一双红色的女式拖鞋，然后以一种侵略的姿势进攻了江小璐的脚板心。一眨眼，多少年就过去了。张仲平接着在那架钢琴上的原木小相框里，看到了江小璐的照片，他认出了那张照片的背景，野猪林野生动物园。张仲平还没有开口，在他旁边侧身站着的江小璐便主动地跟他谈起了在当时闹得沸沸扬扬的那件事，神情淡定，语调平稳，好像在向张仲平讲述偶尔看到的一篇小说。江小璐手里捧着那个相框，说照片就是那天照的。"他对我很好，那个时候他的老婆已经出车祸死了，所以我们的关系已经有了一种半公开的性质，谁知道会出那种事。"张仲平问起周运年的死因，江小璐摇了摇头，说："这事我至今想不明白，当时我上了一趟卫生间，回来他已经被撞趴下了，我对他的事其实了解不多，他是一个谜一样的男人。据说，当时所有随行的人，包括野生动物园的老板都劝他别冒那个险，他不听，好像跟死神有个约会似的。"张仲平说："对于一个搞行政的人来说，这事简直有点不可思议。搞行政的人都是政治动物，这周运年要么太不成熟了，要么是性情中人，要么，就是另有隐情。"江小璐的大眼睛对着张仲平扑闪了几下，很快将相框扣着放在了钢琴上。江小璐低下头不再望着张仲平，说对不起，陈芝麻烂谷子的事了。然后她轻轻地笑了，右边脸颊上露出一个深深的酒窝。

这种谈话过于沉重，不符合江小璐约见张仲平的主旨。江小璐说："其实也没有什么事，就想跟你见上一面。你知道吗？那场拍卖会是我的生活彻底改变的开始。"张仲平说："想得到。不过，咱们可不可以也不谈这个？"江小璐说："好吧，不谈这个。"

张仲平也跟江小璐谈了那一次曾真给她打电话的事。江小璐说："你不提，我还真的忘了这件事，那确实有意思呀。"张仲平说："事情过去了，才觉得有意思。"江小璐说："我没有她的胆子大。我想她一定很爱很爱你。"张仲平笑一笑，说："你呢，你爱过我没有？"江小璐说："这句话也可以由我来问，你呢，你爱过我没有？"张仲平说："是呀，这个问题确实难以回答，有人说爱，是因为心里没有爱；有人不说，是因为不能说；还有的人不说，是因为拿不准，因为每个人对爱的理解其实都不同。"江小璐说："所以讨论这个问题是没有意义的。”张仲平说：“你说得对，我向你认错，要不要我单腿跪下来握着你的小手轻轻亲吻，然后用比较低沉浑厚的男低音对你说，对不起我错了。不过我想还是算了，我的裤子好高档的，可不能把膝盖磨破了。”江小璐笑一笑，说：“想不到你是这么贫的一个人。”张仲平说：“是呀，我是很贫的一个人，可是，以前我们在一起，却总是客客气气的。”江小璐说：“你不贫，可也不客气。”张仲平朗笑一声，说：“对对对，我一见你的面就想对你不客气。”江小璐说：“我知道那会儿你对我好，我很感激你。”张仲平说：“你要是这样说，那我也要感谢你。”江小璐一笑，说：“听你这么说，好像我们俩可以扯平了。”她轻轻叹了一口气，接着说：“其实，那时候我也是有想法的，只是那个时候，我认为你是一个家庭观念特别重的人。女人对这种男人骨子里是很尊重的，她只会羡慕另外一个女人的好福气。”张仲平说：“我现在的家庭观念仍然很重。”江小璐说：“是吗?”

张仲平是突然感觉到江小璐的体香向他扑面而来的，其实她仍旧站在那儿一动也没有动。这事即使在事后想起仍然让张仲平感到有点不可思议，但在当时，却直接构成了两个人上床做爱的契机。那几乎是几年以前两个人第一次做爱的重演，却又有着完全不同的新情节。江小璐的衣服是她自己脱掉的，没有劳张仲平的驾。江小璐一边从从容容地脱衣服一边说：“你放心吧，我是干干净净的，所有出国的人都要做性病检测，一切 OK。”张仲平说：“你怎么就这么相信我？认定我是干干净净的?”江小璐说：“我不知道我不知道我不知道。”边说边把他推倒在了床上。

他们做爱的时候，第一次互相之间都睁着眼睛紧紧地盯着对方，江小璐跟他认识她的时候比，岁月与沧桑几乎没有在她的脸上留下任何痕迹，皮肤光洁富有弹性，小肚子上看不出妊娠纹，仍然无法判断她的年龄。那一次，她彻彻底底地放开了，让张仲平不得不对她重新认识，刮目相看。张仲平不知道哪一个才是真正的江小璐，到底是以前那个含蓄内敛的高速公路收费站管理员，还是现在这个激情洋溢深谙床第之事发骚发浪的新西兰新移民。江小璐的临床表现让张仲平想到了曾真。但是，江小璐很快就让他心无旁骛了。她紧紧地箍着他，就像一头发情的小母兽。她的脸奇怪地扭曲着，好像在忍受着巨大的痛苦，却生动极了，也美丽极了，简直令他心痴神迷。江小璐完完全全地控制了场上的局面，一次又一次地把他带入漫无边际的快乐的彼岸。她以前很少叫床，这一次却有一点像扯开了嗓子的呐喊，这让张仲平再一次想起了曾真。他在江小璐急切的喊叫声中，一次又一次地像波浪一样摔打在柔软的沙滩上，稀里哗啦地展开和融化。

分手的时候，他们在门里轻轻地拥抱。好一会儿，才慢慢地分开。张仲平说："以后见面的机会可能真的不多了，说不定这是最后一次，祝你什么呢？一路好走吧。"江小璐说："谢谢你，我也要送你一个祝福。让我想想祝你什么，唉，还真不好说，那我也祝你保重，一路好走。"

胜利大厦在建工程的拍卖，将于上午十点在紫金大厦七楼会议室举行。南区法院的人由徐艺公司负责接，张仲平负责接侯昌平。两人见了面，张仲平说他挺精神的，侯昌平哈哈一笑，说："我哪天不是这样？我老婆总是说我，这法官制服都快成我的第二张皮了。"边说边准备躬身上车。这时，一个老太太匆匆从大门口进来，她一边老侯老侯地叫，一边朝他频频地举着手里一个装了菜的塑料袋，侯昌平退身出来，忙问怎么回事，那老太太说："不得了啦不得了啦，你老婆被菜市场的墙给砸了。"

去菜市场的巷子很窄，开不了车。张仲平赶紧下车跟侯昌平一起朝菜市场跑去。一路上，已有不少人朝菜市场的方向赶，巷子两边的人或三五成群地议论，或望着他们指指点点。不远的地方已经开始传来急救车鸣笛的声音。

这是一次严重的事故，当场砸死了三个卖菜的小贩，五个买菜的则被砸成重伤，对于侯昌平来说，却只是一场虚惊，他老婆和另外三四个人只能算轻伤。

张仲平和侯昌平一左一右地架着侯昌平的老婆往出口走。张仲平要开车送侯昌平的老婆上医院，被侯昌平拒绝了。他老婆的脸虽然有点愁苦，但连连摆手，说不用不用。侯昌平说："拍卖会重要，你要好好把关，这些事我来弄就行了。"他老婆也努力对张仲平笑笑，又对侯昌平直点头。张仲平掏出钱包要给侯昌平一点钱，被侯昌平喝住了，说："你的钱很大吗？"张仲平怔在那儿。侯昌平拍拍张仲平的肩膀，说："仲平，我说话直，你别往心里去。你去忙吧，我留下来照顾她。"张仲平说好。事后一想觉得自己的行为确实有点傻，大庭广众之下，哪个会要你的钱？你的钱真的比别人的大呀？侯昌平的老婆没什么大碍，等晚上再上他们家去看看吧！

为侯昌平老婆的事耽误了不少时间，张仲平车开得比较急，没想到上了建国路又开始塞车。青龙路、荔枝路已经修好了，建国路的交通压力大为改善，平时很少塞车，除非是出了车祸。张仲平没有料到，建国路上的这次塞车与他们将要举行的那场拍卖会有关。

三十多人企图围堵建国路，被及时赶到的交通警察驱散了。溃不成军的那一小股人马，开始四面八方逃散，后来又沿着没有拆除的脚手架，爬上了胜利大厦三楼，并且很快就打出了白布红字和白布黑字的条幅标语。标语就两条，白布红字写的是“还我血汗钱”，白布黑字写的是“我们要吃饭”。这两条标语都指代不明，含混不清，不像那些国有企业上街堵马路的工人。那些人旗帜鲜明，打出的标语口号指名道姓，说要揪出某某大蛀虫大贪官，诉求直截了当，明明白白，完全是文化大革命标语口号和大字报风格的一种遗风。

人行道上已经围拢了不少人，互相打听和询问。这个城市的人是喜欢管闲事的，知道出了事，没有不围拢来看热闹的。这个城市本来禁止汽车鸣笛的，开车的司机一不耐烦却故意一声一声地按着短喇叭，交警手臂威严地指过来也不管。交警不知道企图堵马路的那伙人是何方神圣，见他们已经爬到马路边的楼上去了，也就开始专心专意地忙于本职工作，不太去管那拨人了。楼上又没有斑马线单黄线双黄线，也没有红绿灯，怎么管？再把他们赶到马路上来吗？那不是找事吗？这事应该归维稳办管。维稳办是维护稳定办公室的简称，是一个合署办公性质的常设临时机构。为什么说是常设的呢？因为政府的大政方针是稳定压倒一切，稳定是一项长期的战略任务；为什么又是临时的呢？因为据说这个办公室没有单独的人员编制，人员从各有关部门抽调。牵头的是政法委，抽人的单位包括城管、民政、公安、武警、法院、国有资产管理办公室和农村工作委员会，它的职能是专门负责处理冒出来的突发事件，主要是下岗工人和农民未打招呼的聚众性活动。

张仲平担心的事情终于发生了。他给徐艺打电话，叫他派个人到胜利大厦来看看。徐艺问：“怎么啦？”张仲平说：“怎么啦？都有人堵路上楼了。”那边有一会儿没有吭声，徐艺最后说：“张总你还是先到我这里来吧，这里也有人在闹事。”张仲平想了想，还是给公司的许达山打了个电话，要他到公司里去拿了摄像机，赶紧到胜利大厦那儿去，多带几盒带子，最好把全部过程都拍摄下来。

徐艺从深圳回来以后，两个人就一直没有见上面。昨天晚上本来说好了等徐艺电话的，徐艺却直到十点半才来电话，开口就说焦头烂额的，问张仲平能不能明天再说。张仲平说："就为国土局局长周运年的事？"徐艺大概听出了张仲平话里的情绪，支吾了半天才说："张总，告诉你没有关系，周局长是我舅舅。"张仲平噢了一下，就不好再说什么了。

张仲平没有想到紫金大厦闹事的场面还挺大。其实说闹事也不是很确切。只能说大堂里聚集了近百人，他们三五成群，穿着白T恤，上面写着与胜利大厦打出的口号一样的标语，在大堂里窜来窜去地引人注目，有两个人手里还拿着一大摞复印资料，站在电梯口，问你是不是来参加拍卖会的，是，就递给你一张复印件。大厦保安也不管他们，因为跟他们比，显得势单力薄，大厦保安不知道是得到了上面的指令还是与那一伙人达成了默契，好像只要不搞打砸抢，就随他们去。就是张仲平也不会管，人家是冲拍卖会来的，又不是冲大厦来的，拍卖会一完，肯定作鸟兽散。

张仲平进了徐艺的办公室，里面已经有了好几个人，一男一女张仲平不认识，徐艺介绍说是他们公司的，两个都是副总，都姓李。东方资产管理公司的马亮也来了，安安静静地坐在那儿，张仲平过去跟他打了个招呼。

张仲平拍拍徐艺的肩膀，两个人一起进了徐艺办公室里面的小房间。张仲平说："怎么会闹成这个样子？"徐艺眼眶发黑，昨天晚上肯定没有休息好。张仲平想起周运年跟徐艺的关系，本来想安慰一两句的，一急，却忘了。回过头来又不好怎么补充，也就算了。徐艺说："昨天我没来公司，差不多一个通宵没睡。今天这事，我也不知道是怎么搞的。"

张仲平说："去接南区法院的人没有？"徐艺说："刚才我跟沈局长通了电话，说法警队今天派不出来人，说昨天夜里他们法院要审理的两个犯人没有看住，跑了。院里正急呢，沈局自己能不能来还不知道。"徐艺说着看了张仲平一眼，说："侯法官会来吧？他可是张总你负责接的。"张仲平说："我刚从他那里来，他本来都已经上了车了，谁知他老婆在菜市场被砸伤了，听说当场就死了两三个。不过，侯法官来不来倒不是很重要，案子已经交到南区法院去了，理应由南区法院直接负责。"徐艺说："那倒是，南区法院是沈局长直接管这件事，这里的情况和胜利大厦的情况我都跟他说了，他要我等他的消息。"张仲平说："中院鲁局那里呢？要不要跟他也汇报一下？"徐艺说："我打过电话了，办公室没人，手机关机，联系不上。"

张仲平说："竞买人的情况怎么样？"徐艺说："报名的竞买人有五个，都打了款。已经到了两个。不过，会议室里也挤满了穿T恤衫的人，真不知道这些人是从哪里冒出来的。”

张仲平说：“你真的不知道是怎么回事?”徐艺抬头看看张仲平，甚至还努力笑了一下，说：“我真的不知道，我这会儿真的头昏脑涨的。”

张仲平本来想说，主拍单位可是你想着要当的。场面闹得也不小了，你开口闭口一句不知道，这可能吗?一而再再而三地提醒你，说可能会出状况，你都大大咧咧的，甚至跑到深圳去躲了起来，事到临头，却从哪儿刮来的风都没有摸着，这种说法怎么能叫人相信?你怕当真以为有钱捡吧?

张仲平到底忍住了，现在还不是讨论功过是非的时候，时间一分一秒地过去，所有的问题必须在拍卖会正式开始之前妥善解决。两个公司的老板真要为这些事纠缠起来就没有意义了，直接的后果肯定是把拍卖会搞砸。

张仲平说：“那你估计这些人是哪部分的?”徐艺说：“会不会是左达的人?”他一边说一边耸了耸肩膀，说：“搞不清楚。”徐艺的说法让张仲平挺恼火，认为他是在装傻。左达是什么人?是被公安部门通缉的在逃犯。徐艺要真的以为是他在捣鬼岂不是太弱智了?不过，他这么一说，张仲平心里倒又踏实了一些，徐艺要把他自己在这件事上的作用隐藏着，在出了这种情况之后，会自觉不自觉地把担子往张仲平这边推。也就是说，他会以一种装傻装迷糊的姿态淡化他的主拍单位的色彩，让张仲平出来帮忙收拾局面。

张仲平这样一想，跟徐艺说话的语气也平和多了，干脆直接问他这些人会不会是龚大鹏弄来的。徐艺抬头看了张仲平一眼，说：“不会吧?”张仲平笑笑，说：“你凭什么说不会呢?”徐艺说：“龚大鹏要等着从拍卖成交款中分钱，他闹事，不太可能吧?”张仲平说：“你怎么会这么有把握?”徐艺说：“我也是一种直觉。我觉得龚大鹏闹事没理由，因为拍卖会开不了，对他一点好处都没有。”张仲平说：“是吗?徐总你跟他谈过吗?”徐总说：“没有没有，我跟他谈什么?”张仲平说：“你不跟他谈怎么会知道他的真实想法?我告诉你，这个龚老板不是没有想法，是很有想法。只是，他这个人一根筋，一些想法不切实际，恐怕难得实现。”徐艺低着头没吱声。张仲平说：“一个龚老板倒没什么不好对付的，就怕有人在后面替他出馊主意。不过，我们先把这个问题暂时放在一边。你看时间已经不多了，拍卖会开还是不开?”徐艺说：“这当然得听委托法院的。法院说拍，就拍，法院说不拍，就只能终止了。”张仲平说：“你说得不错，但不是很确切。既然有人按照拍卖公告交了保证金，单方面地终止拍卖会，就是一种违约行为，除非出现了必须终止拍卖的法定情形。不是说拍就拍，说不拍就不拍那么随便的事。什么是法定情形？这就要看到底出了什么事以及法院怎么认定。徐总你说呢？”徐艺又点点头，还是没吭声。张仲平说：“刚才我为什么再三问你，知不知道到底是怎么一回事。我没有责怪你的意思，因为这是我们不能回避的问题，必须如实向法院汇报，以便他们正确判断和认定。可是很遗憾，你却一点都不知道。法院要问这到底是怎么一回事，我们怎么说？也说不知道？”

一丝惊讶从徐艺脸上一闪而过，张仲平看着他，有半分钟没有说话，他有意要徐艺掂量掂量自己刚才那番话的轻重。

这时张仲平的手机响了，是许达山打来的，说胜利大厦那边的人越围越多，还来了记者。张仲平要他在那儿继续盯着，有新情况及时报告。

张仲平刚挂了电话，外面砰砰地有人敲门，徐艺打开门，是女李总，后面跟着两个穿制服的警察，他们掏出工作证在徐艺面前晃了一下，说：“我们是这里派出所的，有人打电话反映，说紫金大厦大堂里聚集了很多人，说跟你们的拍卖会有关，怎么回事？”

徐艺说：“那些人不是我们请的，我们巴不得他们散了哩。”在徐艺跟两个警察谈这件事的时候，张仲平把女李总拉到一边，要她赶紧到下面去买两条好烟上来。女李总抬头看了一眼徐艺，好像要跟他请示。张仲平说：“快去吧，钱我先垫着。”

警察说：“拍卖是一种聚众性的活动。拍卖公司对拍卖会会场的秩序有维持的责任，对由拍卖活动引发的不稳定态势，一是要及时向我们报告，一是要尽可能想办法消除。”徐艺说：“我们怎么消除？拍卖会如果开不了，我们也是受害者。他们要捣蛋，你们警察可以抓人嘛。”张仲平见徐艺说话调子不对，赶紧拉了徐艺一把，又对两个警察笑笑，说：“我是这场拍卖会协拍单位的张总，这事把二位惊动了真是不好意思，我们马上跟大厦的保安部门联系，防止事态进一步恶化，另外一方面，我们也在查找他们聚众的原因，已经有了一点眉目了。”两个警察本来要跟徐艺理论，听张仲平这么一说，情绪也就下去了，说：“刚才这位要我们抓人，怎么抓？他们又没有搞打砸抢。如果我们没有接到举报电话，我们可以不管，接到了电话就不能不管，否则，真要出了什么事，我们就是不作为，会吃不了兜着走，我们这身警服就不要想再穿了。”张仲平说：“事情是由拍卖会引起的，真要闹大了闹开了，我们当然脱不了干系。能不能给我们半个小时时间，让我们把这事给处理了，也请两位千万别走，就在公司休息室里坐镇指挥，万一有什么状况，也好第一时间采取行动。”两个警察简单地商量了一下，点头同意了。徐艺安排男李总带他们去了接待室。

张仲平说：“徐总你看怎么办？”徐艺说：“没想到闹成这样，说实在的张总，我心里真还有点发怵。我们本来就是一家子，出了什么事大家都不好，要不然，还是请张总来指挥？”张仲平说：“情况很紧急，媒体已经跑到胜利大厦那里去了，警察也来了。得赶紧行动。咱们把工分一下吧，我刚才让女李总买烟去了，她回来，让她去换男李总，去陪那两个警察。你赶紧让男李总跟大厦保安部联系，注意大堂的动向，然后让他到拍卖会会场去，刚才不是说会场里也挤满了不速之客吗？这些人不走，说不定真会闹出什么事来。你跟男李总说暂时也不要做他们的什么工作，免得冲突起来，能够先把竞买人稳住就可以了。”徐艺要起身去布置，张仲平又示意他等一等，说：“两个李总中间有认识龚大鹏的没有？”徐艺说：“没有。”张仲平说：“那好，你先去安排一下吧。”

等徐艺回来之后，张仲平说：“好了，现在要请龚大鹏出场了。”徐艺说：“他在哪里？”张仲平说：“我想他应该在拍卖会会场上坐着吧。”徐艺说：“张总怎么会知道的？你肯定真的是龚大鹏在捣鬼？”张仲平说：“不仅我知道，徐总也知道吧？”徐艺说：“我哪里会知道？都这个时候了，张总还开玩笑。”张仲平说：“是不是呀？”徐艺说：“真的，我绝对不知道，张总难道要我发誓不成？”张仲平说：“那倒没有必要。其实我也是希望徐总你并不知道的，你要是知道，那不等于有了与龚大鹏勾结的嫌疑？徐总你不知道最好了，这样，事情就简单多了。”

张仲平从里间出来，按下徐艺座机的免提键，拨通了龚大鹏的手机号码。嘟嘟嘟地响了三声，电话就通了，张仲平没吭气，龚大鹏的大嗓门好像要从里面直冲而出：“是徐总吗？”张仲平笑了一下，说：“不是徐总，是张总，张仲平。龚老板你在哪儿呢？”龚大鹏在里面停顿了一下，又马上大声地说：“我在你们的拍卖会会场，哇，好热闹呀。”张仲平说：“龚老板喜欢看热闹吗？能请你到徐总办公室来一下吗？”龚大鹏说：“张总要接见我，有什么不可以的？没问题。我马上来。不过，开拍卖会的时间快到了，不会出什么事吧，张总？”张仲平说："你难道巴不得出什么事？好好好，电话里别扯了，你快来吧。"

张仲平说："徐总，要不我们一起跟龚大鹏谈一谈？"徐艺没想到张仲平会用他的座机给龚大鹏打电话，也没有想到龚大鹏没有弄清是谁就徐总徐总地乱叫，见张总问他，便说："我看还是张总单独跟他谈好一点吧，如果真像张总猜测的那样，这样三人六面地谈，可能会很尴尬。你跟他是朋友，也许能够说服他。要是咱们三个人都在场，他又死活不认账，反而不好，那会弄得大家连一点余地都没有，张总你说呢？"

张仲平望着徐艺笑笑，说："有道理。徐总觉得不方便出面，就由我来谈吧。"

张仲平跟徐艺一起出来，见马亮在外面干坐着，就朝他笑了一下："马总，真对不起，有点像打乱仗。"

马亮是张仲平大学的校友，比张仲平晚毕业了十几年，那次钓鱼的时候两个人是认了师兄弟的。他到东方资产管理公司上班还没有两年，可能还不太习惯别人称他为马总。张仲平称他为马总与他的职务、级别无关，只是出于一种对他的职业、身份的尊重。社会上习惯管老板叫老总，这是一种社会风气，跟早几年叫师傅的性质差不多，那时候师父地此起彼伏，好像全中国人民都是孙悟空。

小马说："我从来没有参加过拍卖会，只在电视里见过，以为很好玩，没想到还这么有火药味。张总，徐总，今天不会出什么事吧？"

张仲平说："会不会出事还不知道。你说得没错，拍卖会就像是一个浓缩了的小战场，你今天看到的这一幕，还只是一些表面的东西，处理起来应该不是很难，徐总你说是不是？"徐艺昨天晚上可能确实没有休息好，张仲平问他的时候，他正用两只手不停地按太阳穴，听见张仲平问他，忙说是是是。张仲平又对马亮说："你看到的这些玩意儿并不是拍卖会应有的产物，只是一些乌合之众在瞎折腾。真正的战斗是在拍卖会上举牌的时候，那才叫看不见硝烟的战斗。"

张仲平又问马总，颜总在不在公司，马亮说："在。我一见这阵势，马上就向他作了汇报。颜总把要开的会停了下来，已经往这里赶了，估计就快到了。"张仲平说："那好，等颜总来了，咱们再交换意见。"马亮说："好好好，张总你先忙。"

徐艺说："张总要不要再给沈局长打个电话？"张仲平说："先等一等吧，我是这么想的，胜利大厦闹事的那拨人还没有暴露身份，这里闹事的人仅限于大厦里面，外面只有当地的派出所知道，估计他们还没有向上面汇报，这意味着什么呢？这意味着维稳办还没有追根溯源查到南区法院那儿，否则，沈局那边肯定会有压力，早就主动叫停了，这样反而对我们不利。我们就利用这个时间差，赶紧让龚大鹏把他的人给撤了，把事态平息了。"

徐艺说："张总真的认定是龚大鹏在搅事吗？"张仲平说："徐总，这个话我可从来就没说过，龚大鹏才不会阻止拍卖会的举行哩，他这是在做戏，目的只是要阻止别的竞买人参加拍卖会。他可能没想到，要是玩过了火，拍卖会就会被法院叫停，这个蠢家伙。"张仲平打住了，他想，有些话还是不要当着马亮的面说好，于是对马亮道个歉，又把徐艺拉进了里间。张仲平说："徐总你难道真的看不出来？龚大鹏对竞买人的心理摸得比咱们还透。现在做生意的人，谁不希望平平安安的？竞买人当然希望买得便宜，但更希望买得安全。否则，光便宜有什么用？谁都知道，有些麻烦解决起来，耗的钱财、时间、精力，没有一个底。龚大鹏动了脑筋呀，他这样做，无非是想给别的竞买人一个信息，就是胜利大厦的麻烦不知道有多大，你就知难而退吧。没有人竞价，拍卖成交价就会低，甚至有可能按照拍卖保留价成交。表面上看起来，这会让龚大鹏的利益受损失，但是，如果这个以底价买到胜利大厦的人，与他有了别的交易呢？情况就完全不一样了。他可以明里吃亏，暗里占便宜。"徐艺望着张仲平没有说话，却一个劲地点头，好像这才恍然大悟的样子。张仲平也就笑笑，不再往下说，再说就太透太白了。张仲平知道，这人啊，有时候还就得装傻，否则，你把他那点儿算计揭穿了反而大家都没有了回旋的余地。

听到敲门声，张仲平和徐艺就都不说话了，徐艺还没有喊请进，龚大鹏圆滚滚的脑袋就已经伸了进来，脸上因为挂着笑而出现了不少小弧线。他先朝徐艺点点头，又朝张仲平点了点头。徐艺朝他点了点头，张仲平却只是看了他一眼。张仲平反客为主，交代徐艺如果有南区沈局或中院鲁局的电话过来马上通知他，然后也没起身，扬手让徐艺退了出去。徐艺刚把门带上，张仲平劈头就说："龚老板你怎么能这么干？"

龚大鹏嘿嘿一笑，说："怎么啦张总？"

张仲平说："你还好意思问我？"

龚大鹏朝徐艺刚刚出去的那扇门望了一眼，说："怎么，徐总，他……招了？"

张仲平刚才在大堂电梯口接了一张复印件，就在电梯门要关上的时候用手把它挡住了，朝那发资料的人边笑边问了一句：龚老板在几楼？那人以为他是龚老板的朋友，想也没想，就说在会场。张仲平认定是龚大鹏捣鬼，还从那伙人打出的标语口号中看出了端倪。龚大鹏要闹事，又不想让别人知道，就只能拉大旗作虎皮，打标语口号便只能用泛指。不过，跟龚大鹏见面之前，张仲平心里还是有点担心，怕他死皮赖脸地不认账，所以他尽管是板着脸跟龚大鹏说话，其实是留了余地的。如果龚大鹏真要耍赖，他自然也不好跟他吵。没想到龚大鹏这么不经诈，一下子就中招了。张仲平说："龚老板我真的佩服你。"龚大鹏不知道张仲平为什么表扬他，只好扯着嘴边笑边谦虚。张仲平说："你都从哪里弄来了那么些人呀？"张仲平怕龚大鹏省悟过来反口，所以想赶紧进一步坐实了。他的手机有录音功能，早已偷偷地摁了键。

龚大鹏又是嘿嘿一笑，说："张总我这也是没有办法，逼上梁山呀。这样吧，既然徐总已经跟你说了，看来你们关系确实不错。噢，对了，徐总是从你公司里出来的，受的是你的培养，不如把他叫进来，大家打开窗户说亮话，咱们三兄弟捆在一起做。"

张仲平没有接过龚大鹏的话头，他还需要证实另外一个情况，张仲平说："你那位台湾同胞到了吗？"

龚大鹏说："到了到了，不过，咱们之间的事，你我，再加上徐总，咱们三兄弟谈就可以了，跟我那个台湾朋友没有关系。一个是我能做这个主，二个是如果扯开了，知道的人多了，反而不好，你说呢张总？"

张仲平说："你还是知道这件事见不得人哟。"龚大鹏说："怎么啦，张总？"张仲平这才坚决地摆了摆手，说："龚老板你听好了，我以前就跟你表过了态，你想要我做的事，以前我不做，现在也不会做，而且我还要告诉你，你也做不成。你赶紧把你的人给撤了吧。"

龚大鹏一听这话，马上从沙发上跳了起来："我怎么不能做？我怎么做不成了？我只是想拿回我的钱，事到如今，你张总不是想坏我的好事吧？十点钟马上就要到了，拍卖会一开，你看啰。"

张仲平说："你就做梦娶媳妇吧，我坏你的好事？我在救你哩。你一只脚已经踏到牢房的门槛上了你知道吗?”龚大鹏说:“我怎么啦?”张仲平说:“你不知道你怎么啦?你的事情闹大了。建国路你都敢堵,你想去吃牢饭了吧?”龚大鹏说:“张总你怎么这么说话?”张仲平说:“亏你把我当朋友,我才这么跟你说话,你知道徐总这会儿干什么去了吗?陪公安局的人去了。公安局的人为什么上这儿,你知道吗?你不知道吧?你简直是个法盲,《中华人民共和国刑法》第二百九十三条,讲的就是你这种情况,聚众堵塞交通或者破坏交通秩序,涉嫌扰乱公共秩序,可以判你五年以下的徒刑,知道吗?要不要我把刑法背给你听听?”张仲平并没有夸大其词,看到龚大鹏得意扬扬的样子,不先给他一个下马威,后面准备说的话他哪里听得进去?

丛林曾经向龚大鹏介绍过,说张仲平曾是法律系的高才生。龚大鹏见张仲平把面孔板得铁青,哪敢有什么怀疑。龚大鹏说:“我哪里想扰乱什么公共秩序?我只是想把拍卖会弄好。”张仲平说:“你还好意思说想把拍卖会弄好?好,咱们就说说拍卖会的事。国家是颁布了《拍卖法》的。我手里没有,徐总这里应该有,你要是不相信,等下可以找来大家一起学习学习,也对你搞点普法教育。我可以很明确地告诉你,你的这种搞法,已经涉嫌犯罪了,你知道吗?要不要我带你到徐总的休息室去见见那两个警察?”

龚大鹏张了张嘴。

张仲平说:“我知道你其实也不想让拍卖会开不了。拍卖会真开不了,对你也没有什么好处,可是,等下法院一个电话来,说停也就停了,你控制得了?如果拍卖会真停了,什么时候再启动可就不知道了。如果东方资产管理公司再做做工作,说不定法院就直接裁定给了它,真那样,你不是偷鸡不成蚀把米吗?”

龚大鹏说:“我只是想把在胜利大厦上亏的钱找回来,这你也是知道的。”

张仲平说:“你整天把这件事挂在嘴上,谁不知道?你的心情我一直是理解的,可是,你怎么就坛子里放屁——响(想)不开呢?你在胜利大厦的五百万能不能拿回来,能够拿回来多少,必须通过合法的途径解决。你总不能因为自己的钱包被人偷了,为了挽回损失,也去做贼吧?”龚大鹏说:“张总你打的比喻不妥当。我是有法律依据的,我有法院的判决书。”张仲平说:“你还好意思说这个?这个道理我以前也跟你说过,时间紧迫,我就不再说了。判决书要你去堵马路了?没有吧?你的生效法律文书怎么实现,能绕开法院吗?你要参加分配，也必须通过法院做东方资产管理公司的工作吧？你要干预拍卖会，那不等于找法院的碴吗？法院你也敢玩？胆子还真不小。但是很蠢，简直蠢极了。我是看你把我当朋友当兄弟才这样骂你的，你也不想一想，讨论分配方案的时候，法院的小指头往左一拨，往右一拨，轻轻松松的，对你来说，可就是西瓜和芝麻的区别了，这些问题你难道就没有想过？”

张仲平不给龚大鹏以喘息的机会，他觉得应该彻底地断了龚大鹏的邪念，便清清嗓子继续说：“我们看看你的如意算盘打不打得响。我猜你这样弄只是为了吓唬别的买家，可是，你这种三脚猫的功夫吓得了谁？没有金刚钻，不会去揽瓷器活。据我所知，这次的买家中间就有两三个社会关系硬扎得很。再说了，有什么怕的？法院委托拍卖的东西，怕什么？你以为就你那个台湾老板把号牌那么一竖，啪的一槌子敲下来就卖给他了？谁敢跟你拍这种胸脯？徐艺他敢吗？你这美梦也做得太好了吧？退一万步来讲，那个台湾老板跟你什么关系？他就是以他的心理价位拿到了胜利大厦，你能保证你们之间的协议兑现？本来就是见不得光的事，他要不认账你找谁去？真的去跟他拼命？到时候怕真的应了那句话，别人把你卖了，你还傻乎乎地帮人点钞票。”

龚大鹏终于把头垂下来了。张仲平讲话不客气，却都是实实在在的道理。

龚大鹏抬起头来，说：“他娘的，老子就是读书读得太少了。张总你说的这些，我也不是不懂，可我怎么就不会顺着这个思路想问题呢？”张仲平说：“龚老板你主要是太心疼你那五百万了，这我们都理解，可是，事已至此，只有面对现实了。”龚大鹏说：“那天下午，我是要跟你来见面的，可是……好了，不说了，张总还是你够朋友。你说说看，这事现在应该怎么办？”

张仲平说：“还有什么说说看的？赶紧叫你的人撤呀。”龚大鹏说：“可是……”张仲平说：“可是什么？你是等着法院的人来喊暂停，还是等着警察来把你带走？”龚大鹏抬头看看张仲平：“我要上趟洗手间。”张仲平说：“你去吧，顺便到徐总的会客室瞅一眼，看我骗你没有，是不是有两个警察在那里等着你老人家。”龚大鹏说：“好好好，我先打电话吧。”边说边掏出手机，当着张仲平的面就下了撤军的命令。

张仲平见龚大鹏打完电话后眼光直直地瞅着他，也就舒了一口气，换了一种语调说：“龚老板你放心，算上你那位台湾朋友，总共有五个人办理了竞买登记手续。开拍卖会的时候，我们想办法把你造成的消极影响消除一下，争取把价格弄上去。我还是那句话，大河有水小河满，大家想办法一起把蛋糕做大吧。”龚大鹏说：“好好好，拜托了拜托了。”他一边说一边把他的手朝张仲平伸了过来，张仲平记得龚大鹏是一个动不动就喜欢跟别人握手、一握手就喜欢使用蛮力的人，也不怕把别人的手给捏疼了，但这一次，他没有拒绝，而是用力地回敬了他。

这时徐艺在外面叫了一下门，龚大鹏赶在张仲平前头把门打开了。张仲平看到徐艺和龚大鹏很快地对视了一下，又很快地把眼光移开了。

张仲平装作没看见，笑了笑说：“刚才给那两位警察买烟的钱是我垫的，徐总你把发票给龚老板。”徐艺说：“没关系，可以由我们公司开支。”张仲平说：“也行，让龚老板欠你一份情。”龚大鹏说：“谢谢张总，谢谢徐总。”张仲平说：“好了徐总，龚老板的问题解决了，他已经下了撤军的命令。”徐艺再次瞥一眼龚大鹏，点点头说：“是吗？好哇好哇。”

张仲平说：“行了，龚老板你先去忙吧，我跟徐总还要商量点事。你抓紧时间去落实，赶紧把另外一只脚收回来。”徐艺说：“什么另外一只脚？”张仲平一笑，说：“过后你问龚老板吧。”龚大鹏说：“噢，别提了张总，谢谢你呀兄弟。”张仲平说：“行了行了，你快点去办你的事吧。”

徐艺等龚大鹏刚一离开，马上就把门给掩上了。徐艺没有开口，只拿探寻的眼光看张仲平。张仲平却不想再谈这件事了，能够给徐艺留点面子就留点面子吧，大家都不容易，但是，总要给徐艺一个说法，否则，让他猜来猜去也不好。张仲平想了想，说：“这个龚大鹏还是不错的，除了承认这伙人是他弄来的，其他的什么也没说，够朋友。”徐艺说：“是吧？”

徐艺说：“刚才接到了沈建伟的电话，他马上就要到了。”张仲平说：“没说中止拍卖的事吧？”徐艺说：“没有，只说到了再说。”张仲平说：“那就好，既然龚大鹏答应撤回他的人马，事情也就解决了。拍卖会如果不开，跟其他的竞买人还真不好交代，争取开吧。而且，要开就要开好，龚大鹏这么一闹，情况怎么样还真不好说。要想办法消除负面影响。”徐艺说：“对对对。”张仲平说：“徐总你有什么好主意没有？”徐艺说：“张总你看呢？”张仲平说：“我看可以从两方面着手，第一，沈建伟不是要来吗？我建议增加一个议程，由他代表委托法院将胜利大厦的来龙去脉做一个简单的说明，以消除竞买人的疑虑。第二，等下跟颜若水商量一下，看中国银行能不能为买受人提供信贷支持。”徐艺说：

“但是，这样会不会节外生枝？首先，颜若水能不能代表中国银行在贷款方面表态？其次，申请执行人跟拍卖公司并没有直接的合同关系，安排颜若水在拍卖会上表态，竞买人会不会把这件事当成是拍卖公司的一种承诺？到时候会不会给咱们自己惹上麻烦？”张仲平说：“徐总考虑问题很周到。这个我也想到了，如果真的要签贷款合同，那是买受人与中国银行的事，拍卖公司和东方资产管理公司都不便直接介入。我的意思是征求一下颜若水的意见，看他能不能在不超越他自身权限的前提下，以中国银行的名义表态。我们把这个要求向他提出来，由他自己去斟酌。颜若水如果能够这样做，有点像股市的利好消息，对恢复投资人的信心很有好处。我还真不想让两家公司第一个合作项目就放一个哑炮。”徐艺说：“那是那是，张总跟颜总熟，就拜托你跟他去说好不好？”

所有的问题都谈完了，张仲平有了一种化险为夷的轻松，就忍不住找徐艺开玩笑，说：“徐总你也太小气了，公司名震江湖的时代阳光靓女组合呢？这次怎么一个也看不见？”徐艺笑了笑，说：“该出手时才出手。咱们在很多方面学习了3D公司的先进经验，试问，3D公司的部门经理不也个个都是英雄好汉？可是又有几个是在公司里面晃来晃去的？”张仲平说：“早知道你这么有心计，就该对你留一手，真是养虎为患。”徐艺说：“我算什么虎？猫还差不多。真是行家一出手就知有没有。跟张总比，我可真的差远了，惭愧呀。”

结果，那场拍卖会出乎意料地成功，竞买人情绪激昂，竞价激烈。八百八十万元起价，经过数十轮竞价，居然以一千四百六十万元的高价位成交。

谁也没有料到会发生另外一件大事，龚大鹏带着与张仲平见过两次面的那个瘦瘦高高的年轻人，龚大鹏叫他活宝的，从胜利大厦三楼上摔了下来。他是接到了龚大鹏的电话，从胜利大厦撤退时一脚没踩稳掉下来的。在送往医院的路上，这个“失足”青年永远地闭上了眼睛。

后来，龚大鹏拿这件事做筹码，在拍卖成交款的分配问题上与东方资产管理公司争了个不可开交。颜若水和马亮都觉得挺委屈，不想理他，却被他缠上了，软磨硬泡的。颜若水有一次跟张仲平打电话抱怨：“这都哪儿跟哪儿呀，他干吗找我们不找法院？”张仲平不好说什么，只好连声表示惊讶。其实张仲平知道，龚大鹏怎么可能不找法院呢？他当然会去找法院。不知道为什么，法院在这个问题上态度有点暧昧，两边做工作和稀泥。最后的结果，还是以东方资产管理公司做一定的让步而告结束。中国的国情就是这样，人死了，没理也变得有理了。再说拍卖的结果也不错呀。要是当初以八百来万的价格成交了不也就卖掉了？当然，东方资产管理公司除了关心分配的数额，还关心支出的合理性。比如说有没有法律依据，能不能做账，这事倒是好办，法院主持调解，下个裁定，就没问题了。

龚大鹏还有另外一个收获，买受人——那个台湾老板的公司，在建筑发包时找的还是龚大鹏。因为胜利大厦摔死过人，别的建筑包工头都有点忌讳，有点怕。要是施工时再摔个把人下来，哪个受得了？但龚大鹏不怕，说："活宝是咱兄弟，咱自家兄弟不保佑俺保佑谁？"

当然，所有这一切都是后话，跟3D拍卖公司早就没有什么关系了，跟徐艺的时代阳光拍卖公司有没有关系呢？张仲平不知道，也懒得去打听。

第二十章

“仲平仲平。”

手机里曾真的声音气若游丝，把张仲平吓了一大跳。

张仲平说：“你怎么啦？在哪儿？”

曾真说：“我在医院里，省人民医院，五楼，你能过来一下吗？”

张仲平接电话的时候正在和健哥一起洗桑拿，张仲平把情况一说，健哥让他赶紧去。

省人民医院看病的人很多，大厅里挤得满满的，像一个集市，却很少能够看到一张笑脸。就像监狱里的人才真正懂得自由的可贵一样，人只有病了才知道健康的重要。也许人们的面部表情也是可以相互传染的，到医院里来的人都没有心思笑，每个人似乎都神色凝重，带着一种死鱼般的神情。

曾真却正远远地望着张仲平微笑。

曾真坐在五楼妇科门诊候诊厅红色的塑料围椅里，眼睛一直盯着电梯口，张仲平一在那儿出现，她的笑容马上就在脸上绽放了。张仲平一眼就看到了她，朝她快步走了过去。

张仲平走近了才看清楚，曾真脸色苍白，她的笑跟平时的完全不一样，是那种软弱无力的笑，好像努了很大的力，才把脸上的肌肉调动起来。

张仲平一只手抱着曾真的头，另外一只手抓住了曾真伸过来的一只手。外面阳光灿烂，曾真的那只手却冰凉冰凉的。

张仲平说："怎么啦？"

曾真歪着头，从下往上地望着张仲平，很快地又朝他笑了一下，喘了喘气，说："你快点表扬我吧，说我好棒的。我做掉了，你说的那个受精卵，已经有豌豆那么大了。"

张仲平说："不是已经预约好了，说两天以后才做的吗？"

曾真说："两天以后是周末，我怕你出不来，不能陪我，所以就提前了。"

张仲平说："你怎么不跟我说，这种事怎么能够一个人来？"

曾真说："瞧，我这不是挺好的吗？"

张仲平说："你是真的傻呀，你看来这里的人，有哪个是自己一个人来的？不都有老公陪男朋友陪吗？只有一种人才没有人陪，小姐。我听说那些妇产科医生对小姐下手可重了，对她们好像有深仇大恨似的。"

曾真说："真的呀？我怎么没有想到这一点呢？好了好了，你别怪我了好不好？我下次改还不行吗？"

张仲平说："呸你个乌鸦嘴，一次还不够呀，还下次？"

曾真说："是呀，下次我可再也不敢不叫你了。你知道吗？我只是担心，我听人说，老公是不能看见老婆生孩子做人流手术的，说会影响夫妻性生活，尤其做生意的更不能看，说是……"

张仲平说："别说了。你这傻瓜，你这个大傻瓜。"

曾真说："好了好了，别怪我了，我实在没有力气了。喏，你先把这些药去拿了，再上来扶我回去，我就在这儿等你，好吗？"

张仲平一边说好一边抱着曾真的头，让它紧紧地贴在自己的怀里，再在她脑袋上搔搔，这才转身去拿药。

省人民医院的电梯很大，大得能够推进去一副带轮子的活动担架床，满满地可以挤进去二三十个人。医院门诊楼里的电梯几乎每一层都停，因为每一层都有上下楼梯的病人。张仲平生怕别人挤了曾真，伸出两条胳膊撑在电梯壁上，把曾真围在自己的双臂之间，曾真搂着他的腰，紧紧地依靠着他。

出了电梯，张仲平架着曾真，慢慢地往停车场上移。张仲平说："疼不疼？"曾真说："这会儿不疼，麻药还没有消吧，就是没有力气。"张仲平说："我来抱你吧。"曾真说："算了算了。"张仲平说："那我来背你。"曾真说："你真的想猪八戒背媳妇呀？别人看了会笑的。你扶着我慢慢走吧。"

一到了车上，曾真就把头靠在了张仲平的右边肩膀上：“还真有点儿累了。”张仲平说：“那你把眼睛闭上别说话，养养精神吧。”曾真说：“好。仲平，你说我是不是身体太虚了？我看见在我前面做的一个，做完以后在床上好像没躺几分钟，爬起来就走了，没事一样。”张仲平没说话，伸手在她胳膊上轻轻捏了捏。

张仲平没有急着开车，他伸出胳膊从曾真的后背环绕过去搂住了她的肩膀。曾真仰起脸来看他：“仲平你下午干吗，有事吗？”张仲平说：“有事。”曾真说：“重要不重要？”张仲平说：“很重要。”曾真说：“哦。”就再也不吭声了。张仲平说：“我说的很重要的事，就是在家陪你。”曾真笑了，是那种带了小小的爆破音的笑，一股小小的气流一下冲破了她的上下嘴唇。曾真说：“你真的好讨厌，坏死了。”曾真把拳头举起来，却没有捶到张仲平身上，而是自然下垂了，从纸巾盒里抽了一张面巾纸，很快地在脸上抹了一下。曾真说：“我怎么会这么爱你？”没等张仲平答话，曾真又说，“仲平你要疼我。”

曾真是被张仲平抱上楼的，本来曾真也走了两步，看看不行，也就依了他。每一层都要停下来休息一下。曾真说：“累吧？”张仲平说：“有点儿。好久没有搞过锻炼了。”曾真说：“不对吧。起码是表述不准确，你只能说好久没做过负重运动了，其他运动你可是天天搞，比如说那种类似于蛙泳的运动。”张仲平说：“你的表述可以含蓄一点，可以说我们总是在客厅里讨论生活的艺术，在卧室里探讨艺术的生活。”

曾真在上医院之前就把做菜的原料全部准备好了，存在冰箱里，一只乌鸡，一条鱼，还有姜呀蒜呀以及从商场里买来的一包包的作料。张仲平把曾真安排在床上睡好之后进了厨房，张仲平说：“看来你老公今天是壁虎爬窗户了。”曾真说：“怎么说？”张仲平说：“露一小手呀。”曾真说：“你行不行呀？”张仲平说：“求求你好不好，千万不要对我说那几个字，什么叫行不行呀，搞得我好像明天第一件事就得去找老军医似的。”曾真说：“好好好，你行你行，你什么都行，行了吧？喂，你不是说你从来不下厨房吗？”张仲平说：“我不下厨房是怕我做的菜太好吃了，你会上瘾，一不小心就会让你吃得浑身长膘。”曾真说：“讨厌。你就不能说点好听的呀？”

曾真说：“仲平你把厨房的门开着，我指挥你操作。”张仲平说：“好呀，你动口我动手，你负责喊我负责做。可是，你不累吗？”曾真说：“我主要是想看着你。”张仲平说：“鸡毛都拔得干干净净了，我还能犯什么错误？”曾真说：“讨厌，你不说痞话我就不把你当老公了？”张仲平说：“好好好，我就光听你指挥了，行了吧？你要我上我就上，你要我下我就下，你要我往左我就往左，你要我往右我就往右，你要我重我就重，你要我轻我就轻。喂，不对呀，要这样我不成机器人成傻瓜了吗？”曾真说：“你烦不烦？”张仲平说：“不烦，我一点都不烦。”

张仲平想起来了，类似的对话曾经有过，好像发生在他与江小璐之间，在江小璐家的浴室里，张仲平提出申请要帮江小璐搓背。张仲平还记得当时江小璐回头给了他一个湿漉漉的笑，她说的话跟曾真一模一样，也是说你烦不烦。他的回答更像是照本宣科，也是说不烦，我一点都不烦。

张仲平想不到怎么会有这种偶合。到底是怎么回事呢？或者换一种说法——你烦不烦？

人跟人真的是不一样的吗？

人跟人真的是有差别的吗？

下午，曾真一直睡着。

张仲平轻手轻脚地从曾真身边爬起来，又蹑手蹑脚地穿好衣服出了门。他没有带手机，特意把手机关了留在曾真的枕头旁边。

张仲平在银行里提了二十万元现金。

本来，一次性提这么多现金是很困难的。3D公司楼下有两家银行，财务部熊部长跟招商银行的一个什么部的主任关系很熟，熊部长与她有个口头协议，就是必须为3D公司提现提供方便。

张仲平把钱拎回河西家里的时候，唐雯正好也在，在书房里复习。

张仲平说：“给你的，把钱存到你卡上去吧。”唐雯拍拍张仲平的头，说：“不错，仲平同志是个好同志，还知道交国税。是不是胜利大厦拍完了？”张仲平说：“是呀，这不？”唐雯说：“佣金算起来不是应该有六七十万吗？”张仲平笑了一下，说：“刚才还在表扬我，一转身又嫌少呀？”唐雯说：“没有，随便问一下。怎么，随便问一下都不行呀？”张仲平说：“行，怎么不行？不随便问都可以，谁叫你是我老婆呢？只是，你可以随便问，我却不能随便说，原来我也是跟你打过招呼的，道理就不再说了，希望你能理解。我这也是为你好，为了这个家好，懂吗？”唐雯说：“懂。我只是怕你变坏。不是有一句话吗？说男人有钱就变坏。”张仲平说：“要变坏早就变坏了，我又不是才有钱的。”唐雯说：“说得倒也是。要是钱多了就会让男人变坏，那所有做老婆的人，不都要阻止老公赚钱了吗？”张仲平说：“是呀，没有这么傻的女人吧？噢，还有一件事，我今天下午可能还得去一趟擎天柱。”唐雯说：“前不久不是已经去过一趟了吗？”张仲平说：“是的。香水河法人股拍卖的事很快也要做了，有些事要跟那边的胡总商量一下。”唐雯说：“怎么每次都是你往他那儿跑？”

张仲平叹了一口气，说：“没有办法呀，人家是买家嘛。现在就一个买家，不求着怎么行？不过，也还说不定呢，主要是看胡总那边怎么定，到底是他过来，还是我过去。噢，上次他不是也到这边来了吗？我还邀请你一起去吃饭，是你自己不去的，你忘记了？你不知道，有些事很重要又很敏感，不好在电话里谈。”

唐雯说：“仲平你让我好好看看你。”

张仲平说：“怎么啦？”

唐雯说：“这事没有什么问题吧？”

张仲平说：“有什么问题？”

唐雯说：“你最近好像特别忙，你知道我们已经多久没有同过床了吗？还有就是下午这事，我怎么老觉得有点奇怪？你分明是回来跟我请假的，却先给了我二十万，好像在向我行贿似的。还有，我也就随便地提了一下胡总，你又跟我解释了一大通，仲平，你心里没什么鬼吧？”

张仲平说：“你看你看，倒成了我的不是了。我拿钱回来，不就是想让你高兴一下吗？不就是想让你与我分享胜利的果实吗？我看你是临近考试，精神太紧张了吧？”

唐雯自己也笑了，说：“逗你玩的哩，你也不要太紧张。”

张仲平也就一笑，说：“这下好了，你逗我玩，我逗你玩，咱们是不是真的玩一次？”

唐雯说：“算了算了，你忙去吧，搞得像我要你施舍似的。”

张仲平望着唐雯的眼睛，说：“那就算我求你好不好？”唐雯的眼睛很漂亮，黑黑的，亮亮的，也很清澈，女儿小雨的眼睛长得就像唐雯。

唐雯说：“你就别再缠了，再缠，我可真的要怀疑你了。”

张仲平说：“怀疑没有关系，关键是要用事实说话。”

唐雯说："我哪里去弄什么事实？请人去盯你的梢呀？"

张仲平说："可别可别，你吓我一身冷汗。"

唐雯说："我知道你很顾家。仲平，我和小雨可都靠你了，我们娘俩可是离不了你的。"

张仲平说："嗯。"

唐雯说："如果要去擎天柱，就别开车了，坐飞机去吧，开车倒是方便，可是路这么远，怕不安全，也省得我替你担心。"

张仲平说："去不去还不一定哩，到时候再给你打电话吧。这钱怎么办？要不要我替你去把钱存了？"

唐雯说："看你折腾的。下次直接往我卡上打就是了，拎来拎去的，不安全。电视里早几天还在报道，说有个女的到和平路一家银行去存钱，被人砍了，也不知道破了案没有。"

张仲平说："卡上打来打去，方便是方便，却只有一个数字概念，钱拿在手上多有感觉。特别是那种崭新的票子，放在鼻子下嗅嗅，哇，多香呀。"

唐雯说："是呀，弄得不好还有上亿的细菌哩。"

张仲平说："你这个人。"

张仲平回到曾真身边的时候，她已经醒了。她见张仲平进来，故意扭过头去背对着他。张仲平走过去把她的肩膀轻轻地扳过来，发现她脸上湿漉漉的。张仲平坐在床边俯身逗她，她不理，张仲平说："怎么啦，宝贝儿？"

曾真一下子抱住了他，说："不要这样从我身边偷偷地溜走，不要留下我一个人。你说了今天下午一直要陪我的。"

张仲平说："我去给你买花了，还有水果。瞧，我手机也没有带，就放在你脑袋旁边哩。"

曾真说："反正不要这样，我不允许。"

张仲平说："好好好，好啦好啦。"

晚上快到十一点的时候，曾真开始喊痛。张仲平说："再吃点消炎药和止痛药好不好？"曾真说："药是随便乱吃的吗？"张仲平说："那怎么办？"曾真说："没事，熬一熬就过去了。"

曾真抓着张仲平的手，把它放在自己的脸颊上，过了一会儿，又把它放在自己的肚子上。张仲平说："你要不要看什么碟？"曾真说："不要。"张仲平说：

“我去烧点水吧，替你热敷一下。”曾真说：“热敷起作用吗？”张仲平说：“我也不知道，应该没什么坏处吧？”曾真说：“那就算了。”张仲平说：“我还是去吧。”曾真说：“那好，你把房间里的灯都打开，把厨房里的灯也打开，把厨房的门也打开。”

张仲平在厨房里给唐雯打了个电话。

张仲平说：“我到擎天柱了，刚下飞机。”

唐雯说：“是吗？胡总有没有来接你？”

张仲平说：“有有有，你要不要跟他说话？”

唐雯说：“算了算了。我又不认识他。你自己照顾好自己吧。”

张仲平说：“行呀，那我关机了。电不多了，我忘了带充电器。”

唐雯说：“喂喂喂，你哪天回来？”

张仲平说：“明天，也可能是后天，看情况吧，好了好了，我挂电话了。”

张仲平回到卧室，发现曾真正笑盈盈地望着他，她的眼睛也是亮亮的，真的是目光炯炯有神。

张仲平说：“怎么样，好点没有？”

曾真说：“好了好了，一点都不痛了。”

张仲平说：“你刚才不是还在喊痛吗？”

曾真说：“刚才是刚才，现在是现在。刚才痛是真的，这会儿不痛了，也是真的。”

张仲平说：“你这个人。”

张仲平心里咯噔了一下，几个小时以前，他也是这样说唐雯的。

曾真说：“你这会儿是在擎天柱对不对？”

张仲平笑了一下，说：“是不是呀？”

曾真说：“讨厌，说是。”

张仲平说：“是。”

曾真说：“后天才能回去，对不对？”

张仲平说：“明天，也可能是后天，看情况吧。”

曾真说：“不，后天。”

张仲平说：“好吧，后天。”

曾真说：“你别烧水了，睡吧。”

张仲平说："怎么，你真的不痛了？"

曾真说："真的不痛了。快点快点，你把灯通通关了，来陪我睡觉，好不好？"

张仲平说："好。"

曾真说："仲平你是爱我的，是不是？"

张仲平说："是。"

曾真说："我爱你也是有道理的，是不是？"

张仲平说："我不知道。"

曾真说："不，说是。"

张仲平说："好，是。"

安静了一会儿，曾真又把眼睛睁开了。曾真嘻嘻一笑，说："有个问题要问你，可不许对我撒谎。"

张仲平说："我什么时候对你撒过谎？"

曾真说："有时候撒撒谎也是没有办法，是一种趋利避害的本能。不过，我不是想跟你讨论这个问题。你知道吗？刚才我好担心的。这也是我要问你的问题，刚才她要是答应跟胡总通话，你怎么办？"

张仲平说："她不会。她要是那种人，我敢那样说吗？"

曾真说："你对她倒是蛮了解。可是，她如果要呢？不是你主动问她要不要跟胡总通话的吗？她只要顺口接一句就行了。"

张仲平说："她要真那样，我还真不知道怎么办。"

曾真说："不可能，你肯定有办法。快说嘛。"

张仲平说："刚才打电话的时候，我真的没想。"

曾真说："我不相信你会打无准备之仗。说嘛，求求你说嘛。"

张仲平说："她要真的那样，我大概就只有喂喂喂地叫上一阵，假装信号不好听不见她在说什么，然后突然把机关了，装作手机突然没电了的样子。其实，要揭穿这个谎言很容易，就是查一下航班时间表，因为就连我也不知道这时候有没有去擎天柱的航班。"

曾真望着张仲平，好半天没有说话，后来曾真说："她怎么能这样粗心？"过了一会儿，又说："仲平你为我这样我很感动，可是，不知道为什么，我心里并不是很爽。你今天为了我去骗她，明天会不会为了另外的什么人，反过来骗我？”张仲平说：“怎么会？”曾真说：“那好，我跟你拉钩，以后不管出现什么情况，你都要跟我说真话，不许像骗别人一样地骗我。”

张仲平说：“怎么会？我哪里还骗得了你，我所有的套路不都被你掌握了吗？”

曾真说：“你要是成心骗人，还怕没有新花招？”

张仲平说：“我不会。”

曾真说：“那你发誓，要永远爱我疼我不准欺负我。”

张仲平说：“好，我发誓。嗯，另外还有一件事，这种事，千万千万不能再有了，弄得不好，可能再也怀不上孩子了，你知道吗？”

曾真说：“我知道。医生也是这么说的。可是，这种事不能由我一个人说了算。我们讨论过这个问题。你还记不记得我说过的话？咱们最好不要让我说的第一种情况出现，哼。”

徐艺拍卖会的图录印刷出来了。徐艺派公司的一个部门经理给张仲平送来了五本。张仲平当时不在公司，但惦记着葛云所送拍卖品的事，就从曾真那里开车过来了。张仲平与她在外面的会客室相见的时候，那个青春靓丽的女经理倒也矜持，站是站相，坐是坐相。张仲平以为她把东西送到以后就会告辞，她却提出来要参观一下张仲平的办公室。美女的请求是不怎么好拒绝的，何况这种请求并不过分，更何况她还等了他差不多半个小时。张仲平笑一笑，也就开了自己办公室的门，把她让了进来。

她这个时候才给张仲平派名片，从小坤包里掏出名片夹，慢慢地打开，慢慢地拿出一张。她这些动作都是在张仲平眼皮底下做的，兰花指活泼地跳动，好像在绣花。她本来已经坐在张仲平对面的小围椅上了，这时站了起来，并不直接从对面递过来，而是绕过大班台来到了张仲平的侧面，双脚并拢在一起，两只手捧着自己的名片，身子微微朝张仲平一躬，说：“张总请。”

张仲平笑一笑，说：“太隆重了吧，像递交国书似的。”

徐艺的部门经理也就嘻嘻一笑，说：“初次见面请多关照啦。”

张仲平很认真地拜读了一下，记住了她的名字，张小洁。

张小洁却并没有回到她的座位上去，就那样留在了张仲平身边。她说要参观张仲平的办公室，其实是个借口，因为她也就在进门的时候对张仲平的博古架瞄了一眼，停留的时间没有超过五秒钟。

张仲平想起了曾真第一次来他公司的情景，她把两只手反过去分别插在牛仔裤屁股上的兜里，在他办公室里一跳一跳的，又有模有样地趴在博古架上朝里面瞅。

张小洁说：“我听咱们徐总说张总喜欢古董，经常参加别的公司的拍卖会，我们公司的拍卖会，张总也一定会赏光吧？”

张仲平先坐了下来，这样，站在他旁边的张小洁就显得比他高了。张仲平扬了扬手，意思是请她回到座位上去。但张小洁只顾瞅着张仲平等他的回答，好像没有看懂他的手势，或者说故意装作没有看到。

张小洁说：“这次拍卖会的东西不错，张总先看看嘛。”

张仲平也早就想看了，就说：“行呀，看看吧。”

拍品征集日期截止之前，张仲平跟葛云见了一面。面对张仲平的询问，葛云一个字也没有说，只轻轻一笑，用她的左手向张仲平做了一个 OK 的动作。那次见面，两个人也就扯了一些闲话。张仲平知道事情已经搞定了，也就不啰唆了。张仲平想看看那件青瓷拍成照片印刷出来的效果。

张小洁躬身在张仲平旁边，为他翻阅那本印刷精美的画册。书画作品部分就略过了，看来张小洁对张仲平的爱好也还是有些了解，知道他只对瓷器感兴趣。张仲平对张小洁说：“你坐嘛。”张小洁嫣然一笑，说没关系。张仲平总不能说你没关系我有关系，也就不再说什么。张小洁就那样靠在他身边，一页一页地翻给他看。张仲平闻得见张小洁身上的气味，是一种淡淡的茉莉花香。张小洁离张仲平也还是有点距离，亲近而不暧昧，但如果张仲平的目光稍微一斜视，也能隐隐地看得见张小洁领口里面的乳沟。如果再一伸手，就能顺手搭上她的腰或者腰下面微微翘起的屁股。张仲平如果想这样做，动作幅度根本不需要很大，装作一不小心就可以了，最多算是一场小小的意外事故。

张仲平当然不会这么做，张小洁的表现跟一般上门服务的美女推销员也差不多。这种人的豆腐张仲平是从来就不吃的，要这样，机会就真的太多了，张仲平会忙都忙不过来。徐艺公司名震江湖的时代阳光青春靓女组合，原来不过技止此耳。张小洁的便宜张仲平当然更不会去占。有句俗话，叫兔子不吃窝边草，好马不吃回头草，老马时兴吃嫩草，天涯何处无芳草。讲的就是一个成功的男人，如果心好渔色，简直遍地都是机会。张仲平换过十来个女秘书，有几个长得也是相当有姿色的，皮肤嫩嫩的，好像一捏就捏得出水来。张仲平也从来没有动过歪心眼儿，不像有的私营企业的老板，总是先聘后姘，假公济私，公私不分。唐雯很相信张仲平，就是认准了张仲平不会在外面乱来，那些花枝招展的蜂呀蝶呀，根本就入不了张仲平的慧眼。唐雯这一点倒是没有看错。

张仲平脚底下一使劲，让大班椅朝后面滑，拉开了与张小洁的距离。张仲平替张小洁把那本画册合上，看了她一眼，说："张经理，徐总是不是给你们定了任务?"张小洁点点头："是呀。"张仲平说："是不是还有提成?"张小洁也不避讳，说："一点点哪。"张仲平哦了一声，然后点了点头。

张小洁说："张总，一笔难写两个张字，我们五百年前肯定是一家，你可一定得帮帮小妹哟。"

张仲平说："怎么帮呀?"

张小洁说："很简单的，盛世古董乱世黄金，搞古董收藏的意义，张总肯定比我懂，小妹只是想请你务必出席这场拍卖会，并对我们公司说你是我拉来的客人，这样说就可以了。"

张仲平说："搞了半天，你原来是在拉客呀，好难听的。我为你改一个词吧，到别的地方你就再不要说拉客了，说邀请，invite，不是好听一点吗?"

张小洁说："好好好，invite，这么说张大哥你是答应了?"张仲平说："还没有哩。"

张小洁说："张大哥，小妹都认了你这个大哥了，为什么不答应嘛?"

张仲平说："我要是随随便便答应你，那不是糊弄你吗?等看了预展以后再说这事吧。"

张小洁说："那好，张大哥我会盯着你不放的。你要不答应，我就经常骚扰你，你不会烦小妹吧?"

张仲平说："不会吧。"

张小洁说："大哥赐我一张名片嘛。"不等张仲平答话，就伏在大班台上，用尖尖的大拇指和中指从名片夹上拎出来一张张仲平的名片。没料到不小心多带出来了一张。张小洁把到手的一张交到另一只手里，用刚才的那两根手指头，要把多带出来的那一张插回去，插了半天，不得要领。张小洁说："不好意思。"张仲平说："太紧了，不太好插吧，来，我来插我来插。"张小洁说："大哥你原来好坏。"张仲平经她一点醒，觉得自己的说法确实有点歧义。其实他还真没有别的意思。张小洁这么一说，他这才意识到，却并不辩解，一辩解反而真像那么回事似的。

张小洁倒也乖巧，见张仲平比较严肃，也就不跟他讨论好和坏的问题了。张小洁说："张大哥是成功男士，你如果有朋友对咱们的拍卖会感兴趣，可以告诉小妹，小妹亲自去拉……噢，不对，是去邀请，invite。"

张仲平说："行呀。"

张小洁终于回到小圆椅那边去了。她拿出小巧的手机，当着张仲平的面，一边看着张仲平的名片，一边把他的电话号码输了进去，又把手机和名片放回了小坤包里。张小洁说："大哥是我请你吃饭还是你请我吃饭？"张仲平说："你也不要请我我也不要请你，这会儿哪里是吃饭的时候？"张小洁说："也是，下次我再请大哥吧。"张仲平说："下次再说吧。"张小洁说："好，大哥，那我先告辞了？"

张仲平说："行呀。"张仲平起身送客，他没想到张小洁会把她的小手主动伸过来，张仲平笑一笑，握着她的手摇了摇，就松开了。张仲平像突然想起来似的，不经意地问了一句，说："你们公司那个江经理，还好吗？"

张小洁说："是不是江小璐？"张仲平说："我不知道叫什么，是不是有这么一个人？"张小洁说："完了完了，江经理已经找过大哥了吗？"

张仲平说："没有。怎么？这个江小璐是不是很厉害？怎么会把你吓成这个样子？"

张小洁说："是呀，江经理很厉害的。"

张仲平说："怎么个厉害法？"

张小洁说："这个我就不知道了。就是知道，小妹也不告诉你。"

张仲平笑笑，说："是不是呀？"

张小洁说："是。"她已经将门打开了，又扭过头来朝张仲平笑了笑，说："大哥别忘了跟小妹的约定。"她的眉毛一扬一扬的，眼睛像要说话的样子。张仲平不想听她的眼睛说话，就说行了行了。

张小洁走后，张仲平仔细地把那本图录翻了一遍，没有那件青瓷。张仲平以为自己看漏掉了，再一页一页地看过去，还是没有。

张仲平换了一本再翻，仍然没有。

怎么可能？

张仲平首先想到的就是与葛云的那次见面。那是在葛云的办公室里，正好就她一个人。

当时张仲平也就简简单单地问了一句，说："怎么样了，嫂子？"

葛云当然知道张仲平问的是什么，张仲平也一直清清楚楚地记得葛云将大拇指和食指圈成一个圈儿，朝他竖起另外三根指头的样子。张仲平和葛云都是受过高等教育的人，当然知道那个简单的手势表示的不是阿拉伯数字 3，而是英语 OK，翻译成现代汉语，就是行、可以了的意思，这是连幼儿园大班的小朋友都知道的手势。

怎么回事？

是不是被负责拍品鉴定的专家给打下来了？

这倒是有可能的。说到底，真的就是真的，假的就是假的。真的假不了，假的也真不了。或者换一种说法，假的可以在某一时间蒙住某一部分人，却不能在所有的时间蒙住所有的人。山外有山人外有人，假的东西总会被人看出破绽，何况这次拍卖会又不是徐艺一家公司做。张仲平知道，上海那家拍卖公司就是以艺术品拍卖闻名的，不仅眼光一流，也肯定不允许合作伙伴滥竽充数，否则，不等于砸两家的牌子吗？换了张仲平，在拍品质量上也会严格把关。

可是，葛云向他表示一切 OK 是什么意思呢？

就这样刷下来，事情会有点麻烦。张仲平知道，除了时代阳光拍卖公司，今年下半年乃至于明年上半年，都没有听说省里市里还有哪家公司从事文物艺术品的拍卖。

葛云怎么会让这种情况出现呢？

张仲平知道葛云是个行事缜密的女人，他还记得当初在廊桥驿站烧那张小纸片时她那副小心谨慎的样子。葛云深知事情的严重性，肯定不会允许出什么差错。

退一步来讲，如果当初她没有百分之百的把握，张仲平也还是可以想办法的。毕竟，徐艺已经欠了他不少人情，可是，现在拍卖图录都已经出来了，怎么去弥补呢？

万不得已，只有说服徐艺通过增拍的方式，临时加印一个单页。但是，这种打入"另册"的搞法，多少有点牵强。如果让人知道，另册里面的拍品是谁提供的，买家又是谁，那就不妙了，搞得像定向拍卖似的，等于活生生地留下把柄让别人去抓。这种风险实在是太大了，会聪明反被聪明误。夹杂在整本图录里，当然也有这方面的问题，但因为有那么多同类拍品打掩护，目标就小多了。

说穿了，张仲平担心的还是香水河法人股拍卖的事。如果不拍了，也就用不着走这个过门；如果还是要拍，但不由 3D 公司来拍，当然也就用不着由张仲平来走这个过门。

自从上次跟健哥一起洗桑拿之后，两个人就再也没有见过面。健哥让张仲平等消息。张仲平心里有事，不敢烦健哥便时不时地给葛云打电话，有次还以向她请教为由头，给她送了两个鸟食罐，是他特意在省文物商店挑的，但他跟葛云很默契，有关香水河法人股的事，从来没有说过一个字。健哥也没有托她带过什么话。如果那件青瓷上了拍卖图录，表示一切上了正轨，现在没上，就是一个不好的信号，等于原来的约定起了变化，张仲平感到很被动，因为他不清楚这种变化意味着什么。

香水河法人股还会不会拍？

如果拍，健哥会交给谁来拍？

如果不拍了，那是没有办法的事，等于事情的发展变化超出了健哥的控制范围。这种希望的破灭，肯定会让张仲平觉得很遗憾。这有一点像钓鱼，好不容易一条大鱼上钩了，你放线收线地忙乎了大半天，以为可以用渔捞去捞了，突然啪的一声，鱼挣脱钩子跑了。钓过鱼的人恐怕都碰到过这种情况，那确实会让人半天回不过神来。

如果拍，却不由 3D 公司拍，而由另外的公司拍呢？那种心理打击会更惨。就像一条英勇善战的狗，流汗流血地厮杀，终于从一群同类中抢到了那根唯一的骨头，用嘴叼着跑到一边正准备美餐一顿，却横地里不声不响地杀出来另外一条更强悍更狡猾的狗，生生地从你嘴里把那根骨头抢走。可是你呢？已经伤痕累累心力交瘁，根本没有半点斗志和力气再进行一场厮杀，只能眼睁睁地看着胜利者大摇大摆的雄姿，你甚至连咆哮一两声的力气都没有了，你能怎么办？唯一能做的事情，就是饿着肚皮夹着尾巴，黯然地躲到另外一个别人看不到的角落，一边舔着自己的伤口，一边咽下自己的屈辱。

张仲平觉得这个比喻有一种自我贬低的色彩，却不能说不贴切。拍卖公司和法院的关系是委托方和被委托方的关系，表面上看起来似乎法律地位平等，其实不然，掌握主动权的、起决定作用的，还是委托方。

作为委托方的代表，健哥会对他做出这种事情来吗？

其实，从张仲平内心深处来说，他是不想在委托单位找当官的做什么靠山的，更不想和把持着拍卖委托生杀大权的人结盟，将公司的生存与发展依附到某一个人身上。道理太简单了，所谓官场上的权力也就像市场上的财富，总是处在一种不确定的流动状态，财富不是永恒的，权力也不是永恒的，谁能保证你所依附的那个人可以永恒地拥有那个对你有利的位置呢？周运年之于徐艺就是一个例子。前几天，徐艺就在跟张仲平抱怨，说一朝天子一朝臣，国土局的业务已经完全被收回去了，因为新上任的局长有个朋友也成立了一家拍卖公司。不要说这种极端的例子，你依附的官员，总有调动、退休、倒台、下台的时候，即使他上升了，换上了另外一个人，他对这个人的话语权能否继续保持？恐怕逐步消失的可能性更大一些。因为这个新上来的人，也像一个新的树枝，有他自身成长起来的树干和发展出来的枝丫。更何况，你靠什么建立和维持与某一个权贵者的密切关系呢？这种密切关系究竟是单方面的依赖，还是双方相辅相成的？如果是前者，你在心理上就永远处在一种对人摇尾乞怜的状态。如果是后者，情况反而更加糟糕，因为你们是你中有我我中有你的，可是你又无法全方位地介入他的政治生涯，你无法预计和掌握他自身的安危，因为你只是他的一个侧面、一个层面、一个点，是他错综复杂的关系网中的一个小小的结，而一旦他那一方在别的侧面、别的层面、别的网结上出问题，你就不能不受到牵扯，你的业务你的事业，就完全有可能跟着玩完儿。

理念上的清醒明白是一回事，现实的状况是另外一回事。请问你有别的选择吗？没有。当初公司成立了那么久，你在法院做了几单业务？还不是只能靠艺术品拍卖勉强维持生计？如果不是老班长帮你搭上健哥的关系，你的事业能够这样突飞猛进？这大概就是中国商人的悲哀和无奈了，表面上的莺歌燕舞，掩盖了骨头里缺钙的软弱。你要想轻舞飞扬，就必须有所依附。现在你能怎么办？你只能走一步看一步，希望自己运气好一点。

扶桑海岸第三、四层是健哥给他做的，事后的工作，张仲平做得很到位，可以用滴水不漏来形容。健哥事前事后一句话也没有说，都是他与葛云接洽，但张仲平即使是个傻瓜也看得出来，健哥对他是满意的。从这个角度来讲，健哥应该不会另外物色别的拍卖公司，因为这种关系只能是一对一、背靠背的，如果弄得太杂、太乱，总是不安全，健哥冒不起这种风险。

同样的原因，从另外一个角度考虑问题，却又可以成为健哥不再给 3D 公司做新业务的理由。省里市里这么多拍卖公司，哪家不能做？一个已经做了三千多万拍卖业务的公司，事隔不久又做一笔将近两个亿的拍卖业务，而且委托人、承办法官是同一个人，假如有人质疑这种做法的合理性，能够理直气壮地说得清楚吗？如果真的有人盯上了健哥或者 3D 公司，甚至根本就不会采取一种光明正大的提问方式，从而给你一个辩解的机会。会有一只看不见的手，动用一股你看不见的力量慢慢地朝你们靠近，从嗅你们的气味开始，在你们最不经意的地方寻找你们的漏洞，然后顺藤摸瓜。健哥当然能够预见到这种可能性，为了避嫌，健哥就完全有可能另起炉灶给另外一家公司去做。这在股市上叫什么？叫不把所有的蛋放在一个篮子里。但是不对，如果健哥真的打的是这种主意，那他干吗在这件事刚刚有一点眉目的时候就将信息透露给你，并要你开始秘密地寻找买家呢？难道，健哥一开始也确实是准备给 3D 公司做的，只是事到临头又突然改变了主意？

还有，健哥上面还有主管副院长、院长，副院长、院长上面也还有更高级别的领导。这件事，不会完全由一个执行局的局长说了算，这一点是肯定的。健哥上面的领导是些什么人？肯定不会是不食人间烟火的圣人。他们肯定也有老婆有孩子，还有小舅子侄儿子小姑子姨妹子或者本人干脆在另外某个拍卖公司占了干股。毕竟是两个亿的业务，按百分之十的佣金标准算是多少？哪怕是只按百分之五、百分之三的标准算，又是多少？即使健哥一如既往地想给 3D 公司做，他能够完全控制局面吗？如果他不想给 3D 公司做或者说没有能力给 3D 公司做，事情反而简单了。他只要跟张仲平说上五个字就够了，这五个字是——没有办法呀。张仲平除了表示理解还能怎么样呢？他甚至都没有办法真正弄清楚，这种遗憾是属于健哥与他两个人，还是为他张仲平一个人所独有。

以上的这些想法搞得张仲平多少有点担心。他几次抓起了电话要跟健哥联系，却还是忍住了。不管事情的结果怎么样，都必须保持镇定。主动打电话给健哥有什么意义没有？显然没有。那算什么呢？催促？诘问？怀疑？起码是沉不住气嘛。可是，槌子一敲，上千万就能入账，谁能沉得住气？

但是，你就得沉住气。尤其在情况不明朗的时候不能先乱了阵脚。因为，像健哥这种身份地位的人，是不会愿意跟一个沉不住气的人打交道的。

两天以后，张仲平终于等到了葛云打来的电话。

葛云说："有时间见个面吗？"

张仲平赶紧说："有有有，当然有。我听您的吩咐。您说在哪儿？要不，我们还是去老地方？"

葛云说："下午下班后我直接去吧。"

葛云的话让张仲平舒了一口气，原来只是一场虚惊。张仲平不得不佩服葛云的安排。她的安排比原来的计划更缜密。她用一尊唐代的青釉四系罐将张仲平提供的那件青瓷莲花尊换了下来。葛云也带来了时代阳光拍卖公司秋季拍卖会的图录。在浣溪沙包间里，葛云翻阅着图录，指点着给张仲平看："这才是真正的青瓷，秘色越器。你看，这釉色多么青碧，晶莹润泽，简直像宁静的湖面一样清澈碧绿，你再看这里，多像是一尾游鱼，有人说这是剥釉，但我宁愿相信这是窑变，正是它使整个器物有了灵魂，有了生命。张总，我可是连看家宝贝都拿出来了。我想了很久，卖真货比卖假货好呀。咱们做事，一定得天衣无缝，冒不起那个险啦，是不是？"葛云说着，望着张仲平轻轻地笑了一下。

张仲平当然觉得这样更好。因为这样一来，就经得起查了。那些喜欢多嘴多舌的人，那些喜欢无事生非的人，甚至那些纪检会、检察院的人，恐怕再也没有话可说了，要说，也只能说他张仲平买贵了，不能说买错了。买贵了又怎么样？又不犯法。

在拍卖会上买文物艺术品，成交价高于估价的情况太普遍了。首先，艺术品的估价本身就是一个很有弹性的问题，很有可能因为委托人的期望值偏低或估价师个人的原因被低估；其次，竞买人在拍卖会上的表现并非只有花钱买东西这一单纯的目的，他有可能会借助拍卖会的平台作秀和炒作，早几年不是有一个报道吗？一家企业花几百万买了一架退役的飞机，却根本不去提货，宁愿让飞机在原来的地方锈掉烂掉，为什么？因为那家商场看中的不是飞机本身的价值，而是购买飞机这一行为本身所带来的广告效应。能够花几百万打广告的企业多的是，可是谁能只花几百万，就让自己的企业在全国范围内一夜成名，成为众多媒体可持续性关注的焦点？拍卖会上的非理性因素还表现在竞买人之间的争强好胜上。狭路相逢勇者胜。在拍卖会上却是实力决定一切。每一次举牌，手臂轻扬，美女和摄像机镜头一齐横扫过来，那是何等的潇洒？尽管这种潇洒的代价是真金白银，但是，只要我愿意，与你有何干？你最多把我当成傻瓜，却不能把我当成骗子。这个世界已经把每个人调教得聪明绝顶了，还会受到一个傻瓜的骗吗？傻瓜犯傻的时候你看得见，傻瓜偷着乐的时候，你可能就看不见了。

面对葛云的安排，张仲平不住地点头，内心里有一股抑制不了的兴奋。毕竟，他与健哥仍然在一条船上，他没有被抛弃。

只有一个小小的技术问题需要处理，那就是青釉四系罐本身的价值。也就是说，他们原来达成默契的那个阿拉伯数字，需要重新填写，得把罐子本身的价格加上去。

葛云会开什么价呢？

这个问题其实也简单，张仲平决定完全按葛云的意思办。他要是说半个不字，或者只是稍微犹豫一下，那不成讨价还价了吗？

张仲平当然不会给葛云留下半点让她不舒服的印象。跟葛云讨价还价，就等于跟健哥讨价还价。他有什么资格和筹码这样做？如果说这是一种交易，那么，在张仲平后面排着队准备做这种交易的拍卖公司多了。张仲平唯一能够指望的，就是相信葛云自有分寸。

张仲平说："嫂子要不要写个数字？"葛云说："算了，到时候我派个人去参加拍卖会吧。那个人不加价了，东西就归你了。张总你看这样安排好不好？"张仲平望着葛云笑了笑，然后很认真地点了点头。

第二十一章

从张仲平进门算起，曾真就呕吐了两三次，最后一次，她干脆蹲在卫生间里不出来了。

张仲平跟了过去，陪她蹲着，帮她在背上轻轻拍拍，说："怎么啦?"曾真说："惨了惨了，可能上次没有流干净，还得重做一次。"张仲平说："怎么会这样？你去的又不是什么小诊所，怎么会出这种事故?"曾真说："那我为什么会吐?"张仲平说："是不是你晚上没有盖东西，着凉了?"曾真说："着凉了哪会这样吐？医生说了，有那种可能性的。"

曾真抱着张仲平呜呜地哭起来，眼泪滂沱，期期艾艾地望着他，说："我的运气怎么这么糟糕?"

张仲平说："你先别着急，还不一定哩。"

曾真说："你快点去拿怀孕测试条，快点去呀。"

一测，那两条表示怀孕的红线又在那里隐隐出现。曾真刚才的眼泪没有干，这下又马上哇的一声哭了出来。

曾真一哭，张仲平心就软，心痛得要命。也有一点心烦。他收拾着刚才找测试条时扔得满床都是的安全套和避孕药膜，不满地说："看你下次还用不用。"

曾真说："就不用就不用。"

张仲平说："你这么任性，还不是自己吃亏?"曾真看着他，半天没有说话。她突然把他扒拉开，冲到床边抓起那些东西，又转身一下子冲到厨房里把它们通通地扔到了垃圾桶里。

曾真回来对张仲平说："我这是任性吗？"张仲平说："你看你，不是任性是什么？"曾真说："你说任性就是任性，可是我认为不是，我只是爱你，我只是想跟你生个儿子。"张仲平说："哪有你这么闹的？"曾真说："我怎么闹了？我说过什么都不要你管。我一个人生，一个人带。你说不要，我二话没说，一个人就上了医院。打掉了，我还是要怀，你要，我就留着，你不要，我再去打掉，就这样。"

张仲平说："你这是何必？"

曾真说："你不知道吗？你比我大这么多，你不知道我为什么这样做？"

曾真两眼一眨不眨地望着他，眼泪又稀里哗啦地流了出来。张仲平一点办法都没有，只得伸出胳膊把她抱在怀里，轻轻地叹了一口气，说："你这是何必呢？你这个傻瓜。"

曾真在他怀里一下子就安静下来了，她在他胸前蹭蹭，过一会儿又笑了，说："我喜欢听你叫我傻瓜，我就想当傻瓜，给你当傻瓜，傻瓜没有忧愁，没有烦恼。傻瓜不用想事，碰到什么事都让你去想，你就看着办吧。"张仲平说："你这个……家伙。"曾真说："老公，你放心，我又不是纸扎的，身体棒得很。"张仲平说："我的话不听，医生的话你也不听。"曾真说："谁说我不听你的话？我当然听你的话。你看，我最乖了。"张仲平说："你是乖得很。"曾真说："行了，老公，你别烦嘛。你烦，我好紧张的。我一紧张可能会比你更烦。"张仲平说："怕了你了。"

下午，丛林来电话约吃饭打牌。张仲平问曾真："你行不行？"曾真说："不打牌干吗？你是不是要回到那边去？"张仲平说："不一定呀。"曾真说："那就去打牌吧，我没事的。"

另外两个人又是鲍赢律师事务所的哼哈二将。开始还好好的，小曹帮丛林挑土，张仲平一直让曾真上。两个女将什么牌都和，杀得两个大律师大男人作垂头丧气状，直喊厉害厉害，杀手呀，这个社会这么阴盛阳衰怎么得了哟。小曹和曾真兴致很高，笑他俩自己不争气。

差不多十二点的时候，唐雯来了电话。张仲平这才想起忘了跟唐雯说一声。张仲平把丛林拖到阳台上，要丛林帮他接电话，说他在卫生间。

丛林接过张仲平的手机故意说："你是谁呀？噢，教授呀。怎么又在查仲平的岗呀？对，仲平跟我在一块儿，干什么？打麻将。一屋子人，我跟他扯一点事呢，他刚才上卫生间去了。我为什么接电话？我为什么不能接电话？好了好了，他出来了，你跟他说吧。”

张仲平接过了手机说：“刚才上卫生间了。回不回来？当然回来。还有一会呢，你先休息吧，噢？”

张仲平接完电话不久，曾真就开始反胃和干呕了。

丛林说：“有喜了吧？”

张仲平说：“乱说。是不是晚上吃饭的时候，那份蘑菇汤有问题？”

小曹说：“不可能，要不然，我们怎么没事？我看是你太猛了吧，要注意一点哩，要怜香惜玉哩。”

鲍律师说：“我说呢，难怪我们打不赢，原来是两个打一个。”

曾真吐得厉害，不能参加斗嘴。丛林见她那样，就说算了吧。张仲平也赶紧说：“算了算了，也不早了。”鲍律师和李律师也都附和，牌局就这样散了。

丛林把张仲平拉到一边，说：“今天晚上得回家啦。你这个伙计也是，刚才要我接电话干吗？喂，教授问我，我怎么说？得了得了，你一走我就关机吧。”

张仲平把车一溜烟地开到了鸟语林，小心翼翼地搀扶着曾真上了楼，曾真说：“怎么搞的，这么难受？”

张仲平说：“赶紧躺下来吧。搞得太晚了，可能跟没有休息好有关系。我先烧点水吧，你吃过药了吗？要不要先洗个热水澡？”

曾真躺在床上，要张仲平坐在床头，曾真拉着张仲平的手说：“仲平你不要动，我看着你就好了。”

张仲平笑一笑，说：“已经很晚了，宝贝儿。”

曾真把张仲平的手丢开，转过身把背对着他。张仲平趁这工夫，飞快地看了一眼手机上的时间，又摇摇头，偷偷地叹了一口气。过了一会儿，曾真慢慢地把身子转了过来，说：“你发什么呆？你躺下来，抱我一下下，好不好？”

张仲平乖乖地靠着曾真躺下，在曾真的肚子上摸了两三个来回。张仲平说：“你好了吗？这会儿是不是舒服一点儿了？”曾真说：“你好粗鲁。人家细皮嫩肉的，你倒好，当成搓衣板了。小曹说得没错，你真的是一点都不懂得怜香惜玉。”张仲平一边说对不起，一边亲了亲曾真。曾真说：“仲平你知道吗？看着你我心里就踏实了。我就想这样看着你，一直到慢慢睡着。”张仲平说：“好好好，你把眼睛闭起来，快快睡吧。”曾真说：“我还不是想快点睡？可我睡不着。”张仲平说：“傻瓜呀，你要是好受一点了，我得走了哩。要不然，会来电话催。”曾真推了他一把，说：“你走吧。”张仲平说：“你让我走了？”曾真说：“是你自己巴不得早点走。”张仲平说：“没有几个小时了，早晨我早点过来就是了。”曾真说：“你走吧。”张仲平刚起身，曾真哇的一下又呕了。张仲平只得回来，坐在床上把手放到曾真背上，拍几拍。

曾真说：“我好难受，仲平我真的好难受。”

张仲平说：“忍一忍吧，怎么办呢？”

张仲平用刚烧开的水给曾真冲了一杯牛奶，用厨房里的水瓢接了自来水，再把牛奶放进去凉了凉，试一试不烫了，端过来喂曾真喝。曾真说：“谁说我要喝牛奶了？我不喝。”张仲平说：“喝几口嘛，热的。喝了肚子可能舒服一些，也容易睡着觉。”曾真说：“我睡不着。”张仲平说：“试一下嘛。”曾真说：“喝了可能又要呕。”

这时手机欢快的和弦音响了，显得十分突兀。张仲平和曾真好像不约而同地被吓了一跳，他们都知道是谁来的电话。

张仲平掏出手机，果然是唐雯。

张仲平回到客厅，很快地把电视打开，就着电视里面的声音背景接电话。唐雯说：“怎么还没有散场？都一点多了，又不是周末。”张仲平说：“快了快了，你先睡吧。”

张仲平回到卧室的时候，曾真说：“你走吧。”张仲平说：“你没事了？”曾真没有回答，她望都没有望他，她的眼睛睁得大大的，望着墙壁上的那些照片。张仲平说：“我走了？”曾真说：“你走吧。”曾真仍然没有回过头来看他。她的眼睛直直地盯着墙壁。张仲平开始有点儿拿不准了，不知道曾真是在看墙壁上的照片，还是照片后面的虚空。张仲平觉得这会没有时间研究曾真目光中的含义了，说：“那好，我走了。”他说这句话的时候一直盯着曾真，他是希望曾真能够有一个表示的，但曾真好像已经入定了。

张仲平隐忍着又叹了一口气，他知道自己必须走了。他轻轻地从卧室里退出来，将厨房里的灯和卫生间的灯都关了。本来把客厅里的灯也关了，想一想，又赶紧打开了，他拧开了防盗门的门锁。

曾真腾地从床上一弹，赤着脚冲出来，两条胳膊非常用力地箍住了张仲平的腰，仰着脸望着他说：“我好难受，我真的好难受。我感到今天晚上我会死掉似的。”

张仲平只好用身体一靠把门撞上，然后很努力地笑了一下，说：“别说傻话了。”曾真说：“是的是的。”张仲平说：“你这样子会着凉的，一着凉，又会吐，快回到床上去。”曾真说：“我不。”张仲平说：“听话。”曾真说：“就不。”张仲平说：“听话嘛。”曾真说：“那好，你抱我回去。”张仲平蹲下来把她横着抱了起来，送回到床上。

张仲平想直起腰来，没能做到。曾真把手指头紧紧地扣在一起，吊着他的脖子。

曾真说：“不走。”

张仲平说：“那怎么行？”

曾真说：“就今天晚上。”张仲平说：“不行。”

曾真说：“我求求你。我病了，我好难受。一个人，我怕受不了。你打个电话给她行不行？”

张仲平说：“不行，我必须走。”

曾真说：“也许我会死掉的。”

张仲平说：“怎么会？”

曾真说：“我真的会死掉的。”

张仲平说：“别说傻话了。”

曾真说：“我说会，就是会。”

张仲平说：“你别开玩笑了，怎么可能？”

曾真说：“怎么不可能？家里有煤气，窗户没有装防盗网，还有刀。”

张仲平说：“说什么呢？”

曾真说：“我说家里有煤气，窗户没有装防盗网，还有刀。”

张仲平说：“原来你是威胁我。你怎么能威胁我？”

曾真说：“不是威胁。”

张仲平说：“我讨厌别人威胁我。我最讨厌的就是别人威胁我。”

曾真说：“不是威胁，真的不是。”

这时手机又响了。手机早已被张仲平揣在了裤子口袋里。张仲平很用劲地挣脱了曾真的十指。他打开手机，不容唐雯说话，用很大的声音说：“我马上就来了。”

曾真哇的一声尖叫起来。

曾真把一条胳膊伸到自己嘴里使劲地咬，她的整个身体激烈地颤抖起来。张仲平没有想到曾真会这样。张仲平看着曾真，好像不相信眼前这一幕会是真的，好像曾真这样做根本就不关他什么事。

曾真使劲地喘息，她还在坚持，还在用力。张仲平却不能坚持，不能忍受了。他费劲地把她的胳膊从她的牙关里解救出来。一排深深的牙印，鲜红的血从里面汩汩地渗出来。张仲平慌忙拿面巾纸去擦，流出来的血一下子就把洁白柔软的面巾纸染红了。

张仲平恨不得使劲地甩曾真一个耳光。他一边使劲地替她擦胳膊上的血，一边凶巴巴地对曾真低吼：“干吗这样，干吗这样？”曾真对他也是两眼圆睁怒目而视，说：“你不是要走吗？你走呀，管我干什么？”

张仲平说：“你还在威胁我。”

曾真说：“不是。”

张仲平说：“你就是。”

曾真说：“就不是。”

张仲平说：“干吗要这样？为什么？”

曾真说：“你只知道问我为什么，你就不能问问自己为什么？你为什么就不能跟她说，说你今天晚上有事不能回去了，有那么难吗？问题是你想都没有想过。一丝一毫的想法都没有。哪怕是为我，为一个病人找个借口，撒个谎。没有，你没有！”

张仲平说：“我只能这样。”

曾真说：“为什么只能这样？谁规定了只能这样？”

张仲平说：“这没什么可说的。”

曾真说：“可是我病了。你又不是不知道我是怎么病的。我告诉你我难受。我是真的很难受，没有骗你。我还告诉你，只要你一走我可能就会死掉，你还说你只能这样。”

张仲平说：“是的是的，就是只能这样。”

曾真说：“为什么？”

张仲平说：“不为什么。”

曾真说："不为什么是什么意思？"

张仲平说："不为什么就是不为什么，就是没有什么可讨论的，因为这是规则。"

曾真说："这是规则？这是什么狗屁规则？这是你们男人的规则吧，是不是？"

张仲平说："是。"

曾真说："好得很呀。你终于说出口了。张仲平你原来从来就没有认过真，只是把它当成一场游戏对不对？"

张仲平想说是的，可是那两个字到了嘴边，却缺乏最后那么一点点力气让它们从嘴唇里面蹦出来。中学时候学过文言文，强弩之末不能穿鲁缟是什么意思，他终于有了切身体验。

曾真说："她已经陪了你将近二十年。我只要你陪我一个晚上。我病了，我难受。我甚至都已经向你表示，为了这个晚上，我愿意搭上我的一条命。这还不全是我的意思，如果你稍微表示一下，说你愿意想办法留下来，说不定我也会让你走。因为那样的话，你的态度向我证明你心目中还是有我的。可是，你没有。你竟然没有。你——没——有！我想，那是因为你不爱我。是的，你不爱我。你根本就不爱我。"

张仲平说："你说对了，我不爱你。我从来就没有爱过任何人，我只爱我自己。"

曾真笑了，好像灿烂的阳光冲破了乌云的遮盖，又回到了她的脸上。曾真说："猜到了。好了，现在你把手机关了，把衣服脱了吧。还有不到六个小时，算你一个晚上。"

张仲平不解地望着曾真。

曾真又笑了一下，心平气和地说："你还不明白我的意思？你爱我，是你留下来的理由。你不爱我，也是你留下来的理由。或者说是我把你扣下来的理由。因为从明天开始，我会完璧归赵，把你还给她，让你再陪她二十年、三十年、四十年。六十年换一个晚上，不，是六七个小时，这很公平，不是吗？"

张仲平直直地瞪着她，好像仍然没有明白她的意思。

曾真妩媚一笑，说："哇，你好酷。"然后，她收敛了笑容，幽幽地说："张仲平，我是认真的。"

张仲平仍然直视着曾真。

“嘁，崩溃吧你。”

对，就是那么几个字。他感到了一种崩溃。一种把自己交出去的冲动。那是一种临近崩溃的感觉吗？不。不要。他马上调动起内心深处一种豁出去的想法，用它所带来的勇气与力量做最后的一搏。他觉得只有这样才有可能抵挡那种即将到来的崩溃。

张仲平说：“曾真你听好了，你一直在逼我。这可能是你犯的一个小小的错误。我已经四十多岁了，也曾经有不少人逼过我、威胁我，我很乐意投降。因为我不是一个讲原则的人，我很乐意变通，除非碰到了那条底线。谁去碰它，谁都不要想得逞。包括我自己，也包括你曾真。所以，拜拜了您。”

张仲平说着，起身慢慢地往门口退去。

曾真从床上爬了起来。这一次，她没有冲过来抱他。她走了一条与他完全相反的道路。她来到窗户旁边，啪的一声推开了窗户，又噌的一下，爬到了窗户上面。

曾真说：“张仲平你也给我听着了，你要走你就走吧。但是，你只要敢真的把门拉开，我就从这里跳下去。在房间里我没有拦住你，我可以挡在你必须经过的路上。你信不信？不信，你就拉开门试一试。我从来没有逼过你，你说我逼你，那好，我就逼你这一次，咱们今天就赌这一把，OK？”

张仲平完全没有想到曾真会来这么一手。他愣住了。一种拉开门一走了之的冲动，强烈地冲击着他，他的心怦怦直跳，就像战鼓在擂响。

拉开门，出去？

防盗门的把手亮晶晶地闪光，握在上面会有一种凉凉的、沁人心脾的感觉。

可是，曾真像是在跟他开玩笑吗？

怎么办？

退路在哪里？

他的身影越过门框在那里一闪的同时，曾真如果真的纵身一跳呢？换一种说法，她的话也已经说出来了，也已经说满了，她除了真的跳下去，是不是还有别的台阶？

她已经用那种自虐行为在自己的手臂上留下了累累伤痕和鲜红的血液，你敢说她只是跟你说着玩儿？

她刚才还在呕吐，她的身体这会儿正虚弱着。她是为了你一个人跑到医院里去做人流手术的。她肚子里本来怀着你的孩子，是你说不想要不能要她才去医院的。她去打胎时没有任何怨言，不怕那种实实在在的肉体的痛苦，甚至甘愿冒那种再也怀不了孩子再也生不了孩子的风险。所有这一切她都不怕，她还怕什么呢?

就算她是闹着玩儿，可是，她是虚弱的。一阵眩晕完全能够让她扶着窗户的手臂一软，使她像一只断了线的风筝一样坠落下去。这可是五楼，你真的要执意一走了之甚至不惜弄出人命来?

谁来拐这个弯?

她是一个任性的小姑娘。

而你，是一个比她大了将近二十岁的男人，自诩为成熟男人，老男人。

她真的在逼你吗?她真的在威胁你吗?她逼了你什么又威胁了你什么?她只是求你疼她，宠她，让着她吧?而你，真的可以那么狠心，以至于对她的死活不管不顾?

他们僵持在那儿。

她生日的那天，他们也曾经僵持过，可是那种僵持是挟持了欲望放纵的期待的，有着心照不宣进行共同游戏的痴迷。那场僵持是以她的投降告一段落的，她向他交出了自己的初夜和贞操，在水乳交融之际，共同经历了美妙无比的想象与幻觉的音响与光华。对他，不过是增加了一次新的性经验。对她，却是从此变成了女人。曾真是你的女人，因为是你把她变成女人的。她愿意做你的女人，不管不顾，义无反顾。从她生日那天晚上开始，你们一步一步地走到了现在。是的，现在，正是从那天晚上开始，一步一步地走过来的。你能否认两个人在一起的快乐吗?你能否认她带给你的作为男人的虚荣和满足吗?你曾经是一个拥有过无数女人的人，以能进能退不会坠入情网而暗自得意，原来不过是没有棋逢对手。你是否已经朦朦胧胧地意识到曾真的出现和存在，将改变你的那些观念，使你陷入不道德然而极度快乐的温柔之乡的泥沼?曾几何时，你是否想过要拔出一只脚?或者，你想过，却无能为力?

问题一出现，是不是就已经晚了?

面对似乎突然而至的麻烦，解决的办法似乎并不多。

除了投降，还有别的办法没有?坚持还是妥协?麻烦不能再扩大了，麻烦必须马上终止。是的，就在今天晚上，就在现在。可是，明天怎么办？明天的麻烦会不会更大？

可是，毕竟，目前的麻烦和危险是实在的，明天的麻烦和危险还只是一种可能性，还没有来，那么，是不是等到明天再说？再说了，如果今天这一关都过不了，还能有明天吗？

张仲平盯着站在窗台上的曾真。

曾真也盯着站在门边的张仲平。

曾真生日那一天，他们也曾这样对视过。

那是猎人与猎物之间的一种较量？

张仲平沉吟了半分钟，不禁舒了一口气。

张仲平说："好了，你下来吧。"

曾真歪着头看着他，这应该是她希望听到的话。只是，她好像不相信他已经真的说了这样的话。

张仲平说："下来吧。"

曾真说："你不嚷着要走了？"

张仲平说："你赢了，算你狠。"

曾真说："那好，你过来抱我，我已经没有力气了。"

张仲平把曾真抱了下来，横竖不管地把她摔到了床上。他把手机掏出来，把电板卸了。他采取一种跟过去相比完全不同的方式开始脱自己的衣服，非常绅士，先是上衣，然后是裤子。两个人都不说话，曾真一眨不眨地看着他像赌气似的把自己变成了一个一丝不挂的男人。

张仲平对曾真就没有这样客气了，非常粗暴，三下五除二就把她的睡衣睡裤以及薄如轻纱的丁字内裤给扒了，也把它们通通地丢到了地上。张仲平往床上一跳，一下子就骑到了曾真身上。

曾真说："不，不要。"

却哪里挡得住？

开始的时候，张仲平的脑子里还有唐雯的面孔一闪一闪的。这是张仲平第一次与曾真做爱时想到唐雯。今天晚上，现在，唐雯将因为他的突然关机而束手无策，这是肯定的。曾真说了，这很公平。是的，公平。张仲平很清楚，在接下来的六七个小时里，唐雯的每一分钟每一秒钟，会像六七年一样漫长。张仲平的心一揪一揪的。他没想到自己会这样为唐雯揪心。

很快，所有的想法就像疾风中的残枝败叶，一晃就不见了。它们在一瞬间被一扫而光。曾真张着嘴喘着气，发出了风的呼啸。本来，两个人还像仇人一样地怒视着，渐渐地，愤怒被撕成了碎片，眨眼就消失不见了。没有了愤怒的残暴那还算残暴吗？那种又像痛苦又像快乐的喊叫，那种面部肌肉奇怪的扭曲，跟平时做爱的时候有什么区别？

只要方便，张仲平就会为曾真买花。他喜欢各种各样的花。红色的，黄色的，紫色的，白色的，蓝色的。玫瑰、牡丹、紫罗兰、康乃馨、勿忘我、马蹄莲。这些从云南昆明空运过来的观赏植物，通通被曾真养在盛了清水的瓷器花瓶里。那些瓷器是张仲平和曾真一起到工艺品市场上挑的，做工精致，造型现代而夸张。修剪、搭配和插花是曾真的事。曾真从书店里买了几本插花艺术方面的书，她在这方面有极其丰富的想象力，经她一摆弄，那些花呀朵的，就好像有了灵气和生命。她做这些的时候非常认真，非常投入，但等张仲平欣赏过之后，她就再也不管了，直到张仲平买回来下一批。曾真房间里因此永远有花儿开放。曾真喜欢花，她说，这使她感觉美妙无比，好像每一次都是第一次。那象征了他们的生活、似乎永远新鲜和芳香扑鼻的生活。张仲平有时候都开始纳闷了，跟曾真在一块儿的时间也不短了，怎么就不腻味？现在，他们就这样在弥漫着各种花儿的混合气味和血的腥气的甜腻腻的芬香中，像两头野兽一样地对峙、搏击，终于纠缠到了一起。

两个人的汗水一遍又一遍地把身体打湿，又一次又一次地焕干。有一两次，曾真伸出手，企图抚摸张仲平的脸和他的胸脯，被他毫不犹豫地打掉了。她顿时泪流满面。她的泪水很快地与汗水搅和在一起，后来也慢慢地干了。

再后来，外面渐渐地有了汽车的声音和人的声音。最开始听到的是音乐的声音。贝多芬的《致爱丽丝》。张仲平知道那是环卫工人开的洒水车的声音。两个人终于停了下来。不一会，便渐渐地沉沉睡去了。

张仲平没多久又醒了，发现曾真的头紧紧地抵在他的腋窝处，两只手紧紧地攥着他的一只胳膊，把他的身子吊得向她那边微微倾斜。她长长的眼睫毛上似乎沾着未干的泪水，而她的呼吸却十分平和、均匀。

曾真说：“我爱你，不要离开我。”

曾真的眼睛没有睁开，张仲平无法分清楚，这是她在梦呓，还是在半睡半醒中的一种嗫嚅。

新的一天开始了。

张仲平第一次在分开之际没有亲吻曾真，连一个简单的招呼也没有打，甚至没有去管她是不是已经醒了还是在那儿装睡。他倒是希望她醒了，且在偷窥他，否则，他的冷脸色不是白做了吗？

张仲平不敢开手机。他想都想得到，只要手机一开，秘书台就会一个接一个地显示唐雯曾经给他打过的无数个电话。在最后一次通话的时候，他没有等唐雯说话，就用很大的声音说马上就来了。他当时很烦躁，既烦躁曾真留他，也烦躁唐雯催他。那时他还以为自己很快能够从曾真那儿抽身。听了他的这话，唐雯唯一能做的事情便是预测从某座宾馆开车回家所需要的时间。超过了她预计的时间张仲平仍然没有到，唐雯怎么办？又只好再次为他添加等红灯或塞车的时间。唐雯很少半夜出门，她知不知道晚上一点多钟的省会城市，尽管对于很多人来说真正的夜生活才刚刚开始，但城市道路却也确实已经处于一种半睡眠状态，街上除了一些的士，其他车辆其实已经很少？唐雯是很被动的，她不得不重新假设张仲平打牌的不是她开始以为的那家宾馆，而是一家更远一点的，所以当然需要更长一点的时间。但是，所有合理的假设所需要的时间都用完了，自己的老公还是没有回家。唐雯怎么办呢？她会再也忍不住地给他打手机，唐雯没想到的是他的手机居然无法接通。唐雯这一下一定吃惊不小。刚才电话不通是不是正好手机没电了要换电板？过几分钟再打，却还是无法接通，再打十遍几十遍，仍然是这样。唐雯怎么也想不到张仲平的手机会突然无法接通。一个让她独守空房左等右盼计算着时间等着他回家的男人，刚刚还说马上就回来了，人不仅老是没来还再也联系不上了，究竟发生了什么事？

唐雯可能不得不想到车祸。

但是，与别的车子随便地碰一下，擦一下，应该不至于让他关机，他会马上打个电话过来跟她说一声。这么晚了，等人当然是一件闹心的事，张仲平这点体贴也还是有的。他没有来电话，意味着不是那么一回事。那么会不会是大车祸？应该也不会，唐雯知道张仲平是一个沉稳谨慎的男人，两个人有时候外出坐飞机也从不坐一个航班。张仲平说："飞机掉下来的事谁说得准？还是防备一下比较好。"这件事后来丛林知道了，还笑话过他们，说："看你们有钱人，不知道要操多少空心，也不嫌麻烦。”张仲平还真不嫌麻烦，即使在高速公路上车辆少的时候，也从来不超速行驶。他又不喝酒，不具备发生重大车祸的主观条件，但是也很难说，这个城市房地产开发正如火如荼，夜里交警下班以后，渣土车纷纷出笼，像斗红了眼的公牛似的横冲直撞。所以开车也是很难说的，你小心翼翼规规矩矩还不行，你不撞别人，别人可能撞你。

张仲平觉得唐雯有这些想法都是很正常的，十有八九，她还会给丛林打手机。还好，丛林说了他一走就关机的，这样，丛林那边就不会露馅，唐雯打不通丛林的手机只会更加着急，尽管她也知道，晚上两点来钟丛林关机是很正常的。唐雯会不会因此想到张仲平可能遇到了劫匪呢？唐雯有次打电话找不到张仲平，也是打电话给丛林，结果还真找到了，原来张仲平手机没电自动关机了，那会儿正跟丛林一起打麻将。那次丛林就跟唐雯开过玩笑，说：“看你，让张仲平赚那么多钱干吗，总有小字辈的人惦记着，要么是小姑娘，要么是小偷，都不是好惹的。这下知道有钱人的烦恼了吧？”

那次唐雯是因为小雨的事找张仲平，几句话说完了，也有了开玩笑的心思。唐雯说：“我们家仲平不像你，吃喝拉撒生老病死什么都得靠自己，没有几个钱垫底，心里发虚。人民法官的含金量就不一样了，可以吃了原告吃被告，中间还找律师要。”后来张仲平跟唐雯就这个问题作了更进一步的探讨，说：“现在社会贫富不均，人们的心态怪得很。哪怕是丛林，说话都酸酸的。每个人就想着挣钱捞钱，因为钱多钱少已经成了评价一个人是否成功的一个重要指标。有钱的人被认为是有本事的人，至于钱的来路，是否君子爱财取之有道，反而没有几个人关心。周围的有钱人有几个不是为富不仁的？官贪商奸，简直就没有一个好东西。这种仇富心理，使那些小偷和劫匪作起案来心里也就没有了犯罪感。抓不着，拿钱去花天酒地寻欢作乐，抓住了，要杀要剐随你去，反正快活过了，潇洒走一回了，已经够本了。”经济学副教授唐雯对此深有同感，说所以政府急着要解决贫富差异问题。搞得不好，还真的会影响社会稳定。张仲平看到了这一点，平时说话也就不事张扬，不是那种生怕别人不知道自己口袋里有几个子的暴发户的样子。他的生意做得不温不火，在同行里也基本上没有结怨结仇，有谁会惦记着他等着这个时候下手呢？再说了，从宾馆开车回家，大路朝天的，绑匪或劫匪哪里会有那么大的胆子？这毕竟是一个法制逐步完善、治安状况不断好转的社会，要真有那样的事，还不惊天动地了？

可是，说了马上就回来的人，却迟迟不见踪影，这就非常不正常了。

张仲平可以百分之百地断定，唐雯在设想了各种各样的可能性之后，哪怕自己多么不愿意，也会不得不想到最后一个原因——女人。上次丛林跟唐雯开玩笑的时候，张仲平还不认识曾真，丛林也知道张仲平骗老婆的功夫一流，所以说起话来才敢半真半假没遮没挡。唐雯又不是不知道这是一个什么社会，张仲平大小也算是个有钱人，长得又高大又英俊，眼睛虽然细长了一点，但是聚光，又有成熟男人那种风流倜傥的魅力，完全具备成为小姑娘情感杀手的一切条件。再说了，现在的小姑娘哪里还用得着你去追呀？张仲平自己也说过，钱是什么？钱是鱼肉呀，是有腥味的东西呀，不仅吸引猫，还吸引苍蝇蚊子。唐雯当初听了，也认为这个比喻很形象，告诫他要他把肉呀鱼的都拿回家，家里有冰箱，免得在外面逗苍蝇。唐雯有什么理由将女人的因素排除在外呢？恰恰张仲平的事就出在曾真身上。张仲平当然不会在曾真与苍蝇之间找什么相似之处，他相信自己是喜欢她的，爱她的，只是不理解她昨天夜里为什么会突然那么固执，非得给他惹出这个麻烦不可。

这个麻烦使张仲平在唐雯心目中的好男人的形象受到了严重的挑战。一想到这一点张仲平就多少有点怨曾真。昨天晚上干吗那样做？你这样做有什么充分必要的理由？或者换一种说法，你非得这样做不可吗？你给我出的这种难题，万一真的解决不了呢？我怎么办？你又怎么办？你不这样做真的会死呀？

张仲平昨天夜里做出留在曾真那边的决定时，还是有准备的。他必须为自己夜不归宿的极端行为，找到一个能够自圆其说的借口，用来应付唐雯。正是这个突然冒出来的主意，让他下了向曾真缴械投降的决心。能不能在唐雯那里敷衍过去，他心里却不是很有底，完全得看运气。他是被逼的。昨天夜里他不留下来行吗？难道真的让曾真像一件被风从晒衣架上刮下来的衣服似的飘坠到楼下去？不要说曾真本来就很任性，哪怕是一时糊涂或把持不稳，那种事情都有可能发生。张仲平到底算是个理智的男人，就是再给他一个胆子，他也不敢冒那种险。

张仲平知道自己的那个主意有点打赌的意思，可是，当一个人被逼上了绝路或者说没有了更好的主意的时候，除了赌一把之外还能怎么样呢？

张仲平已经强烈地预感到，自己的好日子，那种鱼在水中游鸟在天上飞的好日子，搞得不好，从这一天开始，便一去不复返了。

大街上行人车辆都不是很多，张仲平赶到省人民医院的时候，候诊大厅的挂钟还不到六点半。他挂了急诊。那个女医生非常负责任，听了张仲平的诉说，马上给他开了粪检化验单。女医生说：“还得验血。”张仲平说：“非得验血吗?”女医生说：“是呀，你刚才说晚上拉了五次吐了三次，我们怀疑是二号病。”张仲平故意问：“二号病是什么病?”女医生说：“二号病就是霍乱。它的主要症状就是上吐下泻，对于这种可疑病人必须验血，上面专门下了文件，除了留院观察，还要追踪调查，所以，还得麻烦你把常住地的电话留下来。要真是二号病，开不得玩笑，还得马上隔离。”

等这一切都折腾完了，也才七点来钟。张仲平回到车上，把病历、化验结果、交费单之类的东西匆匆地看了一遍，这才舒了一口气。他想了想，又走下车来，掏出手机悬在空中，手一松，手机做了一个自由落体运动，啪的一下摔到了地上。他把手机捡起来，开机，居然没摔坏。张仲平慌忙把手机关上，他怕唐雯的电话趁着这当儿打进来。张仲平的手机是摩托罗拉的，美国货的产品质量你不得不服。张仲平再次摔手机的时候把手臂抬高了不少，再摔下去，电板和机身分离开了，把它们合在一块儿，再开机，就再也打不开了。张仲平赶紧回到车里，紧赶慢赶地把车开回了家。

没想到他的钥匙刚插到锁孔里门就开了，替他开门的居然是张小雨。张仲平说：“小雨你怎么在家?”小雨说：“我还是先问你吧，你怎么晚上没有回家?”张仲平说：“妈妈呢?”小雨说：“妈妈还在床上。喂，你还没有回答我的问题哩。”张仲平笑了一下，捏了一下女儿的脸蛋儿，说：“这个问题只能由你妈妈来问，也只能由我来向你妈妈作汇报，你个小孩子，还不够级别。”

唐雯说：“那你说吧。”

张仲平一回头，发现唐雯已经从床上下来了，打开了卧室的门。唐雯脸色苍白，眼眶发青，头发蓬松着，两只眼睛定定地盯着张仲平。一夜之间，唐雯的眼角就布满了乱七八糟的细皱纹。

张仲平心头一紧，唐雯的样子让他心里一揪。不管怎么样，这个女人还是很在乎他的。自己在外面风流快活，却从来也没有想到过要伤害唐雯。

张仲平马上朝唐雯走过去，连声说对不起对不起，“昨天夜里差点呜呼哀哉”。张仲平并不把话说完，留一半在肚里，嘴里只叹了一口气。唐雯说：“怎么啦?”张仲平说：“你打的第一个电话不是丛林接的吗？那时我正在卫生间，从那个时候开始，就一直上吐下泻，只好跑去看急诊，一看不得了，医生怀疑是二号病，不让回家，说要留院观察，吊水刚打完，一夜没睡哩。”张仲平一边说着一边把那些病历呀什么的掏出来往唐雯手里塞。唐雯说：“怎么不来个电话?”张仲平说：“还说呢！接你最后一个电话时知道我在哪里吗？在医院厕所里，一边解裤子一边接电话，手忙脚乱的，这不，连手机都摔坏了。也不知道还能不能修好。医院里又没外线电话，跑到外面，公用电话也都收摊了，也没地方买电话卡。”唐雯说：“你不能找医生借用一下手机?”张仲平说：“你以为医生是你的亲戚呀？怀疑你是二号病，躲你还来不及呢。”

唐雯把那些病历、化验单、收费凭证什么的一大摞看了一遍，脸上马上就云开雾散了，说：“你让人家担心死了，整整一个晚上没睡觉。”张仲平说：“对不起对不起。”唐雯说：“在外面吃东西当心一点嘛，本来肠胃就不好。”张仲平说：“谢谢老婆同志的关心。”

两个人谁也没有料到事情还没完。唐雯把看过了的那些东西随手往客厅的沙发上一扔，在浴室里洗了一把脸，就到厨房里去蒸馒头了。小雨把自己的身子往沙发上一摔，斜躺在那儿没事干，抓起了张仲平的那些东西一页一页地看，突然叫了起来：“不对吧，老爸?”小雨的这一声喊叫吓了张仲平一跳，他心里有鬼，不知道小雨发现了什么破绽。连唐雯也从厨房里探出了身子，张仲平说：“怎么啦，一惊一乍的?”小雨说：“喏，你看电脑化验单上的时间，七点零六分三十秒，老爸你是刚做的化验。”

唐雯一下子从厨房冲到了客厅里，从小雨手里抓过了那一把东西。她飞快地看了一遍，瞟一眼张仲平，又低头把手里的东西再看了一遍，声音颤抖地说：“到底是怎么一回事?”

张仲平说：“什么怎么一回事？当然是刚才才做的化验，证明不是二号病才放我回家的。小雨也真是，大侦探柯南的电视剧看多了吧，疑神疑鬼的。”

小雨说：“什么啰，我也是心疼妈妈。你知道吗？妈妈一个晚上没睡觉。不过，老爸你的说法也算合理，就当我神神道道，行了吧？幸亏是一场虚惊，你瞧，老妈的脸都白了。”

唐雯说：“你这家伙，故意制造紧张气氛。”

小雨说：“我还不是为你好，怕老爸被外面的狐狸精给拐跑了。防着点，总没坏处吧?”

张仲平说：“听你都说了一些什么话，小小年纪说起话来像乡下大嫂似的，什么狐狸精不狐狸精的，这是你小孩子该管的事吗？”

小雨说：“我当然可以管，外面这种事情又不是没有，你要真的跟老妈弄个第三者出来，咱娘儿俩不就惨了吗？”

张仲平说：“你一个小孩子还真的不能瞎掺和，你妈妈可以证明，其实我的组织纪律性还是蛮强的。你现在的主要任务是学习，大人的这种事就不要跟着起哄了。”

小雨说：“老爸你教育得对，这种事情我还真管不着，我昨天晚上就向老妈建议，要是对老爸不放心，可以让外面的私家侦探事务所调查你的行踪。”

唐雯说：“你爸要是再这样吓我一次，没准我还真的会采纳你的意见。”

张仲平说：“你们两个赶紧打住吧。怎么一大早就把我弄得真像个犯罪嫌疑人似的？”

小雨说：“老爸你紧张了吧？但愿我们这是杞人忧天。”

张仲平说：“行了，不要再讨论这些问题了。哦，对了，又不是周末你怎么会回家来了？”

小雨说：“问我老妈去吧。”

张仲平就追到厨房里问唐雯是怎么一回事。唐雯说：“小雨的老毛病又犯了，痛经。”张仲平说：“是不是遗传？你不是说你做姑娘的时候也这样吗？等结了婚就好了。”唐雯说：“你的手机摔了，未必脑壳也摔了？什么结婚不结婚的，小雨才多大？”张仲平一笑说：“我的意思是这不算什么毛病，等小雨年纪大了自然就好了。”唐雯说：“我还是想带她上医院去看看。”张仲平说：“行呀，我今天上午没什么事，就陪你们吧。”唐雯说：“你当然得陪。你昨天晚上真的把我吓得不轻。”张仲平说：“对不起对不起，下次再也不敢了。”唐雯说：“还下次？你真的得当心，小心我像小雨说的，派人查你。”张仲平说：“不会吧？都老夫老妻了，这种基本的信任感都没有？”唐雯说：“我还不信任你呀？就怕你滥用这种信任。”张仲平说：“看你，还真来劲了。”唐雯说：“你也先别紧张，身正不怕影子歪。再说了，我要真查你，会告诉你吗？”张仲平说：“怎么，真要用特务手段呀？”唐雯说：“我对你真的够睁一只眼闭一只眼的，就是不知道这样做到底对不对。”张仲平说：“当然对。你没看到书刊上那些专家的说道吗？婚前睁大两只眼睛，婚后闭上一只眼睛。古人云：水至清则无鱼。什么事情都清清楚楚、明明白白，那生活还有什么意思？黄永玉睁一只眼闭一只眼的猫头鹰为什么卖得好？就是这个道理。”唐雯说：“瞧你的急切劲儿，不会真有什么问题吧？”张仲平说：“我能有什么问题？有问题你休了我。”唐雯说：“你想得美，休了你那不等于对你网开一面了吗？你求之不得吧？”

第二十二章

两口子陪小雨看了病，拿了一些药，一起把小雨送回了学校。在这之前，张仲平建议在小雨她们学校附近找一家好一点的酒楼请她们母女俩。小雨说："算了吧，我在学校吃食堂就行了，吃了饭好好补补瞌睡，昨天晚上陪妈妈太累了，老爸你请老妈吧，好好犒劳犒劳。"张仲平说："你们两个真是的，怎么没个完？好像在家里受尽了剥削和压迫，真的需要争取妇女和儿童的合法权益似的。昨天夜里我还不是一个晚上没睡好？"小雨说："你请请老妈总没什么错吧？"张仲平说："我哪里说错了？好吧，我请你老妈去海内海鲜酒楼吃鱼翅、吃燕窝，我怕她舍不得钱，你负责做她的思想政治工作。"

到了车上，唐雯说："海内海鲜酒楼就别去了，你要是有时间，陪我去看一下王玉珏吧。"张仲平说："王玉珏怎么啦？"唐雯说："这几天她天天跟我煲电话粥，把我当垃圾焚化炉。"张仲平说："你不是就要考试了吗？哪里有这个闲工夫？"唐雯说："是呀，可是，人家来了电话跟你说那么隐私的事，总是想从你这里寻求点安慰，你总不好不冷不热地撂电话吧。"张仲平说："王玉珏到底怎么回事？"唐雯说："还不是为情所困，正闹婚外恋哩。"

王玉珏是唐雯大学时的同班同学，也在河西另外一所大专院校里教书。张仲平跟唐雯认识不久，也就认识了王玉珏，王玉珏上个周末还带着老公和女儿一起来玩过。王玉珏属于那种很会保养的女人，跟十几年前比几乎没有什么变化，仍然一副金边眼镜戴着，文文静静的样子。她和唐雯上大学时并不住在一个寝室，但因为来自于同一个地区，上学放假结伴来结伴去，家庭条件又都差不多，所以走得比较近。唐雯认为王玉珏是个可怜的女人，因为她目前正与她高中一个姓蒋的同学陷入一场婚外恋而不能自拔。唐雯说："他们两个高中时就有那么一点意思，后来不知道为什么没谈成，前年同学聚会，一见面双方不管不顾地坠入了情网。玉珏找我找得勤，老问我这婚离还是不离。"张仲平说："你怎么说?"唐雯说："我能怎么说？宁拆十座庙不拆一桩婚。难道我还会鼓励她离婚？再说了，玉珏的老公你也见过，那个周教授文质彬彬的，整天笑容可掬，一脸憨厚，哪里比那个姓蒋的差了?"张仲平说："中年男女的这种婚外情，有一种形象的说法，叫老屋子着火，那是没有救的。你不会也跟我来这么一场火灾吧?"唐雯说："你是恶人先告状倒打一耙吧?"张仲平说："哪里哪里？我哪里恶了？我怎么倒打一耙了?"唐雯说："你有点反应过激。"张仲平说："我只是太在乎你。"唐雯说："那你是担心我也来这么一次啰?"张仲平说："那当然，哪个男人不怕绿帽子？你想我死吧?"唐雯说："呸呸呸。傻瓜，你就放心吧，我这人最传统了，典型的贤妻良母。再说了，你叫我找谁婚外恋去？你又不是不知道，我谈恋爱的对象第一个是你，最后一个也是你。不知道你前世积了什么德，修来这样好的福分。"

张仲平说："你的好我都记在心里哩，这辈子还不完，还有下辈子哩，我下辈子还娶你好不好?"唐雯说："这话平时听着也还顺耳，今天听起来怎么这么别扭?"张仲平说："不会吧？是不是因为昨天晚上没有休息好?"唐雯说："我怕你身在福中不知福。哦，真的，你不提我还忘了，当年你跟中文系的那个姓夏的谈恋爱闹得轰轰烈烈的，最近没什么状况吧?"张仲平说："谁呀？我跟她能有什么状况？要有状况那也是国际纠纷，人家不早就是美国公民了吗？隔了一个太平洋呢，你怕什么?"唐雯说："谁说我怕了？说穿了，她也就一美籍华人，活得还不一定有我们现在好，我听说当初你们吹是因为她嫌贫爱富?"张仲平说："是呀，人家向往西方资产阶级腐朽堕落的生活。"唐雯说："她以前向往的那种生活，咱们不也过上了吗？再说了，她可是你的初恋情人，不说整天魂牵梦萦，偶尔想想总会有吧？你可别不承认。"张仲平说："岂止是偶尔想一想，经常想哩，因为我只要一想起过去，再看看现在，就知道幸福生活来之不易。"唐雯说："你这么油嘴滑舌，真不知道你嘴里哪句话是真的。"张仲平说："那还用说吗？当然句句都是真的。"

在他们两口子之间，像这种讨论婚恋家庭的对话其实是很少有的。这跟张仲平有意回避的态度有关。在他与唐雯共同生活的十几年里，他对于她，已经有了太多的隐瞒、谎言和欺骗，岂止一个夏雨。毕竟，那早已被漫长的时光和遥远的距离磨平了尖锐的棱角的初恋的回忆，已经构成不了对他们家庭的威胁，但曾真呢？却是一颗随时都有可能被引爆的炸弹。要在家庭之外继续保持跟曾真的关系，不说谎，不欺骗唐雯行吗？好在张仲平所有的花招和伎俩都已经被运用得驾轻就熟。他和唐雯的关系之所以是平稳的、和谐的，其中张仲平的谎话假话起了至关重要的黏合剂作用。谁说鱼和熊掌不可兼得？就看你拥有的层次和程度，你如果要在同一时间同一地点拥有鱼和熊掌，那当然不可能，但是，现在社会多复杂多丰富多彩呀，你今天拥有鱼，明天拥有熊掌不就行了吗？这叫交叉换位打时间差，所以，张仲平是从来就不拿唐雯跟他生活中已经出现或可能出现的女人做比较的。不错，有比较才会有鉴别，但是，如果你根本就没有想到过要做什么取舍，那比较又有什么意义呢？什么叫内外有别？内外有别就是家里的就是家里的，外面的就是外面的，千万不能把界线搞混了。张仲平认为，这就是他在外面风流快活的底线，也是他对唐雯、对家庭负责任的表现。他从来就没有关心过唐雯对他的感受，不是他天生冷漠，他是害怕涉及这个问题。因为对于这个问题的讨论，势必要打破那种建立在虚假的话语环境之上的平稳与和谐。每个人都害怕被别人欺骗，张仲平当然也害怕别人欺骗自己，但除此之外，他还有另外的心理负担，他害怕或者不愿意清清楚楚地意识到自己时时刻刻在欺骗唐雯。

和王玉珏两口子一起吃了中饭之后，唐雯又有了新的感受，说："要不是王玉珏给我打了那么多电话，我还真看不出王玉珏暗中准备跟她老公分手，你看她对周教授多好，含情脉脉，深情款款，当着我们的面还一个劲儿地往他碗里夹菜。"张仲平说："这有什么奇怪的？在外面做了亏心事，心里多少有点内疚，忍不住就要做出一些补偿。"唐雯说："你倒是一下子就理解了，是不是也这样做过？"张仲平说："你看你这个人，还真不能对你好。"唐雯说："说漏嘴了吧？要是在外面没鬼，对我好一点是应该的。"张仲平说："我们在谈女人，你倒一个劲儿地往我身上扯。"唐雯说："女人怎么啦？"张仲平说："女人有表演天赋的也只是极少数，但当女人说谎的时候，却个个都是天生的表演艺术家。"唐雯说："你见识多，是不是深有体会？这样的艺术家你碰到过多少？"张仲平说：

“你看你，今天有点不对劲儿。”

回家的时候，张仲平有意没有在那间摩托罗拉专营店门口停，把车一直开回了家。他想到了曾真，担心她给他打电话或者发信息。唐雯正处在杯弓蛇影的状态，要是万一再从维修的手机里发现一点什么线索就麻烦了。其实昨天夜里的事能够化险为夷，也还得归功于唐雯，她要是对他的说法心存疑虑，亲自到省人民医院跑一趟，他的谎言就会不攻自破。要揭穿男人的谎言，实在是太简单了，只要用一点心思就足够了。说穿了，纸是包不住火的。张仲平有很多怪论，其中纸能够包住火就曾经是他的怪论之一，比如说灯笼。但严格地说来，点燃的蜡烛虽然带了火，却不过是火的一种极特殊状态，它被外面的纸包住了还能起到照明作用，仅仅因为蜡烛摆正了自己的位置，它与灯笼纸之间有了绝对安全的距离与空间。

想到玩火，张仲平不得不想起与曾真的关系。两个人是不是玩得太过火了，以至于在不知不觉中越过了警戒线，从而失去了绝对安全的距离与空间？玩火者必自焚。曾真真的一点都不害怕，一点也不顾忌吗？不怕自焚也不怕把他或者她和他一起烧了？

在男女关系问题上，张仲平本来是有一套理论的。因为老婆红杏出墙而离婚的丛林，对此曾经十分反感。按照张仲平的说法，丈夫的适度花心对维护家庭的稳定是有积极意义的。在外面做了亏心事的丈夫回到家里一般都会对老婆言听计从，决不会动不动就跟老婆斤斤计较，反而会因为自己做贼心虚而竭力讨好老婆。关键的问题是适度，是分寸感。丛林说：“什么是适度，什么叫分寸感？怎么量化？由谁来掌握？别忘了做这种游戏的是两个活生生的有感情的人，而感情是最难把握的。你把握得了别人的感情吗？一时一事可以，一生一世呢？恐怕就不行了。按照这个标准，你不仅把握不了别人，你甚至把握不了自己。”张仲平承认丛林说得对，说：“如果真的遭遇到了自己也把握不了的感情，那就只能听天由命了。凡是存在的都是合理的，有什么办法？”其实，丛林也就自己说说而已。毕竟，对自己感官的放纵就像吸食鸦片一样，有一种让人上瘾的致幻效果。张仲平就知道丛林在离婚不久的一段时间里，同时与两三个女孩子保持了拉拉扯扯的暧昧关系。开始还羞答答的玫瑰静悄悄地开，后来就不以为耻反以为荣了，脸皮越来越厚。像那些城市演艺厅里的表演明星一样，这里那里地赶场子。丛林有次喝了一点小酒，约了张仲平开车到香水河边上去看慢慢退却的洪水。丛林跳起来，对着满天星斗的夜空，突然叫了一句："这个社会，可真他妈的好呀，不知道多么自由、多么幸福。"

在跟曾真认识以后，张仲平倒不知不觉地有点改邪归正了。曾真有时候跟他开玩笑，说："教授应该给我发奖金，因为你蛮乖的嘛。"面对张仲平可能有的越轨行为，唐雯的观点恰恰相反。唐雯说："仲平你要是憋不住了，或者觉得跟别的男人比吃了亏，你可以偶尔找找小姐。但是必须戴套子，免得染上病，你可绝对不能找小蜜、找情人，因为如果那样你投入的将是或多或少的感情，成本太高了。我们学院新分来了一个女研究生，时尚得很，说她们这么大年纪的女孩子经常感叹好男人难找：有才华的男人长得丑，长得帅的男人挣钱少，挣钱多的男人不顾家，顾家的男人没出息，有出息的不浪漫，会浪漫的靠不住，靠得住的人窝囊。要是碰上一个合适的，管你是不是围城中人，会黏住你不放。"张仲平笑笑说："我不用你敲警钟，警惕性高得很。现在外面怎么咒人的你知道吗？就是咒你找个情人，让你有解决不完的麻烦，让你人财两空。"张仲平嘴里这么说，心里却清醒得很，从来不相信唐雯让他找小姐的提议是心里话，哪个老婆真的允许自己的老公做那么龌龊的事？开玩笑。

曾真是个怎样的女人？你为什么提起她就有一种亲情般的感情？就因为她像你的初恋情人夏雨吗？当初就是真的跟夏雨结婚了又怎么样？对她一直耿耿于怀是不是仅仅因为她与你的状态—— 一个未圆的梦的状态？一个她先弃你而去的事实？是不是就像失去了才知道它的珍贵的道理一样，没有得到的也总是让人念念不忘？如果当她真的成了你的老婆之后，每天的油盐酱醋是不是也会把浪漫的爱情之花淹死？是淹死还是腌死？谁能抵抗日常生活的那种单调、乏味？不是说重复刺激引起厌倦吗？谁能保证当夏雨真的成了你的老婆之后，你们就会像美丽动人的童话的结尾一样，从此过上幸福的生活？

商品社会为我们制作了多少足以以假乱真的替代品，连所谓的爱情也能这样吗？曾真和夏雨，她们有多少相似之处，又有多少不同之处？你真的了解过去的夏雨吗？你真的了解现在的曾真吗？曾真还真是个问题，你拿她怎么办呢？或者说你和她将怎么办呢？

昨天夜里真是一场突如其来的暴风雨。张仲平当然不会把它简单地看成一阵空穴来风。曾真当时的身体状况，她与小曹身份地位处境的比较，都可以让她借机生事。平时她的隐忍不是解决问题，而是用一根手指头按下水中的皮球，让它不要浮出水面，可是，你能永远按住水中的皮球吗？你越用力，它难道不是越有可能蹦得更高？你和曾真只要在一起就总有一个未来的问题。一个怎样的未来？应该怎样去面对？你暂时从曾真那里走掉了，你按照她的要求或者说在她的威逼之下留了下来，几个小时以后你走了，你走的时候没有理睬她，因为那会儿你对她是有怨气的。怨气是一种多么真实的感情。如果你仅仅把她当成一个游戏的伙伴，你用得着对她烦、对她怨吗？你只要像过去无数次所做的那样，甚至像对江小璐所做的那样就可以了。轻轻地，我走了，正如我轻轻地来，挥一挥衣袖，不带走一片云彩。多么飘逸潇洒，只有快感、只有快乐，没有忧愁、没有烦恼，也没有怨。

曾真怎么会那么看重昨天晚上的几个小时？她怎么说的？她说她愿意用那五六个小时换唐雯跟他在一起的二十年、四十年、六十年，甚至她自己的一条命？这像二十一世纪新时代的女性说的话吗？她真的爱你爱得死去活来，连自己的小命都可以不要了？你有何德何能能够让她对你这样？或者，你可以把它看成是一种威胁。问题是她为什么不惜采取极端的方式对你进行威胁？江小璐这样威胁过你吗？没有。江小璐以前的那些女人这样威胁过你吗？也没有。曾真为什么偏偏要这样？像丛林说的，仅仅因为她可能是一根筋的主？是她精神或人格方面的缺陷使然？最后你屈服了，你留了下来。你输了，她赢了。换一种话说，在满足了她的要求留下来之后的现在，你如果执意做一个了断，她应该是不能再理直气壮地缠你了，她说她会完璧归赵。可是，你真的会从她身边离开吗？

不是你先追求她，先泡她的。也不是你把她从一个处女变成一个女人的，你没有一次又一次地从她那儿获得过飘然若仙的极度快感。她也没有为你怀过孩子，流掉过孩子。你没有始乱终弃。心安理得地把所有这一切都当作从来没有发生过，就利用她对你发了一次脾气的借口，从此一走了之？

曾真也许真的会不吵不闹，就因为昨天夜里违背你的意志把你留在了她身边，听任你的离去。昨天夜里她是带着早几天做过人流手术之后伤口尚未恢复的身体，一遍一遍地与你做爱的。因为你要，所以她给了你。你走了，再过两三天，她将一个人孤零零地跑到医院里再去清一次宫。因为她的自尊，她将于哪天去医院、去哪家医院，都不会告诉你，然后，带着跟你曾经共同生活留在身心上的创伤，去面对另外一个男人，而你，在睡了一个晚上之后，把跟她发生的一切全部抛到了脑后，你的眼光又开始在茫茫人海中追逐另外一个愿意跟你发生婚外恋的女人。这个女人招之即来，挥之即去，因为你跟她将只有性没有爱。你就打算这样做吗？

如果不这样做又会怎么样呢？

你已经渡过了一次难关，多么侥幸。一切尽在掌握之中，你还是你，曾真还是曾真，唐雯还是唐雯，生活继续。在河西的家里，你仍然是一个忠实的丈夫，慈爱的父亲。在河东曾真这儿，你仍然是满嘴甜言蜜语、温柔体贴的情人，多好，可是，靠侥幸靠运气，可以渡过一次难关，还可以渡过二次、三次乃至所有的难关吗？

可能吗？

你倒是希望，你倒是希望。曾真呢？她也希望这样，她也愿意这样吗？只问耕耘不问收获，只要过程不要结果，耗着一去不复返的青春就这样陪着你玩下去？

张仲平直到下午三点半钟才去公司，到了公司才知道胡海洋来了。胡海洋通过小叶给张仲平留话，要张仲平一回公司就跟他联系，说他会一直在鹏程酒店等他。

电话通了，胡海洋却跑到青山寺去了。张仲平要他在那儿继续烧香拜佛，他马上开了车来接他。

两人在青山寺的大雄宝殿见了面。胡海洋告诉张仲平，说去了一趟韩国，在回擎天柱之前见见老朋友。他朝张仲平瞅了瞅，说："是不是后院着火了？"张仲平一愣，说："怎么啦？"胡海洋说："猜对了吧？这没有什么复杂的，我说出以下几条理由来，你看有没有道理？第一，你没有出差，因为你要是出差了，不可能不跟公司交代；第二，你没有因私事待在家里，因为要这样你也没有必要关手机，而且也会跟公司交代；第三，做生意的人讲究信息沟通，我上午给你打手机，手机不通，中午打，还没有通，现在差不多四点钟了才见上你的面，说明你那里出了麻烦。我跟你在生意上打过交道，知道你算是那种讲游戏规则的人，所以这个麻烦只能是私人方面的。刚才我看了一下你的脸色，发现老弟你印堂发青，应该是房事过度的表现，因此猜测是男女之事。人到中年，忙里忙外地超负荷运转，可要小心身体透支，出现亚健康状态哟。怎么样，我这水平比这青山寺周围摆地摊的如何？”张仲平笑了一下，没有说什么。

进了宾馆的房间以后，胡海洋将两个一模一样的韩国手提袋拿出来放在床上，里面还各有一套指甲钳。胡海洋说：“送给你夫人的。”手提袋很漂亮，上面画着穿和服的仕女，有点像日本的浮世绘。张仲平说：“怎么是两套？”胡海洋笑了，说：“要是只送一套，岂不是让你为难了吗？而且，我特意挑了两套一模一样的，这样，要是你哪次不小心说漏了嘴，也好圆场，是不是？”张仲平一边笑纳，一边说谢谢谢谢。

胡海洋特意在这里停两天是为了香水河法人股拍卖的事，从张仲平第一次向他透露消息到现在，已经过去好几个月了，却没有了动静，他心里惦记着，顺便来看看。

张仲平说：“情况没有变化，一切都在按部就班地进行。这个事情省里很重视，也很复杂，有许多关系需要协调。”胡海洋点点头：“想得到。”张仲平说：“胡总放心，只要条件成熟，我马上就会通知你。”胡海洋说：“擎天柱鬼谷湾生态家园项目已经走上正轨。关于香水河法人股拍卖的事，我也向张总表过态，我们做的决心很大，就是怕出现你我控制不了的情况。”张仲平说：“胡总是不是从别的渠道听到了什么不好的消息？”胡海洋说：“那倒没有。张总你放心，你不是跟我交代过吗？既然想插手的人不少，我也就不会到外面去打听，免得给你添乱。”

张仲平不知道胡海洋说的是不是真话。参加擎天柱牌保健酒注册商标拍卖之前，两个人并不认识，不是那种可以商量着办事的关系，张仲平就得时刻留一个心眼，避免去犯徐艺的那种错误。不过，从胡海洋的两份礼物看，他也算是个有心人，有将他俩的关系向私交方面发展的意思。胡海洋的这种想法应该早在张仲平跟曾真去擎天柱时就有了。他那次提醒张仲平让曾真开车，就已经开始往他与张仲平关系中投入感情的因素。有了香水河法人股拍卖的事情之后，张仲平在找胡海洋之前也是有点两难的。首先，根据健哥的意思，他必须事先落实一个有意向的买家，这个买家必须拥有毋庸置疑的支付能力，以便最大可能地缩短拍卖时间。他选择胡海洋是基于对他过去所从事的证券生意的了解，知道他也算是个战略投资者，而且最主要的是他的公司远离省会城市，两个人的接触不会惊动其他关心香水河法人股拍卖的人；其次，他找了胡海洋之后，话一说，就等于泼出去的水，是不可能收回来的。胡海洋能否跟他一起保守这个秘密，或者说胡海洋还会不会去另找别的门路和关系，张仲平的控制能力就很小了。根据一般的情况判断，胡海洋还是会跟他单线联系的，因为避免节外生枝也符合他的利益，除非胡海洋认为张仲平靠不住，或者认为光靠他的力量控制不了局面。

做生意也像谈恋爱，积极主动的一方表面上看起来好像在掌握事态的方向与进程，其实不然，因为这是两个人的事，被追求的一方，反而可以按兵不动，见机行事，以守为攻，变被动为主动。张仲平从事拍卖活动时间长了，知道围着自己转的买家十有八九是真买家，他跟你发展私人关系只是为了在拍卖的过程中得到你的帮助，从而取得别的竞买人所没有的优势。同样是竞买人，如果有可能的话，你帮谁？当然是帮跟你走得近的人。问题是现在还没有到这一步，张仲平还得担心在争取拍卖委托的环节上出问题，所以，张仲平既要让胡海洋感觉到领了他的情，愿意帮他，还得对他有所控制，起码不能让胡海洋知道自己的底。如果胡海洋知道张仲平这里也还八字没一撇，会不会同时想别的办法就很难说了。俗话说不能在一棵树上吊死，一个成熟的商人应该留有后手，应该起码有另外一套备用方案，这是张仲平不能不考虑的。

张仲平想知道胡海洋的想法，也就笑了笑，说："听胡总的口气，好像对这件事有点担心。如果胡总听到了什么风声，不妨直接说出来。"

胡海洋摆摆手说："张总别误会。在香水河法人股的拍卖上，我们完全是同一战壕里的战友。从某种程度上来说，我还要仰仗张总，所以，刚才我说的完全是真话，如果说我有什么担心也完全是私人性质的。"

张仲平说："私人性质的担心？如果影响到生意，就不能不引起重视。胡总请别见外，如果方便的话，也不妨说出来，也让我看看是不是有道理。事情办成了，对你我都有利，事情办不成，对我们都不利。"

胡海洋说："问题是我的这种担心还真不好怎么说。得了，张总也不是外人，我就直说了吧，我很迷信《周易》，在做重大的投资决策之前，总要打打卦。也不是说把投资决策权完完全全地交给打的卦，但对其中的启示也很看重，我去韩国之前就为这事打了一个卦，井卦。"

张仲平说："什么周易，什么井卦？"

胡海洋说："说来话长。要不，咱们先把这事搁到一边，我先帮你测个字如何？"

张仲平说：“怎么，你还真的是胡半仙呀?”

胡海洋说：“当作一个玩笑就是了。但是，如果你认为我说得还像那么一回事，咱们就当着真有那么回事似的再回过头来谈谈周易和那个井卦，怎么样?”

张仲平说：“你要我写什么字？测什么事?”

胡海洋说：“写什么字随你，测什么事，你也只管心里想着就是了，不用告诉我，由我来说，看像不像那么一回事，怎么样?”

张仲平说：“行呀，见识见识胡总的道行。”他顺势打开酒店桌子上的文件夹，凝神想了五六秒钟，用铅笔写了一个大大的鱼字。

胡海洋说：“测字这种事情不能不认真，为什么呢？因为求解的人写一个什么字，看起来很随意，其实不然。中国的汉字有几千个，他为什么选这一个不选另外一个？肯定在他的日常生活中，经常用这个字，或者出现那种意向，跟人做梦差不多，简言之，就是冥冥之中自有安排，而神秘的力量是最值得尊重的；也不能太认真，为什么呢？这就跟测字先生的水平有关了。每个字都暗藏玄机，问题是这种与求解者发生隐秘玄机的信息能否被清楚地破译和诠释，也就是说，神仙是不会错的，就看给神仙传口信的人能不能领会他的精神。”

胡海洋把那张纸拿过去。张仲平看到他眉头一动一动的，头却一动不动，又用手指头按住那张纸让它在桌子上转了几个方向，横着竖着左看右看了一遍。胡海洋抬起头来，与注视他的张仲平做了一个对视，说：“算命先生开口第一句话最重要，得先把人给镇住，第一句话要没这样的效果，人家心里就拒绝你了，哪还有心思听你胡扯?”边说边低头刷刷刷在张仲平的鱼字旁边写了两行字，写毕，笑吟吟地递给张仲平。张仲平接过来一看，只见胡海洋写的那两行字是：“头似刀非刀，尾非水是水，口中十为田，江湖螳捕蝉。”

张仲平一连看了两遍，笑笑，说：“什么意思?”

胡海洋说：“先说你目前的处境吧。我起先在青山寺说的话，在这个字上也得到了印证。老兄后院真的差点起火呀，悬。”

张仲平抬头望望胡海洋一眼，笑了，说：“请胡总仔细道来。”

胡海洋说：“头顶一把刀，还不悬吗?”

张仲平说：“从鱼字的字形来看，确实是头顶一把刀。可是，怎么会扯到后院差点着火上去了呢?”

胡海洋说：“测字之前我为什么不问你所求何事？这太简单了。男人最关心的事有几件？无非两件。哪两件？一为谋财，一为猎色。说得好听点，一是事业，一是婚姻家庭。说得俗一点，是上面有得吃，下面有得做。至于为什么猜是后院差点着火，不过是我对了解掌握的信息进行综合分析的结果。上次去擎天柱，那小姑娘我见过，一看对你那黏糊劲儿，就知道不是弟媳，要是老婆都会那么发嗲，哪还用得着养小蜜？对不起，我这样说张总不生气吧？”张仲平说：“她对我是挺黏糊的，连我开车的时候都不放过。”胡海洋说：“看出来了，所以那次我才打电话建议让她开车。”张仲平笑了，原来是这么回事。可是，这跟后院是不是差点起火又有什么必然联系呢？胡海洋说：“很多信息不是字面上透露的，我到这里都大半天了，跟你联系不上，一直就在想，这张总到底怎么回事？见面一看见你的脸色，就猜了个八九不离十。”张仲平说：“你为什么不干脆猜后院已经起火了？”胡海洋说：“后院要真起火了，你这时还出得来，还能跟我这样谈笑风生？”张仲平说：“那倒是。”胡海洋说：“其实很多信息都是求测的人提供的。算命的、测字的人嘴里说个不停，一边说一边看你的反应，没反应的话题，‘Pass’过去，有反应的，就抓住不放。”张仲平说：“有道理。”

胡海洋说：“再说你这字形吧，一般的人写鱼字，下面就是一横，而你写的是四点水。这可是一个可以充分利用的信息。鱼儿得水为活，活者解也。还可以理解为变通。而且水能灭火，因此说，你这两天经历的事是有惊无险，靠张总你的聪明才智化险为夷了。”

张仲平说：“承蒙夸奖。那你再就这个字说说我的事业、财运怎么样？”

胡海洋笑笑说：“这会儿你的事业财运和我的运道联系在一起了，所以我建议我们一起来完成这个游戏。”张仲平说：“你我一起说？”胡海洋说：“看看我们合作得怎么样嘛。”张仲平说：“行呀。”

胡海洋说：“张总的财运很好呀。”张仲平说：“怎么说？”胡海洋说：“公司开业，来祝福的人最喜欢说一句什么话？”张仲平说：“祝财源滚滚、日进斗金。”胡海洋说：“不错。财源是水性。你这字里面有水没有？有。水大了。能不好吗？”

张仲平说：“就这么简单？”胡海洋说：“要这么简单还敢跑江湖呀。你再看这田字，有什么讲究？”张仲平说：“看不出来。”胡海洋说：“看看这田字能拆成几个什么字？”张仲平说：“口字，五个口字。”胡海洋说：“都在什么方位？”张仲平说：“东西南北中。”胡海洋说：“发挥发挥，看有什么说法？”张仲平说：

“男儿嘴大吃四方？加上下面的水，可不是左右逢源，上下贯通？”胡海洋说：“不错不错，还有呢？”张仲平说：“还有就是这刀字了。刀者，兵刃也。可是，田上有刀，这不是凶相吗？”胡海洋说：“你这也是一解。还有另外一解。不错，刀者兵刃也。可是，兵刃本身哪有吉凶之意？如果兵刃本身就能带来凶险，那一个国家还搞什么军备？一个士兵还搞什么武器装备？刀者，器也，要看是利刀，用刀还是受刀、挨刀。利刀、用刀，是你主动，器为你用，必所向披靡。器为人用，人为刀俎，你为鱼肉，逃得了任人宰割的命吗？张总你说是不是这个道理？”张仲平说：“妙论。”

胡海洋说：“你的第一解太凶险，后面的一解，又太主观随意，有迎逢人之意，两者综合一下就出彩了。其实，任何事物都有有利的一面也有不利的一面，很多事物都是一把双刃剑。”张仲平说：“很抽象空洞的道理，但是，却是硬道理。”胡海洋一笑，说：“要具体也可以，比如说，你可以把这刀当成政权机关、司法机关的象征。有了这个象征，就跟你的行业特点挂起钩来了。你们不是靠法院吃饭的吗？你的事业为什么会兴旺发达，就很好解释了。”张仲平说：“靠法院吃饭的说法难听了一点吧？不过，咱们公司这几年在法院的业务确实还可以。顺着你的解释，主营业务应该算房地产，何也？田者，土地也，田舍者，房产也。”胡海洋说：“张总悟性好，已经入门了。但是，江湖险恶呀。为什么说人在江湖身不由己？因为不到最后被吃掉的时候，谁也不知道自己究竟是处于食物链的哪一节——生意场上是这样，官场上是这样，情场上也是这样哟。”张仲平说：“是呀，我们想达到某一目的，可是，无论你怎么努力，都会有一些偏差，有时甚至会走到目标的反面。”胡海洋说：“对。就说男女关系吧，女人天生是男人最好的培训学校，很多男人其实是从女人那里学会生活、增长社会阅历的。如果这个女人成了他的妻子情况就会复杂起来。妻子把老公培养和打造成了所谓的成功人士、精品男人，他却会在外面主动或被动地招来许多的花蝴蝶或者苍蝇。”

张仲平刚要开口回应胡海洋，这时他的手机响了，是唐雯。唐雯说：“你回家吃饭吗？”张仲平说：“你不要准备了，一起到外面去吃吧。”唐雯说：“干吗到外面去吃饭？向我赔罪呀？”张仲平说：“赔什么罪？我哪里得罪你了？擎天柱的胡总来了，还给你带来了礼物。”等张仲平挂了机，胡海洋说：“弟媳我没见过，不敢妄加评论。不过，你们能够把一场婚姻维持十几二十年，你又是在市场上混的，已经不容易了。”张仲平说：“是呀，大家都不容易。算了，不说这个了。到吃饭的时候了，我请你到河西香水河边的船舫上去吃鱼吧，水煮活鱼。”胡海洋说：“水煮活鱼?”张仲平说：“你我，渔者，食鱼者也。”胡海洋望着张仲平笑了笑，说：“是呀，如果要在鱼和渔中间做选择，当然还是选择渔或者食鱼者比较爽。”

张仲平说：“说到见我老婆，海洋兄呀，我得先向你赔罪，我打了你的牌子做了两件事。第一件，早些天我对老婆说去了一趟擎天柱，是拜访你去的。第二件，说是你来了，陪了你一个周末。”胡海洋说：“男人嘛，这种事情总是免不了的。我有一个朋友，看《西游记》最大的感受，就是希望能有孙悟空那样的本事，拔根毫毛就能变出一个自己来。我跟他说，要真那样，你也就不俏了。”张仲平笑了笑，说：“男人，难人啦。”胡海洋说：“可以理解可以理解。不过，可不可以这样，咱们也不主动说，你夫人要是盘问起来，由你一个人说，我也就哼哼唧唧地装傻，行不行?”张仲平说：“这样就行了，说多了反而不好。”胡海洋说：“还是要注意一点，男人最好不要离婚，因为离婚一次等于破产一次，经不起折腾啦。”

第二十三章

张仲平担心的情况并没有发生，三个人在船舫上吃水煮活鱼的时候，平平静静的，唐雯根本就没有提起那方面的话题。

用来做餐馆的船其实是那种水泥趸船，停泊在离岸边十几二十米的江里，往来的客人要通过小划子摆渡才能上下。这对于经常出入装修豪华的宾馆餐厅的城市吃客来说，反而有了一点野渡无人舟自横的野趣。香水河边船舫餐厅最大的弊病是给排水，经常有市民在各种媒体上提出尖锐的批评。因此这种餐厅也就跟政府的有关部门打起了游击战，总是开开停停的。

股市一味下跌，唐雯已经亏了不少钱。听说胡海洋是做证券的，忍不住就向他讨教。唐雯表现正常，让张仲平觉得昨天晚上的事基本上已经过去了。唐雯对胡海洋说："你们坐庄的时候很潇洒吧，感觉是不是有点像财神爷一样？"胡海洋说："希望财神爷保佑我们是真的，潇洒就谈不上了。所谓潇洒是外人想象出来的。正好相反，像我们这种层次的机构，一招不慎，就有可能死得很难看。那种感觉，真的就像是在针尖上跳舞。"张仲平说："证券市场越来越规范，这使得坐庄越来越难，因为你不是搞慈善事业，要想赢利，就得打法律的擦边球。"胡海洋说："张总说得对，不过，法律法规也是一把双刃剑，所谓一管就死，一放就乱。反正中国的事儿就一个理，不能不出格，如果不超常规，你根本就没有机会赚钱。又不能太出格，否则，木秀于林风必摧之，就有可能成为众矢之的，枪打出头鸟。"张仲平说："股海真的是战场，表现得比其他的市场更惨烈，因为在这个战场上基本上是敌我不分的，大家都变成了经济动物，只以逐利为目的，而且还往往免不了打乱仗。”

胡海洋说：“二级市场炒股票本来就是赚差价，低进高出，但一个公开的市场摆在那儿，哪里有那么多的差价让你赚？这就得造市。其他的不谈，就谈谈具体操作的环节吧。中国股市初期那几年做一只股票，三五千万就够了，现在整个盘子大了，一般的中小盘股，都要四五个亿到十来亿，一家肯定不行，得找盟友，可是，盟友那么好找吗？商场有一句话，说只有永恒的利益，没有永恒的盟友。做生意太难了。为什么？一是因为每个人都太聪明了，一是因为谁讲诚信谁吃亏。这在股市中表现得尤其明显。比如说，什么时候入市，大家的意见还好统一，什么时候出来，就比较难办了。靠什么？靠诚信？如果真的都讲诚信，大家按既定方针办，还好，起码可以赚散户和别的团队的钱。可是，只要一家存在着不讲诚信的可能性，最终的结果就是争着不讲诚信。有一种扑克牌游戏，叫跑得快。机构大户的老板人人爱打。你不跑得快怎么办？给别人抬轿子呀？你给人抬轿子，别人当然求之不得，他会毫不犹豫地踩着你的尸体前进，完了还要跟你说两个字，别以为这两个字是谢谢，不是，这两个字是傻瓜。瞧，股市就是这样，赚了你的钱还要在智商方面蔑视你。这是一难吧。还有一难，就是内部的操作问题，炒一只股票买进卖出的，需要几十上百个操盘手，还不能集中在一个地方，一是现在查得严，另外就是现在的散户也精了，随时能够掌握大户调兵遣将的动向。在股市低迷的时候尤其是这样，你要炒某一只股票，反而会成为别人出逃的良机。最可怕的是老鼠仓，操盘手每个人都有复杂的社会关系，得到买进的指令时，先就暗地里把个人的仓给建了，得到卖出的指令时，率先抛出的也是个人的筹码。买进卖出的通道有限，船小好掉头，船大了就不好办了。”

唐雯说：“像这种情况岂不是对公司不忠？而且，那些老鼠仓不是稳赚吗？”

胡海洋说：“这肯定是不忠，却不一定稳赚。为什么呢？因为一个操盘手只是局部的一个点，是网中的一个结，他得到的指令尽管是真实的、必须执行的，却可能是总部为了迷惑市场施放的烟幕，可能跟总部的根本意图正好相反，而且这种担任打掩护的任务的操盘手角色是不确定的，经常不停转换。你要跟盘跟风，什么时候被套住被吃掉，还真没有一个准。更何况老板明知有老鼠仓，有时候还故意放一点假消息？所以老鼠仓其实也不好做。”

张仲平说："胡总说的是民营资本的机构大户和底下老鼠仓的关系吧，如果这个机构大户是国有资产呢？情况还是不一样的吧?"

胡海洋笑笑说："那喂出来的老鼠就不是一般的老鼠了。司马迁在《史记》中就谈到过，国家粮仓里的老鼠与厕所里的老鼠可是两码事呀，哈哈哈哈。"

唐雯说："是呀，报上经常有报道，有的贪官为了捞上几十万、几百万的回扣、受贿款，不惜让国家损失几千万、几个亿。这些人也就是你说的国家粮仓里的老鼠，真是杀一百次都不够。"

胡海洋说："教授不错，知道忧国忧民。确实，股票投资已经成为中国社会最危险的行业之一。危险程度在十大危险行业中排名第六位，排在战地记者、伐木工、地质探险、煤矿工人等传统危险职业之前，列特技演员、飞机试飞员、排雷工兵等等之后。相关的调查分析还表明，股票投资（失误）带来的家庭不幸、财富流失、刑事案件要远远高于其他行业的总和。为什么这几年股市长期低迷？因为摆在中国股民面前的不利因素太多了，大股东恶意掠杀、圈钱、大扩容等，随便哪一项都能导致股市下跌。这是客观事实，同样的客观事实是，股市又是目前参与人数最多，参与者层次最为复杂的一个市场，所以，股市的开放程度相比其他市场、其他领域要高，而且正慢慢向有序的管理方面过渡；股市尽管存在着许多不确定的因素，但参与者的自由度却也是最高的，因为你可以决定什么时候进去或者出来；在相同的层次上，其公开性、公平性也相对较高，所以不要担心没有人玩。股市最大的问题是游戏规则和资金。只要咱们国家保持稳定，继续搞改革开放，就一定还有让股民大赚一把的机会。从人性的特点去分析也是这样，有人说人最主要的弱点有两个，一是恐惧，一是贪婪。这既是股民或人格化的机构进入股市的动机，也是股民在股市上会有何种表现的心理原因。"张仲平说："胡总说得对，股市是一个浓缩的社会。对于有些人来说，进入股市是别无选择的。就像每个人不可能不进入这个社会一样。"

唐雯笑了笑，说："这种事情有点难以理解，对于大多数女人来说，宁愿追求一种简单的生活。"

胡海洋说："人，一旦进入股市，就没法过一种简单的生活。股市是最能暴露人的劣根性的地方，比如说刚才提到的贪婪与恐惧。"

唐雯说："贪婪是一种过分的欲望，所谓欲壑难填所谓人心不足蛇吞象，引发一系列的恶性案件，这还能理解。说到恐惧嘛，字面的意思是极度的害怕，可是，它怎么也会是人的最主要的劣根性呢？”

张仲平说：“恐惧会把人装在套子里。一个什么事情都前怕狼后怕虎的人，是一个无所作为的人。一个这也怕出错那也怕出乱子的社会是一个无所作为的社会，是一个没有活力没有发展前途的社会。还有，就是人正因为有了对未来、对不可确定的东西的恐惧，才会拼命地变态地去占有某些东西，以为那些东西可以给他带来安全感。比如说钱，这个社会谁会嫌钱多？谁不认为钱还是越多越好？关键的问题，是要搞清楚，挣什么钱和怎样挣钱。再比如女人，据说男人总是渴望妻妾成群，可是，从心理学的角度去分析，花心男人不仅感情脆弱，可能还存在着一定的人格缺陷。他们花心是因为他们缺乏掌握一种深入密切、牢固稳定的两性关系的能力，所以只好用不断更换新对象所获得的新鲜感来抚慰情感上的空虚和脆弱。这不就回到贪婪的路上去了吗？因为恐惧所以贪婪。”

胡海洋说：“精彩。”

唐雯说：“仲平，你不是一个感情脆弱的人吧？”

张仲平说：“几十年都过来了，你还不知道我感情脆弱不脆弱呀？”

唐雯说：“关键的问题是分寸感的把握，做什么事都不能太过分，对吗，仲平？”

张仲平说：“那当然。”

胡海洋说：“话是这么说，可是人的欲望是很复杂的呀，谁能真正成为自己欲望的主人？恐怕只有圣人了。”

张仲平说：“是呀，每个人都有不由自主的时候，也有无可奈何的时候。”

唐雯说：“什么不由自主？还不是拿不由自主作为自己屈从于某种欲望的借口。”

胡海洋看了唐雯一眼，又看了张仲平一眼，赶紧说：“问题是这江风渔火把酒临风是一种意境，你们看对面，华灯初上，车水马龙也是一种境界。像我，吃完了饭还不得不过河进入那种境界。”唐雯低头无语。张仲平说：“胡总的话很有哲理，精辟呀。”

水煮活鱼上来了，是河豚。张仲平亲自到船边看着餐厅的大师傅从浸在江里的渔兜里挑的，整整四斤。河豚有剧毒，据说还是国家保护动物。媒体就有过吃河豚死人的报道，但河豚肉质细腻鲜美，很多人把吃河豚作为自己生活中的一种独特经历，好像敢于冒险一品美味的人，就不是一个平凡的人。胡海洋尝了一口，说不错。唐雯接口说，好吃你就多吃一点。唐雯这句话是跟赵薇学的，赵薇打的那个食品广告目前正在不少电视台播放，顺口就用上了。唐雯对这则广告印象很深跟小雨有关。小雨对过去崇拜的小燕子这时候由于军旗的事早已深恶痛绝，每次只要看到她一露面都要接上一句，说你吃了去死吧。张仲平也随声附和，请胡海洋放开了吃，不够再上一条。张仲平说："说不定下次就轮到别人吃我们了。"胡海洋说："这种事情确实很难说，真要有这样的机会，别人也不会客气，会吃得你只剩下一根干干净净的鱼骨头，不过，这鱼吃下去以后会怎么样？心里是不是直发虚？"唐雯说："你们俩说什么呢？"两个男人相视一笑，说吃鱼吃鱼。

吃完饭把唐雯送回家以后，张仲平提出找个地方去喝茶，胡海洋说："算了吧，你我就不要讲究那些形式了。在外面谈话还没有在房间里方便。"于是就回了胡海洋入住的鹏程酒店。

话题又回到了《周易》上。胡海洋说："一般的人不知道《周易》，知道的也仅以为是一部占卜的书。连秦始皇都是这样的想法，对它很蔑视，这才使它在焚书坑儒中躲过一劫。自孔夫子起，历代儒学对它的评价都很高，把它排在四书五经之前。现代名人、学者对它的评价更高了，认为它无所不包。包括天文、历法、数学、音律、科学、哲学、艺术甚至医学、兵学、术数等等，许多中外学者对《周易》的作者西伯姬昌更是崇拜和敬仰得一塌糊涂，将之奉为神人、圣人。比如蒋介石，他的名和字都来源于周易中的'豫'卦：六二介于石，不终日贞吉。《像》曰：不终日贞吉，以中正也。又比如钱钟书的《围城》，男主人公叫方鸿渐。鸿渐二字源于'渐'卦：初六，鸿渐于干。什么意思呢？是说大雁渐渐地飞到了水边的浅滩上，很有诗情画意吧。"

张仲平笑了一笑，没有接话，他也请人算过命，却从来没有接触过《周易》。

胡海洋说："西伯姬昌也就是后来的周文王，他开始写《周易》的时候已经八十二岁了，身份是个阶下囚，他是从周族首领沦为阶下囚的，人生际遇的反差特别大。关他的人是谁？就是残暴的殷纣王。殷纣王为什么关押姬昌？原因荒唐透顶。据司马迁说，纣王时有个九侯，九侯有个很不错的女儿，不仅长相漂亮，而且还很贤惠。她被殷纣王召进宫之后不喜欢与殷纣王酒池肉林地淫乐，纣王一发怒就把她给杀了，还株连到她的老爸九侯，纣王把他也杀了。鄂侯为九侯辩护，殷纣王也把他杀了。那时候杀人多简单，像割韭菜一样。殷纣王把鄂侯杀了还不算，竟然下令让刽子手将他剁成肉酱做成肉饼让大臣们吃。西伯侯姬昌听闻此事之后仅仅长叹了一声，就被人告了密，就这样成了囚犯。

“昨天还贵为首领，侍者成群，今天却沦为阶下囚人下人，等于天上地下，一脚踏在阴间，一脚踩在阳间。可以想象，刚开始的时候，姬昌一定是惊魂未定的，九侯、鄂侯被杀的血腥味可闻可辨，自己时时刻刻都有被杀的危险。上午我们测的那个鱼字，说头上有把刀，这把刀跟姬昌头上的刀比就真的不算什么了。姬昌头上的刀会不会落下来？什么时候落下来？谁知道？不说姬昌不知道，就连殷纣王也不知道。照道理他是应该知道的，因为姬昌的命运就掌握在他手里。但这种说法其实经不起推敲，因为殷纣王本身是个喜怒无常的人，他要动什么念头，常常连他自己也不清楚。一颗心不上不下地悬着是最难忍受的状态。很多人不怕死，却怕不死不活。

“姬昌要改变这种状态，只有一种办法，就是自己占卜。姬昌以前，人们占卜用的都是伏羲八卦，需要用龟甲。坐在牢里的姬昌哪里有龟甲，只好就地取材用蓍草来代替。姬昌将八卦图用蓍草节摆在地上，不用演算，光是方位就已经让姬昌不寒而栗。纣王贵为天子，处离位，属火，西伯姬昌处地位，属水，两两相克，势大为上，姬昌斗不过纣王，看起来只有死路一条。谁想死呢？姬昌虽然已经八十二岁了，仍然不想死。不想死怎么办？只有求变一条出路，置之死地而后生。怎么变？用现在的话说就是换位。比如可以让河流改道，河北面一些属阳的地方就到了河的南面，反而属阴。后来的风水先生为什么总是建议砌屋时坐北朝南？为什么朝向已定的建筑为了改变阴阳变化而设立一些机关、玄关？无非是通过人的行动改变自然天成的原始状态。”

张仲平说：“等等，我上次去你公司，看到墙上挂了一幅八卦图，是不是跟你刚才讲的有关系？”

胡海洋笑笑，说：“算是吧。易，变也。易的含义因蜥蜴而生，蜥蜴是冷血动物，是变色龙，会随着温度的变化而不断地改变着自己身体的颜色。可是，当我们对所谓的变色龙进行道义上的谴责时，是不是更应该对它天生的应变能力赋予一种由衷的尊重呢？”

张仲平说：“难怪你办公室另外一面墙上挂着一幅蜥蜴图。当时我觉得怪怪的，想开口问，又怕唐突。行，你接着把姬昌的故事讲完。”

胡海洋说："姬昌坐了几年牢？七年，两千多个日日夜夜呀。一开始的担惊受怕慢慢地钝化了，总得找点事来打发时光。再说了，如果他整天担惊受怕，吃饭睡觉都想着悬在头上的那把看不见的刀，可能要不了多久就会抑郁而死呜呼哀哉。姬昌于是决定研究伏羲八卦，丰富伏羲八卦。郭沫若说过一段话，意思是说八卦的根柢，与古代生殖器崇拜有关，画一以像男根，分而为二以像女阴，并由此而演出男女、父母、阴阳、刚柔、天地的观念。在姬昌眼里也是这样，慢慢地，一个宇宙摆在他面前了，人的各种状态一一在他眼前呈现，原来刻板的、呆滞的东西变得生动起来鲜活起来。父子君臣，不再是上尊下卑，而是相互依存。一年四季循环往复，金木水火土相生相克。天道为阴阳，地道为刚柔，人道为仁义。三道包罗万象，互动掣肘，变化无穷。原来伏羲的八卦远远不够了，将其重叠组合，就有了六十四卦，三百八十四爻。先卦象，后卦辞，卦卦递进，相辅相成。宇宙万象，社会丝缕，一切玄机都囊括其中了。"

张仲平说："胡总这些说法太专业太深奥了。一般人也就关心姬昌的命运，怎么样？他头上的那把刀落下来没有？"

胡海洋说："没有。后来纣王放了姬昌。姬昌次子灭纣而立周朝，并封姬昌为文王。怎么样，够张艺谋拍一部电影了吧？"

张仲平说："张艺谋的电影越来越臭，他最近的那部片子非常弱智，简直就叫风光儿童片。我刚才在想，姬昌的故事到底是怎么回事呢？世界上的事情还真是很难说。我一边听你讲一边在想，纣王完全可以杀姬昌为什么没有杀他呢？他难道不懂斩草除根的道理？姬昌是不是在冥冥之中调动了神灵的力量以自救？姬昌被囚禁，无疑是一种灾难，但是如果姬昌没有这一出，是不是也就没有了《周易》呢？"

胡海洋说："张总你这几个问题提得都很好，你再仔细想一想，社会上的每一个人不都是孤独无援的？谁能够真正控制得了自己的命运？姬昌做到了吗？纣王做到了吗？纣王以骄奢淫逸、拒谏饰非、残暴无道闻名于世，可是，他并非一开始就是庸碌之辈。为帝之初，也是很有作为的，曾推动中原文化向长江流域发展。人有命运吗？人的命运是先天注定的并能预知吗？其实，鬼神的力量与其说是一种超自然的现象，还不如说是人的一种心理需求与慰藉。所以古寺大庙才会成为芸芸众生寄托梦想、寻求庇护的福地。最底层的老百姓是这样，达官显贵政要巨贾更是这样，因为即使是后面一种人，生活中不可预知的因素、不可控制的因素也是很多的。沿用我们下午的比喻，他们是真正的大鱼。而鱼越大，目标也就越大，盯着他们的眼睛也就越多，谁也不知道已经有多少渔网鱼钩现代捕鱼器在等待着他们。”

张仲平说：“胡总，我听着听着怎么觉得你好像有一种消极宿命的味儿？”

胡海洋说：“不对，不仅不对，而且正相反，对限制的认识与洞察是自由的开始，你不是也说了吗？我们每个人都不得不在社会中生活。按照拟鱼化的说法，每个人都是一条鱼，既然我们逃脱不了成为鱼的命运，我们当然希望能够成为一条大鱼。小鱼有小鱼的快乐，大鱼有大鱼的风险，但是，毕竟大鱼的生存空间和发展机遇要大得多。海纳百川，鱼游大海。在我们的比喻中，大海是没有工业污染的童话世界，是梦幻的乐园，总是令鱼心向往之，不管有多少暗道机关，鱼总是要向大海游去的，这就是我们的宿命。”

张仲平笑了笑，说：“看不出胡总还是一个诗人，要转回去十几二十年，我们可能不是像现在这样坐而论道，而是一边豪饮发酒疯，一边高声朗诵普希金惠特曼了。”

胡海洋也笑了，说：“张总你也不要嫌我老夫聊发少年狂了。人们为了说清楚一个道理，总是忍不住打比喻，但任何比喻又总是蹩脚的，很容易被人找出漏洞。所以，沟通的最高境界是不说话，所谓的此时无声胜有声。次高境界是少说话，所谓的心有灵犀一点通。”

张仲平不住地点头，说：“对对对。我还想知道，胡总是怎么迷上《易经》的？”胡海洋说：“我们公司有个皮顾问，我对《周易》感兴趣，完全是受他的影响。”张仲平说：“皮顾问是谁？是不是世外高人？”胡海洋说：“不是高人，也不是怪人，是很普通的一个人，曾经是共产党的厅级干部。”张仲平说：“我一向认为中国百分之八九十的优秀人才都在各级党政机关里面。胡总能网罗到这样一条大鱼为你所用，不简单呀。”胡海洋说：“你错了。他早就不是什么厅级干部了，是个刑满释放人员，像周文王一样，曾为阶下之囚。”张仲平说：“怎么回事？”

胡海洋说：“这个皮顾问是我给他封的，他自己还没认账哩，他其实是我的亲舅舅。我跟他的关系挺奇怪的，他在台上那会儿，我还没有下海，想换个工作，求到他头上，他死活不肯帮忙，还跟我说了一番大道理。后来我下海赚钱了，表妹上大学，我送了五万，既是真心感谢他当初没有帮我解决调动问题才促使我出来自己干，也多少有点显摆的意思。你猜他怎么着？不仅分文不收，还把我骂了一顿，说没有共产党搞改革开放，哪里来你们这些暴发户？我舅舅是个清贫的人，说出来你可能不相信，他家里也实在太寒碜了。人造革的沙发，水泥地面，20世纪八十年代的简陋家具，连我这个做侄儿的都看不过去。我舅舅可不是作秀，也并非天生的怪人，就是因为没有钱。我觉得光这一点就够受人尊敬了，试问现在的干部有几个纯粹是靠工资养家糊口的？反过来说你如果只靠那一份俸禄，你就只能安于清贫，你刚才说中国百分之八九十的精英都集中在党政干部队伍里，这话没错，却不一定是一种好现象。我认为一个国家最优秀的人才应该去直接创造财富，做企业或经商，这样，他的付出和获得才能对等，否则，老在官场上混，混得出来还好，混不出来，就会心理不平衡，要么变成庸才，要么就会想歪点子捞钱。

“这话扯远了，还是说我舅舅吧，他在仕途上倒是一帆风顺。当过中学校长、县委书记、地委书记。他事事处处都以焦裕禄为楷模，在他所有工作过的地方都树立了清正廉洁的良好形象，群众口碑甚佳，他从县里往地区调时，数千百姓含泪相送。如果不是亲眼所见，你还以为是拍电视剧。任地委书记期间更是掀起了廉政风暴，开会或接待上级来人时严格实行‘四菜一汤’，收缴机关公车、清退干部违规住房。行署专员收了别人一台冰箱，他召开民主生活会三番五次劝其退回。他没往家里拿过一分钱，相反，工资中的一部分还用在上访群众住宿和交通上。炎炎暑日，他不开空调，摇着蒲扇办公，他说企业和农村用电紧张，能省一度是一度……他的事迹在中国所有最高级别的媒体上作过报道，他被评为当年全国‘十大新闻人物’，他绝对不是台上讲廉政、台下搞腐败的人。这样一个人，最后却沦为了囚犯，而且，罪名是受贿。这样一个人会搞腐败？我真的不敢相信。心想他肯定是权力之争的牺牲品，原因可能很复杂也可能很简单，就是他搞廉政建设时得罪了人，可以说是一种政治迫害，或者说有小人加害于他。

“那时我压根没想到，那个‘小人’竟然是我。舅舅防范拉拢腐蚀的警惕性一向很高，把自己的清白看得比生命还重。那时我大学一位同学在城市信用社工作，赶上一个晋升主任的机会，候选人有三个，我那同学各种考评成绩都是排名第一，可心里总不踏实，求到我头上，希望我跟舅舅说说，打打招呼。我刚下海的时候，这个同学帮过我，所以对他的托付我也十分重视，特意去找舅舅，也没别的意思，只是希望组织部门能够秉公办理就可以了。一句话，不是要帮他走后门，而是要防止别人跑关系。我舅舅对我根本就不理不睬，还说我干预朝政。后来，我那位同学顺利上任了，心里还是对我舅舅存了一份感激。他以我舅妈的名义办了一张两万块钱的银行卡，要我送给我舅妈，我退了几次退不掉，还差点跟同学闹僵了，我没有办法，只好给舅妈送去，又不敢说真话，怕舅妈不要送不掉，也就含糊其词，说是赞助两个弟妹上学的费用。也巧了，没几天我舅舅上中央党校学习，舅妈就把银行卡交给了舅舅，舅妈也没说那卡是我送的，舅舅就以为是自己家里的钱。后来我那当了信用社主任的同学挪用公款到澳门赌博，输掉了好几百万，触犯了刑律，到里面说了那两万块钱的事，便成了舅舅受贿的证据。舅舅被免除职务，开除党籍，判刑两年，缓刑三年，他的政治生涯从此结束。

“舅舅在看守所待了七个月，那天我和舅妈开车去接他，心里真不是滋味，觉得是我害了他，没脸面对又不得不面对。我以为我会看到一个面容憔悴、目光呆板、身板佝偻的舅舅，因为听说他在里面吃了不少苦，还曾经企图撞墙自杀。我压根儿没想到，除了稍显疲倦以外，他几乎没有什么改变。也不对，应该说没有改变的是他的外形，举手投足间的那种官威已经荡然无存。他的神情显得很安详，他的目光含蓄而又深邃，给你的感觉就是很真实，像个实实在在、心平气和的智者。社会上对舅舅的议论走了两个极端，老百姓为他扼腕叹息，也有少部分人暗中弹冠相庆。

“舅舅在家里休整了不到三天，就重新上岗了——他在他曾经工作过的地委办公楼斜对面一个小门面里摆了一个烟摊。这事又惹发了好一阵议论。我对舅舅一直怀着深深的歉意，曾经提出高薪聘请他到我的公司里任高级顾问，同时划拨给他相当数量的公司股份，舅舅接受了我的道歉，毕竟是我的愚蠢导致了他以那种方式离开工作岗位，但对我的馈赠却竭力拒绝，说君子不食嗟来之食。为了理解舅舅，我曾经花了三天时间陪他在摊子上卖烟。那是两个人默默静坐的三天。直到最后一天收摊之前，舅舅才开口说话。舅舅说，每天看着过去的上级下级同僚，从那座高拱的大门里进进出出，或步行，或踩单车或坐小车，总感觉到他们无非是一条鱼一群鱼。所谓天下熙熙皆为利来，天下攘攘皆为利往。我呢？没有了政治抱负和利益纷争，反而成了一个实实在在的人。人的一辈子什么最重要？自由和健康，如此而已。舅舅说的那些鱼从来没有踱到或游到他的烟摊来买过烟。这很好理解，大家见了面说什么呀？

“又过了一段时间，他以前的同事开始在夜深人静的时候到他家里去串门，不是去叙过去的同事之谊，而是求他测字打卦。因为那会儿我舅舅测字打卦的英名已传得神乎其神，但我舅舅对于仕途中人总是有求无应，推说本日已打完三卦，有事明天请。结果人家第二天早早地来了，得到的却还是昨日那话。久而久之，大家也就明白了，我舅舅不给当官的测字打卦。这反而使他在民间的名声更加鼎沸起来。我对他本来也不是那么迷信的，认为社会上他的那些本事不过是些雕虫小技，糊弄糊弄张家大妈李家大婶还行。舅舅帮人测字打卦是要收钱的，收多收少却很随意，以此作为摆烟摊的一种补充。这样过了几年，有一件事情改变了我对他的看法。国内开放 B 股市场你知道吗？在这之前，很多机构大户手里都有一点 B 股的筹码，那时候国内不能买卖，要有香港的居民身份证，或者到香港去做。可是 B 股市场长期低迷，我先后在里面投了千把万，感到有点熬不住了，准备悉数抛掉。行前我去看他，想带他顺便到香港去看看。他不想去，却主动提出来为我打一卦，打出的卦让我心里凉了半天，更加坚定了清仓的决心。”

张仲平忍不住问：“打出来的是什么卦？”

胡海洋说：“‘否。天地不交，否。阴阳隔绝、天地闭塞、上下不通。’B 股市场还有什么救？我当时也没有说什么，闷闷不乐地离开了。我起程刚到香港，舅舅的电话追过来了。他说，你是不是准备把 B 股全部抛掉？我说是的。他说，你错了，不仅不要抛，如果有可能还要进。我说，怎么，你连自己打的卦也不相信？他说，谁说不信？当然信。我请他作出解释。他说，六十四卦无所谓好卦坏卦，它教给人的其实是一种辩证法，你要问的事是抛出 B 股的决定是对还是错，得卦否，是对你原来已作决定的否定。天地不交万物不通，讲的是 B 股市场目前的状况，面对这种状况你怎么做却是另外一回事。我对股票市场只知皮毛，但我觉得国家在改革开放的今天，绝不可能放任其低迷而不管。而且卦辞也说了，上九，倾否，先否后喜。有句成语叫否极泰来，有句俗话说黎明前的夜最黑暗，你自己考虑吧。说完就挂了电话。

“他的话我想了很久，还是拿不定主意。打电话想找他讨教，舅妈说你舅他睡了，以后再也不接我的电话。后来我征询圈子里朋友的意见，说什么的都有。但大部分人的意见是这个时候抛出是不明智的，已经被杀得伤痕累累了，再捡回来也不是全尸，不如先留着看看。对于再追加投资的主意却没有一个人赞同，说市场都这样了，还往里投钱呀？赚钱是绝对没有可能的，不亏钱也是活钱变死钱，还是等于亏，但是我内心里有股力量却跃跃欲试，觉得应该信舅舅这一回，我在A股市场斩了三分之一的仓，换成港币，全部投到了B股市场，结果怎么样？刚过了不到一个月，政府开放B股市场的政策出台，我赚了多少？六七倍，最多的一只股票翻了十九番。后来有个传闻，说这个消息上面没守住口风，泄了密，但我敢保证，我在继续往里投钱的时候，唯一得到的启示，就是我舅替我打的那一卦。这事现在看似乎稀松平常，可在当时，我却被那些同行羡慕和妒忌得牙根直痒痒。什么叫江湖一张纸？这张纸薄薄的，却隔着生死和富贵。我也就从那个时候起，将舅舅奉若神明了。后来，我提出来要送他二百万，被他谢绝了。他说，我要爱财，还用等到现在？再说，如今你的表妹早就大学毕业了，也有了不错的工作。我要那些钱干什么？我在这里摆烟摊是一种生存状态，我要是收了你那些钱，我的这种生存状态就会改变，可我不想改变。瞧，老头子有意思吧。”

张仲平说：“有意思，他的人生际遇落差那么大，做得到这一点还真不容易。噢，对了，上午你说到香水河法人股拍卖的事，说你舅舅也给你打了一卦，叫井？”

胡海洋笑了笑，说：“上钩了吧？看来我给你测字呀，讲我舅舅的故事呀，没有白费工夫。你对《周易》开始有兴趣了，对不对？是呀，我舅舅是帮我，噢，不对，准确地说是帮我们打了一卦，叫井。《周易》第四十八卦，井：改邑不改井，无丧无得，往来井井。汔至，亦未繘井，羸其瓶，凶。”

张仲平说：“胡总你兜了这么大一个圈子，原来都是为这个井卦做铺垫吧？事态是不是很严重？”

胡海洋说：“事态是不是很严重我也不知道，让我先跟你把上面的几句话翻译一下吧。卦辞的意思是说，村镇可以迁徙，水井却无法移动。井水源源不断，不会枯竭也不会漫涌而出，人来人往都是为了来这里汲水。汲水器快升到井口了，水还没有打出来，这个时候如果瓦罐子发生倾斜、损坏，事情就不会成功。”

张仲平望着胡海洋半天没有吭声，过了一会儿，他笑了，说：“你是说这件事情最终做不成？”

胡海洋说："从卦象上来看，确实是这样。"

张仲平说："是吗？"

胡海洋说："这也是我急着来找你的原因。简单一句话，我希望的是成功而不是失败。"

张仲平说："可是这井卦又怎么解释呢？你跟我讲了这许许多多的故事，不就是为了让我相信《周易》的神奇吗？难道我们要违反天命？如果最后我们还是做成了，岂不是又反证了什么《周易》呀什么占卜打卦的不可信？"

胡海洋说："知天意，易而改之。天意不变，我们可以变，我们的策略改变了，就会出现完全不同的结果。这就是《周易》的精髓。姬昌写的卦辞看似简约，却蕴藏着无尽的奥妙。不能单凭简单的第一印象就乱了阵脚。井卦卦辞也是这样，如果我们把它看成是一种结果的揭示，那我还跑来找你干吗？大家都跑回去睡觉得了。我认为它的意义在于给了我们一种警示。也就是说，不要被开始的顺利冲昏了头脑。股市里有一句话叫落袋为安。你每天根据电子屏幕上的行情算你赚了多少钱，那是不算数的。你只有真的把股票抛出去了，电子撮合成交赚的差价划到了你账上才算数。同样，井水提到了井口都还不算，绳子一晃，打水的罐子可能会被井壁撞破，但是，如果我们事先知道有可能发生这种情况，然后再采取积极的应对措施，防范这种意外，不就行了吗？"

张仲平点点头，说："有道理。"

胡海洋说："而且，我来之前，请我舅舅帮你也打了一卦。"

张仲平说："是吗？还能这样帮人打卦吗？什么卦？"

胡海洋说："第五十九卦，涣。涣卦讲的是救散治乱的道理。涣：亨。王假有庙，利涉大川。利贞。什么意思呢？亨，是顺利亨通的意思。王，可以说是君王，也可以引申为老板，到庙里去虔诚地祭祖而感动神灵，这样就可以顺利地越过艰难险阻，坚持正道取得胜利。"

张仲平说："这一卦的意思，是让我找个时间到青山寺去上上香？"

胡海洋仰头一笑，说："谁说不可以呢？我看完全可以，而且很有必要呀。"

张仲平是被胡海洋催着离开鹏程酒店的，张仲平刚把跟曾真的事一说，胡海洋就往外轰他，要他赶紧回家。

这时也就十点钟，放在平时，对于张仲平来说还算早的。张仲平坐在车里以后有点犹豫，不知道应该把车往哪边开。照道理讲，他是应该把车往河西的家里开的，唐雯说她一个晚上没有睡觉，他跟她说自己也是整夜没睡，又拉稀又打点滴的。误会解除，昨天夜里伤了神，两口子早点上床休息显得合情合理，可是，张仲平又惦记起曾真来，唐雯那边的难题一处理完，他对曾真的那一点儿怨恨一下子就烟消云散了。就像这会儿坐在车上，旁边空落落的，就忍不住想她。要是曾真坐在他旁边早就依偎过来了，她最喜欢两只手吊着他的一只胳膊，然后拿自己的小脑袋蹭他的腋窝他的半边胸脯。昨天夜里你真的只能那样做吗？事情远没有到控制不了局面的时候，干吗那样气急败坏？曾真刚做手术没几天，需要静养和休息，而你却像一头不管不顾的野兽。你凭什么这样？平心而论，曾真并不是一个刁钻古怪的女人，她任性，是因为她以为你会像兄长和父亲一样地呵护她、宠她。她以自己对你的需要和依恋，把你当成了她的君王，这有什么错呢？

她执意要你留下来确实使你面临窘境，你就真的没有了脱身的办法吗？那岂不是连胡海洋说的蜥蜴都不如？而当你想出了那个让自己留下来的理由时，为什么不能静下心来好好地对待她呢？你只烦她为你惹了麻烦，你想过人家一个小姑娘的感受没有？小曹跟曾真的年龄差不多，她跟丛林的关系最起码是一种可以走到阳光下的恋人关系，还有一个结婚的美好前程等在前面，你能给曾真什么呢？曾真只是一个二十来岁的女人，比小雨大不了几岁，她要有一些二十多岁的女人的想法难道不是天经地义的吗？她的想法因为你和她的这种关系而变得虚无缥缈从而来点情绪或者发一点小脾气，不也是很正常吗？你干吗对人家那么穷凶极恶？你难道真的一点都不爱她？一点都没有想到她内心的那些苦恰恰是你带给她的？

张仲平打开了音响。刘若英、陶晶莹、林忆莲、那英、张惠妹、阿杜、潘玮柏、周杰伦，还有一下子莫名其妙地红了起来的刀郎。潘玮柏和周杰伦的碟子是小雨缠着要张仲平买的。其他的碟子都是曾真买的，还有挡风玻璃上的那些公仔，那些各种各样的羊。你真的打算从曾真身边一走了之吗？你舍得吗？她错了吗？她有什么错？

张仲平还是把车往河西的家里开了。是的，曾真没有错，但是，你要是跑到她那儿去，就意味着你向她表明错的是你。你这一认错不要紧，曾真要是知道你最终还是让着她、宠着她的，她下次会不会得寸进尺得陇望蜀？你躲过了初一，能保证躲过十五吗？你和曾真的事万一真的被唐雯掌握了蛛丝马迹，你与曾真的关系还能可持续发展吗？事情一旦穿帮，你又将陷唐雯于何种境地？唐雯可是为了你为了你们的家，奉献了一二十年最美好的青春时光，这么多年的共同生活，难道还没有培养出一点亲情？还有你的宝贝女儿小雨。你心里一直在说你爱她，可是，父亲对女儿的爱，不就是给她安全感，使她觉得像一座大山一样可以信赖和依靠吗？你不爱曾真还好，你要是动了真情，命中注定就要伤害三个女人中的一个或者两个，甚至三个，你准备伤害谁？

张仲平当然谁也不想伤害，可事到如今该怎么办呢？不知道。那就冷处理吧。

什么叫冷处理？

如果唐雯真的就那样被你糊弄过去了，在她那里，等于问题暂时还没有暴露，也就谈不上冷呀热的，更加小心谨慎一点就行了。事情出在曾真这一边，那就先晾一晾她吧，也让她想一想两个人的真实处境，想一想她的任性给你添了多少麻烦。一个男人在两个女人之间踩钢丝已经是很难了，你以为不要一点水平呀，你再大呼小叫地分散注意力，未必不怕他掉下来？你如果无所顾忌地想干什么就干什么，万一把另外一个女人惊动了，再拉拉扯扯起来，那个男人还有得活呀？

刘若英唱道："想要问问你敢不敢，像你说过那样地爱我，想要问问你敢不敢，像我这样为爱痴狂。"这是曾真最爱唱的歌。曾真还喜欢唱刘若英的《后来》："后来，我总算学会了如何去爱，可惜你早已远去消逝在人海。后来，终于在眼泪中明白，有些人一旦错过就不再。"曾真动不动就问他："老公你爱不爱我？"张仲平的回答也总是千篇一律，说："爱，我爱死你了。"曾真又问他："老公，你会不会永远爱我？"张仲平说："当然不会。"曾真说："为什么不会？"张仲平说："因为我不知道生活中会不会出现两种情况。"曾真说："哪两种情况？"张仲平说："桃树上结苹果，大海里长水稻。"曾真说："我掐你，我咬你，我真的爱死你了。我真的想从你身边跑掉，不理你了，看你怎么办！"张仲平说："你会吗？"曾真说："你这么讨厌，我怎么不会？"张仲平说："我认为可能性不是很大。为什么呢？因为我想过了，桃树上长鱼是有可能的，大海里种葡萄也是可能的，要让这两个地方分别结苹果和长水稻，难度比较大。"

马上就快到家了，前面一拐，就要拐进进入小区的那条马路了。张仲平将车子越开越慢。

整整一天，曾真没有给他打电话发信息。十几个小时了，她怎么样了？她吃了东西吗？她的娇弱之躯经受得了昨天的折腾吗？她会怎么想你这个拂袖而去的老男人？曾真为什么愿意跟你在一起？她是图你的貌吗？一个比她大了二十岁的老男人谈什么貌，谈什么英俊潇洒？她是图你的财吗？她曾几何时向你要过一星半点东西？你又给过她什么东西？

曾真说："我真的觉得自己好没出息的，不知道怎么会对你这么着迷。你到底有什么嘛，差家伙。"张仲平认为曾真的这些想法反而是真实可信的。其实，不将曾真跟自己过去交往的女人做比较是不可能的。张仲平喜欢那些曾与他肌肤相亲的女人，正是她们在不同的时期为他的生活增添了五彩缤纷的光芒，让他作为男人的虚荣心得到了充分的满足，他把对那些女人的胜利，当作是对夏雨背弃他的一种报复，他从她们身上找到了平衡。

但是，张仲平对曾真的感情好像完全是两码事。他从她那儿感受到的快乐是那样奇异而真实，不管是肉体的快感还是精神的欢愉，都让他觉得踏踏实实。刚开始，张仲平还以为这也仅仅是因为夏雨，曾真只是帮他唤醒了对夏雨的想象和幻觉。慢慢地，曾真以她自己真实的存在，遮蔽了他生活中出现过的所有女人的光芒。曾真说："仲平你知道我是怎么爱你的吗？"张仲平说："我老了，弦也调不准了，哪里会知道一个傻姑娘的想法？"曾真说："我是真的傻，傻得无可救药，明明知道是个火坑是个泥潭，还往里面跳。"张仲平说："我有心脏病，你不要吓我。你不是说你先跳下去，然后也把我拉下火坑拖下水吧？"曾真拼命地摇头，说："不是不是，我不会拉你也不会拖你，我只是希望你自己主动跳下来陪我。"张仲平说："你傻呀妹子，你不知道男人有多坏呀？就像我，我要是不跳呢？你怎么办？真的搭上一条小命呀？"曾真说："我不知道，我真的不知道。可能，也许，说不定只要你在上面看着我，就是真的只有死路一条，我也会心甘情愿吧。反正我觉得自己已经爬不出来了。怎么，你就真的只是看着我，不拉我一把呀？"张仲平说："唉！你叫我说你什么好呢？面对此情此景我不禁要大喝一声，危险呀，同志，现在悬崖勒马……也来不及了，那就这样吧。你坚持一会儿，我去叫警察叔叔。"

曾真说这些话的时候有没有作秀的成分？也许只有曾真本人才知道吧，但是，即使略有夸张，曾真仍然是率真的。她的主观意愿不过是为了打动你，让你注意到她的那颗心在为你而跳动。曾真就曾经说过，一个女人要打动一个男人，不是要求他做什么，而是什么事都心甘情愿地替他做，让这个男人老觉得亏欠她的，要用他的一生一世去还。曾真想到什么就跟你说什么。而你每当这样的时候，总是采取一种戏谑的方式来对待她，好像有意提醒她千万不要当真。曾真的话让你很受用，却又怕她真的这样做。曾真喜欢你爱你，为什么要去伤害一个喜欢你爱你的女人？按照她的说法，她要的只是你向她投去注视的目光，左括号，满怀深情地，右括号完。她向你要的那么一点点真情实意的慰藉，你能硬着心肠不给吗？

可是，唐雯和小雨怎么办？

张仲平缓缓地把车子停在马路边，把警示灯打开，他闭上眼睛把头靠在头枕上，觉得自己从来没有这样疲惫不堪过，他不由自主地把头垂了下来，搁在了方向盘上，却碰到了鸣笛开关。突然响起的喇叭声吓了他一跳。他吐了一口气，不知道何去何从。过了一会儿，他把手伸进口袋，摸出了一枚硬币。他把它合在手掌里，上下左右摇了十几下，然后摊开。

张仲平油门一踩，车子没有拐弯，越过街中央的转盘，朝曾真那里开去了。硬币替他做了决定，然后，他自己说服了自己。是的，是你做得不对。你欠了曾真。对于一个男人来说，亏欠一个爱他的女人并不是一件心安理得的事。你不能亏欠曾真。你当然也不能亏欠唐雯，更不能伤害小雨，可是，唐雯这边不是还没有发现什么吗？那就先缓缓吧。

等车真的开到了曾真楼下，张仲平又有一点犹豫了，不知道自己到底应不应该上去。张仲平一路上想着曾真的好，也想着自己应该对她好，事到临头又有点怕。怕什么？主要是怕这一上去两个人一缠起来一时半会儿下不来。中间万一唐雯来个电话催呢？又得想办法哄曾真。哄得住还好一点，最多是他急急忙忙地下楼开车往家里赶，总算见了曾真一面，免了自己的牵肠挂肚。要是曾真撒起娇来哄不住呢？你总不好再次对人家发脾气吧。而且唐雯那里迟早也是一个问题。二号病的借口已经用过了，总不好再用三号病做借口吧？一号病是鼠疫，二号病是霍乱，三号病是天花，都不是闹着玩的。这是一种跷跷板游戏，曾真这边太用心了，在唐雯那里可能就躲不过十五了，也许不到初七初八就得露馅了。

就这样掉头回家又不甘心。张仲平把车窗摁下来，伸出头朝楼上望了一眼，曾真家的窗户里有橙黄色的灯光。一个楼上一个楼下，却好像隔了几千里的距离。刚才你开车过来的时候还以为自己多么爱她、多么疼她，恨不得三步两步跨到楼上把门一捅开就扑过去，把她紧紧地抱在怀里，这会儿你怎么又这么冷静了呢？怎么又不知道该怎么办才好了呢？

手机突然响了起来，张仲平一惊，心想唐雯还真的盯得紧了。拿起来一看，却是曾真。曾真说："怎么还不上来？"张仲平说："怎么？你知道我在楼下？"曾真说："快点上来，快点啦。"张仲平一进门就被曾真拦腰抱住了，说："仲平，你知道吗？我一直就站在窗户边上，我在等你，我知道你会来。"张仲平说："你怎么知道我会来？"曾真说："我就知道，仲平你爱我是不是？"张仲平说："你看你，又哭鼻子了。你倒是告诉我，你前世是不是自来水公司的？脸上动不动就稀里哗啦的，也不怕我嫌你难看。"曾真说："那我就笑，嘿嘿嘿嘿。"张仲平说："这就更不对了嘛，又哭又笑的，像个二百五。"曾真说："那你到底要我怎么样？"张仲平说："我也不知道。"

曾真说："仲平你吓死我了，我好怕你不理我了。"张仲平说："我为什么不理你？"曾真说："因为我不好，我任性，我做了错事。"张仲平说："你做了什么错事？"曾真说："我硬要你留下来，让你为难了。"张仲平说："知道错了吧？"曾真说："知道了，我再也不了。"张仲平说："认识错误是第一步，重要的是改正错误，只要改正错误，就是好同志，可不能虚心接受坚决不改啊！"曾真说："谢谢组织的关心爱护。仲平你真的不生我的气吗？我真的好怕好怕的。"

张仲平突然非常用劲地搂着曾真的腰，勾下头来使劲地亲吻她。曾真非常积极主动地配合他，忙乎了一阵，抽空说："对不起，仲平，真的对不起。"张仲平说："别说了宝贝儿，对不起的是我。你不知道，你让我心尖尖都疼。"曾真说："我就是你的心尖尖，是不是？"张仲平说："嗯。"

张仲平说："你吃东西没有？"曾真噘着嘴望着他，摇了摇头。张仲平说："早晨、中午、晚上都没有吃？"曾真的嘴仍然噘着，又朝张仲平点点头。张仲平说："为什么这样？你怎么敢用这种态度对待我亲爱的宝贝儿？你敢虐待她，我找你算账。"曾真反过来使劲地搂抱张仲平，说："我喜欢你叫我宝贝儿，你找我算账，你找我算账呀。"张仲平说："别闹了，我给你下点面条吃吧。"曾真说："不，我不吃面条。"张仲平说："那你要吃什么？"曾真说："我要吃做面条的东西。"张仲平说："做面条的东西？你想吃灰面糊糊？"曾真说："笨蛋，做面条的东西你不知道呀，那是擀面杖呀。”张仲平说：“你骚不骚呀。”曾真说：“我就是要做你的宝贝儿，我就是要为你疯为你狂为你发浪发骚，看你怎么办看你怎么办。反正我不怕你打，不怕你怎么搞。”

两个人闹得差不多了，就一起进了厨房。张仲平打开冰箱，发现有小半碗剩饭，就说：“我给你做蛋炒饭。”曾真笑眯眯地望着他说：“好呀好呀。”她又过来从后面搂住了张仲平的腰，把她的小脑袋搁在他的肩膀上一步一步地跟着他动。这样，张仲平的行动就显得更加笨手笨脚了。

曾真说：“老公你说咱们这过的是什么日子？”张仲平说：“什么日子？”曾真说：“小康日子。你还记得吗？上次擎天柱那个胡总说的段子，白天三餐饭，晚上两个蛋。”张仲平说：“你是个小魔女吧，胡总过来了，我刚从他那儿过来。”曾真说：“是吗？他问到我没有？”张仲平说：“嗯。他还为你从韩国带来了一个礼物，一个手提袋，好漂亮的，还有一套指甲钳。”曾真说：“这个胡总。”

曾真说：“老公你还没有告诉我，那边你是怎么过关的？”张仲平说：“哪边？”曾真说：“不要明知故问，快点跟我汇报。”

张仲平三言两语地说了，曾真说：“老公你好棒哟，我就知道你有办法。不过，你昨天太猛了，我现在还有一点点疼。”张仲平说：“是吗？都是我不好，我心里好不舒服的。”曾真说：“那你以后对我好一点。”张仲平说：“好。”曾真说：“说话算话，喏，我要你喂我。”张仲平说：“要不要再做个汤？”曾真说：“你蛮能干的嘛，还会做汤。做什么汤？”张仲平说：“冰箱里什么都没有，只能做蛋汤了。”曾真说：“不要不要，那不成了白天二两肉，晚上三个蛋了吗？已经够乱了，还三个蛋，那不天翻地覆了吗？”

张仲平的手机又响了，曾真一愣，转身冲到卧室里将手机给张仲平拿了过来。张仲平接过来一看，手机里的号码尾数有三个八，一接，是胡海洋。

胡海洋说：“张总你没回家吗？”张仲平说：“怎么啦？”胡海洋说：“你太太刚才通过总台打电话到我房间里找你，说你的手机接不通。”张仲平说：“你怎么说的？”胡海洋说：“我说你刚走，手机接不通可能是因为在电梯里吧。”张仲平说：“谢谢你胡总。”

胡海洋挂了电话没有十秒钟，又把电话打了过来：“张总你最好把刚才我打给你的宾馆电话号码给删了，你太太如果看到了，会怀疑我给你通风报信。”张仲平说："行，你放心吧。"胡海洋说："还有，我有个朋友，情况跟你很类似，他有个策略你可以借鉴。"张仲平说："什么策略？"胡海洋说："一句话，男人在外面可以做鬼，回到家里一定要做人。好了，我挂电话了。"

曾真说："胡总要你在外面做什么？做鬼？"张仲平说："哦，他要我在外面做机灵鬼，别那么傻傻地伤你了。"曾真望着他没吱声，过了一会儿才说："你的手机怎么接不通了？她怎么能这么干？"张仲平说："我有一个感觉，她对昨天晚上的事，有点将信将疑。她要是把心思用在我身上就惨了。"曾真默默地靠过来，又搂住了张仲平的腰。过了一会儿，曾真说："你早点过去吧。"张仲平说："没有必要风声鹤唳吧？"曾真轻轻一笑，说："你还嘴硬。"张仲平说："对不起，宝贝儿。"曾真说："仲平你别这么说，知道你心里有我，疼我，我心里也就踏实了。"张仲平说："是不是呀？"曾真说："是的。你走吧，车不要开得太快了。我向你发誓，保证不虐待你的宝贝儿，让她好好儿睡一觉。"张仲平说："你过来，让我好好地亲亲你。"曾真说："亲什么亲，我跟你又不熟。"

第二十四章

健哥打电话让张仲平把公司的材料好好准备一下。张仲平问：“是不是那件事？”健哥说：“有点关系吧。你留意一下这几天的报纸，院里会发一个公告，向社会公开招聘从事评估、拍卖的中介机构。这事市中院已经走到前头了，省高院也有人在起哄。”

张仲平早几天就听到了风声，是市中院司法技术室的彭主任跟他说的。彭主任的儿子今年考大学，张仲平正好有个同学在省教育考试院工作，主动请缨把小彭大学录取的事揽了过来。那个同学这段时间忙得不亦乐乎，张仲平约了好几次才将他约上。彭主任虽然是法院的，却很少跟教育系统的人打交道，他自己找的关系七拐八拐的中间人很多，见张仲平把直接管招生的人请到了，而且还是个处长，一下子就放了大半个心。张仲平觉得还不够，一边给他们两个人敬酒、夹菜，一边越俎代庖地替他的同学拍胸脯，要彭主任放一百个心。他同学也很给面子，虽然对于张仲平的说法只是笑笑点点头没有表什么硬态，但这个时候能够出来赴宴本身就是一个态度。看得出来彭主任很高兴，他事后对张仲平暗示了一个意思，说市中院执行局目前移送过来的案子不是很多，但张总公司业务做得不错，又会做人，在市中院肯定会有机会。彭主任又自告奋勇，愿意替张仲平出面请省高院司法技术处的董处长。彭主任是省医学院毕业的，董处长是他同届的同学。彭主任说：“董处长早就说了，说市中院的搞法不错，对省高院是个促进，也可以考虑把评估、拍卖工作归拢起来统一管理。”

张仲平已经把这个消息在心里掂量过，觉得省高院如果真的将评估、拍卖的事归总起来管理，对于3D公司来说有利有弊，而且似乎弊大于利。为什么呢？第一，3D公司跟省高院执行局的关系已经比较牢固，健哥不用说，除了他，张仲平跟局里其他的执行员关系也都不错，每年大大小小也能拿到几笔业务。第二，全市共有五六十家拍卖公司，市中院选了十来家，省高院选多少家不知道，估计起码也得选十几家，而到目前为止，能够插手省高院拍卖业务的公司也就三四家，这几家公司各有各的门路，做业务的时候尚能相安无事，如果公开选拔，竞争必定十分激烈，等于是让大家站在了同一个起跑线上。张仲平对于3D公司能否入围倒是比较有信心，但问题是如果新增加五六家拍卖公司，粥还是那么多，僧多了一倍，对于原来已经在做业务的公司来说，就无异于将减少一多半的机会，等于将过去的利润摊薄了。第三，新的政策措施出台，总会有跟过去不一样的地方，原来已经轻车熟路的操作套路，肯定会有一些改变，甚至有一些大的改变，这就有一个跟各种新人新关系从头接触重新磨合的过程。张仲平眼下最关心的当然还是香水河法人股的拍卖的事。在这节骨眼上，省高院会不会先把这笔业务停下来呢？如果等到中介机构选定以后再做这件事，事情就会更加复杂化。

健哥是上午上班不久在他办公室用座机给张仲平打电话的，两个人三言两语就把事情说了，但张仲平觉得意犹未尽，有很多问题要跟健哥当面商量。张仲平自己摔坏的那部手机很快就修好了，他借故不好使，又新买了一部。新买的手机张仲平没有到电信公司去开户要新号码，而是使用神州行卡。最近有部叫《手机》的电影正在全国上演，令一些外面有情况的花心丈夫哭笑不得，因为那部电影把他们曾经使用过的小伎俩一下子都曝了光。最近唐雯对张仲平的关心明显地多了起来，她要是把电影里披露的那点东西活学活用，曾真就有可能被她列入重点怀疑对象，但是，正所谓道高一尺魔高一丈，神州行卡却能够把这些问题通通解决，这种卡买时不需要身份证，在电信局根本打不出通话记录单。张仲平准备等到中午下班以后用神州行卡手机把电话打到健哥家里去，神州行卡既然可以用来防唐雯，当然也就可以保持与健哥通话的私密性。

很快就跟健哥约上了，见面的地方还是碧海蓝天洗浴广场贵宾房。

张仲平先把跟胡海洋接触的情况跟健哥说了一下，认为他的实力和诚意都没有问题，催得还比较急。健哥听着，点点头，也没有发表什么意见。张仲平把话题转到省高院公开选拔中介机构的事情上来以后，健哥的话才慢慢多了起来。

健哥说："这是大势所趋，市中院这么搞，也是跟人学的。像深圳、北京、上海都动起来了，还上了《人民法院报》。统一归口管理没有错，但是，归到什么地方、什么部门？像市中院的搞法，简直乱弹琴。司法技术室的职能是什么？法医鉴定。工作人员都是医学院毕业的，严格地说，不能进入法官序列，类似于一个技术性的中介机构。如果由它来归口管理一个法院的评估、拍卖工作，像什么？等于赋予了它司法执行的职能，那不乱套了吗？还要执行局干什么？这不是我的观点，基层也这么看。市中院执行局的鲁冰你认识吧？反应得最厉害。他们也交了一些案子到司法技术室去做，效果很不好，出了不少新问题、新矛盾。最主要的问题在哪里你知道吗？张仲平我告诉你，是对执行局的不信任，但是又都不把话说出来摆在桌面上，让你还没法替自己辩解。以前执行局在法院里的地位最低，很多人不愿意去。去的是些什么人？部队转业军人，法官里面长得五大三粗的人，调皮捣蛋喜欢讲歪把道理的人，好像执行就是跟被执行人去吵架打架似的。后来拍卖的事情多了，有些同志没有经受住考验，犯了错误，甚至违法乱纪、知法犯法。结果怎么样呢？上面看到了执行工作的重要性，开始加强领导，加强队伍建设，这都对，可是，也有一些人眼红，以为执行局地位高、有油水，整天在外面跑，申请执行人请着，被执行人也求着，似乎有吃不完的香的、喝不完的辣的。于是，一些人就又都想进执行局、插手执行局了。"

张仲平不想插话，只是不停地点头，希望健哥一吐为快。

健哥说："执行局有些人也是不争气，全国各地这里那里执行局的法官出问题的确实不少。上面就又想着要牵制了。乡下驴子拉磨的情景你见过吗？一是给驴子蒙上眼睛，二是给驴子戴上笼头。蒙眼睛是为了不让驴子知道是在转圈，戴笼头是为了不让驴子吃槽里的黄豆芝麻。驴子是畜生，那么香的东西就在鼻子底下哪里忍得住？所以上笼头也是对的。问题是咱们这种中国式的权力制衡、这种牵制和制约，靠的是什么？是政策制度还是另外拉一个部门进来掺沙子、搞平衡？掺沙子、搞平衡也不要紧，反正都是为了工作，但是，掺沙子、搞平衡如果控制得不好，就会搞成人整人，我们自己是从事法律工作的，是搞法治建设的，结果弄来弄去会不会又觉得还是人治好，不知不觉地又回到搞人治的老路上去？最主要的问题是这里面暗含着一个前提，就是执行局本身不能通过制度建设解决工作中出现的个别法官的腐败问题。那我就要问了，省高院执行局这几年的工作到底怎么样？有大的腐败案件、贪赃枉法的事情出来没有？没有嘛。难道说只要一接触拍卖就必然腐败？那我们不禁要问，如果由司法技术处来统一管理这件事，会不会也必然出现腐败呢？恐怕不能这么说吧。

“我跟鲁冰还不一样，鲁冰是从下面基层法院调上来的。我在执行局干了差不多十年了，如果中介机构仍然由执行局统一归口管理，还没有什么，如果交由司法技术处管，是不是有一个对我的工作进行总体评价的问题呢？我的这些想法到院里还不能说，人家又没有指名道姓地说什么，你主动去解释，还不越抹越黑呀？仲平你我是朋友，跟你说说算是一吐为快。我也知道你嘴巴紧不会到外面去传。不管怎么样，公开选拔中介机构的消息是准确的。也就是说，不管是评估也好拍卖也好，不能再像过去那样由承办法官一个人说了算了，这跟独立办案是两回事，法官个人的权力不加以限制，确实容易出问题，这种无秩序状态必须根本改变，这也是出于对咱们执行队伍的爱护，对法官个人的爱护。也就是我刚才说的，评估、拍卖统一归口管理是大势所趋，谁也阻止不了。现在是一种什么形势呢？院党委包括院审判委员会对于归口到执行局还是司法技术处或者别的部门，也是有意见分歧的，但大多数人的意见还是主张归口到执行局，但可以考虑吸纳立案庭、审监庭、纪律检查委员会的同志参加，或者让它成为一个合署办公性质的业务部门，但仍然在执行局下面挂牌。执行局本来就比一般的庭室高半级，这样设置也说得过去。这也让我很感欣慰呀。证明组织、大多数同志对执行局的工作，对我本人的工作还是充分肯定的，现在外面的说法很多，挺讨厌的，你如果听到了什么闲话不要去管他。”

印象中，这是健哥跟张仲平认识以来说话最多的一次。在健哥说话的过程中，张仲平始终时不时地点头，他觉得这些话在健哥心中已经郁结很久了。

健哥的一番话让张仲平心里踏实了不少。以前的拍卖委托虽然也是以省高院的名义下的，其实是由承办法官直接在盖好了院印的协助执行通知书上填写的，个人行为的色彩比较浓厚，方便是方便，却也容易授人以柄。如果有一个统一归口管理的部门，肯定也会有相应的操作规程出台。就像市中院，配套文件就不少。张仲平是学法律的，知道规则越多，漏洞也就越多。表面看起来很严密，其实操作的空间反而更大。而且最大的好处，就是可以把私下操作的痕迹掩藏在照章办事符合程序的说法之下。事情是人办的，只要还是那些人，问题就大不到哪里去。就是换人也不要紧，换的又不会是外星人，怕什么呢？

张仲平说：“既然院党委、院审判委员会已经把这件事提上了议事日程，想必也就已经讨论过框架问题了，不知道到底是个什么盘子。”

健哥说：“到目前为止，对执行局还是有利的，但是张总你也知道，现在的事情是很难说的，随意性很大，随时都有可能发生变化。不过，初步的框架意见已经定了，就是先由执行局拿方案。司法技术处的主任姓董，叫董胜。有人喜欢取外号，在他的名字上加了一个字，叫董什么。我跟他的私交还是可以的，从来没叫过他的外号。在这件事情上我的态度是实事求是的，既不能说他懂什么，也不能说他不懂什么，只能说谈到评估和拍卖，他目前应该算是外行，没有什么发言权。上午我给你打电话，也就是想跟你见见面，听听拍卖公司的意见，看这个盘子究竟怎么定比较好。”

张仲平这些天也在想这个问题，见健哥问起，也不假谦虚，直接说：“首先当然是建立严格的准入制度，从事省高院委托的拍卖业务不是儿戏，应该是这两个行业的精英企业才能入选，宁缺毋滥。我看可以从注册资金、成立时间、国家注册拍卖师人数、过去三年每年的拍卖成交额以及省拍卖行业协会评优等方面进行限定，要有硬指标，不能滥竽充数，我觉得，能挑个三五家就相当不错了。”

健哥说：“咱们3D公司是什么具体情况呢？”

张仲平说：“3D公司成立已经五年了，注册资金一千万，国家注册拍卖师三名，每年的拍卖成交额均在五千万以上，连续三年被评为省里的先进拍卖企业。能够达到这个标准的，全省也就三五家吧。”

健哥点点头，说：“你这个思路很好呀，既然是择优选拔，没有一点硬指标怎么行？昨天开会，第一个回合我们是赢了。董处长提出来，说市场经济时代就是利润摊薄的时代，说只集中在几家公司可能会出问题，一出问题就是大问题，所以只要证照齐全的拍卖企业都可以进来。被我当面顶了回去。全省有多少家拍卖公司？一百多家？市里呢？五六十家。证照齐全简直是废话。证照不齐全，怎么经营？工商局那一关就过不了，主体资格不合法嘛。证照齐全的都让进来，你有多少粥让人家喝？不进来没事，要是入了围，他的眼睛就会眼巴巴地盯着锅里的饭、碗里的汤。你还不能怪他，为什么呢？因为是你把人家的欲望挑起来的，他就会理所当然地认为应该给他业务做。真要有业务了，这个关系也找你，那个关系也找你，这个领导也给你打电话，那个领导也给你批条子，你的精力就耗在平衡关系上了，哪还有时间去干正经事？不过，三五家是不是也太少了？只占市里拍卖公司的二十分之一。太少了，很容易成为众矢之的，现在院领导有多少个？差不多十来个，有几个就已经开始在我那儿挂号了。具体什么关系不知道，无非是亲戚朋友，但是，有些主要的关系也还是要考虑的。有个副院长跟我说得很坦率，说他有个侄儿是某某拍卖公司的股东，你得让他先进来，有没有事做再说。如果入围的名额定得太少，关系照顾不过来，我们反而会很孤立。这种事情，没有几个支持者敲边鼓打吆喝是不行的，会一开始就众叛亲离。人家凭什么支持你？里面的门道就多了，仲平你说是不是？”

张仲平不住地点头，其实这种事情健哥是完全可以不必跟他说的。院里要怎么定，哪里轮得到他张仲平来插嘴？但是，健哥说话办事有水平也就体现在这些地方。健哥主动跟你谈这件事，一是给了你话语权，二是表明执行局尚能控制大局，也让你有理由仍然对他充满信任和信心。

张仲平觉得关于香水河法人股的问题可以趁这个机会进一步地落实一下。自从跟胡海洋见过那次面以后，张仲平感到这件事情确实应该抓紧，千万不能麻痹大意，一大意就有可能被别的公司钻了空子，让他和健哥都很被动。

张仲平说：“那件事情跟这件事情没有什么具体的关系吧？”

健哥完全明白张仲平的意思，他想了想，说：“应该没有直接的、必然的联系。主要是看时间。但也不见得，如果真要是凑在一块儿，没有关系也会变得有关系。但是，不管怎么样，张总你跟别人是不一样的，不在一个起跑线上，你说是不是？”

张仲平说：“那当然。全靠健哥关照。”

健哥说：“那件事一是标的大，二是涉及面广，就怕出事呀。具体怎么操作，仲平你有什么好的想法没有？”

张仲平已经有很长时间没有跟健哥直接见面了，但关于香水河法人股拍卖的外围准备工作却一直在做。对他来说最主要的有两个问题，一是买家，二是怎么走钱，也都基本上有了一点眉目。张仲平认为这件事久拖不利。生意场上的事千变万化，就怕夜长梦多。一旦省高院公开选拔社会中介机构的工作大张旗鼓地做起来，健哥就不好再下委托了，那会显得十分敏感。如果有好事者真的再把扶桑海岸拍卖的事联系起来考虑，还会很被动。对于那些不知道是从哪里放来的箭，你挡都没办法挡。刚才张仲平也听出来了，在到底是由司法技术处牵头还是由执行局牵头的问题上，院里面并没有完全达成一致意见。有些情况健哥可能还没有说，但是，不管健哥说不说，都可以想象得到，其中的较量和争斗都会十分激烈。有些人心术不正，正面进攻如果没有十分的把握，也不会轻易言败，会采取佯攻战术，从背后搞你的小动作。放弃正面战场搞你七七八八的其他问题，可以极大地挫伤你的锐气。现在这个社会，谁都不是不食人间烟火的神仙，谁还没有一点短处？你的短处被人抓着了，你就得乖巧一点、收敛一点，这样，双方力量的对比也就会随之发生变化。你要是犟着脾气跟人斗，不仅找不到对手，你出击的拳头会像打在影子上似的没有着落，还会暴露出自己的软肋。平时说话惜字如金的健哥今天很健谈，发了不少感慨，是不是也有这种因素在里面呢？

张仲平觉得既然有了这么好的话语环境，再继续以那种打哑谜的方式讨论问题已经没有必要，不如索性敞开了谈，开诚布公地沟通才能找到问题的症结。更何况，这不是张仲平与健哥之间的问题，是两个人团结一致共同对外的问题。健哥问你有没有好主意，等于是把绣球抛了过来。

张仲平说："从我这边的情况来看，现在可以说是万事俱备，只欠东风。只要健哥的委托书一下，马上就能拍掉进钱。"

像以前很多次一样，他们到碧海蓝天总是先谈事，再搞洗脚按摩之类的活动。这一次也是这样，不过，这一次他们没有先进桑拿房，而是一人一张床地斜靠在床头。听了张仲平的话，健哥有一会儿没有吭声，好像在闭目养神。张仲平偷看了一眼健哥，很快又把目光收了回来，也微微地把眼皮垂下了。他不能太逼健哥，觉得还是等健哥主动开口比较好。终于，健哥长舒了一口气，抬起头来望着张仲平开始说话了："仲平，要是把过去的情况，也就是你们拍卖公司从承办法官手里直接拿委托的情况，用一个比喻来说，叫什么？"

张仲平挺了挺腰，望一眼健哥，很快地揣摩了一下他的意思，却不知道该怎么回答才好，便不好意思地一笑，说："这个问题我还真没有想过。健哥你说呢，有什么妙喻没有？"

健哥说："我说呀，就像是从水桶里捉鱼。"张仲平马上接口说："是呀，法院委托的东西，一般都能顺利地拍卖掉。"

健哥摆了摆手，说："我说的还不是这层意思，我说的是法官跟拍卖公司的关系，像不像一个法官提了一个装鱼的水桶放到你面前，让你伸手去把它捉出来?"

张仲平再次笑了笑，说："也可以这么说吧。"

健哥说："法院也好，法官也好，为什么要找拍卖公司？因为只有拍卖公司才能从事拍卖业务，但是拍卖公司越来越多，如果这个法官三天两头地或者说只要水桶里有了鱼，就老往一个固定的拍卖公司提，合适不合适?"

张仲平从床上坐了起来，腰挺直了，望着健哥说："如果健哥问的是合不合法，我倒是可以很响亮地回答，答案是肯定的，合法。为什么呢？因为法律并没有明文规定这个法官只能把这只装鱼的水桶往哪儿提，换一种方式来说，也没有明文禁止这个法官将这只水桶往哪儿提。"健哥说："对。但是，我问的不是合不合法的问题，而是合不合适的问题。合不合适比合不合法情况要复杂得多。现在我们再深入地探讨一下。假如有许多拍卖公司都知道有了一只装了一条大鱼的水桶，这只水桶仍然控制在那个法官手里，这个法官还敢不敢把这只水桶往原来那个拍卖公司提呢?"

张仲平想了想，斟酌了一下自己的用词，说："从某种意义上来讲，这个法官把那只水桶随便往哪家拍卖公司提，可以由他自己决定，自由裁量。"

健哥说："对，可是问题恰恰就在这里呀。如果用法律术语来讨论这个问题就简单了。这其实是个对不确定利益的理解问题。什么是不确定利益？通常都认为，根据法律、政策及有关规定，多人有机会采取合法的方式和途径来取得某种合法利益，只是在取得该利益的过程中有竞争性存在，每个有条件竞争的人都有可能得到该利益但并非一定能得到该利益，只有其中一部分人能够实际得到该利益。在这一合法利益的归属尚未确定之时，就称之为不确定利益。不确定利益最终总是要被确定的，那么得到该利益的人和有权确定该利益归属的人之间的关系就至关重要了，如果两者之间有一种物质或金钱的交易，就有可能使两者分别构成行贿罪和受贿罪。因为原本可以通过公平竞争作出决定的利益，因行贿和受贿而使行贿方成为利益的享有者。当然，是否行贿和受贿，还有一个是不是被发现、被追究的问题。"

张仲平知道健哥不想兜圈子了，他们俩都是懂法律的人，用法律术语讨论这个问题，可以一下子接触到问题的实质，哪怕是它听起来不那么舒服。

张仲平其实曾经不止一次想过与此有关的问题，就是说健哥在已经给他做了扶桑海岸第三、四层的拍卖之后，为了避嫌，可能将香水河法人股的拍卖委托给别的拍卖公司。对于健哥这种人来说，安全永远是第一位的。俗话说，不怕贼偷就怕贼惦记。他们之间的善后工作尽管做得非常好，但是，别人要真是怀疑上了、惦记着了，也是一个麻烦。所以，健哥肯定会以他的绝对安全为起码要求来设计游戏规则。难道健哥真的准备弃他而去另换一家拍卖公司？

健哥好像看出了张仲平的心思，说："仲平呀，你这样的朋友很难得呀，你不要有任何别的想法。这些天来我为什么没有跟你联系？就是在想这个问题，我们能不能再把从水桶里捉鱼的游戏设计得更复杂一点、更完善一点呢，让它既合法又合适，使它看起来无可挑剔、完美无缺、简直天衣无缝，嗯？"

张仲平本来应该在这方面早点动心思，只可惜，这些天老跟曾真泡在一块儿，忽略了。你要朋友帮忙，就要给朋友足够充分的理由，不动脑筋怎么行呢？张仲平听到健哥表态不会抛弃他这个朋友，心里踏实多了。否则，健哥如果另找一家拍卖公司，他张仲平又有什么办法？还不是只能认了、忍了？幸好健哥不是这样的人。健哥考虑的原来只是一个操作技巧问题。现在这个问题摆在自己面前，居然有点不得要领。这就不好了。张仲平掩饰地笑笑，说起了官场上的套话："古人云，君子爱财取之有道。说得好呀，但是，一般的人对道的理解停留在道德评价的层次，最多考虑合不合法的问题。其实，道也是一种规则，一种技巧，一种方法论。"健哥说："对对对，我们就是要找出这种规则，运用一种好的、精妙的办法。"张仲平说："健哥有何高见？"

健哥说："我们是不是先进桑拿房洗澡？"

张仲平说："好。"

两个人脱得赤条条地进了湿蒸房。

健哥说："你们商场有句话讲得好，说如果不能制定规则，就得适应规则。现在院里已经给了我们制定规则的权力，如果我们不好好地下活这盘棋，不是太说不过去了吗？所以，我在想，如果这只水桶不由我拎着往你们公司提呢？或者说，如果我们先把这条大鱼放到水塘里去，让大家都来钓，而最后仍然由你来钓着呢？"

健哥的话终于让张仲平完全踏实了。对于健哥来说，早就不是跟不跟张仲平一起做的问题，而是怎么做的问题。健哥首先考虑的是是否绝对安全，张仲平是完全心领神会的。没有健哥的安全，也就没有3D公司的安全，两者是相辅相成的。但是，游戏的范围扩大了，参加的人多了，你还要让这些新参加的人成为聋子的耳朵，成为你秘密通道的掩体，通过完全合理合法的程序，使看起来不确定的利益成为你的确定利益，这能办到吗？那些参加游戏的都是一些什么人？张仲平对那些干得好的拍卖公司的老板太了解了，知道没有哪一个是吃素的，鱼都放回水塘了，它还会只上你这只钩？或者说你还有本事抢在别人前面把它钓上来？难道健哥没有考虑到这种可能或者说风险吗？或者，他只是要跟张仲平一起赌赌运气？生意没做成说财运不济，其实是一种心理安慰，是自己给自己准备的一个台阶，但如果一开始就把宝压在运气上，那岂不是太玄了吗？

健哥说："让他们有参加钓鱼的权利，不让他们有钓到那条鱼的可能性。我帮你，可是没有一个人能够看出来。仲平，这是一篇好文章呀，好好想一想吧。"

张仲平想到不久前跟时代阳光一起拍卖胜利大厦的事，徐艺那个愣头青差点把事情弄得一塌糊涂。徐艺还是太嫩了。不过，如果当初的主拍单位是3D公司，又能在多大程度上保证效果完全不一样呢？

张仲平知道，健哥要他想的事，跟龚大鹏当时的要求其实是差不多的，而且，香水河法人股的拍卖目标更大，操作难度也更大。他当然不能知难而退交白卷。他沉吟了一会，试探性地说："比如说，我们可以来个剑走偏锋，险中求胜，干脆把香水河法人股的拍卖跟这次省高院选拔评估、拍卖机构的事情放在一起考虑。那些拍卖公司首先关心的是什么？是入围资格，具体的拍卖业务是第二步。如果香水河法人股的拍卖，事先不让他们知道一点风声，等入围的事情一定下来，马上把它作为已经入围的几家拍卖公司的第一笔集体业务抛出来，同时规定，买受人最终是谁找到的，是在哪家公司报的名，拍卖佣金就归哪家公司。对于我们来说，并不是真的撒手放鱼，放回去之前它是带了鱼钩、鱼线的，只是没有让它浮出水面。到时候，执行局也好，司法技术处也好，只要宣布钓鱼比赛开始，我们再做一个往上拉的动作就可以了。"

健哥面带微笑地看着他，等他刚把话说完，健哥的手轻轻地落下来，落在了他那已经被水蒸气打湿的肩膀上。健哥说："仲平，咱俩的想法不谋而合，难得啊。你看，这就像一场五千米的长跑，表面上是一起起跑，实际上你已领先别人跑了两千米，你本身又不是老弱病残，胜算的可能性应该说蛮大吧？”

张仲平说：“还是有问题，如果我们再把胡海洋比喻成一条鱼的话，我们怎么知道这个水塘里除了这条鱼以外，再也没有了别的鱼呢？如果有另外的鱼也去咬别的拍卖公司撒下的钩子呢？那家拍卖公司不是也有可能赶在我们前面把别的大鱼钓上来吗？”

健哥说：“这个问题我也考虑过了。难道我们不能选择一个清净一点的甚至是刚刚清过了塘的鱼塘吗？”

张仲平顺着健哥的思路往下想，这就进入拍卖的操作程序了。张仲平说：“媒体的选择是关键。如果我们把拍卖公告放在感兴趣的竞买人根本不可能看到或者说看到的概率比较小的媒体上，效果就不一样了。这样做还有一个名正言顺的理由：维护稳定。在一个人人皆知的媒体上搞得街头巷尾都知道，空惹议论，有什么意义？但是，如果选择省报效果就不一样，那是基层党组织政府机关订阅的报纸，外面的报刊亭都没得买，级别还很高。健哥你说呢？”

健哥看着张仲平半天没有说话，过了好一会儿，才慢悠悠地说：“怎么啦？仲平，我不是早就让你找找最高院关于处理国有法人股、社会法人股的文件看看吗？你没看？”

张仲平一下子醒悟过来了，连忙拍拍自己的脑袋，说：“对对对，法人股拍卖的公告不能在省报上做，按规定得找证券类报纸。”

健哥点了点头，说：“是呀，一上这样的报纸，那些想钓鱼、想捉鱼、想用土炸弹炸鱼的人可能都会看到。”

张仲平说：“我最担心的还是咱们的同行。既然有那么多的拍卖公司参加钓鱼，他们就会挖空心思想尽办法去找买家，信息总是会传播得很快。当然，时间限定得紧一点也是一个办法。还有就是拍卖保证金数额，也可以大一点，但最主要的问题，还是要别的大鱼即使知道了，游过来了，也自觉自愿地不去咬钩。可是，现在尽管 A 股市场低迷，作为壳资源的上市资格席位却很俏。所以，别的买家除非不来，敢来的人都不好对付。”

健哥说：“我接着你的话讲吧。我们要对竞买人的资格进行严格的审查，在这方面省里有要求，我们也绝对不会让人浑水摸鱼，除此之外，就是价格问题了。俏不俏取决于供求关系，取决于价格。黄金值不值钱？值钱，但这是什么意思呢？值一百块钱的黄金一百块钱成交了，买卖双方都认为交易公平。如果几十元成交了，那是买家赚了，卖家亏了。如果一百一十元成交，就是卖家赚了，买家亏了。你找的那个买家不是催得很急吗？他愿不愿意花一百一十元去买只值一百元的黄金呢？”

张仲平说：“这就很难说了。有可能愿意，为什么呢？如果他认为金价在不久的将来会涨起来，而其他地方又买不到同样的东西的话，他购买的除了黄金本身，还有黄金可能会涨价的预期。法人股也是个可以给人以预期的品种，问题是别的买家也可能抱有同样的想法。你会算账别人也会算账。特别是在拍卖市场上，竞投行为不完全是理性的，完全有可能以高于估价数倍的价格成交。”

健哥说：“但拍卖市场也是个降价幅度最大的市场，尤其是法院委托的拍卖业务。现在我们假设其他的买家都抱定了等着买打折货或满打满算花一百块钱的想法，而我们找的买家起点就是一百一十元，张总你说谁的胜算大一点？”

张仲平说：“问题是，我们的买家朋友要是知道了这种情况，会不会认为太吃亏了呢？”

健哥笑了笑，说：“我们这是在打比方，其实吃不吃亏做生意的人自己都会算，用不着我们去操心，你说是不是呀，仲平？再说了，现在哪里还有什么百分之一百有把握的事？我们再把话往回说一点，不要说我没勇气把那个装了一条大鱼的水桶提到你面前，就是我咬咬牙跺跺脚真的那样做了，最终的结果是福是祸？众目睽睽之下，不知道有多少布满血丝的眼睛盯着你，你真的敢伸手到水桶里去捉那条鱼吗？你也许敢，因为你从事的毕竟是一种正常的、合法的经营活动，但是，如果有人问你是通过何种手段将别的拍卖公司都有的机会变成了 3D 公司专有的机会的？也就是说，你是怎样把不确定的利益变成确定的利益的？你能不把别人牵扯进来吗？你又怎么说得清楚你我之间的清白关系？也许你可以说一切都要讲证据，还可以说疑罪从无，但咱们这是在中国呀，很多事情比我们想象的还要复杂，所以仲平呀，大的思路就不要变了，你刚才说的那些都很好嘛，我们就是要尽可能地把细节问题想清楚，还有没有别的公司像我们这样钻进去做这篇文章的？没有。起码现在没有。这就是优势。所以我想呀，你其实完全可以去探探那位买主的口气，看他最多能够出到什么价，如果能够比评估价高出几百万上千万的，就更好。如果他自己愿意，我们大家的把握不就都大一点了吗？其实，等到了报名截止的时候，也就知道还有没有其他大鱼了。如果你那买主提前做了准备，那好呀，多出来的十块钱，又是一篇好文章呀。如果只他一家报名，他不就不用花那个冤枉钱了嘛。你说呢，仲平？”

张仲平说：“那倒也是。这个账就留给他自己去算吧。”

健哥说：“而我们是有优势的，综合优势，其中包括你的能力。仲平你很能干，我对你很看好呀。”

张仲平说：“谢谢健哥，主要是靠健哥。”

健哥说：“那行，这事就谈到这里。另外，你这两天先把公司的材料准备好，要扎实，不要玩虚的。等省高院的公告见报以后，你再按上面的要求交到该交的地方，别交给我。我准备将材料收齐以后，先针对报名企业自己提供的材料，派人去认认真真地核实，只要发现哪家公司提供的材料有弄虚作假的成分，我们就建议院党委、院评审委员会实行一票否决制，把它踢出去。现在报纸、电视上都在讲诚信，替法院做业务，不诚信还行？所以，3D 公司上报的材料，你要亲自把关，不能有一点水分。”

张仲平说：“好。我估计这样一来，一些所谓的精英公司都会落马。现在的公司都这样，吹得很厉害，生怕别人不知道老子天下第一，只有到一个地方是例外。”

健哥说：“哪里？是不是税务局？”

张仲平说：“对，就是税务局。”

健哥笑了笑，说：“看你们这批商人，赚那么多钱，国家收你们几个税，还想逃还想偷。”

张仲平笑了笑，说：“健哥你冤枉我了，偷税漏税的事，3D 公司是从来不干的。我们的账经得起查。要是因为交税的事阴沟里翻船，这种错误不是太低级了吗？怎么对得起自己和朋友？”

健哥说：“那就好那就好。就是要守法经营呀。这点都做不到，别的就不要谈了。”

张仲平说：“是是是。我再接着刚才健哥的话说吧，如果省高院在对拍卖公司的准入资格进行审查，真的能严格认真，能够打下来几家厉害的拍卖公司的话，那么，今后与我们竞争的就是那些二三流企业，这一招好呀。”

健哥说：“如果谁要弄虚作假，就不要怪别人不客气。”

张仲平说：“怪也怪不上。”

张仲平其实还有另外一个问题，他们把其他的买家比喻成大鱼，作为大鱼的胡海洋，是不是也存在着去咬别的鱼钩的可能性呢？不过，张仲平转念一想，这个问题虽然存在，相对来说还是好办一点，与其一股脑儿地抛给健哥，不如到时候再说。这时健哥又说话了："仲平，我在场面上混，难得找到你这样能说体己话的朋友，讲句心里话，我一个农民的儿子，没有任何背景，能混到今天这一步，不容易啊！你知道我这话的意思吗？"

"我明白。"张仲平赶紧说，边说边郑重其事地点了点头。

两人好一会没说话。

"那个什么公司准备搞的艺术品大拍还有多久呀？"健哥问。

"大概个把月吧。我跟嫂子都弄好了，健哥放心。"张仲平回答。

"仲平你见外了，我是想起来随便问的，你办事我哪有不放心的？真的。那是不是就这样？让服务生进来吧，嗯？"健哥说。

张仲平说："行呀。"

健哥说："先洗个脚吧。最近我看了一篇小文章，说洗脚好。说脚掌是人的第二心脏，有三十三个穴位，六十六个反射区，其他的血管呀神经呀就更多了。一般的人也就注意心脏了，为什么？心脏目标大呀，直接呀。都说肚里乾坤，其实哪里都有乾坤，脚板心里也有乾坤，是不是呀，仲平？"

张仲平说："对对对，健哥可以给这里的欧阳老师当老师了。"

健哥说："你还别说，我洗脚还就那次舒服。"

张仲平说："这次还点她？"

健哥说："你安排吧。"

唐雯说："仲平你抽得出时间吗？"张仲平说："怎么啦？"唐雯说："小雨快放假了，想带她到外面去玩一玩。你看，再一开学就高二了，明年暑假肯定不能出去，马上要考大学，学校还不组织她们补课呀，只有这个暑假了。再说了，如果不去玩，小雨肯定会整天在家里上网。"张仲平说："你自己考试的事呢？"唐雯说："也就这几天了，不过，我可越来越没信心了，年纪一大把了，跟那些刚出校门的年轻人去拼，心虚。"张仲平说："要不然等你考完试之后你带小雨去吧，她不是嚷着要去西藏玩吗？"唐雯说："一家三口出去玩才有意思哩，你也不要整天忙工作忙赚钱，调剂一下嘛。"张仲平说："上次胡总来你也看到了，法人股的事得盯紧，哪里出得去？要不然，把丛林的女儿丛珊带上吧，小雨也好有个伴儿，怎么样？”唐雯说：“我还是希望你也去。”张仲平说：“等下一次吧。这段时间我真的是无论如何不敢离开。省高院入围的事，法人股拍卖的事，对公司来说都太重要了，我哪里有心思到外面去玩，就是出去了也会影响你们的兴致。”

张仲平给丛林打了一个电话，丛林说：“丛珊暑假的活动早就排满了，学校里有个夏令营去海南三亚，回来又要到她外婆那里去。”

张仲平把这个情况跟唐雯说了，唐雯说：“我想了想，你如果去不了，我的兴趣也不是很大，如果小雨不是特别坚持，这个暑假就算了吧，留在家里也好照顾你。”

丛林后来又来了电话，说他以两个人的名义邀请了老班长一家来擎天柱玩。老班长能不能来要看时间，他夫人和孩子肯定没问题。丛林要张仲平提前把家里的事安排好，到时候一起开车去。张仲平想都没想，就说行呀。

丛林想到东区法院去当院长的事被拖了下来。曾经有段时间他的呼声还是很高的，组织部和人大到市中院考察了好几次，也都还不错，有消息说可以先下文任代理院长，等到开人民代表大会的时候再选举通过一下，把代理二字去掉。外面说得有鼻子有眼的，丛林院里的同事都开始丛院长丛院长地叫了。谁知道过了没多久又突然停了下来，弄得丛林的处境多少有点尴尬。丛林在市中院只是一个庭长，当院长是区法院的事，在市中院被叫成院长当然是不合适的。

张仲平要丛林抓紧时间跑一跑，丛林说：“我也知道要跑，可是你要我往哪里跑？”张仲平说：“问题是你不跑别人在跑，你就可能被落下。不做公务员还无所谓，既然做了，就要做好，什么叫做好？官升一级就叫做好，何况你还是平级调动。”丛林说：“这些道理我都明白，就是不知道问题出在哪里，也就不知道朝哪里使劲。好在我早就想通了，一颗红心两手准备吧。”

放暑假没几天，老班长的夫人带着儿子过来了，是张仲平开了车与丛林一起到机场去接的。之前老班长给张仲平来了个电话，说他本人实在没时间，老婆儿子的事就拜托两位费心了。老班长比张仲平和丛林早结婚几年，儿子今年参加了高考，长得高高大大的，比张仲平还高出小半个头。老班长的夫人这两年发胖得厉害，完完全全是个北方大婶的样子，当年外语系系花的影子可是一点都看不出来了。张仲平和丛林争先恐后地夸了老班长的儿子，接着就夸老班长的夫人，说嫂子还是老样子。老班长的夫人心里很高兴，但头脑还算冷静，跟他们两个来了个逆向思维，说："你们说的老样子是老了的样子吧，如果上大学那会儿我是现在这个样子，你们老班长的眼神可就大有问题了。"丛林说："哪里哪里，嫂子风韵不减当年，走到大街上回头率仍然居高不下。"老班长夫人笑得更爽了，说："这种话也就你们当法官的敢说。"

把老班长夫人儿子在栖霞大酒店安顿好了，丛林跟张仲平商量这几天的接待问题。张仲平说："健哥听说嫂子来了，一定要给她娘儿俩接风，一起参加吧。从明天开始，我开车带他们到郊区几个景点看看，等到周末你一头一尾地请天把假，到擎天柱玩个四五天也就差不多了。"丛林说："可以。去擎天柱风景区你是带教授去还是带曾真去？"张仲平叹了一口气，说："到时候再说吧。"丛林说："别到时候再说，先定下来吧。"张仲平说："你的意思呢？"丛林一笑，说："这是你的事，我一个清官也不敢乱断你的家务事呀，不过照道理来讲，应该唐教授出面。可是她要走了，你们家小雨怎么办？哦？不是已经放假了吗？干脆一起带上，丛珊已经去三亚了，否则也可以带上，这样就有了家庭聚会的性质。现在我只能带小曹了，反正我跟小曹也快要办手续了。"张仲平心里本来是想带曾真一起去的，上次去擎天柱半途而废，这次正好补上，听了丛林这话，也就不好说什么。还有就是唐雯那儿，当年他们旅游结婚上了北京，老班长的夫人她是见过的，假期又没什么事，她要提出来一起去，还真不好拒绝。

人的感情是一个很奇怪的东西，自从那个晚上闹过一次以后，曾真对张仲平反而更加依恋了，她小心翼翼地服侍他，好像生怕他生气。张仲平笑她，说："你看你，越来越失去自我了，你这个样子，跟别人说曾经是电视台的名记，谁信？"曾真说："还不是你害的？不知道你给我吃了什么药，搞得我像中了邪似的，真的，在擎天柱你没给我放蛊吧？"张仲平说："我还怕你给我放了蛊，要不然我怎么就觉得你比什么东西都好呢？"曾真说："我要是一件东西就好了，可以让你整天拿在手里，揣在兜里。"张仲平说："现在整天拿在手里揣在兜里的东西只有手机，可是，手机是经常换的，你不怕呀？你知道有些男人为什么频繁换手机吗？因为男人都是喜新厌旧的，换老婆成本太高，也太麻烦，只好拿手机出气。"曾真说："你的手机就从来没有换过，除了摔坏的那一部。摔了也就摔了吧，新买一部又是同一个牌子同一个型号。"

张仲平说："可见我是一个恋旧的人，一个专一的人。"

曾真望着他半天没吭气，张仲平醒悟过来了，他的这种自我表扬，潜台词等于说曾真永远没有前途，他搂搂曾真的腰说："宝贝儿，我真的好爱你的。"曾真说："我都被你这种甜言蜜语喂饱了。"

唐雯对去擎天柱没什么兴趣，小雨也说不去。说除了西藏，哪儿都不去。这是临行前一天晚上的事。没想到等张仲平和曾真接了丛林和小曹，刚把车开到栖霞大酒店楼下，唐雯又打了电话过来，说小雨同意去了，上次梨花江漂流很有意思，想再漂一次。

张仲平忍不住发了脾气，说："说了不去又要去，到底怎么回事嘛？"唐雯却在电话那一头直乐，说："还不是你的宝贝女儿，她要去你有什么办法？怎么，你很为难吗？"张仲平说："我为什么难？可是，多出两个人起码得换车吧，你跟小雨说，不去行不行？"唐雯说："你自己跟她说吧。"小雨说："老爸你怎么回事嘛，不是你做工作要我们去的吗？我和妈妈一直很矛盾，想呀想呀，刚刚正好想通了，说反正闲着也是闲着，不如去吧，怎么，不行呀？"

张仲平的手机音量很大，他跟唐雯、小雨通话的情况，车上其他的几个人也都听得清清楚楚。丛林等车刚一停稳就跳了下来，说："我跟小曹上楼接老班长夫人他们吧。"拉了小曹的手就走了。

张仲平坐在驾驶室的位置上没有动，他叹了一口气，直直地盯着方向盘发呆。曾真从张仲平接电话开始就一直没吭声，这时候默默地靠过来，伏在了张仲平身上。过了一会儿，曾真轻声说："我下车，让她们去吧。"张仲平伸出手来，一下子就抓住了曾真的胳膊。曾真轻轻地笑了一下，说："还有什么办法吗？没有了。"

张仲平叹一口气，终于没说什么。曾真伸出另外一只手在他抓着她的胳膊的那只手上拍了拍，说："没事的，真的没事。四五天，一下子就过了。"

张仲平说："你要不要跟老班长夫人打个招呼？"曾真说："你就让我灰溜溜地走吧，还打什么招呼，让人家在心里笑我呀？"张仲平说："对不起，宝贝儿，真的对不起，我没有想到会这样。"曾真说："哼，有什么办法？碰到这种情况，还不都是小的让大的？"张仲平本来想开句玩笑，说你跟教授比是小的，跟小雨比，又是大的。到底没有心思，话到嘴边又咽了回去，只好一个劲儿地说对不起。

曾真要开门下车，又被张仲平拉住了，说："要不你先等一等，我再打个电话试试吧。”

张仲平打通了家里的电话，张仲平说：“要不，你跟小雨这次还是别去了？”唐雯那边停了一会儿，然后才说：“怎么啦，仲平？不是一直是你在做我跟小雨的工作吗？你是不是知道我们不去才故意那么说的？我们决定去了，是不是打破了你别的安排？”张仲平说：“看你都说了些什么话？我能有什么别的安排？是你和小雨说了不去，我才决定开奥迪车的，你们这一突然改变主意又得换车。”唐雯说：“真的只是这个原因呀？这个还不好办，公司不是有三台车子吗？要不你让丛林开你的奥迪，咱们一家三口换台车随后就到，不就行了吗？”张仲平说：“那……好吧，你们俩在家里等着，随时电话联系吧。”

曾真说：“算了仲平。我不去就是了，别再惹出什么麻烦来，我真的怕了。”

张仲平把曾真搂过来，把她的头往自己的胸膛上按了按，说：“好吧，等丛林他们下来了，让他开车先去，我送你回家，顺便再到公司里去开车。”

曾真说：“我还是先走吧，这会儿我不想见他们。要不，你拿点钱给我吧，我到附近商场去转一转。”

张仲平说：“好。”

半个小时以后，丛林他们才从楼上下来。张仲平忙着在大堂前台结了账。回到车上，丛林问了一句，说：“工作做通了？”张仲平笑了一下，点了点头。小曹说：“曾真同志真是一位好同志。”去郊区玩的时候，张仲平带上了曾真，老班长夫人对她印象也很好，见曾真不在车上，也问了一句，说：“不是说好一起去擎天柱的吗？”丛林说：“为了陪嫂子，这一回规格升高了，老大亲自出马。”老班长夫人说：“你们这些男人呀，不知道怎么说你们才好。”丛林说：“主要是大款，像张仲平同学这样的，这种事免不了。国家公务员就好多了，不是不想，是不敢，顾忌太多，也没有那个能力，像我跟老班长，多老实。”小曹说：“你老实得很。”老班长夫人说：“张总你夫人姓什么？我记得你们结婚的时候上过北京。”张仲平说：“对。姓唐。现在也大小是个教授了。那一次她还在集体宿舍跟你挤着过了一夜。”老班长夫人说：“我想起来了。你夫人也是蛮不错的。”丛林说：“问题就在这里，两个都不错，真的不知道我们的张仲平同学怎么办。”没想到老班长的儿子这时突然插话，说：“车到山前必有路，船到桥头自然直。”一车人哈哈大笑。等笑过了，张仲平说：“考的是北大吧？高才生呀。”

第二十五章

从擎天柱一回来，张仲平就直奔曾真那儿。

两人缠绵过了，曾真从柜子里抱出来一大堆东西，要张仲平洗了澡以后换上。

张仲平说："怎么啦？"曾真说："没怎么，给你买了T恤、长裤、袜子、皮带、皮鞋，还有短裤，通通换上吧。"张仲平说："换上？换上怎么见人呀？"曾真说："什么话？让你焕然一新，反而不好见人啦？"张仲平说："不是，我是说待会儿……到了河那边，我怎么说？"曾真说："有什么不好说的？你看看自己这行头，都好几年了吧，不是早该换了吗？干吗弄得像个村干部？别人不打扮你，我打扮你，我就是要把你打扮得精精神神、潇潇洒洒的。"张仲平说："不是嫌我老了吧？"曾真说："就是就是，人家花了四五天帮你左挑右拣的，我自己一件衣服都没买，你倒好，就这样领我的情。"张仲平说："不是不是，我主要是担心打扮得太英俊潇洒了，后面跟一大串美眉。我这个人觉悟又不是很高，被人抢了去，给你惹麻烦。"曾真说："我巴不得别人来抢哩，你真的认为自己是个宝吧。"张仲平说："我不是宝，你是个宝，行了吗？"曾真说："不行。"张仲平说："那你要我怎么样？"曾真说："我要你大声地说，张仲平最讨厌张仲平最讨厌，说一百遍不歇气。"张仲平说："好，我说：一百遍不歇气。"

张仲平感到很奇怪，他从来没有跟曾真一起上街买过东西，也从来没有告诉过她他的腰围、裤长和鞋子的码数，但曾真给他买的每一件东西都是那样合身。穿戴停当，再往穿衣镜里一照，真的精神了不少。张仲平忍不住朝曾真单腿跪了下去，捧着她的一只手放在自己唇边亲吻，张仲平仰视着曾真，说谢谢。曾真一把把他拉起来，说："男子汉大丈夫怎么能随便给人下跪？真要跪也不该是说那两个字，而且也不能两手空空的。"张仲平说："对不起，我错了。"曾真轻轻地叹了一口气，说："没有什么。真搞不懂你，不知道你到底是真傻还是装傻。"张仲平说："你要是有这种感觉，那肯定是我真的傻。"曾真不说话了，她把张仲平一个劲地往穿衣镜那儿拉，让他紧紧地贴着她，对着镜子左照右照的，嘴一抿一抿地乐，又突然一把把他推开，说："你怎么这么讨厌，丑死了。"

张仲平有点发愁了，他真的不知道回家以后跟唐雯怎么说。外面的装备还好解释，就说老班长夫人走的时候送老班长一身行头自己顺便买了一套。内裤呢？曾真把张仲平换下来的东西装到一个纸手提袋里，说回家让大知识分子帮你去洗吧。那条蓝色的内裤却被她扔到垃圾桶里去了。扔之前拎着给他看，说："看看，这也是百万富翁的内裤呀？都有小洞洞了，你难道不怕小鸟飞走了吗？"张仲平说："这还不是你的功劳？"曾真说："你少贫嘴，还不知道是谁的功劳呢，我帮你扔了，穿我买的吧，今年是你本命年，得穿红色内裤辟邪。"

曾真有没有故意给张仲平出难题的意思呢？谁有事没事到外面换什么内裤？就是新买的也不行呀，得先拿回家用开水烫一烫。曾真就告诉他那条红色的内裤已经洗过了烫过了。唐雯能不怀疑吗？你买了T恤、裤子，穿上了不肯脱下来还说得过去，有在外面买内裤试内裤的吗？有试了内裤再也不脱下来的吗？

张仲平从曾真那儿出来以后就直奔商场而去。被曾真扔掉的那条内裤是一般的牌子，颜色也还好配。可是新的跟旧的还是有差别的。那种牌子的内裤是两条装的。张仲平准备换之前把那条黄色的扔了，运用葛云向他传授的瓷器做旧方法，把另外一条内裤弄得旧一点，再使劲地在前面抠出一两个小洞洞来，心想，就糊弄一会儿吧，今天晚上在家里洗了澡就把它扔掉，扔到垃圾桶里明天早晨记得亲自把垃圾袋提出去扔了。唐雯如果不是像警察破案一样认真仔细，估计也发现不了什么大问题，但是曾真买的红色内裤就不好找了，商店里红色内裤倒是不少，但牌子跟曾真买的都不一样。张仲平要用蓝色的内裤替换红色的内裤，替换下来的红色内裤必须恢复成没有拆包装前的样子，这样才不会引起唐雯的怀疑。洗过之后再穿在身上又还不能让曾真发现问题，牌子不对怎么行？张仲平两边都要圆场，觉得这事多少有点可笑和无奈，不过做好了却会有一种成就感，可以让自己偷着乐一两下。他想了想，曾真是在栖霞大酒店下的车，那就在附近的商业步行街一家一家地找吧，终于找到了。

张仲平接下来的几个小时就在商场里耗着了，他想得给唐雯和小雨买点东西。买什么东西却颇费脑筋。本想给唐雯买套衣服，这才发现对她的肩宽、胸围、腰围、腿长这些基本概念原来一点都不了解，随随便便地买回去肯定不合身，不招骂才怪。他看中了一个手提包，很时尚，价格当然不便宜，就是不知道唐雯喜欢不喜欢。在鞋柜转了一圈，各种各样的鞋子琳琅满目，却也不敢下手。张仲平对唐雯的鞋码倒是知道，三十八码。张仲平自己的鞋码介于三十八码到三十九码之间。刚结婚不久，两口子还经常开玩笑，唐雯说他是小脚男人，他说唐雯是大脚女人。唐雯说："大脚女人江山稳，你看朱元璋的老婆马皇后，时不时露露马脚，却一双天足帮明朝开国皇帝坐了几十年的江山。"张仲平说："小脚男人也有特点，就是身体飘，你对我要盯紧点，否则，一不小心就会飘呀飘呀飘得不见了。"唐雯说："革命靠自觉，你要飘我有什么办法，还要我在你脚踝上绑两个秤砣不成？你自己掌握方向，可别飘呀飘呀飘粪坑里去就行。"

张仲平最后还是把那个包买了，唐雯要真不喜欢，还可以反过来批评她的眼光。买鞋子不行，鞋码是个长度概念，脚却有宽有窄，合不合适非得自己亲自试。给小雨买什么东西呢？衣服也不敢买，平时都是唐雯陪着小雨去的，每次都闹得不愉快。唐雯说小孩子身体长得快，买衣服讲究价廉物美，小雨讲究的却是牌子，什么耐克，什么阿迪达斯，穿出来酷酷的，价格却高得吓人。你给她买东西，她要不喜欢，碰都不会去碰，那就真的是费力不讨好了。而且最主要的问题是给唐雯和小雨买的东西要显得随意。你想呀，你是陪老班长的夫人跟老班长来买东西的，这时候心里还想着老婆和孩子，看见好东西心血来潮顺手就买了，这样才自然，否则像购物似的，为什么不等到周末一家三口一同逛商店？后来张仲平给小雨买了一把电动牙刷，可以充电可以用七号电池，开关一按自然滚动旋转，像个玩具。小雨这丫头从小就不喜欢刷牙，这么大了每天洗脸刷牙还要跟着屁股后面叫，二百来块钱一把的牙刷不知道会不会让她感到新奇好玩，提高她的刷牙积极性。又到首饰柜给她买了一个挂件，是用牛骨雕刻的骷髅头，对这件东西张仲平倒是很有信心，知道小雨会喜欢。都高中生了，前不久还在玩那种整蛊玩具，说请老爸吃口香糖，张仲平一边说乖女儿孝顺一边伸手去拿，没料想啪的一下跳出来一只蟑螂，吓了他一小跳。

当然得给曾真买个礼物。去擎天柱前曾真找他拿钱，他给了她八千，以为她会去疯狂购物。这也是曾真第一次开口找他要钱。感到郁闷的女人往往有两种爱好，一是胡吃海喝，跟自己的肚子和身材过不去。二就是疯狂采购，跟老公的钱包过不去。都是憋了气想着法子拧着干。没想到曾真把钱全部花到了他身上。他仿佛看到了曾真一家商店一家商店替他挑衣裤、挑皮带皮鞋、挑袜子内裤的情景，心里头不禁涌着一股热乎乎的东西。最近，对曾真在他面前表现出来的乖巧和温良恭俭让，总是觉得受之有愧，内心里有一种微微发酸的心疼的感觉。这个家伙越来越黏他，让他故意寻隙发脾气的机会都没有。他当然知道一个把自己收拾得体体面面的男人单膝跪在心仪的女人面前时，手里应该拿着什么东西，那应该是一朵红色的玫瑰或一枚戒指。这个世界到处都有玫瑰花开放，这个世界也到处可以买到各种各样的戒指，镀金的、真金的、铂金的、白银的、钻石的，可是，对于一个已婚男人来说，戒指是控购物资，是有指标限制的，不用指标买来的戒指送出去就会变成一把匕首。匕首是什么？学名管制刀具，简称凶器，想一想都恐怖。

张仲平为曾真买了一个玉佛坠子，冻玉的弥勒佛。男戴观音女戴佛。张仲平希望曾真一辈子都开开心心的，又配了一条真金的链子。张仲平想起了胡海洋的话，早就做了去青山寺的计划，他要让青山寺的和尚为那尊玉佛开光，然后他将亲自把佛佩戴在曾真的胸前。在接下来的五分钟、十分钟，甚至半个小时里，他可能也不会跟她做爱，只会轻轻地搂着她的腰，闭上眼睛默默地祈祷上苍。

张仲平回到家里，唐雯和小雨欢呼雀跃起来。小雨说：“哇，欢迎老爸闪亮登场。”唐雯怔了一下，说怎么搞得像新郎官似的？小雨对那个饰物果然感兴趣，对那把牙刷却直摇头，说：“老爸以为我还是幼儿园的小朋友吧。”对唐雯的那个提包也叫好，说老爸很有品位嘛。唐雯看了一下坠牌上的价格说：“这么贵？”张仲平批评她，说：“钱是用来干什么的？是用来花的。男人赚钱为什么？就是给自己的女人花，给自己的孩子花。不要问买得贵不贵，只要问花得愉快不愉快就行了。”小雨说：“我完全同意老爸的观点，如果老爸再给我买一双耐克鞋，我就更加更加愉快了，我会狂喜。”唐雯说：“还说呢，你今年已经买过两双了。”

两口子到了床上，唐雯用在张仲平身上的形容词变了，说他打扮得像个嫖客。张仲平说：“怎么说话呢？”唐雯说：“没有，我只是觉得跟你以前的品位有点不一样了，白裤子白皮鞋，多扎眼。”张仲平说：“亮一点好，穿得亮一点人精神。你也可以穿得花一点亮一点。”唐雯说：“还有一个问题，是王玉珏跟我说的，说她最近最喜欢给她的男朋友买东西，买了东西之后还得给周教授也买一份，否则，心里老不安。”张仲平说：“你最近怎么回事，怎么老是疑神疑鬼的？”唐雯说：“没有吧，也许是王玉珏跟我讲的那些事儿太多了，老联想到咱们自己。”张仲平说：“看来你不能老当人家的垃圾焚化炉了，我听说有些心理医生就这样，本来想给别人排忧解难，结果太投入，把自己搞出病来了。”唐雯说：“不会吧？”张仲平说：“怎么不会，早几年广播电台不是有那么一位主持人吗？给人家当知心大哥，回答别人稀奇古怪想不通的问题，但是，透过现象看本质，各种各样的问题归结起来无非两个字，一个钱、一个权。跟自己上大学时的那些个理想呀信念呀相差得太远了。或者说他的所谓的理想呀、信念呀，在钱、权二字面前变得虚幻缥缈不堪一击，搞得自己很厌世，结果自杀了。”唐雯说：“你不要吓我，我这点承受能力还是有的。”

张仲平说：“我知道你有这种承受能力，但是，你敢说你的情绪一点也不会受王玉珏的影响？”唐雯说：“你不要打岔，我的话还没有说完，你说王玉珏的老公，那个周教授又是怎么回事呢？搞网恋，而且被王玉珏抓着了，王玉珏对周教授不依不饶的，在他脸上抓出了一道一道的血印子。”张仲平说：“这不是典型的‘只许州官放火，不许百姓点灯’吗？王玉珏有外遇，周教授肯定有感觉，至少有被冷落的感觉。搞搞网恋算什么，寻求点精神安慰而已。”唐雯说：“你呢？”张仲平说：“我？我搞网恋？我连上网打字都不会。”唐雯说：“那你是要真枪实弹地干啰？”张仲平说：“你看你这个人。”唐雯说：“怎么样，你会不会嘛？”张仲平说：“我怎么会？”唐雯说：“你怎么不会？”张仲平说：“因为你好嘛。”唐雯说：“你越是这样说，越是让人怀疑。我都四十岁的女人了，好什么好？你们男人不是常说吗，二十岁的男人爱二十岁的女人，三十岁的男人爱二十岁的女人，四十岁的男人爱二十岁的女人，到了五六十岁七八十岁，男人还是爱二十岁的女人。你们男人还说，女人十八一枝花，女人四十豆腐渣。”张仲平说：“不准这样说我老婆，你再这样说，我真的要去搞一回，免得黑锅也背了，什么也没捞着。”

唐雯说：“逗你玩的哩。我想你也不会。眨眼之间，我们结婚也有十七八年了，小雨也都十六了，算是熬出头了，你怎么会去干那种头脑发昏的事呢？”

张仲平说：“主要是因为你好，真的。”

唐雯说：“你也不容易。两个人都不容易呀。昨天我清东西，看到了我们刚认识那会儿一起照的相，黑白照片，有一张是我们自动拍的，你抱着我，龇牙咧嘴好像要咬人，好好玩的。还有你给我写的那些诗，好肉麻的。我一直想问你，那是给我写的吗？不是把写给那个夏什么的诗重抄了一遍应付我的吧？”

张仲平说：“怎么会这样？那个时候我哪里懂这些套路？”

唐雯说：“你的说法有问题，是不是你现在已经懂得玩这些套路了？”

张仲平说：“你看你你看你。”

唐雯说：“现在的小孩子就懂，我教的那个班有个男孩，长得像那个谁？对，陆毅。他给班上三个女孩子写了情书，除了名字不一样，里面的内容一模一样。三个女孩子又要好又互相暗自较劲，后来也不知道怎么发现了，三个人一起去找他。他居然一点都不难堪，还理直气壮地说，是呀，没错呀，你们三个我都喜欢，分不出来谁更好谁更可爱，对你们的感情也是一样的。我对你们很认真，起码还写情书，而且不是复印的。你们也不要装淑女，那个谁谁谁每个周末都有人来接，不是宝马就是奔驰。还有那个谁，不是堕过胎吗？买单的是我的两个哥们儿，因为她跟他俩同时都有一腿，她也分不清是谁播的种。你看看。小雨以后要碰到这样的，怎么得了？”

张仲平说：“小雨还早哩。”

唐雯说：“时光如梭呀。闭上眼睛，生小雨也就像是昨天发生的事。难产，一天一夜没生下来，你很着急，也守了一天一夜，听你妈说，你也是一天一夜没吃没喝的。你坐在我床边抓着我的手，还动不动抽鼻子流眼泪，小声地哭。开始发作的时候我那个疼呀，抓着你的胳膊怎么也不肯松，把你的胳膊掐出了好深好深的指甲印，可那时我哪儿知道呀，一点也不知道。你这个傻瓜，也不叫，让我抓。听说直到最后决定剖宫产，我被推进手术室，我的手才被医生护士强行掰开。同病房的产妇，还有那些医生、护士，都很羡慕我，说还从来没有见过这么疼老婆的。”

张仲平说：“我记得当时跟你同一个房间有个产妇，她老公最差劲了，老婆生孩子就来过两次，一次是送老婆上医院，一次是接老婆孩子出医院，其他时间都在外面打牌，原因是临产前做了 B 超，知道是个女孩。”

唐雯说："小雨也是女孩，你却很疼她。我还觉得有点对不起你，你家五兄弟，生的都是男孩，唯有你这做大哥的，生的是女孩。你还安慰我，说女孩好，女孩是爸爸妈妈的贴身小棉袄。你都从哪儿学来的？"

张仲平说："是好嘛，小雨不好吗？"

唐雯说："小雨小时候可难带了。那个时候我们两个人的工资加起来才一百多块钱，房子又小，也请不起保姆，你妈我妈身体都不好，只好亲自带，你洗尿布，晚上把屎把尿，白天买菜做饭，什么都干。那个时候你在学校里搞行政，清高得很，别人提拔了，你上不去，心里憋得难受，说要往上爬就得舔别人的猴子屁股，所以你要下海我也就同意了。"

张仲平说："那几年日子过得苦，多亏了你呀。"

唐雯说："是呀，开始做钢材生意，几个朋友一起凑本钱，我们又没什么积蓄，只好找亲戚朋友借。宏观调控那几年，钢材压货跌价，那个惨劲儿，现在想起来真的都不知道怎么过来的。家里不敢待，只好长期躲在外面，可是，你能躲我不能躲，我没有地方躲，我也不想躲。俗话说，跑了和尚跑不了庙，我就是你的庙。如果连庙都没了，那些债主还不满世界找你呀？那时候拿命抵债的事，被债主逼得上吊跳楼的事又不是没有，甚至一只手多少钱，一条腿多少钱，都是明码标价的。我从来没跟你说过这些，你是不知道，那时晚上一有人敲门，我就紧张，浑身直哆嗦，怕呀，自己怕还怕吓着小雨。

"那时候我也才二十多岁，可是三四年我硬是没有买过一件新衣服。家里几乎没有一件电器，因为结婚时的彩电、冰箱包括电风扇，都被人家搬走了。那时候我到处上课，校内的课、校外的课都接，上午讲、下午讲，有时候晚上也讲，最多的时候一天讲十个小时，讲得嗓子冒烟，声音嘶哑，还不敢取巧偷懒，怕请人上课的单位不满意，系里不给我排课。到市里讲课我怎么去的？坐公共汽车我舍不得，只好自己骑单车。小雨没人带怎么办？只好寄存在张老师、杜老师家里，这里半天，那里半夜的。好在小雨乖，听话。可是，别人拿着也是一件事儿呀。没办法，就经常不断地给他们买礼物。那个时候最苦是什么你知道吗，仲平？是不知道你在哪里。是死是活都不知道。那时装台电话要好几千块钱，还要找关系，哪里装得起？你又不敢给我写信，怕别人寻着邮戳找了去。哦，有天夜里我从市里讲课回来，突然下起了雨，那个雨大呀，街上几乎没有人，车倒是有，可车一过溅起一股水浪。单车哪里踩得动？只好推着走，一滑就摔倒了。我就这样走了两个多小时才回到家里。刚换完衣服，准备去接小雨，也巧了，你的电话打到了楼下老刘家里。你还记得吗，老刘，就是那个老婆去了美国的？你问我怎么样，我说好呀，还嘻嘻地跟你谈小雨有趣的事儿，可是，回到家里，等小雨睡着了，我却再也忍不住了，一个人独自哭了整整一夜。”

张仲平说：“是呀是呀，那个时候日子是过得苦了些，好在已经过去了。嗯，不对呀，你今天这是唱的哪一出？我听着怎么像《红灯记》里面痛诉革命家史似的？”

唐雯说：“傻瓜，特意说给你听的。仲平你不知道，今天王玉珏又找我扯了好半天。我就弄不明白，两口子都是知识分子，也都是自由恋爱结婚的，放着好好的平安日子不过，都瞎折腾什么呢？我是越想越怕，怕你也这样。”

张仲平说：“怎么会？”

唐雯说：“谁知道呢？你的生意做得也不小了，也赚了一些钱，你不是说过财富就像鱼肉吗？惹苍蝇。现在外面的小姑娘，花蝴蝶似的，其实就是苍蝇，怎么就不会盯你呢？”

张仲平说：“我是谁呀？全国反腐防变十大杰出中年之一，拒腐蚀永不沾。什么花蝴蝶，都不如咱家的老蝴蝶。”

唐雯说：“别油嘴滑舌，你越这样我越觉得你形迹可疑。王玉珏说了，那些做老公的，越是对老婆好，外面有情况的可能性越大，其中就包括莫名其妙地给老婆买贵重礼物。”

张仲平说：“那个王玉珏也贱，我看你还是少跟她来往的好。”

徐艺那场大型文物艺术品拍卖会，将于上午九点钟在东方神韵大酒店国际会议厅举行。

张仲平上午八点左右就带着曾真到了。他还担心来得太早了，没想到别人来得比他还早，已经占去了三分之二的座位。

更让张仲平没有想到的是，居然会在拍卖会场上碰到龚大鹏。龚大鹏隔了老远就跟张仲平打招呼。拍卖会场上放着悠扬舒缓的背景音乐，音量很低，龚大鹏的声音却很高，惹得那些衣冠楚楚的男女都忍不住抬起头来看他们。

等龚大鹏走近了，张仲平说：“龚老板气色不错呀，红光满面的，最近是不是发达了？”龚大鹏说：“还不是托张总你的福。除了胜利大厦的项目在做，最近又在搞路，一两公里吧。”张仲平说：“是吗？不错，龚老板是个人才。”

这时一阵香风扑面而来，一个穿着红底金花的唐装、梳了发髻的年轻女子款款而来，一来就挎着龚大鹏的胳膊，却歪着头对着张仲平笑。张仲平好像在哪里见过她，一时却没有想起来，站在他旁边的曾真表面上不动声色，挽着他一条胳膊的手却在暗地里使劲掐他。

唐雯跟小雨去西藏旅游之后，张仲平和曾真整天待在一块儿。张仲平怕唐雯半夜查岗，将家里的电话做了呼叫转移，河西的家里已经好几天没去过了。曾真缠着张仲平，要他这里那里的都带着她。曾真自己都不避讳，张仲平也不好说什么。业务单位的客人如果没有什么重要的事情要谈，一般的饭局张仲平也让曾真出席。曾真做记者出身，段子又多，伶牙俐齿的，总是把气氛搞得很活跃。再说社会上这种事多了，谁都不会引以为怪。相反，一个老板要没个漂亮秘书带着，人家反而觉得你像缺了什么似的不是那么一回事儿。但张仲平心里的某一个角落总惦记着唐雯，她不是放了风要委托侦探事务所查他吗？曾真对他的那股黏糊劲儿要是被针孔摄像机记录在案，那还了得？张仲平恐怕真的会死定了，所以，不管到哪儿，张仲平总是先要东张西望一番，看周围有没有形迹可疑的人。同时，张仲平也心存侥幸，认为唐雯只是这样说说而已，不会真的去那么做。

那年轻女子说：“怎么，大哥真的不认识小妹了？”张仲平这才想起来站在对面的是徐艺公司的部门经理张小洁，说：“不好意思不好意思，你发型变了，又戴了一副眼镜，一下子没敢认。”张仲平一边说一边连忙将她跟曾真做了介绍，两个女人也就笑笑，伸手钩了钩。龚大鹏说：“不仅发型变了，身份也变了，现在是龚太太。”张仲平说：“是吗？龚老板这就是你的不对了，办喜事怎么也不通知一声？”龚大鹏说：“这一次比较匆忙，先开张营业再办的证，下次一定请。”张小洁擂了龚大鹏一拳，说：“老不死的说什么呢？”

张仲平说：“怎么，龚老板对艺术品也感兴趣？”龚大鹏说：“这不，被夫人硬拖过来的，她说我是农民，要提高档次。我就纳闷了，我祖孙三代都是泥水匠，没干过一天农活，怎么就成农民了？再说了，我没档次能找到这么好的老婆吗？是不是，张总？”张仲平说：“那是。”龚大鹏说：“不过我觉得小洁说的也有道理，买这些东西真的可以避税。”张仲平说：“是吗？说出来听听。”张小洁又擂了龚大鹏一拳，说：“你小声一点儿。”龚大鹏说：“喏，干脆你跟张总说算了。”张小洁说：“张总还不知道吗，还要你说?”张仲平说：“这我还真不知道，说说看。”张小洁说：“能不能避税关键在于能否纳入企业经营成本，但是，如果你是以企业的名义买的，花的也是企业的钱，挂企业账就没有问题，摊入企业经营成本，企业不就免交了所得税吗？还有，如果将它列入经营设施里面，年年还要折旧，要不了几年就可以折旧为零资产。实际上，艺术品却是逐年升值的，当它折旧为零资产时再转归个人所有也是完全合法的，是不是这样，张总?”张仲平说：“有道理有道理，嗯，你是怎么知道的?”龚大鹏抢着说：“小洁是学财政金融的，正儿八经的本科毕业生。”张小洁打了龚大鹏一下，笑着说：“你行了。”又转头对张仲平说，“所以，我估计徐总的这场拍卖会会很火爆。”张仲平问张小洁是哪个学校毕业的，不料张小洁说的那个学校正好是唐雯工作的那所大学。张仲平不敢再问，再问说不定张小洁还是唐雯的学生。张仲平说：“听小妹这么一说，还很有道理。我都有点心痒了，说不定也买几件东西。”张小洁说：“你买东西，业务提成还得算我的。你忘了，拍卖图录还是我给你送去的?”张仲平笑了笑，说：“你要真的敢找徐总要回扣，你老公还不把你打一顿，说你有损他的光辉形象。”张小洁说：“他敢?”龚大鹏说：“不敢不敢，我心疼都来不及哩，哪里舍得?”

徐艺也过来跟张仲平和龚大鹏打招呼。张仲平说：“不错呀，徐总，人气蛮旺的。”徐艺说：“靠大家捧场，靠大家捧场。”徐艺说着，又点头朝曾真、张小洁笑笑，然后走开招呼别的客人去了。

张仲平四周望望，发现葛云也已经进场了，坐在左前排一个不是很起眼的角落里，跟她在一起的还有另外一个女人，她们两个人的背影看起来有一点儿像，后来那女人偶尔一回头张仲平就认出来了，是廊桥驿站茶坊的女老板祁雨。

张仲平不会过去跟葛云打招呼，在这种公共场合，他们之间是互相不认识的。其实他们昨天晚上还见过面，葛云还替健哥捎来了话，说他是八分之一。张仲平也就笑笑点了点头，说谢谢健哥。他知道八分之一是什么意思。张仲平昨天中午约了省高院司法技术处的董处长和市中院司法技术室的彭主任在黔川情酒楼吃饭，董处长已经将省高院公开选拔评估、拍卖机构的结果提前透露给了他，说总共有八家拍卖企业入选，3D 公司榜上有名。董处长说：“竞争激烈呀，连大名鼎鼎的金槌公司都被淘汰出局了。知道为什么吗？他们去年做了一笔业务，有二千多万，可后来买受人付不了款，成交确认书自行失效，买受人丢了几十万的保证金，但这笔业务还是被他们列到当年业绩里面去了。院审判委员会认为这是弄虚作假，一票否决了。”张仲平一边嘴里说是吧，一边想，院审判委员会的意见不就是健哥的意见吗？看来健哥没有说大话，他在省高院还是有一定的话语权的。健哥没有给张仲平打电话，是不想留下一个邀功请赏的印象，把主次关系给颠倒了。3D 公司入选本来就是意料中的事，算不得意外的惊喜，通过葛云轻描淡写地带那么一句话就够了，至于像董处长说到的那些细节，健哥也知道张仲平完全可以通过别的渠道了解到，用不着特意去提它。哪个拍卖公司没有自己的背景？关系复杂着呢，真传到金槌拍卖公司那儿，说不定还会结怨。

曾真在张仲平耳边悄悄地说：“仲平，3D 公司怎么不做艺术品拍卖了呢？你看，来了这么多人。”张仲平说：“早几年艺术品市场很低迷，也就从去年开始才慢慢回升。”曾真说：“是呀，我听说很多领导干部都喜欢这个。”张仲平说：“楚王好细腰，宫中多饿死。你以为是领导干部想引领时尚吗？这里随便一件东西都是几十万上百万，国家公务员一辈子的工资收入不吃不喝全部加起来有多少？这里面的套路深得很。”曾真说：“要送这些东西不是也算行贿吗？”张仲平说：“当然算。但起码比送钱来得文雅和隐蔽吧？东西你要是不喜欢，还可以拿到某个指定的书画店古玩店去，由它负责收购，帮你换成钱，这样拐一个弯，钱也就洗干净了。还有一种情况，就是真的可以当假的送。”曾真说：“这又怎么说呢？”张仲平说：“其实大家都知道东西是真的，只是故意说成是假的。这样，几十万就变成了几千块、几百块，懂了吗？”曾真说：“懂了。都说商人奸，小女子信了。”张仲平说：“小女子还是只知其然不知其所以然，商人为什么奸？起码有一半是被逼出来的。”曾真说：“看来每一行都有每一行的门道，好在拍卖公司可以不管这些。管收佣金就是了。至于东西怎么来的，卖的钱又流到哪里去，就不是拍卖公司管的事了。”张仲平说：“是呀，艺术品市场火爆，拍卖公司当然受益赚钱。但是，天上的鸟儿你是捉不尽的，3D 公司能把法院的业务做好就不错了。”

拍卖会由上海黑马艺术品拍卖有限公司总经理、国家注册拍卖师李岩主槌。张仲平认识李岩，早几年在北京考国家注册拍卖师时两个人一个班，正好住一间房，也算是同学。前几天过来的时候徐艺把张仲平请去为李岩接过风，后来张仲平又请他去唱过一次歌。李岩在徐艺请他们吃饭的餐桌上半开玩笑地提出来，可不可以请张仲平中途客串一下，他好上上洗手间，当场就被徐艺否定了。徐艺说：“李总你不知道，张总这次是我请的贵客，我给他定了指标，买东西的数额不能低于两百万。”李岩说：“是吗？张总有这个实力我相信，只是没想到有这个雅兴，下次上海开拍卖会一定给你发请柬。”张仲平说：“玩玩而已。李总你还用得着让人客串吗？你的肾功能好是出了名的，圈里有说法，说你有场拍卖会坚持八个小时没离席，还喝了六瓶矿泉水，真是海水不可肚量。”李岩说：“确有其事，不过那是两年以前的事了，搞反腐败教育，拍卖上海几个检察院收缴的赃物，一千多件，烟酒、照相机、摄像机、手表、字画玉器、瓷器什么的都有，竞买人人山人海，四百人的国际会议厅座无虚席，连走廊上都挤满了人。拍卖会从下午一点一直拍到晚上九点。也是巧，我们公司还有两个拍卖师，一个去了香港，一个得了阑尾炎。中间又不敢停，怕一停人气就散了。”徐艺说：“厉害厉害。”李岩说：“现在不行了，这两年身体亏空太多。”张仲平说：“徐总你为李岩准备几瓶六味地黄丸，提前补一补。”李岩说：“那倒不用。我们公司对与徐总的合作很重视，光国家注册拍卖师就来了两个，可以轮流上。”

徐艺朝张仲平看了一眼，说：“咱们公司的许达山拍卖师也不错，省里举办拍卖大赛得过奖的。”张仲平说：“你们两家合作是强强联手。徐总我可跟你说好了，不管我买多少东西，你收我的佣金可得封顶。”徐艺说：“李总可以作证，你要买两百万的东西，我也就收你十万元的佣金，怎么样，够意思吧？艺术品拍卖佣金按照惯例是买卖双方各百分之十，算是给你打了五折。”张仲平说：“我哪里买得了那么多？老婆孩子不吃不喝了？但话得说清楚，封顶就是封顶，也就是说我如果买了一千万的东西，你也只能收我十万，但如果我只买了几万、几十万的东西，你倒是可以按正常佣金给我打五折。”徐艺说：“行行行，只要张总肯出面捧我的场，什么都行。”张仲平说：“咱们之间不要签什么协议了吧？”徐艺说：“张总你还信不过我吗？”张仲平说：“李总，这事对你没什么影响吧？”李岩说：“那就要看张总买的是哪家公司征集来的东西了，如果是上海来的东西，还是有影响的，不过，张总在徐总那里享受到的待遇，在咱们黑马公司同样可以享受，否则，不是显得阿拉上海人太小气了吗？”

拍卖会开始了。徐艺有了上次小拍的成功经验，招商工作做得很到位，一看就知道来了不少有实力的买家，所以，拍卖会进展得非常顺利，大部分拍品都成交了，成交价一般也都在起拍价以上。拍齐白石的一幅人物时还出现了小小的高潮。八十六万起拍，最后以一百六十万成交。曾真凑在张仲平耳边问：“这是真的吗?”张仲平说：“你是问那画是不是真的，还是问成交是不是真的?”曾真说：“两个问题都问。”张仲平说：“先说画吧。齐白石擅画花鸟草虫，其次是山水，人物画极少见。早期也画过一些工笔人物，但他耋年变法以后，人物画就很少画了。他的花鸟画粗中有细，开一代画风。其实就是把文人画的泼墨大写意与工匠的精雕细琢结合在一起。说穿了很简单，杂交品种总是雅俗共赏的。毕竟，齐白石一辈子就是靠卖画为生的。齐白石这个人极有生命力，七老八十了还生了个儿子，为此徐悲鸿还为他画过一匹马以示祝贺。刚才说的那种花鸟草虫市面上很多，也容易模仿。这幅布袋和尚用笔很老辣，也很流畅，题款近百字，这在他的作品中极为少见，展览时我看了原作，真品的可能性很大。至于真买还是假买就很难说了，你注意没有，刚才举牌的时候也就两块牌举来举去的，到第三块牌一举起来，马上就落了槌，好像前面两个人就等着把新买家带进来似的，所以，卖掉的可能性也很大。”

曾真说：“想不到拍卖会还有这么多陷阱。”张仲平说：“也不能这么说，陷阱是人挖的，也是人跳的，一般都是愿打愿挨，被人推下去的还是很少。关于艺术品的投资，著名经济学家凯恩斯有个‘更大笨蛋理论’，是说一个投资者之所以完全不管艺术品的真实价值，即使它一文不值，也愿意花高价买下，是因为他预期会有更大的笨蛋花更高的价格买走它。这就像击鼓传花的游戏，只要你不是最后的、更大的笨蛋，就仅仅是赚多赚少的问题。当然也有从头到尾被人骗被人牵着鼻子走的。这种人不是性格或心智上有缺陷，就是相信天上掉馅饼的神话，所以被人宰那是活该。说到齐白石的作品，正常价位也就几十万到一百来万，这幅作品如果是真迹，一百六十万也不亏，算是公平交易。”

轮到刘墉的作品了，张仲平碰了曾真一下，要她举牌。此拍品是张仲平派人送去的，就是在香水湾文物市场上买的那副对联：“岂能尽如人意，但求无愧于心。”当时他拿不准是不是真的，经两家公司联合请的专家鉴定，却也通过了。张仲平派人送去的这副对联，是以侯昌平老婆的名义去办的手续。侯昌平对胜利大厦的拍卖结果很满意，对张仲平说：“张总你帮了我，让我安全着陆了。”张仲平心里清楚，其实是侯昌平帮了他。没有侯昌平，他最终能不能拿到那笔业务还很难说。张仲平是个知恩图报的人，等到侯昌平正式办了退休手续以后，便为他老婆儿子分别买了一份分红派息的那种保险。东西是侯昌平的老婆收下的，他老婆知道张仲平跟侯昌平很熟，也就没有说什么。后来侯昌平又给张仲平打过几次电话，说要请小老乡喝点小酒。张仲平实在没时间，借故推掉了，让侯昌平有话就在电话里说。侯昌平有点吞吞吐吐，说能不能在张总公司兼一份职，说他退休了，闲在家里难受，不如替小老弟跑跑腿，开不开工资无所谓。张仲平支吾了半天，却怎么也不敢点那个头。张仲平是这样想的，退了休的侯昌平也许真能帮上一点忙，但副作用也不小。他跟那些法官的联系都是一对一的，侯昌平夹在中间算怎么回事呢？张仲平也想过侯昌平是不是嫌他给得太少了？又很快否定了这种想法。联系业务的时候，两个人从来没有谈到过一个具体的数字概念，张仲平完全是按行业的不成文规则兑现的，没想过要赖账。其实张仲平真要赖账，侯昌平也没有话说，拍卖委托毕竟是南区法院下的，与侯昌平已经隔了一层关系，再说了，你已经拿了国家的一份工资，你手里的资源也就是国家的资源，别人赚钱你有什么想不通的呢？张仲平当然不会做这种过河拆桥、转眼不认人的事，否则，还玩得下去？但侯昌平要求加盟公司，答应了，等于向外界承认侯昌平帮过他；拒绝了，又觉得对人家有歉意。想了想，就动了把那副对联送给他的念头。那副对联张仲平其实很喜欢，认为做人做事起码应该做到那种境界。正好替他老婆、孩子办保险时要用她的身份证，顺便也就把拍卖委托手续给办了。

其实，侯昌平也没有让张仲平为难多久，他死了。这事说起来还有点蹊跷，侯昌平有天不知道为什么事去找鲁冰，碰巧有两个上访的农民闯到他办公室喊冤，说着说着就动了粗，鲁冰块头大，身板是在省体委练出来的，不会吃亏。侯昌平就没那么幸运，据说侯昌平想躲没躲开，被撞到了地上，当时就口吐鲜血，送到医院没抢救过来。原来他长期喝酒，已是胃癌晚期。

张仲平是在侯昌平死了一个星期后才知道消息的，他老婆一定要他到她家里去一趟。张仲平去了，接下来发生的事则让他唏嘘不已。

张仲平进门，在侯昌平遗像前上了三炷香，他老婆却没有请他坐，仍然让他站在那儿，递给了他一个信封。她平静地望着侯昌平挂了黑纱的遗像，轻轻地说：“老侯，东西我已按你的吩咐还给张总了。”

张仲平抽出信封里的东西，原来是他送来的那两份保险单。张仲平心头一热，浑身却冷得起了鸡皮疙瘩，半晌，才问道：“侯哥他还说了什么没有？”侯昌平老婆说：“老侯说，咱家需要这些东西，可是，如果真的留下了，他会走得不踏实、不干净。”张仲平想说什么，张张嘴却没能说出一个字，便对着侯昌平的遗像又鞠了三个躬。

当天晚上，张仲平还跟唐雯谈起了侯昌平。唐雯感慨良久，说：“该怎么评价他？知道自己要死了，他完全可以不退那两份东西，但是，他退了。如果只是为了保持晚节，岂不是要加重他老婆孩子的经济负担？按照你的说法，他的家境状况应该是很差了，他干吗要那样做？”张仲平说：“我也没想明白，可是，我一想到他，就觉得自己好龌龊，要是跟我打交道的那些法官都像他，就好了。”

曾真说：“还要举牌吗？已经三万五千元了。”张仲平说：“举。”

结果那副对联卖了八万。张仲平总算舒了一口气。这八万块钱是留给侯昌平的老婆和孩子的。他知道她可能不会要，可他得给他们存着。侯昌平家里他也会经常去看看。

徐艺这家伙确实很聪明很机灵，他把书画作品和瓷器古玩拍品的界线打乱了，交叉拍，这有一个最大的好处，就是不管你是偏爱书画还是瓷器，你都得老老实实地待在场子里，不会到处胡乱走动和乱说话。这样可以显得人气十足。拍完刘墉的书法作品不久，张仲平搁在桌子上的手机震动起来，拿来一看，是一条信息，没有一个汉字，就两个阿拉伯数字。这个数字张仲平很熟悉，是那尊青釉四系罐的编号，昨天跟葛云见面时，葛云再三指给他看过，生怕他搞错了。张仲平当然不会搞错，他看了一下发信息过来的手机号码，果然是葛云。张仲平接信息的手机是用神州行卡的那一部，他从来没有跟葛云用那部手机通过话，号码只能是健哥告诉她的。

很快就要拍那尊青瓷罐了，图录里的估价是二百万至八百五十万。这也是拍卖公司惯用的伎俩，尽量把估价幅度拉大一点。前面的数字就是能够成交的数字，后面的数字是一种挑逗与暗示，好像说可以值到那么多钱，你在这个数字之前的任何一个价位买了都等于捡了便宜。

李岩开出的价位是一百八十万，并没有人马上跟进，张仲平看到左前排的祁雨似乎不经意地朝他这边看了一眼。张仲平碰了碰曾真，说举牌。曾真说：“嗯？”张仲平再次说：“举牌。”曾真似乎犹豫了一下，然后很快地举起了手里的号牌。紧接着，在张仲平前三排，一个清瘦的中年人也举起了号牌。

张仲平带曾真来参加拍卖会之前，只说来看看，并没有跟她说要买东西，这种事情不是三言两语能够说清楚的。就是能够说清楚，他恐怕也不会说。他内心深处一直有一种深深的忧虑，就是不知道自己跟曾真的那种关系，会是怎样的一种结局。他觉得自己是越来越喜欢这个女人了，他从来没有想过跟她分手，他也舍不得跟她分手。曾真的感觉似乎也是这样。唐雯与小雨要去西藏旅游的事张仲平故意没有跟曾真说，那天晚上快到十二点的时候，曾真主动催他，要他回河西去，他先是赖着不走，好半天才把事情说出来，曾真高兴得一下子骑到了他身上，一边擂他一边流出了泪水，曾真说打死你这个坏家伙。张仲平没有理由不相信曾真对他的感情是一种真情流露，可是，另一方面，要他离开唐雯，让小雨经受父母离异的痛苦也不可能。唐雯没有过错，小雨更不能平白无故地受到伤害。这事怎么办呢？难道就那样无限期地拖下去？

其实，唐雯有时候也是很疯狂的，只是表达的方式比较曲折。唐雯总是忍不住拿王玉珏说事。即使张仲平半真半假地说过了王玉珏的重话之后也是这样。唐雯说："仲平你想得到吗？王玉珏在枕头底下藏了一把剪刀，说只要抓住她老公有外遇的真凭实据，她就把老公的那个东西咔嚓了。"张仲平说："不会吧？那她先应该把自己咔嚓了。噢，不对，不是咔嚓，是缝起来。"唐雯说："我也这么说她。可王玉珏犟得很，说那不一样。"张仲平说："她是只准自己负人，不准别人负她。幸亏你不是这样的人。"唐雯说："你怎么知道我不是这样的人？"张仲平说："怎么，你不是也要在枕头底下藏什么剪刀吧？"唐雯说："第一，我自己绝对不会做出什么对不起你的事。第二，你要是敢在外面偷鸡摸狗，我枕头底下放的就不是一把剪刀而是两把剪刀。你不是给我送了一个韩国手提袋吗？里面也可以放上一把，随身带着，这叫常备不懈。"这种话也许是说着玩的，但听起来也还是有点毛骨悚然。事情没到那一步，你可以说是唐雯说着玩，要真的被她抓住了把柄，会怎么样还真不好说。

张仲平越来越离不开曾真，却是因为她从那天晚上开始，便主动地避开这些话题，似乎真的只要两个人能够这样在一起就够了。张仲平当然不这样看，曾真今年二十四岁，一两年、两三年也许无所谓，但是，等到她二十七八岁的时候呢，会怎么样？她还会这样沉得住气吗？你爱她，或者她爱你，也就同时剥夺了她别的机会，如果最终不能给她一个婚姻的结果，等于把她拖住了，耽误了她的青春。张仲平不知道自己该怎么办，只好心存侥幸，先让事情在那儿搁着。是呀，谁知道一两年、两三年以后的事呢？也许曾真突然哪一天醒来不爱他了呢？也许他自己突然在哪一天遭遇了什么意外呢？如果是大的意外，老天要了他的命，不就一了百了了吗？如果没有那么惨，只要人生的际遇足以构成对对方的考验，曾真或者唐雯也许总有一个人经受不了，或者不愿意经受那种考验而主动放弃或退出呢？还有唐雯，她的想法就是一成不变的吗？她会不会也搞什么外遇？谁能保证百分之一百地没有这种可能呢？还有，小雨就要上高二了，等小雨考上了大学，安全度过了青春期，长大成人了，也许对这种事也就能够理解了，也就感受不到是一种伤害了。那时候再决定何去何从岂不是少了这方面的顾忌？反正事情很难说啦，既然一切都是可能的，就让时间和生活本身说话吧。还不到不得不做决定的时候，就不要做决定。先拖着吧。这符合张仲平一贯的作风，碰到问题先是想办法绕开，等所有规避的办法都用尽了，才去想办法解决，但是不管怎么样，跟曾真的关系却只能尽可能地单纯，公司的事能不让她知道，就尽量不让她知道。否则，什么事都搅到一块儿，万一到了需要做决定的时候也就不纯粹了。

不愧是艺术品拍卖公司的总经理，李岩对每件文物艺术品都能说上几句，关于正在拍卖的青釉四系罐，李岩是这样说的：这件器物器形规整，制作精巧，胎壁轻薄，色彩青翠滋润。完全可以用晚唐文学家皮日休的诗句来形容，“圆是月魂堕，轻如云魄起”。尤其弥足珍贵的是它的窑变。可以说这是一件珍品，相信有实力有眼光的买家一定不会错过。

一经李岩鼓吹，很快又有别的买家加入进来，价格已经到了二百八十万。曾真说：“还举吗？”张仲平凑到她耳朵边上说：“举。唯恐举而不坚。”曾真笑着在他的大腿上轻轻地掐了一下，唰的一下又举起了手中的号牌。

一过三百六十万，别的买家就纷纷偃旗息鼓了，剩下来跟曾真较真的就是前三排的那个清瘦的中年人。

曾真说：“还举吗，仲平？”张仲平说：“举。你想一想，我什么时候主动停过？还记得你讲的那个段子吗？不要——停，不要——停。”曾真说：“可是，已经四百万了。”曾真说：“怎么回事？东西不是你送的吧？或者，你在给别人当托儿？”

张仲平未置可否。这时候场内电视台的记者纷纷拥过来，把镜头分别对准了前排那个清瘦的中年人和张仲平与曾真。张仲平觉得这时候那些记者的出现真是讨厌极了，如果剪辑后在电视里播出来那还了得？别人不知道是怎么回事，法院里的朋友和拍卖业的同行却都会做出一些非常不利于3D公司的联想。这几年3D公司韬光养晦低调行事的努力就会毁于一旦。因为电视上的这类镜头太容易成为别人的谈资。还有，就是他跟曾真紧紧地坐在一块儿，唐雯虽然去了西藏，但唐雯的熟人中认识张仲平的还少吗？万一有什么闲话传到唐雯的耳朵里，不是太不值得了吗？当初怎么没想到这个情节呢？

张仲平情不自禁地把两只手支撑为一个三角形，把面孔掩藏到了里面。张仲平说："举牌报五百万，快点。"张仲平希望采取这种跳价的方式将竞价过程早点结束。五百万，是第一次葛云在廊桥驿站用铅笔写在菜单上的那个阿拉伯数字，也是按行规在香水河法人股拍卖完了之后应该付给健哥的那部分。总之，这个价格是少不了的，再往上加的部分，按照葛云的说法，就是罐子本身的价格了。

曾真看了张仲平一眼，刷地举起了手里的号牌，同时举起了另外一只张开五根手指头的手。李岩确定了五百万的价位，同时调动场内其他竞买人鼓掌。张仲平心里骂道，这个王八蛋，他还以为我爱出这种风头吧。张仲平觉得两只手掌已经不够用了，干脆把拍卖图录竖在了自己面孔前面，以躲避那些讨厌的摄像镜头。同时，他内心也非常紧张，不知道跟他抬价的那个人会在什么时候停下来。要知道，超出五百万的钱，最后得他自己掏腰包呀。

还好，李岩的拍卖槌终于落下来了，持168号牌的曾真以六百六十万的价格买下了那尊罐。

当徐艺公司的人将成交确认书送来让买受人签字时，张仲平悄悄地对曾真说："你替我签，然后咱们脚底抹猪油——溜。"

那帮记者仍然在走廊上候着，问张仲平这个那个，张仲平用手挡着摄像机镜头，对所有的问题一律回答无可奉告。有些记者曾真是认识的，曾真见了张仲平的态度，也就笑笑耸耸肩，紧随着张仲平进了电梯。

后来有五家电视台报道了那场拍卖会，有三家电视台的节目中出现了曾真的镜头，仅一家电视台的画面里出现了张仲平的面孔，所幸他的脸被自己的手掌遮住了三分之二，一般人很难认出来。

回到家里，曾真一边翻着那本拍卖图录，一边问张仲平："老公，什么是窑变啊？"张仲平说："烧制瓷器，凡在开窑后发现不是预期的形状或釉色，都可以说是窑变。也就是说，窑变是在烧制的过程中发生的。烧瓷器据说要一千两百摄氏度左右的高温，瓷胎在窑里会发生什么呢？没有人能够预知，也没有人能够复制，让人不能不想到某种神秘的、不可以预知的力量的存在。”

曾真说：“我们可以把窑比喻成这个社会，对不对？”

张仲平说：“你想说什么？”

曾真说：“我想说的是，一切皆有可能。”张仲平看了曾真一眼，曾真一笑，把话题扯开了，说：“你真的那么看好那只罐子吗？你是不是认为还有比你更大的笨蛋？那么贵，可以到金色荷塘买一幢水榭别墅了。”张仲平说：“生意上的事，小孩子不要问。”

第二十六章

新任命的东区法院代理院长不是丛林，也不是另外两个曾经参与竞争的人，是从西区法院调去的一个常务副院长。张仲平是无意中从市中院司法技术室彭主任嘴里听到这个消息的，他没想到会是这种结果。

张仲平和彭主任分手以后马上给丛林打了个电话，丛林说："这已经是旧闻了，早两天我就知道了。"张仲平说："那你为什么不早点告诉我呢？"丛林说："告诉你有用吗？真调过去了，我还可以找几个朋友聚一聚。现在被淘汰出局了，还聚什么？是听我骂娘还是听我吐苦水？"张仲平说："那我们俩见个面吧。"丛林说："行呀，不过还得等两天，这会儿我在深圳出差哩。"

三天以后张仲平和丛林碰了面，丛林没带小曹，张仲平也没有带曾真。他们没有去酒家茶楼，而是开着车顺着香水河跑了很远，一直开到了没有水泥路、柏油路的地方。

张仲平说："怎么会这样？"丛林说："为什么不能这样？官场如商场，什么事情都有可能发生。"张仲平说："多少也还是有点意外。西区那个常务副院长有什么背景没有？"丛林说："你怎么问这么弱智的问题？我如果过去了，还只是平级调动，他不一样，算升了半级，你说他有背景没有？"

张仲平说："你呢？你的事有人给你一个解释没有？"

丛林说："你要什么解释？谁会给你解释？你知道吗？有人告了我的状，就是你做拍卖的那桩案子，胜利大厦在建工程，说我判案时运用法律不当，反映到了市人大和省人大。”

张仲平说：“那个案子不是早就结案了吗？”丛林说：“是呀，问题是查来查去根本就没有查出什么问题。”

张仲平无话可说了，这种事，官场上有，商场上也有，他们都是四十好几岁的人了，没有什么想不到的。张仲平叹了一口气，顺手在丛林肩膀上拍了拍。

丛林说：“我早就想通了，如果能过去当个头儿，施展拳脚的余地可能会大一点。现在怎么办？只能认了。仲平你不用安慰我，真的，用不着的。”

张仲平把车停在江堤上。今年的洪水不是很大，抬眼望去，不远的地方一座新的索拉桥的桥墩像几根巨大的腿柱子似的站立在滚滚东去的香水河当中。河水黄黄的，河边泛着茅草和一些残枝败叶。张仲平从脚下捡起一块鹅卵石，胳膊一抡把它抛到了江里，鹅卵石几乎没有溅起什么水花就沉到河水里去了。

丛林笑了笑，说：“别闪了自己的腰。”张仲平拍拍手上的泥沙，也笑了，说：“我也就是为你感到有点遗憾。论条件，你是最好的。”丛林说：“法官当久了，把什么都看透了。你想呀，审判案子的时候，你不得一会儿站在原告的立场考虑问题，一会儿站在被告的立场考虑问题？什么事情都有它的道理。你抱了一个希望，你为此尽力了，也就够了。”

张仲平说：“那结果呢？”

丛林说：“结果不是哪一个人或哪一种力量能够单方面左右得了的。再说了，有些事情要讲结果，比如说你们商人做生意，我们法官审案子，没有结果怎么行？可是，有些事情却可以忽略结果而偏重于过程，比如说谈恋爱。你在这方面经验最丰富，想一想是不是这么一回事？你女朋友那么多，每个人都找你要个结果，你受得了？你给得了？还不把你五马分尸了？”张仲平说：“你这个说法不科学，有时候没有结果也是一种结果，叫无言的结局。”丛林说：“所以说，重要的就是现在，过去的已经过去了，再想也没有用。将来的还没有来，想多了没有用。只有现在，才值得珍惜。”张仲平说：“那你现在有什么打算呢？”丛林说：“第一，不会投河自尽；第二，生活还得继续。”张仲平说：“你这话等于什么都没说。”

丛林说：“这么多年了，你还不了解我吗？我这个人做事一向是这样的，存希望但不抱幻想。希望是什么？希望就是人生的意义。人生本来是没有意义的，因为我们每个人有了希望才赋予了它意义。最大的希望是人生的大目标，就像公交车的终点站。小的希望是人生阶段性的目标，就像公交车的一个一个小站。没有大的希望，人不知道何去何从。没有小的希望，人不知道该在什么时候、什么地方上车下车，但是，所有的希望都能实现吗？那不可能。人的一生中如果有一万个小的希望，那么百分之九十的人只能够实现其中的一千个，还有九千个会落空，这就是芸芸众生。即使最伟大的英雄、最成功的人士，也不能实现全部的希望，因为生活不是为哪一个人专门准备的生日蛋糕，生活中每时每刻都存在着跟你的目标不一致的力量，这股力量看不见摸不着，有时候明目张胆地跟你对着干，有时候又以跟你最亲密无间的方式出现，却有可能在最关键的时刻帮你的倒忙。你的两只手是你的吧，你能够随意控制它们吗？大多数情况下是可以的，但如果你中风了、偏瘫了，它就不听你的指挥了。就是在你能控制自己双手的情况下，它的能力也是有限的。刚才不是吗？你用尽了你的力气你也只能把那块鹅卵石扔到江边，不过二十米，你不可能把它扔到河中央去，你更不可能扔过河去。还有那些枯枝败叶，它们在土地上、树干上生长时也是欣欣向荣的，也是婀娜多姿的，可是风来了雨来了，它们就控制不了自己了，就不得不沦落成河里的漂浮物随波逐流了，这就是它们的命运，也是大多数人的命运。”

张仲平笑了，说：“没想到咱们的大法官还是个哲学家，说出这么一番有哲理的话来。”

丛林说：“这也就是人生的一种感悟而已。我还没有说完，我的意思是说，如果你是芸芸众生中的一员，你就千万不能把自己太当一回事，你不把自己当一回事，也就没有东西能够打败你了。”张仲平说：“问题是人有时候就是忍不住要把自己当回事，而且，别人也把你当一回事，弄得你自己觉得像个人物似的，怎么办？”丛林说：“怎么办？到江边扔石头玩吧。我们每个人背上都有一个无形的包袱，里面装着所谓的理想呀，目标呀，责任心呀，道德感呀，各种各样的欲望呀，私心杂念呀等等之类的东西，这个看不见的包袱是弹性的，你可以不断地往里面塞东西，你也可以不断地从里面把东西掏出来扔掉。为什么有些人被压死了，或者被压成了驼背，有些人仍然腰板挺直成了铮铮汉子？就是因为每个人往背上的包袱塞的东西，和从包袱里掏出来扔掉的东西截然不同。什么叫拿得起放得下？其实就是给自己找台阶。这个台阶让你上的时候你就可以上，让你下的时候，你就得下。还记得我的前妻吗？如花似玉的一个人，你知道我有多爱她多宠她，刚结婚的那阵子，我是暗自发了誓的，就是为她活为她死。结果怎么样？却出了那种事。当时我真的差点拿把刀把那一对奸夫淫妇给宰了。可是现在想起来怎么样？觉得自己当初的想法真是幼稚。所以仲平呀，我是不用你替我担心的，我根本没有把它当一回事，真的。”张仲平说：“那就好，那就好。”

丛林说：“不过话说回来，当院长的希望落空了，还得有新的希望来填空、来补充。你不打电话给我，我也会打电话给你。你是知道的，小曹一直吵着要跟我结婚。我也谈过几个女朋友了，挑来挑去的也差不多。小曹也还可以，这样拖着也不像一回事，所以我们准备把事情给办了。”张仲平说：“好事好事，准备什么时候办？”丛林说：“国庆节前后吧。我说的还不是这事。我想让小曹把幼儿园的事给辞了，办个酒家。”张仲平说：“开饭店？很辛苦的一个行当，小曹行不行呀？”丛林说：“我一直下不了决心就是考虑这个问题。小曹从小娇生惯养，没吃过什么苦，开饭店起早贪黑的，怕她吃不消。这次院长没当上，倒促使我下了这方面的决心，跟小曹一说，她的兴趣还挺大。”张仲平说：“那就行了嘛，开酒家最主要的是要有人捧场，要有回头客，说来说去吃的也是关系饭。只要味道不是太差劲，价格不是太离谱，要亏本也是很难的。你放心，只要你的酒家档次还上得去，我那小公司每年上百万的招待费，在你那里花个三分之一、二分之一是没有问题的。”

丛林说：“要不你干脆就入点股算了？”张仲平说：“入股就算了。都说亲兄弟明算账，可是真要到那一步，就没意思了，闹得最后好合好散的都难。”丛林说：“这个问题我也想过，主要是管理制度能不能健全和落实，如果把该说的话事先说清楚了，先定好了游戏规则，也不会有什么问题。我主要是怕小曹撑不起来，我自己又不太好出面。”张仲平说：“问题是我这边也没有精力。”丛林说：“拍卖业务把你的眼光做高了。是不是嫌开酒家的钱来得太少、太慢，看不上眼？”张仲平说：“那倒不是。有个事情我不知道跟你说过没有，曾真早就把电视台的职给辞了，一心想当专职太太，上次打牌回去你不知道，闹得可大了，差点让唐雯知道。最近人倒是乖了，也不怎么使小性子了，又搞得我心里反而觉得对不起人家。你的饭店我要是入了股，唐雯会不知道？会不会插一手？曾真闲着没事，她要是也想管管，我让不让？还没开张，就会因为我而关系复杂起来，你想这会是干事的样子吗？”丛林说：“你这么一说倒是有道理。得了得了，让你入股的念头就打消吧，看来我只能一个人干了。”

张仲平说：“酒楼如果规模不大，最后免不了都是家族式的经营，股份越单纯越好。还有就是像你这样的国家公务员，有个一官半职的，让老婆开酒店赚点辛苦钱相对来说比较干净，心里踏实。不过，太老实了也赚不了钱，省里那个谁的搞法你可以借鉴。他的小情人不是在省政府后院门口不远开了一个叫香里拉的中西餐厅吗？火爆得不得了。为什么火爆？因为去消费的人大都是有卡一族。什么卡？贵宾卡。她的贵宾卡可不是用来打折的，是消费的，要花钱买。二十万、五十万、八十万。真正的二五八将，消费一次扣一次，客源根本不用发愁。谁去买她的卡，就不用我说了吧？完了你还抓不到他的把柄。人家收了你的钱没错，可你也在人家那里消费了呀，是不是？”丛林说：“香里拉我也去过，开始还以为是香格里拉掉了一个字，后来别人告诉我，原来不是什么乌托邦和世外桃源，是‘想你啦’的谐音。想你的什么啦？想你的钱了。省里那个谁这样干，我看迟早会出事。”张仲平说：“他在别的地方出不出事不好说，这事却出不到哪里去，大家心照不宣地愿打愿挨，有什么说的？”

丛林说：“这个先不说了。我现在已经看了三个地方，哪天有时间你帮我去看看，参谋参谋。现在我这边的资金缺口大。你能帮我解决多少？能有一百万最好。资金安全是没有问题的，大不了给你发两个五十万的卡嘛。”张仲平说：“你在我这里就做个五十万的计划吧，可能最近还不一定拿得出来。因为这几天正好在操作一个项目，可能要先垫五六百万。你知道，我的钱以前全都是交给唐雯掌管的，到了她那儿就拿不出来了。”丛林说：“唐雯这么厉害呀？”张仲平说：“当然零花钱是没有问题的。她以前也不这样。最近她的一个女朋友有了外遇，弄得她老是疑神疑鬼的，加上曾真的事，她可能也有了一点察觉，她说她倒不是心疼钱，是为了保卫家庭和爱情，防微杜渐，不让我变坏。”丛林说：“这个唐教授也是的，早干什么去了？她还以为我们的张仲平同学是个模范丈夫哩。”张仲平说：“你还别说，她以前还真是这么想的，现在怎么想，可就难说了。不过，就算我有个把红颜知己，难道我就不模范了？不能这么说吧？”丛林说：“你那些鸟事你自己去管吧，你不是常挂在嘴上吗？每个人有每个人的活法。你就好这一口，我有什么办法？唐雯又有什么办法？就是你和曾真，又能有什么办法？钱的事，我也就是先在你这儿挂个号，等你能拿出来的时候提前跟我说一下。”张仲平说：“好。”

丛林说：“你刚才说要垫五六百万操作一个项目，不是什么股票吧？”张仲平说：“你是一朝被蛇咬，十年怕井绳。股票怎么啦？我跟你说，还就是股票。现在股票低迷是不错，但中国今后几年，股市应该仍然算是一个淘金的好场所。你们做法官的也盯紧了，那里可能也是经济犯罪、贪污贿赂犯罪的高发区。”丛林说：“喂，这事你好像没跟我说过。”张仲平说：“对，之前一直没有眉目，最近才有点谱。你放心，不是二级市场上的事，也是跟你们法院打交道，还是拍卖业务，刘永健手上的案子。”丛林说：“那还差不多，最近传得厉害，说他有可能升省高院的副院长。”张仲平说：“是吗？这我倒是第一次听说。”丛林说：“嗯，不对呀，你做拍卖业务怎么要垫那么多资？”张仲平说：“这话说起来有点长，是这样……”丛林说：“你别说，我也不要听，不过，如果这件事有点超常规，你可得郑重，可别中间出了什么差错。”张仲平说：“你是信不过你们法院，还是刘永健？”丛林说：“不不不，我只是觉得这事有点不正常。仲平，这几年你做得比较顺，可不能飘飘然。别搞得害了自己，也害了别人。”张仲平说：“我办事，你放心，绝对不会有问题。”丛林说：“那行，你自己把握吧。”

按照健哥和张仲平商量好的操作思路，省高院公开选拔评估、拍卖中介机构的事情一确定，马上便把香水河法人股拍卖的事提上操作日程。省高院院务会的会议决议使健哥有了这个操控能力。就像当初健哥向张仲平说的那样，统一归口管理评估、拍卖的具体办事部门设在了执行局。其工作流程是这样的：当有评估、拍卖业务需要委托时，司法技术处和院纪检监察室临时派人予以协助和监督。但整个选拔工作也还是出了一点小小的波折。有人对选择出来的评估、拍卖机构是不是同行业中的佼佼者提出了质疑。有个副院长提出来，既然有议论，是不是干脆多走一个程序，先将已经选出来的中介机构在媒体上公示一次。健哥后来对张仲平说，这个提议简直是脱裤子放屁，这又不是向社会公开招考、选聘公务员，也不是行业评优，整个工作都是在院纪委、监察室的直接参与下进行的，程序完全公开，结果当然也就公平公正、合法有效，所谓公示征询异议那不等于对自己所做工作的不信任吗？如果听到一点议论就推倒重来，或者随意添加一个程序，对已经甄选出来的机构是不是也是一种另外的不公平呢？健哥说老板也完全同意他的意见，但是老板的意思是为了息事宁人，是不是先放一放。老板这两天要参加最高院组织的一个访问团，到英国去考察，也就十来天时间，答应回来以后再做那个副院长的工作，估计问题不大。

张仲平参加徐艺公司的艺术品大拍，事先并没有像别的竞买人一样交身份证、交押金办手续，徐艺直接拿了一块号牌给他，求他捧场。第二天徐艺亲自到了 3D 公司，带来了一份空白的竞买人申请登记表，还有那份谈过的协议，想让张仲平补一下手续。张仲平知道徐艺的想法，他是怕张仲平举了牌反悔。

徐艺说："张总你看，这次我可亏大了，在你身上就等于少赚了四五十万，你老说我欠你的人情，这次是不是可以一笔勾销了？"张仲平说："你还说，我回去以后老婆把我骂惨了，说我发神经，那么贵，都可以在金色荷塘买一幢水榭别墅了。还问我可不可以跟你商量不买单。"徐艺说："不会吧？谁不知道张总一言九鼎，怎么会干这种出尔反尔的事？张总的身价我还不知道吗？少说也有一两千万，在江湖上哪里丢得起这种人？开玩笑开玩笑。"

徐艺说这番话时面带微笑，其实是半真半假的。竞买艺术品不像是买不动产，举了牌以后不履约的情况也是经常发生的，以前徐艺在 3D 公司工作时就常常碰到，处理起来也常常是不了了之，只不过那个时候 3D 公司做的大都是小拍，交一两千块钱就可以进场，买家的成交款多的也就几万十来万，拍卖会开始之前生怕别人不来，有时候查验证照就不是很严格。过后买家反悔了，一两千块钱的押金不要了，成交款却不愿意付，催急了，还跟你耍赖，硬说你卖的是赝品。你怎么办？总不能为几千块钱几万块钱到法院去打官司吧。

张仲平开始以为徐艺的艺术品拍卖会能够与香水河法人股的拍卖很好地衔接，前后时间也就两三天。如果后面的拍卖业务操作得好，胡海洋支付的拍卖保证金会很快地入账。这样，支付青瓷罐的价款就不会有任何问题。万一在香水河法人股的拍卖上出现了意外，比如说买受人不是胡海洋，也不是 3D 公司找的另外的什么人，3D 公司最终不能得到拍卖佣金，健哥当然也就不会收张仲平什么钱，那么，剩下来的唯一问题就是怎样跟徐艺交涉了，大不了把这事情说穿了再赔几万块钱，对于徐艺来说，也只是一个少赚的问题。他以前帮了徐艺那么多的忙，这个面子他必须给。徐艺也不能不给，因为张仲平在那场拍卖会上没有留下任何手续，连成交确认书上的签字都是曾真代劳的。

六百六十万，加上十万元的拍卖佣金，总共是六百七十万，这笔钱这会儿张仲平还真是付不出来。徐艺说的倒是没错，这几年 3D 公司主要做法院的业务，累积起来的拍卖佣金也确实有个千把万。但是，生意不是一个人能够做成的，张仲平暗中以各种名义、各种形式付出去的钱，加上其他正常的开销，拦腰砍掉一半还不止，剩下的那些钱大部分变成了3D公司的房产、车子和唐雯手里的银行存单。张仲平跟丛林在香水河边说的话也没有错，唐雯手里的钱张仲平还真的拿不出来。张仲平个人的银行卡上十几二十万的零花钱是有的，说到找唐雯拿钱，每次碰到的都是软钉子。唐雯笑嘻嘻地说："你不是不要我管公司的事吗？我就听你的不管，你把钱交给我保管的时候，公司的运作费你是留足了的。现在你要拿钱回去，我可真的是怕你变坏。不是说男人有钱就变坏，女人变坏就有钱吗？这是一种零和游戏，坏女人的钱哪里来的？是从天上掉下来的吗？不是。还不都是坏男人给的？外面的女人太多了，好的坏的都有，我哪里管得过来？这点钱就让我替你和小雨好好管着吧，你就不要打主意了。"

张仲平猜到了徐艺会来找他，只是没有想到徐艺会来得这么快，毕竟六百七十万不是一个小数目，香水河法人股的拍卖如果不落实，他从哪里去弄这么多钱？就是弄到了他又敢付吗？

徐艺现在一定很后悔没有让张仲平在拍卖会之前正式办手续。说句不好听的话，如果张仲平真的要赖账，徐艺想找他打官司还真的不好打，没有办理竞买人登记手续等于不具备竞买人资格，竞买行为也就无效。较起真来，徐艺也有责任，别的竞买人甚至还可以告他。当然，徐艺直接把竞买号牌交给张仲平也是可以理解的，他哪里会料到张仲平一出手就买六七百万的东西呢？

徐艺说："张总你看咱们是不是把这两个手续先给补办了？"张仲平说："补办手续是没有问题的。徐总，这次拍卖会的成本有多少？你们两家分摊以后每家也就十来万吧？"徐艺说："怎么啦？"张仲平说："没有什么，你还记得吗？当初你曾力邀我参加？"徐艺说："是呀。张总也好，我本人也好，当时都没有想到会有这么好的效果。"张仲平说："就是想到了，我可能仍然不会做。"徐艺说："是吗？这我就有点不理解了。张总你知道这场拍卖会我们的成交额是多少吗？二千八百五十万，差不多是一家一半，李总也很满意。如果都按买卖双方各百分之十的标准收佣金，相当于在法院做了二千多万的业务，又不要给回扣和什么管理费，所以实际上等于在法院做了四五千万的业务。当然啰，对于张总来说，这也是毛毛雨。"张仲平说："徐总的钞票大一些吧？对谁来说这都是大钱了。"徐艺说："那张总是什么意思呢？"

张仲平说："这件事可能要请徐总帮忙。跟你说老实话吧，那尊青瓷罐真正的买家不是我。”徐艺说：“不是张总？”张仲平说：“对，你想呀，如果我准备买五六百万的东西，我能不接受你的邀请，或者能不干脆自己公司组织一场拍卖会吗？因为光是扣除委托方的佣金就有五六十万，对不对？光这一件东西，所有的成本都出来了，这个账谁不会算？至于不能在自己公司组织的拍卖会上参加竞买，这种技术性的问题，对于我们来说，不是太小儿科了吗？这一点，徐总应该想得到吧？”徐艺说：“我当时也有点没想到张总竞价会那么猛。”张仲平说：“这件事我本来可以不告诉你的。只是没想到中间会出一点意外。”徐艺说：“不是委托你买的那个朋友变卦不要了吧？”张仲平说：“徐总别紧张，那倒是没有。他本来这两天就要从台北过来的，也巧了，昨天夜里给我来了个电话，说他丈母娘死了。”

徐艺有点不相信的样子，他看了张仲平一眼，说：“是吗？听起来像讲故事似的，不会有什么问题吧？”

张仲平说：“应该不会。我又不是小孩子，如果他不给我一个明确的授权，我敢在拍卖会上随意举牌吗？搞得不好你还会以为是我故意拆你的台呢。”徐艺说：“是呀，起码委托人那里就交代不过去。东西卖掉了，就会找拍卖公司要钱，要不到钱，说不定还会找拍卖公司打官司。最后还得把买家牵扯出来。”张仲平说：“打官司倒是不怕，起码我不相信你徐总会找我打官司，对不对？”徐艺说：“这种事情当然最好不要发生。”

张仲平说：“徐总我可以肯定地告诉你，这笔业务成交和付款是没有问题的。话还用得着我说白吗？我当然不会平白无故地帮那个台湾朋友的忙，他是要付我茶水费的，徐总你是聪明人，明白是怎么一回事了吗？你看这样安排行不行？为了让你放心，我先付一半佣金给你，等他来了以后再办付款提货手续。万一他真的反悔，你可以把这五万块钱扣掉，怎么样？”徐艺想了想，说：“能不能把佣金一次付了？”张仲平说：“这钱是我垫的，徐总没必要逼得那么紧吧？”徐艺说：“那我退一步，能不能请张总就这个事写个担保函之类的东西呢？”张仲平说：“担保函我看还是算了吧，说句不该说的话，人有旦夕之祸福，万一他真的开车或坐飞机呀什么的出了事，一命呜呼了，我夹在中间岂不是麻烦了吗？现在，你找我我认账，只能以信誉做担保，我要是白纸黑字写了什么东西，我岂不是被动了？你真要找我打官司，咱们俩还不真得撕破脸皮了？我看别搞那么复杂了。他丈母娘死了，能耽误几天？也就三五天吧，你们规定的付款期限有多久，也有两个星期，对不对？怎么样，不是说不过去吧？”徐艺说：“那我们之间收佣金的那份协议要不要签呢？”张仲平说：“同样的道理，我看暂时也不要签，我还担心徐总找我多要钱吗？那五万块钱，你要是不着急，到时候一次性付给你也行，你要是不放心，我先从个人卡上提给你也可以。”徐艺说：“你那朋友委托你收购东西，不可能不付定金给你吧？张总你从中间赚多少钱我就不管了，那是你的本事，那五万块钱，还是先付了吧，你看呢，张总？”张仲平说：“也行呀。你要公司准备一份收款凭证，交款人名称那一栏空着，到时候我再跟那位朋友一起结账，行吗？”徐艺笑笑，说：“最近台湾老刮台风，又闹地震，希望你那个朋友平安无事。”

第二十七章

徐艺三天两头地打电话给张仲平，问那位台湾朋友过来没有。

张仲平说："还没呢。徐总不是已经收了五万块钱吗？付款期限又还没有到，那么急干什么？"徐艺说："不着急不着急，也就是问问。"

其实张仲平比徐艺更着急，那个台湾朋友当然是他虚构出来对付徐艺的。健哥上次说老板到英国考察也就十来天，回来以后把选拔评估、拍卖机构的事情一落实，香水河法人股拍卖的事马上就可以操作，他才想出那个办法拖延。张仲平也觉得这事还是有点悬，也是没办法，所以，心里老不安，觉得必须跟健哥见面了，两个人需要再把每个细节都好好地斟酌一下，可不能出任何意外和差错。

两个人又在老地方见面了。

健哥说："仲平你那个买家是不是真的靠得住？"张仲平说："没有问题，这几天他天天给我打电话，随时准备过来。"健哥说："你对他的控制程度怎么样呢？"张仲平说："健哥担心哪方面的问题？"健哥说："有个问题你考虑过没有？如果我们以八家拍卖公司的名义统一发布拍卖公告，那也就是说，八家公司的任何一家都可以接受竞买人的报名。那么，他会不会一家一家地去谈条件？哪家公司少收他的佣金，甚至不收他的佣金，他就到哪家公司去报名？"

这个问题张仲平早就想到过，也算是他和健哥一起策划的操作方案中的一个小小的漏洞。现在先由健哥提了出来，张仲平也就想先听听健哥的意见。

张仲平说："这也是我担心的问题。不过，怎么说呢？也许……不会吧。"

健哥说："从你的语气中就听得出来，仲平，你对这事没底。不会？谁不会？是你那个买家不会？还是别的拍卖公司不会？首先，拍卖公司就会。比如说你 3D 公司，如果你没有事先找到这样一个买家，现在有另外一个买家找到了你，条件是你必须少收甚至不收他的佣金，你同意还是不同意？你肯定同意，因为你至少还可以从委托方那里收到佣金，如果你不同意，等于是将这个机会白白地浪费了，给别的公司做了一回陪衬。至于你那个朋友会不会这样做，就完全取决于他的商业道德水准了，这可是虚的东西呀，你和他的关系是不是就像你和我的关系一样靠得住呢？"

张仲平觉得健哥的说法很有道理，确实就是这么一回事。谈到他跟胡海洋的关系，说穿了不过是生意上的关系，也就是买卖关系。你凭什么百分之一百地信任胡海洋？胡海洋难道百分之一百地信任你？恐怕都还谈不上。况且，这也不完全是信任不信任的问题。拍卖公司之所以不怕竞买人、买受人调皮捣蛋，是因为作为卖方的代表，拍卖公司是出售某一标的物的唯一通道。现在的情况变了，这样的通道有了八条，买家不管是谁，都有可能试着去比较一下各家的收费情况，因为这笔佣金可不是一个小数目，按成交价百分之五算，差不多一千万啦，做生意的人，不可能不算这笔账。这种可能性的存在，对于和健哥商量的那个操作方案来说，也确实是一个难以堵上的漏洞。

张仲平沉吟了一会儿，说："要防止竞买人做这种比较，除非是让他没有比较的机会。"健哥说："仲平你的意思还是想将拍卖委托单独下给 3D 公司？"健哥不等张仲平回答就摆了摆手，说，"以前我没有这么做，现在就更不会这么做。别的拍卖公司会问，怎么这么几天都不能等了？那不等于把死穴暴露给别人吗？"张仲平说："可是，健哥刚才提的这个问题很现实，我那个朋友要是真的知道是八家公司一起做，难免不会找别的拍卖公司谈。这不能怪他，换了谁，可能都会这样。除非我们把期望值降低，也作不收他拍卖佣金的准备，只赚委托方一头的钱。"健哥说："先别忙。能收为什么不收？还是原来那个比喻，把大鱼放到水塘里去之前，就要让它把钩子咬住了、咬牢了。"张仲平说："原来健哥有主意了？"

健哥笑了笑，用商量的口气对张仲平说了自己的想法："仲平你看这样行不行？虽然不能单独给你一家公司下拍卖委托，但是，我们可以让你那位朋友在一定时间内以为是这样。”张仲平不禁噢了一声。健哥望着他，又是一笑，说：“我以院里的名义给3D公司下一份拍卖委托函，你把那个买家约上，我当着他的面把拍卖委托函给你。你再做他的工作，要他在拍卖公告见报之前就把拍卖保证金付到3D公司账上。这样，等八家公司的拍卖公告出来的时候，一是他不一定看得到，二是到那个时候他也不好意思再把拍卖保证金抽回去，另外换一家公司。你也可以给他做工作，把他的注意力往别的方面引导，主要是向他暗示竞买人的竞争会很激烈，他只有完全依靠你、跟你密切配合，才能拿到，到处跳来跳去地做工作，只会把事情搞得复杂化。在这过程之中，如果需要我出面，我再敲敲边鼓，你觉得怎么样？”

张仲平想了想，说：“目前看来，这可能是唯一可行的办法。那个竞买人很厉害，有点能掐会算，我们设计的套路可不能露半点破绽。还有，就是拍卖保证金定多少？”健哥说：“我原来考虑定一千万，如果要增加别的竞买人资金调度方面的难度，就定二千万吧。”张仲平沉吟片刻，说：“这么大的资金，我那个朋友如果不见到报纸上的拍卖公告，可能不敢打钱。”健哥说：“那你觉得定多少比较好？”张仲平说：“如果目的只是为了对他进行控制，让他先打个几百万就行了。”健哥说：“我看还是不要低于一千万，他既然心里很急切，资金调度就不会困难，少了，反而不像那么一回事。这个事我看就先这样定吧，到时候再见机行事，好不好？”张仲平说：“行。你那份拍卖委托函什么时候能够准备好？”健哥说：“抓紧吧，老板这几天要回来了，我们得赶时间。”张仲平说：“我要我那朋友明天就过来？”健哥说：“好。”

一接到张仲平的电话，胡海洋第二天下午就赶过来了。下午五点钟，张仲平到酒店去接他准备到黔川情酒楼吃晚饭的时候，在客房门口给健哥打通了手机，健哥嗯了一声，便把手机摁了。张仲平进门没两分钟，健哥的电话就打了过来。健哥问张仲平这会儿在干吗，张仲平回答说正好准备跟一个朋友去吃饭，能不能请他一起参加一下。健哥问什么样的朋友，张仲平说：“巧了，就是我多次跟你说起过的那位胡总，搞证券和做保健酒的，记得吗？”张仲平边说边朝胡海洋点了点头。健哥似乎犹豫了一下，说：“方不方便呀？”张仲平望着胡海洋，等他也点了点头，就说：“我这边没有什么不方便的，主要是看健哥。”健哥那边又停顿了一小会儿，然后说：“行呀，你来接我吧，直接上我办公室来。”

那份下达给3D公司的拍卖委托函用省高院的一个牛皮信封装着，由健哥在执行局局长办公室，当着胡海洋的面交给了张仲平。张仲平抽出来仔细看了一遍，然后毫不避讳地递给了胡海洋，等胡海洋看过了回递给张仲平之后，健哥说："十五天做完有问题没有?"张仲平看了胡海洋一眼，胡海洋说："就十五天吧，时间越短信息越好控制。"胡海洋在椅子上朝张仲平欠了欠身，说："张总你们公司的账号没变吧？明天一上班我就把拍卖保证金打过来，多少?"张仲平说："按惯例应该是二千万。不过打钱的事要不要等公告见报以后再说?"健哥笑了笑，说："胡总提前打拍卖保证金是想证明自己的竞买决心，也是为了显示实力，让你 3D 公司和省高院放心，是不是胡总?"胡海洋说："对。"张仲平说："那就恭敬不如从命，听健哥和胡总的吧。"健哥说："打多少，分一次打还是分两次打，由你们去商量吧。"张仲平说："要不这就定下来吧，先打一千万。怎么样?"健哥说："院里的要求只有四个字，合法、安全。仲平你是知道的，前一段的工作难做，好不容易理顺了，可不要在关键环节出什么差错哟。有些情况我跟你说过，你要替我把关。那个什么什么拍卖公司你知道吗？有个副院长的侄儿子是那个公司的股东，盯得很紧。"张仲平说："是吗?"健哥说："跟你们两个说说没关系，千万不要外传，我准备给一幢宾馆让他拍。否则，他会跟你来抢这块肥肉的。记住了，这事就到你们这里打止。"胡海洋说："刘局放心，我们做生意的，就是怕节外生枝。一千万保证金的事，明天一上班一定办好。"张仲平说："健哥我跟你说过，胡总是做大事的人，看准的事情，从来不犹豫。"胡海洋说："这也是这几年做股票养成的习惯。股市上早几秒钟晚几秒钟，情况都不一样。"健哥说："有机会向胡总请教。"

吃完饭以后，胡海洋提议搞活动，还说由他请客。张仲平说："到我这里你好意思喧宾夺主?"胡海洋说："咱俩兄弟还分什么彼此？都一样的。"健哥说："要不你们俩去吧，今天晚上我还有点事。"

这样，活动就取消了。胡海洋要打的回酒店，张仲平和健哥都说不行，就先把他送回了酒店。车上只剩下两个人以后，健哥说："不会有什么问题了吧?"张仲平说："应该不会有了吧，说穿了刚才那一出也不是骗他，能够让他买到，就是双赢。至于中间的过程有一些小的变化，到时候也解释得清楚。"

健哥要张仲平先把车子开到廊桥驿站，说是去接一下他老婆葛云，快到的时候健哥打了个电话，说他不上去了，要葛云到马路边来等他。张仲平的车刚到，葛云也正好从廊桥驿站下来。健哥把车窗摁下来，伸出手朝葛云摇了摇，葛云小跑两步跟上来，张仲平已经稳稳地把车停在了葛云身边。张仲平说：“嫂子好。”葛云说：“张总好。”然后对健哥说：“约好了吗？”健哥说：“约好了。”葛云说：“直接去吗？”健哥说：“直接去吧，正好麻烦张总给送一下。”

按照健哥的指点，张仲平一直把车子开到了省委大院里面的枇杷园小区。张仲平想起丛林早几天跟他说过刘永健有可能当副院长的话，心想可能是为了这件事在活动。见健哥坐在车上一直闭目养神没有吭声，也不便开口问。车停稳以后，张仲平说：“要不然我把车给你留下？”健哥摆了摆手，欠身对葛云说：“你先下车吧，我跟仲平说两句话。”等葛云说了声谢谢张总先下了车，健哥说：“仲平，有什么情况马上跟我说。我这边，也会让葛云跟你联系。”张仲平说：“行。”健哥说：“还有，就是那份拍卖委托函我还是收回来吧，外面的人知道了不好，你看呢？”张仲平说：“我能不能留个复印件？”健哥说：“原件就不是真的，复印件倒变成真的了？我看还是算了吧，你说呢？”张仲平说：“行。”

张仲平回到了曾真那儿。

曾真说：“仲平你刚才没打电话过来吧？”张仲平说：“没有呀。”曾真将他拉到床头的座机旁边，把来电显示翻给他看，说：“这个号码已经是第三次打电话来了。我拿起电话，对方又不吭声。我打过去，每次都关机。”张仲平说：“你把这个号码抄下来，用公用电话打过去试试。”曾真说：“还用你说？我去买菜的时候已经试过了，也是关机。你说会不会是她？”张仲平说：“谁呀？你是说……教授？不会吧，她博士生没考上，有点烦。其他方面好像还正常，应该不会是她吧？”

曾真说：“可是，如果不是她，那会是谁呢？”

一千万很快就入了3D公司的账。胡海洋在3D公司财务部开了收款凭证，过到张仲平办公室来，问张仲平拍卖公告刊登出来没有。张仲平早就想到了回复的话，说：“还没有。健哥，也就是执行局刘局长最近翻出来了一份文件，说是法人股的拍卖公告必须刊登在全国性的证券类报刊上，我们正在联系版面。”胡海洋说：“这个圈子里的熟人我还有几个，要不要我帮忙联系？”张仲平说：“千万别这样。健哥说，你是准备控股香水河投资的人，一举一动目标很大。希望这段时间咱们都最好能够低调。我觉得他说的对，你要是帮忙去联系，圈子里的人可能就会猜测你跟这件事的关系，要是提前在二级市场吸纳筹码，就麻烦了。”胡海洋说：“对，想不到这个健哥还可以，考虑得蛮仔细。我就希望快点搞，免得夜长梦多。记得我们上次的谈话吗？还有打的那两卦？”张仲平说：“记得记得。这件事情操作难度是有的，但是，我和健哥两个人一起替你打工，你应该没有什么不放心的吧？”胡海洋说：“我虽然只跟刘局长见过一面，对他的印象却很不错。如果你上次跟我谈的那个价格能够成交，我除了佣金照付，还可以给你们俩每人另外封个红包。”张仲平说：“我这里无所谓，健哥那里……到时候再说吧。”胡海洋说：“要不然我就先回去，这样目标是不是小一点？”张仲平说：“如果胡总没有什么不放心的，我看可以，你待在这边，那些圈内的朋友不可能不见面，像你一样，那些人都是精英，是得防着点儿呀。”胡海洋说：“你说得对，圈子里已经有人在议论这事了。”张仲平说：“是吗？不过，这也不奇怪。我这边抓紧做吧。”

胡海洋临走之前像是不经意地说：“哦，对了，能不能给一份拍卖委托函的复印件给我，作为我们公司付款的依据？”张仲平没料到胡海洋会提这个要求，但他感到不能直截了当地拒绝，便不动声色地说了声可以，然后一边叫小叶一边起身去秘书办公室。那份拍卖委托函仅仅在张仲平手里待了几个小时，后来就被健哥收回去了。他也曾向健哥要复印件来着，被健哥一口回绝了。那本来就是做给胡海洋看的一件道具，哪里见得了什么光？健哥当然不会把把柄留在外面。

张仲平小叶小叶地大呼小叫，也是在做样子给胡海洋看。张仲平回来嘴里嘀嘀咕咕的，说：“胡总对不起，原件公司的人拿到北京打广告去了，办公室没留复印件。你要是非要不可，我打电话找健哥再要一份？你不是非要不可吧？委托书的复印件一般是不能外传的，别人要知道了，就会怀疑我们之间有串通行为，反而麻烦，是不是等拍卖公告正式出来了，或者等你成了买受人办过户手续的时候再说？”胡海洋说：“也行。”张仲平说：“胡总没什么不放心的吧？你打的是拍卖保证金，我们公司也是这样开的收据。说句不好听的话，这件事万一搞不成，我会一分不少地退还给你。”胡海洋说：“张总这样说就见外了，我也是随便提的一句。这事咱们就不要再说了。拍卖公告出来以后请马上跟我说一声，另外，我刚才说的那层意思，方便的话你递话给健哥。”张仲平说：“无功不受禄，先把事情办好了再说吧。”

3D 公司账上有了一千多万的信息，徐艺马上就知道了。这使张仲平感到很恼火。不知道是谁走漏了风声。张仲平不好马上发火，决定等事情做完了再暗中查一查。熊部长把消息捅出去的可能性不大，她的嘴巴一向很紧。而且是在徐艺离开公司以后才来的，两个人并不熟。如果是小叶，干脆下个决心把她炒了算了。她这种脑筋不会拐弯的人，放在公司迟早要误事。

徐艺又打来了电话邀张仲平到廊桥驿站去喝茶。被张仲平谢绝了，说他这会儿正在外面办事。徐艺在电话里嘻嘻一笑，说："我知道张总在公司，这时候我就在你的奥迪车旁边哩。"

张仲平说："徐总你可比黄世仁盯得还紧啦。"徐艺在张仲平的小会客室的单人沙发上坐着，身体稍稍前倾着冲着张仲平，听了张仲平的调侃也不恼，还笑了笑，说："张总你是不知道，我也是杨白劳呀，没有办法，委托人也是一个劲地逼我。"张仲平说："委托人逼你？你是说那个送青瓷罐让你拍卖的人？"徐艺再次笑了笑，说："张总你说还有谁？"

对于徐艺这样故意卖关子，张仲平也找不到更好的话可说。健哥说了，有什么事会通过葛云来联系。健哥从来没有提过青瓷罐的事。葛云也从来不插手香水河法人股拍卖的事，他们两个人就像铁路警察一样各管一段。这也是三个人心照不宣的。葛云如果有什么想法，当然就是关于青瓷罐付款的事，但是，这件事是可以直接来跟张仲平说的，应该不大可能通过徐艺，但是，徐艺笑得很诡秘，他约张仲平喝茶的地点又是葛云常去的，这里面仅仅是一种巧合还是另有玄机？难道葛云真的那么急不可耐？关键的问题是，张仲平不可能就这个问题跟徐艺进行讨论。谁知道徐艺是不是在诈他呢？徐艺如果真的掌握了委托人与买受人之间的情况，再将不久以后将进行的香水河法人股拍卖的事联系在一起，就完全能够推断出是怎么一回事。张仲平今后面对徐艺也就不能再理直气壮了。唯一让张仲平感到安慰的是，徐艺的公司刚成立，没能在省高院入围，暂时还威胁不到他，但是，葛云会这么做吗？

张仲平认为葛云这样做的可能性非常小。她要这样做，起码必须得到健哥的授意。香水河法人股拍卖的事，与其说已经进入操作程序，不如说只是他和健哥在胡海洋面前演的一出双簧。所以，虽然胡海洋已经打过来了一千万，仍然不能说八字已经有了一撇。胡海洋不知道，张仲平自己可是清楚得很，这个时候离落袋为安还早得很呢。第一，八家选拔出来的拍卖企业还需要省高院院长从英国回来以后亲自拍板定案；第二，香水河法人股拍卖的事也还要院长或院务会议甚至院审判委员会认可健哥的方案，再以八家拍卖公司的名义联合刊登拍卖公告；第三，买受人还得实实在在地落实到胡海洋身上。在这之前，一切都还只是看得见捉不住的空中飞鸟，用健哥的话来说，是放回水塘里的鱼。现在还没有到可以宣布钓鱼游戏开始的那一步。即使钓鱼游戏已经开始了，仍然不能排除别的公司先于3D公司将另外一条大鱼钓上来的可能性。知己知彼，才能百战不殆。张仲平既然可以跟健哥一起策划操作这件事，难道别的公司就不可能与另外的什么人，比如说省高院院长或者某个副院长，甚至于省里的什么人，策划操作这件事吗？张仲平太清楚不过了，对他来说还有很多工作要做，其中每一个环节都有可能出现原来没有想到过的情况，这些情况又都有可能使事情出现逆转。胡海洋这次来又提到了那两个卦的事，叮嘱他每一步都要小心谨慎。胡海洋为这事求的卦怎么说的？汲水器具快升到井口了，水还没有打出来，这个时候如果瓦罐子发生倾斜、损坏，事情就不会成功。

胡海洋是非常迷信《周易》的一个人，他不可能忘了他那神奇的半仙舅舅为他打的这一卦。他打的拍卖保证金，可不是小数字。现在这笔钱正安安静静地以阿拉伯数字的方式躺在3D公司的银行账上。这起码说明了一个问题：胡海洋对这件事情抱有很大的希望，他相信刘永健和张仲平，认为事情完全有可能成功，否则，他费那个劲干吗？

严格按照《拍卖法》来推敲，胡海洋在没有见到拍卖公告之前就打了拍卖保证金，就已经有了一种拍卖人和竞买人串通的嫌疑，这种嫌疑将被银行转账的电脑记录坐实。

张仲平知道这意味着什么。当初拍胜利大厦在建工程的时候，他就提醒过徐艺拍卖人和竞买人串通将承担怎样的法律责任。他和健哥之所以这样做，有点万不得已，那是为了另外一个目的，就是让胡海洋咬他的钩而不去咬别的拍卖公司的钩。当然，事情做成了，这种技术上的难题，也是可以想办法绕过去的。比如说，3D公司可以另设一个新的账号，让胡海洋再打一千万。既然担心胡海洋有可能会为了少付几百万的拍卖佣金去找别的拍卖公司，这种风险就不叫风险了，叫对事态的控制。即使有风险，也必须冒，也冒得起，因为这种风险是拍卖公司与买受人捆在一起冒的，只要各得其所，就不怕找不到弥补这方面漏洞的办法。

打一千万的拍卖保证金过来，对于胡海洋来说，除了上面的小风险以外，资金方面的安全却是无虞的，如果香水河投资法人股的拍卖做不成，或者说他没有买到，3D 公司必须无条件退款。

但是，如果张仲平动用了这笔钱，情况就不一样了。

3D 公司以前的那些账外支出，都是在每一笔拍卖业务做完以后办理的，用的是已经赚到手了的钱，不过是一次暗中的二次分配。对于张仲平来说，是以前承诺的一种兑现。他的那些朋友，也从来不担心他会赖账，这不仅因为他在拿到任何一笔拍卖业务之前，就已经跟他们关系很深了，还因为拍卖的事情千变万化，特别是被执行人可能通过各种关系各种途径，让拍卖中止。再说了，这种事情像生意又不纯粹是生意，真要赚了钱，张仲平肯定不会赖账也不敢赖账，你想从此不干了吧？你想死了吧？

香水河法人股的拍卖情况不一样。3D 公司如果最终成为赢家，表面看起来，将完全是公平竞争的结果，一切都是遵循公开、公正的宗旨进行的，任何一个敢于怀疑省高院执行局局长与 3D 公司有幕后交易的人，均无法拿到能够上得了台面的证据。你可以怀疑，但怀疑定不了一个人的罪。你怀疑我，我还怀疑你呢！这个社会，有几个人的屁股上是干干净净没有屎的？这种人也许有吧。问题是有还是没有，你必须先把人的裤子给扒下来。可是，香水河法人股的拍卖，将在阳光下进行操作，光天化日之下你凭什么扒人家的裤子？

在这种情况之下，健哥怎么可能会让葛云去徐艺公司暴露自己的身份呢？

想到这里张仲平心里有底了。他几乎可以肯定，徐艺是在跟他耍花枪诈他。徐艺知道 3D 公司有了钱，具备了支付青瓷罐价款的能力，所以故弄玄虚地来逼他付款。这小子，跟我来玩这一套，是不是还稍微嫩了一点儿？这钱轻易能付吗？万一香水河投资法人股的事情最终没有搞成，岂不是要出现找葛云退钱的情况？怎么退？退多少？为了不暴露身份，委托方的拍卖佣金葛云肯定要让徐艺扣除，按百分之十算，也有六十多万，那不白白让徐艺占便宜了吗？这账还得张仲平来认，那岂不是偷鸡不成蚀把米？真要到了那一步，可就是哑巴吃黄连——有苦说不出了。你找谁去诉苦？你找谁去抱怨？弄得不好可能就把健哥给得罪了，哪怕仅仅是惹得葛云不高兴了，今后在这一行里你就不知道该怎么混。

张仲平开门把小叶叫了进来。

张仲平用手示意小叶给徐艺续水。张仲平一会儿看小叶一会儿看徐艺，好像在暗示他对他们俩的小动作早已了如指掌了似的，但小叶的表现很快就让张仲平消除了对她的怀疑。小叶顺着张仲平的目光在自己身上上上下下地看了一遍，直截了当地对张仲平说："张总怎么啦？"张仲平说："噢，没什么，你今天穿的衣服很漂亮，是不是呀，徐总？"徐艺说："是是是，美女嘛。"小叶的脸微微有点红了，说："可我这件衣服都已经穿了两三天了。"

张仲平这才想起小叶根本就不知道胡海洋已经把拍卖保证金打过来的事。他跟熊部长特别交代过，不要让任何人知道这件事，包括公司里的其他人。难道徐艺是从银行里得到的消息？

等小叶走了，张仲平说："徐总谁告诉你我账上有钱？"徐艺笑笑说："想知道这个情况，途径其实很多，是不是，张总？你也别问了。其实，张总要是以付款期限未到为由想迟两天我也没有办法。说句不好听的话，我也真的是被逼的。你要是不相信，我要她下午找你直接说，好不好？免得张总老以为我在背后捣鬼。"张仲平说："那就让她下午跟我联系吧。"

张仲平心里还得感谢徐艺，是他留了面子，没有把青瓷罐拍卖委托人的名字说出来，但是且慢，徐艺这家伙鬼得很，是不是在给自己找台阶下？那就看看葛云下午是不是真的来电话吧。

张仲平没想到下午三点钟的时候，葛云还真的给他来了电话。要他到廊桥驿站浣溪沙包厢去一趟。接电话的时候张仲平正在曾真那里睡午觉，曾真很敏感，问他是谁，张仲平说："一个朋友。"曾真说："女朋友吧？"张仲平说："瞎说，生意上的事儿。"曾真说："我跟你一起去。"张仲平说："不行。"曾真说："我就要去。"张仲平说："真的不行。"曾真说："我不下车，在车上等你，好不好？"张仲平说："真的拿你没办法。"

张仲平被廊桥驿站的迎宾小姐直接带到了浣溪沙包厢的门边，她伸出细长的手指轻轻地敲了两下，没等里面回话，便轻轻地把门推开，等张仲平进去以后，又轻轻地把门给带上了。

张仲平看到葛云倚立在窗户边上，静静地望着街景。张仲平进来的时候，她连头也没有回一下。

张仲平说："嫂子你好。"

葛云慢慢地回过头来，张仲平这才发现自己弄错了。那不是葛云，是廊桥驿站茶坊的老板祁雨。

祁雨笑脸盈盈，把八仙桌下面的太师椅抽出来，轻轻地将手臂一扬，请张仲平坐下。张仲平边坐边说："不好意思，我还以为是葛云……嫂子。"祁雨的笑容一直没有抹去，在张仲平的对面坐定了，轻轻地说："我是葛云的姐姐，同父同母的姐妹，只是我跟妈妈姓。"张仲平说："噢，原来是这样。葛云姐快到了吧？"祁雨说："我妹妹她不来。"张仲平说："可是她约了我。"祁雨说："是我请她约张总的。"张仲平笑了笑说："怎么回事？"祁雨说："实际上，那尊青瓷罐是我去时代阳光拍卖公司办的手续。"张仲平说："东西也是你的？"祁雨说："是我的或者说是葛云的，对于张总来说，有什么不一样吗？"

张仲平笑了笑，没有回答祁雨的这个问题。严格地说起来，东西是葛云的还是祁雨的，还是有点不一样的。如果没有跟健哥之间的交易，他发了疯也不会花那么多的钱去买那个罐子。张仲平对葛云和健哥的缜密不能不服了，这样一来，不管是说到地下去，还是说到天上去，张仲平竞买青瓷罐的行为都只是一种市场行为。至于是不是买贵了，买亏了，那就不好说了。这样竖起一道防火墙，对于健哥来说，简直就像进了保险柜一样安全。什么是受贿罪？是指国家工作人员利用职务上的便利，索取他人财物，或者非法收受他人财物，为他人谋取利益的行为。祁雨是国家工作人员吗？不是，祁雨能为他人谋取利益吗？不能。祁雨是另外一家拍卖公司某一件艺术品的委托人，跟香水河法人股的拍卖是半点边都不沾的，因而是绝对安全的。健哥是安全的，所以张仲平也是安全的。因为他与健哥之间不存在一分钱的经济往来。

张仲平说："时代阳光拍卖公司的徐总，知道你跟葛云嫂子之间的关系吗？"祁雨笑了笑，说："张总你说呢？"张仲平也笑了笑，说："徐总说你逼他逼得很厉害，是不是呀？"祁雨说："张总是聪明人，徐总又是从3D公司出来的，你认为徐总还需要人去逼他吗？"

短短的几句对话，让张仲平不得不对祁雨刮目相看。她喜欢使用反问句，好像特意让你去悟去揣摩，这就显得尤其意味深长了，但是，张仲平不可能不想到另外一个问题。在香水河法人股的拍卖上，他本人的所谓安全或不安全，自然是与健哥联系在一起的，但这是对付外面的闲言碎语的，或者说白了，是对付纪检委和检察院的。张仲平要有什么闪失，只能是涉嫌行贿。什么是行贿罪？是指为谋取不正当利益，给予国家工作人员财物的行为。健哥如果能够免除自己的受贿罪嫌疑，等于同时将张仲平的行贿罪嫌疑也给免除了，但是，既然健哥撇清了与张仲平之间的利害关系，剩下来的问题性质就不一样了，变成了张仲平作为买受人与徐艺公司的关系，以及徐艺公司与委托人祁雨之间的关系。你张仲平在徐艺公司举办的拍卖会上购买了青瓷罐，理所当然地就应该付款。纪检委、检察院才不会管你买不买青瓷罐哩。管你的将是《拍卖法》和《合同法》。如果香水河法人股的拍卖，按照既定的方针顺利操作完毕，什么事情都没有，但是，如果中间出了差错或者意外，3D公司不能从拍卖香水河法人股上获得利益呢？他已经支付给祁雨的拍卖款又将怎样处理呢？是不是交易取消，一切回到初始状态？但是，有什么理由这样做？又怎么能回到初始状态来呢？这个问题张仲平早就想过，就是只能耍赖，利用当初未办竞买登记手续这一点，把损失划定在付给徐艺公司的那五万元以内。这也是张仲平的底线，否则，如果真的把款付给了徐艺的公司，张仲平就会成为别人案板上的肉。

如果艺术品大拍在香水河投资法人股拍卖之后进行，这个问题是不存在的，偏偏阴差阳错，让它在前面进行了。本来只有一个他和健哥一起怎样共同对外的问题，现在多出来了一个问题，变成了他和健哥之间的牵扯。毕竟，香水河法人股的拍卖还不是铁板钉钉的事，井水还在打的过程中，还没有出井口，提前付款不符合行规。中间有了个祁雨，这个事情就更加不好办，张仲平明知道这钱不能付，却不知道该怎么开口。因为要把这个问题说清楚，势必要从香水河法人股的拍卖说起。这个话题健哥不知道跟葛云谈过没有，反正葛云从来没跟张仲平谈过，张仲平也就有理由猜测：健哥大概也不会跟祁雨谈，如果张仲平跟祁雨主动谈这些，岂不是太冒失了吗？他当然不能谈。

祁雨亲自把盏，为张仲平冲泡工夫茶。张仲平注意到祁雨的手指像葛云的手指一样纤长、灵巧。

张仲平拿定主意，且看祁雨怎么开口。祁雨偏着脑袋望着他一笑，说：“张总是明白人，请你来的目的，可能也想到了，我是代表葛云来处理这事的。怎么说呢？葛云有点不好意思向张总开口，不过，她又确实想先拿到那件青瓷罐的拍卖成交款，她的意思是想在二级市场上进一点香水河A股。如果控股单位换了，资产重组成功，股价的拉抬是肯定的。等拍卖公告出来，可能就晚了。还有，就是永健的事，张总不知道听到传闻没有？说实在的，凭他的水平、资历，早该提一提了，可如今这社会干什么都要钱，张总你明白我的意思吧？”张仲平点了点头，表示完全听懂了祁雨的话。祁雨的聪明就在于她老是使用疑问句、反问句跟你说话，你不接茬就显得非常没有礼貌和教养。

张仲平沉吟片刻，说："既然你是葛云的姐姐，又是受她的委托来跟我谈，我也就实话实说，希望你也别介意。对于葛云嫂子来说可能有一个股价成本问题，可对于我来说，风险是不是也太大了？"

祁雨说："有什么风险？张总不是与永健一起操作那件事吗？张总你有必要分得那么清楚？"

张仲平说："怎么说呢？我的这种担心不是指我跟健哥的关系。我跟健哥像亲兄弟一样，我把他当大哥，我们之间当然没问题，我的担心是我准备跟他一起做的那件事情本身。我不知道健哥或者葛云嫂子跟你说过那件事没有，所以恕我也不能跟你明说，目前的情况是，那件事最后能不能做成暂时还没有百分之百的把握。在这种情况下，我请你站在局外人的角度替我想想，是不是应该在青瓷罐的付款问题上缓一缓？"

祁雨说："嗯，张总的话也不能说完全没道理。不过，张总我是这样想的，如果永健没有七成以上的把握，他不会让这事先搁一搁吗？毕竟，现在赚钱确实不容易，你们拍卖公司可能还好一点。我听葛云说，张总这几年在省高院就赚了上千万。"

张仲平说："哪里有那么多？"

祁雨说："张总你别紧张，我又不会找你借钱。你要我站在局外人的角度考虑问题，那我就不怕说丑话了，张总的想法有点不见兔子不撒鹰，不见鬼子不挂弦的味道。张总你先别急，听我把话说完。你自己刚才也说，你跟健哥关系铁得像亲兄弟一样，那你们之间就不是那种一手钱一手货的关系，就要有充分的信任感，让我们换位思考一下吧，既然张总有这样那样的顾虑，那葛云会不会也有顾虑呢？我干脆把窗户纸捅破了说吧，你认为葛云该不该这样想，就是一旦事情做成了，张总你会不会兑现呢？"

张仲平赶紧说："怎么会呢？我跟健哥打交道又不是第一次，这点诚信都没有，我还混得下去？"

祁雨说："话是这么说呀，张总，我妹妹她两口子的事我是不知道的。所以，我是局外人，但俗话说得好，旁观者清，如果我说了什么不妥当的话，也希望张总不要见怪，听说永健他们单位在委托拍卖方面跟过去会有一些变化，如果不出意外，永健升了副院长，也就不一定还会继续管执行。嗯，在这种情况下，怎么说呢？我不是说你哟张总，如果是另外一家拍卖公司的老板，他会不会以为永健在帮助拿拍卖业务的过程中，起的作用反而会变小呢？张总，我的意思不知道表达清楚没有？”

张仲平笑了，他想起朋友中间不知道谁说过，就是尽量避免跟女人做生意，因为一个精明的女人比十个精明的男人还难对付。张仲平当然明白了，祁雨，或者说葛云（该不会是健哥吧？）是担心他在香水河法人股的拍卖问题上，赚了钱以后不兑现，或者不完全兑现。难怪葛云要把祁雨推到前面来。张仲平跟祁雨谈不上什么交往，十几分钟以前才知道她跟葛云是姐妹关系，由祁雨出面，一些丑话就好说多了。祁雨既然如此这般地替葛云表达了这样的担心，对于张仲平也就成了一个不容回避的问题。这个时候拍胸脯赌咒发誓是没有用的，因为这本来就是一个实打实的问题，不容回避也回避不了。张仲平脑子里很快地掂量了一下，不知道这是葛云在自行其是，还是得到了健哥的授意。祁雨笑眯眯地望着张仲平，让张仲平觉得已经没有时间来探究这个问题了，关键是怎么处理这个问题。

张仲平说：“原来祁老板是替葛云嫂子担心，怕我今后赖账，这怎么可能？我都已经在时代阳光拍卖公司举了牌，我不交钱，人家会告我的。”

祁雨也笑了，说：“在时代阳光拍卖公司举牌签字的好像不是张总吧？这里面有什么伏笔没有呀？张总是绝顶聪明的人，我是不明白，是不是请张总把里面的道道跟我说一说呀？”

原来这个女人什么都知道。张仲平让曾真举牌只是不想让别人胡乱猜测他跟那件青瓷罐的关系，没想到引起了祁雨的误会，他想解释，又不知道从何说起。他想了想，说：“要不然，你看这样行不行，钱我打，但不是打到徐艺公司账上，而是由我和你或者葛云嫂子设立一个共管账号。如果香水河法人股的拍卖搞成了，再把这笔钱往时代阳光拍卖公司打。万一搞不成，钱我还得退还给别人。怎么样？”

祁雨收敛了脸上的微笑，也停止了手上的动作，她托着腮望着张仲平，过了一会儿才慢慢地说：“张总认为有这个必要吗？这样七拐八弯，会不会弄巧成拙？我听说钱在银行里转来转去的，每一笔都会留下电脑记录。再说了，这时间一耽误，葛云要买股票，恐怕是买不成了。”

张仲平说：“这也好办，股票差价方面的损失，或者说高出来的成本，由我来承担，怎么样？”

祁雨吐了一口气，又笑了一下，说：“张总，我们这样子是不是太像谈生意了？你真是厉害，都把话说到这种程度了，叫我怎么办呢？我完不成任务，恐怕只能退给葛云去处理了。你说呢，张总？”

张仲平望了望祁雨，一下子没想起来该怎么回答才好，只好朝她笑了笑。

回到车上以后，曾真说：“怎么啦，老公？你看起来有点郁闷。”张仲平说：“是呀。”曾真说：“什么事，能不能跟我说说？”张仲平说：“我真想跟你说。”曾真说：“那你就说嘛，也许我能帮你出出主意。”

但张仲平仍然没跟曾真说那件事。他想了想，给了曾真另外一个任务，请她外公去帮忙打听一下，看上面是不是在考察刘永健提升省高院副院长的事。曾真马上要往外公家里打电话，被张仲平拦住了，说：“要不你回家看看吧，当面跟你外公说。”曾真说：“好。你不知道，上次没有帮上丛林的忙，老爷子还挺遗憾的。”张仲平说：“他的话不像原来那么管用了，内心里肯定有点伤感。”曾真说：“这两年好多了。刚退下来那会儿你是不知道，像生了一场大病似的。样子……就跟你这会儿的神情一样。仲平，你没事吧？”曾真腰一扭，身子慢慢地一歪，把头靠在了张仲平的大腿上。曾真从下往上看着张仲平，轻轻地说：“仲平你知道吗，我好爱你的。”张仲平把手指插到她的头发里轻轻地拨一拨，叹了一口气，然后笑了，说：“公司的一些麻烦事，我不想跟你说，因为我爱你，我不想你为我的事烦恼。”曾真说：“我知道。可是，看着你郁闷的样子，我又帮不上忙，我的心很疼。”张仲平说：“其实，有时候我真的想跟你说说。你能理解我这种心情吗？”曾真说：“嗯。”张仲平说：“相信我，我会把这些破事处理好的。”曾真说：“我知道你很棒，仲平，我爱你。”

第二十八章

平平静静地过了两天，徐艺再没有打电话来催款了，祁雨和葛云还有健哥那边却也没有了消息。

市中院司法技术室彭主任的儿子如愿考上了大学，明天的谢师宴定在巴蜀布衣酒楼。消息是丛林告诉张仲平的，张仲平对于去不去有点犹豫。丛林说："你别去了，你在中院认识那么多人，在宴会上晃来晃去的，不太好，打个红包就行了。"张仲平也是这样想的，如果市中院的其他朋友以为他跟彭主任走得很近，今后办事反而不方便。从另外一个角度来说，张仲平也不能错过跟彭主任走得更近一点的机会，但这只要两个人心里有数就行了，用不着让别人都看到，所以，红包是一定要送的，却又不能在彭主任的办公室送。市中院新的办公楼刚刚修好，还没有搞装修，他们现在的办公条件并不是很好，彭主任还没有单独的办公室，如果在送红包的时候彭主任再客气一下，被随便一个撞进来的人看到就不好了。彭主任的公子能够如愿录取，张仲平是出了大力气的，这点彭主任心里最清楚，已经说了几次要拜托张仲平请教育考试院的那个同学。因为有这层关系，彭主任收红包的时候肯定会要客气一下，如果两个人能够在办公室以外的地方见面就方便多了。

为了弄清楚彭主任在不在法院，张仲平用神州行卡的那部手机往他办公室打了个电话，如果是彭主任接的电话，张仲平准备不吭声就把电话撂下。电话响了没有人接，张仲平因此猜测彭主任在外面。换部手机打他的手机，果然在外面，在省人民医院帮助一个当事人联系搞亲子鉴定的事。张仲平要求跟他见面，彭主任马上说："可以可以，你过来吧，正好董领导也在这里。"张仲平知道彭主任说的董领导就是省高院司法技术处的董处长，这虽然给他向彭主任送红包的工作增加了一些难度，但能顺便见见董处长却又是一件好事，可以打听一下省高院的情况。

张仲平请董处长、彭主任吃饭的酒楼叫扁鹊酒楼，开在省人民医院正对面，生意好得不行，差一点没有订上包厢。张仲平说："这家酒楼的老板有意思，替扁鹊改行了。"彭主任说："现在的人哪里管那么多？只要赚钱就行了。"董处长说："这家酒楼随便取什么名字都一样赚钱，你不看来的都是什么人。"

张仲平想把气氛搞活一点，就说："我刚好接到一个段子，念给你们听听：一个男人在跟女朋友做爱时心肌梗死死了。老婆嚷着要做尸检。尸检报告出来了，三个字：爽死了。"大家笑了，彭主任说："我也说一个，路人问孩子，大冷天你一个人站在路边干什么？怎么不在家待着？小孩子说：爸爸妈妈在吵架！路人说：不像话，你爸爸是谁？小孩子说：这就是他们吵架的原因。"大家又笑了。董处长说："社会转型时期，人际关系发生了根本性的变化，最近几年为什么搞亲子鉴定的不少？就是因为改革开放搞活，给男人女人提供了很多机会，把握不住就会出问题。"彭主任说："现在的男女关系问题早已经稀松平常了，夫妻关系也大都貌合神离，面临着传宗接代的问题就不一样了。而且十有八九，问题还是出在经济方面。"

董处长上洗手间去了，张仲平赶紧把准备好的红包给了彭主任。彭主任说："你看你这张总，应该是我感谢你。"张仲平说："彭主任说哪里话？这状元酒本来我是一定要来喝的，又怕明天中午没时间。"彭主任说："张总太客气了。"张仲平说："咱们俩谁跟谁？不存在这个问题。"彭主任说："对对对，张总的人情我是一定要还的，而且我相信有机会。"张仲平说："请彭主任费心了。"

董处长进来之前，彭主任已经将红包收到随身带来的公文包里了。张仲平发现彭主任的手提包换了，以前的包不知道是什么牌子，这会儿是都彭。

等董处长进来以后，张仲平说："彭主任你不知道，这次咱们公司能在省高院入围，董处长帮了大忙了。"这话题有次他们三个人在一起时已经谈过，但是张仲平并不认为是多此一举，他如果口口声声把3D公司能够入围的功劳记在董处长的身上，今后的关系就可能处得更融洽。彭主任说："张总我跟你说过，董处长在省高院说话是有分量的，他对于看得上的朋友，也肯帮忙。”董处长说：“主要是3D公司有实力，工作做得好。”张仲平说：“不能这么说，主要是董处长帮忙，我心里都记着哩。金槌公司没有实力吗？不是没上吗？”董处长说：“是呀，可惜了。”

董处长这样一说，张仲平就再不敢提金槌公司了。你知道董处长跟金槌公司是什么关系？好玄啦。张仲平说：“选拔结果不知道什么时候公布？是不是要等院长从英国回来？”董处长说：“老板早两天已经回来了。公布结果应该就是这几天的事吧。”张仲平说：“是吗？那好，咱们这就说好了，到时候我再请董处长，请彭主任作陪。去鹏程大酒店，没有问题吧？”董处长和彭主任都说，张总客气，到时候再说吧。

张仲平坐在买单的位置上，他先要左边的董处长点菜，董处长说他最不会点菜了，又让右边的彭主任点，彭主任嘴里谦虚，还是接过菜牌翻了几下，又把菜牌推给了张仲平，说：“我也不会点菜，张总随便安排几个家常菜就可以了。噢，等下我们有个同学会来，医院里的孙主任。”张仲平一听就明白了，这菜还不能点得太随便。

吃完了饭，张仲平提议去搞活动，董处长说：“算了吧，张总已经很客气了，再说，下午还要上班。”彭主任说：“要不，洗个脚吧？”后来才来的孙主任说：“你们去吧，我回家休息。这天气不睡午觉不行。”孙主任跟老婆离婚后娶了一个比自己小了差不多二十来岁的研究生。董处长开玩笑说：“昨天有个朋友要我用钢钎和豆腐造句，我想了半天，现在有了答案。”孙主任说：“你这个段子过时了。”彭主任说：“这几天流行的是女人三字经，怎么说的？死远点，不许动，别碰我，放开手，我喊啦，拿出来，你讨厌，不要嘛，不可以，你轻点，好舒服，不要停，用力点，抱紧我，我还要。”董处长说：“年轻妹子不懂事，只晓得我还要我还要，不懂得心疼人，孙老兄可要自己多保重呀。”

孙主任不去洗脚，董、彭两位也不去，结果张仲平把他俩分别送回了家。张仲平回到曾真那儿，曾真告诉他，她外公已经把事情打听清楚了，找的是现任的一个副部长，给他当过处长的，那个关于健哥要升副院长的传闻是真的，已经在省高院搞过民意测验了，应该不会有错。

张仲平点了点头，不再跟曾真讨论这事，为了把话题岔开，就说：“再问你一个问题，钢钎和豆腐怎么造句？”曾真说：“你这个大笨蛋，每天做的事情还假装不会说。”张仲平说：“怎么说？”曾真说：“钢钎插豆腐。”张仲平哈哈大笑，一把将曾真逮了过来。

省高院院长从英国回来都已经两天了，怎么还没有消息呢？这两天的平静是不是有点不正常？张仲平把跟祁雨见面说的每一句话都仔细地回忆了一遍，觉得自己说话的态度是很真诚的，没有玩奸耍滑的意思，但是，祁雨怎么跟葛云转述他的话就不知道了。一看就知道，祁雨是个很能干的女人，能干的人不管是男的还是女的，多少都有点自负，她会不会因为没有完成葛云交代的任务，而将张仲平的某些说法添油加醋一下呢？葛云要是不高兴，肯定又会在健哥那里学舌，再稍微夸张一点，可能跟张仲平原意出入就很大了。一个是自己的姨姐，一个是自己的老婆，还有一个是业务上的朋友，健哥会听谁的话还用说吗？要不然，为什么没有健哥的消息呢？

这疑问存在张仲平心里，像抓痒似的难受，他只能尽可能地往好的方面想：健哥没有主动来消息，也许在等着你跟他联系吧。既然你已经把青瓷罐的事跟香水河法人股拍卖的事联系到了一块儿，健哥主动来电话，是不是会显得商业气味太浓了呢？健哥当副院长很有希望，他要真这样做，是不是太小家子气了？

如果否定了健哥的小家子气，那反过来说是不是我太小家子气了呢？如果说跟健哥是一种交易，那么双方的地位其实是不平等的。健哥有选择余地，你张仲平有吗？现在入围的拍卖企业就有八家，除了3D公司，另外的七家哪家不想钻山打洞攀上跟健哥的关系？你以前不就是这样吗？为了请他吃上一餐饭，还跑到北京把老班长给搬了出来。你跟祁雨的谈话，是不是真的有不见兔子不撒鹰、不见鬼子不挂弦的意思在里面？祁雨只要把这句话作为她自己对你的感觉说给葛云、健哥听，就够你张仲平喝一壶的。这不明摆着对葛云和健哥不信任吗？这种不信任有两个层次，第一，对于健哥能不能把关系摆平、把事情搞定没有百分之百的把握；第二，当事情真的出了意外之后，对于葛云会不会退还多余的款项拿不准。反正你是在拍卖会上买的东西，你心里肯定在想，葛云钱收了就收了，不退还给你又怎么样？你还能撕破了脸皮去找葛云要？这种事情，信任是基础，也是最关键的因素。本来就是绑在一根绳子上的蚂蚱，如果双方没有了高度的信任感，各动各的念头，那还能干成事吗？

最主要的问题是，葛云或者健哥只会听到祁雨的一面之词。如果祁雨说产生不信任危机的根源在你张仲平身上，健哥会怎么想？健哥要是生气了，后果就会很严重。他要是觉得胡海洋是个干事的样子，而你不是，事情就真的有点麻烦。

不管怎么样，香水河法人股拍卖的委托权还操纵在健哥手里，就算是胡海洋给你打了一千万，你其实还没有沾到它的边。换一种说法，如果健哥对你的看法打了折扣，他要是准备中场换人，完全来得及，而你却一点回旋的余地也没有。健哥已经认识了胡海洋，如果他觉得跟你合作这么不爽快，他完全可以把胡海洋介绍给另外一家完全听他指挥的拍卖公司。那家拍卖公司只会屁颠屁颠地跟在健哥屁股后面，大气都不敢出。存不存在这种可能性呢？存在或者不存在，主动权都在健哥手上。健哥要真这样做，你难道阻拦得了？

做法院的拍卖业务，佣金可以满打满算，按拍卖成交价，委托方、买受人各付百分之五。如果能拍到两个亿，佣金就是两千万，即使打个对折，也还有一千万，这种机会你以为是随便碰得到的？

张仲平又想起了胡海洋打的那个井卦，那个用瓶汲水的比喻。

你张仲平是什么？最多是提井绳、摇井绳的人。健哥呢？健哥才是那个汲水器，那个装水的罐啦。没有罐拿什么装水？至于那些提井绳、摇井绳的人，多的是。说得不好听一点，比街上擦皮鞋的还多。汲水罐？青瓷罐。你如果把自己定位于提井绳、摇井绳的人，你的态度是否端正就至关重要了，万一有了什么偏差，那汲水器不就倾斜、撞坏了吗？对于你张仲平来说，不就等于前功尽弃了吗？

汲水罐。青瓷罐。

这是一种巧合还是一种天意？健哥那里按兵不动，是不是就在看你的态度呢？胡海洋上次来，提醒你让你防范的不就是这么一回事吗？胡海洋那么精明能干的人为什么愿意围着你转？不就因为你背后有个健哥吗？健哥才是中心。你怎么这么浑，搞得像是要跟健哥讨价还价似的？

张仲平再也忍耐不住了，想到自己差点惹下大祸，不禁有点后怕。趁着错误还没有完全犯下之前，应该尽快改正和弥补。

可是，他心里始终有点忐忑不安。健哥那边进展到了哪一步，他并不清楚，万一出了什么差错呢？

要不要听听唐雯的意见？毕竟，要打出去的钱不是小数目。可是，怎么跟唐雯说？能跟她说吗？能跟她说得清楚吗？

也许，该跟董处长再见见面，旁敲侧击地问问他，看能不能从他那儿套取一点有用的信息？可是，你跟他是什么关系？他会跟你说真话吗？他的口风如果不紧，岂不是要给你招来更多的竞争对手？要是那样的话，情况岂不是会更加复杂？还有，就是这事如果传到健哥耳朵里，你又将怎么解释？

要不然，还是直接给健哥打个电话吧。如果能约上他见见面就更好了，跟他推心置腹地谈一谈，态度要坦诚，免得祁雨传来传去地传走样。

下午上班的时候，张仲平用神州行卡手机往健哥家里打了个电话，没有人接，往健哥办公室打，也没有人接，张仲平想，健哥也许在从家里去办公室的路上吧。

下午三点多钟，张仲平打通了健哥办公室的电话。

张仲平说："方便吗？"

健哥说："嗯。"

张仲平说："有时间见面吗？"

健哥说："没有。"

张仲平说："那事……"

健哥说："嗯……有问题吗？"

张仲平说："应该没问题吧？"

健哥说："能有什么问题呀？"

跟健哥的通话持续了不到半分钟，健哥说的话加起来也就十几个字。有点意义的是后面两句问话。可是，那到底是什么意思呢？是事情已经没有问题了，还是健哥对他已经有了意见？

怎么办？

钱打还是不打？这笔钱打出去，不仅有可能会扔到水里，还有可能会砸出一个坑。那可不是随随便便的一个坑，那是墓坑啦！

怎么办？

可是，如果真有什么危险，难道健哥就不怕吗？他如果不怕，是不是意味着就没有危险呢？

怎么办？

张仲平把手插到口袋里，他触到了那枚硬币。

他把它拿出来，双手捧着，闭上眼睛，转着身子，分别对着东南西北四个方位作了几个揖，然后将硬币在掌心里使劲摇一摇，再往空中一抛。

硬币哗啦哗啦地脆响着，落在了他的大班台上，是他心里想要的正面。

又做一次，仍然是正面。

再做一次，还是正面。

张仲平长长地吐了一口气，他下定了决心，舍不了孩子套不了狼，如果这也算冒风险的话，就冒了这次险吧。是呀，这世界上哪有百分之一百有把握的事？宁肯健哥欠你的，你可不能欠健哥的。健哥欠你的，你怕什么？他只会加倍地还给你，而他是有这个能力的。乐观点看，也许你的钱一到账，香水河投资法人股拍卖的事也就开始启动了呢？不管怎么样，这个时候是不能让健哥有情绪和怀疑你的诚意的，千万不能。

可是……

别可是了，赶紧给葛云打电话吧。

电话先占线，过几分钟再打过去，通了。

张仲平说："嫂子，跟你说一声，那件事情办好了。"

葛云说："是吗？"

张仲平说："对，这几天股市有点回调，是个机会呀。"

葛云说："祁雨没跟张总说什么难听的话吧？"

张仲平说："没有没有，嫂子说哪儿的话？要不然，请嫂子跟健哥说一声？"

葛云说："没问题呀，张总……你多虑了。"

张仲平本来还想给祁雨打个电话，想想又算了。态度决定一切，把钱打出去，意味着服了健哥和葛云的软。祁雨那里就算了，他又不求着她什么，还是给自己留一点面子吧。

张仲平把熊部长叫过来，给她安排了往徐艺公司打钱的事。张仲平说："什么时候能到？"熊部长说："同市银行，很快的。"

唐雯接完电话之后，半天没起身，坐在沙发上发愣。张仲平问她怎么啦，唐雯说："这个周教授真不是东西。"张仲平说："怎么，又是王玉珏家那些破事儿？"唐雯说："周教授把他的一个女研究生带到家里睡觉，被王玉珏逮着了。"张仲平对这样的话题很敏感，装作有点吃惊的样子说："是不是呀？"心里却在想，到底是脑力劳动者，手脚放不开。这种事怎么能在家里干呢？就是再囊中羞涩，被老婆掌管了经济大权，怎么着也得在外面开间钟点房嘛。又想，这王玉珏也是报应，自己红杏出墙，家里的门户没看紧，老公被人偷那是活该。

唐雯说："王玉珏带了女儿回娘家，本来说好明天回来的，结果提前一天回来了，她女儿把一切都看到了，刚才王玉珏来电话，说她女儿摔门跑了，已经大半天了，一直没回家，她正满世界打电话找呢！"

张仲平说："怎么会这样？王玉珏不是知道周教授搞网恋吗？她该不是欲擒故纵，先故意给周教授制造一个机会，然后捉他的奸吧？不至于呀，这女人不会傻得把小孩子扯进来吧？难道她真是昏了头了？"

唐雯说："王玉珏还不至于那么蠢，也不至于那么毒，她原先对于离不离婚考虑最多的就是孩子。肯定不是。这种事对孩子的心理挫伤最大了，她就是怕把女儿扯进来，所以才一直竭力瞒着。仲平你可不能在外面给我惹这些事情出来。"

张仲平说："你怎么老拿我说事儿？烦不烦？"唐雯说："真要被我抓到了什么，有你烦的时候。"张仲平说："你最近到底怎么回事？好像变了一个人似的。"唐雯说："是你变了吧？"张仲平说："好了好了，我不跟你说了，有个比喻我已经说了十几二十年了，说这婚姻、家庭就像一个玻璃瓶子，为了证实结实不结实不能老拿一个金属棒去敲，也不能老往地上扔，因为等到你证实了它的结实程度，原来的婚姻呀、家庭呀，也就破碎了，没法收拾了。"唐雯说："你倒来教训我了，也不问问自己做得怎么样。"张仲平说："我哪里做得不怎么样了，嗯?!"唐雯说："你现在是嘴硬。"

这时候座机响了，唐雯拿起电话接了，手里握着话筒，又拿眼睛奇怪地盯着张仲平，气冲冲地说："找你的。"张仲平说："谁呀？"唐雯说："我哪里知道是谁，一个女的。"

星期六、星期天张仲平再也不敢开手机了，就怕曾真再打电话来找他。曾真是知道家里的座机电话的，难道又是她那儿出了什么事？还好是唐雯接的。万一真是曾真，就好圆场了，因为唐雯接电话的行为等于告诉曾真他这时接电话不方便。

电话里那个女的说："怎么把手机关了？"张仲平一听不是曾真，放心了一大半，是谁却没有听出来，他见唐雯就在旁边紧张地盯着他，干脆把免提键按了下来，问："请问你是哪位？"电话里说："我是小曹。他叫你出来一趟。"张仲平看了唐雯一眼，故意问："谁叫我出来一下，丛林吗？"小曹说："对，你快点，他有急事。"张仲平说："他在哪儿？"小曹说："你到君悦大酒店来吧，到四楼茶坊以后再打……我的手机。"

张仲平刚一放下话筒，唐雯就说："怎么回事？"

张仲平说："我也不知道。我听到的，你都听到了。"

"打电话的这个女的是谁？"

"丛林的女朋友。"

"这个丛林也不是什么好东西。"

"今天你到底怎么回事？"

"谁知道你们在外面搞什么名堂。"

"搞什么名堂？养家糊口呗。"

"养家糊口养家糊口，好，我跟你一起去。"

"怎么啦？你去干吗？"

"去看看你到底是怎样养家糊口的呀。"

"行行行，那你快点吧。"

等收拾好了，唐雯又不去了。

唐雯走到张仲平身边，拉了拉张仲平的手，说："对不起，仲平，我是不是挺让你烦的？"

张仲平努力一笑，说："你今天的表现确实很一般，只能打九十九分，平时嘛，可以打到一百分。"唐雯说："你别哄我。最近不知道怎么搞的，老是觉得挺烦的，你说我该不会是提前进入更年期了吧？"张仲平确实被唐雯搞得挺烦躁，但他知道唐雯就这性格，你要烦躁，她的性子上来了，只会变本加厉，所以也就忍了，还再次笑了笑，说："没有呢，你要跟小雨一起出去，人家还认为你们是姐妹俩，特别是从后面看的时候。"唐雯说："你少油嘴滑舌。"她叹了口气，幽幽地看着张仲平，说："仲平，你真的很看重这个家吗？"张仲平说："是呀。你还不信我吗？"唐雯说："信，我怎么不信呢？你一个人去吧，你要记住你自己的话。"

张仲平到了君悦大酒店四楼茶坊，然后打通了小曹的电话。丛林很快就下来了。他没有坐张仲平已经坐下的那张靠近门口的茶桌，朝张仲平扬了扬手，径直去了茶坊最里面靠墙的一张桌子。

丛林对跟过来的服务员说："不要茶水，借你们的地方说几句话。"服务小姐抿嘴一笑，转身走了。丛林先坐下来，然后关了手机，又把电板取下来，还取了手机里的磁卡。他示意张仲平也照着他的样子做。张仲平不知道怎么回事，乖乖地跟着做了。丛林抬头朝空荡荡的四周望了一眼，伸出手指，在桌面上写出了刘永健的名字。张仲平点点头，表示看清楚了。

丛林这才轻轻地说："'双规'了。"

张仲平一下子蒙了。

张仲平紧紧盯着丛林，半晌，这才压低了嗓子说："真的？"

丛林说："绝对准确。昨天夜里带走的，说是通知他去开院务会，一进办公楼的大门就被带走了。"

张仲平说："怎么会这样？怎么会这样？!"

丛林说："怎么就不会这样？听说他被人盯着已经很久了，你知道他被抓之前在哪里吗？在八一新干线，他有个情人，是个大三的学生，他为她在那儿买了房子。"

张仲平张了张嘴，什么话也没说出来。

丛林说："上次你不是说正跟他一起做什么项目吗？做了没有？赶紧停下来。"

张仲平说："这下惨了，钱已经打了，打了六百多万。"张仲平说着，脖子像一下子支撑不了脑袋的重量似的，一软，头就垂了下来，不得不赶紧拿两只手去撑住。

丛林说："打的是什么钱？"张仲平简单地把香水河投资法人股拍卖的事情说了。丛林说："你这是聪明反被聪明误，怎么会这样？"张仲平叹了一口气，又摇了摇头。

过了半晌，张仲平说："知道什么事吗？"丛林摇了摇头说："目前还不清楚。十有八九应该是经济问题。"张仲平说："不会搞错吧？"丛林说："像他这样级别的干部，组织上不可能只凭猜测就做决定。"

见张仲平在那里发呆，丛林说："这个事肯定做不成了，至少要搁置相当长一段时间。他就是不进去都不一定做得成，省高速公路股份有限公司一直在跟香水河接触，准备搞资产重组。"张仲平说："你怎么从来没说过？"丛林说："上次到河边，我还提醒过你，你忘了？你当时可是自信得很，说绝对没问题。"

张仲平一遍又一遍地念叨：“怎么会这样？怎么会这样？”

丛林说：“如果真是经济问题，紧接着就是上他家里去搜查和到银行去查他的个人存款，冻结银行账号。检察院那帮人很厉害，会挖地三尺找线索和证据。”张仲平嘴里是是是地应着，像小鸡啄米似的直点头。对于3D公司来说，当务之急就是看能不能把打出去的资金截留下来。张仲平把磁卡和电板归位，先打通了熊部长手机，问她那笔钱转出去没有。熊部长没有听出张仲平的声音有什么异样，要张仲平放心，说钱当天就划过去了。张仲平只好再打徐艺的电话，徐艺的手机关着，办公室的电话没有人接。

其实，就是打通了徐艺的电话又有什么用呢？葛云盯得那么紧，一到徐艺账上，肯定就会要求划走。那笔钱会往哪里划呢？如果是往祁雨的账上划还有一点芝麻大的希望，至少事情还有的说。要是往葛云账上划就惨了，健哥被带走了，他跟葛云在银行的账号也许在这之前就已经被监控了，说不定葛云也已经被控制起来了哩。

丛林说：“你先把这几年做的业务，一单一单地理一理，还有财务方面的账目。刘永健被‘双规’如果真是经济问题，最后肯定要查到你们这些拍卖公司头上。你自己注意一点，打电话、打手机都要留神。我们之间虽然什么也没有，但在这个敏感时期，要不是有什么急事，也少联系一点。另外，上次我们在江边谈的那件事……”说着朝张仲平叉开自己的一只手掌，说：“再也不要提了，听见了吗？”张仲平说：“我知道。”

丛林说：“我跟你说过多少次，钱多不一定是好事，有些钱不能挣就是不能挣。你平时不是挺谨慎的吗？这次怎么会这么昏头了呢？好啦好啦，我不说了，你自己多保重吧。”

丛林匆匆上楼去以后，张仲平在茶坊里又待了半个多小时，他怎么也没有想到事情会搞成这个样子。

服务员过来问他要不要喝点什么，张仲平摇了摇头，他知道自己该走了。

张仲平拖着像一下子被灌了铅似的双腿出来了。

外面阳光灿烂，但是，那些阳光好像一下子有了重量似的压得他抬不起头，迈不开脚。在街角处，张仲平看到了一个报亭，里面有公用电话。他走过去，朝四周望望，然后，他拨了健哥的手机，关机。又拨了葛云的手机，也是关机。他随后便买了份报纸，好不容易才走到自己车上。

到了车上，张仲平好像仍然没有回过神来。

健哥。打出去的钱。胡海洋。香水河投资法人股。青瓷罐。井。涣。

打水的罐子真的撞到了井沿上，然后砰的一声就那样裂了？

自己的那个“涣”卦又是怎么回事呢？涣，流散地，水盛貌也。自己将要流散的是什么？又是什么东西将水漫金山？

张仲平慢慢地把车开到了曾真那里。

张仲平是自己拿钥匙开门进去的，曾真正躺在床上睡觉，张仲平的到来让她非常兴奋，但当她从床上跳起来跑过来抱张仲平的时候，马上发现情况不对，她用两只手捧着张仲平的脑袋，轻轻地问：“怎么啦，老公，出什么事了？”

张仲平想笑一下，终于没能笑出来，说：“健哥，就是早几天托你外公打听的那个人，被‘双规’了。”

曾真说：“怎么回事？”

张仲平说：“说来话长。你再托你外公打听一下，看他省纪委、省检察院有熟人没有，问这事到底是不是真的。”

曾真说：“好。我们是去我外公家，还是打电话？”

张仲平说：“打电话吧。”

曾真给她外公打了电话，她外公还跟她开玩笑，说：“我都成你的通讯员和包打听了。”曾真说：“限你一个小时，不，半个小时回话，这是政治任务。”她外公说行行行。张仲平长长地吐了一口气，靠在床头，慢慢地把跟健哥的关系和一起做香水河投资法人股拍卖的事说了。

这时电话响了。

曾真抓起电话，嘴里脱口而出地直喊着外公外公，电话里面却没有声音。曾真低下头看了一下来电显示，然后望着张仲平说：“记得吧仲平，我跟你说过的，就是这个电话，又来了。”

没多久，电话又响了。曾真凑过去一看，仍然是刚才那个号码。曾真拿起话筒，里面的人固执地沉默着，曾真望着张仲平，对着话筒连声说：“喂喂喂，哪一位？请说话呀！”

没人说话，曾真只好又把电话撂下了。

刚撂下，电话又响了，还是刚才那个号码。

曾真说：“仲平你接吧。”

张仲平犹豫着，曾真说：“接嘛。”

张仲平说：“喂，怎么不说话？请问找哪位？”

电话里的人开口了，说了三个字。三个字就够了。电话里开口说话的人是唐雯。

唐雯说：“就找你。”

张仲平一下子就把电话搁了。曾真说：“谁呀？”张仲平说：“她。”曾真说：“谁？教授？你老婆？”张仲平点了点头。

在张仲平的印象中，这是曾真第一次称唐雯为“你老婆”，张仲平因此抬头看了曾真一眼。座机再次响了起来，仍然是唐雯。张仲平盯着那台座机发愣。曾真说：“是你接还是我接？”张仲平说：“你接吧。”

唐雯说：“客人到门口了，能把门打开吗？”

曾真说：“你是谁？”

唐雯说：“你开了门不就知道了吗？你不认识我，房间里可有人认识我。”

曾真轻轻地把电话搁下了，和张仲平面面相觑。

曾真踮起脚走到门边，从猫眼里往外面看，她真的看到一个女人站在门口，正在按门铃。猫眼把唐雯的身材制造成了照哈哈镜的效果。

曾真回到卧室里，把床铺整理了一下，又对着镜子照了一下。

曾真说：“怎么办？”

张仲平摇了摇头。

曾真说：“去把门打开吧，否则，没准她会在外面打门撒泼，闹得满城风雨。”

张仲平说：“可是……”

曾真说：“没什么可是的，难道你还有别的选择吗？”

张仲平咽了一口唾沫，用手在自己脸上抹了一把。他从卧室里走出来，穿过客厅。他的腿脚有点僵硬，有点像牵线木偶。这时，曾真轻轻地叫了他一声。他停住了，慢慢地转过身来，定定地望着曾真。曾真也望着他，一秒钟、两秒钟、三秒钟。曾真走过来，伏在他身上，向他仰起脸。张仲平以为曾真要对他说什么，曾真没有说，她只是伸出一只手在他的脑袋后面，把它轻轻地往下按，然后将自己厚厚的湿润的嘴唇迎上去，长久地吻他。之后，她用两只手捧着他的脸，有着长长眼睫毛的那双明亮的眼睛扑闪扑闪的。两个人都想说什么，又都没有说。

门铃再次响起。

曾真用手在张仲平腰上轻轻地拍了拍，示意他去开门。

张仲平再次转过身朝房门走去，他先对着猫眼朝外面看了一下，没错，门外确实是唐雯，她的手里就拎着胡海洋从韩国带来的那个手提袋。而他不用回头就知道，身后的曾真也正紧紧地盯着他。张仲平觉得自己的头有点大了。他的手在闪闪发光的金属防盗门的把手上停住了。时间一秒一秒地过着，差不多半分钟以后，张仲平深深地吸了一口气，再把它吐出来，然后，手腕一使劲，轻轻地把门打开了……

2004 年 03 月 16 日—2004 年 07 月 21 日第一稿

2005 年 01 月 29 日—2005 年 07 月 05 日第二稿

2005 年 10 月 20 日—2005 年 12 月 02 日第三稿

2011 年 05 月 18 日按第一稿恢复成完整版

《青瓷》越历史越有价（代后记）

（浮石）

出版社要出《青瓷》的完整版，我一直拖着没敢同意。因为这本书的原版已由湖南文艺出版社在五年内加印了三十四次，正版盗版销量加上手机网络阅读，读过这本书的人起码有近千万，我担心出版社是否还能找到新的图书购买者。

是读者让我改变了看法。当我有机会与其中的极少部分直接沟通的时候，他们总是不吝美言地表达对《青瓷》的喜爱，其中又有差不多三分之一的人告诉我，他们曾买《青瓷》送给朋友，自己则读过一遍两遍三遍四遍，最多的一位，竟读了五遍，每读一次，都有不同的感悟与收获。

读了五遍的这位，是我们当地最大的一个医药公司的副总，平时日理万机不说，也非常有学养，是读过很多中外名著的。当着其他几位著名作家，这样的溢美之词让我的虚荣心得到了很大的满足。

冷静下来以后我在想一个问题，《青瓷》到底凭什么获得了读者的喜爱和持续的关注？

写作《青瓷》之前，我是一个心无旁骛的商人，从事的行业是拍卖，像小说中的主人公张仲平一样，主要是做法院的业务，整天跟承办法官打交道。因为做事敬业，很快就赢得了委托方或“客户”的信任，生意也就因此风生水起。

如果生意一直顺利，大概就不会有《青瓷》。因为生意做开以后，你会连看书的时间都没有，更不会有码字的闲工夫，你也不会有自曝所谓行业内幕的主观动机，因为那无异于自断财路。2003年年底，我所在的省发生了一宗腐败大案，涉及的拍卖公司有十来家，涉及的法官有数十人，级别最高的是省高院的原院长、市中院的某副院长等人。这是一个由中纪委派出调查小组督办的案子，所谓拔出萝卜带出泥，我很不幸地成了那被带出来的“泥”，以“协助调查”的名义，被“请”到了“里面”。

我自认为从来不是一个胆大妄为、为达目的不择手段的人，我只是按照一个“合格”商人的标准和套路，做人做事，在做人做事的过程中，我也总是在竭力平衡贪婪与恐惧、规则与潜规则的关系，所以直到现在，仍然有很多了解我的朋友认为我很“冤枉”。

因为受贿者很快交代了我行贿的事实，所以我经历了刑拘、逮捕的过程，并最终从协助调查的宾馆拎出来关进了看守所。那是我人生中最黑暗的一段时期，内心里既咒骂出卖我的“朋友”，又渴望随时得到命运的垂怜。希望、失望、绝望、再希望……几经反复，我终于想明白了，什么时候获得自由，自己完全做不了主，越想早点出去，越是会把心态弄得很浮躁很糟糕，真正地度日如年，还不如干点别的，于是开始了写作。

最开始是准备写武侠的，一口气便写了两三万字，回头一看，觉得挺无聊的，一是跟金庸之类的大师比总有那么一点距离，一是赶上和超过了他们又怎么样？那些飞檐走壁的侠客，跟我和读者的生活，又有什么现实上的关联呢？

有过身陷囹圄经历的人都知道，在看守所里最“畅销”的书永远是法律书，每个被羁押的人，都会有自修法律的强烈愿望，为的就是自我救赎。我也不例外。我找到并通读了监室里所有能够找到的法律书。那是一种非常独特的阅读体验，我只能用被打了一闷棍之类的比喻来形容。大学哲学系毕业，经过不知道多少次普法教育，曾经左右逢源、莺歌燕舞、潇洒自如的我，原来基本上是个法盲。而我的过去时，仍然是很多人的现在时，在追求官位、财富、美色的道路上，仍然挤满了形形色色的男男女女，他们的目的也许非常明确，他们的手段也许道高一尺魔高一丈，他们或主动或被裹胁，或异常清醒或浑浑噩噩，或夹缝求生存或铤而走险……

我们每个人都有一些困惑的问题，比如说，我正在经历的生活真的有意义吗？它是我真正想要的吗？我有选择自己生活方式的权利吗？我为什么总是像被一根无形的鞭子抽打着似的往前赶？我为什么就不能停下脚步重新审视和考量一下这个社会和自己的人生呢?

我决定书写我熟悉的生活。

正是这种在新的视角下还原与审视现实与自我的冲动，不仅让我找到了一条通往外面世界的桥梁，而且获得了一次真正意义上重生的机会。尽管如此，我心里仍然有所顾忌，因为我当时尚有一个想法，就是希望出去之后仍然能够从事拍卖业，我不能把整个行业给得罪了，我不能写我自己，所以，《青瓷》的写作其实是不动声色的，藏着掖着、浅尝辄止、冰山一角。

同时，我又心有不甘。改头换面的记载，仍然不过是一种记载。如果我仅仅这样做，那么，夸张点说，我这“牢”仍然等于白坐了。我不能完全实录我的生活，但我必须表达我的生活感悟、我对社会的理解。鉴于当时我的阶下囚处境，我已经在很大程度上摒弃了对社会与权贵的谄媚之心，我已经在很大程度上获得了解剖社会与人生的立场与勇气。我认为我已经可以做到大胆、坦荡与真诚。

对我来说，这是一种纠结。

《青瓷》最初的出版几经周折，我跟出版社的合同中不仅有不得利用原省高院系列案进行炒作的专门条款，而且在交付印刷之前，还有人对我的身份进行了认真调查。但我一直感谢出版社社长刘清华先生与责任编辑汤亚竹先生，正是他们的慧眼独具和无畏勇气，才使《青瓷》得以面世，获得了各种荣誉并让人议论、传颂与咒骂。

《青瓷》被贴上了各种标签，比如说官场小说、职场小说、政经小说、财经小说、商战小说等等，很多人更是从中窥见了官商关系、男女关系的“内幕”。至于我自己，则比较认同它是一本社会关系手册的文学版，它揭示的是当下社会中官商交际方式、男女交往方式的本质——被温情脉脉的面纱包裹着的各种关系后面的利益交换。

由于当时的出版环境和我个人正处在取保候审阶段的尴尬状况，原版《青瓷》在某种程度上来说算是一个“洁本”：歌厅中有声有色的“自然主义”描写被删除了，男女一号长近万字的“床戏”过程被删除了……对此，我一直“耿耿于怀”，也许，这种删除可能会使文本在文学意义上趋于纯粹，却同样使张仲平这个人显得复杂丰满不够，简单扁平有余。

借助这一次出版《青瓷》完整版的机会，我将原来被出版社删除的九十八处恢复，这种历史的还原使这一本《青瓷》几成一本新书，我不想用现在的眼光和这几年积累的生活经验，对它做一个字的修订，因为我觉得，尊重历史就是对读者的最大尊重。